# 评书 百年京张

（下）

武宗亮 著

中国铁道出版社有限公司
CHINA RAILWAY PUBLISHING HOUSE CO., LTD.

目录

## （下　册）

# 第五十六回
# 道台署设摆“空城计”
# 总督府上演“讨荆州”

詹天佑为了京张铁路的预算，得罪了上司又得罪了朋友。

现在，梁敦彦也是束手无策了，其实，他也很矛盾，以为国为民的长远目光来看，詹天佑是对的，这叫一劳永逸。一下多出来近三百万两的银子，朝廷一定会震怒！袁总督能够理解詹天佑的意思吗？就算袁总督理解了，皇上、太后能理解吗？这里面错综复杂，单凭着忠心和勇气肯定办不成事。





自己和眷诚是多年的好友，就算是陈昭常，他也是为了报告能够尽早通过，可是，詹天佑执意不改预算的数额，倒叫自己陷入两难之中。

您看，这才是真正的友谊。低谷时帮助你，失落中鼓励你。假朋友靠演技，真朋友靠诚意。梁敦彦从心里替詹天佑着急。

猛然间，梁敦彦心生一计：我何不来个置之死地而后生？让他直接去总督衙门！如此这般、这般如此，我再从中斡旋，确保眷诚无恙。

就是这个主意！想到这儿，梁敦彦一甩袖子，出去了。这屋子里也没有佣人，合着就把詹天佑给干这儿了。

他左看看右看看，一人没有。站起来想走，又觉得失礼。上赶着去找梁敦彦，又觉得没面子。詹天佑把心一横，心说，反正我也累了，干脆，我就在这儿歇着了。抬手把官帽摘下，官服褪去，坐在椅子上，闭目养神。

等了约有半个时辰，听脚步声响，从打门外走进一名侍从："詹大人。"

哎哟，詹天佑赶忙把帽子戴上，官服穿好："有事吗？"

"梁大人传下话来，说总督衙门召您入府，要看京张铁路的报告。"

哦？难道是袁总督回来了？詹天佑急忙把桌子上的文件整理好，跟着这名侍从就出来了。敢情门口已经准备好马车，马车载着他，来到了总督衙门。

巧了，把门的还是上次那个门官，詹天佑刚要伸手进怀，这位脸都白了："詹大人，您快请，里面等着您呢。"

"别介，门包还没给呢，规矩不能破。"

"您大人不记小人过，是我错了，您快请吧。"

"好，那我就不恭了。"

说完话，詹天佑迈大步走进总督府。

原来，里边已经传出话来，让詹天佑到门口不必禀报，立刻进府。所以这门官不敢再胡闹了。

詹天佑一直来到中堂，进来后抬头一看，嗯？只见屋里的这个人，还是那位幕僚先生方治平。

就看方先生两臂搭在扶手上，目视前方。

詹天佑急忙上前，没走两步，猛然间，他发现一旁的客位上还坐着一位，这位坐得很直，眼观鼻鼻观口口观心目不斜视，正是陈昭常。

呀！詹天佑奇怪，陈大人也来了？他怎么不叫上我一起呢？

就听方治平说话了："詹大人，袁总督刚刚打过电话，询问了之前的情况，另外，让我代表他看看您的报告，不知，可曾带来？"

詹天佑忽然觉得这位方先生有点不对，好像浑身上下都紧绷绷的，说话拿腔作调。既然是袁总督有命，我就汇报吧。

想到这儿，詹天佑看了一眼陈昭常，心说，陈昭常是总办，此时此刻，理应他先开口跟袁世凯交涉，为什么问我呢？

只听方治平继续问道："詹大人和陈总办商量过了吗？"

"先生，我们已经商量过了，只是……"

詹天佑想说商量过了，没商量通。可这话刚说一半，方治平一拍桌子："哼！你们一位是总办，一位是会办，总督如此器重你们，你们已经商量出结果，不说急着报告给总督，难道想直接送到老佛爷面前？懂不懂什么叫越俎代庖？"

这话一说，陈昭常也站起来了，和詹天佑同时躬身："先生息怒！"

说完这句话，詹天佑一脑子问号，心说，一个幕僚怎么这么大的胆子，敢训斥朝廷命官？不用问，这是袁世凯的意思，否则，他绝不敢。

想到这儿他又看了看陈昭常，詹天佑明白了，心中暗想，准是陈昭常说服不了我，他到总督衙门这儿告状来了，我詹天佑心无杂念，到哪儿我也不怕！另外，我之前和袁总督提过此事，他是有心理准备的，就算总督在此，他一定不会责怪。

想到这儿，他把路线报告和预算报告往上一递。

方治平接过路线报告仔细查看，看着看着，他笑了，"嗯，不错，是这个意思！好！"

又把报告和平面图比对着看，仍旧十分满意："詹大人，这报告写得好，这路线设计得更好！哈哈哈！哎，这儿还一份哪。”

说着，他放下线路报告，把预算报告拿起来了，这回再一看，就瞧方治平这张脸，是由晴转阴，由阴转雨，小雨转中雨，中雨转大雨，“啪嚓”一声，把桌案一拍。

詹天佑心里“咯噔”一下，坏了，这事要糟。偷眼一看陈昭常，陈昭常面色却很是平静，看不出有什么焦虑、紧张之类的情绪变化。詹天佑明白，陈昭常在官场上比自己老道、有经验，可能内心已经上下翻腾了，脸上却能平静如初。

只见方治平把预算轻轻放下，眼睛紧紧盯着詹天佑：“詹大人，这个预算不行，重写。”

詹天佑张嘴刚要说话，陈昭常上前一步：“先生有所不知，这份预算我们已经反复研究过多次，实在没有降低的余地！”





哎哟，詹天佑万万想不到，关键时刻，陈昭常把责任揽过去了。

可是方治平的怒火未消：“二位大人，你们别怪我发火，我这也是替总督办事，你们知不知道，袁总督与胡大人上奏太后和皇上的预算？”

“知道。”

“知道！知道为什么还要超出上报的数那么多？嗯，两百多万两！你们知道这是什么吗？这是欺君之罪！”

火冒三丈的方治平看着就跟要吃人似的，别看这样，詹天佑一点儿不害怕，他把陈昭常往自己身后一拽：“先生，卑职之前给袁总督写过一封信，说过预算金额大概就是七百多万两，这不单是我的想法，金达先生也是这个意思呀！”

“哟嗬！詹大人，您之前跟总督打过招呼，总督就得照办？您以为，总督这官是给您一个人当的吗？”

“卑职不敢。”

“还告诉您，总督为了这七百万两的事，差点掉了脑袋，多亏庆亲王相助。二百万两，那可不是小数，朝廷如今内忧外患，用钱的地方多得很，不是这一条京张铁路在修！您多出二百万两，他多出三百万两，让皇上和太后去哪儿找钱？直接说吧，预算报告必须重做！您回去吧！”

说完话，方治平一甩袖子，转过身形准备回后堂了。

就在这时候，只听詹天佑大喊一声：“且慢！”

嗯？这一声喊，把方治平和陈昭常都吓了一跳。

“你要干什么？”

就看詹天佑站起身来，走到方治平跟前，上下打量打量：“先生，我想问问，您今天说的话，能不能完全代表袁总督？”

方治平一听：“当然能！总督打来电话告诉我，就是这番意思。他跟我说了，五百万两就是底线，如果超了，必须重做，没商量。”

“好！”就看詹天佑一抬手，把官帽摘下来，往桌上一放，跟着，后退两步，冲方治平一拱手：“方先生，借您口中言，传我心腹事。您替我谢过袁总督的知遇之恩，感谢他的提拔。京张铁路工程浩大，天佑深知才疏学浅，难当重任，为国家大计，还请袁总督另选才能，詹某不才，告辞了。”

说完话，詹天佑是扭头就走。

好嘛，他辞官不做了！

这一下，方治平是“土地庙着火——慌了神儿”了，“詹大人，您留步。”

原来，这一切都是梁敦彦的安排。梁敦彦见劝不了詹天佑，他想，干脆把这个难题推给袁世凯，所以，他从府里出来直接来找袁世凯，结果到这儿才发现，袁世凯不在，方治平主事。梁敦彦就说出了詹天佑的良苦用心，方治平深受感动，但是，以七百万两的数字上报，袁总督绝对不会同意，朝廷也绝对不会同意，为了先过眼前这一关，必须把价格压下来。

方治平于心不忍：“梁大人，这么为难詹大人，不太好吧，他是个搞工程的，有一说一，一板一眼这是对的，何必去难为他呢？”

梁敦彦一听：“先生，现在不是为难他，是事出无奈，也只有您能给他施加压力，必须让他想办法，因为他是从头到尾勘测了路线，所有的一切都在他的脑子里装着，只有他能改这个预算，只能为难他。”

方治平一听：“我怎么给他施加压力呀？我不过是幕僚。”

“先生，这个时候，您就得站出来了，袁总督不在，您得拿大主意。为了日后的长久之计，您要学两位古人。”

“哦，学哪两位？”

“一位是蜀汉昭烈皇帝刘备，一位是吴国大皇帝孙权孙仲谋。”

方治平一听：“您这是要给我说三国呀？行，我也听听，真要说得通，我就听您的。”

“好，先生听了！想当初，三国纷争，曹操在北，孙权在东，唯有刘备栖身无地，没办法，只能向东吴暂借荆州以存身，言说取下西川便还荆州。后刘备率人马取下西川为基业，自立汉中王。吴主孙权几次差人前去讨要荆州，全是不了了之，孙权心中大怒。时有东吴上大夫张昭求见，说：‘主公，昭有一计，可使刘备将荆州双手奉还主公。’

“孙权忙问：‘先生有何妙计？’

“昭曰：‘刘备所倚仗者，诸葛亮耳。其兄诸葛瑾现在主公帐下，何不将他老小拘禁起来，派他入川求告其弟，就说荆州再不归还，诸葛瑾之老小便有性命之忧。那时诸葛亮念同胞之情。必然应允，荆州岂不唾手可得？’

“孙权闻听言道：‘此计甚妙。只是诸葛瑾乃诚实君子，无故拘其老小，孤实所不忍。’昭曰：‘明告是计，主公何必如此认真。’孙权言道：‘不妨让诸葛瑾自往讨要，照计而行，不拘其家小也罢。’



“昭曰：‘不可不可！如此一来，诸葛瑾在孔明面前作戏，焉能不露破绽？为国家长久，还请主公下令。’孙权没有办法，只能拉下脸来，囚禁了诸葛瑾的家小。”



说到这儿，梁敦彦仔细观察了一下方治平，见他两眼发直不住点头，梁敦彦心说，有门儿。

“大人，您知道吗，那诸葛瑾架一叶扁舟来到成都见到弟弟诸葛亮痛哭流涕，求诸葛亮去找刘备商量，归还荆州。

“诸葛亮满口应承，他来找刘备，把经过一说，刘备面露难色，说‘若别人来尚不妨事，令兄来讨，却该如何答复是好？’诸葛亮说：‘主公勿忧，您当如此这般，这般如此。’刘备惊问：‘如此太对不住令兄了！’诸葛亮说：‘为了国家大计，还请主公照计而行，亮先去迎接家兄。’将诸葛瑾接到刘备跟前，诸葛瑾放声大哭，说：‘吴侯知皇叔不愿归还荆州，特命我来讨要，请皇叔看在孔明面上，将荆州归还我主。’刘备大怒曰：‘孙权既与我联盟抗曹，连一座城池也舍不得，真是岂有此理！我当大起川兵，杀向江南！’诸葛瑾哭拜于地：‘皇叔！吴侯此番为讨荆州，已将瑾家小拘禁为质。瑾若讨不回荆州，全家便要被杀！’刘备听罢故作惊讶之状，说：‘真有此事？’诸葛瑾说：‘皇叔不信，一问孔明便知。’诸葛亮拜伏于地，说：‘家兄所言确是实情。公私有别，亮本不该言及此事。但目下事关家兄妻小性命，还望主公看亮之面，将荆州归还东吴，以全亮兄弟之情！’刘备看到如此情景，于心不忍，可是，这全是诸葛亮定的计策，自己只能强拉下脸，就是不还。

“先生，这个故事里，孙权也好，刘备也罢，他们为了达到目的都做了违心的事说了违心的话，他们用的是同一条计策，您说，这是什么计呢?”

方治平想了想："我明白了，这叫权宜之计！好吧，我就听您的。"

梁敦彦笑了："这就对喽，为了京张铁路，您就演一回'黑脸儿'吧。"

方治平心说，这哪是演"黑脸儿"，这是让我当恶人哪！好你个梁敦彦，算是把我豁出去了，袁总督回来知道此事，指不定得怎么骂我呢。

"好吧，那您就把他请来吧，另外，把陈总办也叫来，那样，我还能壮壮胆儿。"

"好嘞。"

就这样，才把詹天佑给召进总督府，本来，方治平认为自己的戏演得不错，肯定是把詹天佑给吓唬住了，可万没想到，詹天佑没吃这一套，他要辞官不做。

这一下，可把方治平给吓坏了，心说，这位可是国家的人才，现在要辞官不做，这里可有我的事，一旦查起来，我算什么？欺世盗名？这不挨着，可是，袁总督没打那个电话，那算是我编的，这应该叫伪造事实，哎哟，这可怎么办呀？他看着陈昭常，陈昭常面露难色，心说，你看我干什么呀？从始至终我都是听令的，我没辙，他把头一低。方治平可真急了，詹天佑绝不能走，他要一走，自己难逃干系。现在话也说了，气也生了，戏也演了，收不了场了。眼看詹天佑就走出中堂了，方治平大喊一声："梁大人，快出来吧！"

# 第五十七回

## 秉孤灯寒雨惊入夜
## 行诡诈书信暗藏奸

总督府上演闹剧，方治平无法收场，他把梁敦彦给叫出来了。

从打屏风后头，梁敦彦出来了："眷诚留步！"

詹天佑一看："崧生，你怎么在这儿？"

"唉，我的老同学，你真是，真是让我无话可说了！"

说到儿，梁敦彦看了看方治平，心说，这位先生的力度还是不行，您倒是坐住了劲哪！他辞官就让他走，先杀一杀他的锐气再说，您可倒好，伸手把他拦住，把我供出来了，我这……行了，说别的都没用了。

现在等于梁敦彦、陈昭常、方治平三个人，没斗过詹天佑。情急之下，梁敦彦只好和盘托出："眷诚，这都是我的主意，我们不过用了权宜之计。"

方治平一甩袖子，心说"别提了，倒霉倒你这权宜之计上了。"

如今话已讲明，詹天佑反而觉得不好意思了，他连着给屋里的几个人赔礼，最后表示："我现在就回去仔细研究，一定把预算价格压低。"

说完话，就走了。就这一走，剩下的三个人长出一口气，一场预算争斗就算暂时休战。

回到京张铁路总局办公室，詹天佑看着摊在桌子上那一摞摞的纸张直发愣，这堆纸张中有预算各版的测算草稿和勘测获得的原始数据。詹天佑叹了口气，动手开始重新测算，只是他翻了又翻、算了又算，只觉得无论如何都压缩不了预算额度，现在的结果已经是动无可动、改无可改。即便在个别数字上调整个万八千的，对要降低两百多万两的预算来说根本于事无补。

赶上这会儿张鸿诰、徐士远都在北京，谭夫人也没来，只有一个差人在，这位是新来的，不清楚詹天佑的起居，一直到半夜了，外面下雨了，屋里没什么动静，只点了一盏灯，他以为詹天佑睡了，就没来打搅，茶水夜宵一概没有，加上詹天佑精算数据太过专心，衣服单薄窗户没关，雨过夜风寒，顺着窗户往里一吹，詹天佑病了。

这个病其实不是现在得的，是早年在深山老林勘测路段之时落下的病根，风餐露宿，让詹天佑已经得了风湿之症。之所以之前没犯，是因为没有病因，现在，外寒内火，两面夹击，再加上用心过度，病全出来了，这一病可不得了，高烧不退。

陈昭常知道以后，当即就把那名差人叫到跟前，大骂不止，结过工钱，当场就给辞退了，把自己身边的差人给派过来。陈昭常来到病榻前一看，詹天佑脸赛黄纸钱，唇似靛叶青。

“眷诚兄，你受苦了。”

“唉，大人何出此言，不过是受了些风寒，过两天就好。”

“别，你可把身体保护好。”

“大人放心，我想跟您说说预算的事。”

“眷诚兄，我明白你的意思，其实那天你走了之后，我也仔细想了很久，我觉得你说的是对的。预算也是要科学严谨的，它是你一点一滴认真测算出来的，不能凭着上司的偏好而随便修改。更何况你的测算有理有据，方案设计也是在统筹考虑前期修筑与后期运营的基础上做出的。这样吧，袁总督那边我去想办法说服他，尽可能让他支持我们这个预算。”



詹天佑明白，陈昭常这是给自己定心丸吃，实际上根本不可能。

就在这时，门外走进一名差人，来到陈昭常跟前小声嘀咕几句。

“哦，信呢?”

“在这儿。”

差人递给他一封信，陈昭常打开一看，当时脸色更变。詹天佑问了一句：“大人，出什么事了吗?”

“啊，没有，一点家事。眷诚兄，你好好将养身体，我先去处理点事。”

说完，出去了。

那位问，出事了吗？出事了，还是大事！

这封信是俄国公使璞科第写来的，他和陈昭常是好朋友。当年，陈昭常游历各国的时候，曾经到过俄国，和璞科第结下了友谊。如今写信可不是叙友谊，而是谈生意。璞科第听说了詹天佑的预算惹怒了袁世凯，他告诉陈昭常，俄国可以接受京张铁路的修建，只用五百万两就可以。让陈昭常看在昔日朋友的分上，予以考虑。

哎呀！信的内容不多，看完之后，陈昭常冷汗直流。他吃惊非小。惊的是总督府里的事才发生不到三天，俄国人居然就知道了，当时在场的人里只有方治平、梁敦彦、詹天佑和自己，是谁说出去的呢？这四个人都不可能，难道是出来进去的侍从人员？

陈昭常看着手里的信，怎么办？告知詹天佑？不行。詹天佑病卧在床，不能惊动呀。干脆，我去总督衙门给袁世凯打个电话吧。

没想到，第二天一早，陈昭常接到通知，让他马上到总督衙门。

到这儿之后，就看这位方先生在屋里坐立不安，看陈昭常来了，过去一把就给拉住了："陈总办，出事了。"

"先生，怎么了？"

"昨天晚上，袁总督打来电话，说太后准备下一道懿旨，打算用俄国工程师修建京张铁路。"

"什么？"

陈昭常有点急了："先生，这是怎么回事？"

"您先别急，懿旨还没下。但是，可以肯定，太后已经有这个想法了。总督说，如果用了俄国工程师，可以减少预算开支，总督也闹不明白，他在电话里问我，我把这边的情况说了一遍，总督急了，让您和詹大人无论如何也得把预算压下来，否则就要坏大事了！"

陈昭常一听，当时心头一紧，他暗暗叫了一声："璞科第，你好快的动作啊！"想到这儿，伸手从怀里把那封信掏出来，交给方治平："先生请看！"

方治平接过来一看："这，这是什么时候的事？"

"昨天。"

"好啊，这群俄国人，他们真会见缝插针哪！而且……"

说到这儿，方治平环顾四周，见周围都是侍从人员，俱是垂手站立，目不斜视。

方治平突然笑了："哈哈哈，这算什么，不过是家常便饭。"

陈昭常一听："家常便饭？先生——"

"陈总办，这屋里有点热，不如咱们去后院走走吧。"

"啊？哦！"

陈昭常跟着方治平来到后院，这个地方，四时不谢之花，八节常青之草，景色还是很好的。最重要的，没有什么下人，只有他们两个人。方治平看似闲庭信步，可语气之中充满了紧张："陈总办，我觉得，总督府和你的铁路总局都不安全了，四周这些人，肯定有洋人的密探，如果现在查内鬼，必定打草惊蛇，也没这个必要，所以，从今天起，凡是有关京张铁路的事，您必须密报，不可张扬。"

"哦。"

"另外，詹先生的病怎么样了？"

“眷诚的病很严重，恐怕一两日内不能理事。”

“哎呀！这可就麻烦了，总督让咱们尽快把预算做出来，他说朝廷里到现在也有很多声音，他们是想阻止京张铁路的施工，认为劳民伤财。是总督一直在太后面前陈说利害，才能坚持到这个地步。如今，预算的事已经宣扬出去了，一个知道，就等于一百个知道，估计太后想的是大清国的面子，京张铁路必须要修，但是，不能多花钱，现在覆水难收，她只能找省钱的用，至于后续的事，太后不会考虑。”

陈昭常一听：“先生，袁总督几时回来？”

“这个我也问了，总督说暂时回不来，电话里说到最后，总督给了一天的时间，说如果预算还是压不下来，他也只能同意启用俄国工程师了。总之，他之前上报的修路预算是五百万两，这个数字，让咱们牢记。”





陈昭常一跺脚：“哎呀！”

猛然间，陈昭常好像想起了什么，他一拍额头：“方先生，我这就回去商量，告辞！”

辞别方治平，陈昭常匆匆回到衙门，先来探望詹天佑的病情，詹天佑此时刚刚用过药，睡着了。陈昭常没敢打搅，回到办公室，紧锁双眉，在地上踱来踱去，就在这时候，有人来报：“梁大人到。”

“说我出迎。”

敢情梁敦彦听说詹天佑病了，把他急坏了，一见陈昭常：“陈大人，眷诚的病怎么样了？”

“吃过药已经睡下了，正好，您来了，我有事相求，快请。”把梁敦彦请到议事堂，陈昭常把袁世凯打电话的事说了出来。

“什么？”梁敦彦也是一惊，“看来这个事儿已经引起轩然大波了。”

“是啊，如今眷诚在病中，我不想打搅他，当然，这也是我的职责所在，您是眷诚的朋友，您能不能给我出个主意，该怎么办？”

一说这个，梁敦彦脸红了，他先给陈昭常赔礼，说自己上次说话有些不注意。陈昭常笑了：“大人何必如此，你我既为同僚就有同殿之谊，开个玩笑再正常不过了，大人不必挂怀。现在咱们的当务之急就是预算，要抢到洋人动手之前，把预算降下来，袁总督只给我一天的时间，时间一到，他也无能为力了。”

“无能为力！这是什么意思？”

"我觉得，袁总督无缘无故不会否定预算的，他会否定只有一个理由，那就是担心太后和皇上不接受，所以他上奏时必须把预算为什么从开始时预估的五百万两涨到了七百万两说清楚，要让朝廷能接受这个数字。那么，太后和皇上是不会有耐心和时间仔细去听方案中过于细节的地方，所以袁总督一定会据理力争。"

"不然！"

梁敦彦摇摇头："袁总督是军中起家，他和那些走科举入仕的清流不一样，而且这么多年又负责了多条铁路的修筑与经营，他有些想法和眷诚是一样的，应该不会费太多口舌去说服太后。难道……"

"等一等！"

陈昭常突然想起点儿什么事，他站起来看了看门外，回来之后告诉梁敦彦："大人，请您移步。"

两个人从办公室出来，来到廊檐下，看似散步，实际上是为避耳目。梁敦彦低低的声音告诉陈昭常："袁总督肯定是想放弃京张铁路，把注意力转到别处。"

"啊！那，那不就是欺君吗？自主铁路的意义何在呀？"

"没办法，以我对他的了解，他能干得出来。"

哎哟，陈昭常心说，真若如此，袁世凯的胆子也太大了。可他转念一想，如果有那么一天，京张铁路是修成了，违背了初衷，太后怪罪下来，袁世凯是国之重臣，肯定罪不至死，可我呢？我就难说了，弄不好就当了替罪羊。

要知道，陈昭常在吉林做过知府，在两广剿过土匪、做过洋务局会办，他也不全然是两耳不闻窗外事、一心只读圣贤书的清流，他考虑问题，是相当全面的，这个担心并不多余。两个人回到议事堂，梁敦彦二话没说，伏下身子开始查阅。他翻了翻这摞文稿："还有别的吗？"

他看到预算材料底下另有一份文稿，又把这份抽了出来，正是詹天佑拟的那份商调颜德庆的公文。看到这个，梁敦彦脸上露出了一个轻松的笑容，"哦，眷诚连商调函都拟出来了，看来他已经知道这个好消息了。"

陈昭常回道："是，眷诚说，他已经收到了颜德庆拍来的电报，说盛大人已经同意了借调的事情。"

"是吗？"梁敦彦面露喜悦，"这倒是个喜讯，多一个人就多一分力量。既然眷诚都把调函拟好了，那你就拿去用印，咱们尽快办妥借调手续。不能把精力全都放在预算上，别的事也得考虑，多条腿走路吧。”

“多谢大人！”

就在这时候，听门外有人说话：“崧生，你来了？”

哎哟，是詹天佑！两个差人搀扶着他走进办公室。

“眷诚，你怎么起来啦？”

敢情詹天佑睡醒了之后就想起来，差人左遮右拦，詹天佑急了，说耽误了大事谁负责！差人不敢承担，这才扶着他下地。

从打住处到办公室，不过十几米的距离，詹天佑走了十分钟。怎么？一走就出虚汗，头痛难耐，双腿发酸。好不容易来到办公室，赶紧坐下，缓了半天才说话：

“我浑身酸软，头脑不清。但是，我突然想起一件事，特来禀报。”





“什么事？”

“是颜德庆的调函，他——”

詹天佑还想往下说，陈昭常给拦住了：“眷诚兄，这事已经办妥了，你放心吧，我们刚刚说完。”

“那就好！崧生到此何事？”

“我来看你呀，身体虚弱就别走动了，快去休息吧，这儿有我和陈总办，你放心吧。”

“好吧，既然如此，我——”

詹天佑还想说点什么，就在这时候，有人来报：“启禀总办，有书信到来。”

“怎么又有信来？快拿来。”

侍从把信呈上，陈昭常打开一看，当时手一软，“唰啦”一下，信就掉在地上了，可巧，一阵风吹进，把信吹到了詹天佑的脚下，詹天佑顺势捡起来，定睛一看。

陈昭常急忙拦阻：“不能看！”

“啊？”詹天佑突然意识到，这可能是私人信笺，看了不好，可是，眼睛已经落到信上了，不用往后看，单看第一行，就让詹天佑大吃一惊了，陈昭常的话他也听不进去了，迅速把信看完，不看还好，这一看，詹天佑的眼睛直了，就见他双手颤抖，左栽右晃。

梁敦彦赶快走过来：“眷诚，你怎么了？”

就看詹天佑两眼往上一翻，“扑通”，直接倒在座椅之上。

# 第五十八回

## 璞科第诛心布迷局
## 李子亭惩恶得真相

一封给陈昭常的来信，让詹天佑当即昏厥。

原来，这又是俄国大使璞科第写来的。信上，璞科第提示陈昭常，作为朋友，你如果不为我们打开方便之门，我们就要直接面见庆亲王了，他是总理大臣，专门负责各国通商事宜，我们可以请求庆亲王在皇太后面前美言，实不相瞒，目下，俄国工程师已经来到中国准备接手京张铁路。





就是这样一封信，导致詹天佑昏倒。吓得陈昭常和梁敦彦赶忙过来，捶前胸拍后背，“眷诚醒来，眷诚醒来！”

呼唤半晌，詹天佑悠悠缓醒，醒来之后，他强支身体看着陈昭常：“大人，大人万万不可让洋人插手，那样一来，我们的心血就白费了。”

话没说完，詹天佑前胸一紧、嘴一张，“哇——”，一口鲜血吐出。

霎时，京张铁路总局内乱作一团。

此时此刻，谁也没注意，就在大门外的一棵柳树上，正有一个人在独自发笑。

这个人蹲在一个大杈子上，眼睛正好盯着出事这间办公室。这人个子不高，很瘦，一张刀条脸，耷拉眉毛耷拉眼角，就在他这右眉毛上边，有一块铜子儿大的疤瘌。穿着一身麻黄布的短衣短裤，他一边看一边笑，笑着笑着，从打怀里掏出个酒葫芦，拧开盖，“咕嘟”喝了一口。

原来，这是天津城内一个泼皮无赖，名叫侯四，平日里偷鸡摸狗不学无术。今天，他从一早就在这棵树上蹲着，到现在已经大半天了，他还在看，看得有滋有味。这家伙多少有点功夫，搁一般人，上这棵树费点劲，侯四轻手轻脚，蹲着也不累。他越看越高兴，还唱了一句小曲：“一呀么更儿里呀，月影儿照花台……”

刚唱了这么一句，侯四就觉得自己右腿的裤脚一坠一坠的，低头一看，从树杈子下伸过一只手，正抓住他的裤脚。

“哎，我说，哪位？别闹啊，我这儿办正事呢。”

有树杈子挡着，看不清下边这个人的面容，这位的手没松开，越拽越紧，侯四急了：“嘿，怎么不听话呀，你到底是谁？敢和侯四爷开玩笑，我……”

刚说了个“我”字，了不得了，下边这位一用力，就听“咔嚓”一声，愣把侯四由打树上给拽下来了，不单人下来了，还带下好几根柳树条子，侯四一个大趴虎摔下来了，脸也伤了，脑门上还蹭掉块皮。

可把侯四气坏了，他“嗷”一声，翻身就从地上跳起来了，回头一看，嗯？身后站着一个人，中等身材，细腰宽背，面如古月，三绺短须，身穿武服短打，脚下薄底靴子，背背单刀，右手掐着一根柳树枝。

“哪来的生虎子，敢在太岁头上动土，看打！”

说着，侯四往前一上步，一个冲天炮，奔这个人的面门。

对面这人往旁边一闪，伸出左手“嘭”掐住侯四的腕子，俩指头一叫劲儿，侯四就觉着自个这手腕子好像被铁钳子夹住了，立时就一下直麻到膀子根儿，抬起右脚要往起踢，对面这位用手里的柳树枝斜着一抽，“啪”正抽到侯四的脖子上，当时起了一道血檩子。

侯四一呼疼，这位过去一个扫堂腿，“咣当”，侯四栽倒在地。

“哎哟、哎哟，大爷手下留情。”

这个人走到他面前，伏下身子看了看：“你是侯四。”

“是我，您怎么知道？”

“天津卫的人都认识你。”

“您抬举，敢问您是。”

“我叫李子亭。”

“哦，啊，您是龙顺镖局的李镖头？”

“是我。”

“原来是您啊，怪我有眼不识泰山，得罪李镖头。”

来人正是李子亭。

詹天佑到天津办公，一去数日不归，李子亭手下的弟兄们都当了铁路工人，准备参加京张铁路的修建。李子亭为了感谢詹天佑，去丰台驻地答谢，还带了不少礼物，结果到这儿一看，詹天佑不在。张鸿诰告诉他，老师去天津了，本来想等着詹天佑回来再说，是他那些伙计们说：“镖头，您还是去一趟吧，詹大人去天津一两天还可以，要是个月期程的，时间太久了，这种事没有等的，一等就凉了，送礼答谢得趁热。”

李子亭一想也对，就这样，他拿着礼物坐火车来到天津，事先也向张鸿诰打听了京张铁路总局，下火车直接够奔而来。

离着老远就看见了，一座大院落，那儿就是，准备穿过小树林，嗯？李子亭感觉眼前有点动静，抬头一看，树上蹲着个人。他本身就是练武的，对这蹿高越矮的人越发关注，开始以为树上这人是在练功，可仔细一看，不是，这人站在树上好像是在观察什么。顺着方向一看，正是京张铁路总局的院子。

李子亭久走江湖，他明白，这叫“瞭高儿”，是专门替人打探消息的。看这小子长得流里流气的，肯定不是好人，这样，才把这小子从树上给拽下来。

李子亭问侯四：“说，你在树上看什么呢？”

侯四一听：“我，我什么也没看，我就是吃饱了撑的没事儿干，我上树玩会儿。”

“哼哼，看来你是不想说实话呀！”

李子亭一伸手，打背后把刀拔出来了，压在侯四脖项之上：“说不说？告诉你，这地方没人，宰了你直接刨坑埋到这棵树下，就当是上了肥了。我走镖半辈子，这种事轻车熟路，用不了一刻钟就能办完，你信吗？”

哎哟，侯四就觉得自己脑瓜顶上发麻，“嘎巴”一声，天灵盖差点开了。

“镖头，您饶命，我说。”

“讲！”

“跟您说吧，我是替一个俄国人在这儿打探消息，监视京张铁路总局，重点监视陈昭常和詹天佑，把他们的一举一动记下来，告诉胡得烈夫先生。”

“胡得烈夫？”

“啊，就是我那俄国主子。”

“侯四，你一个中国人，给俄国人卖命，盗取中国人的信息，你对得起祖宗吗？”

“您说得对，我对不起祖宗。可是，镖头，您不知道，我的中国祖宗他不管我，我这俄国祖宗，他管我吃饭。”

李子亭上下打量打量：“就凭你，俄国人图你什么呢，你会干什么呀！”

“嗨，说来话长，您别看我这样，我真给俄国人办过大事。”

敢情这个侯四，不是天津人，老家是山西的，大山脚下一个小村子里，从小父母双亡，无亲无友，是靠吃百家饭、穿百家衣长大的。长大以后不学无术，又没什么手艺，东家借西家串，把村里人都给得罪干净了，只要看见侯四在街上溜达，家家关门，户户上栓，没人愿意搭理他。

时间一长，侯四的心理就扭曲了。他看谁都别扭，觉得谁都对不起自己，最后一跺脚，离开家乡，四处流浪。

离家出走三年多，好多人以为侯四死到外面了，没想到有这么一天，侯四回来了，不单他回来了，还带着一群西装革履的洋人，叽里呱啦不知在说些什么，还拿着很多仪器在村里这儿量那儿测的。

地保一看事儿不对，把侯四叫到一边："侯四，这怎么回事？这都是干吗的？"

侯四一听，把嘴一撇："干吗的？这是我的俄国主子，我现在吃的是洋饭！"

把地保吓坏了，那个时候，他们最怕洋人："侯四，这些洋人在这儿量什么呢？"

侯四笑了："告诉你，使者大人说了，要修条铁路，刚好要从咱村子里穿过去，需要炸山！不过你们放心，只要配合，钱肯定少不了！"

地保听了跟大伙儿一学说，可了不得了，村里顿时炸开了锅，这可是村民世世代代扎根生活的地方，这侯四非但不保护，甚至联合洋人要破坏村子，实在可恶。村民们联合到俄国人面前抗议，可俄国人随手一挥，从村外闯进来一群洋兵，全都荷枪实弹，老百姓害怕，只能暂时作罢。

眼看一车一车的炸药被运到村口，大伙儿非常焦急，地保把侯四叫到一边："我说侯四，咱们都是乡里乡亲的，你不能看着外人毁咱的村子呀，你去给说几句好话，把咱们村儿绕开吧。"

"呦呵，你还知道乡里乡亲！当初我在村里受穷吃了上顿没下顿的时候，你怎么不出来说话呀？现在摆你这地保的派头，告诉你，不好使了！我侯四投靠俄国人，俄国人给我饭吃，我就给他们办事！"

地保都快哭了："就算你不念乡亲之情，你可别忘了，咱这山上有神灵，炸山事小，惹怒了神灵，那就不好办了。"

敢情村子边上这座大山上，住着一条"龙"。有人说不对，龙都住海里，怎么能在山上呢？这条龙不一样，它是一条山龙。其实，所谓山龙，就是一条山中大蛇，有人见过，说这条蛇有五六丈那么长，从来不伤人，事儿是越传越神，到后来，老百姓就管它叫山龙，说它能呼风唤雨，庇佑村民。老百姓还在山顶上建了一座山龙庙，日夜供奉。

今天，地保提起此事，侯四也知道。他从小在村中长大，自然知道山龙的事，他小时候也经常跟着老人到山龙庙里上香。可在外闯荡这几年，侯四已经把祖宗忘干净了，更别说神灵了。他把眼睛一瞪，非但没有答应，还明确告诉保长，三天后准时炸山。

三天的时间眨眼就到了，村民们全都来到山脚，三个俄国人和侯四站在最前面，准备引爆炸药。人群中的几个老人见状，纷纷跪倒在地，向山龙祈祷，希望能得到原谅，其他村民也纷纷效仿。

侯四对此嗤之以鼻，反倒跟三个俄国人有说有笑。

到了正午时分，是时候引爆炸药了，可就在这时，一个引爆点上的炸药忽然脱落了。俄国人见状大怒，吆喝着侯四："你去！"

把侯四吓坏了，他是推三阻四。就在这时，他看到了人群里的地保，过去就把地保给揪了出来，让他去把炸药重新放好。

地保没办法，只好点头答应。好不容易将炸药固定好，地保又原地跪下，祈求山龙原谅，之后才往回跑。还没跑到安全地带呢，俄国人就直接引爆了炸药。

霎时间，地动山摇，尘土飞扬，地保跑不出去，只能原地趴下。就在这时，山坡上一块巨石因为震动掉了下来，直直朝着地保砸了下来。眼看地保就要命丧当场，所有人都把眼睛闭上了，可奇怪的是，那块大石头在半空中碰到一棵树，一下改了方向，直奔一个俄国人就下来了。

侯四一看不好，他赶忙把俄国人往旁边一推，就听"砰"的一声巨响，巨石炸裂，碎石飞溅，地保和俄国人都安然无恙，只有侯四的右眉毛以上，被碎石给打了一道大口子，再往下一点儿，这小子的右眼就瞎了。

所有人都看傻了，地保则最先反应过来，认为是山龙显灵了，他率领众百姓冲山上磕头请罪，这一下，把俄国人也给吓坏了，立刻带着人走了。

到底是不是山龙显灵，俄国人不知道，但是，侯四的这片忠心他们是看见了。打那儿以后，侯四就被俄国人给正式录用了。有个俄国士官叫胡得烈夫，他是俄国大使蹼科第的好友，两个人朋比为奸，为了争夺京张铁路的筑路权，他们不惜使用一切手段，找来侯四这种人当枪使，真要出了事，他们一推六二五，满口不承认。

把李子亭气得，抬手"啪啪啪"，抽了侯四三个大嘴巴："你个洋奴才！我问你，你在树上都看见什么了？"

"呃，我看见他们接到一封信，那位詹天佑詹大人看完信之后吐血了。"

"什么？吐血了！"

李子亭心里一着急，手里一用劲，"扑哧""哎哟"，侯四这动静比宰猫都难听。李子亭低头一看，敢情是自己的刀都推进去了，割破肉皮，血下来了。

赶忙把刀撤回来："别喊，再喊我宰了你！"

"是，不喊，您把那刀拿远点，这可不是闹着玩的。"

李子亭管不了那么多了，提着侯四就来到了京张铁路总局。

到这儿说明身份和来意，这时候，詹天佑也醒过来了，当众审问侯四，侯四全都招了，他告诉詹天佑："詹大人，璞科第写来的那封信，实际是假的，他们就想让您着急，想通过这些舆论和谣言来瓦解您的意志，他们说，杀人不如诛心。"

一番话说完，把陈昭常气得破口大骂，他当众给俄国公使璞科第写了一封信，告诉他，从今天开始，你我之友谊一刀两断。

信寄出去，有人过来把侯四送到官府治罪。

真相拆穿之后，詹天佑的心情立时大好，他拉着李子亭的手："镖头，您这是又救了我一次啊。"

李子亭笑了："先生哪里话来，我是受命于众兄弟，专程到天津来谢您的，这儿还有礼物呢。"

这时候，有侍从请来了一位天津城里的名医，过来给詹天佑号脉开方子。詹天佑笑了："我现在不用吃药了。"

陈昭常一听："不行，我以总办的身份命令你，必须把药吃了。"

"好吧。"

差人去煎药，药煎好了端过来，詹天佑刚要喝，有人来报，大门外来了两个人，是天津汇丰银行的一位经理布莱斯登门拜访，他们说是受商部沈云沛大人推荐而来，想要承揽京张铁路的部分生意。

不速之客到访，真是雪上加霜。

# 第五十九回

# 揽工程猛若鸡夺粟
# 拒人情坚如松定风

李子亭带侯四来见詹天佑，这才真相大白，原来，俄国人想用舆论来瓦解中国工程师的斗志，以达到他们的目的。

詹天佑的心情刚刚平复一点，没想到，又来了一位不速之客，是汇丰银行的经理，想要拜访陈总办。

陈昭常一边让侍从把人请进来，一边对梁敦彦说："这是沈云沛大人推荐来的，前天他给我打过电话说是有人想和咱们谈生意。按说，眷诚是总工程师，涉及工程上的采购问题还得看他的意见，不过，他现在的身体……"

梁敦彦看了一眼詹天佑，詹天佑一摆手："不妨事，我就坐这儿和他谈，兵来将挡水来土掩。"

梁敦彦一听："既是这样，我就先去后堂，镖头，您也来吧，品一品京张铁路总局的好茶。"

"好啊！"

梁敦彦带着李子亭离开，侯四也被兵丁带走，议事堂里就剩下陈昭常和詹天佑。

詹天佑告诉陈昭常："洋人比国人素来消息灵通，咱们生意还没开张，京张铁路总局的招牌还没挂上，他们就得了消息赶来谈生意了。"

陈昭常也笑了："可不是，尤其是外国银行的人，一向鼻子灵、腿脚快，肯定是打听到京张铁路归商部管，就找上了沈大人的门，沈大人是商部典农司的右参议。眼下又来找咱们，眷诚兄，你打算怎么应对？"

詹天佑是毫不犹豫："按理说，沈大人介绍来的人，应该给足面子，给他们一些业务做，但是有些业务还要看实际情况而定，如果他们的确更有实力，业务过硬，那可以光明正大参与竞标。"

陈昭常明白了，詹天佑的意思是不会为了沈大人的缘故而开后门，"不过，眷诚兄，你可别忘了，京张铁路建筑经费主要来源是关内外铁路盈利的部分款项，这笔款项由汇丰银行控制，咱们还真不能得罪这位经理。"

詹天佑稍微沉了沉："那也要看是什么业务，临机应变吧。"

"好。"陈昭常一锤定音，"我来应酬他们，你来谈具体业务。"

就在他们两个刚商量妥怎么应对的时候，客人来了。

他们一行两个人，除了这位天津汇丰银行的布莱斯经理，还有一位是随行翻译。

双方见面，自有一番介绍交际，看茶落座后，布莱斯先起了话头："真没想到，在陈总办这里，还能见到詹总工程师，我们此次可是不虚此行了。我们同在天津，可早就听过二位的鼎鼎大名。大清国的人一提到修铁路，就会提到京张铁路。提到京张，就会提到二位。今日能见到二位，荣幸之至。"

陈昭常抱了抱拳："不敢当，您这是抬举了。"

布莱斯立即回复："大人何必谦虚，我来之前去拜访过沈大人，沈大人对二位也是赞赏有加。"





陈昭常表面微微一笑，心说，要是由着这位兜圈子还不知道得说出多少没意义的奉承话。干脆，单刀直入吧，把话题导入正轨："布莱斯先生，我们大清国有句话，无事不登三宝殿。沈大人给我们打过电话，说是你想要承揽京张铁路的部分业务？"

"陈大人真是爽快人，"布莱斯打了个哈哈，"不像有些人，喜欢说上大段的开场白。既然您爽快，我也就直接说了。是这样的，我知道贵国修筑京张铁路是一件大事，听说，从设计到施工，决定不用一个外国人，而且，也不向其他国家贷款，这真是一件好事，我也由衷地为贵国感到高兴，希望京张铁路一切顺利。"

陈昭常点头示意："多谢美意。"

"陈总办，想必您也知道，我们英国在修筑铁路方面有很好的经验和设备，贵国的沪宁铁路就是和我国合作修建的，我们的工程质量如何您一定很清楚，詹大人就不用说了，您在铁路上的时间长，更应该知道我们。"

说到这儿，布莱斯看了一眼詹天佑，就看詹天佑眼皮都没往起抬，布莱斯有点尴尬，好在洋人有这么一种本事，俩肩膀往起一端，好像就能自动化解尴尬。他接着说："本人此次登门，正是受我国公使委托，跟二位谈谈京张铁路的生意，希望贵国能使用我国的钢轨，我们的钢轨质量比其他国家的要好很多。"

说到这儿，詹天佑点了点头："没错，贵国的钢轨质量我十分清楚，京张铁路的修筑也的确需要很多钢轨。但是，二位，你们来得很是不巧，因为，就在前几天，我们已经预定了五千吨钢轨，京张铁路现在还在筹建阶段，暂时不需要那么多了。"

这一番话说出来，不仅布莱斯被镇住了，就是陈昭常也暗吃一惊，心说，五千吨钢轨不是小数目，詹天佑这是什么时候订的、又是和谁订的，这么大的事情他竟然瞒得密不透风，这里面是不是有什么文章？怎么自己事先一点儿都不知道呢！

心里惊讶极了，陈昭常面上却不动声色，看布莱斯正用怀疑的目光看着自己，陈昭常点头微笑了一下，示意他，确实如此。

布莱斯有点儿沉不住气了，因为他来之前已经打听过了，京张铁路总局还没有订购钢轨，这应该是可靠消息，怎么到这儿就变了？看詹天佑那个意思，是不想和英国合作。

“詹大人，您的意思是不考虑订购我们的钢轨了？”

詹天佑笑了：“哈哈哈，我不是这个意思，我只是说我们的钢轨暂时够用了，不打算再行采购。”

言外之意，眼下不用，但后续还需要也是有可能的。

布莱斯往前探了探身子，正颜厉色：“詹大人，进门之时我已经说过了，我可是沈大人介绍来的，他是你们的顶头上司，难道你一点面子都不肯给？”

这个意思很明显了，不跟我们做生意，是不给英国人面子，更是不给我们背后的介绍人、你们的上司沈云沛面子。

一旁的陈昭常急忙出来打圆场：“布莱斯经理，你扯远了，沈大人是我们的顶头上司不假，我们也没有半点儿顶撞上司的意思，刚才詹大人已经说了，钢轨已经订购了，现在不需要那么多，以后有机会咱们再合作，这没什么不好啊，对不对？”

布莱斯心说，你说得好听，以后合作？那就不一定是我们了，谁不想从京张铁路的工程上分一杯羹，做买卖就得稳准狠，看见机会马上抓住，过这个村就没这个店了。

想到这儿布莱斯把态度也缓和下来：“陈总办，詹大人，我不是说你们顶撞上司，我主要考虑的是贵国与鄙国之间的友情，你们想，大英帝国和你们大清是多年的友谊了，我们的工程师金达先生在中国建了多少条铁路呀，虽然说庚子年闹过一些矛盾，那不过是暂时的，过后，咱们的关系还是不错呀。又何况，你们现在资金短缺，日、俄两国在贵国大打出手，绝不会对你们有所资助，关键时刻还得看老朋友，我们真的是出于对朋友负责的态度，来谈这笔生意，所以，真心请你们考虑一下。”

詹天佑心说，行，开始打感情牌了。“布莱斯先生说得对，我们知道您是沈大人介绍来的贵客。但是，我已经说过了，我们确实订购了足够用的钢轨，这件事，沈大人不知道，所以才推荐你们前来。当然，眼下我们仍在筹建阶段，并不是把全路段的钢轨一次性采买齐，所以后续如果有需要，我们会考虑贵国的钢轨的。”

布莱斯明白，从詹天佑这里入手是很难再有进展的，他一转脸，看着陈昭常：

"陈大人，您是这条铁路的总办，一切由您说了算。要知道，你们修建京张铁路的钱是由我们汇丰银行调拨的，实话说吧，我这次前来揽工程，就是想赚点钱，我在英国的人脉很广，如果事情办得顺利，咱们三个人可以做到共赢。"

好嘛，这位是黔驴技穷，把实话全给秃噜了。

陈昭常深谙生意场上的谈判规则，他和詹天佑两个人一起参与这场谈判，自然是一个唱红脸、一个唱白脸。詹天佑坚定地回绝了他们，自己就要适当地捧一捧他们，更何况这位说出了问题的根源，那就是汇丰银行拨款问题，这也是自己最担心的，想到这儿，陈昭常满脸堆笑："布莱斯先生，贵国的钢轨质量毋庸置疑的确是上乘的，这一点我很清楚，毕竟当年我还到过贵国考察，见识过贵国的钢厂和炼钢炉。"接着他话锋一转，"可是现在我们的京张铁路才开始，做生意最重要的就是诚信，合同签了、定金付了，现在说毁约，就是沈大人也会觉得不合适的。您刚才说了，我们资金短缺，就算跟您签了合同，定金恐怕一时都拿不出来。"说着他又对詹天佑使了个眼色。



詹天佑心领神会，立即接了一句："这样吧，既然贵国的钢轨是世界一流，您能不能留下名片来？等到工程后期，我们如有需要，一定与您联络。"

话说至此，布莱斯明白，这趟是白跑了，只好留下名片，悻悻而去。

他前脚刚走，陈昭常就迫不及待地追问詹天佑："眷诚，你什么时候订购了五千吨钢轨？我怎么不知道？这预算款都没拨下来，你从哪里支用的这么大笔的款项？"

詹天佑站起来拱手行了个礼："大人见谅，其实咱们没有订购钢轨。您是这条铁路的总办，若真的是这么大批量订购物料，我肯定是会先跟您汇报的。正如您所虑，预算尚且没有报上去，朝廷没拨款下来，我也没有钱订购钢轨。"

陈昭常眼睛瞪得有茶杯大："什么！你没有订钢轨？可是你刚才说得有板有眼的，我以为你真的订了。"他苦笑着摇了摇头，真的没有想到詹天佑看上去那么耿直的工程师，居然能面不改色地糊弄走那个唯利是图的经理，"眷诚兄，那你为什么要这么说呢？既然英国的钢轨质量过关，布莱斯又是沈大人推荐过来的，何不卖沈大人这个面子呢？"

詹天佑认真地给陈昭常解释："大人，首先我感谢您对我的信任和配合。修铁路这件事有太多的因素要考虑，包括技术，也包括地形环境、安全系数等，以往每修筑一条铁路，总有很多外国公司通过他们的大使馆或者领事馆找到经办人承揽各种业务，这大大影响了工程技术人员的专业判断。当专业判断让步于人情、面子等主观因素时，铁路的质量就会难以把控。英国出产的钢轨的确质量过关，但是，布莱斯打从进门就没提过到底是哪家公司，他嘴里说的除了人情就是关系，可见，他注重的不是工程质量，而是赚多少钱。由此，我不打算与他合作。退一步来说，即便他推荐的公司业务过硬，咱们刚才也没有把话说死，今后还是可以合作的。我是不想开‘托人情’这个口子，所以，不如让他们碰个钉子，把咱们的态度宣扬出去，以免日后有那推托不掉、不好回绝的人情关系找上门来。这里我还有个想法，希望请大人留意一下，在京张铁路的修筑过程中，咱们自己把好关，不管是谁来承揽业务，都不能影响咱们的专业判断。有没有人介绍来不是咱们要考虑的，咱们只管看提供的东西是不是物美价廉、是不是适合京张铁路使用。”

“这最后一点嘛，”詹天佑无奈地笑了笑，“我也知道我拒绝了他们是驳了沈大人面子，这件事情，就请大人您处理吧。”

陈昭常一听，得，这球踢来踢去，还是踢给我了。不过，陈昭常也很是感慨：“眷诚兄，你真的是个认真的人，想事情总是从高处着眼，坚持原则，不会不分对错一味迎合长官的意志。就说推荐供应商这件事，英国钢轨的确不差，我想沈大人之所以推荐也是出于这个原因，并非出于个人利益，用他们的钢轨应该问题不大。但是，你想得很对，这个人一来就抬出沈大人这层关系，如果我们立即应允订购，只怕很快满京城都会传我们因为沈大人的推荐而订了英国的钢轨。京里那么多官员，他们如果都找上门来推荐他们认可的外国供应商来接我们的业务，我们就被动了。万一事情没办好，沈大人也要跟着吃挂落。”

詹天佑点了点头：“就是这么个道理。所以我们对供应商一定要把好关，如果现在囿于情面不敢回绝某位大人，其结果是害了自己也害了他们。我不是让他留下名片了吗？也告诉他如果后续我们要加购钢轨会联系他的。如果他真心想做成这笔生意，就正大光明来竞标吧，只要真的物美价廉又适合京张，不用走沈大人的门路，我们也会加以考虑的。至于他最后说的拨款问题，谅他们不敢，别忘了，这是大清的国土。”

詹天佑心存公正，一心为国，陈昭常由衷敬佩，高挑大指。

# 第六十回

# 陈昭常妙策解难题

# 胡燏棻正义护人才

詹天佑巧言答对，说走了汇丰银行的经理，陈昭常看了看天，已经傍晚了，当下决定，留梁敦彦和李子亭在衙门里用饭。

到了晚上，詹天佑觉得头有些疼，由于白天吐血，又说了那么多的话，现在身体不是很舒服，就准备休息了，这时候，陈昭常来找他："眷诚兄，好些了吗？"

"还别说，经过白天这么一折腾，我倒觉得好多了，只是头还有点沉，大人，有事吗？"

"当然有啊，袁总督只给我一天的时间，如果咱们还是想不出好主意，京张铁路大事去矣。"

詹天佑一听急了："哎呀，那可不行，这样吧，陈大人，咱们俩明天坐火车去北京，找胡大人，让他帮忙求情。"

陈昭常摇摇头："不妥，即便请出胡大人，治标不治本啊。"

"什么意思？"

"还什么意思，眷诚兄，预算数额不改，找谁也没用。"

"可是……哎呀！"

詹天佑急坏了，其实，他也想改，可是，这些数字都是他的底线，不能再改了。

"陈大人，我——"

"不用说了，当务之急，听我的吧。这样，还按原来的预算数额，咱们再写一份报告。"

詹天佑一听："有这个必要吗？"

"前面都不动，只在后面，没关系，如此这般，怎么样？"

詹天佑一听："这倒是个办法，行与不行，只能碰碰运气了。"

"光说当不了练，咱们这就去。"

两个人来到办公室，陈昭常亲自将詹天佑的报告润色了一番，形成上报袁世凯的正式公文，詹天佑将有关的平面图纸、数据又仔细核对了一番，确认无误后，两人乘大轿一起去了总督衙门。

方治平一直等着他们呢："哎呀，可算来了，有没有进展？"

陈昭常把新写的预算报告打开："方先生，为今之计，也只能如此了，您看如何？"

方治平从头到尾仔细一看，他把眼睛瞪大了："陈总办，您这也是一条权宜之计呀！"

"万难关头，也唯有此计了。麻烦您赶快拨通电话，我要向总督汇报。"

"好！"

方治平拨通了电话，陈昭常在电话里向袁世凯汇报了最终的预算结果。

其实，这还真得说是陈昭常的一条妙计，他知道，预算数额不可能减少，詹天佑肯定一步不让，袁世凯那边逼得又紧，陈昭常只能把预算做一个分割处理。

之前袁世凯上报朝廷的是五百万两预算，说的是修路费用，而詹天佑这个七百二十八万多两的预算里却包含了机车车辆购置和总务费，如果把这两项剔除单独列示，那么修筑铁路的费用合计是五百七十万两左右，只略超出袁世凯先前上报的预算。而詹天佑在实地勘测中发现，关沟南口段地形复杂程度远超预期，修筑成本自然也会相应增加，这一点金达也说过，用这个原因就可以很好地解释修路费用比预期略有提高。至于购置机车车辆和总务费，可以过段时间再重做预算。

这还是前一天方治平和陈昭常谈话的时候，无意中说出来的，让陈昭常一下就想到了"修路预算"和詹天佑做的预算是有差别的。

他在电话里向袁世凯汇报，詹天佑在一边听着心里暗自佩服，陈总办实在是了不起，能想到这样一个合情合理的办法，别看是文字游戏，但真的解决了大问题。

电话那头的袁世凯听了以后，只说了一句话"办法可行"，就把电话挂了。

方治平一看，冲陈昭常高挑大指："陈总办，真有您的！"

事情圆满解决，满天云彩散，陈昭常和詹天佑总算能缓一口气。

方治平又嘱咐两个人："二位大人，我知道这份报告一定花了你们不少的心血，是下了大力气认真做出来的。但是给太后和皇上的奏折必须要严谨再严谨，一点纰漏都不能出。朝廷下令忌讳朝令夕改，咱们向朝廷汇报也忌讳前后不一。您二位再检查一遍，没问题，就赶快发到北京去吧。"

"好！"

陈、詹二人又仔细检查了一遍，万无一失，这才封好公文袋，发往北京。

方治平看了看詹天佑："哎，对了，詹大人，听说您病得不轻，怎么这么快就好了？"

没等詹天佑说话，陈昭常抢了一句："眷诚心系京张铁路，不敢有半日偷闲，即便在病榻上，他也是不忘修改预算。”

“哎呀，真是太辛苦了！这样吧，总督衙门有规矩，每天都有夜宵，二位简单用一些吧。”

两个人也没推辞，下役答应一声，去准备夜宵。

不大会儿的工夫，夜宵准备好了。

三个人坐在饭桌前，詹天佑一看，好家伙，这是夜宵啊？只见桌子上摆满了山珍海味，这也吃不下啊！

方治平一看，“哎，怎么愣着？坐下，吃啊！”

没办法，为了不扫兴，詹天佑勉强吃了几口，喝了碗莲子羹。

陈昭常没有吃夜宵的习惯，可今天也不知道怎么了，边聊边吃，好像胃口不错。

詹天佑暗自佩服，心说，让我装，我都装不出来。

方治平久在袁世凯身边，什么事一看就明白，他那双眼睛是横草不过，见詹天佑和陈昭常的举动，他笑着点了点头：“行啊，二位堪称是国家栋梁啊！修铁路，詹大人是专家；做官行事，陈总办是行家，把你们两个放在一起，真是天衣无缝。眼下，袁总督正在向朝廷提议派遣大臣留洋考察，并且计划明年在天津开始，请太后和皇上看看立宪的效果和好处，京张铁路就是问路石，这块石头要是扔好了，国家兴盛指日可待。”

预算风波，到此就算告一段落了。

听到这儿，有人不明白，一个预算的事，怎么说了这么久？很重要吗，到了不还是批了吗！何必讲得如此详细呢？您看，咱们这部书讲的是京张铁路的来龙去脉，可这万丈高楼平地起，水从源头树从根，如此浩大的工程，经费支持至关重要，那是基础。

其实，在中国古代，这就是一个官僚机构内部的费用监督机制。据说，汉文帝在位的时候，曾经打算建造一个露台，由于当年的蝗虫成灾，民众生活苦不堪言。汉文帝为慎重起见，命手下大臣去找工匠计算一下需要多少费用。这位大臣找到工匠一算，需黄金一百余斤。汉文帝听说后，不由大吃一惊，随后他对这位大臣说：“一百斤黄金，可相当于百姓中十余户中等人家的财产啊！我继承先帝的宫室，常常感到不安，甚至觉得惭愧。我怎能还用这么多的钱财去建什么露台呢？算了吧。”

您看，这就是预算的雏形。而预算作为制度，应该成熟在北宋，宋太祖赵匡胤为了分散尚书省的财权，设立三司，三司的领导叫三司使，是皇帝直接任命，直接向皇帝负责。而三司使有一个别称叫计相。到明代，取消三司使，将这部分划分到户部。从那时候起，户部掌管天下财权。

但是明代户部，只出账簿，列出入明细，并不直接经手现金银两。所有现金调配则是全国各布政使司下属的户科负责。

这种方式就和现代的预算制度非常相似了。但还不一样，因为这里面有一个项目立项、批准、核销程序。

明代完成这个程序不在户部，而是在内阁。

到了清代，这个程序在军机处就完成了，不需要一群人对着朝廷预算说三道四，而是由皇帝一人裁决。

总结起来就是，宋代预算由中书省报备给三司使，三司使通过再报告给皇帝，皇帝不顺心他也得通过。这种预算如果留中不发，后果很严重。





明代预算立项，是在内阁，由内廷与外廷两边共同商议决定，最后报给皇帝。即便是皇帝不高兴，也没关系。该通过也得通过。

而清代则不同，直接是户部报告给皇帝，皇帝想发直接让军机处办了，不想发打回去让户部重新报。

因为这个原因，袁世凯才这么重视预算程序，慈禧太后把持朝政，基本上就是一言堂。之前，慈禧已经对袁世凯有过不满，所以，这次上报预算至关重要。那么，从这次经费预算里，又影射出来不少的为官之道。应该说，袁世凯、梁敦彦、陈昭常都是精于此道，只有詹天佑，他恪守初心，矢志不渝，虽然不是一个懂得应变的官员，却是一名刚直不阿、一心为民的爱国工程师。

通过这件事，袁世凯很高兴，他为能有陈昭常、詹天佑这样的下属感到庆幸。而就在此时，胡燏棻从外地办差回到了北京，他见到了袁世凯，知道了预算的事。

在胡燏棻心里，对袁世凯的意见很大，他觉得，袁世凯不该如此逼迫詹天佑。言谈话语中可就带出了这层意思。可袁世凯对胡燏棻，总是那么恭敬，心里别扭，嘴上不住地“好好好、是是是。”

他们两个人是京张铁路的总负责人，其实，要是说起他们的关系，还是很微妙的。

那还是十年前，朝廷决定用新方法编练陆军，当时有两个人要争夺新军督办的职务：这两个人一个是胡燏棻，一个是袁世凯。

要说起来，胡、袁二人都不懂军事，怎么办呢？他们都会请外援。

胡燏棻请的是一位对新政和练兵都很熟悉的宁波人，请此人帮自己制订了练兵计划，交给京师督办军务处大臣恭亲王、庆亲王和荣禄过目审批，三位大人很满意，当即命令胡燏棻在马厂练定武军十营。

这个消息很快被袁世凯听说了，他马上托人去请那个宁波人，可那位不肯来。袁世凯一狠心，馈金珠赠异宝，不惜大量金钱收买这位宁波人，最后，在现实面前，金钱打败了规则，宁波人将给胡燏棻制订的编练新军计划，大加润色和补充，交给了袁世凯。

袁世凯奉为至宝，朝夕朗诵，铭记要点，他又重把这份计划补充了一下，便去求见荣禄。开始荣禄不信，袁世凯能写出这样的计划？考考他。荣禄逐条详询，没想到，袁世凯对答如流！荣禄非常满意，当即带着袁世凯拜见恭亲王和庆亲王。

两位亲王询问袁世凯，袁世凯也明明白白作出了答复。当下，三位军机大臣会同一处这么一比较，认为袁世凯的回答比胡燏棻高明而且详细。

这里头还有一点原因，胡燏棻是浙江绍兴人，他的官话不如袁世凯说得流利。

那年头没有普及普通话的说法，但是有官话，所谓官话，就是当官的说的一种语言。

清朝初年，官话承袭明朝制度，仍使用南京话的声调为标准正音。到了康熙年，北京官话逐渐分化出来，官话逐渐分为南京官话和北京官话两种。到了雍正八年，朝廷设立正音馆，大力推广以北京音为标准的北京官话。到清代中后期，北京官话逐渐取代南京官话。

胡燏棻是浙江人，说地地道道的南方话，三位军机大臣听他汇报的时候，得猜着听。袁世凯就不一样了，他是河南口音，稍微注意一点，北方人都能听得懂。所以，在这一点上，袁世凯近水楼台先得月，胜了胡燏棻一筹。袁世凯的练兵要则被呈报到军机处，军机处批了四个字：甚属妥当。当即命袁世凯把他的军队扩编改建，改名为新建陆军。

从打那时起，袁世凯总能高胡燏棻一头，可是胡燏棻有真才实学，十年来，也从未退步，只是，总也越不过袁世凯这道鸿沟。

两个人在大是大非面前，能够保持统一战线，在一些小事儿上，两个人属于面和心不和，言和语不顺。

这事儿要放在头几年，袁世凯恐怕没这么好的脾气，胡燏棻敢埋怨自己，绝对不行！现在，袁世凯的态度变了，一个是预算的事情成功了，再一个，前段时间胡燏棻病了，用过很多好药，都无济于事。袁世凯帮着找了不少有名的医生，去给胡燏棻看病。所以，胡燏棻很感激袁世凯，两个人的关系也有所缓和。

但是，胡燏棻还是坚持自己的看法：詹天佑是技术人才，修铁路是科学工程，这里面最好不要掺杂那么多复杂因素，不要搅乱詹天佑的科学判断。

本来，胡燏棻还打算去商部见一见沈云沛，还没等去呢，有人来报，陈昭常、詹天佑求见。

哎哟，胡燏棻觉得奇怪，他们不是应该在天津吗？怎么来北京了？

敢情是北京要兴建京张铁路的办公地，请陈、詹二人来选址。两个人正好进京听一听朝廷的回音，再看望一下胡大人。

“快请。”

三个人在花厅相会。一见面，胡燏棻先安慰了詹天佑：“眷诚啊，这段时间你受苦了，预算的事让你为难了。”

哎哟，本来詹天佑觉得没什么，现在听胡大人这么一说，眼圈红了，眼泪差点掉下来。

陈昭常一听：“胡大人，您这可就有偏有向了，难道眷诚辛苦，我就不辛苦？”

胡燏棻笑了：“简持啊，就算褒奖也得一个一个来呀，我算看出来了，让你们两个搭档，真是再合适不过了，有些事可遇不可求，珍惜眼前的缘分吧。”

两个人一听，双双拱手：“全赖大人提拔。”

“好啦，我已经听说了，袁总督今天进宫上报预算，你们就在这儿别走了，咱们一同静候佳音。”

# 第六十一回

## 长春宫准奏批预算
## 天津卫挂牌立总局

詹天佑和陈昭常一起到北京拜见胡燏棻，此时的紫禁城长春宫内，慈禧太后正在看着袁世凯呈上的《京张铁路线路报告》和《京张铁路预算报告》。

“嗯，这个价格合适，还是用咱们自己人有把握。”

有过之前坐火车的经历，慈禧已经对铁路充满了期待。又看了看《出洋考察报告》，慈禧点了点头：“行啊，看来咱们还真得跟国外学学了，就这么办吧。”



当即告诉袁世凯：“大小事宜你就拿主意吧。”



“喳！”

就这么几句话，就等于批准了，户部的款项不日即到，袁世凯春风满面，退出长春宫。派人给总理衙门的胡燏棻报喜，袁世凯带着人回天津了。

胡燏棻拉着陈昭常和詹天佑的手望空一拜，口中念道：“京张铁路获准，百姓之福至矣！”

陈昭常看着詹天佑，两个人激动得说不出话来，历经了这段时间的预算风波，让这两位同僚的感情愈加深厚，也让他们感到了京张铁路的来之不易。

就在这时候，有人来报：“启禀大人，梁如浩求见。”

嘿，詹天佑一听，真是想谁来谁！经费的问题解决了，下面就是人员问题，自己之前给过陈昭常一份借调名单，那单子上，大部分人都在梁如浩手下，现在，这位老同学来了，不用问，这是给我送人来啦！

詹天佑欣喜若狂，胡燏棻也十分高兴：“这可真是群英大会啊！快请他进来，我正有要事与他相商！”

时间不大，关内外铁路总办梁如浩进来了。

“见过胡大人！”

“哈哈哈，孟亭，你看谁在这儿？”

“哎，啊？”

本来梁如浩是一副笑脸，现在一看陈昭常在这儿，重点是老同学詹天佑也在这儿，梁如浩脸上的笑纹“唰”一下，没了。

嗯？詹天佑当时一愣："孟亭，一向可好？"

"啊？啊，好，挺好。"

也不知道是怎么了，梁如浩的脸色很不好，好像很尴尬。

转脸看了看陈昭常："陈总办也在？"

"见过梁总办。"

陈昭常这个人善于察言观色，他一看就明白了，梁如浩肯定有难言之隐，这屋里的人，一个是他的上司，詹天佑是他的同学，一公一私都是至交，和自己不过是同事关系，同殿为臣，有些话恐怕不好说。

想到这儿，陈昭常好像突然想起什么事："哎呀，我差点忘了，工部的刘大人约我去阜成门一带选址，各位安坐，在下告辞。"

陈昭常退出总理衙门，花厅里就剩下这三位了。

詹天佑觉得这位老同学有点反常："孟亭，你这是怎么了？"

"我，我……"

"说呀，这儿也没外人了。"

"我？嗨！纸里包不住火，迟早也是说！眷诚，我说出来，你可别生气。"

"我不生气，你说吧。"

"好，那我就说了，实不相瞒，我来见大人，是来诉委屈的！"

"诉委屈？谁给你委屈受了？"

"你！就是你！"

"我？"

詹天佑糊涂了："我怎么会给你委屈受呢？这话从何而来？"

胡燏棻也纳闷："是啊，孟亭，你把话说清楚。"

"哎呀，我的大人，眷诚狮子大张口，他要把我关内外铁路的人才给挖尽，我，我求大人做主！"

"哦，这是怎么回事！"

詹天佑一听就明白了，自己借调关内外铁路工程师的事，胡大人还不知道呢："大人，我不过是向孟亭借几个人而已，您是知道的，京张线上人才缺乏，我调几个人来，也是为国事着想啊。"

胡燏棻点了点头："对呀，借几个人很正常啊，袁总督跟我说，你不是要借颜德庆吗？他已经和盛宣怀打过招呼了，估计不日即到。盛宣怀可是满口答应，孟亭，你未免有点太小气了吧？”

梁如浩一听：“小气？大人有所不知，盛大人那边只是借一个，我这边，他可要借一批！”

“一批？”

“您看！”

梁如浩从打怀里掏出一份名单，交给胡燏棻，胡燏棻接过来一看，他也乐了：“我说眷诚，你这的确有点为难人了。”

“我？”

“你什么你！”

梁如浩算是逮着理了：“眷诚，你可真行啊，一张口就要了陈西林，那可是我们最优秀的工程师，把他调走，你这是直接撤了我的台柱子，你让我这出戏可怎么唱啊。”

詹天佑一听：“孟亭，这个时候你必须以大局为重，你那出戏大，我这出戏也不小。借你的主角唱两天，散了戏再给你送回去嘛！”

“两天？两天能唱完吗！”

“嘿，你这是担心我给你来个‘刘备借荆州——讲借不讲还’吗？要是这样，我给你立个字据！”

说着，詹天佑就找笔纸。

“等会儿，找笔干吗？想借着一个陈西林蒙混过关呀！大人，您看单子上写的，十多个人哪，他这是想把我关内外铁路连锅端呀！大人，关内外铁路、京张铁路都是国之重器，您，您不能厚此薄彼呀！”

好家伙，梁如浩急得要哭了。

胡燏棻一看，打打圆场吧，他站起来，走到两个人中间：“孟亭、眷诚，我记得京张铁路勘测之前，你们在天津聚会过一次，席前，你们两个还有崧生，你们纵论天下大事，展豪情抒壮志煮酒论英雄，老夫我深感欣慰。如今，正是国家用人之际，铁路是新生事物，国中缺乏人才，可以说，在这个领域里，一个工程师能抵过千军万马，动谁的人，谁不心疼啊！可是，凡事得分出个轻重缓急，关内外铁路已经兴建多年，经验十足。而京张铁路则不然，它好像一个刚刚出生的婴儿，吃喝拉撒睡行动坐卧走，都得要人来扶持，人少了还不行，等京张铁路成熟了，再有一条新铁路，还是如此做法。孟亭，京张铁路朝野瞩目，就连那些外国人都关注着，这可是我们大清的头等大事，你只有忍痛割爱啦。”

“可是，大人，眷诚借走十几名武备学堂土木工程铁路班的毕业生，这些人一走，我的很多工程就难以进行了。”

胡燏棻想了想一想，用手一拢胡须：“孟亭，你放心吧，我明天就给盛宣怀写信，请他再给你调点人过来，大清国人才济济，就算是拆了东墙补西墙，也能过日子！”

这一句话，三个人全乐了。

哎，您看，就这一乐，把刚才的不愉快冲得一干二净。别看梁如浩火冒三丈，詹天佑咄咄逼人，他们为的都是国家的利益，没有一丝一毫的个人成分，这种争吵根本不会影响两个人之间的友谊，心底无私天地宽，如此朋友，足见坦诚！

大伙儿这一乐，詹天佑突然想起点事：“孟亭，我除了想找你借人之外，还得请你帮忙支援下场地和材料，京张铁路的起点丰台是与关内外铁路的连接点，从这里开修的话，我还想租用关内外铁路的路轨和场地以存放、运输材料，你看——”

“没问题，我想尽一切办法，保证京张铁路的供应，实在供应不了，我再来求胡大人，胡大人一定有办法。”

嘿，胡燏棻一听，踢来踢去，又把球踢我这儿来了：“行啊，你们都不是好惹的！眷诚，有什么要求趁现在赶紧说，免得我不在场时他赖账。”

梁如浩也笑了：“您把我当成什么人了？我是那种说话不算数、不讲诚信的人吗？”

詹天佑拱了拱手：“既然大人都发话了，那我就不客气了，还真有一件事。”

梁如浩一叉腰：“我说你没完啦？大人就是那么一说，你怎么还提呀？”

“你看，大人下令，我就得执行，你听着啊。”

“得，你说吧。”

“梁总办——”

他这一改称呼，梁如浩就觉得脖子后头冒凉风，心说要坏，这事小不了，听着吧。

“梁总办，京张铁路一切都在草创阶段，我们很多人和设备、物料都要靠关内外铁路来运输，还有一些往来电报要通过关内外铁路的线路，我想，这个，梁总办您能不能免了我们的费用？这样京张线上也可以节省些成本，毕竟经费也实在是不富裕。”

梁如浩一听，连连摆手，头摇得跟拨浪鼓似的：“不行不行不行，关内外铁路曾经借了英吉利的贷款，现在有很强的还款压力，如果盈利不理想，会影响还款，这是信誉的事。而且在运费的收取上我们和英吉利有过协议，这个价格不是咱们自己定了就可以的，如果完全免除费用，英吉利这边绝对不会答应，我们也无法单方面允诺免费。眷诚，这可不是我驳你的面子啊！”

詹天佑一听，他不跟梁如浩理论，他看胡燏棻，胡燏棻心说，行啊，我这真是自己挖坑自己跳啊，自己许的愿自己还吧。

当时一绷脸：“孟亭，别老英吉利英吉利的，英国人的话不是圣旨，你辛苦些，跟他们谈谈，看看能不能尽量将运费压低一些，没说免，压低啊。英国人也不是不讲道理，更何况这几年，你们关内外铁路赚了不少钱，偿还贷款本息应该不成问题，好好说说，为京张铁路争取尽可能低的运费，我给你记一大功！”

“这个——”

“什么这个那个的！都是大清的铁路，运费上的钱，说白了就是东屋的土西屋倒，左兜的钱装右兜，咱们保证按时偿还贷款本息就行了，等京张运营起来，利润一定很可观，那时候，拿出一部分，就可以还给你们，怎么样啊？”





梁如浩一看，不答应不行了，当即点头。

“行啦，今天是好事连连，我已经吩咐后厨了，大摆一桌酒宴，把简持和崧生也叫来，哎，对了，还有个人，我也想叫来，眷诚，你可有事一直瞒着我！”

詹天佑一听：“大人，您说的哪件事？”

“还哪件事？李子亭啊，你把他收在身边，怎么也不跟我打个招呼啊？”

“哎哟！”詹天佑恍然大悟，自己太忙，给忘了，“大人，我——”

“得，不用说了，子亭都告诉我啦，其实，这个事我得谢谢你，要不是你，我这好朋友就得恩怨成仇啦，如今他能在你的身边，这叫鸟随鸾凤飞腾远，人伴贤良品自高，我特别高兴，干脆就让他给你当个保驾官，不嫌弃吧？”

“哎呀，大人说得哪里话来，这一路勘测，若是没有镖头相助，天佑恐怕已经不在人世了，大人能将镖头安排到我的身边，实在是天佑之福，多谢大人。”

“哈哈哈，今天的好事太多啦，晚上，咱们一醉方休！”

当天晚上，众人在总督衙门后院饮宴，到了次日，梁如浩回到自己的衙门，加快给名单上的这些关内外铁路技术人员办理工作交接和借调手续，让他们抓紧到天津报到。

陈昭常、詹天佑把北京的事情处理完赶回了天津，不到十天，以邝孙谋和陈西林为首的一批优秀工程技术人员纷至沓来。

这些人刚报完到，从山海关铁路学堂又来了十一位优秀学员，胡兆榕、周凤侣、赵杰、刘德源、李鸿年、耿瑞芝、俞妙元、王桂心、张可铭、邵善闻、马联升。

这些人加上苏以昭、张俊波、张鸿诰、徐士远，一共十五人。

这十五个人中，张鸿诰、徐士远、苏以昭、张俊波是跟着詹天佑风餐露宿一个月完成了京张铁路全线实地勘测的，其余人员也是詹天佑在关内外铁路和津卢铁路上工作时共事过的。

两方面人兵合一处，将打一家，就等着从沪宁铁路调来的那位工程师颜德庆了。

又等了三天，颜德庆到了！好家伙，整个天津城几乎汇集了当时国内所有的铁路技术精英，八仙过海，各显其能，真好似天上的明星落凡尘一般！

等人员全部到位后，陈昭常和詹天佑讨论了一下，他们决定在 1905 年 7 月 3 日，也就是光绪三十一年六月初一这一天，正式挂牌办公。

时值初夏天，天津城春光尚存而暑热未至，道路边的绒毛白蜡树刚过花期，正在结果，入目所及一片翠绿，日光晴和，偶有阵阵微风拂过，送来阵阵花香，带起独属于这春夏之交的暖融融又甜腻腻的气息。

天津河北新马路贾家大桥一带，车水马龙，热闹非凡，一辆辆马车、一抬抬官轿汇聚在一处独立的院落门前，马车排成队一直出了巷子口，都排到了大道上了！这处院落就是中国官办京张铁路总局的办公地，今天正是这里挂牌办公的日子。

陈昭常和詹天佑俱是一身官服，带着从各地调来的技术人员和学员们站在院子里迎接前来道贺的宾客。在津的大小官员纷纷前来道贺，更不用说詹天佑以往的同窗、同事，除了梁敦彦、梁如浩、金达等人外，就连回津向袁世凯汇报工作的唐绍仪都来登门道贺。

杂役们取出早就准备好的鞭炮，陈昭常在众人的簇拥下拿着火捻点燃了鞭炮，院门前一阵红火响亮的爆竹声，透着热闹喜庆。

奇怪的是，胡燏棻居然没能到场出席，只是派了一名助手从北京赶来代替自己出席挂牌仪式。陈昭常也没多想，估计是胡大人事务繁忙，难以脱身。

这一天里，不断有人前来祝贺，到了晚间，陈昭常安排了晚宴答谢宾朋，众人高举酒杯，一同憧憬着京张铁路修成后的盛况。

# 第六十二回

## 秉忠心体弱勤国事
## 获奇闻胆壮探虚实

京张铁路总局正式挂牌办公！

这是大清国真正意义上的第一条完全独立自主的官办铁路，不用外国工程师、不借洋债、没有列强的指手画脚，接下来，就要全看中国工程师在此大展身手，这条铁路将成为京师通往西北最重要的运输大动脉，也牵动了举国上下无数人的心。

当初，京张铁路的修筑刚刚被提上议程的时候，外国人纷纷看笑话，他们说能修京张铁路的中国工程师还没出生。可是今天，京张铁路总局正式挂牌，详细的线路规划报告得到了朝廷的批准，以詹天佑为总工程师的建设团队汇聚了国内最优秀的一批铁路技术人才，万事俱备只待破土动工。那些抱着黄鹤楼上看翻船心思的外国人，纷纷收起轻视怠慢的态度，他们关注着京张铁路的进展，审慎地评估着大清的实力，并计划着能在这个大工程上分到一杯羹。

这个时候，詹天佑无暇顾及外国人是怎么想的，他现在得马上准备硬件设备。

仪器设备、原始材料、办公场地、仓库厂房，这都得安排。再有，还得时刻关注户部拨款情况，而且，在等待款项到来之前，就得安排人手办理京郊一带沿线征地的事，每天都忙得不可开交。

一眨眼，半个月过去了。这天上午，山海关学员俞妙元前来报信:“老师，胡大人到。”

“哦，赶快迎接。”

来到大门前，只见一乘大轿轿杆低压轿帘挑起，胡燏棻打里面出来了，往外这么一走，詹天佑心里“咯噔”一下，这才几天没见啊，胡大人怎么变成这样了？本来胡燏棻的体格挺好，是个胖大的身躯，现在，瘦了一圈，原来那身官服也显得大了，背有点驼，腰有点弯，就是两只眼睛烁烁放光。

詹天佑听说了，胡燏棻的身体一直不好，前些日子还加重了，就因为这个，总局开张挂牌那天，他才没来。今天一看，胡大人的身体可是不妙啊。

詹天佑抖下马蹄袖上前请安:“大人，不在府中养病，怎么到天津来了?”

胡燏棻深吸了一口气:“眷诚，我这点病不算什么，咱们京张铁路马上就开工了，来之不易啊。正好我到天津有事，事办完了，就过来看看。”

就在这时候，陈昭常也迎出来了，两个人一左一右把胡燏棻搀到了中堂。

落座已毕，胡燏棻看着詹天佑："眷诚，你留学西洋多年，归国后又一直从事技术方面的工作，做事勤恳踏实、实事求是，不计较个人利益得失，不会为了自保而糊弄上司睁眼说瞎话，这些都是你的好处，由你担任总工程师，我很放心。"

"谢大人。"

"等等，有些话我必须嘱咐你，从上次预算这件事，你应该能看清楚，在官场上要想做成事，你这个性格可是吃不开的，所以，有些事情必须要和简持商量，你们要协同一致。这里面的意思你可明白?"

詹天佑肃然拱手："定不负大人重托。"

胡燏棻笑着点了点头，拍了拍他的肩。





别看之前在总理衙门，胡燏棻夸奖陈昭常和詹天佑，等他们俩走了，胡大人一直在心里盘算。预算一事以詹天佑的性格定然是早就翻篇了，他也不会去想陈昭常会不会心里对自己有芥蒂、会不会给自己小鞋穿。但是胡燏棻担心的是陈昭常，陈昭常为官多年，虽然也算得上是新派官员，但难免习惯了老派官员那一套上级压下级的作风，胡燏棻怕陈昭常接受不了詹天佑这种技术出身的新派官员凡事"数据说话、事实说话"，不为奉承上司说违心话的行事风格。所以，他才说出刚才那番话，话是说给詹天佑的，但是胡燏棻的眼睛始终看着陈昭常。

陈昭常冲胡大人点了点头，意思是您说的话我全明白。

跟着，三个人又聊了几句闲天儿，詹天佑以为胡燏棻准备回去了，敢情不是，这位老人家还要亲自视察。

老马嘶风，雄心未退。胡燏棻不顾病体，在陈昭常、詹天佑的陪同下，视察了京张铁路总局的办公地，而且，坐着火车到北京，看了看阜成门外即将投入使用的京张铁路工程局，重点查看了御河。

查看一圈下来，胡燏棻把陈昭常和詹天佑带回了自己北京的府邸，请他们两个人吃了饭，饭后闲谈中，胡燏棻嘱咐他们："京郊一带，尤其是万寿山支线线路的规划，十分敏感，这里有颐和园和圆明园两处皇家园林，又有诸多皇亲国戚的园林和墓园，征地和筑路都要谨慎再谨慎、小心再小心。"

回过头来告诉詹天佑："眷诚，天子脚下无小事，你们很可能要打上一场硬仗。千万别得罪人了还不知道，到时候丢官事小，恐怕性命有忧。"

应该说，胡燏棻的话至关重要，陈昭常和詹天佑肃然应是。当晚，陈、詹二人带着随从在馆驿住宿。

因为头天入住较晚，第二天两个人起得也很晚，随从没敢打搅，看二位大人起了，这才回禀，已经买了下午回天津的车票。

陈昭常问了一句："下午几点的车？"

"回大人，四点半。"

"哦，哎，眷诚兄，现在还不到中午，你应该回家去看看。"

为什么这么说呢，因为陈昭常已经听说了，詹天佑的母亲和弟弟已经到了北京。

这句话提醒了詹天佑，他早就想回家去看看，谭菊珍写信到天津，告诉他母亲已经来了，詹天佑归心似箭，恨不得立时见到老娘。这次陪着胡燏棻视察京畿一带，詹天佑很想抽空回去看看，可让陈昭常这么一提，他倒不好意思了："算了吧，天津那边事情那么多，老太太身体康健，晚几天回去也行。重任在肩，我呀，还是先盗令再探母吧。"

"嘿，你成杨四郎了，我说眷诚，你——"

"哎，大人不必再提了。"

"得，我不提了，不过，我想跟你商量个事。"

"您说。"

"打今儿起，当着外人你管我叫大人，没人的时候，你管我叫简持行不行？"

詹天佑一听，"好，那就依你。"

抬眼看表，也快十二点了，"这样吧，简持，我请你吃饭，咱们吃完午饭奔火车站。"

"好，吃什么？"

"哎，你久在天津，上次去你那儿，你给我摆了不少的小吃，告诉你，天津北京离得虽然不远，这饮食可是差之千里啊，我请你点有特色的。"

"哦，吃什么？小饭馆可不行。"

"那当然，咱们吃正阳楼的大螃蟹，怎么样？"

"哎哟，好啊，走。"

两个人说说笑笑，带着几名随从由打馆驿出来，奔往前门。

陈昭常说小饭馆不行，这可不是他挑剔，这是当时的规矩。按照清廷的制度和律令，官员是不能进入戏园和饭馆的。官员一旦触犯此禁，朝廷的处罚是非常严厉的。

但是，如果官员遇到需要庆贺的事情，要一起宴集聚餐，在所谓的饭庄里进行是许可的，也就是大规模的饭店，像什么"八大楼""八大堂""八大春""八大居"，这都可以。起火小店吃豆腐脑，不行。

正阳楼这规格就可以了，属于鲁菜系列，这儿的“涮羊肉”可以和东来顺的涮羊肉分庭抗礼，名菜有小笼蒸蟹、酱汁鹌鹑、酱香鲜蟹等，最著名的就是大螃蟹，以鲜肥、个儿大著称。

两个人带着随从来到前门外肉市南口，正阳楼门前的伙计一看二位这气派就知道不是一般人，直接给带到了二楼雅间，随从们在大厅用饭。

俩人叫了几个菜，边吃边聊，由于今天的天气有点闷热，他们就把雅间的门给打开了，为的是通风。可巧，隔壁雅间也把门给打开了，那边说话的声音，可就传过来了。

陈昭常、詹天佑都是正人君子，没有“听窗根”的毛病，无奈，隔壁说话声音太大了，想不听都不行，这一听，詹天佑和陈昭常就是一愣！





听隔壁说话人声嘈杂，少说也得六七位，其中有个尖嗓子，说话“叽嘹叽嘹”的：“我说，哥儿几个，你们找我就算对了，听说了吗，我父亲那好朋友，就那李老太爷，人家祖祖辈辈都在海淀住着，那老房子我去过，风水多好啊！之所以家宅兴旺，就是有这么好的风水！可没想到，朝廷要修京张铁路，偏偏要从李老太爷家穿行而过，这就要拆房搬家，老头一听差点窝回去，家里人着急了，上我们家找我来了，我当时出面，找我二哥，不到三天，朝廷下旨，李老太爷家的房不拆了。”

旁边几个人一齐问：“为什么不拆了？”

这位一听：“为什么？太简单了，我二哥下令，把铁路的路线图给改了，绕着李老太爷家，多走这么一圈，你看，事儿就解决了！”

有一位一听：“哎哟，李三哥，要不说呢，还得是您，可着北京城里，大道边小道沿行商坐商水陆码头两事行，谁都得给您李三哥一个面子！那要这么说，我表弟那事可就托您嘞。”

“行啊，可是，亲是亲财是财，一分一厘都得拿到桌面上，这叫小葱拌豆腐一清二白，这办事的钱，咱们得说清楚。”

“那当然，肯定不能让您白忙活，而且，您家二老爷那儿，更得打点呀，你就直说吧，多少钱？”

“嗯，我算算啊，你表弟家在南口，那儿正是京张铁路的必经之地，要想改这路线……最少也得白银一万两。”

那位一听：“一万两？那么贵！”

“你看，这是修铁路，不是菜地里挖水沟，那人吃马喂的又是朝廷的工程，听说这一条线下来，朝廷拨了五百多万两银子，帮你改线路，就收你一万，太便宜了，要不是我，提着猪头你都找不着庙门!”

吓得那位赶紧央告:“得嘞,李三哥,您别生气,怪我年轻岁数小不懂事,得,一万两，明天我就给您送来，只要保证不占我表弟的宅子就行。”

“放心吧。”

这位的事儿办完了，就听旁边接着，一个挨一个，求李三哥帮忙，全是改铁路线躲避拆迁的。

陈昭常和詹天佑，坐在雅间里，竖着耳朵听，眼前一只一只又鲜又肥的大螃蟹就这么摆着，俩人一口没动，隔壁的谈话已经让他们瞠目结舌了，万没想到，这京张铁路还没开工，打着幌子行骗的人已经招摇过市了！陈昭常粗算了一下，里面那位李三爷，不到半个时辰，已经赚足纹银七万两了！

詹天佑早就坐不住了，他一挺身站起来了，陈昭常一拽他的衣服：“干什么?”

詹天佑微微一笑，低声说了两个字：“钓鱼。”

“钓鱼?”

没等陈昭常明白，詹天佑起身离开雅间到隔壁了。

他进来一看，这屋里有八个人，看衣着，都是穿绸裹缎，气派十足，可以肯定，这都是富家子弟，或者说，是官家子弟。在正当中这个人，显得有点与众不同，这人年纪在三十上下，白净子长方脸，两只眼睛滴溜乱转，虽然也是衣着不俗，但是，显得比其他那些人事故很多。

詹天佑明白，这人就是李三哥，想到这儿，试探性地叫了一句:“李三哥，您好!”

嗯？突然进来一个生人，让李三哥一愣：“你是谁?”

“呵呵，我是慕名而来，托您办事的。”

“哦，是谁让你找我的?”

哎哟，这句话让詹天佑有点无从准备，脑子一转，有了：“啊，是御史衙门刘大人让我来的。”

为什么说御史衙门呢？因为这里的官说大不大说小不小，有很多是专管街面的，上下通达，大人物小人物都能有个耳闻，至于有没有个姓刘的大人，詹天佑也不知道，不过是随口一说。

没想到，李三哥听完之后，当时满脸堆笑:“刘大人哪，那不是外人，跟我是至交，前天晚上我们还在一起喝酒，他儿子满月，我还送了一对玉如意呢，自己人!”

詹天佑心说，这大概就叫江湖口，真是媒人传话两头瞒，甭管真的假的，他就敢承认。既然你敢承认，而且触犯了大清律条，给京张铁路抹黑，那我可就不客气了。

想到这儿，回身拉了把椅子，坐下了。

他往这儿一坐，里面的人都不说话了，全都看着他，詹天佑虽然是便服出行，但身上带着一股高贵气质，话是拦路虎，衣是瘆人毛，谁也没敢问。

还是这李三哥见过世面，他看了看詹天佑："朋友，坐过来吧，一起喝点。"

"不了，咱们就这么聊吧，废话没有，我家在青龙桥边上，听说修铁路要拆房，能不能帮个忙，改个路线哪？"

"嗯，改路线可以，但你说的这个地方，有点太扎眼，恐怕不好办。"

"不好办？是李三哥不好办，还是您的二哥不好办呀？"

"瞧你这话说的。我不好办情有可原，我二哥还能不好办？他可是京张铁路的总办呀！"

这句话说完，詹天佑没怎么样，隔壁雅间里的陈昭常差点坐地上。心说这是谁呀，这不是给我找事吗？

詹天佑问他："您二哥是京张铁路的总办？不对吧，我听说总办姓陈啊！"

"哼哼，这就是你孤陋寡闻喽，不错，原先那个总办是姓陈，可他得罪了太后老佛爷，老佛爷一怒之下，把他罢官了，现在是我二哥，大清朝三品道员，凡是铁路上的事，甭管是占了谁的宅子，或是花园或是祖坟，只要找他，当时就能把线路给你改了，只要花钱就行！"

詹天佑一听："是吗？那可太好了，我今天真是找对人了，哎，李三哥，我能不能见见这位李道员哪？"

李三哥一听："想什么呢你？见我二哥，顺天府尹见他都得排队！"

"哦，您二哥这么大的气派？我能不能问问，这位李大人的官讳是？"

李三哥一听火了："什么李大人？"

"哎，不是您的二哥吗？您姓李，您二哥肯定也姓李呀。"

"我呸！那是我表哥，能跟我一个姓吗？"

"哦，那是我错理会了，那他老人家贵姓高名啊？"

"哈哈，实话告诉你吧，我二哥就是京张铁路的总工程师詹天佑，袁大人面前的红人！哎，对了，说了半天，你是谁呀？"

一句话把詹天佑给问住了，心中暗想，对呀，我是谁呀？

# 第六十三回
# 访贼巢误中牢笼计
# 寻线索偶遇小顽童

正阳楼巧遇大骗子，世界之大，无奇不有，骗子打着詹天佑的旗号行骗，居然骗到詹天佑面前了。坐在隔壁雅间里的陈昭常差点乐出声，心说，这可真是假李逵碰见真李逵，冤家路窄呀！

詹天佑想放长线钓大鱼，问一问这位幕后老大三品道员到底是谁，这是吃了熊心吞了豹胆了？京张铁路还没正式修建，居然妄言能随意修改路线，这人胆子也太大了！结果这一问，这三品道员就是他自己。

这位李三哥问了："您是谁呀？"

詹天佑心说，我是谁呀？我是你二哥！这要说出来，估计得把这小子给吓坏了，我呀，我不说，现在是他骗我我骗他，看谁能坚持到最后。

"你要问我，我先问问各位吧，你们都是谁呀？我怎么看你们都有点眼熟啊！"

这一说，周围那些位一个个面露得色，看出来了，都拿自己当大腕儿了。有一位可就说了："我是礼部孙大人的内弟。"

旁边那位说了："我是九门提督的舅兄。"

还有两位说："我们是翰林院赵大人的侄子。"

一个个说完之后，詹天佑心说，跟自己猜得八九不离十。都报完家门了，到他了，詹天佑微微一笑："实不相瞒，我是两江总督张之洞大人的学生。"

哎哟，一说张之洞，"呼啦"一下，屋里人全都站起来了，包括那位李三哥，他们冲詹天佑深施一礼："哎呀，原来是张总督的高足，失敬，失敬！"

李三哥问了一句："不对呀，您既然是张总督的人，直接找张总督说一声，这点儿事不就解决了？何必找我呢，这事儿张总督正管呀。"

詹天佑心说，简直是胡说八道，不过这个家伙装得还真挺像："哈哈哈，李三哥，这您就不知道了，我老师虽然是朝廷大员，但是，不到万不得已，老师他不会去求詹天佑，像现在这点儿事，能用钱解决，尽量用钱解决。"

"哦，是这样。"李三哥看了看左右这些人，示意大家坐下，"呵呵呵，这位先生，那您说说吧，您想出多少钱？"

“哎，这个得听你的呀，不过，我现在得弄清楚你一件事，你说你二哥是詹天佑，用什么来证明呢?”

詹天佑问这句话是有目的的，他想洗清名声，现在京张铁路修得成修不成放在一边，自己算是出了名了！这简直是往头上泼脏水呀！如果这个人拿不出证据，周围那些人也就不在他身上花钱了，那样一来，随便改变线路图的骗局也就被拆穿了！

詹天佑是胸有成竹,眼前这个人自己根本不认识,他肯定拿不出证据。可万没想到，这李三哥听了詹天佑的话，他是一阵冷笑:“哼哼哼，朋友，你好大的架子呀，也难怪，你是张总督的学生，说几句大话也无所谓，你提的这个要求，按说也不过分，来吧，让你们看看这个。”

说着话，就看李三哥从打怀里“唰啦”，掏出一张图，把眼前的杯盘推了推，把图往眼前一摆，“你们看!”

詹天佑凑到近前一看，呀！当时就感觉自己的头“嗡”一下，大了三号!

怎么了？敢情眼前这张图，正是自己亲手设计的京张铁路线路图，看得出来，这是复版，可是，跟自己画的那份几乎一模一样!

詹天佑傻了，这图怎么会到此人的手里？要知道，这是国家的机密呀，除了京张铁路总局的工程人员、袁总督、胡大人，没人见过呀。又看了一眼李三哥，这小子把嘴一撇把脸一抬是得意扬扬，那个意思是：怎么样，这假不了吧?

就在这一瞬间，詹天佑产生了一个疑虑，会不会是有人不慎泄露了机密，或者说，是有人成心往外倒卖信息，以此谋利？当务之急，应该稳住眼前之人，顺藤摸瓜，揪出幕后黑手！想到这儿，詹天佑显出惊讶的表情:“哎呀！果然是真图，我听我的老师说过路线，和这图上差不多呀，这样吧，李三哥，能不能让我见见詹大人。您刚才说了，一般人见不到他，可我实在是有重要的事。”

“你有什么重要的事，不就是青龙桥吗?”

“不光是青龙桥，实话说吧，我有几家仇人，我想让詹大人改路线，占了这几家的房子，也替我解一解心头之恨!”

说到这儿，詹天佑圆睁二目，好像是恨仇人，实际上他是恨骗子。

李三哥点了点头:“行，那这个价码可跟这几位的不一样了，最少您得出十万两!”

“好，十万两，我出。咱们什么时候去？趁着我现在有时间，要不……”

“嘿，行啊，现在就去，您就一个人吗，没带着随从吗?”

“对，我就一个人，咱们现在就去吧，詹大人在哪儿?”

“不远，就在护国寺。”

“好，那咱们就去一趟护国寺!”

詹天佑成心提高了嗓门，他是让隔壁的陈昭常听见，告诉他，我要只身入虎穴，你在外面快点准备，咱们合力擒贼。

陈昭常啊，早就开始准备了，打骗子一说出詹天佑的名字，陈昭常就悄悄让伙计下楼，把那几个随从给叫上来了，偷偷告诉他们，兵分两路，一路人跟着自己去找胡燏棻大人，另一路人在暗中跟随詹大人。此时，陈昭常已经离开了正阳楼。

詹天佑跟着李三哥从雅间里出来，往楼梯走的时候，詹天佑看了一眼自己的包间，里面已经没人了，他心里踏实了，就知道陈昭常已经去搬请官兵了。





从前门往护国寺不是很远，李三哥在半路上把其他那些人都打发了，告诉他们，明天到护国寺找自己，交银票立字据。

詹天佑表现出非常期待的神态:“李三哥，咱们快点吧，我有好多话要跟詹大人说。”

“行啊，我也正想请您在张总督跟前求个差事呢。”

“好说好说。”

跟着这小子一直走，走着走着，詹天佑觉得有点不对，顺着西安门外一直往北，按说走不多远就是护国寺，可跟着姓李的不走大道净钻胡同，走着走着，走到一条胡同。嗯？这是护国寺吗？詹天佑定睛一看，“哎，这是哪儿啊?”

脱口而出这句话让李三哥听见了，这小子一阵冷笑:“呵呵呵，詹大人，您的戏演得可真好啊。”

啊！詹天佑心头一紧，暗想难道他这是诈语？自己故作镇静:“李三哥，詹大人在哪儿?”

“在哪儿？远瞧近取都不用，不就是阁下您吗？您就是京张铁路总工程师詹天佑，你道是也不是?”

“这个——”

坏了，詹天佑心说，我中计了!

李三哥用手点指:“姓詹的，实话告诉你，打你一进屋我就认出你来了，想知道我怎么认出你的吗?”

詹天佑没说话，眼神里带出反问。

“哼哼，跟你说，我曾经在关内外铁路总局里当差，见过你的照片，大清朝当官的敢照相的不多，都怕把魂儿给摄走，你不一样，你是留过洋的，所以你有照片。如果你今天进来说几句话就走，我也想不起来，可你一问再问，尤其你自称是张总督的学生，我一下就想起照片来了。我就知道，你想坏我的好事，既然你能演，我就顺着你一块儿演，如今，你被我诱到此处，别忘了，屋里说的可是护国寺，你就算是有同伙，他们也跟不到这儿，这叫强中自有强中手，能人背后有能人！”

让这小子一解密，詹天佑恍然大悟，这才知道，自己大意了，可是，事到临头，他并不害怕，反而问了一句：“你把我带到这儿，干什么？难道你要杀我吗？”

“哈哈哈，詹大人，我没那么傻，杀朝廷大员，祸灭九族，我犯不上。说带也行，实际我是把您请到这儿，想跟您做一笔生意。”

“哦，做什么生意？”

“实话说吧，我就是想挣点钱，刚才酒桌上那些人都是托我办事的，我就是骗，可认识您就不一样了，咱们可以里外打接应，改了线路挣了钱，您拿七成我拿三成，怎么样？”

“我要是不答应呢！”

“没关系，您八我二也行。”

“别说我八你二了，就是都给我，我也不能干这种事。你这叫犯法，你懂吗？”

“哎哟，你别吓唬我了，大清朝的官我见多了，知法犯法的比比皆是，还跟您说，我已经指着京张铁路赚了不少钱了，只要一天不动工我就能挣一天的钱，等钱赚差不多了，我就远走高飞，您也一样，钱赚够了，您就去美国，大清国不敢抓您。”

“住口！”

詹天佑急了：“姓李的，你是个无赖之徒，我警告你，赶紧收手，把收受的钱给人家退回去，如果不听，官府可饶不了你！”

“嘿嘿，我听明白了，你是不想干，要是这么说，姓詹的，那就对不起了，今天你别想活，既然你知道我的事又不跟我合伙干，你要是活着回去，我是必死无疑，所以，我必须先把你弄死，而后，我再远走高飞。再问你一句，干不干？”

詹天佑万万想不到，自己会落入一个无赖之手，暗叫自己的名字，好汉不吃眼前亏，我先稳住他，等官兵到了再说。想到这儿转怒为喜：“好啊，这事儿可以商量。”

“好！有你这句话就行，你等着，我请我的老板来。”

“老板？”

没等詹天佑闹明白呢，就看这小子一回身，胡同口这儿有个小门，他连敲了六下，是快三下、慢三下，大概是暗号。不大会儿的工夫，小门开了，走出一个人，穿着黑色西装，身材矮小，刀条脸，鼻子底下留着一小撮儿“卫生胡”，詹天佑一看就知道，这是日本人。

就看这个日本人来到詹天佑面前上下打量打量：“詹先生，很高兴我们能成为合作伙伴。”

“你是谁?”

“不要问我是谁，我们只是合作关系，我也不用你帮我改变什么路线，只需要你和我签一份合同，你就可以安全回家，怎么样?”

詹天佑一听：“合同？什么合同?”

“你等着!”





说完话，就看这日本人迅速回到小门里，等了约有十五分钟，出来了，拖着一张纸：“拿去看看。”

詹天佑一看，这是日文，詹天佑对日文多少了解一些。大致意思是，詹天佑愿与日本工程师合作，一同设计京张铁路。

呀！气得詹天佑抬手要撕，“别动!”只见日本人手里举起一把手枪，冷森森的枪口对准詹天佑的胸膛：“今天你必须签字，如果不签，清朝将失去一位高尖端的铁路技术人才!”

詹天佑一下就明白了，这个日本人绝不是小来头，他在中国为非作歹，用骗术来给京张铁路抹黑，现在知道了自己的身份，又想让自己签这份合同，这份合同一签，明天报纸上马上就会登出这样一则新闻：中国工程师詹天佑自愿与日本工程师合作，京张铁路完全自主纯属谣言!

这千古罪名我詹天佑绝不能担，想到这儿微微一笑：“你可以打死我，打死我，我也不会签，我也不想知道你是谁，我只想告诉你，京张铁路是大清国第一条自主勘测、设计、施工的铁路，无论你们有多少阴谋，都不会阻止中国的前进，动手吧!”

“詹天佑!”

这日本人急了，抬手要扣动扳机，他突然又停下了，脸上出现一阵狞笑，回头叫了一声：“李虬。”

敢情那李三哥叫李虬，“老板。”

“把詹先生请到另一个地方，我和他谈谈。”

詹天佑心说“坏了”，自己死了无所谓，如果当成人质被日本人勒索，那可就给朝廷找了无穷无尽的祸患。

詹天佑遇险，陈昭常此时已经带人来到了护国寺。

从打正阳楼出来，陈昭常就去总理衙门找胡燏棻了，到那儿把情况一说，把胡燏棻吓坏了，他马上找来九门提督，派出兵马前去寻找。陈昭常告诉胡燏棻："大人不必着急，手下人来报，说骗子带着眷诚去往护国寺，咱们可以带兵包围。"

"好！"

结果人到护国寺一找，空空如也。把陈昭常给恨得，用脚一跺，靴子差点开绽，他恨自己，为什么让眷诚去冒险！现在不是自责的时候，找人要紧。

带着兵丁可着北京四九城这么一找，没有！

有人问了，之前陈昭常不是派人跟着詹天佑吗？是跟着，可北京城人烟稠密，跟丢了。所以，现在找不着了。

胡燏棻吓坏了，别看他现在有病在身，可如果詹天佑出了什么不测，他的责任太大了。脑门上的汗"噼里啪啦"往下掉，陈昭常一看忙说："大人放心，天子脚下，重兵把守，眷诚不会有事。"

这时候，张鸿诰、徐士远两个人闻信赶来，他们到了，正阳楼的掌柜也被带来了，当时问他，那李三哥到底是谁？

掌柜的一听："回大人，他是京城里牙行的人物，经常在我酒楼吃饭谈生意。"

"他住在哪儿？"

"居无定所，我们伙计说，在西四一带见过他。"

胡燏棻一听："快，包围西四！"

呼啦啦，人马赶到西四已经是傍晚了，西城巡街御史叫穆顺，在队伍前头，张鸿诰、徐士远紧随其后，穆顺吩咐，掌起灯球火把，挨家挨户地搜。

这可真是地毯式的搜寻，结果，搜了两个钟头，没有。

"哎呀！这可怎么办？"

哎，就在这时候，从一条小胡同里走出个小孩儿，肩头上扛着个糖葫芦把子，他来到穆顺跟前："大人，我向您报告个事儿。"

穆顺正烦着呢："去去去，一边儿玩去。"

小孩儿一听："嘿，我好心好意来报信，您还轰我，行，反正詹大人丢了，看你着急不着急。"

说完话扭头就走。

# 第六十四回

# 勠力同心恶人落网
# 顺藤摸瓜詹工得救

西城御史穆顺带人包围了西四，挨家挨户搜寻不见詹天佑的影子，正在着急之际，胡同里走出一个卖糖葫芦的小孩儿，他说他知道詹天佑的下落，穆顺伸手就把他给拉住了："小兄弟，你快告诉我，詹大人在哪儿？"

"呦呵，改小兄弟了，你要干吗？"

"我要打听詹大人的消息。"

"谁是詹大人？"

"哎？不是你说的吗，你知道他在哪儿？"

"你要问呀？"

"啊！"

"就这么问吗？没听说过礼下于人必有所求吗？你这么一句话我就说吗？"

穆顺一听乐了："得啦，小兄弟，刚才是我不好，你快说吧，詹大人去哪儿了？"

冲小孩儿拱了拱手，小孩儿也乐了："得，大人我跟您开玩笑呢。告诉您吧，下午的时候，我从这胡同过，听里面有人说话，离远看还有个日本人举着把手枪。"

"你认识日本人？"

"太认识了，他们留那胡子跟中国人不一样，就像嘴上趴着个屎壳郎一样。跟您说吧，庚子年八国联军进北京，我们街坊就是被日本人用枪打死的，我认识他们，当时吓得我坐地上了。他们说了一堆我也没听懂，可我听清楚了一个名字，詹天佑。"

"你知道詹天佑？"

"知道啊，不单知道，还认识。"

"你认识？"

"呵呵，我不太认识，我爷爷认识，他去我家找过我爷爷，还聊过天，在我们家吃过炸酱面。所以，我见过他。"

张鸿诰一听："哎，孩子，你爷爷是不是叫赵天林？"

小孩儿乐了："我爷爷还挺有名，您认识他？"

当然认识，张鸿诰想起来了，赵天林就是在御河边上给他们指点迷津的那位老丈，敢情这是他的孙子。

张鸿诰俯下身子半蹲在小孩儿跟前:“我也认识你爷爷，你叫什么?”

“我叫锁子。”

“锁子，你知道他们去哪儿了吗?”

“知道！他们有两个人，算上詹大人一共三个人，离开这条胡同，往东走，看方向，是去东交民巷了。”

坏了！穆顺以掌击额:“那是公使馆的驻地，一旦到那儿就没法搜了。孩子，你看清楚了?”

“没错。”

张鸿诰急了:“咱们快点走吧，晚了老师就要遇害了。”



穆顺把牙一咬，“洋人明着面儿地在中国胡作非为，我还就不信了，今天非把詹大人救出来不可!”



冲手下兄弟一摆手:“走，去公使馆!”

一队兵丁奔往东交民巷，穆顺带着张鸿诰、徐士远在后头，连小锁子扛着糖葫芦把子也跟来了。

东交民巷，原名为东江米巷，原先是与西侧部分也就是现在的西交民巷连接在一起的一条胡同，统称江米巷。鸦片战争后，多国在此设立使馆，到《辛丑条约》后，东交民巷区域不允许中国人居住和设立衙署。这条街见证了那段屈辱的历史。

到这儿的时候，天已经黑了，穆顺找来使馆负责人，把情况说明，要求进去搜人。

负责人也是中国的官员，但是，他不敢放行，因为，这可能直接惹怒各国公使，导致国际纠纷。

“穆老爷，您要想进公使馆搜查，必须得有庆亲王的手谕。”

穆顺一听:“如果现在不进去，很可能詹大人就被暗害了。”

“穆老爷，这点不太可能，跟您说，我一直在这儿把守，没见过有中国官员进来。”

“这个?”穆顺也迟疑了，就在这时候，听远处里“咕噜噜嗒嗒嗒哗楞楞”，穆顺朝着声音的方向一看，来了一乘马车，看样子是奔公使馆来的，可是，刚到巷子口，就看车把式一拨马，马车原地掉头，又走了。

穆顺问使馆负责人:“那是哪儿的车?”

“穆老爷，那是日本公使馆的车。”

“追!”

呼啦一下，这些人就追下来了，一边追，一边喊：“停下，停下！”

不喊还好，越喊，这车跑得越快。

穆顺急了，吩咐左右兵丁：“二龙出水，包抄过去。”

“是！”

“唰啦”一下，众兵丁一半走弓弦，一半走弓背，冲过去把车给拦住了。

穆顺跑到近前，告诉车把式：“下来。”

车把式是个中国人，他往下一跳，一语不发。张鸿诰伸手就把车门给打开了：“詹大人，请——”

嗯？张鸿诰一愣，这车里的人不是詹天佑，“你是谁？”

“我是日本公使松井庆四郎的随从，你们好大的胆子，敢追公使的车。”

张鸿诰看出来了，这是个中国人，看着他这份狐假虎威，张鸿诰感到恶心：“我问你，你跑什么？”

“哎，我乐意跑，你们追什么？”

“我们……”

穆顺过来了：“别问了，我猜咱们中了贼人的调虎离山计啦。”

哎哟，这句话提醒了张鸿诰，对呀，他们用一辆空车把我们调走，很可能人已经进了公使馆。

“穆大人，咱们还得回公使馆。”

“不。”穆顺摆了摆手，“现在没有庆亲王的手谕，咱们肯定进不去，刚才走的时候，我已经派人盯守了，咱们现在去找胡大人，这辆车，跟着！”

车上这人一听：“哎，凭什么呀，这可是公使馆的车！”

把穆顺气得过去“啪”，给了这小子一个大嘴巴：“这还是大清国的地盘，你个假洋鬼子，带走！”

连人带车带到总理衙门见到胡燏棻，把经过一说，胡大人暗吃一惊，他明白了，这是冲着京张铁路来的，当初英俄两国为此事争执不下，都想夺取筑路权，如今，日本人也要插进来，京张铁路要自主修建，列强竹篮打水一场空，他们定是不死心，困兽犹斗，打算除去了詹天佑，少了工程师，他们就有机会了，真是下作的手段！

想到这儿，胡燏棻气得胡须乱抖，告诉陈昭常：“简持，你放心，天一亮我就去面见庆亲王。”

陈昭常想了想：“大人，我倒想见一见马车里坐着的人。”

“好啊，在兵马司押着呢，我让穆御史带你去。”

穆顺带着陈昭常来到兵马司，一听说话的声音，陈昭常就确认了，他就是在正阳楼雅间里的“李三哥”。

陈昭常和穆顺夜审李三哥，开始这家伙不招，穆顺急了，吩咐“重打四十”，有道是“人是木雕不打不招，人是苦虫不打不从”，二十板子下去，李三哥就受不了了，全招了。

敢情他的真名叫李重阳，李虬是他的化名，这小子曾经去东洋留过学，在大阪认识了日本公使松井庆四郎的表弟川藤一郎，这位是个冒牌的“社会活动家”，坑蒙拐骗，无恶不作，李重阳和他一见如故，臭味相投，都是唯利是图的小人。

从那时起，这两个人就成了一对“狼狈”。开始在日本行骗，后来，八国联军侵华的时候，川藤一郎带着李重阳到北京找表哥，就住在了东交民巷，李重阳摇身一变，成一个倒卖信息出卖国家利益的奸商，和川藤一郎合伙骗了很多人。这一次，他们听说京张铁路已经勘测完成，马上要投入建设了，川藤一郎告诉李重阳，既然日本无法参与其中，可以借此机会大捞中国人一笔，用中国人骗中国人，这是最好的报复方式。李重阳去天津贿赂总督府里的下人，偷偷复制了京张铁路路线图，就凭这张图，川藤一郎大赚了一笔。

川藤一郎想带着詹天佑回日本，可是，想出北京城也不是那么容易的，他把詹天佑带到一个秘密所在，让李重阳坐自己的马车回大使馆取箱子，万没想到，被穆顺带人给拿了。

如今，他把事情全部招认，只求活命。

穆顺让他在供词上画押，跟着问他：“李重阳，川藤一郎带着詹大人去哪儿了？”

“回大人，我们在辟才胡同分手后，他们去哪儿，小的真的不知道。”

“辟才胡同？”

穆顺想了想，那儿离西四不远，自己留守的兵丁如果看见一定会来报信，现在没信儿，说明他们已经转移了，现在只能派兵到别处搜寻。

当下吩咐把李重阳押入监牢，准备天亮去见胡燏棻。

哪知道，刚把李重阳押走，胡燏棻的主簿先生来了，到这儿就询问审案经过，穆顺带着供词，连同陈昭常，跟随主簿来到总理衙门。

把事情经过一说，胡燏棻点了点头，跟自己猜想的八九不离十：“你们放心吧，天一亮我就去找王爷要手谕，一定让日本公使把事情说明白。我已经通知了刑部，全城搜捕，另外，我给天津发电报了，让李子亭马上来京。”

“哦!”陈昭常想了想，做这种事情，李子亭也许比官兵更适合。

一夜无书，第二天天刚亮，总理衙门门前如风似电跑来一匹快马，这会儿大街上还没有行人，这马跑得鬃尾乱动，踢跳咆哮，来到衙门前前腿扬起，一声长嘶，从马上跳下一位英雄，正是李子亭。

这位镖头原以为詹天佑陪着胡大人到北京巡查一天后就能回天津，万没想到出了这样的事，胡燏棻给他拍了电报之后，李子亭连饭都没吃，掖了块干粮，乘一匹快马，风驰电掣回转北京。那时候除了火车，最快的就是八百里加急，李子亭今天是跑出了八百里加急的速度了，他是心急加鞭恨马慢，可算到了，骗腿儿下马直接求见胡燏棻。

胡老大人一宿没睡好，就等着李子亭，看他来了:“子亭，你能否陪我去一趟公使馆?”

“现在就走。”

胡燏棻让李子亭换了总理衙门差人的服饰，带着一众兵丁先去庆亲王府领了手谕，庆亲王奕劻也是大发雷霆，告诉胡燏棻:“如果松井庆四郎不交人，本爵立刻进宫禀明太后。你先去吧。”

胡燏棻不顾病体，带着李子亭到了公使馆，到这儿一亮手谕，直接面见松井，把事情经历一说，松井当时就是一愣:“胡大人，我的表弟三天前就回国了，他怎么会劫持你们中国的官员呢?”

“什么? 回国了?”

“是啊。”

胡燏棻信以为真，可身后的李子亭不让了:“公使先生，能否让我们进去找一找啊?”

“这个?”松井面露不悦之色，他上下打量打量，“你是干什么的?”

没等李子亭回答，胡燏棻说话了:“他是我们的捕快，专程办理此事的。”

“哦!”松井很不高兴，但也无可奈何，只能放行。

李子亭带着人就进了日本公使馆。结果，找了一圈没找着，这里除了办公楼，就是一些休息室，挨屋找，没有。

胡燏棻低声和李子亭说:“看来不在此处，咱们赶快走，去向王爷回话。”

“好。”

冲里面喊了一声“走”，一行人可就出来了。将要出大门的时候，从门外走进一个人，这也是个日本人，穿着一身西服，头上的帽子压得很低，往里走的时候，正赶上松井往外送胡燏棻，这人和松井一对眼神，马上就离开了，虽然一句话没说，可让旁边的李子亭发现了："站住！"

这人吓得没敢动，李子亭走到他的跟前："你是谁？"

这人"哈依哈依"地说上日本话了，他想拿这个遮掩一下，可他的话没说完，李子亭已经仰天大笑了，他用手一指："别装啦，你就是川藤一郎！"

所有人都是一愣，胡燏棻上前一步："怎见得呢？"

"大人请看！"

李子亭用手一指这个人的脸，胡燏棻仔细一看，又看了看松井的脸，这可骗不了人，他们是姑表亲，相貌多少有些相似啊。



没等胡燏棻说话，就听松井大喊一声："把他拿下！"



"呼啦"一下，兵丁过来就把川藤一郎给绑上了，真是他。

松井狠狠瞪了他兄弟一眼，转过头来："胡大人，真是不好意思，我不知道他还没有走，既然他犯下罪行，我不能袒护，你们把他带走吧。"

胡燏棻一听："哎呀，难得公使大义灭亲，那老夫就把人带走了。"

"且慢！"让李子亭给拦住了，"大人，应该请公使先生一同前往，毕竟，这是他的表弟，他也有责任。"

"呃，这，哦！"

胡燏棻心说，好聪明的李子亭，他这是怕前脚带走川藤，松井在后边搞小动作，对，一并带走，"呵呵，那就请公使辛苦一趟吧。"

"这个，好吧。"

这回带走就不是去兵马司了，直接带到了刑部。

到了这儿，出乎胡燏棻的意料，这川藤一郎全招了，不过，他说自己没有恶意，就是想和詹天佑交个朋友，因为自己的中国话说得不好，可能让你们误会了。自己结识詹天佑的目的，是因为中国出了个倒卖信息的人叫李重阳，自己想跟詹天佑一起擒拿这个恶人。

他说到这儿，胡燏棻已经明白了，这个家伙想出这么个牵强附会的理由，就是想给自己开脱，豁出一个替罪羊，这叫丢车保帅。

"哼哼，好，如果你说的是真的，川藤一郎，詹天佑现在何处？"

"哦，他就在我一个朋友的家里，他们正在聊天，我可以带你们去找他。"

“李子亭何在?”

“在。”

“带着他前去寻找。”

“是。”

就这样，带着川藤来到东四十条一带，在一所民房内，找到了詹天佑。

真像川藤说的，这里有几个外国人正陪着詹天佑聊天，有日本人，还有美国人，詹天佑面不改色，泰然处之，他知道，一定会有人来相救。

现在看李子亭来了，川藤一郎来了，还有好多的兵丁，詹天佑就明白了，心说，如今朝廷和列强的关系势如水火，这件事应该就此作罢，想到这儿微微一笑：“川藤先生，谢谢你两天的款待，我该去做我的事了，我们中国有句话，叫青山不改，绿水长流，我想，总有一天我们还会再相逢，那个时候，我将邀请你观看一条由我们中国人自己修建的京张铁路，詹某公务在身，告辞!”

# 第六十五回

## 青龙桥定线臻完美
## 陈西林报告显才能

一场风波告一段落，刑部判李重阳斩立决，日本人川藤一郎遣送回国。虽然恶人遭到了应有的惩罚，但是，也提醒了朝廷，这次事件的导火索是“征地改线”，如果不被詹天佑及时发现，结果将会有大批百姓上当受骗，由此可以看出，不能把京张铁路看成是简单的交通事务，这是关乎国家的大事，必须予以重视。

陈昭常以京张铁路总局的名义正式出一份公告在北京城、郊以及铁路沿线张贴，提醒百姓不要上当受骗，告诉百姓，所有行文都有加盖总局官印，否则就是假的。而且重点说明，线路规划是科学的，不可能随意变更。

胡燏棻也下了一道令，责令各御史衙门，挨家挨户地通知此事，一者，给詹天佑洗清恶名；二者，提醒百姓不要上当。

詹天佑带着张鸿诰和徐士远专程看望赵天林和小锁子。把北京的事处理完了，詹天佑和陈昭常、李子亭回转天津的京张铁路总局。

刚进总局大门，就接到一份公文，詹天佑一看，是陈西林刚刚送来的加急文书。打开一看，敢情是陈西林在青龙桥一带复测线路的时候，有了新的发现，另有一条线路可做备选。陈西林不敢擅专，请詹天佑到现场定夺。

詹天佑告诉陈昭常：“简持，我得回北京。”

陈昭常一看：“你刚进门，明天再走不行吗？”

“不行，青龙桥路段地形复杂、难度太大，之前我和士远讨论过几次，也没能研究出最好的结果。如果有更合理的路线自是再好不过，陈西林刚刚上任，就有如此能力，看来调此人前来真是明智之举呀！这样吧，士远、鸿诰，你们去带点吃的，咱们这就返回火车站。”

就这样，詹天佑又回到了北京，下火车以后，与张、徐两个学生各骑一匹快马，赶往青龙桥。

陈西林万没想到，自己一道公文，总工程师竟然立即亲自赶来，他一下就紧张了。根据他以往在其他铁路上的经验，那些外国来的总工程师都是高高在上，以“远来和尚”自居，高傲至极，通常总工程师定下了线路，其他工程师照着执行就可以，没有任何理由和权限提出或进行修改，因为那样一来，会损害总工程师的权威。

那些外国工程师也看不起中国工程师，他们认为大清朝没有真正懂得铁路技术的人，也不会提出比他们更合理可行的方案。陈西林听说过詹天佑的大名，但没有和他共事过，今日一见才知道，詹天佑事必躬亲，周到之至，令人钦佩！如此一来，倒让陈西林心里没底了，甚至开始担心自己请詹天佑来现场是不是有点莽撞了？他听说了，前些天詹天佑刚刚被人劫持九死一生，才回天津，作为总工程师是很忙的，如今，却为了自己的建议立即抽身前来现场勘测确认，他十分感激："大人，给您添麻烦了，让您为这事又辛苦一趟。"

詹天佑拍了拍他："这本就是我分内之事，何谈麻烦？而且真正辛苦的是你。我们搞工程技术的，就是需要你这种精神，不能因为总工程师说了什么、定了什么，你们就不敢改正，那样可能会造成很严重的错误。如果单靠我自己，哪有这么大的创造力！任何事情，都要群策群力才能达到最佳效果。尤其是我们搞专业技术的，一定要同行互重，用事实和数据说话，千万不能以身份来定对错，那样就要犯错误、离大谱了。走吧，我们去现场看看。"

一直到了复测现场，詹天佑不顾劳累，立即要求实地看一下陈西林发现的那条线路。他做事一向严谨，讲求效率，而且谈起正事的时候一贯严肃认真，不苟言笑，闲白废话一概没有。越是这样，陈西林心里越没底。

詹天佑手捧数据资料，一边走，一边认真地和陈西林核对数据。最后，当他们一行人回到青龙桥的时候，詹天佑才一展笑颜："西林，你的新发现很有价值，如果真的选用，它将使山洞开凿的长度缩短一半。"

哎哟，听了这句话，陈西林这心才放到肚子里。与此同时，詹天佑开始对眼前这个青年人格外看重，要知道，之前自己确定的线路是在前后两次勘测的基础上形成的，而陈西林的到来，又给了自己新的建议，可见铁路学问深而广，陈西林也真是好样的！

这话不假，詹天佑慧眼识珠，这陈西林也真是不简单，他的学识成就跟他的家庭有关。

陈西林的祖父陈遵典是个本本分分的庄稼人，勤劳踏实。因为持家有道，逐渐家境富裕，他秉承耕读传家的古训，教育子孙从小必须读书。

陈西林的大哥陈敬龄在村中照管祖业，他干活勤快，为人仁义，待人真诚。给长工送吃食，都是自己吃啥就给送啥，逢年过节还给困难户送米面。邻居评价很高，认为他人品颇佳，是有名的“好好先生”。良好的家风给陈西林的人格打下了坚实的基础。

陈西林以优异的成绩考入北洋武备学堂，毕业后又转入铁路工程科，后被派往北洋铁轨官路总局实习，后在关内外铁路任职，如今，被詹天佑调到京张线，陈西林别提多高兴了，他为自己能参与建设中国第一条自主勘测、设计、施工的铁路，感到莫大的荣光。

来到北京之后，陈西林主动请缨去详勘线路，重点要看一看青龙桥线段。

因为他听说了，青龙桥段是个难点，按照詹天佑的初测线路来看，从石佛寺经过青龙桥直接向西北穿越八达岭，虽然路线短，但是，要在八达岭开凿长隧道，同时，坡度很陡，应该说，有相当大的难度。

后来听说，一位姓李的镖师发现了另一条路，从青龙桥转向东北，过黄土岭，从小张家口出山，再走向平原。这条路坡度比较平缓，但是要增长约二十里的距离。詹天佑把两条线路进行对比，最终也未能决断。

陈西林在了解情况之后，决定对“黄土岭线路”进行再次勘测，他率工程技术人员，背着标杆、经纬仪，冒着生命危险，在悬崖峭壁上定点、制表。他白天翻山越岭，晚上伏在小油灯下绘图计算，有时一天工作十五六个小时，甚至通宵不寐，功夫不负有心人，终于，在“黄土岭线路”的基础上，陈西林又测出了一条比较理想的施工线路。

如今，听到詹大人对自己如此称赞，陈西林心里一块石头落地了，长出一口气。他知道，虽然自己是国内铁路学堂毕业的学员，也有在铁路上长期工作的经历，但是和詹总工程师比起来，一是年轻，经验仍显不足；二是声名、成就、官职都与詹大人相差甚远，他不知道自己的意见会不会得到詹大人的认同。詹大人的技术水平和专业态度在铁路上有口皆碑，他想着哪怕自己的意见并不合适，能受到詹大人的指点也是好的。没想到，詹大人竟然肯定了他的意见，陈西林不由得心情大好：“大人，我只是提出来供您参考，最后如何还需要您定夺。”

詹天佑拍了拍他的肩：“我虽然是这条铁路的总工程师，对全部技术工程负总责，但是我需要像你这样优秀的工程师的辅助，一切以事实和科学为依据，不管是我还是你，或者其他技术人员，哪怕是普通的工人，建立在事实和科学基础上的意见，都有其宝贵价值，值得讨论与借鉴。”

徐士远笑了：“陈先生，我的老师讲究的是用事实说话，他根本不在意官职、身份这些跟科学没关系的事情。只要您的建议是合理的、有利于整体工程的，他都会认真考虑的。我们当初勘测京郊的时候，老师听取了当地村民的建议，重新规划了护城河那一段路线。”

“士远说得不错，”詹天佑和蔼地看着陈西林，“在修铁路这件事情上，没有职位大小之分，只有对错是非之别。我们的目标是共同的，就是把京张铁路修好，以这个目标为前提，我希望你们有好的想法和建议都能向我提出，咱们集思广益，做出最优的设计方案。”

陈西林赶忙拱手：“卑职明白。”

当天晚上回到驿站，詹天佑和陈西林重新规划了路线，他们又发现了一个新的问题：新线路稍有延长，而且线路还是升高了很多，火车照样是无法顺着陡峭的山坡直着“爬”上去，这可怎么办？





陈西林提议：“大人，用螺旋环山法如何？”

詹天佑摇了摇头：“不行。”

陈西林说的“螺旋环山法”就是“盘山”，以“距离”换“高度”。这个方法不是不可行，而是使用这种方法有一个前提：必须具备合适的地形。关沟路段层峦叠嶂，受这种自然条件的限制，所以不适合用“螺旋环山法”。

“那可怎么办呀？”

张鸿诰、徐士远也是一筹莫展，陈西林急得直搓手，因为各方面的条件都已经是最优化了，八达岭的隧道长度也缩短了很多，就是这个高度，是个大难题呀！

看着陈西林着急上火，詹天佑反倒好言安慰：“西林，饭得一口一口吃，事得一件一件做，这几天你辛苦了，咱们休息两天再商量。”

别看詹天佑嘴里这么说，他比陈西林还着急，只不过他想保持陈西林的积极性，不能上来就挨个“当头棒喝”，缓一缓再说。

当天晚上，他们在山上宿营，第二天，詹天佑回到了阜成门的家，张鸿诰、徐士远也一同跟来。

老夫人陈氏看儿子回来了，嘘寒问暖，不停地张罗。晚饭过后，等两个学生走了，老娘也睡下了，夫妻两个人才坐下说说话。这一说呀，可就没头儿了。敢情张鸿诰偷偷地把前不久老师遇险的事告诉了夫人，夫人真替丈夫捏把冷汗，坐在床边一个劲儿地嘱咐，真是说不完的饥寒饱暖，道不尽的软款温柔。

小顺蓉在边上看出点门道，别看年纪小，她居然“咯咯”地乐出了声。

“顺蓉，快去睡觉吧。”

顺蓉一听：“娘，我不困，我再玩会儿。”

说着，坐在一边，从兜里掏出四个羊拐。

羊拐实际就是羊的膝盖骨，这是当时北方小女孩的玩具，四个为一副，扔起这个接住那个，能提高人反应的敏捷度。当时小孩儿的玩具太少了，哪像今天，走进玩具城，乐高、魔方、电玩、拼图，琳琅满目，浩如烟海。那时候，能玩上一副羊拐，就很幸福了。

夫妻俩说了会儿话，詹天佑看顺蓉一时半时不睡，他就把图纸拿出来了，摆在桌子上，又开始思考那个坡度的难题。

孩子一边玩一边笑，羊拐还不时往地上掉，闹得詹天佑总是分神。

谭夫人怕孩子打搅丈夫，就跟她说：“顺蓉，你给娘剪个窗花吧。”

“好啊！”

放下羊拐，顺蓉拿了母亲针线笸里的剪刀，顺手从父亲桌案上拿过一张废纸。

放在手里刚要剪，“等会儿！”詹天佑赶紧过去把纸接过来一看，虽然是张废纸，上边记了几个重要的数字，“这张纸不行，给你这个。”从桌上拿起一张没用过的白纸递给顺蓉。

孩子接过来想了想：“有了！”三下两下，居然剪出一只小白兔，长耳朵短尾巴，用红布头剪了两个小红点往上一贴当眼睛，别说，还真像！

谭夫人抱着孩子亲了一下，笑着冲她竖起大指，又比了个嘘声的手势，提醒她不要太大声音吵到父亲。

小顺蓉调皮地在嘴巴边比了个“缝上”的手势，表示自己绝对不出声。看了看这张纸，还剩下一大半，剪个什么呢？

小孩儿最能奇思妙想，小顺蓉听父亲这几天嘴里总是叨咕什么“京张铁路”，她有主意啦，兴致勃勃地拿起剪子偷偷告诉母亲：“娘，我想剪个京张铁路送给父亲。”

夫人一听：“好啊，可是，你知道京张铁路什么样子吗？”

“我不知道，您告诉我。”

“顺蓉，我以前说过，咱们也见过别的铁路，我想，京张铁路应该有两条长长的铁轨，应该有个火车头，火车头后面拉着好几节长长的车厢，车头上还得有个烟囱冒着黑烟，你说，对不对？”

“好主意！”

“你剪吧。”

都说女儿是爹娘的小棉袄，顺蓉看父亲这一整天忙个不停，好像遇到了难题，她想送给父亲一条京张铁路，让他开心。

抬手就剪，剪了几下，她又停住了，心中暗想，要按照母亲说的剪，这不就同其他铁路和火车都一样了吗？那怎么能知道自己剪的是京张铁路？有了。

小孩儿往前凑了凑，离着父亲越来越近，她想偷偷看看父亲的设计图纸，看看图纸上父亲设计的京张铁路到底长什么样子。

小顺蓉想得出神，眼睛也不由自主偷偷往父亲面前的那一摞纸张上瞄，小身子也不由自主地向那个方向转了过去。偷偷看一眼，她光顾看稿纸上的画，就没留神手里的剪子，一个没留神，“当啷”一声，剪子掉地上了。





小顺蓉吓了一跳，“哎呀”一声，詹天佑赶紧摸了摸她的头：“小心点，没扎到自己吧？”

顺蓉摇了摇头哈腰要捡起来，詹天佑用手一拽孩子，“来，我给你捡。”

低头一看，掉在地上的剪子正好被地面磕得两个剪子刃大大分开几乎成一百八十度，他看着这个“劈叉”的剪子脑海里突然闪过一道灵光，忍不住高兴地一拍桌子：“有了！有了！”

# 第六十六回

## 获灵感巧设人字线

## 解难题创举谱新篇

灵感对于人来说，是可遇不可求的。京张铁路好像是一本厚重的史书，而詹天佑则是这本史书的撰写者，他需要文采，需要精力，更需要灵感。

相传，春秋时鲁国有位工匠大师，名叫公叔班，因为生在鲁国，人称他鲁班，鲁班主要是从事木匠工作。那时候工艺很简单，鲁班在实践中留心观察，模仿生物形态，发明了许多工具。据说有一次，他独自一人掖了把斧子进山砍树，费了九牛二虎之力，也没砍倒一棵树。想到旁边大石头上坐会儿，一不小心，手被一株野草的叶子划破了，他摘下叶片轻轻一摸，原来叶子两边长着锋利的锯齿，自己的手就是被这些小锯齿划破的，再一看，旁边一棵野草上有条大蝗虫，这蝗虫瞪着眼睛龇着牙，尤其是两个大板牙上也排列着许多小锯齿，三口两口就把一片叶子给咬碎了。鲁班突发奇想，他想，如果自己用这样齿状的工具砍树，不是比斧子效率高得多吗？于是，他经过多次试验，终于发明了锋利的锯子，大大提高了工效。

这是中国古代的先贤，其实，国外也是不乏其例。三百多年前的一天，意大利天文学家伽利略到比萨大教堂做礼拜，刚到教堂门口，起风了，悬挂在教堂半空的一盏吊灯被门洞里的风刮得来回摆动。这一下就引起了伽利略的注意，他在想，“奇怪，怎么每次摆动的时间都相同呢？”伽利略为了确定每次摆动的时间相同，他一伸手，把袖子撸起来了，干吗？敢情伽利略当时正在学医，他想到用自己的脉搏来进行测试。结果这一测，千真万确！伽利略笑了，他为自己的这个发现感到特别惊喜。可接着他又想：吊灯要是大小不一样，摆动的时间会有什么不同呢？挂吊灯的绳子要是有长有短又会怎样呢？回到家里，伽利略开始做起了实验。结果他发现，当摆动角度较小时，摆动的快慢与物体的重量无关，与绳子的长短有关，当绳子长时摆动就慢，当绳子短时摆动就快。由此推理再进一步研究，最后，人们根据伽利略的发现制造了摆钟。

您看，这就是灵感带给科学家的动力，灵感这种东西可遇不可求，有时候在不经意间一下就能蹦出来，令人醍醐灌顶，可你要是挖空心思去想，也许一直就想不起来。当然，所有的灵感都迸发于千锤百炼的实践中，空谈误国，实干兴邦，在实践道路上产生的灵感才是有价值的。

如今，京张铁路好似一张考卷，八达岭雄关漫道山高坡陡无疑成了一道难题。过尽重关更上山，上山又过一重关。从来漫说金城险，到此休说蜀道难。面对这样的路段，火车如何能正常上山行驶，詹天佑为此事搜肠刮肚。无意间，大女儿顺蓉的一个小动作，一下打开了詹天佑的脑洞，他是兴奋不已。

“拿酒来!”

这都夜里十二点了，他要喝酒，夫人有心阻止，可这么多天，从打自己到这儿，丈夫一直是紧锁眉头，今天终于眉开眼笑，这里一定有喜事，还是依着他吧。

斟上一杯葡萄酒，詹天佑一饮而尽。“哈哈哈，好酒啊好酒！古来圣贤多寂寞，唯有饮者留其名!”

夫人和小顺蓉就这么看着他，詹天佑手舞足蹈，借着酒劲好像要引吭高歌，唱点什么呢?



詹天佑问顺蓉:“你们在家里听过京戏吗?”

顺蓉想了想:“听过，祖母说那叫京班大戏。”

“对喽，来北京一定要听皮黄，这是咱中国人自己的大戏！听说年底，前门大观楼要放一部京戏电影，是谭鑫培老板的《定军山》，到时候父亲带你去看。这样，我先给你们唱两句好不好?”

小顺蓉让他这么一折腾也不困了，拍着巴掌直叫好:“唱一个、唱一个!”

夫人一看:“眷诚，都这么晚了，明天再唱吧，孩子得睡觉了。”

“别，明天还有明天的事，现在就唱，你们听着啊!”

就看詹天佑站起身形，用手在胸前一捋，真拿自己当老黄忠啦。没有文武场他自己用嘴伴奏，像模像样地走了几步，还真有点谭派老生的意思，左手一掐腰，他还真唱上了:“这一封书信来得巧，天助黄忠成功劳!”

顺蓉一听，大声叫好，“好、好!”再往下听，詹天佑不会了。

您想，他成天研究修铁路，哪有时间进园子听戏呀，谭鑫培在当时是顶级明星，他的戏人所尽知，詹天佑虽然喜欢，也不过就会唱这么两句。

他跟顺蓉说:“孩子，别看就这两句，不多不少太恰当了，你这把剪子就好比老黄忠的那封书信，你小顺蓉要帮着父亲立功劳啊!”

他这番话，听得夫人和顺蓉简直掉进了云里雾里，夫人问了一句:“眷诚，这把剪子到底怎么了?”

“夫人，刚才剪子掉在地上，看，就是这个样子，让我有了灵感。如果我说的理论付诸实践是正确的，那么，青龙桥的问题，就解决啦！”

“啊，掉把剪子就解决了？你早说啊，早说我早就给它扔啦。”

“嗨，扔得早不如扔得巧，天助黄忠成功劳！”

“又来了。”

“行啦，我是太高兴了，你们不要陪着我熬夜了，先休息吧，我要跟士远和鸿诰讨论一下这个办法！”

谭夫人一听：“你也知道这么晚了，他们两个可能已经歇下了，明天一早再叫他们吧。”

詹天佑拍了拍头：“我给忘了，这样，我先画个草图，明早拿给他俩看和讨论，你们先睡吧，顺蓉都揉眼睛了。”





谭夫人知道丈夫一扎进工作中就非把当日的问题解决完不可，她无可奈何地再次提醒丈夫：“总熬夜对身体并不好，你也量力而行。”

詹天佑一边答应着，一边又马不停蹄开始在一张新的纸上写写画画起来。夫人叹了口气，哄着孩子先去睡觉了。

困扰很久的难题一旦有了灵感，思路就会像开了闸的洪水般一泻千里，越来越开阔，詹天佑本打算先画个草图，明天和徐、张讨论过再说。

但是，随着草图越来越清晰、越来越完整，詹天佑越发意识到这个办法是最合适的。他伏下身子，又开始测算使用这个办法下的路线长度变化、修筑成本和运营成本。直到鸡鸣五更，窗纸上透出蒙蒙的亮光，他才意识到自己忙活了几乎整整一夜，然而兴奋仍然充斥在他的脑子里，他毫无困倦之意，只希望天快亮起来，他要把这个好办法分享给士远和鸿诰。

次日上午，拿到詹天佑的新草图，徐士远和张鸿诰都惊呆了，图纸上，很清晰地画着一道形似横着写的“人”字的线路。

“老师，这是您一夜之间想出来的。”

“呵呵，说出来你们可能不信，这是顺蓉告诉我的。”

“啊？顺蓉！”

詹天佑一摆手：“来吧，我简单跟你们俩解释一下设计思路。”

詹天佑告诉他们，将八达岭一带的铁路仿照那掉落在地上“劈叉”的剪子，设计成人字形，火车由原测路线经过黄土岭的路线的入口，然后再退出，走向原测路线去往八达岭。形象点说，就是一折一返地往上爬，为了到达上面那条“撇”的顶端，需要先顺着下面这条“捺”行进到“人”字的“头部”，然后，以尾做头往回开，岔开原路，绕过山头，继续上行，直奔八达岭。

听完之后张鸿诰首先提问：“可是我们怎么让火车以尾做头呢？”

詹天佑笑了：“太简单了，我们用两个火车头！”

“两个火车头？”

“对！说起来，这还是士远的功劳啊。”

徐士远一听：“我？怎么会是我？”

“哈哈，士远，你还记得咱们在回测的路上，你在鸡鸣驿认识了一位老乡，他带你走老龙背，咱们认识了一条新路。”

“呃，对呀，可这跟火车头有什么关系？”

“你忘了吗，那位老乡对你说，他每天赶车爬坡，后面都得跟着一个人，每爬一截就得让牲口喘口气，后面那个人就得用石头垫在车轱辘后头，防止溜车。你想，这一前一后两个人，不就是我说的两个火车头吗？我们在车尾部挂上另一个火车头，火车沿着人字形这一‘捺’一直开到头，开到火车尾部的车头也到达分岔点之后，现在车尾就变成了车头，原来的车头成了车尾，然后就用现在的车头拉着火车沿着人字形的‘撇’爬上去。青龙桥这里就是人字形的顶点。”

徐士远一听，心里是万分佩服，当初自己听见老乡这些话，不过当成了过耳之言，根本没走心。哪知道，老师听我学说一遍居然就能牢牢记住，而且灵活运用，真是了不起呀！听着詹天佑的解说，徐士远用手沿着图纸上的线路描摹，他这么一看：“老师，如果我们有两个车头的话，除了真正的车头可以拉车前进，吊在车尾的那个车头也可以从后面推着车前进，这也给火车增加了爬坡的动力。老师，这个构思太巧妙了！人字线路，简直是神来之笔！”

徐士远把自己给说激动了，他“噌”一下冲到了院子里，围着院子跑了三圈。

张鸿诰也听明白了，他也特别兴奋：“老师，您是第一个想到这种路线设计的吧？这种路线以后会不会就叫‘詹氏路’？”

詹天佑被张鸿诰的话逗笑了，他摇了摇头：“如果真的是我的话，那是我的荣幸，可惜并不是。这可以看作‘之’字形线路的变体，而‘之’字形线路最早出现在南美洲一些国家的森林或矿山铁路的设计中，美国在推动西部大开发时为了减少投资，最先将这种路线应用于干线铁路。我之前并没有想到这种线路设计，因为它不是最先进的筑路方式，在国外这种路线有公认的缺点，即线路坡度大，容易导致运输通过率低。

可是昨天晚上我看到女儿掉在地上的剪子，突然意识到如果稍作变形，修成‘人’字形，其实正好适合京张铁路，它可以缩短八达岭隧道的长度，也便于让火车爬上这一带陡峭的山路。”

两个学员听得频频点头，徐士远沉思了一会儿，他说出了自己的看法：“其实，路线设计没有绝对的好与坏，关键看适合不适合。”

詹天佑竖起了大拇指：“你总结得非常到位。我们传统的做法是修盘山路线，也就是陈西林说的‘螺形环山路线’，‘之’字形线路总是不如‘螺形环山路线’优越，除非万不得已，以后其他地方的铁路我并不建议都照着京张这样采用‘之’字形线路，总是要结合实际地形地貌及运营选择更合适的线路设计。”

詹天佑突发奇想，由一把剪刀想到了铁路爬坡路线，由此及彼，由表及里，运用丰富的知识解决了八达岭一带火车难以爬坡的困难，真是福至心灵。





当然，这个理论能否付诸实践，还要等到真正施工的时候见分晓。

师生三人离开家再次来到青龙桥，把这个想法和陈西林一说，陈西林也特别兴奋，“詹大人，您解决了京张铁路全线最艰苦、最险峻的越岭问题，可是……”

说到这儿，陈西林把话停住了。

“西林，怎么了?”

“詹大人，这个办法虽然好，但是，延长了线路，建筑成本和行车运营成本及维修维护费用都会相应增加，也就是说，需要修改预算报告。”

旁边的徐士远和张鸿诰一听，全都把眼睛瞪起来了，“预算”这俩字，太敏感了。陈西林也听说过，前些日子因为预算报告把詹大人折腾苦了，如今，由于自己的建议又要重改预算，当时有点不好意思了，甚至面露沮丧之色：“大人，看来这条路线也并不是那么合适，要不然……”

詹天佑本来是蹙眉沉思，听陈西林这么一说，反倒笑了：“西林，也不能这样说，你提出的建议，很有价值。虽然在预算上发生了很大的变化，我还是想再研究一下。这样，不如我们明天再去测量一遍，多收集些数据，我觉得在这里——”说着，他用铅笔点了点草图上的一个位置，“还有这里，”又点了点另一个位置，“这两处如果规划得当，只需要在你的方案上稍加调整，我们将得到一条更好的线路。”

听詹天佑这么说，陈西林觉得眼前一亮：“那我们现在就再仔细勘测一遍，尤其是您指出的这两处。”

几个人带着工人再次测量，这次测量，可谓收获不小。经过他们反复讨论和修改，最后决定，改为由初测时原定路线，从石佛寺引机车上山，设青龙桥车站，火车入青龙桥东沟后再折返穿过八达岭，形成“人”字形线路，这样延长了坡面，减少了坡度，而且大大缩短了八达岭隧道长度，仅为1091米，比初测时设计隧道长度缩短近一半。最主要的是没有增加预算金额。

詹天佑设计采用的“人”字形线路，在当时的国际铁路界属于最先进的线路设计，可詹天佑自己清楚，在八达岭青龙桥采用这种线路方案，是受当时修筑费用与工时限制不得已而为之，在整条京张铁路线上，都是这样反复勘测、仔细计算、认真比较，最后定下来省工、省时、省料、省钱的最佳路线。后人看到这段故事，留下四句诗：

关沟叠翠立峻峰，
坡高山陡道难行。
人字线路惊寰宇，
青龙起舞忆詹公。

# 第六十七回
# 邝孙谋选材降成本
# 俞妙元报信起波澜

在詹天佑的指挥下，路工重新钉立标桩，标出新的路线，陈西林在一旁不住地赞叹：“大人不厌其烦，三易其稿，足见用心良苦，您现在设计的这条路线堪称最佳。”

詹天佑一摆手：“不不，你说错了，这不是我设计的，这是咱们共同努力的结果！我只是在你的方案上进行了调整，你的专业技术水平和钻研精神是非常可贵的。铁路设计就是要建立在科学的思维定位上，要将可能性、可行性与环境的协调性综合起来考虑。这一点，你做得很好。”

路线重新规划和标注完毕，詹天佑嘱咐陈西林：“京张铁路的修筑意义非比寻常，作为中国工程师，一定要倍加努力。现在开工前的各项工作正在紧张有序地进行，望你一如既往抓紧复测，为动工打好基础。天津那边还有很多事情等着我回去处理，这里就交给你了。”

陈西林一听：“大人放心，西林定不负大人重托，追星赶月完成复测，绝不耽误开工。”

青龙桥的事情暂时处理完毕，陈西林继续沿线往北复测，当天下午，詹天佑带着徐士远、张鸿诰回转天津。

如此连着几次往返于京津两地，詹天佑觉得太耽误时间了，京张铁路总局的办公地虽然设在了天津，但是前期的筹备款项、购置物料等工作完成后，一旦铁路正式破土动工，最好还是将办公地迁到北京去更为妥当，毕竟那里是京张的起点，京郊一段工程在人际上的问题又很是复杂，到北京去才好就近处理。

所以，回到天津后，詹天佑立刻向陈昭常反映了这个问题，陈昭常也觉得很有道理。可是，北京的办公地还没有完全建好，怎么办呢？两个人计议一番，最后决定，在北京设立一个简单的办事处，待天津的前期筹备工作处理差不多后，由詹天佑带着几名技术人员前往北京办事处办公，陈昭常留在天津总局。

乌飞兔走，时光流逝，一转眼，到了 1905 年的 8 月下旬，京张铁路挂牌办公仿佛发生在昨天，前期准备工作都差不多了，为了减少办事层次和削减不必要的开支，便于指挥修筑，陈昭常和詹天佑对总局办公地点再次进行了整合，将京张铁路总局自天津迁到北京阜成门，原设在北京的办事处并入总局，与阜成门外设立的京张铁路工程局互为援应，分别办理运输及修筑事宜。现在万事俱备，只待选个好日子正式破土动工。

衙门搬到了北京，詹天佑也能天天回家住了。这一天，公事完毕，詹天佑到前门外观音寺买了点稻香村的点心，老娘岁数大了，吃不惯北方的米，所以，经常离不开点心。

到家一看，老娘陈氏在屋里坐着，用手一个劲儿揉腿。詹天佑赶紧把点心放下："母亲，您这是怎么了？"

陈氏一听："不妨事，来北京这些天真让我长了见识，天子脚下大邦之地。不过，为娘不适应这儿的水土。"



哦，詹天佑明白了，这是水土不服。

"母亲，我给您请医生看一看吧。"

"不必！先别说我了，说说你吧，前些日子你遇到危险，为什么不告诉我！"



哎哟，詹天佑当时一愣，他看了一眼谭菊珍，夫人摇了摇头，明白了，准是鸿诰多嘴。

陈氏看出来了："你呀不用乱怀疑人，如今，你是朝廷的命官，风口浪尖的人物，关于你的新闻很快就传出来了，我是在大街上听别人议论才知道的。眷诚，你今天必须向为娘做个保证。"

"母亲请讲。"

"今后不可再冒险行事，你可是咱们一家人的依靠啊！"

詹天佑"扑通"跪倒："母亲放心，孩儿记下了。"

"起来吧。"

站起身形，詹天佑走到老太太身边："母亲，我还是给您请个医生吧，北京城里名医如云，让他们给您开几副药调理一下。"

话没说完，老太太把他拦住了："跟你说没事就没事，自己的身体我自己不清楚吗？就是水土不服，回昌黎就好了。"

"什么，您要回昌黎？咱母子分隔两地，实在让儿心里不安哪！"

陈氏笑了："眷诚，昌黎的空气和环境更适宜老人居住，让天佐陪着我，你就放心吧。"

嘴里是这么说，陈氏的真实意愿是不想干扰儿子，詹天佑在北京办公，只有妻儿在还好说，当娘的在，就免不了他三天两头回家探望，影响工作。

“眷诚，就这么定了，让菊珍带着孩子们住在北京，你一忙起来就不正经吃饭，身边没有菊珍照顾，我也实在不放心。”

“母亲，孩儿不孝。”

“什么话！自古忠孝不能两全，况且为娘身体康健，北京的饭菜我也吃不惯，我早就习惯了昌黎的气候环境，身边有天佐又有保姆，平时咱们可以保持电话联系，而且昌黎也在铁路线上，有什么急事的话，你从北京或者天津坐火车回去，都是很方便的。就这么定了。”

詹天佑见母亲这样理解自己，心里一阵热乎一阵酸楚，带着对母亲的感激和不舍，詹天佑叮嘱了弟弟天佐，过了三天，陈氏母子回转昌黎。

送走了母亲，詹天佑把家里安排安排，就等着开工了。

有人可能问，都到这会儿了，这京张铁路为什么还不正式破土动工呢？

您要知道，中国是农业大国，这个时候正逢秋收季节，一旦动工，必然惊扰农民收成，还有，这个时候降雨频繁，得把雨季错过，才好动工。

虽然无法动工，但也不能闲着。詹天佑的老朋友，打关内外铁路借调来的工程师邝孙谋回来了。

邝孙谋去哪儿了？购料去了。

京张铁路开工在即，得提前把料备好，之前，詹天佑已经定制了枕木料和洋灰，现在，铁路技术人员纷沓而至，有很多工作就得分工行事了，众人中，邝孙谋对选料十分精通，知道如何省钱高质。

这工作说容易也容易，不就是买东西嘛，可您要是不懂，真就买不对。

修铁路用的材料种类繁多，有钢材、木材、建材、土工材料、防水材料、五金材料，再有就是枕木、土和石头子。不用说别的，就说这石头子，那就大有文章。

今天我们乘坐火车时，也经常可以看到铁道上铺了一层石头子，很多人不知道，这些石头子是干什么用的。

看似一块小小的石头子，在铁路上，可是有大作用，它可以保证火车平稳行驶，有人认为这些石头子只是生活中常见的石头，并没有什么特殊的地方。但是，在铁路内部，称这种石头子为道砟。

首先，石头是花岗岩材质，花岗岩岩浆在地底下长时间冷却，它的晶体结构非常坚硬，这样一来，稳定性比其他材质更好。如果是普通的石头，当火车飞驰而过，在巨大的冲击力作用下，石头的结构会发生变化，变形之后或破裂或粉碎，也就没办法起到稳定的作用，一旦轨道挪位，下一列火车开来就会有很大的安全隐患。用花岗岩的小碎石来做道砟，结构更加紧密，增加了抗压强度，火车从轨道上经过，可以承受巨大的冲击力，还能分散一部分重力，保证铁轨不受影响。

其次，铺在铁路上的石头子，从形状看上去并不规则，边缘比较锋利，拿在手里甚至可以划伤手指。也许有人要问，把这些石头的边缘打磨光滑一点，再铺上去不更好吗？这是错误的想法，越光滑的石头，堆积起来，相互之间容易滑落，反而不能给铁轨提供足够的支撑，就失去了保护的意义。在自然界中，圆形的鹅卵石表面光滑，若是把它们铺在上面，道砟马上就会散开，当火车经过铁轨时，在地里不够牢固，有可能会出现四面散开的现象，损坏火车底部的零件。用边缘尖锐的石头，铺在一起就会纵横交错，支撑点更多，面对强大的压力时，可以保证更强的稳定性。而且，石头与石头之间有缝隙，雨水也可以顺利渗入地面，防止过于潮湿腐蚀路基和道砟。

还有一个作用不容小视，石头子可以加快散热，防止铁轨变形。您看，火车与铁轨接触的瞬间，产生的高温足有上百度，连着跑过几趟火车，铁轨就会变形。这些形状不规则的小石头可以将铁轨的热量均匀散发到地面，很快就能冷却下来，防止铁轨受到高温影响而变形。

所以，对石头子的选择非常讲究，为此，邝孙谋专程去往山东章丘购买大批量的花岗岩，以为用料。

邝孙谋这个人，常年在铁路上做事，养成了做事认真讲究不将就的习惯，对于选材，他是层层把关，细致入微。

按照詹天佑的计划，京张铁路分三段修成，第一段是从丰台到南口，邝孙谋之前已经勘察过线路，预算出了用量，不到一个月完成任务，他带着第一批材料回来了。

第一批？啊，这不能全部带回北京，像石头子这些用料直接就运到线路周围了，那儿有专人看管。像五金、道钉这些东西得运回来入库看管。

詹天佑大喜，亲自验收之后他是大加赞赏："星池做事果然高效，选料更是优中之优。"

邝孙谋一听："眷诚兄夸奖了，只是这些材料存在何处呢？咱们的库房在哪儿？"

詹天佑笑了："这个我早有安排。"

之前，詹天佑在关沟山里设下了存放材料的地点，可是，北京这边是源头，大量的材料得有地方放。这个时候，詹天佑就想起了梁如浩，前不久在总督衙门，自己向梁如浩提过，说京张铁路的起点丰台是与关内外铁路的连接点，从这里开修的话，需要关内外铁路支援一下场地，以存放材料。当时，梁如浩是满口应承。

如今材料来了，老同学的关系不能不用，詹天佑直接给梁如浩拍去了电报，梁如浩马上回信，答应了。

詹天佑让邝孙谋回去休息，另派山海关铁路学堂的两名学员俞妙元、王桂心带领押送队伍，奔往南苑外的关内外铁路库房。

陈昭常在一旁看着詹天佑这通安排，他也笑了："眷诚兄，这可真是朝里有人好做官呀，要不是梁大人的关系，咱们就得另造库房，那开销可就大了。"

詹天佑一听："孟亭这个人特别热心，不单是我，只要是有困难的人，让他碰上了，他是一定出手相助，当初在美国的时候，他最崇拜的一个人就是侠盗罗宾汉。"

"罗宾汉？"

"对呀，他就相当于咱们中国小说里的南侠展雄飞。"

詹天佑这个人，不单精通美国文化，对中国文化也是了如指掌。

两个人正聊着天呢，突然，从打总局门外跌跌撞撞跑进一个人，他三步并成两步走，快速来到书房，没看清脚下有门槛，往前一迈腿挂住了鞋尖，"啪嚓"一声，这人平着摔倒在地。

詹天佑赶紧过去搀扶，扶起来一看，正是学生俞妙元，"妙元，你怎么回来了？"

"老师，出事了！"

"出什么事了？坐下说。"

让俞妙元坐下，给他端过一杯茶，缓了缓，俞妙元告诉詹天佑："老师，咱们的材料被扣留了，现在桂心正在那儿和他们交涉，我急着赶回来报信，您快点拿个主意吧。"

詹天佑听了个似是而非，"妙元，你说清楚点，到底怎么回事？"

"您听我说！"

敢情，一行人押送原材料到了南苑外库房，守卫的兵丁要求看证件，俞妙元说是奉了詹天佑大人和梁如浩大人之命来的，兵丁一听，马上就要放行，可就在这时，库房里走出一个外国人，他是坚决不同意，俞妙元急了，说这是关内外铁路总办梁如浩梁大人的命令，你敢不执行吗？这外国人笑了，说什么总办，那不过是我们英国人的打工仔，这事儿必须英国工程师点头才行。

俞妙元、王桂心两个人是火冒三丈，用手指着洋人说这是中国人的土地，不许你们胡作非为。这句话也惹恼了洋人，当即下令，扣下全部物资，让詹天佑亲自来领。

俞妙元不敢怠慢，火速回来报信，王桂心为了不把事情闹大，他留下来，表面上赔情道歉，实际上是看着这几车材料。

俞妙元把经过一说，詹天佑很纳闷，他看了一眼陈昭常："难道是孟亭没把命令传下，手下人不知道？这样，我去一趟。"

站起来刚要走，梁如浩的电报来了，詹天佑打开一看，电报上说，关内外铁路仍属英国人管辖，目下，英国人不愿为京张铁路开方便之门，自己已经尽力斡旋，但于事无补，只好请陈昭常和詹天佑来天津谈判。

这可真是按下葫芦起了瓢，日本人的事刚处理完，英国人又起波澜，看来，京张铁路一日不建成，这些洋人们一日不消停，他们得使尽浑身解数给京张铁路添堵设阻。

常言说，兵来将挡水来土掩，有了前几次的经验，詹天佑已经适应了这种模式，每当要有进展，洋人必来捣乱，这一次，看看他们又有什么低劣的手段鬼花活儿。

"简持，那咱们就辛苦一趟吧。"

当下给邝孙谋留下一封书信，让他处理南苑的事情，陈昭常、詹天佑坐火车去天津，与英国人谈判。

# 第六十八回

## 趁火打劫漫天要价
## 以毒攻毒就地还钱

1905年9月10日，天津法租界海河边关内外铁路总局一间办公室内，长会议桌后坐着中、英两方代表。中方代表是京张铁路总办陈昭常和总工程师詹天佑。英方代表是关内外铁路总工程师金达和负责关内外铁路丰台段运营的牛麻治。

只因为詹天佑欲借关内外铁路道路运输以及仓库使用，总办梁如浩满口应承，答应提供库房，减免运费。不想，英国人不同意。要知道，这关内外铁路是借了英国贷款修的，铁路的使用及管理有英国人一份，梁如浩有心帮忙却不能完全自己做主，他得跟英国人商量，梁如浩觉得这件事很简单，万没想到，英方代表听说之后，只回了他一个词：NO！

无奈之下，陈昭常、詹天佑来到了天津，在关内外铁路总局与英方谈判。

现在，最难过的就是梁如浩，一边是自己的合作人，另一边是自己的老同学，自己曾经有过诺言，争取到最优惠的租价给京张铁路，没想到，英国人如此不讲情面，现在陈昭常和詹天佑就在面前，他有心在谈判中帮助詹天佑，可没想到，牛麻治不同意。他告诉梁如浩："梁大人，你现在是关内外铁路的总办，不能为其他铁路损害关内外铁路的利益，而且，你和京张铁路的总工程师詹天佑是同窗又是同乡，关系过于亲近，谈判中你理应回避，这样，才不会被旁人质疑你有损害关内外铁路权益的内幕交易。"

这番话差点把梁如浩给气炸了，他有心理论，无奈，这关内外铁路是人家英国人说了算，自己一点儿办法没有，只能听从。

所以，谈判桌上没有梁如浩的身影。

看看时间已经到了，陈昭常开门见山，直接提出了租用关内外铁路丰台段部分设施的需求，并提出希望在关内外铁路上运输设备和人员时能适当减免运费。

金达听完了陈昭常的要求，微微一笑："陈总办，我想打听一下你们的具体实施办法以及具体租用的路段。"

陈昭常看了一眼詹天佑："眷诚，你来说吧。"

"好！"

詹天佑很高兴，因为他和金达是老朋友了，而且在这次勘测路线过程中，金达几次伸出援手，詹天佑十分感激。梁如浩电报的内容让詹天佑有些疑惑，他猜想英方可能是说了一些冠冕堂皇的话，就算答应要求也要走一个谈判的程序，毕竟这里有金达在。

他是抱着这样的心态，现在看金达提问，詹天佑直接回答："金达先生，京张铁路首段工程，是丰台柳村到南口。这一段地处平原，所以，京张铁路的起点就是丰台柳村，但这里并不是车站，只不过是'线路所'，也就是铁路分岔的地方，始发站还是在丰台火车站。由于丰台站到柳村这一段靠永定河，黄土土质松软，能修铁路的地段已经被关内外铁路占据，所以，火车出发时要经过一段关内外铁路，到柳村这里并线，并入京张铁路的正线。那么，经过关内外铁路这一段，八里路，我们打算租用。既然关内外铁路和京张铁路都属大清所有，所以，想请金达先生网开一面，能够把租金降到最低，或者说，直接免费租用。"





金达一听，点了点头，这个事，他已经想到詹天佑前头了，在他看来，这本无可厚非，自己想顺着再往下问，张嘴刚要说话，旁边的牛麻治一抬手，给拦住了，看那意思他要表态。

这牛麻治，长得真像一头牛，可能是营养过剩，这位脖子上的肉都往下耷拉，光下巴就分了三层。身体庞大，人都坐下了，这肚子直往前挺，说出话来瓮声瓮气的："陈总办，这件事情我听梁如浩大人说过了，我的意思是，铁路不是你我个人的财产，属于国家，所以，在商言商，公平交易。租用设备减免运费，这个，我们做不了主，而且，也不应该。要知道，我们关内外铁路也是要盈利的，不能为了交情或者其他的缘故，就让我们吃亏，您说是不是这个道理？"

他这一嘴一个"我们关内外铁路"，让陈昭常和詹天佑极为反感。这话虽然说得刺耳，可现在英国人有运营管理权，大小事宜还得他们拍板。

让詹天佑不明白的是，牛麻治不过是负责关内外铁路丰台段运营的，他怎么敢抢金达的话呢，金达可是关内外铁路的总工程师啊！

这一点，詹天佑就不知道了，别看牛麻治官职不大，他可是有背景的，他的叔叔在英国王室为官，据说经常和英国女王在一起下棋，这牛麻治仗着叔叔的庇佑胆大妄为，目空四海，眼中无人，根本看不起金达。这次回绝梁如浩的就是他。他早就知道梁如浩答应了詹天佑一些便利条件，他也知道金达和中国的关系好，他心说，我先不表态，等你们箭在弦上时我再出来阻拦，让你们进不能进退不能退，听说京张铁路缺少资金，我偏偏在这个时候敲诈一笔，这趁火打劫的买卖，不做白不做。

所以，他今天是一点儿情面不讲。

“詹先生，陈总办，租用我们的设施可以，我们得按市场价收费。”

嚯，这家伙是趾高气扬，言下之意是用中国人的设备赚中国人的钱，英国人坐收渔利，英国人才是铁路的主宰者。

詹天佑看了一眼金达，金达很无奈地摇了摇头，看样子，他有难言之隐。

如此一来，詹天佑倒高兴了，怎么？原本对面两个人里有一个朋友，自己多少要顾及朋友的面子，现在好了，朋友不表态，就剩一个对手了，自己可以无所顾忌了。

想到这儿，詹天佑问了一句：“牛麻治先生，如果按照市场价收费，这一年应该是多少钱呢？”

牛麻治一听，把眼睛一闭，这倒好，有俩眼睛在那儿转还能看出是一张脸，现在把眼睛一闭，简直就是个大肉头。他干吗闭眼啊？算账啊！





加减法乘除式外带小数点这么一算，算了有二十分钟才算明白，牛麻治睁开眼睛：“听刚才詹先生所讲，你们要用从丰台向北到第六十号桥与京张铁路接轨的线路，租费是每年每英里两千银圆。”

詹天佑一听，心中暗想，这么高的租金！这还是按市场价收费？这是摆明了敲竹杠，市价哪有这么高！

陈昭常也觉出来了，心说这个牛麻治是狮子大张口啊，这个价格太高了！“牛麻治先生，你可不要欺负我们不懂，告诉你，我和詹总工程师都久在铁路，詹大人以前在关内外铁路上工作过不短的时间，市价什么水平，他都知道，你可不要信口开河。”

陈昭常说话已经不讲情面了，他也看出来了，这牛麻治是成心捣乱。

牛麻治一听笑了：“陈总办，我这可不是信口开河，您是总办，具体到租金这种小事务可能并不如我们这些实际经办的人清楚，我给出这个价格自然是考虑周详的。这个价格听上去有点高，但其实是合理的，毕竟丰台段是京张与关内外铁路的连接点，这一点其他铁路是比不了的，如果京张铁路不用关内外铁路运输，而选择其他运输方式或路线，那价格可不比这个数低。”

说着他又看向詹天佑，“我当然知道詹总工程师原来在关内外铁路任职过，不过，现在他是京张铁路的总工程师，京张铁路和关内外铁路可谓兄弟关系，你们中国不是有那么句话，叫‘亲兄弟明算账’。我开这个价是因为我们是在谈生意，在商言商，如果你觉得划算，就按这个价格租下来；如果觉得不划算，你可以选择不租。”

陈昭常听着只觉得火气上涌，这叫什么事！这可是在大清的土地上，居然有一个外国人来向他说“亲兄弟，明算账”，而且依仗关内外铁路这段最便捷的运输线，牛麻治如此傲慢无礼，坐地起价，着实可恨！陈昭常欲待发作，猛然间，理智上升，自己是来谈生意的，不是来吵架的，目的是以最优惠的价格租用关内外铁路的设施。如果谈判不成，就要舍近求远租用其他的铁路，不能保证材料直接运到工地上，得不偿失。

想到这儿，陈昭常往下压了压怒火，脸上重新泛起了笑容："牛麻治先生，你知道铁路预算是严格按照科学依据来测算的，你开的这个价格确实太高了，如果我们都按这么高的价格去租用场地和轨道，将来所有的费用都无法控制，虽然'亲兄弟明算账'，但是，兄弟之间也不能漫天要价呀。"

牛麻治淡淡一笑："呵呵呵，陈总办，这是你们自己的事，能否控制我们管不了，我们能管的，就是关内外铁路不受损失。"

"请您想清楚，我们想租用的这一段是关内外铁路的延长段路轨，据我们的了解，这一段铁路你们目前并没有派上实际用场，而且，库房也没有投入使用，我们提出租用，正好是给关内外铁路创收。闲着也是闲着，为什么不谋些利益呢?"

牛麻治一听："对呀，我想谋利呀，这些设施归我们所有，用与不用是我们说了算，铁轨生锈，库房长虫，我们心甘情愿，现在它有市场了，我就得按价租赁。"

"可是，按照你给出的价格，我们还不如干脆重新买一块地，即便可能会增加一时的开支，但至少买下的地是属于我们京张铁路的资产，待工程完工后，这块地我们可以出租或转卖，收益完全可以弥补超支的部分。"

"哈哈哈，总办先生，租不租在你们，我作为大英帝国的代表，必须维护我们的权益，毕竟，关内外铁路的筑路权和使用权是我们英国人的，啊，哈哈哈。"

这一番话，赤裸裸道出了资本主义列强想通过铁路进一步垄断中国经济的野心，同时，也映衬出了修建京张铁路，这条中国自主铁路的必要性。现在，洋人就是想方设法阻止京张铁路，要打破中国"自主铁路"的梦想。

陈昭常是忍无可忍了，牛麻治话里话外无刻不在抬高英国，贬低中国，这哪是谈判，这成了佃户求地主了！我们诚心诚意来谈生意，牛麻治摆出主人的姿态，根本不是平等交易，现在不是庚子年了，这是在中国的地盘上。盛怒之下，陈昭常把手一抬，瞧那意思，他要把桌子掀了。

这是真急了，可就在这时候，旁边伸过一只手，把他的腕子给抓住了："陈大人，茶凉了自有侍从来换，何必大人动手！"

詹天佑抓住陈昭常的腕子紧紧握了一下，虽然没有语言和眼神的交流，但这也足以让陈昭常明白，詹天佑已经想出了对策。

"啊？哈哈哈，是啊，我何必亲自动手，来人，换茶！"

从打门外走进一个英国侍从，这是专门伺候牛麻治的，听见里面招呼，他进来把四人的茶都给换了。

嘿！把牛麻治气的，心说，我的侍从，凭什么你来使唤，“你——”

一个“你”字刚刚出口，詹天佑把茶杯举起来：“金达先生，您可是我们中国人的老朋友了，多少条铁路都是经您的手建起来的，多年之后，这些铁路的使用权回到我们手里的时候，我们肯定忘不了您的功劳，来，我以茶代酒，敬您一杯。”

金达赶紧把茶杯举起：“眷诚，何必客气。”

两个人一饮而尽，把牛麻治的鼻子差点气歪了，心说这个詹天佑没把我放在眼里呀，金达也是，跟他瞎客气什么，哼。

金达明白詹天佑的意思，他也不想让局面太过僵持，茶杯放下他打了个圆场：“陈总办，眷诚，大家都是在为大清修铁路。牛麻治先生讲的租金或许是高了一点，但我们可以谈价钱嘛。”

陈昭常看了金达一眼，他们的关系并不熟，但是，陈昭常知道，金达长期被朝廷重用，根据英国与朝廷定下的关于关内外铁路的借款条约，英国工程师对收费问题的确有决策权。这是个事实，他们不同意，这事儿还真就不好办，听金达的意思，他好像有相助之意。

想到这儿，他冲金达一笑：“您说得对，可是，这位牛麻治先生刚才说这是按市场价定的，如果我们觉得不划算可以不租。您听这话，哪里是谈判的口气呢？”

牛麻治刚要开口狡辩，陈昭常却截断了他的话，看着金达道：“一下子把价开得这么高，几乎没给我们谈价的空间，这个价钱如何谈？”

金达摆了摆手：“现在先不说牛麻治先生的想法，也不管有没有讲价的空间，陈总办，你能不能给我一个你们的心理价位。你们想租用的延长段尽管现在没有使用，但是当初铺设时也是花了钱的，不可能不考虑成本回收问题，所以我们肯定是不可能免费给你们使用的，对吧？”

说着，他看了看牛麻治，牛麻治把大脑袋一扛：“没错！”

陈昭常笑了笑：“那好，既然金达先生同意我们讲价，那我就提一个我们认为比较合理的价格。每年每英里五百两银圆，怎么样？”

没等金达说话，就看牛麻治一下站了起来，脸上的肥肉直跳，他圆睁二目，呼吸加速，红头涨脸，表情抽搐，想要说话，一口痰堵咽喉，加上坐的时间有点长，茶喝得有点多，身体虚胖外加高血糖，突然一阵头晕目眩，两腿一软，就听“咔嚓”一声，把椅子给坐碎了。

# 第六十九回
# 詹天佑雄辩获全胜
# 牛麻治诡计成泡影

正说到天津谈判，陈昭常的一句话，把牛麻治气得差点背过气去，两腿一软，把椅子给坐碎了，这把椅子本身也是有点糟了。

陈昭常差点乐出声，心说这位肉大身沉也太胖了。

几个人过去把牛麻治扶起来，重新换了一把椅子，让他坐下。牛麻治捂着腰，脸涨得通红，一是不好意思，二是气的。他问陈昭常："陈总办，你们中国人都像您一样划价吗？我报价两千两，您划价五百两，直接砍下四分之三，有这么划价的吗？"



把牛麻治气的，呼哧带喘的，连金达都差点乐了。

陈昭常强忍着没乐，他要乐这事儿就太儿戏了，他是正颜厉色，一本正经："牛麻治先生，不是我划价太狠，是您报价太高了。"

詹天佑在一旁暗挑大指，心说这话说得多好！

金达一看，得和和稀泥了："陈总办，就算我们报价高，你这个价实在太低了，陈总办、眷诚，二位看能否再高一些？"

詹天佑一听："金达先生，陈总办定价策略是合理的，也是考虑了你们这段延长路线的成本，而且是在这个成本上增加了一点，保证了你们有所盈利。"

詹天佑的解释非常有道理，这得说詹天佑反应敏捷，陈昭常不过是想借着还价气一气牛麻治，可在詹天佑看来，这个价格划得并不过分，他刚才说的这番话是经过深思熟虑的。詹天佑想，虽然现在是和外国人谈判，但京张铁路和关内外铁路亲如兄弟，只是目前关内外铁路在外国人影响之下，如果放开自己的手段，那就等于杀敌一千自损八百，得不偿失了。

别看价划得狠，可这种定价方法拿到今天看，其实是一种常见的内部转移定价策略，常见于集团公司里各子公司之间交易时，当集团企业外部没有同样的产品，或采用市价容易使各子公司的经营产生较大的利益冲突的时候，一般集团会为内部各公司之间交易该类商品制定一个内部价格，这个价格的制定方式是在制造成本的基础上上浮一定百分点，以保证出售该产品的公司不至于亏本，而且能有少许盈利，也使购买该产品的公司不至于付出过高成本。

京张铁路和关内外铁路同属大清，如果一方要租用另一方的设施，从整体的角度看，的确如当初胡燏棻所说的那样，东屋的土西屋倒，左兜的钱装右兜，但是从它们个体来看，租金定高了保证了关内外铁路的盈利，就会使京张铁路成本太高难以负担；而租金定低了，有利于京张铁路控制自己的成本支出，却使关内外铁路亏本经营，损害了其收益。所以，陈昭常的这个思路是合理的。

要知道，詹天佑和陈昭常，这两个人可谓黄金搭档，陈昭常脑子灵活，詹天佑从来不打无准备之仗。来谈判的路上，詹天佑和陈昭常已经做了充足的功课，了解过关内外铁路这一延长段的成本情况，而且，詹天佑作为会办，一定要让陈昭常当谈判的主角，而自己绝不是衬托，而是及时补位，两个人得打配合。

金达听了詹天佑的解释是不住点头，他认为詹天佑说得非常有道理，也很切合实际。可旁边的牛麻治不认可，他把他那胖头摇得跟拨浪鼓似的，难为他怎么摇的，“不行不行，詹大人，你的话看似有理，其实，你是在给陈总办找借口，我这个人说话最讲原则，每年每英尺两千两银圆绝对不能少，别看金达先生是总工程师，这点，他得听我的！”

说到这儿，他用威慑的目光看了一眼金达，金达眼皮坠地，一语不发了。

詹天佑喝了一口茶，往前微微一探身子，这个长会议桌并不是很大，他往前一探身子，离着牛麻治就很近了，牛麻治一看：“你干什么？”

“我想问问您，两千银圆绝对不能少了？”

“对！”

“您这是一点儿不顾及中英两国的关系了？”

“詹先生，在商言商，我们讨论的是生意，不要掺杂其他因素好不好！”

“好，既然这么说，两千银圆我们可以答应。”

哦，牛麻治一听，答应了？太好了，这算起来也不是小数啊！听说他们因为预算曾经闹得不亦乐乎，现在是勒着裤腰带修京张，我这笔钱赚的，等于是釜底抽薪，打压你们的嚣张气焰，让你们的自主铁路计划落空，也给我们大英帝国长一回脸！

嚯，这家伙扬扬得意，把刚才摔那一下全忘了。

金达也是一愣，心说眷诚，你可亏大发了！

最不能理解的就是陈昭常，他怎么也想不到詹天佑能答应，这可是丢了钱财丢面子，赔了夫人又折兵啊！

“眷诚兄，这……”

陈昭常的话没说完，詹天佑紧跟了一句："牛麻治先生，既然你们不讲情面，那可就休怪我也不讲情面了。"

"哼哼，你不讲情面又能怎样，现在可是你来求我呀！"

詹天佑把身子往回一靠，用手轻轻正了正头上的官帽："牛麻治先生，您可知新易铁路？"

"知道，那是一条专供你们的皇上、太后去西陵祭祖的专线铁路，听说那是詹先生的杰作！"

"不错，我现在就想跟您说说这条新易铁路！当初，新易铁路从京汉铁路高碑店站附近接出，也就是说，由北京去西陵的话，需要利用一段京汉铁路，其情形和眼下京张铁路去往张家口需要利用一段关内外铁路是一样的。京汉铁路是法国人和比利时人修建的，可是，当时京汉铁路并没有向西陵铁路收取租金。可今天，关内外铁路却要收取如此高额的租金，牛麻治先生，您觉得这合理吗？"



牛麻治一听："笑话，京汉铁路是法国和比利时修的，他们不要租金跟我们有什么关系？"

"好，既然您这么说，可就别怪我不客气了。按照我们的设计，京张铁路有一段采用的是未建成的万寿山御用线，这一段，应该是属于你们关内外铁路，但是你们没有建成，现在我们来建，建起之后，还归你们关内外铁路所有，也就是说，京张铁路已经为关内外铁路节省了许多费用。其实，京张铁路本来可以另选一条新线路，可为什么偏偏选择这条线路呢？还不是要帮你们省钱。咱们把话说明白了，修这段路的钱，原先，我们就没打算跟你们要。可现在不一样了，您刚才说了，在商言商，修铁路不要掺杂其他因素。既然这样，我可就公事公办了，现在我就算一下修这段线路的经费，咱们亲兄弟明算账！"

说完话，詹天佑提笔就算。可把金达急坏了，他可知道，这笔钱可不是小数啊！牛麻治也明白，心说，这詹天佑太坏了，他这一步一步把我往沟里带，刚才我敲他一笔，现在他还要敲我一笔，里外一算，我不合适了。哎呀，……急得他赶快用英语和金达商量。其实这都瞎掰，詹天佑十岁留美，陈昭常历游各国，哪句听不懂啊。牛麻治也是急了，他也顾不得了，说了一大堆，中心意思就是请金达帮忙解围。

金达告诉他，别着急，我来应对，咱们还是以大局为重。

牛麻治一听，那太好了，他冲着詹天佑一龇牙："哈哈哈，詹先生，虽然我说的话比较讲求原则，但是，我不过是负责丰台一段路线，真正的决策，还要听我们总工程师金达先生和总办梁如浩的，京张铁路的租金问题和万寿山线路的资金问题，还是请金达先生来交涉。”

他把球踢给金达了，金达无奈地冲詹天佑苦笑一声：“刚才牛麻治先生说话多有得罪，还望二位大人不要见怪。我想问一下，如果京张铁路与京汉铁路相接，你们会收取京汉铁路的租金吗？”

金达果然老道，他这话的意思是看一看詹天佑做事公平与否，只听詹天佑非常平静地回答了两个字：“不收。”

“好！既然如此，我们关内外铁路，也不收取京张铁路的租金，咱们互相帮助，你们也就别收万寿山御用线的钱了，怎么样？”

没等詹天佑说话，陈昭常就表态了：“可以！我们中国人一向懂得以德报德，就按金达先生说的，咱们互相帮助。”

牛麻治一听，完，自己这竹杠没敲成，改竹篮打水一场空了！

金达接着说：“不单如此，我们还可以以最低价格出售关内外铁路上换下来的旧钢轨，提供京张铁路使用。”

嘿！詹天佑一听，这可是太好了，又为我们省下一笔钱，金达先生功不可没呀！

两边说得都挺好，牛麻治觉得自己很没面子，他把侍从叫过来：“去，把梁总办请来，就说我们已经答应不收取京张铁路的租金了。”

“是！”

侍从出去，牛麻治满脸堆笑：“呵呵，我知道，梁总办和詹先生是同窗好友，他很希望我们能给你们免费使用，无奈我这个人太讲原则，开始就没答应，现在，我得把这个好消息告诉梁总办，真正做主的，还得是他。”

詹天佑明白，牛麻治是想卖给梁如浩一个人情，别看这家伙胖，心眼倒是不少。

梁如浩早就想来，开始为了避嫌，也是怕英国人说三道四，现在有人来请，他很快就赶来了，到这儿一听，当时明白了，一定是眷诚的功劳，这个牛麻治是一副空皮囊。

当下，梁如浩一锤定音：“既然陈总办和詹总工程师都这么说了，我看就这么办吧，算起来关内外铁路也并没有吃亏。”

牛麻治嘟囔着：“您是关内外铁路总办您说了算。”

金达只是笑着点了点头。

梁如浩没有理会他，看着陈昭常道：“如果二位没有其他的意见了，咱们今天就把合同定了吧。”

陈昭常相当高兴:“那就按梁总办的意思办,咱们签订合同。”

“且慢!”

詹天佑伸手给拦住了。

“眷诚,你要干什么?”

“既然梁总办这么给面子,我们也不能就这么实打实受,更不能让牛麻治先生的话掉地上,这样吧,还按我之前说的,每年每英尺五百银圆,但是,库房给我们免费使用,怎么样?”

旁边的牛麻治本来都瘟鸡耷拉头了,现在一听,“扑棱”一下,脑袋又立起来了,心说,这詹天佑还行,还给了我几分薄面。

他哪知道,詹天佑哪是给他面子,这是替梁如浩着想,詹天佑知道,里外里花的都是大清的钱,不能因为自己这边想省钱就不顾梁如浩,按这个价格租赁,自己花费不多,梁如浩也能在英国人面前有个交代,对于牛麻治,这叫打一巴掌给个甜枣,让他自己美去吧。





这一下是皆大欢喜,合同签订后,陈昭常和詹天佑就要告辞回去,梁如浩送他们前往火车站。路上,梁如浩对他们俩说:“二位今天配合得太默契了,真是谈判高手。牛麻治仗着有借款合同在,能参与定价的事,弄得处处被动,实在让人窝火,没能在前期帮到你们,我也很惭愧。”

陈昭常笑着安慰他:“别这么说,如果不是因为你是总办,只怕牛麻治还不会这么快松口。他们不过是仗着借款合同的条款想多从京张这里啃下块肉来,那些外国工程师都把京张铁路当成肥肉,虎视眈眈,连租场地这样简单的事都想趁机捞一把,的确让人不痛快。真希望大清有更多自己的铁路,有更多优秀的铁路工程师,以后咱们的铁路都由咱们自己说了算。”

詹天佑深有同感地点了点头:“这是迟早的事,现在我们有不少铁路工程师正在成长起来。我们的京张铁路上就有很多能担重任的工程师,等京张修好,他们有了更丰富的经验,就可以支援全国的铁路修建。”

梁如浩笑道:“京张铁路就是咱们培养锻炼本国工程师的摇篮。对了,说到铁路由咱们自己说了算,倒是有个好消息。粤汉铁路的借款合同被张大人废除了,咱们收回了这条铁路!”

张大人指的是总督张之洞。最开始决定修筑粤汉铁路时,本来是想由官方主持,向湖南、湖北和广东三省绅商集资,通力合作修筑。可是招募商股的过程并不顺利,资金总是凑不齐。屡屡不成之下，当时具体主持修筑铁路的盛宣怀同美国华美合兴公司先是商定借款四百万英镑以补充铁路资金，没想到美方借机狮子大开口，在合同中强行塞入派员勘测、筑路并“照管驶车”等条款，还规定直至五十年后中国还清债款，方可收回铁路管理之权。盛宣怀多方考虑下，不得以还是签订了借款合同。

而签约后，美方拖延执行合同，甚至私卖公司三分之二股份给比利时公司。铁路的修建者，已呈易人之势。粤、湘、鄂三省绅商本来就对朝廷出卖筑路权给美国极为不满，更对合兴公司的违约举动义愤填膺，在1903年冬天清政府颁布《铁路简明章程》支持民间筹资修筑铁路后，三省绅商掀起了声势浩大的收回路权运动。他们强烈要求废除合同，收回路权，由三省自办粤汉铁路，此举得到湖广总督张之洞的鼎力支持。

美方理亏，又想出花招，提出以另一家公司收买合兴公司全部股票，另立合同，“以美接美”，或中美合办。张之洞表示：“以美接美为谬谈，中美合办亦断不可，废约坚决，一定不改。”

最后，合兴公司向中国方面勒索高价，出让路权。张之洞从维护主权出发，提出“但期公司归我，浮价不必计较”，加上湖南绅商从中周旋，终于以六百七十五万美元的高价废除了与美商签订的借款合同，粤汉铁路的权力终于回到了大清自己手里。

陈昭常和詹天佑闻听此讯，眼望前方，拊掌大笑。

# 第七十回

## 建煤矿两地开支线
## 过墓园清河遇阻挠

詹天佑与陈昭常为租用关内外铁路闲置路轨和库房事宜，亲赴天津谈判，詹天佑技高一筹巧胜牛麻治，最后慷慨大义，不失风度，签订了租赁合同，两方皆大欢喜。

回转北京，刚到总局，徐士远来报信，说邝孙谋已经把材料的事办完了，现在，大批材料在关内外铁路库房外，由护卫队和兵丁看管。

詹天佑告诉徐士远："立刻通知邝孙谋，马上把所有材料搬进关内外铁路库房，重新对接。"

"是!"

库房的事解决了，京张铁路又可以往前迈一大步了。詹天佑和陈昭常商量，应该把现有的工程人员分组，也好专项专人。

陈昭常觉得有理，两个人计议一番，召集全员大会，会上，由陈昭常把人员分成了三组。

第一组由颜德庆带领，负责组织施工队伍，在沿途站点建设材料厂。

第二组由邝孙谋带领，负责所有材料和设备的管理。

第三组由陈西林带领，负责征用土地。

詹天佑负责整体技术的工作调度，陈昭常负责调拨经费，以及对接关内外铁路和各上级衙门。

詹天佑在总结时对众人说："望各位各出所学，各尽所知，使国家富强不受外辱，足以自立于地球之上。"

这番话可谓掷地有声，詹天佑多次强调，流传至今。

人员分派完毕，还有几项前期工作。

第一个就是煤的问题。

关于京张铁路的用煤。詹天佑早在勘测、设计路线时，就考虑到未来铁路建成后绝不能长期使用外地煤。所以，他在勘测线路的同时，就有意识地调查铁路沿线的煤矿蕴藏与开采情况，经过仔细测算，最后确定开办鸡鸣山煤矿与北京以西近郊之门头沟煤矿。

之前，詹天佑在给朝廷奏报的《京张铁路线路报告》中，就专门写了关于开采有关煤矿的内容。这个事，詹天佑早有准备。在朝廷批准他的报告以后，詹天佑从广东请来了两位高人，是自己的留美同学，归国后多年从事采矿的两位矿务专家邝荣光和吴仰曾，让这二位主持开办鸡鸣山煤矿。

为运煤方便，詹天佑又制订了支线计划，准备修筑从京张干线通往鸡鸣山煤矿和门头沟煤矿的两条专用支线，由颜德庆总负责。

这两座煤矿和两条支线，不仅保证了京张铁路的用煤，大大节省了铁路营运开支，而且还使大量煤炭外运，供应了北京等地的居民用煤与企业用煤，增加了一笔不小的收入。这是后话，暂且不表。

这是煤的事，还有一件事，是订购铁路材料和设备。





之前，邝孙谋已经运回了一大批五金、道钉，订购了大批的石子。其他的像铁轨、钢梁、枕木等，关系重大，既要优质适用，又要节约省钱。多年后，詹天佑在《致巴黎和会中国专使电》里说“铁路材料固贵投标，然操纵予夺，仍在订定标式之人”，若稍一疏忽，让权于人，“流弊不可胜言”。

这里面最重要的就是钢轨，关于钢轨，詹天佑考虑到京张铁路穿行在崇山峻岭中，全年多风沙，所以他决定，正线与站线均采用八十五磅钢轨，这在当时属于重型钢轨。

至于最险峻的关沟线路，詹天佑准备采用特制的山伯型钢轨，这种钢轨适用于大坡道行驶。詹天佑还考虑到，轨道铺设于陡坡线路上，即使用重型钢轨，也会出现钢轨爬行严重的现象，所以决定在铺设的每节钢轨中部，加钉一块额外的鱼尾夹板，夹钉在轨腰上，固定在一根额外枕木上，枕木用黑柏油灌透，这样可以经久耐用。

应该说，这是一种简单易行而又切实有效的铁路建筑工艺方法。

至于枕木。詹天佑之前已经与怡和洋行签订了合同，现在货物马上就到，詹天佑已经吩咐颜德庆按日期在新河码头接货。

考虑到开工前期，还会有很多事务性的工作，所以，对于其他铁路建筑材料、设备等，詹天佑命邝孙谋与外商直接洽谈，签订合同，告诉邝孙谋，一定要鉴定质量规格，尽量节省开支，防止不合理的支出，避免亏损与浪费。

尽管现在集合了一支工程人员队伍，但是，在庞大工作体系的映衬下，还是显得人手不够。所以，对于订购一般材料，詹天佑交给了代理人去办。

这是詹天佑在美国学到的，当时，西方市场上已经流行了比较先进的“招标”方法，詹天佑为此提出规范，然后在一定时期开标，条件最适合者可以得标。

如此一来，可以得到最实用最经济的各种材料。

从这一点上，可以看出詹天佑熟练地采用了较先进的经营方法。

这些事情，同步并行，人多力量大，完成效率非常之高！眼看离开工的日子不到半个月了，詹天佑既兴奋又紧张，只要一闭眼，他的脑子里就开始憧憬着大清国铁路修建的未来。

1905 年 10 月 2 日，也就是光绪三十一年九月初四，京张铁路正式动工，当然，这算是前期动工，并没有举行隆重的开工仪式，只是把从丰台到柳村这一段开始完善，全线沿途开始正式备料。

而此时，令詹天佑没想到的是，京郊清河镇的一处宅邸，因为京张铁路插标征地到了他家门前，是大起冲突。

陈西林来找詹天佑，介绍了情况。

负责京张铁路京郊段征地事宜的是天津武备学堂的学员李胜，陈西林曾经嘱咐过他，京郊一带，情况复杂，很多乡绅、财主的祖宅和祖坟都在那儿，所以，一定要多加小心。

李胜很年轻，工作积极性高，他认为这是朝廷的工程，属于国家大事，所有官员、百姓都必须遵照执行，自己不过是奉命行事。带着征地人员沿规划路线插标征地，这一天，来到清河镇，按照路标指示，这里有一片墓园在占地之内，墓园就是有钱人家的坟地。

一打听，墓园的主人姓广，是当官的，现任锦州道台，李胜一点儿没在乎，带着几个人直接登门，出来迎接的是广宅的管家。

这管家四十多岁，长胳膊拉腿溜肩膀，长得不好看，说话可是八面玲珑，一见李胜别提多客气了："哎呀，李大人，久闻您的大名呀！"

李胜心说，哪儿的事啊，我还没毕业呢，怎么管我叫大人呢？

他不知道，这有钱人家的管家叫"二爷"，这种人，外交手段极其高明，一般人是斗不过的。

"您来怎么也不提前打个招呼，快，给李大人上茶，上好茶！"

闹得李胜挺不好意思："尊管不必客气，我来不是私事，是来登门商谈征收贵府墓园事宜的。"

"哎哟，您来得太不凑巧了，我家大人正在锦州任上。"

"哦，不在家，那夫人呢？"

“夫人带着少爷回娘家了，现在府里就是我做主。”

李胜一听：“太好啦，那我就跟您谈吧。”

“好啊，谈什么？”

“哎，我刚才不是说了吗，征收贵府墓园。”

“啊，征收墓园？难道我家墓园有违大清律法吗？”

“哦，那没有，只因朝廷要修一条从北京到张家口的铁路，正从贵府墓园经过。”

“哦，原来是这样，这可是大事啊，我一个管家可做不了主，得跟主人商量。”

李胜心说，做不了主你跟这儿费半天话，得了，冲他这份客气，好好跟他说吧：“尊管，既然是这样，能否请广道台回来一趟，我们商议商议，毕竟，这是国家大事。”

管家一跺脚：“是啊，您说得太对了，应该商议，可是，我家老爷最近公事繁忙，估计回不来，要不您去一趟？”



李胜一听：“锦州，那么远，一去一回再商量不得一个多月呀！管家，您能不能帮帮忙啊？”

这个广管家脸上是特别和气，看他那个意思，比李胜还着急：“是啊，这可怎么办好啊。这样吧，李大人，您先回去，等夫人回来，我跟夫人商量一下。”

“也行。”

李胜带人走了，过了两天又来了，管家一看：“李大人，我们夫人回来了，我把您的话告诉她了。”

“哦，夫人怎么说？”

“夫人说，她一介女流，不敢擅专，还得问老爷，要不您再等等。”

李胜一听：“这怎么等啊？铁路动工在即，不能因为你一家停滞不前呀！广管家，我可提醒你，这可是国家大事，出了差错你能担待得起吗？”

哎哟，把这管家吓得，汗都下来了：“李大人，您恕罪，您恕罪！”

李胜笑了，心说怎么样，你们家宅门再大，也得听朝廷的。

李胜啊，他是中了这广管家的计了，这家伙表面上恭维，实际上是在拖延时间，他早就知道铁路要从这儿过，心说，我也不给你说死，就这么抻着你，到最后就剩我们一家了，就是不让你们征用，到时候一瞪眼，你们就得改线！敢情广道台早有书信来到，让他权宜行事。

他跟李胜说：“这样吧，李大人，我给老爷写封信，等他回信我告诉您。”

“好，要加急的。”

"您放心，保证加急，保证加急！"

加急啥？等了快十天了，这信才回，哪是急信呀。广管家这是又抻了十天，最后告诉李胜："李大人，我家老爷回信了。"

"哦？怎么说？"

"老爷的意思是，不同意你们征用我家墓园。"

李胜一听就急了："怎么是我们，是朝廷要征用！"

"哼哼，朝廷征用？好啊，那就请您找和我们老爷官阶平等的人来，我早就打听了，您是个学生，不是大人，请您的上司来，这叫兵对兵将对将，而且你告诉他，广家墓园不能动，请你们改道而行。我还有事，恕不奉陪！"

说完话，甩袖子走了。

把李胜气得脸都白了，他万万想不到，一个管家这么横！道台有什么了不起的！也不是我个人求你，哼，我明天把官府的文书拿来，问你个心服口服！

这个李胜，到现在还有这种天真的想法。转天来了，人家根本不给面儿见，连着几次登门，都被下人拒之门外。

李胜有心去找陈西林，转念一想，我是正经天津武备学堂的学生，连这点儿事都办不了？哼，你们不让拆，我偏拆给你们看！

李胜带着工人来了！到广家墓园前这么一看，他傻了，广家墓园附近的那些沿线插标，全被毁了。

这是多大的胆子，敢毁朝廷法度！李胜大吼一声："把广家墓园给我拆了！"

旁边走过一位老工人，他来到李胜身边："李大人，您不能莽撞行事，我以前在京汉铁路上干过，这种事也见过，现在他们毁坏插标，是他们不对。可您要是没协商好强行拆除，那可就是您的不对了，更何况广家是官宦之家！"

李胜一听，觉得老工人说得有理，"好吧，容我再想办法。"

回到宿营内，李胜坐卧不安，清河镇一带的工作确实不太顺利，可其他家的事都已经谈妥了，就单单剩下广家，如此无礼！

哎？突然间，李胜眼珠一转，他想出一个好办法，广家是官宦之家，必然看重脸面，我呀，我让你当众出丑！

第二天，李胜带着人来到工地，吩咐工人，把那些拿了征地款家的房子，全拆了，就单单把广家墓园剩出来，让所有人都看看，只有他广道台家是不听朝廷号令，让他们丢尽颜面！

工人们听到号令准备行动，就在这时，远处里来了一伙人，全都是甩着膀子扛着脸，等离近了，李胜仔细一看，这些人穿戴打扮都一样，俱是花布手巾罩头搓麻花高打蝴蝶扣，身上穿青布裤褂下面扳尖大靸鞋！

全都是流氓无赖！这些人到了近前，既不喊也不叫，冲着李胜一龇牙，跟着，往地上一躺。

李胜一看："岂有此理，拿这儿当大车店了，全部清走！"

工人们过去劝说，这些人是置之不理，怎么都不起来，再要说急了，这些人就要亮刀。

有几位老工人明白，这是来闹事的！跟李胜一说，李胜也明白了，这准是那个广管家派来的，主多大奴多大，凭他一个管家绝没有这样的胆量，这必是受了广道台的指示！





李胜怕闹出人命来，不敢再动工，吩咐所有工人回营待命。如此一来，可就严重影响了施工进程。

李胜不敢怠慢，他骑一匹快马去找陈西林，把广家的事做了汇报。

陈西林一听，"一个道台敢这么放肆，我应该立刻带兵前往！"

山海关学堂学员胡兆榕走到近前："大人不可，我曾经听说，这个广家好像有个后台，非同小可，您最好还是先把来龙去脉弄清楚。"

"嗯！"陈西林点点头，"言之有理。"

他当即去往昌平县，直接找昌平县令。广家住所在昌平，他家的背景，县令必然清楚，县令一听打听广家，脸都白了。

陈西林一看："大人为何如此变颜变色？"

"哎呀！"县令走到陈西林跟前，"陈大人，这个广家可惹不起呀，广道台名叫广勋是老佛爷面前的红人。"

陈西林一听："这算什么？詹大人也是老佛爷面前的红人，难道说就凭这条就可以无视朝廷法度吗？"

吓得县令连忙摆手："您小声点，我跟您说，除了广道台，他的夫人也是大有来头。"

"哼，不过是三绺梳头两截穿衣的女子，她能有什么来头！"

"哎呀呀，大人有所不知，那广夫人是当朝镇国公载泽的孙女！"

"什么？"陈西林听罢，当即大惊失色！

# 第七十一回
# 权势重国公荫孙婿
# 前路难总办拜侍郎

京张征地，又起风波，清河镇广道台一家仗势横行，百般阻挠，坚决不让铁路经过自家墓园。征地负责人李胜怕闹出大事，只好将情况汇报给陈西林，陈西林为探根源来找昌平知县，这么一打听，把陈西林吓坏了，他飞马来到京张铁路总局，面见詹天佑，汇报工作。

这工作还没汇报完，詹天佑已经是面沉似水了："岂有此理！京张铁路是太后和皇上御批要修建的，广家也太胆大妄为了。你可有打听过，他家是不是在朝里有什么背景?"



陈西林一听："打听过了，广道台的夫人是镇国公载泽的孙女。"

"什么?"

连詹天佑带陈昭常，一下就愣住了，敢情广家是因为有背景才敢如此不配合，但没想到这后台这么硬，竟然是载泽的孙婿。提起爱新觉罗·载泽，那可是一位皇室重臣，正黄旗人，是圣祖爷康熙的六世孙，如今太后驾前的红人。

张鸿诰在旁边问了一句："听说当初康熙皇帝的儿子特别多，这位镇国公是哪一支的呢?"

陈昭常想了想："要是从血缘上来说，载泽应该是康熙皇帝的十五阿哥愉恪郡王胤禑这一支的后人。我随两宫在西安的时候，听庆王爷讲过，当初胤禑的母亲出身汉军旗，在康熙爷晚年颇为受宠，她为康熙爷生下三位皇子，胤禑有两个同胞弟弟，一个是胤禄，一个是胤祄。"

张鸿诰一听："那是十五、十六、十八三位皇子，按照排序来说，他们都没有继位的可能性，估计势力也不大，为什么胤禑的后代镇国公载泽会如此不可一世呢?"

陈昭常拍了拍张鸿诰的肩膀："这你就不懂了吧，常言说，三十年河东三十年河西，说起载泽的家世，可谓是三起三落呀。据说有一次，康熙爷巡幸塞外，带了八位皇子去热河避暑和行围打猎，其中就有胤祄，还有那位太子胤礽。途中胤祄突然病倒，高烧不断，短短几天里病情急速恶化，不幸去世。康熙爷白发人送黑发人，伤心至极，可是他却发现太子并没有什么悲痛的表现。手足兄弟去世，太子表现得如此冷漠，让康熙很寒心，他把随行的皇子们统统训斥了一顿。这件事成了横在康熙心里的一根刺，紧跟着在草原上，又发生了帐殿夜警事件，太子胤礽在夜里去康熙的寝帐外偷偷窥视父皇的举动,他甚至用匕首划破了帐子。这一下可捅了马蜂窝,康熙皇帝不待回京,直接在木兰围场就宣布了废太子。谁料想，这次废太子成了导火索，直接拉开了九龙夺嫡的大幕，到后来雍正爷继位，对自己这些兄弟都不放心，胤禑有报国之志，却得不到重用，三十九岁便去世了。再后来，胤禑的玄孙奕枨过继给了仁宗嘉庆皇帝第五子惠亲王绵愉，奉旨入嗣惠亲王一脉。本来胤禑这一支已经不被重用了，可就因为这件事，又拉近了和皇帝的关系。三起三落到奕枨这儿，重振家风，奕枨在三十岁上生了个儿子，就是载泽。载泽在父亲去世后袭封辅国公，成婚后晋封镇国公。庚子年后，载泽开始入朝掌握实权，又过了一年，载泽任正蓝旗副都统，颇受太后重用。”

张鸿诰瞪大了眼睛：“正蓝旗副都统？这官儿可大啦！”

“还有更厉害的哪，载泽的福晋出身叶赫那拉氏，是太后二弟承恩公桂祥的长女，而桂祥另一个女儿正是当今皇后，也就是说载泽与皇帝既是兄弟又是连襟。广道台的夫人居然是这位泽公爷的孙女，这后台背景太硬了，咱们可真是闯下大祸了。”

听着陈昭常的讲述，詹天佑愁眉紧锁，心中暗想：胡大人早就嘱咐过我，征地可能会遭到皇亲贵族的反对，没想到事情这么严重，看来是我大意了。

陈西林着急了：“詹大人，这个怎么办？我们现在都停工了，您得赶紧想个法子。”

詹天佑拿出京郊的地图铺在桌子上，他找到广家墓园周边一片，指给陈西林：“这一带当初我们勘测时已经仔细考量过了，广家墓园附近北面是郑亲王的陵园，西面是太后父亲的陵园，南面是宦官坟。如果改从南面走，得经内务府批准，而且和咱们修筑的方向也不对，南辕北辙了。所以最合适的路线就是过广家墓园。当初勘测时我们实在没想到广道台还能和镇国公攀上亲，但就算他是镇国公的姻亲，从眼下情况来看，也依然是过他家墓园最合适。而且，说是穿过他家墓园，其实只是在园子里穿过，和墓墙都还有距离呢。”

詹天佑权衡利弊：“要是改道郑王墓或者桂公墓，那可就不能保证只从园子里过了，是要影响宝顶的。”

什么叫宝顶呢？宝顶又称宝城，是一个圆形大土丘，周围以砖墙砌成，说白了就是坟头。

您要知道，在那个年代，人们讲究侍死如生，尤其是贵族，对自己的陵寝更是看重，这不是说起个坟头上面立个碑，刻上谁谁谁之墓就完了，对于贵族来说这可太寒酸了。他们会像修建自己生前居住的园子一样修建陵园，搭起楼阁殿宇，布置院落，还会修建一些供下人使用的房屋，以备守陵人就近照料陵墓和子孙祭祀时使用。

亲王、郡王、贝勒、贝子、国公等贵族，他们各自按照品级有相应的陵寝建筑标准，虽然不会有帝陵那么大规模，但也绝不是普普通通找块没人的地方点个坟眼就埋了。对王公贵族们来说，生前都有自己的王府，死后更是要有自己的院落，总不能生前住大别墅，死了住大通铺吧。宝顶就是这些人阴宅门面，对于他们来说，非常重要。

詹天佑在当初勘测京郊规划路线的时候，胡燏棻反复给他讲过这其中的厉害，作为总工程师，他绝对不会让火车铁轨从人家坟头上铺过去，但是穿行陵园，这一点，总是不可避免的，相对来说，从广家墓园穿过，不仅对京张铁路来说是最经济便利的，就是对被征地一方来说，也是影响最小的，只是从墓园最边角的地方穿过，没有影响任何一处墓墙。

陈西林看着地图沉思了一会儿："大人，如果咱们整体绕道改路线呢？"

詹天佑摇了摇头："这一点当时勘测时我考虑过，不可行，要绕就得完全改道，这样一是需要额外修一座很大的桥，加大工程难度，二是开支会超出很多，不只是眼下修造时的成本，就是后续运营和维修维护也会增加额外开支和麻烦。"

陈西林也有些拿不定主意了："可是如果不绕道的话，广道台我们倒是不怕，但是若惊动了镇国公就麻烦了。他现在可是王公贵族中深得太后信任和重用的人。如果他向太后求情，懿旨一下，我们就再也没有转圜的余地了。"

詹天佑想了想道："西林，你说，如果我们请袁总督帮忙递个话呢？"

陈西林摇了摇头："这也不好，据我所知，目下，袁总督极力主张的立宪、出洋考察、废除科举，这些事，都需要得到镇国公的支持，此时让袁总督为征用墓园的事情去说服镇国公，怕是很难，如果镇国公反对，袁总督可能会让步。"

这么严重的事，詹天佑不敢自专，没办法，他只能向陈昭常问计，陈昭常现在也是束手无策，有心说"改线"二字，看了一眼詹天佑，把话又咽回去了。他明白，詹天佑绝对不会同意改线，因为，这条线路是他几次勘测得出的结果，应该是最便捷、最实用、最经济的，但是，偏偏在广宅墓园问题上，出现了这么大的麻烦。

如今载泽深得太后看重，最近被指派了带队出洋考察外国政体的差事，就是皇室亲王也要迁就他几分。

“唉！月明星稀，乌鹊南飞。绕树三匝，无枝可依啊！”

詹天佑一听倒笑了：“简持，我记得曹操说的是何枝可依呀。”

陈昭常苦笑一声：“那是他，咱们现在就是无枝可依，没人能替咱们解决这个问题呀！”

詹天佑一听：“咱们不用找人，自己办。”

“自己办？你难道要亲自去找这位镇国公？”

“哈哈哈，”詹天佑笑了，“那怎么可能，他连我是谁恐怕都不知道。简持，现在我必须告诉你，京张铁路不可改线，必须从广家墓园经过，当初分工说得清楚，我负责技术，你负责打通关系，这副担子你得担起来！”

詹天佑有点急了，因为他看出陈昭常有动摇之心了。

陈昭常是一筹莫展，这儿还当着陈西林，自己也不能过于怕事：“好吧，眷诚、西林，你们先下去吧，这个事交给我了。”

大话算是说出来了，陈昭常左思右想，束手无策，实在没辙了，自言自语说了一句话：“去趟商部吧。”

商部是1903年朝廷设立的，掌管全国的商务及铁路矿务等事，置尚书、侍郎、左右丞、参议等官，分保惠、平均、通艺、会计四司，各有郎中、员外郎、主事；另有司务所，设司务。到1906年，慈禧太后将工部并入商部，改称农工商部。

商部尚书是庆亲王奕劻的儿子载振，之前，京张铁路插标动工仪式的时候，载振到场。左侍郎也就是商部的副长官，是陈璧。

按说，广家的事应该找载振，但载振的身份和官职都比较高，不是陈昭常想见就能见到的。再有，陈昭常知道，庆亲王奕劻和袁世凯的关系比较微妙，看似一伙，实际上各自都有防备，这事又牵扯到载泽，载泽、载振是一爷之孙，找他不合适。

想了又想，为了保险起见，还是应该先找左侍郎陈璧，陈璧是科举出身，光绪三年进士及第，为官多年，在朝堂上很有人缘，而且商部左侍郎本身权力也很大，对全国的铁路、矿务、商务都有生杀大权，这个难题先和他商量再合适不过，请他看看有没有什么办法，能不能出面帮忙协调一下。

主意打定，陈昭常坐大轿来到商部衙门面见左侍郎陈璧。

陈璧一听陈昭常来了，很高兴，吩咐侍从献茶，两个人见面相互都挺客气。

“简持此来有何要事?”

“哎呀，大人哪，确有一件大事请您拿个主意!”

陈昭常把事情经过讲了一遍。

听了陈昭常的讲述，陈璧也有些头疼:“简持，这个事，就是你不来找我，我也要去找你。”

“哦，难道大人已经知道了?”

“是啊，在你来之前，广道台家也托人送了信给我。眼下泽公爷圣眷正隆，又忙着准备五大臣出洋考察，谁也不敢在这个当口给他添堵。”

陈昭常要说话，陈璧摆了摆手，“我明白你的意思。对你来说修京张铁路是大事，可对泽公爷来说，出洋考察才是大事啊。”

陈昭常有点不明白了:“大人，您的意思哪件是大事呢?”

陈璧一听:“都是大事！这样吧，你回去和詹天佑商量一下，尽可能把路线调整一下吧，实在如你刚才所言，完全没有办法调整路线的话，也暂时不要动，等泽公爷忙完出洋考察的事，看看广家和国公府的反应再说。至于那些闹事的人，只要你们不再上门提征地的事，广家自然也不会再派人去工地捣乱了。”

陈昭常心说，这话跟没说一样，可现在得依仗陈璧呀:“大人，我可以等，京张铁路的工程等不起啊。”

陈璧也很无奈:“所以我才说你们还是尽可能调整下路线，实在调不了就等等，古人说事缓则圆，凡事需三思而后行啊。”

陈昭常还想再争取下:“大人，那您看商部能否给我们一个意见？给一个建议配合之类的公告，不需要商部强制广家同意，只要有个提醒沿线住户配合的通知就可以，也许广家能收敛一点。”

陈璧摇了摇头，苦笑道:“我只是侍郎，上面还有尚书。我们尚书跟泽公爷什么关系，你们还不清楚吗？你们觉得他能让我出这么个意见吗？如果一定要商部给个意见，我只能告诉你们，因为这件事涉及泽公爷的亲戚，我们不好给出意见。如果一定要个意见的话，我们只能是在自己的权限范围内，请你们改线，这是最好解决问题的意见。”

# 第七十二回

## 遇难处同僚发厉声
## 怀真诚琴瑟终和鸣

陈昭常到商部拜访陈璧，他万没想到，京张铁路刚刚开始京郊征地就遇到这么大的麻烦，清河镇的广家不同意铁路规划穿过自家墓园，闭门谢客，置之不理。之所以能如此跋扈，是因为家主是锦州道台，又是镇国公载泽的至亲，天潢贵胄，凤子龙孙。

近期，载泽要随团出国考察，身兼重任，商部左侍郎陈璧了解内情，陈昭常很想让陈璧给出个好主意，没想到，陈璧居然说出“改线”二字，陈昭常有心发火，可他知道，这里不是发火的地方，只能好言答对：“大人，您能否容我见一见泽公爷？我们真的很着急！”





陈璧也明白这件事情的重要性，他盘算了一下：“简持，按你的官职是见不到泽公爷的，但是，我可以带你去见！”

“哦？”陈昭常眼睛一亮，“那就多谢大人！”

“且慢，见是见，现在不行！”

“何时可以？”

“等公爷出洋回来再见。”

“大人——”

“简持，我还有事！”说着，把茶杯一端。

陈昭常明白了，这是端茶送客，朝廷大臣，深知礼法，无奈之下，陈昭常只得起身告辞。

其实，陈昭常很能理解陈璧，知道他有苦衷，不敢为了修铁路征用墓园的事得罪载泽，所以，才果断拒绝了自己。

陈昭常万般无奈离开商部衙门，心中暗想：怎么办？工程不能一直停着，而广家又跋扈无理、油盐不进，眼下之事，当如何破局呢？

回到总局衙门，陈昭常还是一筹莫展，他想编出个理由先安抚一下詹天佑，可人刚坐下，詹天佑来了：“简持，怎么样，陈大人怎么说？”

陈昭常一看，也别瞒了，直说吧：“眷诚兄，你也别着急，事情还没到最糟的那一步。陈大人没说事情办不了，他已经答应我去见镇国公，只是要等镇国公回来。这里边的关系错综复杂，咱们不能因小失大，不如……不如再等等吧。”

陈昭常想说“不如咱们更改路线”，但话到嘴边还是没说，改了个“再等等”。

没想到詹天佑当时就急了，他圆睁二目：“简持！咱们再等等，等镇国公回来？据我所知，他还没出门呢，等他出了门，少说也要三五个月，当年我去美国时，路上坐船就花了将近一个月的时间，现在考察团可不是去一个国家，实地考察也不可能走马观花，总要花上些时间细细观摩，这一来二去还不定归期何日。咱们难道就一直停工等着吗？场地问题解决了，工人的工资也给了，那些设备、物料眼看也要运过来了，这每一天都是巨大的开销，多拖一天，成本就高上一天，眼看农民就秋收完毕，咱们这边已经拉足了架子，实在是等不起啊！”

陈昭常也急了：“眷诚兄，难道就你一个人急吗？我已经把成破利害都向陈璧说了，他不管，你让我怎么办？”

“简持，还是那句话，我只负责工程技术，其他打通关系的事都归你，这是胡大人说过的话，你不能为了保自己的官帽就含糊其词、躲避责任，你是京张铁路的总办，多少人都看着你哪！”

呀！这句话可把陈昭常惹怒了，他用手点指：“詹天佑，你什么意思？你以为我是那种苟且偷生混吃等死的庸官吗？告诉你，我比你着急！真说京张铁路不能按期完成，朝廷头一个要我的脑袋！我巴不得现在就去见泽公爷，可那不是我能左右的！改线的话陈璧提了两次，我一句没接，就是想告诉他京张铁路一定要经过广家墓园！现在两下相持，你我的品级都不够，这是大清的天下，咱们不可能越级行事，胡大人现在重病在身，袁总督咱们又见不到，你说，你要是我，应该怎么办？”

陈昭常一番肺腑之言，说得詹天佑也没话了。就在这时，陈西林进来了，他本来想说点什么，一看屋里这气氛，吓得没敢出声。

等了一会儿，詹天佑的情绪降下来了，他跟陈昭常说：“简持，刚才是我不对，你别多心。这样，我去想一个搭桥的方案，实在不行，就从广家墓园顶上过去，现在干等着也是等着，我去先把这个方案的规划、开支测算出来，看看影响到底有多大，到时候拿着这个结果咱们再走一趟商部也好、请胡大人出面也好，都有个抓手。将来应对广家和镇国公时也有的说。你，你先休息吧。”

没等陈昭常表态，詹天佑拉门出去了。

他走了，陈昭常是眉目紧锁，陈西林走到近前：“大人，按照詹大人的意思，在空中架桥，也并非不可呀。”

陈昭常苦笑一声："西林，你快住了吧，这明明是眷诚安慰我。架桥，那得花多少钱呀？得不偿失，根本不可能啊！我猜，他是去想别的办法了。"

真让陈昭常猜着了，詹天佑打算自己想办法了，他掰着手指头数，停工已经七天了，这已经是极限了，真说等上一个月、两个月的，耗不起呀！詹天佑咬了咬牙："不行，我去找镇国公！"

这可真是铤而走险，他现在管不了那么多了，风风火火来到了镇国公府门前。抬头一看，只见红墙高耸，门楼辉煌，门两边，排列两行龙爪古槐。

汉白玉雕成的上马石、下马石，有两只张口石狮，大瞪两眼，镇守门前。朱漆大门上，镶嵌着一副对联，上联是：皇封斗大赤金印。下联是：敕造天高白玉堂。横批是：仰承圣恩。真威风啊！





再威风，今天也得进去，詹天佑看见了，台阶上站着个门官，走到近前一拱手："烦贵差进去通报一声，有京张铁路会办詹天佑求见镇国公。"

这门官一听，把嘴一撇，上下看了看："什么，詹天佑？干什么的？"

这位每天在国公府门前作威作福，在他看来，宰相门前七品官，整个儿府里，除了镇国公就是他大了，他眼里谁也没有，哪知道什么叫京张铁路总工程师呀。

"哼哼，未经公爷准许，一概不得入内。"

詹天佑一看，明白了，之前有过这种经历，有经验了，赶紧包个门包往前一递，这门官伸手要接，又把手撤回来了，他再一次打量詹天佑："你是哪儿的人？"

詹天佑一听，这怎么还带查户口的？"我是广东人氏。"

"广东的，那不应该呀，怎么不懂事啊！"

哎，詹天佑心说，这还不懂事？门包都给你了，"贵差，难道您要的不是这个？"

"嘿，你这人真有意思，我不要它我要什么？这可真是人分三六九等，我这么点你，你会不懂？"

"我……哦！"

詹天佑明白了，他这是嫌少，摸摸身上，没了。

"贵差，我就带这么多，今天就算屈尊您了，您给通报一声吧，我真的有大事求见，多少工人在清河镇等着呢，如果……"

"行了行了，你别说了，我也听不懂，破车别挡好道，你往边上闪闪吧。"

詹天佑回头一看，好家伙，身后已经排上队了，都是来求见镇国公的。"唉"，詹天佑叹了口气，心说，这可比总督衙门难进多了。

转念一想，看这个架势，即便门官给我通报了，镇国公也不一定见我，还是回去吧。

回到京张铁路总局，刚坐下，就听院子里人声嘈杂，脚步声响，传来洪亮的声音："快来快来，詹大人回来了。"

随着说话，李子亭进屋了："詹大人，您可好啊！"

"哎哟，是镖头，好长时间没见，知道您在天津帮着培训路工，您这是？"

说着詹天佑看了看院里站着好几位，"这些位是？"

李子亭笑了："大人，之前您两次遇险，我都不在身边，深感惭愧，回到天津后，我奉陈总办之命，招募了一批路工，培训过之后，我又找了之前几位同行，都是我的徒弟辈儿，现在也没了生意，我已经跟陈总办商量过了，他也答应了，让我组建一支护卫队，专门保护您。这些人已经来了，大人要不要看一看？"

詹天佑一听："好啊，快把各位师傅请来吧。"

"好，你们进来吧。"

"来了！"

随着一声答应，从打门外鱼贯而入走进十个人，一字排开往这儿一站，詹天佑仔细一看，这十个人都是工匠打扮，每人穿的是粗布上衣甩裆的裤子脚下豆包大靸鞋。别看穿得普通，五官相貌俱都不俗，全都面带英气，说出话来声若铜钟："参见大人！"

詹天佑急忙还礼："师傅们少礼。"

李子亭逐一介绍名姓之后和詹天佑说："我这些徒弟徒侄，都是穷苦百姓出身，别看穷，都有志气。"用手一指，"他们仨，庚子年为救村里的老百姓，和英国兵抡过大片刀，虽然砍伤了不少英国鬼子，可是，他们仨都受了重伤。"说到这儿，李子亭走过去把三个人上衣都撩起来，"大人请看。"

詹天佑仔细一看，这三个人身上都有枪伤。三个人冲詹天佑一抱拳："詹大人，李师叔说得没错，我们都恨侵略中国的洋鬼子，可是我们也知道，单凭大片刀干不过洋枪洋炮，李师叔说了，修铁路能救国，将来铁路通了，甭管是天南海北哪儿来的洋鬼子，咱们坐着火车就能去杀敌，我们都想替咱们中国人报仇，要报仇就得先修路，您修的是咱中国人自己的铁路，我们哥儿几个从心里佩服您，所以，成立护卫队，我们都来报名了，用我们这身功夫保护您，将来，我们还想跟着您一块儿修铁路，您看行吗？"

几句话说得詹天佑眼圈都红了："行，一定行！"

李子亭一看："詹大人，他们听说来见您，都高兴坏了，从现在起，我们就轮流值守，日夜保护大人，我就是队长。”

詹天佑拉住李子亭的手：“多谢镖头的好意，可是，这么多人保护我一个，有点大材小用了吧？”

“大人说得哪里话来！”李子亭正颜厉色，“之前的几次教训咱们得吸取，您身边不能没有人，要知道，您可是京张铁路的保障，万万不能有任何闪失啊！”

詹天佑点点头：“镖头真是用心良苦，要我看，可以把各位进行分组，留一部分人在总局，到了施工阶段，另一部分人可以到工地。”“哎，对了，”詹天佑突然想起点事来，“镖头，也是我事务缠身差点忘了，有没有一个叫唐胥的年轻人来天津总局找过我？”

李子亭一听：“有啊，我正想向您汇报这件事，这个唐胥可真不简单，不单他来了，他还把他的表弟带来了，是一位石匠，他的祖上给赵州桥补过石头，小石匠手艺好，人品正，日后到了居庸关、八达岭，一定能派上用场。”

嘿！詹天佑心中高兴，他早就想过了，到了山里肯定要开凿山石，而且要建石桥。之前，詹天佑在勘测路线时就想到了这个问题。在一些河道地区必须架桥，詹天佑已经把京张铁路线上经过的每一条河流都做了统计，提前设计桥梁。对于桥梁的用料，詹天佑打算采用石头作为主材料，原因是就地取材开采石料较为方便，另外，京张铁路整个线路的路基、路堤、路肩、挡土墙、护坡、桥台等，詹天佑也想以石料为主砌成，在混凝土中掺加石片，有些地方需要增加强度再用水泥勾缝或加固。这样做可以节省费用，更易于施工。

不过，这里有个核心的问题，那就是石头的质量，或者说坚硬程度能否达标，为此，詹天佑早就想请一位专家来把关，如今，唐胥推荐来这位小石匠，正好可以解决这个问题。

“镖头，唐胥和石匠来了吗？”

“没有，他们还在培训，过几天到京。”

“好，到北京之后，您一定把他们俩领到这儿来。”

“大人放心吧。”

詹天佑大喜，他看着这一屋子的人：“从今天起，各位就住在总局内，单给各位辟出一个院落。”

“谢大人。”

又处理了几份公文，天色渐晚，詹天佑准备回家，刚要动身，有差人来报：“启禀大人，李胜工程师送来消息，广家雇了很多人躺在线路上，不让咱们定线施工。”

“哎。”詹天佑叹了口气，这个情况他早就预料到了。一摆手让差人退下，詹天佑从总局出来，边走边想事，回到了阜成门的家里。

到家之后，詹天佑坐在椅子上闭目沉思，谭夫人见丈夫情绪不高，心里很不好受。自从丈夫来到京张铁路后，每天都是干劲十足的，还从没见过如此消沉，这是怎么了？想到这儿，她端过来一杯茶：“眷诚，出了什么事？”

“嗨，遇上了些麻烦，可能要停工。”詹天佑不想让妻子也跟着担心，就简单地跟她解释了两句，“清河镇有一户广道台家，不同意征用他家墓园，我们双方僵住了。”

夫人听了也没什么办法，只有安慰他：“你也别太着急，船到桥头自然直，凡事都有个解决的办法，只是你们一时没找到而已。先把自己能做的做了，这样万一事情不行，心里也不会后悔自己没有尽全力。”

别看就这么几句话，詹天佑听了之后脸上居然露出了笑容：“夫人哪，你说得对，我也明白，你放心吧，我能调整好。哎，孩子们呢，今天怎么这么安静？”

夫人也笑了：“顺蓉看你情绪不高，知道你肯定是头疼工作上的事，怕几个小的吵到你，带着他们去院子里看月亮、讲故事去了。”

正说着，听院子里脚步声响，“啪”门帘起处，一名家人进来了，走到詹天佑跟前一拱手：“回禀大人，清河镇广道台登门拜访。”

# 第七十三回

## 广道台登门献美意
## 詹天佑送客拒金银

詹天佑因为广家墓园的事情大动肝火，回到家中，夫人谭氏百般宽慰，本来詹天佑心烦意乱，沉默无语，今见夫人无微不至，柔情万种，也不由得铁血男儿愁云尽散，一展笑颜。

好男人永远是在外面遮风挡雨，让阳光照进自家庭院。詹天佑知道，自己常年工作在外，家里全靠夫人打理，又得操持家务，又得侍弄孩子，不容易呀。得了，到哪儿说哪儿，回家就有个回家的样儿，也让脑子空一空。

“夫人，把孩子叫进来，咱们一起说会儿话。”

“好啊。”夫人站起来准备出屋，还没出去呢，一名家人进来了，说清河镇的广道台拜见，还有拜帖。

詹天佑接过拜帖一看，果然是广道台！哎呀，他不是在锦州，怎么到北京来了？可他这一来呀，自己刚刚有的这点儿好心情，立马没了。

告诉家人：“去，就说我不在。”

“是。”

家人转身要走，“等一等，”让夫人给拦住了，“眷诚，这不正是个好机会吗？你想解决问题，可回避不是解决问题的好办法。既然人家来了，何不见一见？也好探探他的真实想法。”

詹天佑点了点头，妻子说得有道理，自己不应该带着火气把人赶走：“好吧，告诉孩子们，等着我一起用晚饭，我去书房会客。”

家人出去，把广道台请到了书房。

广道台姓广，名叫广勋，四十多岁，个子不高，穿戴长相太有特点了，只见他：头戴官帽身穿红，一条玉带围腰中，点头好似鸡啄米，哈腰恰如半轮弓。一字眉，黄眼睛，巴掌脸，扁又平。山羊胡子朝前长，两腮无肉笑盈盈。抱腕当胸深施礼，“哈哈哈，下官广勋，见过詹公！”

广道台千里疾驰，火速回京，为的就是自家墓园的事情。在锦州任上，他接了家里的消息，说施工队已经找上门来，广勋是稳坐钓鱼台，岿然不动。他知道，就算是朝廷下令修铁路，也不能擅自拆人家的祖坟，又何况是官宦之家，自己背后还有那么大的镇国公载泽做后盾，我就不动，看你们能奈我何！

广勋给载泽写了一封信，想让他在朝廷里替自己说两句话，让京张铁路改线绕行。可没想到，这封信发出去，石沉大海，杳无音信。广勋开始有点害怕，后来一琢磨，泽公爷准备奉旨出洋，恐怕没有时间回信。不管怎么说，有他在，我就能有恃无恐。

这个"老油条"深知打一棒给个甜枣的道理，自己管家出面这么一通闹腾，下面就该他以家主人的身份出面给甜枣了。他找了个时机，借口一些公事要面圣回了京，就是打算登门拜访一下詹天佑。

在门前卑躬屈膝一副奴相，让詹天佑很是反感，而且，广勋的官职比自己要高，如今身穿官服站在书房门前拱手赔笑，这也太不像话了。

詹天佑急忙顶礼相还："岂敢岂敢，广大人到此，天佑未曾远迎，还望大人恕罪。"

"哎呀呀，哈哈哈，詹大人哪，我今天是来赔礼的。"

"赔礼？"

"是啊，前些天您的手下去清河镇办事，我的那个管家傲慢无礼，慢待了上差，我听说之后把他狠狠一顿训斥，这不，就向您来赔礼来了，大人不信，上眼观瞧，搭上来！"

敢情广勋不是自己来的，带着从人呢。一声令下，从人抬来了一个大箱子。

詹天佑一愣："广大人，这是何物？"

"您看！"

说着话，广勋用手一打箱子盖，里面白花花的，全是银子。

詹天佑瞟了一眼，没动声色，"广大人，这是何意？"

"呵呵呵，"广勋把盖儿盖上，"詹大人，我是久仰您的大名啊，听说您幼时留洋，习学洋法，回国后建设多条铁路，为朝廷屡建奇功，真是让下官佩服得很哪！"

"广大人过奖了，您这箱银子是……"

"詹大人乃当今人才，广某是来表示敬意，刚才说了，这也是赔礼所用。"

詹天佑一听："大人客气了。本应该我去府上拜访您才是，可是实在是公事繁忙，请您多多见谅。"

"哎呀，詹大人这是说的哪里话，"广道台笑得越发灿烂，"詹大人为大清国修铁路四处奔波，这是朝野尽知的，哪里说得上什么见谅不见谅的。您这般操劳，为大清的铁路事业尽心尽力，实在是我辈楷模。”

他这吹捧的话跟不要钱似的一串一串往外扔，詹天佑实在听得不耐烦，他知道，这种官员惯会用这套手段，三十六套《溜须传》，七十二本《拍马经》，要是任凭他这么东拉西扯下去，怕是绕上几个弯也绕不到正题，干脆，我把话挑明得了！

广勋这儿还有半套词儿没说完呢，詹天佑直接把话插进来了：“说到修铁路，我实在惭愧，听手下人说京张一线征地时有冒犯大人之处？”

哟嗬！广道台一听，行啊，这詹天佑够愣的，他不顺着我的杆儿爬，哼哼，那我就跟你斗斗法吧。

想到这儿，广勋满脸堆笑，也真奇怪，他这笑纹是说来就来，脸上都有肌肉记忆了，嘴角稍微一动，准是那地方：“哈哈哈，真是不好意思，詹大人，按理说，朝廷修路，我应该支持才是。可是，你们插标修路会经过我们家祖墓，此处有我广家数代人的坟茔，这些坟茔加上山下我们祖老太爷跑马圈下的地，那就是我家的风水呀！想当初，祖老太爷跟随几代先皇东荡西杀，南征北战，这才挣下来铁桶一般的大清国，所以，占坟茔对我广家来说，可是天大的事。能否请詹大人高抬贵手，让线路绕开此处？”

詹天佑一听：“广大人，您说的这些我都明白，您口中的‘祖老太爷’其实是令夫人的先人，对吧？”

广道台一听，也觉得有点不好意思：“啊，那什么，都是一家人。”

詹天佑差点乐了，心说这位的“软饭”吃得还挺硬气，“广大人，前人的征战是为了国家的安定，如今，我们修铁路是为了国家的富强，我也知道，修路占了谁家的坟茔，谁都不会高兴，可是，测路定线是讲究科学的。”

广道台笑了：“詹大人，我没出过洋，不懂什么叫科学，可是我琢磨着，这科学不能光是一条道路吧？就不能稍微改动一下？”

詹天佑最讨厌别人拿科学开玩笑，他生气了：“好啊，如果改动的话，那就不经过贵府墓园，改道往西，西边的那个墓园，您看，可以吗？”

广道台心说，你别来这套，可是脸上却显出一副诚惶诚恐的表情，他从椅子上下来，也不知道是练的什么功夫，浑身上下抖成一团，脸上的肌肉跟着一块儿抽动：“哎哟哟，我可不是这个意思，我哪敢提这个要求？”

詹天佑微微一笑，心说，你也有一怕，哼！

“广大人，既然是这样，那就没办法了，没有其他合适的线路了。”

广勋一听，在原地转了个身，他又坐回到座位上，奇怪，这回身子也不抖了，脸上也不颤了，笑眯眯说了一句："那能不能绕远点？"

"绕远点？那可是要额外增加工事，是需要银子的。朝廷批给我们的预算可没有那么多，难道说广大人能帮我们要来银子吗？"

詹天佑是想用这个吓唬吓唬他，可没想到，广勋一听"银子"二字，当时之间，喜上眉梢。心中暗想，我就知道你是想要银子，表面上给我装正直，实际上旁敲侧击，拿话点我，这我还听不出来吗？

广勋用自己的思维来想詹天佑，他秉承的是一种暗语文化。要说这套学问，他还是向朝里一位亲王学习的，哪位呀？就是参赞大臣铁帽子王僧格林沁。

据说当年英法联军在北塘登陆，很快攻陷大沽北岸炮台。咸丰皇帝下令主将僧格林沁率领清军从天津退到北京通州。僧格林沁给咸丰皇帝上了一封密折，这里面说的就是暗语。僧格林沁说清军没有取胜的把握，当务之急请皇帝"巡幸木兰"，去承德打猎，暂避锋芒。僧格林沁当然不是请咸丰皇帝去打打猎散散心，而是说，我这里要是挡不住洋人，皇上您就赶紧跑吧，要是洋人进了北京城，您被挟持或当了俘虏，那就麻烦大了，按照大白话，就是这个意思。

逃跑不说逃跑，说巡幸。这就是通过暗语来实现的。广勋知道这件事，对于僧格林沁杀敌保国他不感兴趣，但是，对这种暗语文化，他是精心研究，而且是灵活运用。不过，这套学问，詹天佑是一概不懂。

用现代人的话形容，詹天佑和广勋，俩人根本就不在一个维度，处事三观完全不统一，所以想问题的点，也不一样。

广勋非常自信地用手指了指那个大箱子："要银子还不好办吗？我带来了啊。这里面是白银两千两，咱们初次见面，我理应备礼相赠，还望詹大人不要嫌弃。"

这句话让詹天佑瞠目结舌，大为惊讶，他惊讶的不是广勋有如此大的手笔，他惊讶的是，广勋竟然认为自己是在向他索贿，此人混淆公私，简直不可理喻。

詹天佑一拍桌案："广大人，我想您是误会了。路线修改就要增加额外工事，这是事实；成本费用增加，我们经费不足，这也是事实。您如果不相信可以去找陈总办，甚至是去找胡大人了解，看我说的是不是实情。"

詹天佑这是挑明了告诉他，自己说的都是实话，没想到，广勋听了，以为这是说的场面话。也是，詹天佑不可能说出"多谢""愧领"这样的话，怎么着也得推脱一番，想到这儿，他冲那几个从人一努嘴："出去！"

从人出去把门带上，广勋欠身离位，小碎步走到詹天佑跟前，他也不嫌麻烦，上蹿下跳跟个猴儿一样。

来到詹天佑身边，压低声音向詹天佑暗示：“詹大人的意思，广某明白，放心，不会让詹大人为难的，只要您同意改道，广某还将另行拜访。”

嘿！把詹天佑气的，脸都白了，这广勋以为自己嫌钱少他还要再送钱过来，这人怎么听不懂话呀？

“广大人，您可能理会错了，我不是这个意思，我是说这银子——”

“您别说了，我都懂，宦海里混这么多年，这几句官话再听不出来，怎么表率群臣哪？”

詹天佑心说，这叫官话！看来他这个官和我这个官真是冰炭不同炉啊。

想要发作，但一想墓园征地的事，詹天佑强压怒火，耐着性子，好言好语解释：“广大人，广道台，您真的误会了，您今天到寒舍来，我明白您的良苦用心。将心比心，如果我是您，也会很在乎自己的祖坟墓地。可是这条线真的没法随便改动，请您一定理解我。我们都是大清的臣子，食君之禄、忠君之事，京张铁路是太后、皇上御批的，全国上下甚至是外国都有很多双眼睛看着，我们做的一切都出于公心，线路的设计没有任何主观倾向，完全是按照客观情况考虑的，断难改道，还请广大人见谅。”

“啊？哦！”

广道台这才明白，詹天佑并不是装个正人君子的模样在跟他说场面话，他是真的在拒绝自己，没有丝毫商量的余地。

广勋当时收起了笑容，脸往下一沉，绝了，进屋不到一个小时，广大人的面部表情、肢体语言、走位调度是面面俱到，他要是下海唱戏，准能挣大钱。

现在是满脸的怒容：“詹大人，这件事就算说到头了吧？”

詹天佑心里越发看不起这个变脸比翻书还快的广道台，他耐着性子解释道：“我们在前期规划设计时已经做了充分考虑，实在没法更改。而且线路也没有直接穿过令祖宝地，只是从边上穿行而已，连墓墙都没有碰到。”

下话没说，“已经很照顾你了。”

广道台却误会了，他怒目圆睁质问道：“只是从边上穿行而已？没有碰到宝地，连墓墙都没碰到？詹——大——人——”他拖长了调子，“你是在威胁我吗？”

詹天佑简直服了这家伙的理解能力，他不想再跟这人胡搅蛮缠下去，硬声道：“不敢。大家都是在为朝廷做事，你我素无往来，更谈不上恩怨，您觉得我有必要威胁您吗？”

“那你想怎么样?”

嚯，广道台长调门了，用手点指:“你就一点儿都不顾及我们广家的面子?”

“这叫什么话!”詹天佑也急了，“我们同朝为官，怎么就不顾及您的面子了？我已经给您解释过了，在设计路线时我们做过多方考虑，已经很照顾您了，尽量控制影响范围，不要触及令祖墓地。这才定下了眼下的线路，只是不免对墓地周边环境有所影响。您还要我怎么样?”

广道台“噌”一下蹦起来了:“我现在只要你一句话，这路线到底改不改?”

“不改。”

“好!”广道台大喝一声，“来人!”

从人走进来:“大人!”

广勋指着地上的箱子一跺脚:“搬走!”

詹天佑把茶杯一墩:“不送。”

走到大门口，广道台气得直哆嗦:“好好好，你大公无私，你好得很啊，咱们走着瞧!”

詹天佑气愤以极，这是他第一次碰到这么难缠的对手，自己从不曾与人交恶，没想到对手竟然像个无赖一样，詹天佑用手一拍桌子自言自语说了一句话:“遇见文王讲八卦，遇见桀纣动刀兵!”

# 第七十四回

# 护内亲商部下急令<br>出外洋使臣遇刺杀

广道台行贿不成，悻悻而去。詹天佑暗下决心，一定要啃下这块硬骨头！

一夜无书，第二天上午，詹天佑刚到总局衙门，陈昭常风风火火地就来了："眷诚兄，出事了。"

"怎么了?"

"你看!"



一封公文交到詹天佑手里，詹天佑打开一看，是商部下给京张铁路总局的通知，内容是责令京张铁路调整线路,不得经过清河镇广家墓园。绕路多出的费用,由广家出。



詹天佑手一软，公文掉地上了，"好你个广勋!"

"什么?"

陈昭常好像明白了："眷诚兄，难道广道台找过你了?"

詹天佑把昨天晚上的事一说，陈昭常也傻了，他们这才知道，广家的势力太大了，居然能让商部给京张铁路总局下这种命令。

一时之间，詹天佑心里像压了块大石头一样，他有点喘不过气来。

就在这时，从外面走进一名差人："启禀二位大人，总理衙门胡燏棻大人召二位大人前去。"

两个人一听，肯定是为了这份公文的事，顾不上别的，赶快穿戴整齐，乘轿前来。

到了总理衙门见到胡燏棻，此时的胡燏棻，比上次见还要消瘦，但是，精神还算可以："简持、眷诚，快坐。"

两个人坐下张嘴刚要说话，胡燏棻笑了："不用说了，我都听说了，广家仗势阻路，拒绝征地，而且商部已经下了命令，让你们改道而行，对不对?"

"哎呀!"没等陈昭常说话，詹天佑早就等不及了，"大人说的一点儿不假！卑职实言相告，这京张铁路不能改线，于技术、于经费、于期限，都是必须要从广家墓园经过！实不相瞒，我们早想来求您相助，只是恐怕影响大人的身体，才未敢前来。今幸得大人召见，此乃京张之福！还望大人以国家为重，为我等做主!"

詹天佑一番陈词说得胡燏棻深受感动，他示意詹天佑坐下："眷诚，你的意思老夫全懂，之前我不止一次提醒过你，京郊一带的王公贵族很难缠，我就预想过征地可能不会顺利，现在果然如此。你让我做主，我怎么做主？去找商部理论，去找镇国公理论，去找太后理论？告诉你，都不行。”

詹天佑一听急了：“大人，都不找，那，那京张铁路岂不成了无枝可依的寒鸦了吗？”

“唉，眷诚啊。”

说到这儿，胡燏棻也看了一眼坐在旁边的陈昭常：“你们不知道，朝廷里的事，纷纭复杂，牵一发而动全身，京张铁路能到今天这个地步着实不易，出现一些偏差也在所难免。我找你们来的意思，就是想告诉你们，千万不要意气用事，商部的责令不可能朝令夕改，你们必须遵照执行。”

说这个话的时候，胡燏棻重点看了看詹天佑：“眷诚，凡事都有定数，不可悖逆而行，这毕竟是朝廷的公事，你纵然有一腔为国为民的热血雄心，也必须要听从上命，这是为臣之道！自古君叫臣死臣不得不死，这是大清的天下，是爱新觉罗的天下，你明白吗？”

胡燏棻的话，让詹天佑一下陷入了难以抉择的境地，他原以为见到胡燏棻可以柳暗花明，没想到摆在他眼前的依旧是山重水复。若按商部责令就得改线，改线，有悖于自己的职业道德，那是要额外多投入时间和成本的，根本就是浪费；可是不改线，胡大人这一关就不能过，看着老人家强支病体对自己苦口婆心，詹天佑心绪大乱。

左右为难之下，他问了一句：“大人，如果我们去找袁总督，请他帮忙再争取一下，您觉得如何？”

胡燏棻连连摆手：“不可不可，商部已经下了命令，你们再去找袁总督，只怕于事无补，万一再让广道台那边以为你们抬出总督压他，把事情闹到镇国公那边去就不好了。眼下袁总督正在拉拢镇国公，只怕不会为了这件事请广道台让步的。”

詹天佑有些泄气：“大人说的，卑职都明白，怕的是这样改路线不但浪费时间和金钱，重要的是，此风一开，万一更多人要求改路线，到时候弄得面目全非，咱们这路还怎么修？”

陈昭常跟了一句：“是啊，卑职也想到这一点了。这件事情还是请大人跟商部诉诉苦，不能让他们以为改路线是件轻而易举的事情。下次再有人提出这种要求，商部得能帮我们挡一挡，不能张口就是让咱们改道。至于清河镇的线路调整，广家许了出银子，成本的问题倒是解决了，就先这样吧。只是京张调整路线可能导致工期延长、成本增长，这件事还请大人体谅。”

詹天佑想反驳陈昭常，但是，他知道，反驳也不会有结果了。他暗自咬牙，恨自己能力有限不能挽狂澜于既倒，广家势力可以只手遮天，今后如果再来捣乱，这京张铁路改来改去，就改变了自己的初衷，绝不能改！

这是他心里的想法，但是，不能跟陈昭常说，更不能跟胡燏棻说，他们已经尽力了。

“好吧，胡大人，我们听您的，不再争取了，我这就带人去清河镇重新勘测，看看如何改线。”

嘴里是这么说，詹天佑想的是，一定要在技术上努力，现在不是置气的时候，得从全局考虑，不能因为这个事延长太多的时间。

看詹天佑情绪有所转变，胡燏棻的心也就放下了，他真怕这个急先锋闹出点什么事来，一旦无法收场，就麻烦了。两个人临走的时候，胡燏棻又嘱咐了一句：“简持、眷诚，你们记住，最近这几天不要去找袁总督，他现在非常忙，你们去了除了碰壁就是见不着面，明白了吗？”

两个人点头称是，离开总理衙门。

就在回转京张铁路总局的路上，陈昭常发现，大街小巷张灯结彩，好多维持街面的官兵正在挨家挨户地盘查，这时候，听有人在远处喊：“詹大人、陈大人。”

嗯？两个人回头一看，从远处跑来一位官长，离近了仔细一看，认出来了，正是西城御史穆顺。

“哎呀，原来是穆御史，您一向可好？”

“托二位大人的福，最近街面上还算太平。”

陈昭常问了一句：“这街面上这通忙活，干什么呢？”

穆顺往前凑了凑：“您还不知道哪？我听说，太后要派五位大臣出洋考察，明天就出发，正阳门火车站已经戒备森严了，街面上也得清理，这差事就派到我这儿了，没辙呀，咱受得就是这份累，哈哈哈。”

詹天佑心说，这事我太知道了，要不是因为五大臣急着出洋考察，我早就想再去一趟镇国公府了，可是，出洋考察也是大事，自己只能暂忍一时。

“穆御史，那就辛苦你了，国家正逢多事之秋，为了百姓安居乐业，咱们当官为宦的，就得冲在前头。”

穆顺点点头：“您说得对，不过……”

说到这儿，穆顺有点面露难色，好像有话要说，可又不好意思。陈昭常看出来了，“穆御史，有话尽管说，不用藏着掖着。”

“陈大人，既然您让说，那我可就抖胆了啊。”

陈昭常笑了：“上次解救詹大人，你出了不小的力，咱们就算有缘分，有话但讲无妨。”

“好，那我就说。我听说，詹大人身边有一位能人，过去是龙顺镖局的镖头，我之前就想拜访此人，可惜无缘一见，现在通过詹大人认识一下这位镖头，您看可以吗？”

詹天佑一听：“穆御史，您找李镖头干什么？有镖要保吗？他如今已经解散了镖局，在京张铁路总局做事。”

穆顺笑了：“我知道，我也没镖要保，我是听说李镖头武艺高强，实不相瞒，我也喜欢习武，打算向镖头讨教讨教，詹大人您看可行吗？”

詹天佑看了一眼陈昭常，两个人同时点头：“太行了，镖头这个人最爱交朋友，我回去跟他说一声，您有时间就去局子找他。”

“哎哟，那就多谢詹大人了，您可是让我一偿夙愿啊！”

三个人又闲谈了几句，陈昭常、詹天佑回到了总局。

那么，街面上这通忙活，到底是不是像穆顺说的那样，是为“五大臣出洋考察”做准备吗？一点不假。

可以说，这件事情是继清廷废除科举之后的又一项重要举措。

之前在天津总督衙门，方治平先生向詹天佑介绍了袁世凯推行的“立宪制”，五大臣出洋，就是为日后“立宪”做准备。

慈禧太后以光绪皇帝的名义发上谕，命镇国公载泽、户部侍郎戴鸿慈、兵部侍郎徐世昌、湖南巡抚端方、商部右丞绍英等五人，随带人员，分赴东西洋各国考察，以期择善而从。

消息一经传出，举国震惊！曾几何时，大清国轰轰烈烈的洋务运动相继开展了几十年，却因甲午战争中北洋舰队全军覆没而宣告失败。庚子年，八国联军打进北京，慈禧太后带着光绪仓皇逃到西安避难，更是成为难以洗刷的耻辱。之后，慈禧平安回到了紫禁城，她已经意识到，再不改弦更张的话，大清国的烂摊子恐怕真的没法收拾了。如今，五大臣出洋考察，就是大清王朝一次新的尝试。

这天上午，北京城正阳门火车站人声鼎沸，熙熙攘攘，华盖云集，彩旗飘扬。正阳门车站，始建于 1903 年，是当时全国最大的火车站，这是第一次举行如此重大的仪式。大清国第一路出洋考察团在此登车，众星捧月，花团锦簇，所有人缓步走上了月台。五大臣并排而立，服饰整齐。

朝廷上的王公大臣、使馆里的各国公使、百姓代表、学堂师生、各界贤达人士纷纷赶上月台围观送站。

单有掌管礼仪的官员放了一挂万响长鞭，以示出行顺利，正阳门火车站一派喜庆。

正午十一点，列车即将开动，礼部官员引领五位大臣登车，安排就绪以后，准备挂靠行李车。

车厢里的杂役们来来往往小心做事，谁也没发现，就在众杂役中单有一个人，他行动诡秘，东张西望，手里托着水果盘，直接来到了五大臣乘坐的第三节车厢。

车厢口站着护卫伸手拦住了他，接过果盘，这杂役低着头翻眼皮望里看了一眼，见五位大臣俱在，他点了点头。

这个时候，行李车马上就要过来了，车头也在一点一点往回倒，准备与车厢挂钩。



所有人的目光都在五位大臣身上，谁也没注意门口这名杂役。只见他凑近护卫低声说了一句："果盘里好像有个果子是烂的。"



这护卫一听就急了："烂的？你怎么不早说，我去拿来！"

说着往里就走，他想把那枚烂果子给拿出来。可就在这护卫刚刚转身之际，门口这杂役突然从怀里取出一件东西，黑乎乎圆圆的还带着个火捻儿，敢情是一颗炸弹！

他这袖子里还藏着火柴，迅速划着火柴一下就把导火线给点燃了，火花"刺刺"直冒，他把身子一转，右手举着炸弹打算投向五大臣。可就在这时候，杂役觉得脚下一阵乱晃，敢情是火车头后退与车厢挂钩引起的剧烈震动，由于这是第三节车厢，离车头比较近，所以晃的幅度就大一些，杂役一个没站稳，"扑通"，倒下了，手中的炸弹没扔出去被震落在车厢地板上，只听一声巨响，瞬间，车厢里冒起一团火光，火光里还夹杂着一股蓝色的烟雾"唰"直冲顶棚，跟着"咣"一声巨响，"咔嚓"车厢壁断了，"嘎巴"车窗裂了、"哗啦"座椅碎了！车上数名仆役瞬间倒在血泊之中，那名刺客也身亡了。

说时迟那时快，当时发生前后不到三分钟。车厢被炸毁，五大臣都受伤了。

炸弹产生的强大气流掀翻了围在火车前部的人，刺鼻的硝烟弥漫在空气之中。月台上喊声一片，混乱中有人被挤倒在地，有人吓得连方向都辨认不出。前来维持现场秩序的兵丁赶紧冲上火车保护几位大人。仓皇之中，有一名杂役边脱外衣边向人群外面跑，出离人群回头看了一眼，把衣服往地上一扔，扬长而去。

事后方知，这名杂役和那名刺客是一伙的，他们都是革命党，今天奉命前来阻止五大臣出洋。当时在革命党中有一种暗杀思潮盛行，很多人将暗杀视为解决国家危机的可行之道。

火车站内的秩序逐渐恢复正常，五位出洋大臣被人保护着离开火车站，去紫禁城向慈禧太后请罪，慈禧太后慨然于办事之难，当即凄然泪下。

此时的慈禧太后已经七十高龄了，她万万没想到，朝廷的权威已经衰落到这种地步。安慰了五位大臣，让他们先回去休养身体，出洋之事，过后再议。

要说这五位大臣里，伤得最轻的就是镇国公载泽。他的右眼皮上被弹片划了一下，算是有惊无险。但是，载泽心脏不太好，这种病就怕惊吓，从正阳门火车站回家之后，载泽是茶饭懒咽、神志不清。

家人找了当时北京城的名医来会诊，所有医生都说，这得经过一段时间的休养，这种病需要安静，绝对不能受惊吓，最好天天在家待着，哪儿也别去。

两天以后，袁世凯登门拜访，准备同载泽商量下次出洋的计划。载泽连面儿都没露，只让家人传出口信，说自己身体不便，出洋考察之事，请袁总督另派他人。

袁世凯万般无奈，只能把载泽的名字暂时移出考察团名册。

# 第七十五回
# 受命调停相约三事
# 秉公对答因势利导

五大臣出行遇刺客，这件事情在当时算是一件特大的爆炸性新闻，很快传遍了各个角落，也就传到了京张铁路总局。

此时，詹天佑已经带人复测一遍广宅墓园，得出来的结果仍旧是不能改线。他把结果报告了陈昭常，陈昭常急得要再去商部理论，依着詹天佑的意思，直接去找袁世凯。哎，就在这时候，张鸿诰、徐士远来了，他们来报告五大臣遇刺的始末。

陈昭常一听："哎呀，这个时候，万万不能去商部。"

詹天佑也为难了，眼看就要动工了，广家墓园的事始终像怀里抱只刺猬，抓又抓不得，放又放不下，就算按照商部说的绕线改道，那岂不是让那些洋人们耻笑，一笑詹天佑技术不精，二笑大清国内部混乱。这可真是急煞人也！

张鸿诰一看老师这么着急，他想解劝一下："老师，要不我们陪着陈工程师再去一趟。"

"不用啦！"

随着说话声音，陈西林进来了："陈总办，詹大人，我料广家墓园的事很快就能解决了。"

"哦？"陈昭常一听，"怎么解决？"

"就按当初的路线进行。"

"什么？"詹天佑莫名其妙，"西林，你的话，根据何在？"

"大人请看！"

陈西林从怀里掏出一封朝廷下发的公文，上边写着新组建出洋考察团的名单，一、二、三、四、五，五个人里面已经没有载泽了。

陈西林告诉大家："载泽此刻在家养病，已经闭门谢客了。"

嘿！张鸿诰一拍大腿："太好了，镇国公下台了，这回，广家的大树倒啦！"

徐士远也乐了："是啊老师，广道台这回成了断线的风筝，他再也不敢神气啦！"

两个学生欢欣鼓舞，陈昭常和詹天佑却是愁锁眉间。这两位想的是同一个问题，五大臣遇刺，朝廷立宪被阻，这是朝廷的痛处。京张铁路和五大臣出洋考察同样重要，都是在为大清国寻求发展，唇齿相依唇亡齿寒，一旦间大清的命运完了，这京张铁路又修与何人呢？

长河落日，大漠孤烟，紫禁城暮色依旧，昆明湖朝霞满天。

就在出洋五大臣遇刺后的第四天早上，一乘蓝顶小轿“颤颤巍巍、巍巍颤颤”很低调地来到了京张铁路总局大门外，落轿以后，轿夫把轿杆一压，轿帘起处，从里走下一位文质彬彬的老者，身着长衫，花白须髯。

下轿以后，他小心翼翼地登台阶来到门房，把名帖往上一递：“烦请贵差进去通禀，就说清河镇绅士贾士清前来拜访，求见陈、詹二位大人。”

差人一听“清河镇”这三个字，不敢怠慢，慌张张拿着名帖前去报信。

赶上今天陈昭常有事，不在衙门，差人直接来见詹天佑。





詹天佑接名帖一看：“贾士清，清河镇？此人多大年纪？”

“回大人，看着有五十多岁了。”

“哦！”詹天佑明白了，这必是广道台打发来与我周旋的，找个年轻的怕我给撵出去，这才找个年老的绅士，想用面子拘住我，哼哼，看你能有何本领，詹某愿意领教，吩咐差人：“有请。”

不大会儿的工夫，贾士清进来了，他是当地的绅士，什么叫绅士？那个年代的绅士，和咱们今天说的男性绅士不是一个概念，那会儿的绅士也称为士绅，中国封建社会等级森严，尊卑分明。在君王之下，分为官与民，官分文武，民分士农工商。绅士即是其中的“士”，指的是有一定地位和身份的人。

不过，随着科举的废除，这绅士也就逐渐走向没落了。

贾士清可以算是最后一波绅士，风度气质还是有的，见詹天佑深施一礼：“清河百姓贾士清，见过詹大人。”

“老先生免礼，请坐。”

“谢坐。”

两个人见面一番客套，聊了几句，詹天佑明白了来意。原来，贾士清是受了广道台所托，登门道歉来了。

这在当时官场之中算是个习惯做法，两位官员吵翻了，其中一方想道歉，但碍于种种原因自己不便上门，往往托个中间人来说和，一般是找当地品行出众或者功名在身有一定威望的老者做中间人。

广道台之前和詹天佑一番搅闹不成，他去求了陈璧，抬出了镇国公来压陈璧，最后愣是让商部来给京张铁路总局施压。

本来这事儿他们已经占了上风，没想到，晴天霹雳，五大臣出行遇刺，载泽受伤，闭门谢客，京城里谣言四起，广道台也吓坏了。

难为这广道台，他这联想能力还真强，这要放到今天，也许是位好编剧，只可惜，他的心不正，想的全是歪点子。越是这种人，他考虑问题的出发点越是奇怪，他的心理扭曲，他看所有的人也都扭曲。现在，他最担心就是自己墓园的事，为此，他又向锦州那边多请了半个月的假，邀来镇里的绅士贾士清，让他替自己出面，做调停之人。

贾士清态度很是诚恳，他告诉詹天佑："广大人特派我来向詹大人道歉。"

詹天佑一摆手："这又何必呢？撇开公事公论，我与广道台并没什么私人恩怨。您回去告诉广道台，修铁路终究是公事，路线就是这样规划最合适，我和广大人素不相识，实在是没有必要也不会刻意在这件事上与他过不去。我们已经刻意避开了广宅墓园的主地基，再让我们避让实在是避无可避。这一点还请贾老先生代为转达，也请广大人谅解。"

贾士清一听是连连点头："对对对，詹大人您说得在理，这层苦心我一定转达给广大人。只是惊动地下先祖，广大人慎之又慎也是情理之中，您看能否采取一些补救措施？"

詹天佑一听，明白了，道歉是幌子，重头戏在后头。想到这儿，他故意装傻问了一句："您说的是补偿款吗？"

贾士清连连摆手："不，我说的不是补偿款，广大人不会在乎这点钱，他的意思是，能否在铁路线和广家墓园院墙之间，修上一条小河？"

"修河？干什么用？"

"您不知道，广家最看重风水，如果墓墙与铁路之间有一水相隔，这样可以避免铁路直接震动坟地，惊扰神灵啊！"

"哦！"詹天佑点了点头，"既然广大人同意我们原来设计的路线，那修条小河这件事我想可以考虑。"

嘿，见詹天佑答应得挺快，贾士清心里有了底，可转念一想，不行，这个条件是广大人提出的三个条件里最简单的一条，这不算什么，我还得加把劲儿。

想到这儿，贾士清壮了壮胆儿："多谢大人体谅，广大人还有件事，希望您能准许。"

"请讲。"

"这个，呵呵，就是京张铁路将要修到清河镇的时候，能不能派一位三品以上的朝廷大员亲临广家墓园拈香祭拜，这样呢，既是对广家祖上的敬重，也是给广大人一点颜面，您看？”

詹天佑一听：“这个条件有点过分了，广大人也不想想，三品大员能干这种事吗？这得是多大的情面呀？我詹天佑素来很少与各方官吏打交道，我认识的官员无非是袁世凯袁总督，还有胡燏棻胡大人，这二位都是三品以上，要不，请他们去一趟？”

“啊，不不不！”

吓得贾士清站起来了，心说，这二位都是一品大员，这要到了清河镇，非得天翻地覆不可。

“詹大人，您就没有别的人选了吗？”

“贾老先生，我刚才说过了，詹某认识的人实在有限，若说为广家的事舍一回脸，倒也不是不行，只是，这见面的人事可是少不了啊！”

哎哟！这句话说完，贾士清当时一愣。怎么？他听广道台说过，给詹天佑送两千两银子他是不为所动，现在怎么要起人事来了？那人事就是钱哪！

贾士清心里纳闷，脸上装得很平静，难怪人家当绅士！

“哈哈哈，詹大人，您说得在理，这人事还不能少了。按说，这种事我不能插手，不过，广大人与我家世代交好，论着，他还得叫我一声世伯，这事儿啊，我就替他答应了，您说吧，要多少钱？”

詹天佑一听：“哦？既然贾老先生能做这个主，那本官就不客气了，请个三品官去，最少也要纹银五千两！”

贾士清腿一软，差点从椅子上出溜下去，他用手一扶茶几：“大人，您说多少？”

“五千两。”

“五千两！”

贾士清真想抡圆了给自己来个嘴巴，心说，我揽这差事干吗呀？本以为六七百两也就够了，这詹天佑狮子大开口，张嘴就是五千两。广勋知道了，还不得吃了我？有心打退堂鼓，可话说到这个份上，如果露出半点退缩之意，不但失了自己的风度，也丢了广道台的脸，绅士嘛，就得宠辱不惊，打掉牙肚里咽，有委屈自己受着，绅士嘛！倒霉倒这绅士上了。

现在就得说横话：“好吧，詹大人，只要您能请来三品官，广大人就能给您送五千两纹银。”

“不！”詹天佑一摆手，“您说错了，可不是给我送。”

“啊，不是您要的人事吗？”

“对呀，是我要的人事，这人事，您懂吗？”

贾士清一听，我堂堂绅士还不懂人事？“大人，这人事不就是送给那位三品官的银子吗？”

“不对！老先生，这个钱怎么能是送给三品官员的呢！”

“那是送给谁的呢？”

“老先生，我问问您，您说，这大清国是官大还是民大？”

贾士清一听：“那自然是官大喽！”

“不对！”詹天佑正颜厉色，“老先生，民大！”

“啊？”贾士清摇了摇头，“詹大人，自古官为父，民为子，怎能说是民大呢？这岂不有悖人伦之大理呀？”

“哈哈哈！贾老先生，官为父民为子这句话我不知道您从哪里听到的，我只知，昔日亚圣孟子曾说过，民为贵，君为轻，社稷次之！我想，即便是当今皇上与太后，也得承认这种说法吧？”

这一句话，贾士清的脸当时就红了，他没想到詹天佑问的是这层意思：“詹大人，我——”

“老先生，无论哪朝哪代，都得看重百姓，我为什么说这五千银子不是送给三品官的，您要知道，不论我找哪一位三品大员，他一旦到了广家墓园祭拜了广家的祖先，他想得到什么？他一定想得到所有铁路工人的赞赏，他这一去，不是给广家长威风，而是给京张铁路长威风，那么，他就得对众工人有所表示，怎么表示呢？分发红包！京张铁路每一位工人得到了实惠，这位三品大员就算没白去，他不会要这个钱，他得用这个钱往下赏，这才叫人事，您懂了吗？”

贾士清用手一拍脑门：“哎呀，詹大人所言，让老朽长见识啦！看来我这绅士，确实不懂人事。”

詹天佑心中暗笑，心说广勋，这回让你好好出一回血，好好犒劳一下我们的工人。至于三品官哪，詹天佑早就想好了，请陈昭常去一趟就行了。

话都说到这儿了，贾士清咬了咬牙，又提出了第三条：希望詹天佑在铁路建成后，亲自给广家立一块石碑，说明广家深明大义，以国家利益为重，不计私利。

詹天佑听了不假思索，当即答应。

贾士清长出一口气，没想到詹天佑答应得如此痛快。他知道，广家确有仗势欺人之嫌，只是当时风气如此，谁家有权势谁家腰杆子就硬、谁家就说了算，可是，如今广家的腰杆子不那么硬了，贾士清在来的路上就十分担心，真怕詹天佑当场翻脸或者推辞不应。

眼前的结果让贾士清深受感动，他冲詹天佑一拱手："大人真是大肚能容，眼下没有比这更好的解决办法了。"

当下，送走了贾士清，詹天佑把事情禀报给了陈昭常。

听说广家肯让步，陈昭常很惊喜，他也十分佩服詹天佑的处事能力。"眷诚兄，你这主意可是真高呀！"

詹天佑苦笑一声："这也是无奈之举呀，我不想与广家为敌，我的目标是把铁路修成。如今，咱们借水行舟能把形势扭转，真是天助京张啊！"



陈昭常高挑大指："大丈夫能屈能伸，你算是把这句话吃透了。"



两个人仰天大笑！

纠结了一个多月的广家墓园问题，就这样有惊无险地解决了，既可以说是巧合，也不免让人感叹一句世事难料。

至此，京郊征地的工作终于没有了阻挠，各项准备程序得以顺利进行。邝孙谋、颜德庆、陈西林等人从各个岗位上纷纷寄来捷报，单等 11 月第一段路基铺设完毕，开始铺轨。

可谁料想，工作上的事情刚刚理顺，詹天佑的家里出了事。11 月 7 日深夜，弟弟詹天佐打来一份电报，詹天佑展开一看，哭了。

# 第七十六回

# 别慈母孝子泪沾襟
# 拜詹工父老情可鉴

京张铁路，进入了快速推进的阶段。偏巧这个时候，詹天佑的母亲陈氏，病故了。

这可真是天有不测风云，人有旦夕祸福，工作好不容易理顺了，家里又出了事。常言说母子连心，父子天性。当初父亲去世的时候，自己就不在身边，如今母亲亡故，自己还是不在身边。都说久病床前无孝子，可母亲病重，自己连一天孝子也没当过。树欲静而风不止，子欲养而亲不待。他再一次体会到了这种无穷的遗憾，詹天佑悔恨交加，悲痛不已。

詹天佑的母亲陈氏是一位勤劳刻苦、聪明贤惠的妇女，终年累月操劳忙碌，相夫教子，为詹天佑兄妹们的成长倾尽了全部的心血。晚年，为了不给詹天佑添加累赘，老人家带着次子远住昌黎。

中国自古英雄辈出，而这英雄人物的成长往往离不开母亲的言传身教。教子为治国平天下之根本，先有贤女，后成贤母，贤母所生儿女皆为贤人。当初，周朝王室内出了三位“太”字辈贤妻良母，太姜、太任与太姒，三位贤人相夫教子，培养出了季历、文王与武王，奠定了周朝八百年的基业。后世称这三位伟大的“太”字辈母亲为“太太”，母仪之风由此而来。

一想到这些，詹天佑的心里就特别难过，当初母亲在世之时，常以“忠孝不能两全”告诫詹天佑，让他勿以自己为念，应该说，自己能全身心地投入京张铁路的建设中，有多一半的功劳，源自母亲的支持。现在，老母亡故，自己就该飞奔昌黎回去服丧。可是，眼前的工作太多，自己是总工程师，离不开呀！

不管怎样，詹天佑还是在家里为母亲设摆了灵堂，带着妻子和孩子们身着孝服在灵前哭祭。

陈昭常得知此事，带领颜德庆、邝孙谋、陈西林等人过府凭吊。陈昭常告诉詹天佑：“眷诚兄，你应该立即回家为老娘料理后事。”

詹天佑一听：“简持，我现在——”

“不必说了，你的想法我都明白，你放心，我已经替你请示了，胡大人准了你一个月的假，你抓紧动身，我们等着你回来。”

陈昭常太懂詹天佑了，只有以命令的口吻，他才肯回家。詹天佑拉住陈昭常的手，热泪盈眶："简持，多谢了！"

詹天佑匆匆赶到总局，把各项工作向邝孙谋做了交代，请邝孙谋担任临时总工程师，替他盯控工程上的大小事情。安排妥当，便带着妻儿匆匆赶回了昌黎。

当詹天佑风尘仆仆赶到昌黎家中时，已有很多他以前在关内外铁路上的同事们闻讯赶来吊唁。詹天佑顾不上招呼同僚，直奔母亲的棺椁前。

守在一边的詹天佐哭得泪人一般，看兄长回来了，他是放声大哭，哽咽着将母亲临终时的情况进行转达："兄长，母亲临走前说，她以你为骄傲，让你多多保重身体，不要过度悲伤，以国事为重。"

詹天佑拉住兄弟的手："天佐，母亲在京之时，身体一向康健，怎么就得了病了？得的到底是什么病啊？"

"唉！"一问这个，詹天佐哭得更难过了，"兄长有所不知，母亲一直患有严重的胃病，在北京的时候，她就是不想让你知道，所以嘱咐我们大家不许说出来，尤其嘱咐我嫂子，让她守口如瓶。"

哎呀！詹天佑听闻这些，更是心如刀绞，谭夫人和孩子们忍不住大放悲声。

前来照应的同僚们也是纷纷以袖拭泪。有人上来搀起詹天佑劝慰着："詹大人，请节哀顺变。"

按规矩，詹天佑应该在家为母亲守孝三个月，但是，时间不允许，他只能守孝三天。

您看，有出京剧叫《上天台》，那里头刘秀有这么一段唱词，是夸赞铫期的，"孤念你孝三年改三月，孝三月改三日，孝三日改三时，孝三时改三刻，孝三刻改三分，三年三月三日，三时三刻三分，永不戴孝保定了乾坤！"中国自古就有这样的忠义之士，在詹天佑看来，为国尽忠就是对母亲最好的报答。

别看就在家待了三天，却发生了一件感人至深的事情。

这天早上，一家人正围坐一桌吃早饭，有家人来报："回禀大爷、回禀二爷，门口来了一群百姓，足有一二百号。"

詹天佐一听："他们要干什么？"

"不知道，说是等人。"

"等人？有在人家门口等人的吗！我去看看。"

詹天佐放下碗筷跟着家人出来了，到门口一看，好家伙，黑压压人头攒动把整条街都挤满了，这是干什么呢？

詹天佐喊了一声："敢问一句，各位在这儿是干什么呢？"

头前站着几位年长的一眼认出来了："哎哟，詹家二爷出来了！"

几个人立刻就围过来了："二爷，我们是来见大爷的，能否容得一见？"

"啊，找我大哥，这么多人找他，有什么事啊？"

正说着，身背后詹天佑说话："我来了！"

大门两开詹天佑出来了，刚走到门口台阶，可了不得了，整条街的老百姓"呼啦"一下，全跪下了。

可把詹天佑吓坏了，詹天佐也蒙了，让人莫名其妙啊。

"哎呀，各位父老，你们这算何意呀！快快请起。"

前头跪着几位，看来是百姓代表，他们跟詹天佑说："詹大人，我们是来感谢您的！"



"感谢我的？我没做过什么呀，何谈感谢二字呢？"



"大人做得还少吗？我们是真正收到实惠啦！"

"无论如何各位先起来说话，各位有同辈有长辈，如此跪拜，折煞天佑了，我不能一一搀扶，请各位起来吧。"

让他这么一说，大家这才站起来。詹天佑得问哪，你们大家谢我什么呀？

这一问哪，一二百号人全都张嘴说话，你一言我一语，应了那句话了，一人说话众人听，众人说话乱哄哄。詹天佑一句也没听明白，他再次摆手："各位，照你们这么说，我听到明天也听不明白呀，能否找一位代表说呀！"

离他最近有个老头，花白胡子，冲着詹天佑一拱手："詹大人，这话还得从十三年前说起呀！"

让这位老丈一说，詹天佑才明白，他说的是当年自己在昌黎修筑滦河大桥。

说起来，事情已经过了十几年了，那时，清廷在修建连通滦州与昌黎的滦河铁路大桥时，遇见了困难，年轻的詹天佑牛刀小试，初露锋芒，以丰富的学识展示出了惊人的才干，使得那些红头发、蓝眼睛的外国工程师瞠目结舌，不得不对中国工程师刮目相看。次年，滦河铁路大桥修成后，铁路修到了昌黎，沿途相继建立了石门、安山和昌黎车站，并在车站所在地设了电报局。

那段时间，詹天佑经常来往昌黎，很多当地百姓见过他的英姿，同样的，昌黎也给詹天佑留下了美好的印象。因为这个，他才把家迁到了此地。

两年之后，中国第一座铁路大桥滦河大桥正式竣工。据史料记载：滦河大铁桥"工程浩大，历三十二月始告成。桥长二百一十七丈四尺六寸，宽二丈，共十七孔"。铁路建好了，昌黎人民第一次看到了火车，也听到了火车汽笛的鸣叫声。由于昌黎站位于昌黎县城东南距城墙仅五百米，步行不过十分钟。因此，昌黎县城有了“中国第一个通火车县城”的美誉。

这么多年过去了，当地百姓因为这条铁路而看到了未来的希望，很多人做起了关于铁路的生意，靠着铁路可以养家糊口。因为这座滦河大桥，他们深深地记住了詹天佑的名字，在这些百姓心中，詹天佑为他们带来了福音。

所以，当他们听说詹天佑回到昌黎的时候，纷纷要前来看望，而且带来了不少的礼物。

眼前这个场面，让詹天佑这心里热乎乎的，他这才知道，老百姓对修铁路是如此支持，如此拥戴。朝廷为修一条铁路需要东拉西拽左右逢源，考虑这个考虑那个，却没真正考虑过老百姓！都说火车一响，黄金万两，铁路对于民生是有巨大的保障功能，老百姓心明眼亮，他们看得清功过是非。这也就更加坚定了詹天佑修好京张铁路的信心，这是为国为民的实业！

詹天佑冲百姓们深鞠一躬：“各位父老，感谢大家没有忘了我，其实，我不过是做了一些分内之事，当初朝廷派我出洋留学，我学成之后就应该投身建设，报效朝廷，造福百姓。如今大家都登门来访，天佑铭记在心，至于这些礼物，还是请大家拿回去吧。”

百姓们执意不肯，詹天佑推之再三，最后还是詹天佐出了个主意，让众百姓推举一人，只收他一份礼物，权做代表。大伙儿研究了半天，最后从一个怀抱的婴儿身上摘下一把平安锁，送给了詹天佑，预示着詹大人一生平安。

詹天佑接过平安锁再次向众百姓致谢，目送大家逐一离开。

等都走干净了，詹天佑准备回去，刚把身子转过来，嗯？见门缝里伸出个小脑袋，正朝外面张望呢。

“文琮，你在这儿干什么呢？”

敢情这正是詹天佑的次子，詹文琮，十二岁。听父亲问，他赶忙从门里走出，站好之后跟詹天佑说：“父亲，我见百姓如此拥戴您，我想，长大以后也想跟您一样，去修铁路。”

各位，这可不是一句戏言哪！詹天佑言传身教，身上一点一滴无不影响着子女，到了 1908 年，詹天佑把长子詹文珖和次子詹文琮一并送到美国读书，1918 年，詹文琮从耶鲁大学土木科毕业后，继承父亲的愿望，真的投身铁路事业。

长江后浪推前浪，一辈新人赶旧人。到后来，詹文琮任粤汉铁路工务处处长。1941年，在长沙会战中，日军两次进攻长沙，对粤汉铁路狂轰滥炸，为保证运输畅通，詹文琮带领铁路工人夜以继日抢修铁路，由于劳累过度，在衡阳殉职，年仅48岁。詹天佑、詹文琮父子英雄两代人为铁路事业甘洒热血，令人敬仰！

当然，这是后话，咱们不必细表。詹天佑把昌黎家里的事料理完毕，在大家的帮助下，与家人一起扶灵南下，在广州西关又举行了盛大的出殡礼仪，将母亲安葬，与父亲詹兴鸿地下相会，永世团圆。

自己带着妻儿在母亲的坟前磕了三个响头，便赶回了北京。

在回北京的火车上，詹天佑从报纸上看到一则新闻：

出使美国大臣梁诚等人联合上奏朝廷：保邦致治、自强富国，非立宪莫属。建议朝廷应该实行五年的必要预备期，届时改行君主立宪。新闻中提到，9月里发生了五大臣遇刺的事件，考察一事事关重大，不能因此废止，因此朝廷重组考察团，依旧由载泽率领，择日出发。

看到这则新闻，詹天佑心里百感交集。之前咱们说过，詹天佑并非只知道修铁路，他非常关注国家时事。看到这则新闻，他想到了载泽，本来载泽已经被移出考察团名单，如今，又重新启用，看来世事无常，吉凶难料。由此，他也想到了前不久刚刚发生的征地风波，想到了下一步会不会再出现什么麻烦，想着离开前的路基修筑进展、想着陈昭常嘱咐他留意的事情、想着邝孙谋向他汇报的时间节点和工程进度……所有工作的事情全部涌入了脑海。

谭夫人非常理解丈夫，自己能做的就是尽量让他放松大脑，得到休息。从包里拿出个橘子往前一递："眷诚，快把报纸放下，吃个水果。"

詹天佑这个人，不怎么喜欢吃水果，尤其是看书看报的时候，他最怕别人打搅，夫人说了几遍，他跟没听见一样。

顺蓉一看，"娘，给我。"

接过橘子直接塞到父亲的手里："您别看了，快吃吧。"

"好好好，我吃。"

嘴里说吃，詹天佑的眼睛还是没离开报纸，他也没看手里到底是什么水果，送到嘴边"吭哧"就是一口，好家伙，正咬橘子皮上，橘子汁四溅，酸得詹天佑牙都快倒了，这才知道错把橘子当苹果。抬眼一看，夫人和孩子们笑得前仰后合。

就这样，连来带去不到二十天，詹天佑提前回到了京张铁路总局。

回京后，詹天佑惊喜地发现，从丰台柳村到西直门的第一段路基基本铺好了。这就说明，用不了几天，就可以正式铺轨了，看来邝孙谋的动作真快呀。

铺轨是铁路站前工程的最后一道工序，对于铁路的建成使用和铁路的实用性、平安性都具有重要意义。按照詹天佑制订的建筑计划，这段路线建成以后就可以正式通车，通车的盈利将投入下一段路的建设使用。

京张铁路的第一段建筑工程从丰台至南口。这段线路大部分地势比较平坦，全长约五十公里，路基建筑难度不大。

光绪三十一年十一月十六，也就是 1905 年 12 月 12 日，京张铁路首段铺轨工作正式开始，所有人都憧憬着通车以后的壮观景象，谁也没有想到，铺轨头一天，居然出了一起重大的事故。

# 第七十七回

## 铺轨脱钩出师不利
## 赠花藏金弄巧成拙

1905 年 12 月 12 日，京张铁路铺轨工作正式开始。

时值初冬，百草虽然凋零，但是一轮红日照射着大地，显得工地现场是热火朝天。

这是铺轨工作正式开始的第一天，丰台柳村 60 号桥边工地上要举行一个简短的仪式，虽说简短，但是人来得可不少，詹天佑作为会办兼总工程师，担任仪式的主持。正位上坐的有商部左侍郎陈璧、京张铁路总办陈昭常、关内外铁路总办梁如浩以及顺天府派来的代表，再有就是各位工程师和丰台附近的老百姓，最醒目的，是由李子亭率领的路工队伍，足有八九百号，一个个着装整齐，精神抖擞。这些人里，除了镖局里的镖师、伙计们，大部分是来自农村的农民，也有来自城市的手工业者和手工业工人。李子亭被詹天佑任命为路工队的大队长。

眼看仪式就要开始了，徐士远来到詹天佑身边："老师，您看。"

用手往前一指，詹天佑定睛一看，就在老百姓人群里，站着几个黄发绿眼的洋人，一个个神头鬼脸，东张西望。仔细一看，还有一个手里提皮箱的，詹天佑知道，那里装的是照相机。

京张铁路是中国第一条自主勘测、设计、施工的铁路，这在当时风云变幻的国际形势下，算是一件惊天新闻，所以，很多洋人都想看看中国人是怎么自己修铁路的。

詹天佑冷笑一声："哼哼，这不是来参加仪式的，这是准备来看笑话的，不必理会。"

由于没有请外国使臣，这几个洋人来路不明，所以，詹天佑未加理睬。

这个时候，主宾席上的嘉宾陆续到齐，陈昭常热情地和来宾们打着招呼，可他也不时用眼神示意詹天佑，告诉他有洋人在此。

詹天佑冲陈昭常点点头，跟着，吩咐徐士远："擂鼓！"

随着一阵鼓声，铺轨仪式开始了，詹天佑向现场的数百位路工拱手施礼，众人响起雷鸣般的掌声。跟着，詹天佑环视四周，大家都安静了下来，等待着听总工程师讲话。

詹天佑是实干派，不好长篇大论地讲话、说教，他以非常简明的语言跟大家讲："京张早成一日，国家可早一日获利，商旅可早一日享受到出行运输的便利，我们也可早一日杜绝外国人的觊觎之心。我知道这条铁路路工之难，前所未有，但我有信心和优秀的诸位一同努力，将铁路修成。”

话语不多，铿锵有力掷地有声，大涨国人士气，众人为他的信心和信念所感，响起热烈的掌声。那几名洋人听了，互相一对视，耸了耸肩，撇了撇嘴。

徐士远看见了，狠狠地瞪了他们一眼。大伙儿还想再往下听呢，讲话结束了，詹天佑点手叫过来陈西林，此刻，陈西林已经荣升为京张铁路的副总工程师。

两个人走到枕木边，詹天佑左手持道钉，右手持铁锤，对准第三根枕木右轨外侧，“咣”，奋力一击，打入了京张铁路的第一颗道钉，跟着，将铁锤交给了陈西林。

陈西林接过铁锤，从一名工人手中接过了一颗道钉，在詹天佑打入道钉对面的位置钉入了第二颗道钉。

成百上千的工人一拥而上，现场再次爆发出热烈的掌声！两颗道钉的钉入，标志着京张铁路铺轨工作正式开始，也拉开了中国人自主修筑铁路干线的序幕。



在当今社会，修铁路铺轨基本都是机械完成，先将在轨排基地钉联好的轨排运到铺轨前方，再用铺轨机将轨排铺设在路基上，并予以逐节连接。

那个年代可不是，京张铁路初始阶段缺乏机械设备，全是人工操作。路工们按照李子亭的分工，拉的拉、拽的拽、搬的搬、扛的扛，有的推车，有的装卸，你来我往，络绎不绝。陈西林在现场全程指挥。

詹天佑看了一会儿，见一切顺利，便叫来陈西林：“既然顺利开工，我就先回总局了，还有很多承包商送来的资料没有看，咱们后续各段的辅助性工程还需尽快确定承包人。”

陈西林一听：“大人快去忙，这边一切正常，料无妨碍。”

“注意点那边。”

詹天佑用眼神一领，其实，陈西林早看见了，远处站着几个洋人，指手画脚，窃窃私语。

“大人放心，不过是几个好事之徒在这儿凑热闹。”

“嗯，不可大意，需小心。”

嘱咐了几句，詹天佑带着徐士远回转总局衙门，处理承包商的事情。

按照当时修铁路的惯例，一些土石方、挖山洞、铺路基等辅助性工作，不能靠招募的路工去做，这些都是通过工程招标发包给一些包工头承建的。詹天佑作为总工程师，需要严格把住质量关，亲自审核每个承包商的资质，做好竞标前的审查工作。

回到总局衙门一看，已经有六家承包商负责人在这儿等候了，詹天佑把他们请到会议室逐一谈话。

谈到最后一家，是准备竞标水泥供应的商家，包工头进来的时候，随手把门给关上了。

“呵呵，詹大人，您好，我是专门供应德国水泥的。”

“嗯，”詹天佑低着头看这个商家的材料，他知道，当时国产水泥技术不太成熟，德国水泥的质量非常符合京张铁路的要求。

“好啊，产品质量我们还得亲自验看。”

“哈哈，那个肯定，我想问您一个事。”

“请讲。”

“您在昌黎就没见过我吗?”

“哦?”詹天佑这才抬起头仔细打量这包工头，看此人生得五大三粗，很面生，不认识。

“恕我眼拙，咱们在哪儿见过吗?”

“哎呀，您可真是贵人多忘事啊，前不久您回昌黎为老太太办丧事，有不少老百姓在您家门口给您道谢，您忘了?”

“啊，没忘啊，您怎么知道的?”

“嗨，我当时就在其中啊!”

“哎呀!”

詹天佑赶忙站起身形:“原来是昌黎来的乡亲，恕我眼拙，多有怠慢，来呀，上茶。”

这位挺高兴，这叫人不亲水亲，“哈哈哈，詹大人，我虽然不是昌黎的人氏，可是，我做铁路生意，还得感谢您给我带来的福音哪!”

“哎呀，您真是夸奖了，不想我们才在昌黎见面，又在北京相逢，这真是缘分哪!”

一提昌黎，詹天佑就想起母亲，所以，对这个人格外亲切。

“忘了问了，您贵姓?”

“哦，我姓董。”

“董先生，如果您的产品过关，我真希望咱们能够合作呀!”

“是啊，詹大人的大名我是早有耳闻，从令堂那儿论，咱们还是同乡，有道是老乡见老乡，两眼泪汪汪啊。今天公事已经谈完，咱们说两句家乡话。我听说了，您特别喜爱养花，尤其爱养菊花，这不，我给您带来两盆。”

说着，从脚底下端起两盆花，送到了詹天佑桌案前。

詹天佑一听，心里别提多感动了，自己养菊花完全是为了妻子，看这两盆菊花，还是墨菊，黑里透红，花蕊厚，花如丝，凝重之中透着娇媚，太好看了！仔细一看，这盆里还添了新土，用手一摸，嗯？这土怎么这么硬啊！现在刚刚入冬，还没上冻呢。这里？他用手一扒拉，哎哟，詹天佑一愣，敢情这土下面，是一把金豆子，再往下，是两根金条。

詹天佑当时就明白了，眼前这个人想给自己行贿来取得包工权。

“董先生，你的意思我明白，告诉你，这两盆花我不可能收，另外，就冲你这种行为，我现在就取消你的竞标资格。”

“哎，别呀，詹大人，咱们可是同乡啊！”

“对不起，国家法度在此，詹某不得不遵！”



这董工头还想再争取，詹天佑一甩袖子，走了。



回到办公室内，詹天佑想了想刚才的情形，他提起笔来写了一份“竞标须知”，其中重要一条是包工头人品不过关，不得参加竞标。在詹天佑看来，货物固然重要，但人品不过关，货物的好也是昙花一现。

这份材料写完，詹天佑又开始为招标工作制定严格的资质要求和操作规程，他知道，随着铺轨正式开始，近期陆续将会有更多的承包商来申请，抓紧制定硬性要求，可以做到优中选优。

这个时候，天已过正午，陈西林那边已经把工程列车调来了。工程列车，就是作业车，前边是机车，后边一共九节车厢，每节车厢中间用车钩和铁链连接，拉的都是枕木和五金零件。

陈西林手里拿着两面旗子，一面红旗，一面绿旗，举红旗就是停止，举绿旗就是前进。现在看工程车来了，他把手中的绿旗一摆，让工程车开过去。同时，告诉所有路工注意车辆安全。

路工听见信号赶忙撤离铁轨往两旁一闪，工程车开过来了，眼看就要过去了，在前方五十米的地方，这儿是个上坡，工程车到这种地方，就得加足马力，要不然这车上不去。

陈西林看着眼前的工程车心中暗想，再过不久，这儿就将通过正式的列车，列车开通运营之后，就可以把盈利充入下一段的使用。

陈西林站这儿正琢磨事儿呢，了不得了，就听耳边“咔嚓”一声，把所有人都吓了一跳，什么动静？大家伙顺着声音一找，看见啦，是工程车第三节和第四节车厢中间，不是用有车钩和铁链连接吗，大概是这第四节车厢里的东西太重了，又加上眼前是个陡坡，前边加大马力，后边不堪重负，中间这条大指粗的铁链子，断了。

陡坡这儿还有个小小的弯度，这第四节车厢已经爬到一半了，突然间铁链断了，铁链一断车钩也就勾不住了，这节车厢顿时就没了着力点，当时之间失去平衡，“轰隆”，整节车厢脱轨而出。

“哗——”工地上当时就乱了，由于车厢里装的是货物，路基两旁的路工早就退到安全地带，所以，并没有伤到人。

可即便如此，这也算是重大事故了，陈西林两腿一软差点坐地上，他是现场总指挥，今天又是京张铁路第一天铺轨，居然出这么大的事故，这叫出师不利呀！

陈西林带领工人们费了好大力气把车厢扶正，恢复了原状。

“桂祥。”

“在这儿呢。”

监工黄桂祥过来了：“陈工您什么吩咐？”

“你在这儿盯着，我去给詹大人送信！”

今天头一天铺轨，出这么大的事，陈西林不敢怠慢，他立刻叫人去往总局衙门禀报詹天佑。

这个时候，詹天佑正在整理竞标材料呢，两寸厚的材料得一篇一篇地看，不单看，还得记录。

徐士远提醒了三回，让他吃午饭，詹天佑就跟没听见一样。

徐士远告诉厨师：“去备几块点心吧。”

“是。”

刚把厨师打发走，就看从门外慌慌张张跑进一个人，徐士远认识，是陈西林的助手，山海关铁路学堂的学员赵杰。

“赵杰，怎么了？”

“哎哟，师哥，出事了。”

“什么事啊？”

还没等赵杰开口呢，詹天佑从打屋里出来了：“出什么事了？”

“回禀詹大人，工地发生事故，工程车车链断裂，列车脱轨了。”

“啊？！”

詹天佑大吃一惊，告诉赵杰：“你快回去，让陈西林稳住局面，我马上就到。”

说完话回屋穿上便服告诉徐士远："备马！"

"哎！不过，老师，您还没吃饭呢。"

"来不及啦，拿块点心，马上吃。"

"好嘞！快把点心拿来。"

厨师把点心包好递过来，徐士远备了两匹快马，师生二人上马，詹天佑在马背上囫囵着吃了几口，很快就来到了施工现场。

到了之后，詹天佑先往四周看了看，还好，之前那几个洋人不见了，他来到工程车跟前，陈西林已经在这儿等着了，一看詹天佑到了，陈西林这脸"唰"就红了。

"詹大人，是我没把工作做好，请您降罪。"

降罪？那当然，过去人都迷信，讲究"开门红"，京张铁路千谨慎万小心走到今天这一步多不容易啊，出了这么个事，陈西林的责任大了。



可没想到，詹天佑的脸上没有一点儿怒气，他看周围一切没有受损，又检查了车厢里的材料，也没有受损，詹天佑告诉陈西林："没关系，这是好事。"

"啊？"

陈西林睁大眼睛看着詹天佑："您说什么！好事？"

"对呀。"

"咱们铺轨头一天就出现车辆脱轨，怎么能说是好事呢？"

"哈哈哈，正是因为今天是头一天，我才说是好事。"

陈西林彻底听不明白了，詹天佑也没过多解释，他走到三四节车厢中间，用手捧起断了的铁链，仔细查看。

这时候，有好多路工都围过来了，因为工程不能往下进行，大家都想看看总工程师是怎么处理。

听见身后的响动，詹天佑回头对大伙儿说："你们继续工作，不必停下来，一会儿工程车开走的时候，会给大家发信号。"

大伙儿一听，赶忙回到各自的工作岗位。

这时候，詹天佑走到陡坡前，吩咐一声："把水平仪拿来。"

有人把水平仪取来，詹天佑前后测算了几遍，让徐士远记下了几组数字。他又仔细看了看脱钩的车厢和钩子的情况，观察了前后的路况，然后将陈西林叫到一边，了解了下脱钩时的情形和修复进展，又问道："你发现问题出在哪里了吗？是偶然现象，还是有可能是个必然结果？"

陈西林一听："您来之前，我仔细检查了脱钩的部位。问题还是出在车钩的链子上，这种链子如果在平地上行车，可能不大容易出问题，之前关内外铁路上用的也是这种链子，没有发生过断裂。但是眼前这段线路是有坡度的，链子断掉正好是在陡起来的地方，我觉得这是因为链子时间长了有些腐蚀，再加上受力不均，才导致断裂。"

詹天佑点了点头："你的观察力很敏锐，问题确实是出在链子上，咱们惯用的这种钩子和链子怕是不行了。"

陈西林问道："可有解决的办法？"

"哈哈哈——"詹天佑笑了，刚要往下说，突然，远处里"嘭"的一声，陈西林眼尖，他大喊一声："不好，有人照相！"

# 第七十八回

## 德国相机泥潭废命
## 詹氏车钩应运而来

京张铁路铺轨开工第一天就发生了事故，工程列车断钩脱轨，詹天佑及时赶来，查看现场。

詹天佑并没有惊慌失措，看到眼前的情景，他马上意识到，铺铁轨不仅要有坚固的路基和标准的轨距，而且，列车车厢的连接也要牢固，这样，在上坡或者下坡时才会安全。

吃一堑，长一智。所有的经验和阅历都是从失败中总结出来的。

他为什么说在铺轨第一天出现这样的情况是好事呢？因为詹天佑觉得，问题出现得越早，越能尽早想出对策，举一反三，更能及时发现新的问题。詹天佑心在工程，想的也都是技术上的事，可他忘了，工地现场还有几个“千里眼”呢。千里眼？对啊，就是那几个洋人。

敢情这几个人，是报社的记者，他们今天来到施工现场，就是等着看笑话的。车辆出轨的一刹那，这些人就开始拍照了，照完之后，这几个人躲在了附近的庄稼地里没走，他们等着照一张带有总工程师詹天佑的照片，那样一来，对他们恶意中伤的新闻将会起到重要的说服作用。

“嘭”的一声响，引起了陈西林的注意。陈西林知道，当时照相机的“闪光灯”叫“镁光灯”，是用燃烧镁的方法来发光的，使用镁及氯酸钾的混合粉末作为闪光燃料，达到照亮的目的，所以拍照的时候，这种化学反应会出现“嘭”的一声响。陈西林早就感觉那几个洋人别有用心，现在他真正看到了，洋人在拍照。

“不许照!”

随着一声喝喊，陈西林已经追过去了。但是，这几个人早有准备，他们照完相之后迅速地把照相机收拾好，装在一个大皮箱里，提起来转身就跑。

由于现场人员太多，又有很多设备，陈西林三绕两绕抬头一看，那几个洋人已经踪迹不见了。

这几个人一边跑一边笑，他们是俄国记者，今天得到了一手的珍贵新闻，回去以后配一篇文章，明天头版头条，得让詹天佑吃不了兜着走。几个人心里想着美事往前跑，跑着跑着，路边有棵大柳树，刚跑到柳树下，噌，打树上跳下一个人，两臂一张，抖丹田喝喊一声："站住！"

把这几个记者吓了一大跳，他们收住脚步抬头看了看，眼前这个人四十多岁，穿着路工的衣服。他们又看了看这棵柳树，足有五六丈高，这个人是怎么上去的？他跳下来怎么一点儿声音也没有？真是太奇怪了！

对面这个人微微一笑，用手一指他们的皮箱，这几个记者明白啦，哦，这是想让我给他照相，好啊，回头看了看，也没人追了，咱们给他照一张，也是个好素材，来吧！这就打开皮箱开始往外取。

这是一架格尔兹安休次克拉普型德国相机，单有四根金属支架支撑着镜头。拿出来以后准备安装支架，刚要安，万没想到，对面这位过来了，三蹿两纵来到近前一伸手，把相机抢过去了。哎哟，记者这才知道，这是抢劫啊，他们大喊一声："Robber！"什么意思？强盗！

对面这位一句话没说，一跺脚，"嗖——"，上树了。把这些人给急坏了，他们赶紧找石头，干吗？打算摞起来，好往上爬。

石头找了一大堆，摞起来一人多高，这几个人蹬着肩膀踩着脑袋往上爬，刚爬一半，"啪嚓"，又掉下来了。

把树上这位给乐得前仰后合的。

这位是谁呀？李子亭。这位队长今天是第一次上岗，在工地上转了一圈，他也发现这几个洋人了，尤其看他们带着相机，李子亭就提高了警惕。詹天佑带人回总局衙门，李子亭派人在后边跟着，他自己在人群里混迹，目的是盯住这几个洋人。

一看他们照相，李子亭就明白啦，这是成心来捣乱的，有心阻止，又一想，我呀，戏耍戏耍这几个洋鬼子。他轻手轻脚地随后跟着，这才有了眼前这一幕。

现在，几个记者经过努力，真不含糊，马上就要上去了，眼看离李子亭近在咫尺了，镖头一伸手，从打身上取下一块石头子，照着头一个这肩膀头，"啪"，就打过去了，疼得这家伙一激灵，俩手一软，"啪嚓"，又掉下去了。

把这俄国记者给气的，破口大骂，也别管怎么骂，李子亭也不生气，因为他听不懂俄语。

又等了一会儿，李子亭有点不耐烦了，他冲下边喊了一声："告辞！"

说完话用脚一蹬树干"噌——"，蹦到旁边那棵树上了，下边的人赶紧追，李子亭像耍猴一样带着这几个人跑出来足有一里多地，眼前有一个大水坑，李子亭一抖手

“嗖”一下相机进水坑了。

哎呀！俄国记者当时就急了，这相机价格不菲，而且刚才照了两张珍贵照片，一张是列车脱轨，一张是詹天佑手持断链，这对于他们来讲比金子还值钱，可相机一旦落水，那胶片就完啦！赶紧捞吧，几个人像扎猛子一样“扑通”“扑通”全跳下去了，东一摸西一摸，摸了半天也没摸着，敢情这坑里全是淤泥，费了半天的劲总算摸着了，等捞出来一看，几个人全都咧了嘴了，这相机完啦！回头再找李子亭，踪迹不见。

这才叫偷鸡不成蚀把米，赔了夫人又折兵！

李子亭绕了一大圈又回到了施工现场，把经过告诉陈西林。陈西林哈哈大笑：“队长，多亏有你呀！开始大人跟我说让我注意，我还没当回事呢，真有你的！不过，这事先别告诉大人，他现在正想对策呢。”

原来，就在李子亭戏耍对方这工夫，詹天佑已经做过几次努力了，他让路工赶修车钩将车厢重新连接起来，工程车倒退五十米，重新过陡坡，没想到，车钩和链子又断了。

如此方法试了三次都不成功，詹天佑抬手叫停，他知道了，这种车钩链子是因为受力不均衡导致断裂，看来在关内外铁路上惯用的这种链子不适合在京张铁路上使用。眼前的问题需要解决，詹天佑告诉工人们，再加上一条铁链，没想到，这一次居然成功了。围在一起的路工们爆发出一阵热烈的掌声，有人可就说了：“詹大人一到，车钩立即就链好了，可见詹大人有神功。”所有人哈哈大笑。

詹天佑跟着大家一起说笑，可他的心里并不愉快，他知道，这不过解决了眼前的燃眉之急，算是个权宜之计，要想真正地解决这个问题，必须要想一个万全之策。

就在这时候，陈西林来到身边，趴在耳边说了几句话，詹天佑看着远处的李子亭微微点了点头，告诉陈西林：“抓紧出一份施工现场的规章制度，其中有一条是未经允许，非施工人员不得入内！告诉李队长，把护卫队调来。”

交代完毕，詹天佑带着徐士远回转总局衙门。

在回来的路上，詹天佑告诉徐士远：“拉着马走一走吧。”

“好。”

师生二人下马，牵着缰绳往回走。一边走詹天佑心事重重，刚才的事情让他在心里产生了个大胆的设想，他想改革车钩，这是心里所想，没想到脱口而出。徐士远一听：“什么？改革车钩？”

“啊？哦，我是有这样的想法。”

"老师，据我所知，这种链式车钩在中国已经沿用多年了，国际上也一直使用，只不过今天是个特殊情况，咱们没必要过多理会，而且，一旦您提出改革二字，那些洋工程师一定会借此事大肆宣扬，说我们出了工程事故，笑我们自不量力。"

詹天佑摇了摇头："士远，作为我们工程人员，更多考虑的应该是寻求技术上的稳定，你怕洋人会借此大肆宣扬？告诉你，纸里包不住火，他们已经知道了，就算没有了相片，他们照样可以编出各种流言蜚语。你怕别人笑咱们自不量力？士远，这并不可怕。可怕的是明明有缺点，却不肯改正缺点。今天算是万幸，问题先暴露出来了。咱们的京张铁路，往后要走高山峻岭，如果这个问题出现在那时候，那就真有麻烦了。所以，改革车钩是当务之急，我得仔细地查一查资料。"

一番话说得徐士远频频点头。





回到总局衙门，詹天佑一头扎进办公室，告诉徐士远："没我的命令，谁也不许来打搅。"

"是！"

徐士远知道，老师有个习惯，他喜欢独自思考问题。关上房门，詹天佑开始查阅资料。

俗话说，艺高人胆大，一个人的胆量源于他知识的储备与运用的程度，詹天佑之所以能产生改革的理念，是因为他曾经听说过新式车钩。在一摞摞浩如烟海的资料里，詹天佑翻出了美国同学寄给他的一些最新的铁路杂志，他曾经见到过一篇关于车钩的介绍，翻来找去，找到了，就是这一篇，文章里提到一种新式车钩，是一个叫 Janney 的铁路工程师发明的，这种车钩如同两手相勾，触机自能开合，在列车车厢承重的情况下不会因为路面坡度变化而断裂。

其实，当初看到这篇文章的时候，他曾经推荐给了梁如浩，但是，梁如浩考虑关内外铁路路段比较平缓，坡度一般不会陡然加大，如果全部更换成这种 Janney 挂钩成本太高，得不偿失，所以没有采纳这个建议。

但是，京张铁路情况又不一样了，整条路段上有不少坡度较大的线路，京郊这一带在整条路段上还算坡度不大的了，到了八达岭那一带，坡度会更大。詹天佑想，不如放弃以往这种链子连接车厢，全部采用 Janney 车钩连接车厢，他越想越觉得有理，打开房门叫来徐士远："去，把陈西林请来。"

陈西林回到总局，两个人一商量，陈西林也觉得这个方法太好了。第二天，詹天佑给商部上了说帖。

什么叫说帖？就是相当于条陈、建议书一类的文书。

在说帖中，詹天佑提出了一个对中国铁路网建立非常重要的建议，建议全国统一采用4英尺8英寸半也就是1435毫米标准的轨距、统一工程标准、推广使用Janney自动车钩。

这种Janney自动车钩之前在国内从未被使用过，是詹天佑引进并结合中国铁路实际加以改良的。值得一提的是，Janney的名字音译为詹尼，中国人听到詹尼二字，很多人以为这是詹天佑发明的，叫来叫去，就把这种车钩叫作“詹天佑钩”。

对于这个事，詹天佑反复对外人解释，而且在一些公众场合有意避嫌，没想到，事与愿违，他越是回避，外边传得越快，都说这种车钩是詹天佑发明的。詹天佑为此伤透了脑筋。

至于轨距，当时国际上，自从出现火车之后，轨距之争就从未曾停下，轨距不同，线路独立，不同路段上的火车不能通行，给出行带来了诸多不便。

我们的老祖宗秦始皇有一项伟大功绩就是“书同文、车同轨”，可见我们很早就知道规范轨距的重要性，到了铁路时代，“车同轨”仍然是条适用的真理。

但是，中国在清末时被帝国主义列强用炮火强行打开了国门，铁路筑路权也成为这些侵略者在我国竞相争夺的一项权利，导致当时的铁路轨距五花八门，用现在的话说，净是些个“非主流”。

为了标准轨距到底应该多宽，英国两家公司争了十年，历史上称为“轨距战争”，最后英国确定以1435毫米为标准轨距。

为什么英国会选择1435毫米这样一个独特的数值作为标准轨距？这也不是拍脑袋拍出来的，自有它的道理，缘起于火车的前辈——马车。

在西方文明发祥的古希腊、古罗马时期，两马拉一车逐步成为马车的标准配置，而1435毫米这个宽度大致是两匹马屁股的宽度，这样的设计既可以充分利用空间，又能在动力平衡上使乘坐者得到相对稳定的舒适感。

但是，1435毫米这样一个精准数值并不是精准测量马屁股所得，只能说它奠定了这一技术标准的大致范围。而准确的1435毫米数值，则来自铁路设计建造者们根据运行情况、曲线转向效果、检修损耗等方面的反馈不断调整并最终确定。

不同轨距的铁路，在火车不更换车轮和转向架等硬件的情况下，是无法互通的。修筑与邻国或敌国不同轨距的铁路，在现代战争爆发时，短期内可以防止入侵军队利用本国铁路交通网络快速推进，从而有利于国防安全。除了国防安全这个因素外，出于对地形、运载需求等不同因素的考虑，不同国家采用了不同的轨距，除了英国的1435毫米轨距外，陆续出现了十多种其他标准的铁路轨距。

和英国不一样，俄国就坚持修筑与邻国或敌国不同轨距的铁路，他们认为这样做有利于国防安全。

可詹天佑认为，不管之前中国大地上各条铁路的轨距是否一致，从京张铁路开始，中国修筑自主铁路，必须要统一轨距。

商部接到这份说帖之后是大加赞扬，号令全国各条铁路要统一标准，詹天佑得知自己的建议已经奏效，他非常高兴，提起笔来，突然间，灵光一闪，詹天佑又产生了一个更加清晰系统的想法，提起笔来，他要编制一份《京张铁路工程标准图》！

# 第七十九回

## 定规范工程标准化
## 植绿树德泽荫后人

詹天佑向商部提出建议，统一全国铁路工程标准，这叫科学管理，用制度说话。他的这番举动也不禁让人想起，前文书里提到过的唐胥铁路，当初，唐廷枢在修唐胥铁路的时候，就针对轨距问题展开过讨论，经过多方论证，最后采用了1435毫米的轨距。如今，詹天佑也采用了这个轨距，到后来，1937年，国际铁路协会把1435毫米制定为国际通用标准轨。可以说，詹天佑是在前人为铁路打下的基础上奋力拼搏，他的梦想是有一天中国能建设起属于自己的四通八达的铁路网，所以他深知在全国统一铁路工程标准、统一轨距的重要性。

从今天的角度看来，詹天佑推进铁路工程标准化，这个行为在中国铁路建设史上的意义非常重大，因为，这体现出了铁路上的科学精神！

在得到商部响应之后，詹天佑亲自编制了《京张铁路工程标准图》。

这本图册对轨道、线路、桥梁、山洞、车库、水塔、水鹤、房屋、客车、车辆限界等49项工程制定了统一的标准，这是中国历史上第一套铁路工程的标准规范。

今天，您去八达岭脚下詹天佑纪念馆里，可以看到这套珍贵的原图。

除了标准图，詹天佑还制定了行车规章制度，目的是保障铁路运营的畅通与安全。

作为京张铁路的总工程师，除了负责铁路路线的勘测选定、开凿隧道、铺筑路轨等技术工作，詹天佑还要负责铁路修筑通车后的所有技术维护系统。他知道，铁路交通作为负载量大、技术精微、时效性强的运输系统，稍有不慎就可能车毁人亡，在安全问题上，不可有丝毫懈怠。

詹天佑与陈昭常多次协商，经过反复思索，召集有关人员共同制定了诸多火车运营规则。主要包括《行车规则》《路签规则》《调动车辆规则》《号志规则》《手执号志规则》《立杆号志规则》《响墩号志规则》《移车号志规则》《车守号志规则》《车灯号志规则》《搬闸夫及执号志人等应守规则》，并且对路警与车站等处的防卫章程也作了详细的规定。

这些规则制度考虑全面、周密细致、具体可行，为京张铁路列车的安全营运提供了制度上的保障，而且为全国铁路的良好运营提供了规范。

之前，詹天佑带着徐士远和张鸿诰勘测全线，他看到南口至岔道城之间群山复迭、坡陡弯多，而且时常狂风大作、黄沙弥漫，这种天气和地势，很容易造成行车危险，为了保证这一地段的行车安全，詹天佑又制定了一系列特殊行车规则，其中包括：《南口至康庄行车特别规则》《司机匠应遵守风闸规则》《南口康庄段内行车汽号及保险搬闸简明规则》《风雨雾雪行车特别规则》《南口至康庄行车遇险救援办法》等。

詹天佑制定整套的铁路工程标准，为日后中国铁路发展建设奠定了坚实基础，可以说，这是詹天佑为后人作出的杰出贡献。

当然了，统一标准不是一蹴而就的，得随着工程的进展逐步完善。

那么现在，京张铁路修到哪儿了呢？

有捷报传来，京张铁路第一座跨线桥，在 1906 年的 1 月 25 日正式建成！

这是中国最早修建的一条铁路跨线桥，是詹天佑的创举。

什么叫跨线桥呢？就是指跨越铁路、公路或者城市道路等交通线路的桥。

京张铁路从丰台修到广安门，再向北修，在白云观附近遇见了京汉铁路，怎么解决两条路交叉呢？架桥。

这座桥就叫跨线桥。詹天佑带着小石匠进山选石材，和工人一起努力，在此修建了这座跨越京汉铁路的跨线桥，跨度约 10 米，南北两侧各设坡道，当时称为西便门天桥。

1 月 25 日这天，詹天佑、陈西林带领工程队员准备进行试运行，目的是对设备安装进行全面、系统的质量检查和鉴定，以作为工程质量验收的依据。

蓝天白云下，京张铁路机车呼啸而至。这是新近从英国买来的，张鸿诰驾驶机车，詹天佑站在边上记录着数据，当机车准备上桥的时候，詹天佑明显感觉，由于桥的高度，导致机车有些吃力。整个试运行下来，詹天佑站在桥下告诉张鸿诰："今天的试运行严格来说不算成功，单就机车来说，略显吃力，一旦正式运行挂上列车，很有可能爬不上去。"

张鸿诰一听："老师，那怎么办？"

詹天佑看了看不远处的广安门车站："现在只能用这个办法了，以后上行列车到此，必须要到广安门车站烧足蒸汽，达到一定动力后再闯坡过桥。"

张鸿诰点点头："哎，老师，那下行列车到此怎么办呢？"

詹天佑想了想："如果下行货车的总重较大，就需要在车尾加挂补机助推。等列车驶过坡顶后，补机提钩、停车，然后再自行返回广安门车站。"

可以说，这是当时最合适的办法，不过，这也让詹天佑产生了一个新的想法，那就是机车。京张铁路正式运营后，要选用什么样的机车，从南口开始，再往后都是崇山峻岭，眼前这台机车显然是马力不够的，必须要选马力大的。可无论如何，西便门天桥正式建成，总要有一个仪式。

陈西林提议："大人，不如咱们在桥下举行一个庆祝仪式？"

"不。"詹天佑摆摆手，"西林，仪式并不重要，重要的是，我们这条铁路是自主铁路，是要向全世界庄严宣告的，所以，我们的铁路，我们的设备，都要有中国标志，中国元素。"

"好主意！"陈西林高挑大指！

张鸿诰想了个办法："老师，要不要在桥上装饰一条金龙？"





詹天佑差点笑出声："鸿诰，咱们不是画画，你说那一套不实际。我已经想好了，咱们在桥志牌上写苏州码子。"

苏州码子，也叫草码、花码或者商码。是中国早期民间的"商业数字"，因为产生于苏州，所以叫苏州码子，通常用在商业领域里，主要用途是速记。那时候的一些公文、契约、账表、官帖、私钞、当票中所有涉及经济方面带有数字的文档中，经常会出现一些特殊的组合数码，那就是苏州码子。后来，它又广泛运用于政治、经济、军事、商业、工业及百姓生活等各个领域，带有一定的行业性质。现在一些地区的街市、旧式茶餐厅及中药房偶尔还能见到。

詹天佑亲自在桥志牌上用苏州码子写下了五十九里处！

一座大桥建好，又值此时正在春节期间，詹天佑把陈西林、徐士远和张鸿诰叫到家中，让家人出去叫菜，又打了些好酒，几个人算是又过年又庆功。

下午的时候，陈西林和徐士远先到了，詹天佑在中堂和陈西林喝茶，徐士远被几个孩子缠着给他们讲故事，这时候，院子里一阵急促的脚步声响，詹天佑抬头一看，是张鸿诰。

"这孩子，到什么时候都是这么毛毛躁躁的，这又怎么了？"

张鸿诰跑进屋里直奔詹天佑："老师，您看！"

说着，递给詹天佑一张报纸，这是一份《燕都报》。别看叫燕都，这可不是北京人办的报纸，是俄国人办的。

1904 年日俄战争爆发。为了对清政府和中国人民施加影响，也是进行文化侵略，沙俄在北京办起了中文报纸，为应时当令，起名叫《燕都报》，经费由俄国道胜银行支付。

这是俄国在华出版的第一家报纸。该报创刊后，即与日本人在北京办的持有相同目的的《顺天时报》展开宣传战。《燕都报》竭力为沙俄的远东政策鼓吹，并且夸大俄军在日俄战争中的战果。说白了，这就是俄国和日本在中国打口水仗的地方。

可有时候，这里也登一些中国的新闻报道。今天这份就是，而且登的是京张铁路的消息。

标题四个大字“京张铁路”特别显眼，可往下再一看，是“还能修多长！”嘿，这叫什么话？

詹天佑往下仔细一看，这是一个地地道道的负面报道，上边说：“京张铁路出师不利，一月前在丰台柳村断链脱轨，导致工人重伤，至今伤未痊愈。詹天佑夜郎自大，明知不可为而为之。‘中国工程师可以独立建造这条空前艰巨的铁路’本身就是无稽之谈，京张铁路前途未卜，堪忧、堪忧！”

詹天佑看完交给了陈西林，徐士远也凑过来一起看，看罢之后，两个人勃然大怒，陈西林一拍桌子：“哼！这准是那几个洋记者干的！”

詹天佑倒是微微一笑：“可惜呀，可惜！”

徐士远一愣：“老师，这有什么可惜的？”

“可惜呀，这则新闻失去了时效性，缺少一张照片。”

这句话说完，陈西林也乐了：“是啊，他们倒是照了，相机掉到泥坑里了，如果不是这样，恐怕早就用了，这则新闻早就出来了。”

詹天佑点点头，旁边张鸿诰气得鼓鼓的：“这帮洋鬼子，恶语中伤，真是欺人太甚。”

“哎”，詹天佑一摆手，“鸿诰，你说恶语中伤，不完全正确。”

“老师，什么意思？”

“你想啊，咱们毕竟是出了事故，常言说，无根之语谓之谣！俄国记者虽然做了负面报道，他们没有凭空捏造，借题发挥也总得有个题目吧，这个事已经过去一个月了，咱们的规范政策逐步出台，但是，这也是给我们一个教训，尽量不要在工程中出错，一为自己人安全，二不给洋人把柄。”

“老师说得对。”徐士远表示赞同，“不过，您想没想过，这篇文章一经发出，有人会认为这是洋人搞鬼，可有的人就会信以为真，旁人也就罢了，咱们内部的人要是知道了，恐怕会动摇军心，不如咱们开一个动员会，当众说明这个事，毕竟这里没有人受伤，而且您也更换了车钩。”

詹天佑一听笑了：“士远，你多虑了，动摇军心，你以为这是四面楚歌吗？俄国人没有张良的本事，咱们也不是楚霸王，这点障眼法不会迷住铁路工程师的眼睛，放心吧，出不了事，咱们以后多加小心就是。”

徐士远还想说，旁边陈西林给他使了个眼色，那意思是别说了，大正月的，讨个吉利，别在这个问题上纠结了。

徐士远这个人很有深沉，当时也就闭口不语了。就在这时候，家人们把酒菜都给备齐了，过来请几位到餐厅入席。

“来吧，咱们吃饭。”

大伙儿来到厨房，孩子们在后院单开一桌，这边也不用人伺候，几个人自己张罗，也方便说话。



詹天佑低头看了看，酒菜真不错：“几位，大过年的，都回不了家，咱们一起聚聚，先给各位拜年，咱们喝一个！”

几个人站起身形刚把酒杯端起，谭夫人进来了：“眷诚，颜先生到了。”

“哎哟！是颜德庆，快请。”

自打从沪宁铁路借调过来，颜德庆和詹天佑多有来往，两个人的脾气秉性相似，很投缘。听说他来了，詹天佑特别高兴。

几个人出去把颜德庆给接进来了，颜德庆进屋一看：“嚯，全聚德的鸭子、厚德福的瓦块鱼、玉华台的水晶虾、月盛斋的烧羊肉，这儿还有天福号的酱肘子，这么多好吃的，我可来着啦！”

说完话，也不用让，自己拉把椅子坐下了。

徐士远赶紧满了一杯酒，颜德庆举起酒杯：“眷诚，几位，我刚才看见了，西便门的天桥已经建好了，大功一件，来，咱们干一杯！”

“干杯！”

几位一饮而尽。放下酒杯，颜德庆跟詹天佑说：“眷诚兄，我今天来一是给你拜年，二呢，有点事想和你商量。”

詹天佑一听：“好事坏事？”

“你看，春节里说的，肯定是好事啊。”

“那你说吧。”

“我想，咱们的京张铁路一旦修好，铁路两旁是不是多种一些树，不管是松还是柏，一排排一列列绿油油的，看着多舒服！现在是春节，开春就可以种树了，你看怎么样？”

“嘿！”詹天佑一听，“太好了，德庆，这真是个好办法！之前那些铁路，没一条把种树当成正经事的，你的提法，正可以让京张铁路在绿化环境上脱颖而出，铁路穿城而过，两旁绿树成荫，这也正是京城里的一道景色呀！好，真好！”

当天晚上，詹天佑就向商部写下了说帖，说帖上陈述了铁路两旁植树绿化的各种好处，他说：“尝考正道两旁植树，利益甚溥，约举数端，可得大概：根荄密布，巩固堤身，可免雨水冲刷之患，一也；绿荫夹道，葱青宜人，足壮观瞻，二也；夏季行车其间，清风徐来，炎威顿减，调剂炭养，有益卫生，三也；产生木材，质佳者可作枕木、桥梁，次者可造器具，劣者可作机车引火之用，四也；木料供本路应用外，售其羡余，亦可获利，五也。”

您看，远在一百多年前，我们的铁路工程师就想到了绿化问题。从修筑京张铁路时起，在铁路两旁种植绿植的做法就被人们继承下来。可以说，这是京张铁路又一个创举。现在，当我们被铁路两旁的美景所陶冶时，真应该对当初的建设者们说一声感谢。

# 第八十回
# 阻歪风巧对承包商
# 树正气严把质量关

打罢新春又一年，京张铁路在正月里也是马不停蹄，照常施工。

布置了绿化任务之后，詹天佑再度把精力放在了招标工作上。

作为京张铁路的会办兼总工程师，詹天佑经常需要与总办陈昭常一起周旋在商部官员、外国使馆、外国公司和京津地区各种复杂社会力量之间。同时，詹天佑还要协调各方面工程技术人员的调配，解决各方面的技术难题，更要面对各项具体工作的落实。

这其中很重要的一项就是应对承包商。

上次昌黎董工头的事，让詹天佑很是恼火，他找人打听了一下，董工头手里的货物质量确实不错，但是，此人在行业内带头送礼找关系，闹得这些承包商不得不跟风，如此恶性循环，把商部和铁路总局的名声也带坏了，詹天佑下定决心，决不能助长这种风气。

尽管他制定了严格的招标流程和对承包商的资质要求，仍然有并不符合资质的承包商托了各种门路找上他，或者希望能跳过正规的招标流程走个后门。这些人是削尖了脑袋往詹天佑的家里钻：今天来一个，自称顺天府尹的表弟；明天来一个，说是工部侍郎的堂兄；什么李鸿章的侄子、张之洞的外甥、袁世凯的小舅子……全都打着朝廷大员的旗号而来，把谭夫人忙得不亦乐乎，孩子们全都躲到一个屋里，詹天佑更是哭笑不得，心说，不修京张铁路，也看不到这些高亲贵戚，现在好，个个好像雨后的蘑菇一样，“呼”一下全出来了。俱是些欺世盗名、利欲熏心的无耻之徒！

不过，有了之前广道台的经验，詹天佑也渐渐摸到了些门道，不管这些人是不是“真亲戚”，和他们打交道不能硬碰硬，更不能拒人于千里之外，而要讲究方式方法，严守自己做事底线的同时也要给对方留有余地，以免把小事闹大、关系闹僵。京张铁路的修筑工程才刚刚步入正轨，往后的路还很长，总不能遇到点什么事就敲锣打鼓一通嚷嚷，这不是解决问题之道，这是给自己挖坑、竖墙。

为此，詹天佑制定了一条规矩，要求所有前来洽谈工程承包事宜的，一律到总局办公室商讨，从不在家接待。他在家门口挂了个牌子，上写四个大字：不议公事。

单说这天下午，有人到京张铁路总局递上拜帖，詹天佑接过来一看，上写：汇丰银行经理布莱斯。

詹天佑一下就想起来了，当初这位到天津找过自己，没想到又来北京了，吩咐一声："有请。"

随着一阵笑声，布莱斯进来了："哈哈哈，老朋友、詹大人，我们又见面啦！"

詹天佑知道洋人的交际风格，这一点他并不反感："布莱斯经理，你好，快坐。"

落座已毕，布莱斯还想恭维几句，说点客套话，被詹天佑给拦住了："布莱斯先生，你有什么事可以直说，不必绕圈子。"

"哦，那好吧，詹大人，我这次来，不是凭关系来的，我是凭实力来正常竞标的。"

"好！"詹天佑高兴，这就对了，"你想承包什么业务呢？"



"想承包部分路段的碎石工程。"



嚯，詹天佑心说，这个布莱斯还是一专多能啊，前者承包铁轨，这次又承包碎石工程，"布莱斯先生，你到底是干什么的？"

这句话把布莱斯闹得一愣："我是干什么的？我是汇丰银行的经理，之前咱们在天津见过的。如今我到北京的分行工作，拜帖上不是写着吗？"

詹天佑摆摆手："这个我知道，我是想问，你对于承揽京张铁路上的工程，到底倾向于哪方面？或者说，你真正的实力是什么？你如何能保证工程质量？"

布莱斯还是没听懂："詹大人，我再说一遍，我就是个经理，对于这些工程，我也不是十分了解，只不过是从你这里承包下来，我再去找别人，让他再承包，然后……"

"停！"詹天佑伸手打住，他明白了，这位是个"二道贩子"。

"布莱斯先生，你既然对什么都不了解，你又不能保证工程质量，我何必把工程给你？我直接找个专业的包工不就行了。"

"不、不、不！"布莱斯连连摇头，"詹大人说错了，我虽然不懂专业，但是，我可以分给你足够的红利，对你个人是有好处的。"

"住口！"

詹天佑用手一拍桌子："布莱斯，我本来不想发火，可是你太看不起中国人，你以为中国人都为了一己私利吗？"

布莱斯一听："这有什么错吗？你们中国人总喜欢把这种事搞得很神秘，不像我们，直接摆在桌面上说，赚取利益，天经地义呀！"

詹天佑强压怒火："我告诉你，在别的铁路线上，也许你的说法成立，但是，京张铁路上，这种事就不可能发生，因为，这是我们中国人自己勘测、自己设计、自己建造的铁路，用的全是我们中国人自己的钱，我会为了自己的工程赚自己的钱吗？真是笑话！”

布莱斯还想再说，詹天佑把茶端起来了：“端茶送客这个道理，你应该懂。念在你我有一面之缘，我不想说别的了，布莱斯先生，京张铁路上的工程不适合你，请你见谅。”

布莱斯一看，詹天佑可比陈昭常难对付多了，他这张脸也太硬了，看来我想赚中国人的钱，还得再想办法，想到这儿，他微微一笑：“詹大人，再见。”

看着布莱斯的背影，詹天佑开始自责，他感觉在处事方面，自己的能力的确不如陈昭常，本来不想发火，可情绪上来了，就由不得自己，主要是洋人来捣乱，詹天佑从心里抵触。

就在这时候，徐士远进来了，“老师，刚才你们的对话我都听见了，这个布莱斯可是汇丰银行的经理，咱们京张铁路的资金来源就是关内外铁路的盈利，而这笔钱就是从汇丰银行划拨的，得罪此人，恐怕多有不利。”

詹天佑点点头：“士远，这个道理我也懂，之前陈总办也提醒过我，可我总觉得，在工程面前，容不得半点私心杂念，一旦有了，势必会影响工程质量。我詹天佑不是贪心的人，只求把铁路修好，不求从中为自己牟利。所以，只要我守住底线，不管是官长介绍来的关系户也好，还是那些想靠金钱买通关系的奸商也好，包括这些贪婪的外国骗子，任凭他们说得天花乱坠，没有真本事，我这一关，绝不能过！”

“老师，如果布莱斯去找别的大人怎么办？就像上次去找沈大人一样。”

詹天佑笑了：“我已经开过拒绝上司的先河了，还怕他再来一次吗？京张铁路所有的工程都由我说了算，我不答应，找谁也没用。要知道，这些骗子都是贪心的，他能给我行贿一两银子，将来他接了工程就会想尽办法十倍百倍地从工程里捞回去。而且他们本来也不是为了做好工程来的，他们只是为了捞钱。把工程交给他们，就等于上了贼船。”

徐士远听了这些话，有些担心：“老师，如果这些包工头都是这样的人，那还怎么对外发包？”

“哈哈哈！”詹天佑仰天大笑，“你是一朝被蛇咬十年怕井绳啊，怎么可能都一样呢。发包还是要的，而且我会尽可能将能包出去的工程都包出去，这样能加快工程进度，提高效率。我要让工程承包成为我的助力而不是包袱，把工程承包给可靠的、值得信赖的人。记住，身正不怕影子斜，只要咱们不贪，对于一些人和事的判断总还是有经验的，公正就是原则。”

听到詹天佑这样说，徐士远定了定神想了想，自己也笑了：“是我一时没转过弯来，自己吓唬自己了。”

正说到这儿，就听后院传来了金铁相击之声，“这是在干什么？”

徐士远也听见了：“这是……哦，想起来了，是李子亭队长在教西城御史穆顺练习武艺。”

“是吗？去看看。”

两个人来到后院一看，嗬，人家二位练得正在兴头上，每人手里一口刀，原来，李子亭正在教穆顺一套“万胜刀法”。从穆顺的动作上看，他已经学了很久了，两个人拆招换式中，李一亭只说一两个字，就能纠正他的动作。





听见脚步声响，两个人抬头一看，詹天佑来了，当即收住招式，一同拱手：“詹大人。”

“哈哈，二位少礼。我一直忙于公事，已经把穆御史的事给忘了，只是跟李队长打过招呼，没想到，二位早已如此莫逆，刀法已经驾轻就熟了。”

穆顺赶忙过来道谢：“詹大人，您可是帮了我大忙了，我早就想学一套刀法，李队长不吝赐教，我是受益匪浅啊！”

“哈哈哈哈”，李子亭走到近前，“詹大人，您还不知道吧，他可是个武痴，学刀法一点就透，正好这三天我不当班，连着教下来，基本上他全学会了。”

“真了不起呀……嗯？”詹天佑突然觉得有点不对，“连着三天？穆御史，您连着三天到这儿学刀法？”

穆顺一听：“是啊。”

“那您巡查街面的差事谁去干？难道您也连着三天不当班？”

詹天佑知道，巡城御史没有连着休息三天的，所以他才提出疑问。

这时就看穆顺的脸红了，他把刀往墙边上一戳：“詹大人，实不相瞒，我已经把差事辞了。”

“什么，辞了！为什么？”

“哎！”穆顺叹了口气，“詹大人，这真是没处说理呀！”

看穆顺悲愤表情，詹天佑更是一头雾水：“到底出什么事了？”

李子亭答话道：“大人有所不知，前些天正阳门火车站不是出事了吗，顺天府尹四处缉拿凶犯，到现在也没找到幕后指示人，顺天府尹大怒，把守卫的兵丁全部除名，几名负责的章京、御史全部革职，其中就包括穆御史。”

穆顺一听：“哎，李队长，您就别叫御史了，刚才我是不想给詹大人分神，所以才勉强答应。”

詹天佑听罢，无名火起：“真是岂有此理，这些人招谁惹谁了？凭什么除名、革职？”

穆顺攥了攥拳头：“詹大人，我们是无处申诉啊！现在我手下的四十多名兄弟，全都没了事由，一个个在家里发愁，老婆哭天抹泪，孩子嗷嗷待哺，我还算好一点，儿子在外地做工，不用我养着，老婆三年前得病死了，家里就我一个人，灶王爷贴腿肚子，我是人走家搬，无牵无挂。这不，找李队长学套刀法，以解愁烦。”

詹天佑无奈地摇了摇头，猛然间，他看着李子亭：“李队长，能否让这些兄弟到你的手下做事，当京张铁路的路工？”

李子亭一听：“哎呀大人，您怎么问我呀？这事您就可以定夺呀！”

“嗨，你现在是正管，必须问你的意见，还缺人手吗？”

李子亭笑了：“人手肯定是缺，之前咱们一起勘测的时候，我发现了，八达岭一带地势险要，普通路工恐怕难以胜任，如果穆顺的兄弟们肯去，那是再好不过。这些人都当过兵，经过正规训练，只是，当路工是个苦差事，他们……”

穆顺把话抢过来了：“李队长，再苦的差事我们也能干！我算看出来了，天天在街面上巡查，不是受洋人的气，就是受上司的气，真不如进大山和石头打交道，又何况京张铁路是咱中国人自己的铁路，兄弟们干起活来也有奔头，我这就去挨家通知，让他们一起找您报名！”

“好！”三个人仰天大笑。

就在这时候，张鸿诰匆匆跑过来：“老师，门外有人给您送来一封信，放下信就走了，他说他姓刘，是个包工头，以前和您见过面。”

“哦？他叫什么名字？”

“刘敬陶。”

刘敬陶？是个熟悉的名字，前两天刚看过此人送到总局的投标材料。以前见过面？想了半天没想起来。

“他说了什么？是不是承包工程的事？”

“他没说，哎呀，会不会有什么麻烦？”

打开信封准备抽信，嗯？用手一捻，怎么是张纸？把底下这封往外一抽，好嘛，是一张二百两的银票。

哎哟！可把张鸿诰吓坏了，他撒腿就往外跑，跑到大门口找了一圈，刘敬陶是踪迹不见。

张鸿诰垂头丧气回到后院，徐士远用拳头捶了他一下："你怎么不问清楚？"

张鸿诰的汗都下来了："我也没多想，老师，这事怪我，我真不知道里面有银票，他跟我说托我把这封信转交给您，我看他态度挺诚恳，人也挺正派，我才收下了他的信，没想到，这，我可给惹大麻烦了！"

詹天佑本来也挺生气，可看着张鸿诰如此自责，他赶紧安慰："没事，这不怪你。我想起来了，我跟这个刘敬陶在关内外铁路上确实见过一面，没共过事。但我听很多人提起过他，梁总办就提过，而且对他印象很不错。说他的工程质量过硬，人品也很好。梁总办的话应该是可信的。"



"哦，那他信里说什么了？"

"他在信里无非是和我叙旧，包揽工程的事，只字未提。此人的行为，唉，我猜，多半是出于无奈，迫不得已才随波逐流，他的同行们都这样做，他怕自己不随大流就没法在这个行业里混了。总的来说，这个人还是个有责任心且有一定正义感的包工头，人分三六九等，木分花梨紫檀，如果他真的来承包京张铁路工程，这人我倒是放心，起码工程技术这一关是过了，而且他的投标材料准备得也很充分，资质和履历都符合我们的招标要求，是真有能揽瓷器活的金刚钻的。"



张鸿诰用手一指："那这银票怎么办？"

詹天佑微微一笑："不用担心，我自有主张。"

# 第八十一回

## 助招标建立评审组
## 退银票规劝懵懂人

詹天佑为京张铁路筛选承包商，却总有那专走歪门邪道的包工头找上门来，这种人不为工程，只图盈利。

当然了，万里黄河，泥沙俱下，也不能一概而论。在来访者当中，有一位叫刘敬陶的包工头，他曾在关内外铁路上承包项目。此人办事认真负责，工程质量很是不错，为人也正道，只是迫于当时社会风气，同行们为中标无不使出浑身解数，走门路的，送重礼的。刘敬陶迫于无奈，为了不被走歪门邪道的同行排挤到无立锥之地，也只有随波逐流，给詹天佑送礼。

二百两银票附在书信后，被毫不知情的张鸿诰当作普通书信留了下来，詹天佑拿着银票，心里百感交集。刘敬陶不是布莱斯，不可一概论之。

之前，詹天佑看过刘敬陶的投标材料，他的工程报价和各项指标都很合理，综合起来看，比其他竞标人的报价和指标更出色，而且此人有类似铁路工程项目的施工经验，可以说是众多竞标人中，最合适的一个。

詹天佑从所有竞标的材料中选出了九份，加上刘敬陶这份，一共十位候选人入围竞标。

到了工程开标这一天，所有参加竞标的人都在总局衙门门外等候，除了十位候选人，还有一些落选的，再有，就是几位洋记者。

这些洋记者，每天揪着鼻子到处闻，哪儿稍微有一点味儿，他们马上一窝蜂地冲过来，就盼着出事。

这时候，从门里走出一个人，来到众包工面前当众声明："各位，我是京张铁路总局的工程人员，我叫徐士远，今天的竞标仪式将由邝孙谋、颜德庆、陈西林三位工程师组成评审组，另有总办陈昭常做监督，两个时辰后向众位公布结果。"

哎哟，这话一说，人群里议论纷纷。

"哎，我说，以往铁路竞标都是总工程师一锤定音，今天怎么改了？"

"是啊，詹大人不当总工程师了？"

"也许，这年头，变化太快，没准是犯了事，给拿下了。"

"太可惜了，詹大人是好官哪，而且修了多少条铁路了，怎么说拿下就拿下了？"

好嘛，好话赖话不够这些人说的。在众人中，单有一个人忧心忡忡，他在想，难道是我那二百两银子给詹大人惹祸了？哎呀，那可就害了人了！他有心上前询问，徐士远已经把大门关上了。

这位就是刘敬陶。这时候，旁边走过一个人拍了拍他的肩膀："您是竞标的？"

刘敬陶回头一看，不认识："您是？"

"哦，我是看热闹的，也包工程。"

"您怎么不参加竞标呢？"

"嗨，我用不着，实话告诉你，袁总督是我姑父，我要想包工程，我姑父一句话，这总局衙门就得点我中标。"

刘敬陶一听："明白了，您是看不上这个工程吧？"

"啊？那个，也不是看不上，主要是，我现在手里有活儿，忙不过来，哎，我给您留个地址，以后要是有大工程，您接不过来，可以想着点我。"

像这路骗子是无处不在。不过话说回来，总局衙门今天这个举动确实令人惊讶，因为之前从来没有过这种评审组的形式。

詹天佑把十家入围竞标承包商的资料发给大家："今天请各位一同把关，本着公开公正的原则，选出最合适的一位承包商承接西直门至万寿山一段路基的铺路碎石工程。"

颜德庆一听："眷诚，这事你就能定，干什么还叫我们呀？"

"德庆，从今天起，所有工程开标都必须是众目睽睽，这叫心明眼亮。"

"嗯，这办法新鲜。"

大家伙翻着材料，陈西林问了一句："詹大人，您是否有个大致意向？"

詹天佑微微一笑："当然有，但是我不能说。对于工程师来说，没有比工程质量更重要的追求了。我相信各位作为经验丰富的工程师，和我是有同样的观点的。工程质量就是工程师的事业和生命，咱们一同选取，看看英雄所见，能否略同！"

陈昭常坐在一边，他对詹天佑的做法大加赞赏："眷诚兄今日之行为，可以为以后各条铁路的招标树立榜样啦！"

詹天佑苦笑一声："我这也是被逼出来的，一切都是为了京张铁路的工程质量。我在铁路上工作的这些年，见过唯利是图耍手段的包工头，也见过因为投机取巧而丢了差事的工程师。不说别人，就说金达先生，我和他一起共事的时候，亲眼见过他对包工质量的把关，可以说，几乎到了苛刻的地步。那些外国工程师会抬高成本让利给包工头，但绝不允许工程质量上有半点作假，不管洋人有这样那样的毛病，这一点，是咱们应该学习的。如今，京张铁路已经成了备受瞩目的大事，是大清国第一条自行修筑的大型铁路，如果不把好工程承包质量这道关，将来不仅会出现事故，也会影响到后续的工程。我们不求青史留名，但也决不能当始作俑者。”

陈昭常点了点头：“说得好啊，老祖宗留下的话自有道理，正所谓吃人嘴软、拿人手短，那些不在质量上下功夫却专在钻营门路上动心思的包工头，今天能为了揽下工程送你一两银子，明天就会变着法子十倍百倍从项目上捞回来。到时候咱们交不上卷子事小，只怕误了朝廷大事，还白白耗费了国库经费，最终断送的不只是你我的职业生涯，还有我们大清的铁路事业。”



“就是这个道理。”



这个时候，徐士远、张鸿诰把所有材料准备齐全，放在一张长条桌子上，颜德庆、邝孙谋和陈西林正式开始评选。

单有两名山海关学堂的学员站在边上记录，陈、詹二人走到门外廊檐下，借着这个工夫，詹天佑把董工头、布莱斯和刘敬陶的事告诉了陈昭常，他说：“如果包工头有真本事，却为这一行的流行风气所迫，不得不想办法托关系走门路，咱们应该给他一个公平竞争的机会；但如果这包工头没有真材实料，只是唯利是图一心钻营，这种人绝对是不能用的。至于靠行贿争揽工程的，必须打根儿上杜绝。若是收了人家的钱，还如何把住质量关？若是给行贿之人开了口子，日后别人也有样学样，包工头们不求如何将工程质量指标做到更好，只在贿赂上下功夫，竞相攀比，那样，无形中给工程上养出一条又一条的蛀虫，祸患无穷。”

陈昭常不住点头，掏出怀表看了看：“时间也差不多了，估计他们也审完材料有个结论了，咱们进去吧。”

二人回到屋里，邝孙谋他们已经评好了标，大家一致认为刘敬陶提供的价格、标准、质量要求、工期等综合起来是最好的，一致同意选刘敬陶中标承包。整个讨论过程中，詹天佑没有在候选人的情况和评价方面多说一句话，完全没有向评审小组透露出一丝一毫个人倾向性的意见。刘敬陶完全是凭自身实力中标的。

詹天佑带着徐士远来到衙门外公布结果，告诉中标者接标，准备签订工程合同。

应了那句话，胜者喜上眉梢，败者垂头丧气。

刘敬陶别提多高兴了，他回家后取来印信和二百两银子，没直接去总局衙门，先到了詹天佑的家。

一见詹天佑他是大礼参拜："多谢詹大人提携，这些银两不成敬意，望大人笑纳。"

詹天佑看着他递过来的银子笑了："刘先生，我也有一份礼物要送给你。"

说着从怀里掏出之前刘敬陶给他那张二百两的银票，交到刘敬陶的手里。

刘敬陶傻了，他承包铁路工程也不是一天两天了，不拿钱办事原礼退回这种情况，他还是第一次见到！这是怎么了，难道说詹大人不喜欢银子？不能啊，这世上哪有不爱钱的人，那他？转念一想，哦，明白了，太少！

刘敬陶暗叫着自己的名字，刘敬陶啊刘敬陶，你也太笨了，这点儿事都看不出来，还想承包工程，这叫人情世故！

想到这儿冲詹天佑一拱手："大人，我知道这礼实在太薄了，恕我，我立刻回家，马上再送些过来。"

说完转身就走。

"且慢。"

詹天佑拦住了刘敬陶："刘先生，你这礼送得太不专业了。"

啊？一句话把刘敬陶说了个面红耳赤："詹大人，我……"

"我替你说吧，你本来就不会送礼，你从心里也很厌恶这种行为，对不对？"

刘敬陶傻了，他不知道应该怎么理解詹天佑的话，是正解还是反解？

詹天佑请他坐下，语重心长地说："刘先生，我们在铁路上也算有过一面之缘，我也听说过你是一个经验十分丰富的铁路工程承包人，你能来投标，我很是高兴，也欢迎你来我们京张铁路竞标。其实，以你的实力，根本用不着送礼，你的实力与我们的需求是吻合的，大家一致认可由你承包。"

詹天佑说得情真意切，这让刘敬陶忐忑不安的心放下了大半："大人，可是现在大家都是这么做的。您放心吧，这点钱不会影响我对工程质量的承诺，我会完全按照合同去做，保质保量，绝不掺假。"

詹天佑笑了："你能说出保质保量这样的话，我很高兴。现在社会上有些不好的风气，并不是几个人就能扭转的。你们包工头其实也很不容易，这里打点要一点，那里打点也要一点，这可就积少成多了。再者，如果承包商要花那么多精力在打点关系上，难免会顾不到工程质量。旁的路线我管不了许多，但是在京张铁路上，我们不能带头开坏风气。我们要的就是你说的'保质保量'，懂吗？"

刘敬陶激动坏了，他越发对詹天佑心生敬意，颤抖着手接过了银票："大人，我明白了。实不相瞒，我刘敬陶也恨这种事前送礼事后恭维，但是，同行们都送，没办法，我不送不行。不送礼，工程接不下来，我那几百口子兄弟就得饿死。”

“哦，刘先生家在哪里？”

“我老家是山西的。跟您说，我们承包过很多条铁路上的工程，我见过那些外国工程师，没有一个是不收礼的，有的干脆明码标价，这似乎已经约定俗成了，我拿着礼物去见那些洋工程师，他们根本不把我当人看，像打发要饭的一样接过我的钱，那个时候，我真想一跺脚不干了，可转念一想，这是给咱们中国人修铁路，咱自己人不能骗自己人啊！洋人拿了钱，中国人给中国人干活，这活儿就得干得漂亮！那时候我就想，如果有一天，工程师换成是咱们中国人，那就太好了！哎，喜信传来，听说朝廷要修京张铁路，而且是朝廷官办，最重要的是中国人当工程师，这是给咱自家办事。我听说您当总工程师，给我高兴坏了，我想找您，可是，我那些同行们都想接这个工程，没办法，我才给您送礼，说真的，我不知道您是这样的人，这可真让我，我……您，这个……”



刘敬陶一激动，说话有点语无伦次了，詹天佑笑了：“既然知道我是这样的人，你就记住，以后再跟我共事，照样不必送礼。客气的话不多说了，你抓紧时间签订合同，好好准备开工。工程验收有很多关，我的验收标准你是知道的，不要让我失望。”

刘敬陶含羞带愧，千恩万谢，再次向詹天佑做了保证，这才告辞离去。

出门之后，刘敬陶心中暗想，有詹天佑这样的总工程师，京张铁路一定会顺利竣工，并带起一股清正风气，成为日后国人修铁路的典范。

在随后的日子里，詹天佑秉持着自己追求效率的原则，对京张铁路的每一个工段的辅助工程能发包的都发包了出去。但是他从没有收过包工头一文钱，每次招标都秉持着他制定下的流程，由众位工程师组成评审小组，并请陈总办来做监督。久而久之，大家都知道了詹天佑公事公办、不收贿赂的原则，而京张铁路的工程质量也在他的严格要求下得以保障。

这天晚上，詹天佑回到家中，刚进院，就听屋里说说笑笑，孩子们一口一个“表舅”地叫着，谁来了？

进屋一看，客位上坐着一个人，二十多岁的年纪，上中等身材，长得五官端正，气质儒雅，穿一身米色长衫，脚底下还有个黑色的皮箱。

看詹天佑回来，这位赶紧起身：“姐夫。”

没等詹天佑说话，谭夫人过来介绍：“眷诚，这是我的表弟，谭丽泉，专门到北京来看望咱们来了。”

“快坐！”

家人把茶端来，詹天佑喝了一口：“丽泉现在做什么营生啊？”

“姐夫，我刚从广东同文馆毕业，现在还没有营生。哦对了，这儿有叔叔给您的一封信。”

说完，从皮箱里取出一封信交给詹天佑。

詹天佑打开一看，是岳父谭伯邨给自己的亲笔信。信的内容并不长，主要是介绍谭丽泉的学业情况和特长，又简单说了下谭丽泉家中负债累累，急需一份合适的工作谋生，最后恳切地请詹天佑考虑下，为谭丽泉在京张铁路上谋一份合适的差事。

“这个？”

面对包工头的金钱诱惑，詹天佑可以不忘初心、秉持原则，那面对亲友的人情攻势，他又会如何应对呢？

# 第八十二回
# 无私念举贤不避亲
# 存坏心害人反受气

詹天佑建立评审组，使得招标工作进一步规范化、公开化。京张铁路工程复杂，为了提高工作效率，很多工段的辅助工程都被詹天佑发包招标，在詹天佑看来，不管是辅助工程还是重点工程，都是京张铁路的一部分，从里到外必须干干净净，因为，这是大清国第一条自主铁路，刘敬陶的一句话说得好，自己人不能骗自己人，这话有道理呀！

刚刚把外边的事处理完，没想到，家里的事又来了，真是按下葫芦起了瓢。

詹天佑手托岳父的这封信，心里有些为难。如果是旁人写来的信也就罢了，但这是岳父的信。要知道，詹天佑和岳父谭伯邨的感情，非寻常翁婿可比。

想当年，容闳先生准备在广东招收第一批留美学童，是谭伯邨推举了自己好友詹兴洪的儿子詹天佑，谭伯邨觉得官派留学对这些普通人家的孩子来说是条好出路，去到国外学些新知识、开阔眼界，回来之后朝廷又许诺给安排差事，就算朝廷这边没有好的差事派下来，孩子至少喝了那么多年洋墨水，沿海一带多有外国人来做生意，孩子去公司里寻个差事，至少能当个翻译，也是有碗饭吃。

当时，谭伯邨向詹兴洪许诺，如果詹天佑留美学业有成，回国之日，就将自己的小女儿谭菊珍嫁给他，詹、谭两家结秦晋之好。

谭伯邨一番良苦用心打动了詹兴洪夫妇，这才让儿子远渡重洋。在詹天佑看来，自己能有今日的成就，完全是当初岳父谭伯邨的抉择。

因此，詹天佑从心里对自己这位岳父很是敬重和感激，现在，岳父写信请自己帮忙给他的侄子谭丽泉安排工作，话又说得如此恳切，谭丽泉家中也确实困难，这一时让詹天佑犯了难。

以詹天佑的性格，他不愿违背原则，但是，人心都是肉长的，岳父偌大年纪，詹天佑又不忍拒绝老人家所托。

哎呀，这可让人陷入了两难。

夫人谭菊珍看出来了，有心把詹天佑叫到一边，又一想，那更让人产生疑心，都是家里人，不如直说："眷诚，千万别为难，不行就算了。"

詹天佑听夫人这么说，索性自己也就敞开心扉了："夫人，丽泉，按说，自家人推荐贤才这不是坏事，常言说举贤不避亲。但是，咱们就事论事，如果丽泉不适合在铁路上工作，咱们干脆就别谈了，我不能拿京张铁路给你做实验。我可以给你在别处寻个适合的营生，毕竟这是北京，挣钱容易一些，我们夫妻也能给你周济一些。"

谭丽泉一听："姐夫，我可不是——"

"我话没说完，如果丽泉你的学识经历，适合铁路工作，那我就当你是个普通的求职者，你可以堂堂正正去参加京张铁路的用人选拔。这样，既不违背京张铁路的招聘用人原则，也圆了咱们亲戚间的情分，你看怎么样？"

乍一听这话，有点不近人情，可谭丽泉仔细一品滋味，觉得姐夫说得也在理："行吧，姐夫，我听您的，反正我是希望能去京张铁路上试试，毕竟这是咱们大清国自己的铁路。"





"嗯，"詹天佑又仔细看了看信中所写的谭丽泉简历，"你是广东同文馆毕业，也就是说，学的都是新式文化？"

谭丽泉点点头："是的，幼时上过几年私塾，后来新式学堂越来越多，家乡那边都在传说朝廷早晚要普及新式教育、逐步废除科举，就连叔父也说受一受新式教育将来出路更广，我就去了新式学堂念书。"

詹天佑点了点头："你这个年龄受过新式教育的人并不算很多，你想在铁路上谋份差事，有这个基础是个优势。经过一定的培训，可以在铁路上做一名工程监工。不过我只是给你提供个报名的机会，能否通过培训，还要看驻段工程师对你的考核结果。你这两天准备一下，我会把你送到一个叫颜德庆的工程师那里，他那边正在招人，监工人手不足，你以一个投了简历的普通求职者身份去应聘，不要告诉他你是我的亲戚。他会告诉你监工人员的任职要求，到时候你跟这段时间的其他求职者一起参加培训和考核，如果能通过他的考核，他自然会把你留下做监工，开始工作的时候，薪资不会很高，比工程学员低一些，但比普通路工高。如果你能坚持下来，学得快、做得好，自然还有升职的机会，薪水也会随着涨上来。"

听了这些话，谭丽泉有些迟疑，他没想到自己这位堂姐夫作为京张铁路总工程师，自己想要在铁路上谋个差事还这么难。

谭菊珍看出堂弟的心思了，她笑着替丈夫解释："兄弟，你姐夫虽然是总工程师，但是所有人员的任职资格和薪资水平都是有明确规定的，他不能自己带头打破规则，为了你而破例，这样对他人不公平，以后他也无法再在铁路上服众，对你对他都不好。

好在你有胜任的条件，底子不错，他这里又正好需要这方面的人才，所以才能把你送到颜工程师那里去。但是，究竟你的工作能力是否胜任这份工作，自然还要看你个人的努力。现在你以一个普通求职者的身份去应聘，先经过培训，再通过考核获得工作机会，一是对你本人有好处，能够熟悉工作、胜任工作，二是你姐夫对其他亲友也有个交代，毕竟是你自己考上的，不是他可以随随便便安排的，将来提拔你，也名正言顺。”

谭丽泉虚心受教：“多谢姐姐的教诲，我明白姐夫的苦心。只是一时没想到姐夫身居高位，却不是可以随便安排人工作的，跟家乡那边的传闻很不一样。如果以后家里那边有人想求姐夫安排差事，只要我知道了就一定会帮姐夫向大家解释的，让大家都多一些理解和支持。”

詹天佑见内弟理解了自己的苦心，非常欣慰，他拍了拍谭丽泉的肩：“好好争取，相信自己的实力。只要你做事用心，能力足够，将来也一定可以升职加薪。”

谭丽泉冲詹天佑深鞠一躬：“多谢姐夫指点。”

三天后，詹天佑将谭丽泉和其他几个投递简历到总局办公室来应聘监工职位的求职者，一并送到了驻段工程师颜德庆那里。

颜德庆并不知道这其中还有詹天佑的内弟，他为这一批求职者安排了培训和考试，功夫不负有心人，谭丽泉凭借自己的实力顺利通过考核，在颜德庆手下成为一名合格的监工。

谭丽泉给姐姐姐夫写信报喜，詹天佑非常高兴。

就在这时候，又有一件喜事传来，让詹天佑精神大振。

这天下午，詹天佑带着徐士远从工地回来，刚进屋，张鸿诰进来了，手里托着个大红帖子：“给老师道喜！”

“哦，鸿诰，什么喜事呀？”

“商部下令，命您和邝孙谋为代表，三个月后赴美国参加第七次万国铁路大会！”

嘿！徐士远一听，“这可太好了！老师是中国最知名的铁路工程师，又是英国土木工程师学会会员，能参加如此高规格的会议，这叫实至名归！”

张鸿诰也是引以为豪：“那是，能出席万国铁路大会的，是各国铁路方面的专家，大家一起交流经验，是铁路专家圈里难得的盛事。老师的名字在国际铁道专业圈里也是响当当的。”

张鸿诰说的可不是什么大话，要知道，1894 年，也就是光绪二十年，詹天佑主持修筑的滦河大桥震惊中外，为当时只是一个帮办工程师的他打响了名头。后来的山海关铁路学堂的学生们，像徐士远、张鸿诰这些人，几乎全都听说过这个铁路史上的经典案例，全部都以詹天佑为师。

如今，商部点了詹天佑、邝孙谋等人代表大清出席第七次万国铁路会议，詹天佑深知，这是一次非常难得的机会，一方面可以和国际上的同行专家交流切磋，了解世界各国最新的技术动态和消息；另一方面，自己幼年赴美留学，回国后再也没去过，他很想念那儿的同学和老师，想念耶鲁校园，想念哈特福德，还有经常和自己通信的诺索布夫人。

机会难得，但是，詹天佑此刻不能去。要知道，眼下京张铁路对他来说才是最重要的，远远超过他缅怀逝去的岁月、探访昔日旧友，甚至也超过和同业专家的交流，他真的无法放下京张铁路。



母亲去世时，自己请过假，让邝孙谋替自己主事。如今邝孙谋也被列入出席会议的代表名单，总工程师的职位，托付何人？

心里想着这些事，当着学生也没必要隐瞒，从头到尾这么一说，哎哟，徐士远和张鸿诰也为难了："对呀，您二位走了，咱们这边怎么办？"

"哎？"张鸿诰想起来了，"让陈总办替您坐镇不就行了。"

詹天佑摇摇头："不行，陈总办可以总揽全局，但是，涉及工程上的事，他就不好做主了。"

徐士远想了想："让颜工替您几天呢？"

"也不行，德庆那儿正在紧要关头，离不开人，况且去美国，不是三五天的事啊。"

"陈西林呢？"

"也不行，他那儿比颜德庆还忙。"

这怎么办啊？就在这时候，邝孙谋来了，敢情他已经接到信儿了，他也是为这个来的，到这就说："眷诚兄，你我走了，工程上的事交给谁呀？"

"是啊！"詹天佑也觉得不好办，机会实属难得，又是商部的命令，朝廷上一定非常重视，可工程不能耽误啊，这可怎么办？

权衡利弊，左思右想，到最后，詹天佑用手一拍桌案："当断不断，必受其乱。我决定了，这次万国铁路大会，我和邝孙谋不参加了，鸿诰，你马上给商部陈大人拍电报，就说京张铁路工期紧张，所有工程师均难以脱身，请商部另选代表。"

张鸿诰答应一声，下去办理，屋子里的人都被詹天佑这种果敢的处事风格所折服，真是大将风度！

两天以后，商部下了新通知，从关内外铁路上另选了两名代表参加万国铁路大会。

没想到，就在通知下达的第二天，差人向詹天佑报告：“启禀大人，英国工程师牛麻治求见！”

“哦？”

詹天佑一愣：“他怎么来了？”想了想，还是吩咐下去：“有请。”

牛麻治，就是上次在天津被詹天佑气得把椅子坐坏的那个英国大胖子。

不知道这位是干什么来的，请到客厅，香茶款待，詹天佑非常热情：“牛麻治先生，不知道您来有何贵干？”

牛麻治一听，先用手按了按椅子，敢情作下病了。自打上次在天津谈判之后，牛麻治命人给自己做了一把大铁椅子，太沉，不能走哪儿搬到哪儿，所以，每到一地，他先检查椅子的质量。

按了按还可以，这才放心：“哈哈，詹大人，我本来是向你祝贺的，我们要一同去参加万国铁路大会啦！”

“哦，牛麻治先生也在代表之列？”

“当然！不瞒你说，这次在美国主管万国大会的负责人，是我的好朋友，是他亲自点名要我去，连金达先生都不在名单之列。”

“哦。”詹天佑心说可惜了，金达先生才是真正的铁路权威，怎么会让这个牛麻治给顶了。

“呵呵，那就恭喜阁下了。”

牛麻治一听，脸上露出一种非常悲痛的表情：“本来我可以和詹大人同去赴会，在路上也能相互照应，可惜，这个美好的愿望无法实现了。”

詹天佑已经猜到了牛麻治的来意，心中暗笑，来了个明知故问：“这是为什么呢？”

牛麻治心里这个美呀，心说，詹天佑，上次在天津谈判，你让我下不来台，今天，我得好好地出口恶气！想到这儿，故意高扬脸拉长声：“哎呀，这件事情要说起来，我也有责任。我不过是说了一句实话而已。我在和我那个朋友通电话的时候告诉他，詹大人的京张铁路为大清国树起了威风，开工进展非常顺利，不过，在丰台柳村，出现了一个小小的事故，不过是断钩脱轨，呵呵，我是想说你后来又把问题解决了。可是，我这个朋友不听我的下一句，直接断章取义，我是百般替你解释，可谁知道，越是解释他越是不听，不单你，连邝孙谋也去不成了，你看看，真是太遗憾了！”

说完话，牛麻治的脸上一半悲伤一半喜悦，这功夫也挺难练。心说，姓詹的，我让你知道知道，我牛麻治不是平常人等，一言兴邦一言丧邦，我一句话就能取消你的参会资格！

他在这儿扬扬得意，志得意满，詹天佑突然笑了：“哈哈哈，牛麻治先生，我得好好谢谢你呀！”

牛麻治一愣：“谢我？为什么？”

“京张铁路工程正忙，我和邝孙谋正不想去赴会呢，但苦于朝廷的严命不得不遵，我们正在为难，不想阁下前来解围，真是太感谢了！”

“什么？你不想参加万国铁路大会？”

“对呀，这一去一回时日长久，必定要耽误工期，现在不用我们去了，工程又可以正常进行了，牛麻治先生，您总是在需要时给予我们帮助，太感谢啦！”

嘿！把牛麻治气坏了，敢情他根本不知道商部另选代表的真实原因，所以想来这儿落井下石。现在听詹天佑这么说，牛麻治心里别扭，心说我本来想气气他，没想到，他倒如愿了！这这这……想到这儿浑身一较劲，就听椅子“嘎吱”一声响，吓得牛麻治“噌”就站起来了：“既然如此，我就告辞了！”

说完话，扬长而去。这位本来想来看笑话，结果倒给自己惹一肚子气，真是乘兴而来，败兴而归。

# 第八十三回

## 小唐胥工地开课堂
## 詹天佑总局获至宝

牛麻治落井下石，没想到，倒把自己给气着了。詹天佑虽然没去参加万国铁路大会，但是，又可以继续全心全意投到京张铁路的修筑之中。

此时正值1906年的夏末秋初，京张铁路已修到了沙河，离第一线段的终点南口越来越近了。

詹天佑带着几名工程师陪同陈昭常来到河边，检查了南北两座跨河铁路桥的质量。





这两座桥，是一年前在勘测路上被提前设计好的，当时，詹天佑向附近的老百姓详细了解了情况，记录了这条大河在历史上遇见最大洪峰时的水位高度，由此，估算出桥的高度、长度、孔数以及跨度。至于用料，按照当时国际做法，铁路桥梁一定是钢桥，需要先定做若干钢梁，再将钢梁运到工地施工，然后进行铆接。可是，当时中国铁轨生产才起步，大批钢梁只能从外国定做，耗时不说，资金上根本不允许。所以，对于跨度较大的桥，还是采用钢结构；对于跨度较小的桥，詹天佑选择了以洋灰、石料为主，钢材为辅。

在选石料问题上，詹天佑可谓得心应手，因为，在路工队伍里有一位能人，谁呀？小石匠。此刻，小石匠正和其他几位工程师在怀来考察河道，准备在那儿建造大桥。

多年以后，詹天佑总结京张铁路工程时，谈到建桥一事，他说：该路桥梁多用我国洋灰、石料，以造成旋桥，乃因该路原来地势及我国固有材料而变通利用之，耐固至今。若美人则必用钢桥矣，是可反证。盖铁路资本，工程占其大部分，如完全假手外人，靡费必多。

这些话可以真实地反映出京张铁路建设之初的艰难。那些金发碧眼的外国工程师永远无法理解，他们理解不了一个贫穷落后国家的爱国工程师处处为国家利益精打细算的心情，永远无法像詹天佑为祖国铁路事业想方设法、因地制宜地创造出种种奇迹。

检查完了两座桥，他们又来到新建好的沙河车站。

来到这座砖木结构，灰砖、绿窗、红屋顶的单层高房前，陈昭常用手拍了拍墙壁："嗯，干得不错！眷诚兄，都说万事开头难，如今咱们已经过了那道难关，接下来，就是宏图大展，一马平川啦！”

詹天佑听了点点头：“但愿如此吧！”

这时候，有差人在旁边一张桌案上备好了纸笔，请陈昭常为车站站匾题字。

陈昭常来到桌案前，提起笔来，从右至左写下“沙河车站”四个字，又在下面从左向右标注了韦氏拼音。

提到韦氏拼音，咱们多说两句。这是清朝末年至1958年汉语拼音方案公布前，中国和国际上流行的中文拼音方案，又称威妥玛音标，普遍用来拼写中国的人名、地名等。比如将“北京”拼作“Peking”，沙河两个字呢？那就是“SHAHO”。引首处写：光绪丙午夏季。落款处写：陈昭常题。

刚把笔放下，远处跑来一匹快马，马上是一名差人，到这儿来请陈总办回总局衙门，有一份重要公文等着他处理。

陈昭常一看：“正好，事也办完了，咱们回去吧。”

詹天佑一摆手：“陈大人先回去吧，今天早上，工地上来了一批从新易铁路上买来的旧钢轨，我得去检查一下质量。”

就这样，送走了陈昭常，詹天佑来到了工地。

看着眼前这些钢轨，詹天佑的眼前出现了三年前的画面，当年，自己做新易铁路的工程师，为了节省开支，也为运输方便，从京奉铁路上买来了这些旧钢轨进行铺设。太后谒陵完毕，又重新购置新钢轨进行了替换。如今，这些钢轨又被运到了京张铁路线上，看着这一根根昔日的“老朋友”，詹天佑心里不是滋味。当年，为修这条仅42.5公里、专供太后去往西陵祭祖的专线铁路，共花费了60万两白银，三年过去了，这条铁路只使用过一次。

此时，詹天佑还不知道，新易铁路第二次使用是三年后，将死去的光绪皇帝安葬到西陵。自那以后，再没有使用过，抗日战争期间被拆毁，这不能不说是巨大的浪费。当然，也不是完全没有好处。修筑这条铁路，最大的好处是为詹天佑积累了自主修筑铁路的经验。

正在詹天佑思索之际，猛然间，他发现，在不远处有一个人，穿着打扮是路工，他一手提着毛笔，一手提着个圆桶，里面是白浆，只见他用毛笔蘸白浆往这些旧铁轨上写字，仔细一看，是编号，字迹工整，而且看得出来，这个人干活非常细致。从背影上看，有点眼熟，等走到近前一看，认出来了，是唐胥。

这时候，唐胥也发现詹天佑了，他赶忙把手里的活儿放下，过来给詹天佑施礼。

“起来，唐胥，最近干得怎么样?”

没等唐胥说话，旁边有几位路工答话:“詹大人，他现在可是我们的文教习啊!”

詹天佑笑了:“文教习是干什么的?”

有个老工人答话:“詹大人，我们这些人大多都是农民，不识字，咱们这工地上，经常来整箱的材料，箱子上的字挺漂亮，可是，它认识我们，我们不认识它，有好几回，我们都把材料拿错了。为这个，李队长没少教育我们，可教育也没用，我们这些人从小就是面朝黄土背朝天，没念过书，李队长也是干着急，他认字也不多。哎，前几天，这位唐兄弟来了，他听说这事之后，开始教我们认字，这位小兄弟人太好了，不但有耐心，教得还有方法，跟您说吧，我五十二了，认识唐兄弟以前，我一个字都不认识，连我的名字都不认识，认识唐兄弟以后，我认识二十个字啦!”





这话一说，唐胥倒不好意思了:“老哥说话有些言过其实了，我不过是喜欢跟大家聊聊天，顺便教大家认几个字，其实，真说搬搬扛扛，我就差远了。”

詹天佑笑了:“不是差远了，这叫人尽其才。唐胥，你过去在唐大人身边，一定受了很多良好的教育，我希望你能发挥优势，在路工队伍里起到好的作用。”

唐胥一听:“大人放心吧，当初唐老爷实业救国，干的都是实实在在的大事。他曾经跟我说，救国先要救民，这句话我始终记在心里。您放心，我要把唐大人的精神传下去，让中国多几个像唐老爷、像您这样的人。”

“对！唐胥，你可以在工地上给大家上课，其实就是讲故事，大家不上工的时候，你给大家讲讲唐大人在唐山修铁路的故事，讲马拉火车的故事。”

“哎!”

唐胥很激动，在他看来，眼前的詹天佑似乎有当年唐廷枢的影子。

就在这时候，徐士远走过来了:“老师，关大人回来了。”

“在哪儿?”

“在总局等您呢。”

“咱们这就回去。”

看了一圈，看没什么问题，詹天佑这才回转总局衙门，一进院子他就喊上了:“伯衡兄，你可回来啦!”

谁来了？京张铁路总管关冕钧。自从上次一别，两个人已经有半年多没见面了。朝廷上重用此人，多次委以重任。

二人见面，倍感亲切。

“伯衡兄，一向可好啊!”詹天佑是抱腕当胸。

关冕钧一拱手:“眷诚，我是来承认错误的，京张铁路开工以来，我一直没露面，我这总管当得不称职啊。”

“哎，这话不对，同是为国效力，只是分工不同，听闻你前些天出外洋了，怎么样，收获如何?”

“眷诚，我就是想跟你说这事来的。”

“坐下讲。”

差人献上香茶，两个人边喝边聊。这一聊，詹天佑才知道，这半年多里，关冕钧可是大长了见识。

敢情就在去年底，第二批出洋考察团再度出发了。

以镇国公载泽为首，户部侍郎戴鸿慈、顺天府丞李盛铎、山东布政使尚其亨、湖南巡抚端方等五大臣分别前往日本、美国、英国、法国、比利时、德国、意大利、奥匈帝国等国，考察政治经济。关冕钧被朝廷指派，随五大臣出访，任参赞大臣。

参赞大臣相当于助理一样，综合理政。

关冕钧告诉詹天佑:“眷诚，这次出洋考察，我可是大开眼界啦，别看大清国进步不小，可跟那些国家比起来，还差得远哪!”

关冕钧的话，好似决口的洪水，滔滔不绝；又像啼林的雀鸟，舌下生花。把这一桩桩一件件说得活灵活现，宛如目见。

之前，因为行刺事件而推迟的出洋考察再度被朝廷提上了日程，考察团兵分两路，第一路由载泽、尚其亨、李盛铎赴英国、法国、日本、比利时，第二路由戴鸿慈、端方二人前往美国、德国、意大利、奥匈帝国。

鉴于上次的教训，此次出发前，朝廷采取了严密的保护措施，调来众多守卫对正阳门火车站进行全面戒严，所有无关人等一律不许进入，车站稽查严密，生怕再蹦出来个刺客。

暗中部署，分期启程，沿途上也做了周密布置。美国太平洋邮船公司的巨型游轮“西伯利亚号”载着第一路考察团的全体人员，也载着朝野上下的期望收锚起航。关冕钧就在第一路的队伍中，他们先到达的国家是日本。

说到这儿，詹天佑想到了前不久的日俄战争，狼子野心，昭然若揭。

他问关冕钧:“除了日本，别的国家还有什么见闻吗?”

关冕钧一听:“有啊。”

他把在英国、俄国、德国的见闻说了一遍，“眷诚，你猜，我们去的最后一个国家是哪儿？”

詹天佑笑了：“不用猜了，肯定是美国。”

“对喽，那可是你的求学成长之地啊！还别说，我们在美国真是取了不少经啊！”

关冕钧告诉詹天佑，考察团一路走来，在考察宪政之余，对日本和欧美社会的物质和文化事业非常感兴趣。“说真的，宪政是国策上的事，可工业建立起的社会，才真正给人以直观的冲击，不说别的，就说铁路，我觉得，值得咱们学的地方太多了。”

詹天佑眼睛一亮：“都有什么？记下来了吗？”

“瞧你急的，不记下来我能说吗，看，在这儿呢！”

说着，关冕钧从怀里掏出个小册子递给詹天佑，詹天佑打开一看如获至宝，敢情这上边都是关冕钧记录的各国铁路新技术上的见闻。




“哎呀，伯衡兄，我多谢了！”

“别客气了眷诚，你在前边浴血奋战，我在后边得给你助力加油啊！跟你说吧，回国之后，五位大臣坚定了推动改革的决心。而且，他们还从大洋彼岸带回了几十个大铁笼子。”

“铁笼子？干什么用？”

“那里面装着大象、狮子、老虎、黑熊。”

“这干什么用？”

“嘿，这还不懂？给太后当寿礼呀！等太后大寿的时候，来一个‘百兽朝凤’，岂不美哉！”

詹天佑一听差点乐出声：“听说过百鸟朝凤，头回听说‘百兽朝凤’，这管什么用啊！”

“你说没用，太后还真就喜欢，把这些动物给养起来了，听说有一天，太后还兴致勃勃带着万岁爷去参观，结果到那儿先看见了狮子，太后纳闷，说这狮子身上没有长毛，跟她以往从画上看到的不一样。再看老虎，觉得老虎太瘦了，当时责令总管改善老虎伙食，说如果老虎饿死了，就要饲养员偿命。”

詹天佑一听，只是微微一笑。关冕钧知道，詹天佑对这些事情不感兴趣，他脑子里想的永远是大事。

“眷诚，五位大臣把出洋考察的结果形成奏折呈递两宫，太后和皇上大加赞赏，准备组建下一批出洋考察团，你看看这个。”

说着，关冕钧从包里取出一份报纸，詹天佑接过来一看，这是英国的《泰晤士报》，上面有一篇题为《中国人的中国》的文章，作者对中国的这次考察活动寄予了厚望，文章说：

“人民正奔走疾呼要求改革，而改革是一定会到来的……改革也正在进行中。例如北京有了碎石子铺的马路，有极好的警察，有良好的秩序，有马车，有外国式的住房，有电灯和电话，今天的北京已经有了新的面貌。能够不激起任何骚动便废除了经历那么久的科举制度。”

看了这份报纸，詹天佑很激动，他拉住关冕钧的手：“你们这一次出洋考察对国家发展大有益处，对修下一条自主铁路也是大有益处，你给我的资料我一定用到下一步工程中去，你的功劳不小啊！”

关冕钧一听哈哈大笑：“眷诚啊，过奖了，我不过是随团参赞，一切都是五位大臣的意见，若说功劳，我愧不敢当。不过，你的功劳堪称首屈一指，咱们自主勘测、设计、修建的第一条铁路，为今后的事业开了个好头！如今，朝堂上也都谈到了铁路发展的事，很多大臣认为，修铁路可以强兵可以救国，要让我说，就八个字，铁路救国，京张先行！”

詹天佑听了一拍巴掌：“伯衡兄说得好啊，铁路救国，京张先行！”

# 第八十四回
## 闻变故质疑商部令
## 临工地再抒铁路情

詹天佑总局获至宝，关冕钧给他这本小册子使他产生了很多灵感，对下一步的工程大有益处。

这天下午，詹天佑刚到总局衙门，就被陈昭常叫了过去："眷诚兄，听说你从现场回来了，情况怎么样？"

詹天佑将现场进展细细跟陈昭常做汇报："大人，第一路段施工难度在整条线路上不算大，目前一切平稳，昨天又在新铺成的路段上试了车，没有任何问题。预计可以如期交工验收，九月通车是没有问题的。"

陈昭常听了非常满意："太好了，咱们历经千难万险即将取得第一步胜利，这实在是太不容易了，告诉你，两天后，胡大人要来工地视察。"

"啊？"

詹天佑一听："胡大人的身体，他怎么能来工地呢，万一有个闪失怎么办？"

陈昭常叹了口气："哎，大清朝文武云集，可真正干实事的又有多少？别看胡老大人年老多病，可他一直心系国家安危，前两天，商部下了一道令，大人此来，恐怕和这道令有关系，你看看这个。"

说着，把一份文件递到詹天佑手中，詹天佑接过来仔细一看，是商部下的一个关于修改《路务议员办事章程》部分条款的通知。

詹天佑就是路务议员，这是商部委任的，其权力包括对工程之优劣得失，材料之良莠贵贱，华洋员役之贪廉勤惰，岁出之撙节，岁入之增益，商旅货物之招徕保卫等具体经营管理业务，均要统筹兼顾。那么，路务议员直接隶属于商部，也就是说，商部掌握了各条铁路的人事大权。

这种隶属关系对于修建铁路有一个好处，那就是不论大小事务，路务议员可以便宜行事，最后直接呈报商部即可。

但是，眼前这份通知，是路务议员的隶属关系变了，不再单纯归于商部了，归哪儿了？归为地方督抚、铁路大臣和商部共同管理。

这样一来，路务议员就有了多重隶属关系，而这其中，铁路大臣和地方督抚可以对路务议员进行奖惩，也可以将路务议员调派到别项差使。也就是说，詹天佑在负责京张铁路的时候，完全可以被临时调到别的线路上应差。

“这怎么能行!”詹天佑把通知往桌上一放，“简持，朝廷如此朝令夕改，让咱们今后怎么修铁路?”

“噤声!”

把陈昭常吓坏了，他赶紧起身到门外察看，见没有人经过，他这才把门关上。

“眷诚兄，朝令夕改这四个字岂是你能说的?”

詹天佑不服气:“简持，你觉得，朝廷不是朝令夕改吗?这路务议员才立了不到三年啊!”

一句话说得陈昭常也没词儿了。的确，随着洋务运动兴起，地方开始兴办实业，加上战乱不停，朝廷要依靠地方督抚，权衡利弊之后，只能把部分权力分流，其中也包括商部，也就出现了现在詹天佑手中的这份关于修改《路务议员办事章程》部分条款的通知。路务议员仍然履行各项职权，但是，开始受商部和地方督抚的控制，形成双重隶属关系。

詹天佑用手指着这份通知和陈昭常说:“简持，这条款一改，商部设立路务议员的初衷就不一样了，路务议员代朝廷在地方上行使监督和管理的权力几乎就等同于零了。”

“唉!”陈昭常叹了口气，“再若遇见广道台那样的人，咱们还真就不好办了。”

詹天佑想了想:“正好，胡大人要来，咱们直接说，最好让胡大人找一找袁总督，他应该明白其中的利害。”

陈昭常一听赶紧摆手:“千万别说!眷诚兄，你怎么到现在还不明白，袁总督就是支持这份通知的人!他是呼吁立宪的，而这份通知的内容，正是立宪中的一部分。这个当口，你可千万别犯糊涂。”

说到这儿，陈昭常拖长了尾音，二目里面露出恐怖的眼神，这叫尽在不言中。

“眷诚兄，我知你一贯眼光长远，有全局观，但是眼下，务必要沉住气，把京张铁路修好才是第一要事。铁路的兴衰与朝政息息相关，新政进入最艰难的改革关头，朝堂上几方势力相互拉扯，咱们这些人若是不识时务，一不留神蹚进了浑水，只怕自身难保，连京张铁路的命运也会改变。”

面对陈昭常这般苦口婆心，詹天佑自然明白，很无奈地点了点头:“简持，感谢你的提醒，你说得对，为今之计，我们必须抱成团，把京张铁路修好，让国家富强百姓获利，至于我詹天佑，不求飞黄腾达，但求问心无愧!”

“说得好!”

两个人正说着话，徐士远从外边跑进来了：“陈大人，老师，胡大人到。”

“啊?”

两个人同时吃了一惊，陈昭常看了一眼詹天佑：“不对呀，听说两天之后才到呢，怎么现在来了?”

还没等詹天佑说话，屋门口有人哈哈大笑：“哈哈哈，怎么，这是不欢迎我来呀!”

哎哟，来了！两个人带着徐士远赶忙跪倒行大礼：“参见大人。”

“起来起来!”

胡燏棻一身便服，笑容满面，挨个儿把他们搀起来，屋内落座已毕。

陈昭常偷眼一打量，胡燏棻又瘦了，他知道，前段时间，胡燏棻奉旨南下，才回来没几天，看来，胡大人为国操劳，身体越来越弱，但是，在下属面前，他总要保持最良好的状态，“哈哈哈，怎么样？京张铁路现在到什么进程了?”

陈昭常把情况做了详细的汇报。

“好!”胡燏棻一拍大腿，“我没看错人哪！我这次成心提前来两天，就是想去看看施工现场，你们陪我走一趟吧。”

“好!”

陈昭常吩咐一声：“备车。”

“哎，等会儿。”胡燏棻伸手拦住了，“简持，备车多慢呀，直接备马。”

“啊?”陈昭常一犯犹豫，就听门外有人答应一声：“早就备好了!”

哎哟，胡燏棻听出来了：“是子亭吗?”

屋外人影一闪，李子亭走进来了：“芸楣兄一向可好!”

人家二位是老朋友了，见面自然不拘俗礼，寒暄几句，胡燏棻可就说了：“子亭啊，有你在这儿，我可放心多了，听说了，你现在是路工队长，怎么着，李队长，你也陪我走一趟吧。”

“芸楣兄，我一听说你来，就把马备好了，准知道你得去工地，只是……”

说到这儿，李子亭有点犹豫，敢情他也看出来了，自己这位老朋友又消瘦了许多，鞍马劳顿，他能受得了吗?

“芸楣兄，要不然还是听陈总办的，先备车吧?”

胡燏棻看出来了：“我说子亭，你这是看我老了，骑不得马了？当年，愚兄在天津操练新兵的时候，称得起人如猛虎，马赛欢龙。虽然这几年生了点病，可人吃五谷杂粮，哪有不得病的？不算什么，咱们骑马走。”

几个人出府以后，李子亭要搀着胡燏棻上马，胡燏棻笑了：“怎么，怕我上不去？你看着！”把李子亭往旁边一推，抬左脚认镫，右手扳住马鞍，翻身就上去了。

李子亭暗挑大指，真是虎老雄心在！几个人由护卫队和亲兵保护，乘马赶奔沙河。

这一路上，詹天佑几次要说话，都被陈昭常给制止了。陈昭常太了解詹天佑了，别看刚才的话说得挺好，那是胡大人没来，现在胡大人到了，詹天佑准得提路务议员的事，他是个打破砂锅问到底的主儿，我可得看住了他。

就这样，一路扬鞭打马，来到沙河工地。

陈西林听说胡燏棻来了，他赶忙上前请安。



“起来吧。”



胡燏棻打量打量陈西林：“听说复测青龙桥就是你和眷诚一起去的？”

“正是卑职。”

“好啊，看来这‘人字线路’的妙策也有你的一半功劳啊。”

陈西林急忙后退一步：“大人夸奖了，还是詹大人技高一筹。”

“哈哈哈，好啦，带我转转吧。”

陈西林在头前引路，大家陪着胡燏棻像众星捧月一样，巡视现场。

这一看哪，真让胡燏棻吃了一惊。他去过铁路施工现场可谓不可计数，可从来没见过这样的情景，但只见：

扑啦啦，一杆大旗空中舞；
光闪闪，京张二字写得清；
滴溜溜，哨声响动人排列；
当啷啷，锤起锤落砸道钉。
路基以上铺枕木，
钢轨连接似长龙。
标杆林立留数据，
道尺精量测水平。
车运人抬如流水，
为国筑路建奇功！

整个施工现场调度有法，进出有序，最让胡大人有感触的就是，这工地之上人山人海中，无论是工程师还是筑路人，都是清一色的中国面孔！这就是自主铁路啊，开天辟地，扬我国威！

“简持、眷诚，你们干得好啊！”

看胡大人这么高兴，詹天佑实在忍不住了，陈昭常一个没留神，詹天佑开口了：“大人，我想——”他这话刚说出一半，胡燏棻笑了：“眷诚，我准知道你绷不住了，你是要问路务议员的事吧？”

好嘛，敢情这二位是心有灵犀一点通，詹天佑起了个头，胡燏棻已经猜出内容了。

话都说出来了，也就没必要再藏着盖着了，詹天佑点了点头。

“其实，我早就猜到了，你对商部的这个通知是不满意的。”

“卑职不敢。”

“行啦，你的想法都已经写在脸上了，其实，我今天来，除了到工地上看一看，就是想和你们说说这件事。”

詹天佑、陈昭常齐声说道：“请大人示下。”

“简持、眷诚，目下，除了京张铁路，朝廷实施了一系列的新举措。针对这些举措，可行也罢，不可行也罢，都是要用时间来考证的。新的发展，一定会带来利益，当然，也会带来冲突。就像当初，子亭到衙门来找我理论，说铁路的兴起导致了镖行的没落，这就是冲突。而如今路务议员的隶属关系发生变化，也是这个道理，你们明白吗？”

詹天佑听了胡大人的话，他并不是十分认同，本来想再分辩几句，可转念一想，公文已经发下，短期内是不会更改的，说了，也不会起什么作用。胡大人的态度已经表明，自己也只能妥协了。

想到这儿，詹天佑点了点头：“大人说的是。”

从詹天佑嘴里说出这句话可不容易呀，胡燏棻别提多高兴了：“眷诚、简持，我听说，过两天太后要在颐和园‘叫大起’，召开御前会议，召来各省督抚纵论立宪之得失。”

听到这儿，詹天佑低头沉思，这位爱国工程师每天忙于工程事务，他也非常关注时政，他知道，朝廷立宪与铁路建设息息相关，在詹天佑看来，京张铁路正在修建过程中，万万不能因为立宪改革而遭受噩运，当初，朝廷准备修建京张铁路时，说的就是不借外债，自主修建京张铁路。但是，现在如果推行新举措，这和当初的说法似乎又背道而驰了。这些问题，看似和京张铁路关系不大，但仔细分析，却又息息相关。

詹天佑冲胡燏棻一拱手：“大人，天佑知道，凡事当以大局为重，但愿立宪能够推动铁路在中国的发展，但愿京张铁路早日顺利建成，打通经济之路，扬我国威，实现富强。”

“好！扬我国威，实现富强！眷诚、有你这句话，京张铁路必能全线贯通，老夫就等着给你请功啦！”

“多谢大人！”

果如胡燏棻所说，没过多久，慈禧太后便在颐和园召开了御前会议，参会人员以第二代醇亲王载沣为首，有庆亲王、军机大臣奕劻，政务大臣张百熙、大学士孙家鼐、王文韶、世续、那桐、袁世凯。

当时，社会各界都非常关注这个会议，因为它将决定各个行业下一步的发展方向。正因如此，朝臣众说纷纭，莫衷一是，意见冲突，由此展开了激烈的廷辩。




会议最后决定，以开启民智与官制改革为当前的重要任务。这个结果，无形中对很多大臣不利。这里面的复杂关系实在是太多了，只要是触碰到个人利益，那些朝廷大员们是绝不让步，什么公伯王侯、贝勒贝子、各省督抚，连太监都跑到慈禧太后面前哭天抹泪，哀求诉苦。闹得这位老佛爷寝食俱废、坐立不安。从这些人的诉苦中，慈禧也听出来了，他们把矛头已经指向了袁世凯，因为最开始，就是袁世凯提出的“立宪”，现在，那些弹劾袁世凯的折子如雪片一样飞上龙书案。

袁世凯感觉自己要大难临头，对于京张铁路上的事，他早就无暇顾及了，全权委托给了胡燏棻。而胡燏棻这段时间特别忙，每天处理公文都到后半夜，身体情况越来越差。

这天上午，又有差人送来一大摞公文，胡燏棻把手一摆，意思是不想看，差人赶忙抱着公文出去了。

这个差人刚出去，又进来一个，手里捧着一份公文，胡大人还是一摆手，没想到，这差人站这儿没动，嗯？胡大人看了看他：“我现在不想批阅，晚一会儿再送来吧。”

差人笑了：“大人，这份公文您必须看。”

啊，这么重要吗？拿来我看。

差人把公文往前一递，胡燏棻展开一看，是京张铁路总局送来的，是一封喜报，上写京张铁路第一段工程，也就是从丰台柳村到南口段已经顺利实现全线通车。嘿！胡燏棻用手一推长髯，是喜笑颜开。

# 第八十五回

# 洋行扣款总办用计
# 首段通车往事重提

胡燏棻接到喜报，京张铁路第一段工程已经顺利实现全线通车，陈昭常和詹天佑计划在9月30日于南口组织一场庆典。胡燏棻精神大振，当初报告里写的从丰台到南口这段路，要一年多才能修完，现在日期提前，真是雷厉风行、一日千里啊！

胡燏棻急忙电令商部，表奏朝廷。同时，通知陈昭常，为了鼓励全线路工的士气，这个庆典仪式最好搞出点特色来。





陈昭常接到通知后，立刻和詹天佑商量："眷诚，除了商部的各位大人，我想多请一些铁路方面的官员，特别是关内外铁路上的同僚，还有，就是那些冷眼旁观、坐等看咱们闹笑话的外国使馆，请他们也来。"

詹天佑点点头，他认为陈昭常的这个想法很好。其实，詹天佑的想法和胡燏棻一样，他也想通过这次通车庆典鼓舞大家的士气。因为京张铁路往下再修，一过了南口，路就开始难上加难了，他想通过这个庆典，让大家更有信心去面对后面困难重重的路段。

两个人达成了共识，陈昭常拟定了嘉宾名单，派差人把请柬送到各个衙门，一切准备工作就绪，单等正日子到来。

按照计划，庆典日期是9月30日，可没想到，9月28日这天，出事了。

上午十点多钟，陈昭常突然接到个电话，是商部陈璧大人打来的，说庆典的款项出了点问题，所以，延期举行。

什么？延期举行？陈昭常大为不解，他还想再问几句，对方把电话挂了。

这可真是突如其来呀！陈昭常怎么也想不明白，这笔费用怎么能出问题呢，庆典仪式属于计划内的项目，为什么没批下来呢？现在所有的请柬都已经发出去了，这让我们如何解释啊？

陈昭常急得汗都下来了，有心去和詹天佑商量，转念一想，不行，詹天佑此刻正带着人订购第二路段的材料和设备，不能干扰他。陈昭常咬了咬牙，暗下决心，我必须在一天内把这个问题解决，庆典绝不能延期！

这个时候的陈昭常，可以说是承受了巨大压力，要知道，庆典仪式不是华丽的炫耀，它是在向世人展示中国人的实力，可以说意义重大。这个时候出现变动，陈昭常明白，一定有人在背后搞鬼，我非找到他不可。

这件事说难也难，说容易也容易。陈璧大人说是款项出了点问题，那么，可以顺着这条线往上摸索。京张铁路用的钱出自关内外铁路的余利，而这笔余利是从英国汇丰银行划拨，商部是经办手续的部门，真正核心点就在于关内外铁路总局和汇丰银行。

捋清思路后，陈昭常给天津关内外铁路总局打了电话，直接联系到总办梁如浩。

梁如浩听到这个情况，也觉得奇怪，他是前天下午接到的请柬，正准备坐火车去北京参加京张铁路的通车典礼，怎么偏偏出了这样的问题？他挂上电话，马上叫来财务人员询问，财务人员说近期的余利都已经正常地存入了汇丰银行，没有出现任何问题。梁如浩明白了，问题出在汇丰银行。立刻打电话告诉陈总办，而且还问了一句："陈总办，我这边是动身还是留守呢？"

电话那头的陈昭常笑了："我们在庆典仪式上恭候梁总办的大驾。"

梁如浩心生敬佩，暗叫一声："眷诚啊，你的这位上司真是你的坚强后盾呀！"

再说陈昭常，挂上电话之后，他马上想到一个人，就是去年两次登门谈合作的汇丰银行经理布莱斯，会不会是此人捣的鬼？他两次前来谈合作，都被詹天佑拒绝。事后，詹天佑告诉自己，此人已经调到了北京的分行工作。当时，陈昭常也有过担心，担心布莱斯会伺机报复，可后来一想，他不过是个经理，能掀起多大的风浪？也就没加理会。现在出现这种情况，多半是他干的。

想到这里，陈昭常褪去官服，换上便服，带着两个人差人来到了东交民巷汇丰银行。

汇丰银行和日本公使馆隔着一条马路。当时汇丰银行主要面对的客户是清政府的一些高层官员，其次才是商人。

陈昭常到这儿以后，立刻有两个人英国差人过来打招呼，陈昭常用英语和他们对话，而且问了一句"布莱斯经理在不在？"

两个差人一听，互相看了一眼，然后冲陈昭常一笑："对不起先生，布莱斯经理不在。"

"哦？"陈昭常心说，这是躲着不想见啊，"你们告诉他，陈昭常求见。"

说着，亮明了身份。把差人吓一跳，赶忙把陈昭常让进了贵宾室。

不大会儿的工夫，布莱斯来了。这个人有个特点，不管之前有多少不愉快，他总能保持春风满面，别提多客气了。

看到他这个神态，陈昭常眼珠一转，计上心头："布莱斯先生，我今天来，正是有一笔存款要存入汇丰银行，而且数额很大。本来这笔钱我想存入花旗银行，因为钱在上海，离着比较近。可是，经朋友推荐，认为还是存入贵行比较合适。”

“嗯?”布莱斯一听，心里一震，数额很大？哎呀，那可太好了，花旗银行是我们的竞争对手，千万不能让他们抢了生意。想到这儿，他笑了:“哈哈，老朋友，陈大人，您打算什么时候办理此事呢?”

“嗯……还得需要几天，因为数额太大，不敢掉以轻心哪!”

哎哟，把布莱斯给美坏了，心说这得多少钱哪!

“陈大人，如果需要帮忙，我们这里可以派些人手过去。”

“那倒不必，只是，这个……”

话说一半，不说了。布莱斯一看，这里有事啊，“陈大人，有什么问题吗?”





“嗨，只是我最近忙于一件烦琐的事情，需要把这件事处理完毕之后才能办自己的事，所以，还得等一段时间。”

布莱斯试探性地问了一句:“不知陈大人忙于什么大事呢?”

“哎!”陈昭常使劲叹了口气，“我主管京张铁路事宜，最近要办一个庆典，款项需要从贵行划拨，可不知道怎么了，这笔钱没批下来，庆典延期。我只能等钱拨下来，庆典办完了再来办自己的事，真是烦琐之极呀。”

说完话，陈昭常眉头紧锁。布莱斯却是闹了个脸红，敢情这事儿就是他办的，成心扣款不发，就是为了报前两次之仇。可是，此时此刻，他又不这么想了。布莱斯这个人，脑子里只有一个字，那就是“钱”，只要钱能到位，其他都不是问题。如果陈昭常真把他的存款存入汇丰银行，自己还是有利可赚的！想到这儿，他往前探了探身子:“陈大人，如果我能把这件事提前解决，您是不是就可以早一天把存款存入我行了?”

陈昭常心中大喜，脸上却显得很为难:“哎呀，这不是开玩笑吗，怎么可能呢?这都是要经过层层审批，贵国已经给了我们很大的帮助，如今这笔钱没能批下来，一定是有原因的，我不能坏了你们的规矩呀。我还是先回去，让家人把钱存入花旗银行，等庆典办完了，再到这里找您。”

说完起身就要走，“等等”，布莱斯有点着急了，他怕把财神爷放走，“陈大人，我们最近确实出现一些小问题，但是，可以先把京张铁路的庆典费用打过去，毕竟这是大事，您现在就可以回去，钱的事情明天就可以落实。不过，您不要食言哪!”

“哈哈哈，布莱斯先生如此慷慨，陈某岂能食言，告辞!”

离开汇丰银行，陈昭常没回总局，他直接去了商部，到那儿面见陈璧，把事情的经过说了一遍。

陈璧一听："哎呀，简持，你怎么敢直接去找英国经理呢？万一得罪了他，以后的事就不好办啦。"

陈昭常心说，商部的这些老爷们惧怕洋人到了如此地步，自己也犯不上再说别的，只好点头称是，说自己"下不为例"。

就这样，这场小风波被陈昭常巧妙化解了。胡燏棻一点不知情，詹天佑就更不知道。这个时候，离庆典仪式还剩不到两天的时间，詹天佑在现场忙于大小事宜。

到了9月30日这天，秋风送爽、红叶满山，京张铁路南口站人山人海、热闹非凡，成百上千的老百姓赶来围观。站前的空地上搭起了一座漂亮的彩棚，这是徐士远专程去南城请来著名的扎彩师傅"妙手刘"亲手制作的，这座彩棚，高有三丈，宽有五丈，四壁幔围，上扎顶楼，从左到右六道彩门，五光十色好似雨后霓虹。

三声礼炮响过，参加庆典的贵宾来了：当官的补褂朝珠、顶戴花翎；经商的仆众随从、前呼后拥；士绅地方官员依次而入、摩肩接踵；公使、洋记者一个个窃窃私语、蹑足潜踪、指手画脚、东张西望，不敢相信眼前事实，他们一个劲儿地揉眼睛！

唐绍仪、梁敦彦、梁如浩这些詹天佑的老朋友们如约而至，金达、喀克斯、莫里逊、牛麻治这些外国工程师也都盛装出席，陈昭常、关冕钧陪着胡燏棻来到了典礼现场。

在众人热烈的掌声中，陈昭常首先做了致辞，跟着，几位重要官员依次发言，最后，请胡燏棻胡大人为大家讲几句。

胡燏棻用手一撑桌子，他站起来了，好多人面面相觑，之前有不少人见过胡燏棻，知道他是个大块头，现在一看，整个儿人小了一圈，头发胡子全白了，是发挽银丝，髯垂玉线。

"各位，京张铁路首段正式通车，举国振奋哪！"

嚯，别看身体瘦弱，说出话来，还是声若铜钟。所有人都认为胡燏棻得讲一讲大形势，没想到，胡燏棻却给大家讲了一段鲜为人知的故事。

京张铁路修到西直门附近的时候，内务府传旨，让詹天佑在此处修建一座大站，修成之后，太后和皇上可以从颐和园沿高梁河水路到火车站，向西行可以到张家口，向东可取道丰台，沿关内外铁路到天津、奉天，所以，修建西直门火车站成了詹天佑的一项重要任务。

别看是朝廷下旨建火车站，可在西直门附近，火车站建在哪儿，成了大问题。

詹天佑考察地形之后，认为车站修在倚虹堂边上最方便，倚虹堂是御用的行宫码头，太后和皇上去颐和园要在此乘船。

地址选好了，刚要动工，内务府前来阻止，不许靠近。一问原因，是怕挖地基断了皇家的地脉。内务府的官员给詹天佑出主意，让他在车公庄一带选址。詹天佑考察以后发现，车公庄一带有大量民宅，认为修建车站强行使百姓迁居绝非上策。和内务府的官员一说，当时就惹恼了这群老爷们，他们骂詹天佑不识时务，为了老百姓敢得罪官长！

即便是这样，詹天佑还是挑了一片离百姓居住远的地方，打算在这儿建车站。内务府听见信儿来了，说离倚虹堂太远，太后坐船到这儿，还得换乘马车到车站，太麻烦了，再选！





没办法，詹天佑只能再选地址，选来选去，选到了一处所在，这儿是个市场，把市场迁走就可以建车站。内务府闻讯赶来，当时就给否决了，原因是这家市场的主管经营人是李莲英李总管的亲戚，人家当初就是看好了这片地方才投资建市场的，让人家搬家，李总管那关就过不去，不行，再选地址。

詹天佑被逼无奈，他告诉内务府的官员："不管选在哪儿，我也不会平白无故占老百姓的房子。"说完话，他直接奔往总理衙门找胡燏棻问计。

胡燏棻一听，当时就急了，告诉詹天佑不要着急，他立刻去找庆亲王奕劻，奕劻听了也觉得不妥，修路建站是工程上的事，连总工程师都做不了主，这站还能建好吗？真是岂有此理！奕劻怒气冲冲备大轿进宫了。

长春宫见驾，把情况一五一十禀报慈禧太后，太后一听，立刻就把内务府总管大臣叫来，大加训斥，"你们让詹天佑修西直门火车站，这儿不让碰那儿不让动，怎么着，把车站悬起来，修到天上？詹天佑是总工程师，他说修哪儿就修哪儿，内务府不得干预！"

好嘛，把总管大臣吓得脸都白了："太后息怒，我们这就去跟詹工程师商量。"

这下，内务府的态度就不一样了，他们是好言好语向詹天佑赔礼，而且帮着詹天佑选地址，最后决定，把车站修建在西直门城墙和河道的中间部位，有五六家官员亲属的买卖，也都乖乖搬家了。

詹天佑看了看选址的面积，如果作为小站还可以，可要是按照内务府的设想，建一个大站，这个面积是不够的。最后经过协商，詹天佑决定要修改河道。

如果没有慈禧太后的那番训斥，内务府是绝对不会允许改河道的，他们会说御河的风水不能动。现在行了，只要能把车站修好，您随便改。

当然，詹天佑不是随便改，他找来水利专家一同设计，将河水改道向北，形成一个“几”字形，把车站包在其中，而且将选址北侧大片的芦苇塘也扩进车站之中，填平使用。

这就是今天北京北站所在的位置。车站历时半年建成，谁也不知道前期工作是如此曲折。

胡燏棻把这段“西直门车站往事”说罢，全场响起了雷鸣般的掌声，连金达等外国工程师也是赞叹不已，他们为詹天佑这种执着的精神所震撼，但是，这些人也瞪大了眼睛，打算看一看詹天佑下一步的进展，要知道，丰台柳村到南口这一段的修筑，总体来讲相对平缓。可下一步，从南口开始再往前修，要打通居庸关、五桂头、石佛寺、八达岭四条隧道，开山劈岭，平沟填壑，这第二段工程比起第一段来说简直是难上加难，詹天佑纵有通天的本领，恐怕也难按期完成。

# 第八十六回

## 梁敦彦密语传“风声”
## 谭锦棠倾心留“撮影”

京张铁路首段通车典礼在南口盛大举行，典礼过后就是酒会，来宾们纷纷举杯向陈昭常和詹天佑道贺。觥筹交错之间，笑语喧声，不绝于耳。

席间气氛越发轻快，众人三三两两凑在一起高谈阔论，英国工程师金达端着酒杯来到詹天佑跟前："眷诚，祝贺你！"

詹天佑用手中的酒杯轻轻一碰："金达先生，我能有今天小小的成就，还要感谢您当日的提拔，在您身上，我学到了一名铁路工程师应有的素质和素养。我幼时留美，科技的灿烂令我很是崇拜，我泱泱大国如海纳百川，我将用尽平生所学，为大清筑起多条铁路，以不负金达先生对我的期望。"

詹天佑这几句话说得可谓不卑不亢，金达听了之后心里多少有一点不悦，但是，他还是提醒詹天佑："眷诚，接下来你将进入更难阶段，南口至关沟地势险峻，我可等着你的好消息，当然，一旦遇到困难，还可以来找我。"

"哈哈哈，多谢金达先生的美意，若是在其他铁路上遇见困难，我自会向金达先生请教，唯独京张铁路，不管遇到多大的困难，我也要自己承担，因为，这是我们的自主铁路！"

"啊，哈哈哈！"

两个人表面上谈笑风生，实际上都是在维护自己国家利益，这就叫外交语言！

其实，金达对待中国还算很友好的，之前，他也多次出手相助。但是，人总有多面性，当初詹天佑勘测路线的时候，金达认为，詹天佑根本修不了这段铁路，出于对弱者的同情，他多次现身伸援助之手，这里或多或少都有点坐等时机的意思，他想，一旦詹天佑修不成京张铁路，他马上接手。金达知道，日本人几次使用下作手段对京张铁路进行干扰，真要有那么一天，清廷一定会选自己担任总工程师。

这是金达开始的想法，可是，随着工程一步步进展，京张铁路非但没有遇挫，反而是捷报频传，金达有点坐不住了，他开始对詹天佑提高警惕，从刚才的对话中，金达越发感觉到，詹天佑这个人，不简单！

当然，两个大人物之间心里较暗劲，脸上总得和颜悦色的。又说了几句无关紧要的，金达奔陈昭常去了。

这时候，詹天佑觉得有人扯了自己袖子一下，回头一看，是梁敦彦，他对詹天佑使了个眼色，示意他不要声张跟自己到外面来。

詹天佑和胡燏棻打了个招呼，出来了。

两个人来到僻静的地方，梁敦彦压低了声音："眷诚，你给我交个底，京张铁路什么时候能修完？"

詹天佑一听："这可不好说，但从现在的进度看，应该可以提前完成。"

"听我的，尽量提前完成。"

嗯？听了这句话，詹天佑感觉有点不对头："崧生，你这话是什么意思？难道是朝廷又有新的旨意了？"





有了之前路务议员的事，詹天佑总觉得那只是个开端，还真让他猜对了，梁敦彦近来听见一些对京张铁路不利的消息。

颐和园的御前会议结束后，先后有多位大臣在慈禧太后面前进言，要求停止建设京张铁路，将预算的款项用于别处。

其中一位大臣提议，节省下京张铁路的资金用于兴建万牲园，还真打动了慈禧太后。

之前，关冕钧从国外回来曾和詹天佑讲过，五大臣从国外带回来好几头异兽送给慈禧，慈禧太后对此颇为稀奇，当时还聘请了两名德国人进行看管、喂养。可是，皇宫内毕竟不是养这种异兽的地方，温度、湿度都不合适，时间一长，动物全都掉膘了，慈禧于是产生了为这些动物兴办专门场所的念头。

这件事被有些大臣知道了，他们借题发挥，为表达坚决推行宪政的决心，一切事物不能落在洋人后头，所以，请奏太后兴建万牲园。

实际上，这些人的目的就是取悦慈禧太后。

慈禧太后满心欢喜，找了几位重臣商议，结果，大家都同意兴建万牲园，但是，不同意停修京张铁路。

慈禧太后虽然不满意，也只能妥协。

这件事被梁敦彦知道了，他吃惊非小！暗地里一调查，那些提议停建京张铁路的大臣，都与英、俄、日三国过从甚密。梁敦彦明白了，列强虎视京张路权，他们处心积虑，机关算尽，时刻想伸出贪婪之手。虽然眼前这一关是过去了，老百姓有句话说得好：不怕贼偷，就怕贼惦记。保不齐哪天又有人说出点什么，太后的心思一活动，京张铁路的命运就危险啦。所以，出于对好朋友的关心，也为这条自主铁路负责，梁敦彦把这些事情告诉给了詹天佑。

詹天佑非常感动，他拉住梁敦彦的手："我代表陈总办和几千名路工，谢谢你啦！"

梁敦彦一听："眷诚，我可不是想让你谢我，你我当年一同留美，想的就是学成归国造福百姓，如今，局势动荡，你我都不能预测自己的将来，所以，走好每一步才是关键。京张铁路从一开始就倍受朝野瞩目，如今，你们举行了首段通车大典，已经处在风口浪尖，说不准什么时候，有人就会把矛头对准你们。所以，在接下来的路段里，用人、开支、采买工程物资、发包工程这些，一定要慎之又慎，千万不要被人抓住把柄。"

詹天佑凝神想了想："我们一切都是严格按照流程和标准来的，绝没有徇私之处，一应流程手续文书也都有留档。我们不做亏心事，不怕鬼敲门。就是有人要泼脏水过来，我们也不怕。"

梁敦彦点了点头："你心里有数就好。"

詹天佑却是叹了口气："你说得对，我们无法预测自己的将来，我现在只有一个念头，就是修好铁路。只是在咱们大清修铁路，要考虑很多铁路之外的因素，实在是……"他没有说完，语音却颇有怅然和失望之意。

说到这儿，梁敦彦也是默然无语，两人静立了片刻，脑子里转的却是同样一个念头：当今世道，难办的何止是修铁路。世道如此，步履维艰啊。

詹天佑告诉梁敦彦："你先进去吧，我到那个屋里看看。"

敢情还有一个热闹场所呢，那就是工程师和众多监工们。这些人看詹天佑来了，全都站起来了。詹天佑把酒杯斟满："各位，京张首段通车，全赖各位齐心协力，天佑敬大家一杯。"

说完，一饮而尽。把酒杯放下，往四周一看："嗯，怎么少了好几个人呢？"

陈西林赶忙解释："大人，有几位监工去大厅敬酒了，他们怕您酒量不行，都去给您挡酒了。"

"哈哈哈，难得各位体谅，今天大家好好放松，咱们一醉方休！"

就这样，酒会一直到后半夜才散去。

第二天，陈昭常和詹天佑送各位宾朋搭乘专为庆典准备的列车回京城。唐绍仪、梁如浩等人有心与詹天佑多叙叙话，奈何大家身上都有差事，不便久留，只好依依不舍就此惜别。

临别时，唐绍仪来到詹天佑面前拍了拍他的肩膀：“眷诚，我们很快还会见面的。”

詹天佑也没多想，当时车站人多，也没来得及问，只当是唐绍仪开了句玩笑。

庆典结束后，詹天佑的心情久久不能平复，梁敦彦说的事让他为京张铁路的命运多了一分担忧，不过，看看眼前的首战告捷，又使詹天佑信心倍增。

这天晚上，在行军帐篷里，詹天佑思绪万千，他提起笔来，给在美国的老师诺索布夫人写了一封信，信中写道：

“在我任此职务以前，甚至于就任以后，许多外国人公然宣称中国工程师不可能担任如此艰巨的铁路工程，既需开凿坚硬的岩石，又需修筑极长的山洞。我不顾一切，坚持进行工作，首段工程终于完成。”

詹天佑在修建京张铁路的过程中，多次给诺索布夫人写信，每每遇到高兴或者忧烦的事，他总要和老师分享。这大概就是一种神交吧。





信写完了，詹天佑又附上了一份关于首段工程胜利竣工的剪报，刚装进信封里，帐帘起处，走进一个人。

这个人四十来岁的年纪，中等身材，黑灿灿一张脸，两只大眼睛炯炯有神，穿着一身夏布长衫。

“眷诚兄，还没休息？”

来的这个人，叫谭锦棠。

提起谭锦棠，那可是当时一位著名的摄影师，天津同生照相馆的老板。此人家住广东香山县，是詹天佑的同乡，两个人关系密切，自从去年九月开始，詹天佑就从天津请谭锦棠到京张铁路总局担任摄影师，全程跟拍验收工作。

可能是一方水土养一方人的缘故，受詹天佑的影响，谭锦棠从小就喜欢研究西方的先进科学技术，他比詹天佑小十五岁，从小就听家里给他讲詹天佑修铁路的故事，见贤思齐，谭锦棠也不甘落后，也想做出一番事业。

在一次机缘巧合下，他看到有摄影培训班在招收学生。开办摄影培训班这个人，是广东的一位摄影师黎芳。此人早年迁居香港，在香港的照相馆工作多年，学习了摄影技术，后又开办了自己的照相馆，取名为阿芳照相馆。

谭锦棠报名参加了培训班，跟着黎芳刻苦学习，他逐渐掌握了摄影构图技巧，以高超的技巧来捕捉东方的神韵。他拍摄的作品让人称赞。

凭借这门手艺发家致富，到后来，谭锦棠把目光投向了另一个重要的城市——天津。在天津，他开设了同生照相馆，由于技术精湛而声名远扬。

詹天佑为给京张铁路留下一部完整的影像资料，重金礼聘请谭锦棠前来。没想到，谭锦棠拒绝了这些礼物，他告诉詹天佑："您是一位爱国工程师，为中国修建自主铁路，我是您的同乡，喝着同一条河里的水长大，我如果还要这些聘礼，那我谭锦棠就枉为一个中国人！"

就这样，詹天佑任命谭锦棠为京张铁路特聘摄影师。从那时候开始，谭锦棠就一个人背着照相机，从京张铁路起点丰台柳村开始，用玻璃底版拍摄沿线所有照片资料，这些照片中，包含了沿线各站点的景色和场景，有主要路段、车站、厂房、机车、桥梁、隧道，也包括前两天刚刚举行的首段通车庆典仪式。

咱们为什么没提过他呢，皆因为谭锦棠这个人总是喜欢独来独往，在那儿照完相之后，马上又去另一个地点取景，这会儿在人群里，一眨眼，他又扛着相机去山头上了，神龙见首不见尾。

现在他来找詹天佑，是来送几张拍摄的庆典仪式的照片。

詹天佑接过来一看："太好了！锦棠，你的功劳不小啊，将来，我让工程处将你拍摄的所有照片集合成纪念册，传流后世。"

谭锦棠笑了："要照您这么说，我还得再练练手艺。"

詹天佑说的可并非戏言，到后来，他真的把照片整理成册，由同生照相馆制作，分为上下两卷，共 183 张照片。这本影集对中国铁路发展史的研究，有极大的参考价值，取名就叫《京张路工撮影》，后来入选《中国档案文献遗产名录》。

当时的詹天佑想不到这些身后之事，他对谭锦棠说："早点休息吧，再过几天，咱们就要开始第二段工程了，山高路陡，壁峭难攀，你可要多加小心哪！"

谭锦棠一听："您就放心吧，山越高，我拍出来的照片越好取景，越能显示出咱们京张铁路的气势！"

谭锦棠信心十足，詹天佑说的也一点儿不假，第二段铁路工程由南口到岔道城，穿越崇山峻岭，坡度大，隧道多，是京张铁路全线中难度最大的一段。此段穿越军都山，山峦起伏，怪石嶙峋，最早的计划是开挖四条隧道，中途发生过变化，改为了五桂头、石佛寺和八达岭三条隧道，后来，詹天佑与几位工程师一研究，为了避免拆毁居庸关长城以及关城附近农舍、房屋，他们又重新加入了居庸关隧道。

工程中四条隧道以八达岭隧道最长，原计划长度达 1800 米，后来经过陈西林复测线路后，与詹天佑商量，提出了新的方案，采用"人字形"路线方案，缩短了八达岭隧道长度，大大减轻了施工难度。

尽管在路线勘测设计时经过了反复考量，已经尽可能做了最合适、最科学的设计，但是这改变不了南口到岔道城地形复杂的现实问题。一旦动工，詹天佑就要驻扎在施工现场，以随时进行技术指导、解决工程难题。

他给家里写去一封信，告诉夫人，不要惦记，有士远和鸿诰在自己身边照顾，万无一失。

这边拉开架子准备开始第二期动工了，没想到，商部突然下了一道命令，责令詹天佑离开施工现场，火速回京！

# 第八十七回

## 选人才京师传喜讯
## 出怪事工地起疑云

京张铁路首段通车，詹天佑感到由衷的欣慰和振奋，朝野上下为之欣喜，大洋彼岸也产生了轰动，当初那些坐等看中国人笑话的外国人一时惊掉了下巴，他们没想到在这个古老当时是封闭落后的国度里，居然真的不用洋人、不借洋债，在一年的时间里就将一项困难重重的大型铁路工程实现了部分路段的通车。他们不得不收起轻慢之心，重新审视中国的潜力，谨慎地对京张铁路重新作出评估，这些算盘打得噼啪响的洋人十分清楚，如果再不正视这件事，他们终将会逐渐失去巧取豪夺来的东西，已经吃到嘴里的肉也得吐出来。

詹天佑并没有沉浸在首战告捷的喜悦中，他知道，前路坎坷，需要攒足力气为之一搏。他让所有工程人员休息三天，三天之后，立刻开启第二段工程。

偏在此时，詹天佑接到了一个临时任务，商部来了一封急件，朝廷要举行一次专门针对留学生的全国性大考，请詹天佑急速入京。

有人问，詹天佑身在南口，那不就是北京昌平吗，怎么还急速入京呢?

原来，那个时候的昌平还不属于北京，属于直隶省的辖区，真正归到北京那是新中国成立之后的事。

那么，这全国性大考又是怎么回事呢?

随着近年来留学生人数逐年增多，新式学堂和新式教育又被大力推行，为此，学部与外务部共同颁布《考验游学毕业生章程》，确定每年10月对留学生们进行两场考试，择优聘用，授予进士称号并酌情给予官职。

由于1906年是推行此章程的第一年，朝廷格外重视，精心挑选了主考官和副考官。

曾在法国留学的联芳、留美幼童唐绍仪、留俄学生塔克什纳三人被任命为大总裁，作为主考官。这几位主考官在外国语言方面有特长，但是在科学技术领域里并不精专，当时社会各界已经认识到科学技术对国家建设的重要性，因此考核人才的过程中对考生的科学技术知识考核也纳入考试范畴，三位主考官奏请两宫，将留美的詹天佑、留英的严复、留法的魏翰等人点为襄试官，也就是副主考。

两宫准奏，这才由商部下令，调詹天佑回京。

詹天佑看到唐绍仪名列主考官的位置，当时会心一笑，这才想起那天在火车站唐绍仪的那句话，敢情他早知此事。

为朝廷选拔人才也是一桩大事，詹天佑将工程现场诸事安排妥当，便赶回了京城。

这次考试全国共有四十二名“海归”留学生应考，当时京张铁路的工程师颜德庆也在应考之列。他们要考语言和专业两科，视两科总成绩排定名次。

最终几位主考、副主考一起，评定出了九名进士、二十三名举人，颜德庆位列进士的第四名，学部将考取结果和考取人员名单都公布在了报纸上。一时间，京张铁路首段通车和留学生顺利考核两件喜事，成了街谈巷议间百姓的话题。

詹天佑向商部复命之后，回到南口施工现场，正准备开工，没想到，意料之外的麻烦如影随形，一件突如其来的事打断了他的计划。

这天早上，行军帐帐帘一挑，从外面走进两名监工。监工是施工现场负责督促工人按期完工的管理者，对于监工的要求很高，既要懂得铁路上的专业技能，还要有良好的沟通能力。

来的这两名监工，一位叫黄桂祥，一位叫张成海。詹天佑修建新易铁路的时候，这二位就做监工，他们懂技术、熟业务、态度认真、经验丰富、责任心强，曾经出色地完成过很多大型项目的监工任务，是两个不可多得的高级监工，而且他们还善于培养新人，哥儿俩手下有好几个出色的中下级监工人才，都是他们手把手带出来的高徒。新易铁路修完之后，詹天佑推荐他们去关内外铁路，如今京张铁路用人在即，詹天佑又把他们给调到了北京，可以说，这两个人一直视詹天佑为大恩人。

今天来不知道是因为什么，“桂祥，成海，有事吗？”

这一问，两个人都有点不好意思，詹天佑笑了：“怎么成了大姑娘了，有话说呀！成海嘴笨，桂祥你说。”

黄桂祥一听：“好吧，既然詹大人让我们说，我们就直言了。按说，您对我们哥儿俩的恩情，我们永世不忘。如今京张铁路蒸蒸日上，正是我们哥儿俩大展才华的时候，为国家出力，我们哥儿俩义不容辞！”

詹天佑一听乐了：“我说这大清早的，你们就为跟我说这个吗？我不喜欢听这些空话，有劲儿到工地上使去，刚才不是说了，义不容辞，那就赶紧干活吧。”

黄桂祥一摆手：“大人，我还没说完，虽说是义不容辞，但这回真得辞了。”

“什么，辞了？把话说清楚！”

詹天佑这个人，平时不爱开玩笑，但是，他也很少冲别人发脾气，可一旦要是认真起来，他这张脸，谁看谁害怕。

黄桂祥当时一哆嗦，看了一眼张成海："成海，要不还是你说吧，我实在张不开嘴。"

张成海一听："得，我说。大人，是这样，我们俩有个朋友，他在沪宁铁路上做监工，前两天写信，说他家里出事了，得马上辞工。可沪宁铁路那边也是用人紧张，没有富余人手，写信来，想让我们俩去帮帮他。"

"嗨！"詹天佑一听，"我当什么事呢，去吧。"

"啊，"张成海一愣，"您同意了？"

"对呀，沪宁铁路有事，你们去帮忙，这很正常啊，不过，你那朋友是一个人，你们俩去一个也就行了，别都去啊，咱们这边也不能少人，你俩走一个，我再找个人顶替，不就行了嘛。"





詹天佑这么痛快答应了，张成海一时没反应过来，黄桂祥一看，"这样吧，那就我去，成海留下，大人放心，最多三个月，我准能回来。"

"去吧，早去早回。"

黄桂祥走了，没过三天，张成海又来了："大人，我得跟您请个假，我家里老娘生病了，我得回去一趟。不过是在老家，得回济南。"

詹天佑一听："这可是大事，你快去快回。钱够不够，我给你拿点？"

"呃，不用。"

说完，张成海也走了。詹天佑此刻正忙着工程上的事，他也没往别处想，忽然这天，监工刘道林来了，他没说话之前，先给詹天佑递上一张纸，詹天佑接过来一看，上写四个字：辞职报告。

一看这四个字，詹天佑马上就想起之前的黄桂祥和张成海了，他忙归忙，记性可好，他一下想起来，黄桂祥和张成海来找自己的时候说了一个"辞"字，自己以为他们是来请假，就直接答应了。现在刘道林直接递上辞职报告，这就说明，他们做的是同一件事，要照这么看，刘道林比那两个人实在多了。

可光实在不行啊，詹天佑得知道原因："道林，现在京张铁路首段刚刚开通，大家士气正高，后续路段也马上要开工，你为什么突然递上了辞呈呢？是工作上有什么问题吗？据我的了解，驻段工程师对你的工作成果认可度非常高，可是有什么其他我不了解的情况？"

刘道林一直低垂着头，看上去有些紧张，他摇了摇头："并不是工作上的事。"

按常理，一个人提了离职，上司问他为什么离职、是不是工作上有困难，这人给出了否定的答案，后面势必要解释下自己的离职原因。

詹天佑也是这么想的，所以他已经做好了倾听刘道林辞职理由的准备，但是刘道林说了不是工作上的问题后，就住了嘴，半天没有说话。

两人都等着对方开口，场面一时僵住了。刘道林站在那儿，额角鬓边也沁出了豆大的汗珠，他张了张嘴，没说出话来，又张了张嘴，才磕磕巴巴地说："我、我……家里有事，对，家里有事。我必须马上赶回去处理，还请大人准了我的辞呈。"

詹天佑有些困惑："这点我能理解，谁家都难免有急、难之事。我可以给你一段时间的假，你先回家料理事情，等处理好了再回来，倒是没有必要直接辞职，你觉得呢？"

刘道林仍然垂着头不敢看詹天佑，又磕巴上了："我、我，我还是辞职吧。"

"道林，你是不是遇上了什么大的麻烦？需要花很长时间，还是经济上有困难？如果是时间上的问题，我可以给你的假期批久一点；如果是经济上的困难，我可以给你预支一个月的薪水。"

"詹大人，"刘道林的身子一颤，他咬了咬牙道，"多谢大人好意，我心领了，但是我还是想辞职，希望大人允准。"

"好！"詹天佑不再挽留了，他只问了一句，"黄桂祥、张成海先你而去，你们是商量好的吧？"

刘道林把头一低，一句话不说了。

"好吧，人各有志不必强留，既然你坚持辞工，想来是有不得不走的理由，我尊重你的选择，你的辞呈我批准了。你可以到公事房办理辞工手续并领取补偿金，离职前把手边的工作交接好就可以了。愿道林前程似锦，去吧。"

刘道林冲着詹天佑深鞠一躬，退出帐外。

他走了，詹天佑感到情况不对，监工是把好质量关的关键，眼下南口岔道城段又是难度最大的路段，非经验丰富、责任心强的监工不能胜任。他本来考虑把黄桂祥、张成海、刘道林这几个他信任可靠的优秀监工调配到南口岔道城段的几个艰难工程上，没想到监工们接二连三辞职，这到底是因为什么呢？

詹天佑把徐士远给找来了，把情况跟他一说，徐士远当时就愣住了："老师，这一定是他们几个合计好的。"

"合不合计不重要，我就是想知道，他们为什么要走？一下走三个，这也太巧了！"

"老师，不是巧，就是他们商量过了。您等着，我去打探一下。"

徐士远出来以后，来到工地转了一圈，结果，什么也没问出来。回到大帐里跟詹天佑一说，詹天佑直接把眼睛闭上了，他要好好想一想这到底是因为什么。难道是我詹天佑有不到之处？难道是新定的规章制度定得不合理？难道是工期太紧？难道是薪水太低？到底是为什么呢？

他正想着呢，突然间，从帐外跌跌撞撞跑进一个人，詹天佑抬头一看，正是内弟谭丽泉。

“丽泉，出什么事了？”

“姐夫——”

一着急，谭丽泉也忘记改口了，“出大事了，有三百多名路工要集体辞工，他们要一块儿走！”

什么？辞工？





“丽泉，你看清了吗？是总局派来的路工，还是外包的路工？”

当时工程是采取分包形式包给有关包工头的，也就是说，有些工程是外人干。但是，这里也有一部分是京张铁路总局招上来的路工。

谭丽泉大口喘着粗气：“我看清了，都是咱们自己的路工。刚才我准备带人去搬设备，结果看着这些人聚在一起，嚷嚷着不干了，准备收拾行李结账回家了。”

詹天佑感到情况不妙，告诉徐士远：“速去把李子亭请来。”

话刚说到这儿，李子亭来了。

就看李子亭满头大汗：“大人，不知道是怎么了，好多路工要辞工，我让徒弟们下去问原因，结果这些人都是一个理由，都说要回老家种地去，我估计这是有预谋的。我跟管账的先生说先别给他们结账，您快点拿个主意吧。”

詹天佑明白了，路工辞工和监工辞职是一回事，必是有人在暗中运作，这是要拆台呀！

“我去看看。”

说着，詹天佑提衣襟走出行军大帐，徐士远、李子亭、谭丽泉紧随其后。来到工地上一看，这儿已经乱作一团了。

路工们集体要往山下冲，他们有的背着行李，有的干脆连行李都不要了，李子亭手下的一些副手，实际也是他的徒弟，在旁边纷纷解劝。在远处，穆顺已经带着人把山口堵了。

这时候，张鸿诰大喊一声：“都别吵了，詹大人到。”

这一声喊，场面立时安静了，詹天佑来到工人中间，挨个儿打量，奇怪的是，这些人没一个敢和詹天佑对眼神的，全都把头低下了。詹天佑明白了，这些人有愧疚之意。

转了一圈后，詹天佑对大家说："各位兄弟，我知道你们都有苦衷，大家到这儿来干活，为的就是挣钱养家，如果说，我詹天佑有什么对不住各位的地方，请你们说出来，我虚心接受，如果你们这么不言不语就走，我可不答应！咱们有用工条例，上面写得清楚，路工家中有事，可以提前请假。但是，必须说清原因。国有国法，家有家规，京张铁路不是我一个人的，是大清的，你们只说想回家种地，这个理由太牵强了。咱们刚刚顺利完成了第一段工程，眼看就要进入攻坚阶段，你们这个时候走，是想看我一个人唱大轴！可以，就算是剩下我一个人，我也得把这条铁路修通！我可以给你们结账，让你们走，但是，你们必须告诉我，这是为什么！"

这番话说完，再看那些准备辞职的路工，一个个面红耳赤，全都往后退，退着退着，有个路工喊了一声："别退了，咱们必须走，为了一家老小，只能得罪詹大人了！"

这一声喊，可起了带头作用了，所有往后退的工人一下都冲到前边了，排成几排往山口涌。穆顺急了，他告诉身边的兄弟们："哥几个，拿出咱们的'老本行'，看住了这些人，放走一个，拿你们是问！"

这些人当初都是维持街面的，个顶个把手一张，分开排列，形成了一道人墙。

眼看着工地上就要发生冲突，就在这危急时刻，听山头之上有人高喊一声："各位留步，你们都上当了！"

# 第八十八回
# 聚人心召开紧急会
# 励斗志进军居庸关

詹天佑为监工请辞一事大伤脑筋，偏在此时，雪上加霜，有三百多名路工也要集体辞工，这明明就是在给京张铁路掣肘，场面混乱，难以控制，突然，从山头上跑下一个人，拦住了大家的去路。

众路工仔细一看，拦他们的人是唐胥。

这里面大部分人都认识唐胥，前文说了，唐胥在工地上经常教工人识字，很多人背地里都称唐胥为“小先生”。今天，这位小先生有点激动，他从山头上跑下来，站在山口一块大石头上，一句话没说，哭了。

这下，大伙儿都傻了，詹天佑也走过来了：“唐胥，你这是怎么了？”

唐胥冲詹天佑深施一礼：“詹大人，我不过是一个小小的路工，人微言轻，但是，今天在这儿，您能不能给我一个机会，让我跟大家说几句话？”

詹天佑点点头：“你说吧。”

“好。各位，咱们大家来自五湖四海，能聚在一起，就是缘分。很多人认识我，因为我经常教大家识字。可也有很多人不认识我，那我就来个自报家门。我姓唐，叫唐胥，从小跟着一个叫唐廷枢的人，给他当小厮。唐老爷是我的恩主，他老人家一生为国家做事，好像一台高效的机器，一直不停地运转，直到鞠躬尽瘁，累死在岗位上。当年，唐老爷放弃了在怡和洋行的丰厚待遇，转而建设自己国家的轮船、煤矿和铁路，他‘仿西技、用西人’，创办实业，自强求富，一心要改变国家忍受屈辱、任人宰割的历史。在他的努力下，修建了中国第一条铁路，唐胥铁路，这也是我的名字的由来。只可惜，唐胥铁路的总工程师是个洋人，这条铁路不能算是咱们中国人的自主建设，这件事使唐老爷的后半生一直耿耿于怀。谁料想，天降英才，詹大人留美归来，开始建设咱们中国的铁路，特别是他要建设咱们自主勘测、设计、施工的第一条铁路，京张铁路！这是多少中国人梦寐以求的事啊！其实，当年唐老爷去世以后，我就成了无业游民，为糊口，我在长街上给洋人擦皮鞋，受尽了欺辱！是詹大人把我招到京张铁路线上，让我堂堂正正地做人，做一个对国家有用的人。我自来到工地后，看见各位齐心协力，同甘共苦，心里别提多高兴了。可是，通车大典以后，各位的心怎就散了？我奉劝各位，千万别上洋人的当！”

嗯？詹天佑一听，唐胥话里有话呀，“唐胥，把话说清楚，到底怎么回事？”

唐胥从大石上跳下来，三两步跑到詹天佑身边：“詹大人，实不相瞒，今天各位工友纷纷离去，就是通车大典那天，洋人鼓动的，您听我道来——”

原来，就在那天庆典酒会上，几名外国工程师频频和中国工程师以及监工们喝酒闲谈，有几个人的谈话被唐胥听到了。当时唐胥负责端菜，一走一过中，就听外国工程师用英语说出了“两倍工资”“单线联系”这些话，唐胥从小跟着唐廷枢，经常出入洋行，英语很好，当时他也没多想。可是，没过几天，就传出了黄桂祥、张成海、刘道林三名监工辞职，唐胥也没多想，认为他们家里确实有事。可没想到，紧跟着就是路工辞职，唐胥一下就反应过来了，一定是洋工程师在酒会上挖人，如果单单挖走几个监工还不算什么，撤走大批的路工，这就是阴谋！



唐胥一个人站在山头反复琢磨，他认为自己的推断是正确的，偏巧此时，众路工往山口外冲，他这才下来制止，揭开迷雾。

这时候，听李子亭大吼一声：“真是岂有此理！咱们好心好意请他们来，他们却来耍阴谋诡计，三个监工忘恩负义，可你们也被灌了迷魂汤吗？当初，我和詹大人一起勘测这条路线时，历尽千难万险，有好几次，詹大人都差点坠入悬崖。当时，我问詹大人，‘您为什么要这样坚持？’詹大人跟我说，他就是想给咱中国老百姓修一条自己的铁路。洋鬼子想要咱的路权，用枪逼着詹大人跟他们合作，詹大人是宁死不从。去年在天津，为了给京张铁路要工程款，詹大人急得吐了血！他容易吗？！说到根儿，他为了谁？他不是为了咱们和咱们的儿孙能过上好日子吗？可你们呢，你们贪图钱财，把脸一拉，说走就走啊！我现在就想知道，洋人许给你们多少钱？谁敢站出来说！”

让李子亭一顿教训，好多路工都流泪了，这时候，从人群里走出个年长的，他来到李子亭面前，“扑通”跪下了：“李队长，我们不是人！实话跟您说吧，自从那天庆典过后，黄桂祥、张成海、刘道林三个监工私下里找我们谈话，说有几个外国工程师已经告诉他们了，京张铁路首段通车后，将会进入最艰难的一段修筑工程，这段工程光靠中国人肯定是修筑不了的，不可能成功。而且山高路险，弄不好就会搭上性命。三位监工劝我们跟着他们去南方修铁路，而且许给我们两倍的工资，让我们不要跟着詹大人浪费时间了。我们这些人出来干活就是为了挣钱，我们也知道，一下走这么多人，对不起詹大人，可说了归齐，谁跟钱有仇啊！所以我们打算现在就走，没想到，听了李队长和小先生的话，我们才知道这条京张铁路有多不容易，我们才知道詹大人有多不容易！”

说到这儿，这位路工向身后一招手：“兄弟们，是咱们错了，咱们对不起詹大人！”说完话，这三百多名路工“呼啦”一下，全跪下了。

眼前这个情景，让詹天佑大为感动，他用感激的眼神看了看唐胥和李子亭，然后伸手把前排的几名路工搀扶起来：“各位，说到底，还是我对不住你们！在接下来的工程里，我会给各位争取更大的利益，为了京张铁路能够早一天贯通，天佑在此拜谢了！”

说着，他向路工们一揖到地！

就这样，路工们重新返回到了自己的岗位。回到大帐里，詹天佑想起当初徐士远说过的话，俄国记者在报纸上说京张铁路前途未卜，当时徐士远就提醒詹天佑，说这些无根之语很可能会动摇军心。可惜，自己没把这话放在心上，疏忽了大家的思想工作，才导致了如今的现象发生，真是后悔不迭。

当即，詹天佑让徐士远通知各路段工程师和监工速来南口，召开紧急会议。

各路工程师接到通知匆匆赶来，行军帐里的气氛变得十分凝重。

见大家都到齐了，詹天佑咳嗽一声：“诸位，京张铁路首段开通，全体人员上下一心，这是大清之福，百姓之福啊！如今，首段开通后，我们即可运营增收。对于接下来的二段工程，其艰巨程度我想大家都应该清楚。”

说到这儿，詹天佑再度环视四周，每个人都是一脸严肃地看着他，詹天佑把声音略微压低：“各位都是国家顶级的工程师，二期工程能否完成，不是靠一句空喊的口号，靠的是科学的勘测图纸和周密的施工方案。各位在工作上运用科学知识，做事上也需要科学思维。”

这句话说得大伙儿全都面面相觑，不明白詹天佑是什么意思。那是啊，各段工程师只知道自己段上的监工辞职，可不知道一下走了这么多人。

詹天佑接着说：“京张铁路自开始勘测的那一天，就引来了不少外国人的关注。前几天，我的美国耶鲁同窗给我寄来了几份报纸，有人在美国报纸发表署名文章，说从来没有一位铁路工程师是从船上毕业的。这就是在说我，我从美国留学回来后，成了福州船政学堂驾驶班的一名学员，后来又在福州和广州的水师学堂做了很长时间的教习，他们认为我修铁路是半路出家，并非科班。可事实上，我是铁路工程专业毕业，修铁路到底是不是我的本行，这一点毋庸置疑，而且，国外的流言蜚语这并没有影响到我从事铁路工作的决心与信心，我从事铁路工作二十余年，在座的各位中有些人是看着我一路走来的，长期在金达工程师手下工作也没有影响我作为一位中国铁路工程师的信念。现在我作为京张铁路总工程师，全赖各位的相互扶助，才取得了今天的成功。京张未来的路还长，还需我们同心协力，一同努力。可是，总有些心怀奸狡之人，他们不愿看到中国工程师独立开展工作，他们到南口首段通车典礼，并非来祝贺，而是来挖墙脚的，他们鼓动我们的监工和路工相继辞职，目的就是瓦解我们团结必胜的信心，破坏京张这条对大清有重大意义的经济之路，其心何其毒也！”

说到这里，大家才明白了今天会议的主题，陈西林头一个站起来了：“大人，有个法国工程师找过我，让我去卢汉铁路，并许诺了很高的工资。”





颜德庆一听：“我这儿也有。有个德国工程师也找过我，要我去山东帮他们修路。我们自己的京张铁路还正在吃紧的时候，谁有那工夫搭理他？”

邝孙谋沉着脸对其他人道：“这些外国工程师的科学素养和职业道德实在是太差了，我们在外国工程师手下干过那么多年，薪水从来都是比人家少上一大截，现在却突然许诺高薪，必是不怀好意！况且詹大人给大家定的薪酬已经与外国工程师齐平了，那些外国人从心里瞧不起我们，认为我们像他们一样唯利是图，真是一叶障目不见泰山！”

几位大工程师都开口说话了，下面这些监工们也都纷纷点头，开始发表意见。

这个说“不像话”，那个说“小看人”，这个说“犬豕何堪共虎斗”，那个说“鱼虾空自与龙争。”一时之间，大帐内人声鼎沸，群情激奋。

詹天佑脸上没有任何表情，心里却一清二楚，他敢肯定，在座众人里一定有准备递交辞呈的人，现在自己的一番动员不一定起到根治作用，但是，足可以稳定局面。

詹天佑提高了声音：“各位，静一静，我说这些的目的是拜托各位，大家一定要明白，外国工程师这个时候从我们这里挖人，并不是真的看上了我们的人才，而是有意在破坏我们的工程。他们没有拿下筑路权心有不甘，之前，勘测路上遇劫匪，北京城里遇险情，俄国公使传毒信，铺轨第一天，他们在报纸上恶语中伤，如今，又撒出重金收买人心，为了达到目的他们可以使尽卑劣手段，我看得住众位的人，看不住众位的心，还请大家擦亮眼睛，不要上当。只要我们同心勠力，就能够取得京张铁路的全面胜利，将来大清数万里的铁路更能让各位大展身手！”

一番话说得所有人心潮澎湃，就在这时候，张鸿诰送来一封信，詹天佑打开一看，是梁如浩寄来的。信里告诉詹天佑，他管辖的关内外铁路上新来了两名监工：一个叫黄桂祥，现在在牛麻治手下做事；另一个叫张成海，在李吉士手下做事。有人密报梁如浩，这两个都是从京张铁路上来的，写这封信是提醒詹天佑多加小心。

詹天佑心存感激，可他却没让大家看这封信，当众宣布散会。

就在散会之后的第二天，詹天佑下令，立即开工！1906年，也就是光绪三十二年底，詹天佑率领近万名建设大军浩浩荡荡进驻关沟，开始了二期工程！

山高路险，树木交杂，巨石堆垒，壁插云霄！远观立石如虎，近看卧石如刀。风吹黄沙走，石落野兽嚎！从南口到关沟，地形复杂险峻，路基陡然升高，坡度不断加大，其形难画难描。逢山开路古来有，难比眼前这一遭！

詹天佑站在山头往下看，要想建成这段路，必须开山凿石，填壑铺路。在巨大的艰难险阻面前，詹天佑清醒认识到，关沟段工程制约着京张铁路能否如期顺利建成，可以说，全路成败在此一举！仅凭当初优越的线路设计，并不能保证工程的质量好坏，只有按时完成施工并使施工质量严格达到设计水平，才能使京张铁路永垂青史，成为振兴民族的丰碑！

詹天佑在山头之上号令全体人员：上至工程主管，下至监工路工，全要发奋自雄，专心致志，以求达其工竣之目的。

路工们听见号令精神大涨，他们把筑路工具背在背后，腰里拴好安全绳攀岩走壁，工程师们拄着长杆精准计量，詹天佑更是奋不顾身，身先士卒！他们每上一步就增加一分危险。但是，有总工程师在前面领路，所有人都忘了艰险忘了疲惫，饿了就抓口干粮，渴了就趴在山石上饮一口山泉水，搬石搭土，锤起锤落，你听吧，叮叮叮，铛铛铛，山石之上冒火光。这叫众人一条心，黄土变成金。经过十四天的艰苦努力，詹天佑督率路工打通了45米长的五桂头隧道与141米长的石佛寺隧道，积累了宝贵经验，鼓舞了全路士气，一时之间，军心大振！有人提议詹天佑，“咱们应该在山里大摆庆功宴！”詹天佑笑着摇了摇头，他用手往前方一指：“各位，当年春秋作战时留下一句话，‘夫战，勇气也，一鼓作气，再而衰，三而竭。’这巍巍峻岭就是厮杀战场，全体路工就是万马千军，眼前这座山就是难攻难打的定军山，咱们得学一学当年的五虎大将老黄忠，黄骠马上威风抖，一战成功取定军！”

詹天佑当下传令，率领全体筑路人员进军居庸关！

# 第八十九回
# 苏以昭山中荐魁首
# 翟兆麟河边遇怪人

詹天佑带领筑路大军一举打通了石佛寺和五桂头两条隧道，士气大涨，人心振奋。接下来，他们将把目光投向京张铁路的又一道难关，就是居庸天险。

居庸关山势险峻，开凿隧道非常困难。詹天佑带着工程人员来到现场，准备安排下一步的工作，就在这时候，陈西林来了。

“詹大人，有个紧急情况得向您汇报。”

“什么事?”

“之前走了几个监工，咱们不是又招上来几个嘛，这几个经验不足，挖石佛寺隧道的时候就走了两个，现在又走了两个，他们说实在是干不了这个活儿，太危险了。”

“哦。”詹天佑明白了，没有监工，这活儿还真就不能干，人手不齐呀，“这样吧，我回去想想办法。”

回到行军帐，詹天佑打开了建工名册，在这上面认真挑选着合适的人选，挑来挑去，都不太理想，因为监工对于工程的进展有至关重要的作用，不能忽视，而名册上这几个人，经验都不太足，恐怕难以胜任，这可怎么办呢?

哎，他正发愁呢，从帐外走进一个人，

进来后喊了一声：“老师。”

嗯?詹天佑抬头一看，是山海关铁路学堂毕业生苏以昭。

“以昭，你不是在培训班吗，怎么来这儿了?”

培训班是怎么回事啊?您看，咱们这一张嘴，要说全京张铁路，着实不易。詹天佑总揽全局，除了工程上的事以外，他还做了很多的人才储备工作。

当初在天津做预算的时候，詹天佑就看到了中国铁路人才的稀缺，想调来其他铁路线上的工程师，得经过道道程序，真是费尽了周折。从那时候起，他就想过培养后备力量，所以，在去年中秋节后，詹天佑在北京丰盛胡同创办了铁路培训班，以山海关北洋铁路官学堂第一、二届毕业生为主要招收学员，加以培训学习，充实技术力量。除了聘请国内优秀的工程师任教习以外，詹天佑将苏以昭留在培训班。因为在勘测路段的时候，苏以昭是水平组的成员，对京张铁路的整体情况非常了解，让他讲京张铁路的实际路况，以便这些学员学成之后，马上就能投入京张铁路的建设。

如今还不到一年，苏以昭怎么来到工地了？“以昭，出什么事了吗?”

苏以昭笑了:“老师，要说出事也是好事，我给您带来几个年轻小将，都进来吧。”

随着他一声招呼，从帐外走进四个人，年纪都在二十上下，并排而立，朝气蓬勃。

“以昭，这是?”

“老师，这就是咱们培养出来的第一批学员里成绩最好的四个，我把之前勘测过的路段给他们做了详细的介绍，他们都有了初步认识，现在，四个小将前报号，单等您一声令下，要建立奇功啦!”

詹天佑大喜:“太好了，我这儿正缺少监工，那就让他们从监工做起吧。不过，还是要进行培训。以昭，你带着他们去见陈西林，他自会安排。”



“是。”

苏以昭带着四个学员出离行军帐，詹天佑欣慰地点了点头，跟着，他也走出来了。

站在帐口，他望着这横亘数百里的燕山山脉，心中起伏不定。就是这条山脉，把京张铁路分成了两段，如今，南段的施工已经完成，北段的施工也相对平稳，最难的就是中间这段，当初，多少洋工程师“望山兴叹”，认为京张铁路不可能穿越这崇山峻岭，他们知难而退，想看中国的笑话，更是放出讥讽之语，说“能修这条铁路的中国工程师还没有出生，中国人想不靠外国人自己修铁路，就算不是梦想，至少也得五十年”，这句话，始终在詹天佑心中挥之不去，他并没有气恼，而是把这句话作为前行的动力，用实际行动压倒洋人的狂言。

首段开通后，已经实现了最初“边运营边修路”的设想，有了运营收入，工程师的底气更足了，也鼓舞了路工的士气，为决战第二阶段打下了基础。

第二阶段有两个难点，一个是开凿四条隧道，这是不折不扣的硬骨头，也是外国人准备看中国人丢脸的地方。四条隧道，已经打通了两条，除此以外，还有一个难点，那就是怀来河大桥，这是京张铁路上最长的桥梁。

如果能早日解决这两个工程难点，除了个别地方工程量大一点，京张铁路基本上就是一马平川。在打通五桂头隧道后，詹天佑就已经采用了分段施工的办法，穿越军都山脉最难的这一段由自己负责；其他的路基工程由邝孙谋和颜德庆负责。

如今，隧道工程如期进行，怀来河大桥那边有好几天没有消息了，会不会遇到什么困难了？

真让詹天佑猜着了，怀来河这边还真遇到困难了。

按照当初的计划，怀来河上要建一座七孔钢梁桥，桥长 700 英尺，大约 213 米，考虑运输困难，詹天佑在一年前去了山海关桥梁厂，在那儿定制了 7 座 100 英尺长的钢梁，大多采用“一”字形上承式钢板梁结构，属于简支梁桥，可以修建在河道不宽或者便于施工的河床，可以在工厂或施工现场进行组装，采用这种结构的便利条件有很多，它可以加快施工进度、降低造价、缩短建造工期。在石佛寺、五桂头隧道紧张施工时，詹天佑就已安排骡车将钢梁运到了怀来河工地。

钢梁解决了，到打桩的环节，遇到困难了，连着十几次，桥墩是屡筑屡塌。邝孙谋亲自到现场勘查，找出了原因。

眼前这条怀来河，波浪翻滚，是康庄以西的海拔最低点。由于水流湍急，打桩屡屡失败，邝孙谋试过很多办法，均不成功，有心向詹天佑求救，又怕影响居庸关的工程进度，导致怀来河大桥工程停滞。

邝孙谋日思夜想，人瘦了一大圈，此刻，他正带着人在河道里勘查，他跟身边的几位工程师说：“怀来河底的泥沙太多，靠软沙地基根本无法承受桥梁的重量，得想一个万全之策。”

正说着，有人来报：“邝大人，关内外铁路总办梁如浩推荐来一名工程师，正在工棚里等候。”

“哦，孟亭介绍新人来了？我去看看。”

邝孙谋上岸以后，迅速回到工棚，差人呈上一封信，打开一看，这是梁如浩的推荐信，信上说，来人名叫翟兆麟，毕业于天津北洋武备学堂，近年来，一直负责关内外铁路关外部分的建筑维修，任见习工程师。得知星池兄正在建筑怀来河大桥，将此人推荐到前方，助兄完成大业。

邝孙谋大喜，这真是如虎添翼，吩咐：“有请翟工。”

随着一阵脚步声响，翟兆麟进来了。小伙子三十多岁的年纪，中等身材，长得挺富态，黑眉细目，嘴角上扬，天生一副笑脸。

走到近前深施一礼：“拜见邝大人。”

“免礼。”

邝孙谋上下一打量，心里挺高兴，从这个人的面容可以推断，这是个实干家。同时，邝孙谋也感激梁如浩，这多年的同窗之谊，非比寻常啊。

邝孙谋没有说更多的客气话，直接给翟兆麟介绍了当前遇到的困难。翟兆麟一听：“邝大人，那咱们现在就去看看吧？”

“走。”

两个人来到河边，翟兆麟仔细勘查一番后，对邝孙谋说：“大人，我听说当年詹天佑在修建滦河大桥时，曾发明了‘气压沉箱法’，大人何不用此法解决眼前的难题?”

邝孙谋一听：“我也想到过用这个办法，可是，怀来河与滦河的情况不用，用的材料也不一样，试过几次，都不成功。”

翟兆麟想了想：“邝大人，我有一个想法，不知当讲不当讲?”

邝孙谋笑了：“不必客套，请讲当面。”

“多谢大人！我觉得，以怀来河底的情况来看，应该采用‘摩擦桩’来修建桥墩。”

“摩擦桩?”

“对。摩擦桩不是光靠地面的支持力，而是利用桩的侧面和周边地质的摩擦力来承受重量，承受力的大小决定于它的粗细和长短，还有摩擦桩的粗糙程度。施工时，将大锤吊到高空，然后，让大锤自由落下，将直径粗木桩打入土内，几十根木桩形成木桩阵，然后在木桩阵的基础上再浇筑混凝土，建成桥墩。”

“好啊!”邝孙谋鼓掌大笑，“真是个好办法……”这话才说了一半，又咽回去了。

哎？翟兆麟奇怪：“大人这是怎么了?”

“兆麟哪，你这个办法虽好，只是，如何能将一吨重的大锤吊到五米的高空啊?”

翟兆麟一听：“这太简单了，用机器呀!”

邝孙谋苦笑一声：“机器？上哪儿去找啊！京张铁路建设到今天，凭得全是人力呀!”

“什么?”

翟兆麟简直不敢相信自己的耳朵，他这才仔细地往四周围看了看，果然，工地上除了大车、工具以外，没有一台新式机器，这和关内外铁路的工地现场简直判若云泥。

“邝大人，你们就是这样一步步走过来的?”

邝孙谋点点头：“对呀，詹大人带领路工开凿了两条隧道，也是全凭人力。”

哎呀！翟兆麟被震撼了，他怎么也想不到，中国第一条自主勘测、设计、施工的铁路工程，居然是在如此艰苦的条件下进行的。

“邝大人，是我不明实情，出言孟浪了。您放心，我一定想尽办法，解决这个难题!”

小伙子热情高涨，说干就干。第二天，他把工程师、监工们集合到一处，如此这般这般如此，要求每个部门分工明确，平稳推进。

跟着，他走到一位路工身边：“我问一下，你们的队长在哪儿?”

这名路工一听："队长？在……在那儿。"说着，用手一指。

翟兆麟顺着他手指的方向一看，就在不远处的一棵大树下，坐着一个人，这人年纪也就在二十出头，长得很瘦，皮肤黝黑，短眉毛，圆眼睛，蒜头鼻子薄片嘴，一条小辫又黄又细。工服在树杈上搭着，这位把腿一盘，右手托着个小茶壶，"嗞喽"一口，估计茶挺烫嘴。就看他左手里拿着根树枝，正扒拉地上的一堆石头子呢。

可把翟兆麟气坏了，邝大人为了修桥打桩差点累病，所有工程师和路工都忙得脚不沾地，你倒好，身为路工队长还有心在这儿玩？岂有此理！

翟兆麟怒冲冲走过去，一抬脚，"哗啦"把地上这堆石头子给踢飞了。

没想到，这位队长根本没生气，他走过去，把这些石头子一块一块又给捡回来了，聚拢成一堆，重新坐在大树下，然后，拿出一块往前边一放，告诉翟兆麟："你踢这个。"

翟兆麟简直不敢相信，这个人是路工队长！他不会脑子有问题吧？难道他是哪位官长的亲戚？过去关内外铁路上经常有国外工程师的亲戚当工头，别看什么都不懂，一个个骄横无比，对中国工人非打即骂。可眼前这个工头倒不怎么骄横，就是不太正常。干脆，我躲他远点吧。

想到这儿，转身要走。

"哎？等会儿。"这位一伸手把翟兆麟给拦住了："你要去哪儿？"

把翟兆麟气得一瞪眼："你管得着吗？"

这位赶紧赔礼："别别别，别生气，我不是管你，我是看你爱踢石头，所以想让你帮我试试。我的脚趾头磨破了，踢不了。这样，你先踢这块。"

翟兆麟往左右看了看，左右没别人，刚才那个路工说的应该就是他，不行，我还是问问吧。

想到这儿，翟兆麟把身子往下一伏，看了看这位："我问问你，你当真是路工队长？"

"是啊，当一年多了。"

"这一年多，你就天天坐在树底下摆弄石头子吗？"

这位一听："笑话，我是队长，我能天天摆弄石头子吗？"

"那你干吗？"

"我得上山呀！"

"上山干吗？"

"捡石头子呀。"

差点把翟兆麟气哭了，心说，这人肯定是个疯子，家里有钱有势，给他找个差事，让他在这儿不干活，领个空饷。我别跟他废话了，说完站起来就要走。

这位急了："我说你怎么回事，怎么非走不可呀！要不是别人都忙着我也不用你，就让你踢个石子，有这么难吗？"

翟兆麟一听："哦，你还知道别人都忙呀！别人都在河里忙，你在树底下玩，你像话吗？"

"什么？玩？"

"噌"一下，这位站起来了，掸了掸身上的尘土，围着翟兆麟转了三圈："我说你是谁呀？你怎么敢这么跟我说话？连詹大人都没这么跟我说过话！"

翟兆麟心说，那倒是，詹大人不理疯子。我要早知道你这样，我也不跟你说话。想到这儿，他冲这个人拱了拱手："就当我什么也没说，您继续在这儿摆弄您的石头子，我是来这儿干活的，犯不上得罪你，更犯不上得罪你的亲戚。"

这个人笑了："算你有眼力，你要敢得罪我的亲戚，让你吃不了兜着走！"

说到这儿，翟兆麟还真有点好奇，他随口问了一句："不知你的亲戚是哪一位？"

"哪一位？京张铁路路工队里赫赫有名的小先生，唐胥！"

翟兆麟简直受不了了，合着他那亲戚就是个路工，那他怎么这么横呀？正事不干，游手好闲，就摆弄这堆石头子，这堆？嗯，说到这会儿，翟兆麟发现点奇怪的事，他这才注意，地上这堆石头子，形状大小几乎一模一样，只是颜色不同，有深一点的，有浅一点的，有黑的，还有黄的。哎呀，猛然间，他想起了一件事，梁总办跟自己说过，京张铁路路工队伍里有一位奇人，莫非就是他？

想到这儿问了一句："不知阁下贵姓高名？"

这个人听了微微一笑："我没有名字，别人都叫我小石匠。"

# 第九十回

# 筑桥墩上下齐奋战
# 望家长去留陷两难

翟兆麟在怀来河工地上遇见一位怪人，一打听才知道，他就是小石匠。

这部书说到“怀来建桥”，小石匠才正式登场。正如他自己所说，小石匠没有名字，父母早丧，他从小跟着爷爷长大。直到一次偶然的机会，小石匠去天津给大户人家雕石壁，巧遇表兄唐胥，唐胥跟他讲了京张铁路的事，也诚邀他加入这个队伍，小石匠欣然应允。





干完了天津的活儿，小石匠就去参加路工培训，李子亭发现，这个人很有性格，也很有本事，做事也特别细心，就跟詹天佑提过几次。詹天佑在修建石桥的时候，有意考察，经过考察发现，这个小石匠对造桥有很多独到的见解。对于一些跨度小的桥，詹天佑请小石匠出谋划策，采用了中国传统的建桥工艺，因地制宜，就地取用山里的石材，加上中国自产的水泥，设计建造出了一座座既美观，又经济，还实用的石拱桥。

詹天佑为收纳一名特殊人才感到高兴，早在一年前，他就把小石匠派到了怀来，让他协助邝孙谋一同造桥，而且，想任命小石匠为特邀工程师，小石匠拒不接受，他跟詹天佑说：“我就是个手艺人，大人能让我到京张铁路上一展身手，我感激不尽，这是给咱中国人自己修铁路，我也是应当应分，我当一名路工就行。”

就这样，小石匠跟随邝孙谋到了怀来。邝孙谋也发现这个人不一般，他喜欢独立思考，经常能想出一些绝妙的点子，所以邝孙谋和詹天佑商量，到底还是让小石匠做了路工队长，由李子亭代管。

今天，小石匠在大树下想事，翟兆麟过来质问他为什么不干活，他不认识翟兆麟，所以两个人险些争吵起来。现在互相通报了姓名，小石匠也觉得不好意思：“哎呀，翟工，我真的不认识您，失礼了。”

翟兆麟也笑了：“队长太客气了，我看您在这儿摆弄的石头大小都一样，您这是做的什么实验？”

小石匠高挑大指：“罢了！难怪您是工程师，真有眼力，不过咱们先说好一件事，您千万别管我叫队长，我听着不习惯，您就管我叫小石匠，这里所有的人，包括邝大人都这么叫我。”

“好，那我就不恭了。”

“嗨，没什么。我呀，听说邝大人说这几天咱们这要打桩筑桥墩，这段时间我一直在想，怀来河大桥的桥台和桥墩，选料里除了水泥，还得用些石料，按说，造桥通常用的是花岗岩，这种石头结构致密，坚固稳定。可是，用它来造桥墩，到底合不合适，我拿不准主意，所以，在您没来之前，我为了选石料，把怀来一带的山都踏遍了。”

翟兆麟一听：“听说怀来一带的高山不下七十座，您都踏遍了？”

“哈哈哈，翟工有所不知，我自幼跟着爷爷登山采石，这都不算什么，而且我还能准确记住每座山的名字，下次再去，准找不错。”

“是吗？小石匠，那你跟我说说，这怀来一带，都有什么山呀？”

小石匠想了想：“这里有广坨山、水口山、磨盘山、东盘山、大王山、北鞍山、尖头山、马安山；大平梁、黑山被、老虎头、黄龙崖、宝殿坡、石猴岭；怀来人头山、大营盘南山、孟家窑东山、怀来海坨山；再有就是大鹰窝、凤凰山、老黄沟锅帽山、九山、阎王鼻子山。”

嘿！翟兆麟心说，难怪他长了一张薄片嘴，真能说呀！

“小石匠，这些山你都上去了？”

“当然，不单上去了，我还仔细辨别了每座山上的石头的密度，取回来之后，打磨成一般大小，然后再上戥子称，最后确定到底哪种石头更坚硬。刚才您踢了一脚，我突然想到，让您一块一块踢，看看踢哪块脚最疼。”

翟兆麟一听：“我的鞋受不了。”

两个人同时笑了。笑过之后，翟兆麟和小石匠一同来找邝孙谋，说出这个想法之后，邝孙谋也是不住地赞叹：“小石匠，据你观察，当选哪座山的石头最好呢？”

小石匠从怀里把这些石头掏出来，一块一块摆在桌上，选来选去：“就这个，这是黄龙崖上的石头，用它混上水泥浇筑桥墩，再合适不过了。”

“好！”邝孙谋大喜，“那咱们就去黄龙崖采石。”

“等一等。”

翟兆麟给拦住了：“邝大人，我一直有个想法，还没来得及和小石匠说，这个事很重要。”

“说吧。”

“小石匠，你是路工队长，我想问问你，路工队伍里，能不能找出十个到十五个力气最大的。”

小石匠一听：“有啊，慢说十五个，五十五个都能找出来，您要干什么用？”

翟兆麟就把自己想法说了一遍，准备将大锤吊到高空，然后，让大锤自由落下，将粗木桩打入土内，“这可全凭人力呀！”

小石匠想了想：“好吧，那咱们就先解决这个问题，我去找来十五名身强力壮的路工，让他们先用大石头练一练，我这就去办。不过，我想知道，怀来河水下泥沙太多，怎么能让桥墩固定呢？”

翟兆麟让小石匠坐下，他把当年詹天佑修建滦河大桥，发明“气压沉箱法”的事说了一遍。小石匠听了赞不绝口：“这可真是人外有人，天外有天，我这就去找人。”

小石匠雷厉风行，不到半天的工夫，就找来了十五名彪形大汉，往这儿一站，一个个眉毛立着、眼睛努着、腮帮子撑着、太阳穴鼓着！那真是脑袋瓜子赛柳斗，俩眼一瞪赛铃铛，胳膊好像房上的檩，拳头一攥像铁夯，巴掌一伸簸箕大，手指头棒槌长。好嘛，快成武松了！小石匠带着这些人，从附近山上运回来一块千斤石，用绳子绑好之后，就在岸边练上了。

与此同时，詹天佑已经掌握了这边的情况，他同意翟兆麟的方法，另外，詹天佑亲自写信，请来了山海关桥梁厂的工人，让他们协助邝孙谋建造大桥。

人手到位，翟兆麟又带着人跟随小石匠去黄龙崖取来了石料，望着一堆一堆的大石头，翟兆麟多少有些担忧，他问小石匠：“这些石头真的能行？”

小石匠笑了：“翟工可曾听过这样一句话，‘立木能顶千斤’，如此说来，立石不就能顶万斤吗？黄龙崖的石质好，肯定没问题。我自幼和爷爷进山，天天和石头打交道。我爷爷是个高明的石匠，年轻的时候，给赵州桥补过石头，您就放心吧。”

翟兆麟点了点头，他这回是真放心了，自己没见过赵州桥，但是，从小就听过赵州桥的故事。长大后考入天津北洋武备学堂，教习也讲过，赵州桥建造使用一千多年后，法国修建起石拱桥，卢森堡也开始营造大石桥，由此揭开了欧洲建造大跨度、敞肩拱桥的序幕。可以说，中国人是造桥的祖宗。由此，翟兆麟也对老石匠、小石匠肃然起敬。

人力、物力俱已到位，开始打桩。

由于当时的施工设备异常简陋，只能用农田灌溉的水车抽水，靠一辆辆骡车每天在工地上川流不息地运石料。邝孙谋、翟兆麟、小石匠，带领工程技术人员和全体路工，脚踏实地攻克了一个又一个工程技术难关，眼看这座大桥就要建成了。

此刻，远在居庸关的詹天佑已经得到了喜报，他准备带人亲自去一趟怀来，检查一下工程进度，恰在此时，有人来报："陈总办到。"

"快请。"

敢情从第二期工程开始，詹天佑就进驻南口，北京的事全部交给陈昭常。

现在怎么来了？有什么事吗？

就看陈昭常走进行军帐，手里拿着一张报纸，用手指着头条的位置："眷诚兄，你快看看吧。"

詹天佑接到手里一看，原来就在昨天，朝廷颁布了新的政策，陈、詹二人就当下局势谈了整整一个下午，总结起来，有两件事。

第一是朝廷成立了邮传部，负责全国交通行政管理。在此之前，交通行政无专管机构，船政招商局隶属北洋大臣，内地商船隶属工部，邮政隶属总税务司，铁路、电政另派大臣主管。也就是说，从现在起，铁路不再归商部管辖，转归到邮传部负责。目下，邮传部已经成立，一切商船、邮政、铁路、电政事务均并入该部，置尚书及左右侍郎为主管，分设船政、路政、电政、邮政、庶务五司，各有郎中、员外郎、主事等官。所辖有邮政总局、电政总局及各省分局、电话局、铁路总局及京汉、京奉、京张、沪宁、正太等各路局。邮传部设立后，首任尚书是张百熙。陈昭常和詹天佑商量着应该前去道贺，并汇报京张铁路的进度。

第二是袁世凯在此次官制改革浪潮中落了下风，今后，可能不再主持修建京张铁路。关于这个问题，众说纷纭。有人说，袁世凯呼吁"立宪"，是想将君主大权潜移内阁，他自己身居阁位，可暗移神器。很多人都说，"百日维新"时，是袁世凯做了告密者，向慈禧太后告发了兵谏的密谋，光绪皇帝才被幽禁，这才有了那两句流传至今的诗句"南海浪卷瀛台恨，卿未负我我负卿"。

如今，有人在慈禧太后面前重提此事，说袁世凯"自戊戌变法后与皇上有隙"，呼吁"立宪"，是想自己独掌大权。慈禧太后宣召心腹重臣，秘密研究此事。

陈昭常告诉詹天佑，要做好心理准备，对一切可能出现的状况提早做好预案。

在行军帐里住了一宿，陈昭常又赶回了总局。詹天佑正准备做下一步的计划，没想到，多事之秋，事事不断，又有一份公文传来。

敢情这个时候，詹天佑的家乡广州正在加紧筹建商办粤汉铁路。自 1905 年 8 月以六百七十五万美元为代价，废除与美商签订的粤汉铁路借款合同后，粤汉铁路涉及的广东、湖北、湖南三省一直在努力筹措资金，尽管资本匮乏，仍然秉持着坚拒外资、不招洋股、不借洋债的原则，进行了大量的民间融资。

目下，资金问题暂时有了眉目，粤汉铁路公司向邮传部呈文，请求派詹天佑出任粤汉铁路公司的总工程师。因为袁世凯近来事务繁忙，胡燏棻在家养病，所以，邮传部把这个呈文直接转给了詹天佑。

詹天佑见到这份公文，心潮澎湃，颇为感慨。很久以前，十二岁的他第一次踏上大西洋彼岸时，看到那里四通八达的铁路，那个时候，詹天佑就想象着自己学成后归国，一定要为家乡也修上铁路，让乡亲父老们都能便利出行，随便什么时候想回原籍探亲祭祖都可以做到“说走就走”。



多年的夙愿，眼下就有了得偿所愿的机会，握着这份公文的手隐隐有些发抖。詹天佑真想回到南方去，回到久违了的家乡，用自己毕生所学，为家乡修筑起连接九省通衢之地的铁路，然后继续向北延伸，一直修到北京城。

但是，眼前的京张铁路怎么办？一个是家乡铁路，一个是自主铁路，选哪个？眼下京张铁路正进入关键期，自己身兼两职根本不可能，两条铁路一南一北，相距甚远，一个要重新启动，一个正进入施工难度最大的攻坚阶段，两边都离不开人。硬要一肩担两头，只怕是两头全耽误。

詹天佑握着粤汉铁路的文书在行军帐里来回踱步，他实在是难以取舍，想了又想，忽然，脑子里闪过一个念头，居庸关这边肯定是离不开人，绝对不能半路撒手。就当下情况来看，京张铁路上汇聚了全国最优秀的铁路工程师，如果抽调一个经验丰富的工程师过去担任粤汉铁路的总工程师呢？尽管除了自己，大家都没有真正独立主持修筑过大型铁路，那是因为没有机会，如今机会来了，大家又在京张上历练了一年半，水平都有不同程度的提高。

想到这里，詹天佑越发确定了这个办法可行，那么，抽调谁过去呢？这个人一定要是在铁路上有丰富的经验，最好还是对粤汉一带情形比较熟悉的。思来想去，詹天佑心里出现了一个名字，就是他！

# 第九十一回

## 邝孙谋慷慨赴粤汉
## 詹天佑悉心教路工

京张铁路进入了攻坚阶段，就在此时，粤汉铁路公司却向邮传部提出了请求，准备调詹天佑来担任粤汉铁路总工程师，主持修建事宜。

詹天佑虽有心效力粤汉铁路，却不放心京张铁路。再三思量后，詹天佑决定，举荐另一位经验丰富的铁路人才出任粤汉铁路总工程师，这样，可以两不耽误。被举荐的这个人就是他的老同学，也是现在京张铁路上的工程师邝孙谋。





主意已定，詹天佑命人到怀来把邝孙谋调回，请到自己的行军帐，拿出了粤汉铁路公司的这份公文。

邝孙谋这个人非常聪明，当时就明白了："眷诚兄，你是想让我去？"

朋友之间，心有灵犀。詹天佑点了点头："是的，我也考虑过一肩担两头，但是，粤汉铁路线路比咱们的京张铁路还要长，工程艰巨程度也并不低，你我同乡，你对那里的环境了如指掌，自然知道这条铁路要修成，势必要过南岭，南岭那里也有很多的山洞，还有许多跨河的桥梁工程，都很复杂，所以，你去坐镇最合适。"

邝孙谋一听有点为难："眷诚兄，你考虑得很周到，我也愿意去，但是，怀来河大桥还没有完全竣工，我在这个时候离去，那儿的工程谁来负责？"

詹天佑拍了拍邝孙谋的肩膀："说到这个，我还要好好地表扬你呀！怀来河大桥工程能够如此顺利进行，真是出乎我的意料。你放心，你走之后，我亲自去怀来督办。"

邝孙谋一听："那我是不是要去和陈总办请示？"

"不必，邮传部把这份公文直接转给了我，而没有经过陈总办，其实，就是想让我留在京张铁路，如果通过陈总办，事情反而复杂了。你放心，陈总办那边，我自会写好呈文，把一切手续办妥。我遍观群贤，足下是最合适的人选。首先，你技术水平高又有丰富的经验，当年的津唐铁路，后来的关内外铁路，你都经历过，现在又在京张铁路上，论经验论技术，你都是首屈一指。第二，我可以请陈总办写一封信，把你的情况汇总一下，由陈总办向邮传部举荐你，这样有了邮传部正式的任命，加上你丰富的履历，粤汉铁路公司一定会认可的。我再给粤汉铁路公司去一封信，就万无一失了。"

邝孙谋仔细想了想，也觉得詹天佑的办法可行："既然如此，我就恭敬不如从命了，现在，粤汉铁路公司是没问题了，但是，我一旦遇到了技术难题找到你，你可得鼎力相助，今天是我帮你，明天就得你帮我啦。"

"好，就这么定了！"

两个人商量完毕，詹天佑立刻派张鸿诰去总局衙门将此时禀报陈昭常，陈昭常了解情况后，立刻上呈邮传部，而且上报给了袁世凯。

袁世凯给出的方案是：俟全路工竣，再行赴粤，庶于大局不致牵碍。

几天后，邮传部发下批文，正式任命邝孙谋担任粤汉铁路总工程师。邝孙谋做好了手头工作的交接后，赶路登程，南下广东。

送走邝孙谋，詹天佑立刻带着张俊波赶奔怀来。视察了大桥工程以后，他把自己的意见和建议告诉了翟兆麟，留下张俊波，让他和翟兆麟共同主事。另外，重点表扬了小石匠。三天以后，詹天佑回转居庸关。

刚到工地，陈西林就来找他汇报了征地上的几个棘手问题，按原计划，铺设铁路要拆毁部分民房，可是陈西林真正一走访，发现这个地带的民房太多了，而且老百姓们都不愿意搬走，说故土难离，陈西林来请詹天佑定夺。

詹天佑了解了情况之后，又勘察了一下地形，最后决定，线路取道东山麓，避开这片民房，再修一座大桥横跨关谷，向上绕行。

老百姓们得知消息后，全都到詹天佑跟前道谢，大伙儿送上了万民旗和万民伞。

詹天佑知道，真正遇到百姓的实际困难，铁道线路不是不能改，改得要合道理，要合民心。

把这件事处理完，詹天佑开始投入隧道工程。按照之前设计的方法，采取两端对凿的方法。

到了开工这一天，詹天佑亲自在现场指导施工。

开凿居庸关隧道，比石佛寺、五桂头这两条隧道要难得多。

五桂头隧道长 45 米，石佛寺隧道长 141 米，而居庸关隧道，长有 365 米。

为此，詹天佑想了个事半功倍的办法，叫两端并凿法，从南北两头同时向隧道中间点凿进。

这样一来，就等于是两个工作面同时施工，把工期缩短了一半。也就是说缩短了工期，节约了时间。

开干吧！"噹"这一锤子下去，火星四溅，石头纹丝不动！哎哟，真够硬的。

前后这么一对比才知道，居庸关的山石比石佛寺和五桂头的山石硬得多！

詹天佑让大家停止施工，他站在山脚下想了想，这个山石的坚硬程度应该和山的高度有关。居庸关的山比石佛寺和五桂头的山高出很多，一般来讲，山越高，石头就越坚硬，因为山越高温度越低，热胀冷缩，石头受压力的影响，越来越硬。

之前考虑到了这一点，但没想到，石头的硬度这么大。

“士远，看来咱们要提前使用炸药了。”

徐士远知道，老师在勘测阶段就已经想过用炸药爆破技术开凿隧道，不过，当初计划是中后期使用，没想到居庸关的石头如此坚硬，所以老师才说“提前使用”。

“老师，我记得您去年在洋行订购了炸药？”

“对，我已经派颜工去押运了，估计还有三四天就能到了……这样吧，士远，你去找李队长，让他挑几名精明强干的路工跟我去现场。”



“是。”

不大会儿的工夫，李子亭带着十名路工跟随詹天佑来到山脚下。

“詹大人，您有什么吩咐？”

“李队长，目下居庸关隧道工程必须要使用炸药爆破技术，炸药还得等几天到，这几天不能闲着，我给这十名路工做培训，教他们开凿炮眼。”

说着，詹天佑手持一把铁锤，跳到一块大石头上，用手在岩壁上画了一个圈，然后，对十名路工说：“各位，用炸药炸开山石，首先要找到填放炸药的空间，这个空间就叫炮眼，需要我们手工开凿，士远，把钢钎拿来。”

徐士远手持钢钎也跳到大石头上。

詹天佑告诉大家：“这柄铁锤和这支钢钎就是开凿炮眼的工具，现在，我和士远给你们做个示范。”

说着，师生二人一个扶钢钎，一个抡铁锤，相互配合锤起锤落，由于山石太硬，费了很大的劲，开凿出了一个不大的炮眼。

有个路工一看笑了：“詹大人，我们看明白了，这也太简单！”

“简单？”

詹天佑一伸手，把这名路工拽了上来，“你仔细看看。”

路工趴在炮眼前注目往里一看，嗯？就看这个炮眼不是直的，是斜的，而且很规整，“詹大人，这还有什么讲究吗？”

“当然了！”詹天佑告诉大家，“炮眼的深度、直径、方向对爆破效果都有影响。

要根据用药量及放炮顺序合理开凿，过大过小、角度不对、深度不对这都不行，都会影响爆破效果，所以，从现在起，我和士远带领大家学习，你们十个学会了，再一带一个地教其他人，等炸药到了，咱们一齐动手，就可以加快工程进度。”

从大石头上跳下来，詹天佑低声对李子亭说：“我是第一次使用炸药爆破开凿隧道，究竟炸药的爆破力有多强，我心里也没底，所以，得提前给大家培训，咱们一同摸索前行吧。”

李子亭一拱手：“大人放心，我一定督促路工，让他们早日学会。”

“另外，还得培训一批动作麻利、协调性好的土石运输工。当炸药爆破之后，他们要在狭窄的空间里将爆破后的碎石泥土迅速运走，凿工再向前凿进，两方面要打好配合。李队长，这项工程没有发包，所以，全部由咱们自己的路工动手。”

话刚说到这儿，就看张鸿诰从远处跑来：“老师，我从总局来，陈总办让我通知您，邮传部要召开一个重要会议，请您立刻回京。”

“这个——”

詹天佑知道，张百熙新任邮传部尚书，必然要召开一次重大会议，自己是一定要去的。只是，居庸关工程在即，自己走了，谁来主事呢？不用说别的，眼前开凿炮眼的工作，还没能完全落实，这可怎么办呢？

想罢多时，看了看徐士远：“士远，邮传部的会议时间不会短，这里工程不能停滞不前，颜工还没回来，对于爆破技术，你们都没有经验，这里必须有人替我主事。这样吧，鸿诰刚回来，就辛苦你一趟，去请一个人来。”

“请哪位？”

“邝荣光。”

之前咱们提过，詹天佑在给朝廷奏报的《京张铁路线路报告》中，专门写了关于开采有关煤矿的内容。为此，詹天佑从广东请来了两位高人，这二位都是他的留美同学，也是归国后多年从事采矿的两位矿务专家，一位叫邝荣光，一位叫吴仰曾，詹天佑请他们共同主持开办鸡鸣山煤矿。

这两位是矿务专家，对开山辟岭是轻车熟路，这叫术业有专攻。那么邝、吴二人之中，詹天佑和邝荣光的关系比较密切。邝荣光家住广东台山岭背蟹村，和詹天佑是老乡。

其实，就在开凿隧道之前，詹天佑就已经和邝荣光通过信了，两个人就技术问题进行过交流，詹天佑承认自己在这方面缺少经验，当初在关内外铁路修过锦州以后，自己曾主持开挖山岭山洞，但由于战争的影响而中止了，后路线改为绕山脚而行，开凿一半的山洞被废弃。

詹天佑知道，邝荣光在这方面有非常丰富的经验。自己不在这段时间，正好请他来坐镇指挥。

按理说直接拍电报就可以，可是这个时候，张家口电报线路正在全线建筑，电报根本发不过去。没办法，只能派徐士远去一趟鸡鸣驿，把邝荣光请来。

徐士远不敢怠慢，骑一匹快马，星夜兼程，赶奔张家口鸡鸣山。两地相隔近二百里，放在今天一个多小时也就到了，当时可不行，这点路最少得走上三天。

往前行走，耳边生风，听身后马蹄响声，徐士远回头一看，笑了，原来是李子亭。

“李队长，您怎么来了？”



李子亭往前一带马：“是詹大人怕你人单势孤，让我沿途保护。”



“您出来了，路工谁来管理？”

“这好办，我把任务交给穆顺了。”

“哈哈，让路工队长保护我一个人，老师有些多虑了。”

多虑？徐士远可说错了，他们两个人往前走还没走出半里路，旁边是个松林，从打松林里传出清脆的锣声，紧跟着跑出一伙人。

“吁！”

两个人带住坐马仔细一看，出来的这伙人全都是黑色绢帕罩头，青纱蒙面，身上卒巾号坎打裹腿皮带刹腰，每人每手中一口单刀。

“士远别慌！”

李子亭久走江湖，一眼就看出来了，这是一伙土匪。

就看李子亭在马上一拱手：“各位，在下是北京龙顺镖局的镖头我叫李子亭，过去保镖常走这条路，也多蒙各位的照顾，今天带着我镖局一个伙计去口外办点事，路过贵宝地未曾打点，请几位多多原谅，待等完事回来，李子亭一定登门叩谢，请各位让个道吧。”

这是几句场面话，一般识趣的就把路给让开了。没想到，这伙人不单不让路，他们就瞪眼这么看着。

李子亭一看，这是什么意思？刚要问，就听林子里有人高声大笑：“哈哈哈，当年的李镖头如今当上了路工，真给绿林人长脸哪！”

随着说话走出一人，只见他身高七尺开外，猿背蜂腰，腿长胯骨大，这张脸好像生蟹盖，青虚虚蓝洼洼，眉如漆刷，眼似铜铃，秤砣鼻菱角口，下巴上微微有点黄胡须。穿戴打扮和那些人一样，手里也是一口单刀。

李子亭一眼就认出来了，这是左近闻名已久的大土匪，花斑豹刘四虎。当年走镖的时候常打交道。

“我当是谁，原来是刘当家的，怎么，今天要跟我过不去吗?”

说到这儿李子亭双眉一挑，目露寒光。

这个时候，徐士远坐在马上非常紧张，但是，并不害怕，因为这种情况已经见过几次了。他低声提醒李子亭：“队长，多加小心。”

说真的，李子亭现在有点害怕，他倒不是怕自己的安危如何，主要是徐士远。这伙贼人无故拦住去路一定是打京张铁路的主意，徐士远是工程人员，一旦被劫持，自己就算失职啦。现在他后悔了，为什么没多带几个人出来，主要也是没想到有这么多贼人。

心里头想，脸上不能带出来：“刘当家的，你我曾经也交过几次手，谁弱谁强不用我说吧？打,我陪着。但是,我得问一句,你拦住我们为的是什么,是劫财还是劫人?”

这话一说，刘四虎仰天大笑：“哈哈哈，镖头此言差矣，你当我刘四虎还干当初的营生？错啦，我早就金盆洗手不干了。现如今，这伙儿兄弟跟着我一块做买卖，哎，卖的可是正经货物。”

“哼哼，你刘四虎还能卖什么正经货物?”

“哈哈哈，说来也巧，我卖的东西，你们眼下正用得着。”

“是什么?”

“炸药。”

# 第九十二回
# 李子亭勇为全大义
# 徐士远惊险走鸡鸣

徐士远奉命去请邝荣光，没想到在半路上遇见了劫匪。劫匪的目的不是劫财，而是合作，他们要把炸药卖给京张铁路。

徐士远对匪首刘四虎说:“这位当家的，您的炸药应该卖给矿山，我们是修铁路的，用不上啊。”

刘四虎笑了:“哈哈哈，年轻人不必瞒我。你们在居庸关打不通隧道，想用炸药开山。买的炸药迟迟不到，你们两个要去半路上寻找，据我所知，你们的炸药一时半会儿到不了了，听我的，别费劲了，直接把我的货买走，准比你们的强!”

徐士远坐在马上当时就是一愣，心说，刘四虎的消息怎么这么灵通？他怎么知道我们要用炸药？我们买的炸药一时半会儿到不了，这是什么意思？看来他还不知道我要去请人这件事……莫非我们的队伍里出了内奸？我出来还不到一天，居庸关上会不会出事了？

李子亭也感到奇怪，要说刘四虎打闷棍、套白狼、放响箭、拦路劫财、杀人害命，这是他的强项，什么时候卖上炸药了？

想到这里问了一句:“刘四虎，我们的事你是怎么知道的?”

“哼哼，那你不用管，跟你说吧，这买卖我是做定了，你旁边这个年轻人就是京张铁路总工程师詹天佑的学生兼助理，他说话就好使，现在你们就下马，我已经把合同写好了，年轻人在这上边签字，我立刻把炸药送到居庸关，我这也是为国为民的一片心，来吧，签合同吧?”

说着话过去就要把徐士远从马上拽下来。

“慢着!”

李子亭一抬手，“仓啷”把刀就亮出来了，“你敢动他一下，我要你的命!”

“哎，镖头，你这是什么意思？我做的是买卖，谁要你这么拿刀动杖的?”

“住口！刘四虎，有你这么做买卖的吗？京张铁路是官办铁路，一切大小事宜自有朝廷做主，你如今不问青红皂白要强买强卖，你想想，这个钱能到你手里吗?”

刘四虎一听，眼珠一转，他放开了徐士远，来到了李子亭的马前:“镖头，实不相瞒，我这也是为了给兄弟们挣口饭吃，出于无奈啊。”

没等李子亭说话，徐士远把话接过来了：“这位当家的，我想问问您，您这炸药是从哪儿进的货呀？”

刘四虎一听，有门儿啊，开始问货源了。

“哈哈哈，年轻人，我这个货源是正经的美国货，林子里就有，您要不要看看？”

“好！”

啊？李子亭心说，怎么着，要进树林？那可不行：“士远，不能进去。”

“镖头，您不懂，我得看看，要不然，买贵了大人可要怪罪下来。”

说到这儿他冲李子亭递了个眼色，李子亭仿佛明白徐士远可能是有用意的，“既是如此，我陪你进去。”





两个人从打马上下来，跟着刘四虎走进了树林。进来一看，还真有一箱炸药，走到近前打开一看，还别说，这炸药的质量还真不错。

“嗯，好东西！刘当家的，咱们签合同吧。”

李子亭一听差点喊出声来，心说，你怎么敢擅自主张？这白纸黑字的东西一旦落笔就改不了了。

“士远，用不用先禀报大人再签合同？”

“不必，大人已经授权给我，又何况做下这笔生意可以让这么多的兄弟有饭吃，咱们也不必苦苦寻找，更何况后边的工程中也得用着，这东西是多多益善，何乐而不为呀！当家的，合同在哪儿呢？”

“在这儿呢！”

刘四虎万万没想到，这小伙子办事这么爽快，他把合同从怀里掏出来，往前一递，徐士远接过来看了看，主要看看货物的数量和交货日期，最主要的，看一看甲乙双方的名字，这一看哪，乙方是京张铁路总局，甲方叫班德烈公司。徐士远眼珠一转，他又把合同往后翻了翻，只见这里第五项写的是“乙方聘请甲方工程师做用药指导。”

徐士远下意识地问了一句：“当家的，这甲方工程师是谁呀？”

“啊？哦，那是我一个兄弟，这批货就是他进的，我这个兄弟常年做这种生意，经验丰富，到底炸开居庸关隧道怎么用药，必须他在，这也是为了安全起见。”

“哦。”

又看了看价格，好家伙，比在洋行买多出一倍，“刘当家的，你这炸药也太贵了吧？”

刘四虎一听：“这太简单了，一分钱一分货嘛。”

“嗯，也有你这么一说，好，那现在就签吧。”

说着伸手进怀，干吗？拿印章啊。左右来回这么一摸，“坏了，当家的，我的印章没带。”

刘四虎一听：“不必这么麻烦吧，直接签字就行了。”

徐士远笑了：“那怎么行，只签字我们总局是不认的。”

“哦！那既然是这样，就回去取一趟吧。”

“对！”

徐士远转过头来看着李子亭：“那就烦请镖头走一趟，到工地上把我的印章取来。”

说到这儿，徐士远用目示意。李子亭明白了，这是让我回去搬救兵，“好，那我就走一趟。”

说完话转身要走，刘四虎一伸手：“呵呵，区区小事，不劳镖头，我们替你去取。”

转过脸来告诉徐士远：“烦请阁下写一封书信，就说取印章另有公干，我让我的兄弟去居庸关取，信写得好，咱们高高兴兴把生意做了；要是写不好，把官兵勾来，那就小心你的性命。”

“这个？”

徐士远为难了，这信不能写。敢情就在刚才看合同的时候，徐士远猜想，这伙人的背后一定有指使者，挣钱是假，骗取印章才是真。徐士远是想借着取印章，让李子亭把官兵带来捉拿这伙匪人，最后再查出真凶。

没想到，刘四虎这家伙看出了端倪，他不让李子亭去，这一下，两方面就僵局了。

刘四虎一阵冷笑：“哈哈哈，想跟我玩金蝉脱壳，你们还嫩点。”他告诉手下人，给我绑了！

“呼啦”一下，众匪徒一拥而上就要把徐士远给绑上。万没想到，就在这与此同时，李子亭一个箭步就冲到了刘四虎身边，疾如闪电一般，用手一抓这小子的后脖领子，跟着刀压脖项，大吼一声：“谁敢动我宰了他！”

这一下，所有的匪徒都慌了，刘四虎也害怕了，他赶忙央告：“镖头，镖头饶命，咱们都是老相识了，千万别伤了和气。”

“哼！要想不伤和气先让你的人往后撤，快！”

“呃，快，往后撤！”

这些匪徒退出去五六步远，李子亭看了一眼徐士远：“快，上马！”

“哎！”

徐士远跑到自己的马跟前扳鞍认镫，坐好之后他看了一眼李子亭：“上马呀！”

这下困难了，李子亭抓住刘四虎没法上马：“士远，你快走吧，这儿交给我。”

“那您？”

“放心吧，你先往前走，看看咱们的货到没到？如果还是没有，立刻回去取印章。我跟刘当家的相识多年，正好叙叙旧，快走吧，咱们都出来一天多了，别让家里着急。”

说完话使了个眼色，意思是已经走出一半距离了，回去搬兵也无济于事，赶快去鸡鸣山请人，不用管我。

“哎！”徐士远二目之中流下了眼泪，此时此刻只能是先走为上，把眼泪一甩，拨转马头，扬鞭而去。

这群匪徒眼看徐士远走了，他们不敢去追，因为刘四虎在李子亭手里。可匪徒人多势众，敌我悬殊太大，李子亭孤军奋战，到底能否脱离虎口，咱们先按下不表，再说徐士远。

一路之上心急似箭，恨不得让马肋生双翅。两天以后，他来到了鸡鸣山下。

徐士远抬头一看，鸡鸣山巍峨峥嵘，郁郁葱葱。据说唐贞观年间，太宗李世民御驾亲征，大军驻守此山，黑夜之间，闻山中有雄鸡高唱，故称此山为鸡鸣山。

踩着石阶往上走，隐隐能够听见山中锤击斧落之声。徐士远知道，那儿就是鸡鸣山煤矿，京张铁路设计了三条支线，一条是连接关内外铁路的丰柳支线，从丰台到柳村；一条是京门支线，是从西直门到门头沟；最后一条就是鸡鸣山支线，是从下花园到鸡鸣山煤矿，后两支的主要功能就是输送煤炭。

徐士远翻山越岭，循声而来，来到鸡鸣山煤矿前一看，嗬，这儿干的是热火朝天啊！见人一打听，找到了邝荣光。

邝荣光早就认识徐士远：“士远，你怎么来了？”

“邝先生，詹大人请您速到居庸关走一趟。”

把始末缘由一说，邝荣光明白了，他立刻把工作交接给了吴仰曾，带着一摞资料，牵一匹快马跟着徐士远下山了。

在下山的路上，徐士远把林中遇匪徒的事告诉了邝荣光，邝荣光一听，“这里的情况错综复杂，为了安全起见，咱们应该找官兵支援，士远随我来。”

两个人打马直奔宣化府，到这儿见府尹把情况一说，府尹不敢怠慢，立刻派出五十名亲兵由一名姓吴的把总率领，保护二人奔向居庸关。

路过出事那片松林的时候，徐士远进去查看了一番，没见到任何打斗痕迹，也不知道李子亭现在是吉是凶。

重任在肩，来不及想这些事了，他们稍事休息后，继续前行。

等来到居庸关下，陈西林已经在这儿等候了，一见邝荣光，把他激动坏了，他早就拜读过邝荣光的大作，一直以师视之："邝先生，您一路辛劳，快到大帐里休息一下吧。"

邝荣光也听说过陈西林的名字，特别是复测青龙桥，陈西林立过大功。两个人一见如故，都很客气。

还没走到行军帐，徐士远偷偷一拽陈西林的衣角，压低声音问："陈工，詹大人什么时候能回来？"

陈西林一听："还没来信儿呢，估计时间短不了。哎，我怎么没看见李队长，他人呢？"

"我就是想跟您说这件事。"

把密林遇险的事一说，陈西林大惊失色："怎么会出这样的事？"

"陈工，我认为这件事仍是洋人一手策划的。"

他把那份合同上的内容一说，陈西林明白了，又是阴谋！这些洋人无时无刻不在给京张铁路设障碍、添恶心，他们是唯恐天下不乱。而且，这居庸关上也有洋人的眼线，真是防不胜防。

陈西林让徐士远陪着邝荣光去行军帐里休息，另派一名差人火速进京，把情况禀报给陈总办，请陈总办联系顺天府，寻找李子亭。同时，还得想办法弄清班德烈的身份。

工程在即，陈西林心里虽然挂念着李子亭，也只能先舍一头顾眼前，几千路工蓄势待发，工程一刻不能停滞。

这时候，邝荣光并没有休息，他已经开始查看隧道的地势了。看罢以后，他来找陈西林："陈工，之前我和眷诚兄通过书信，他说要用两端并凿法，从南北两头同时向隧道中间点凿进，隧道剖面工程图可曾画好？"

"画图在此，请先生过目。"把图交给邝荣光，两个人来到山谷最狭窄地方。陈西林用手一指："詹大人在下面做了个标记，叫'地点'。然后再到山顶做个标记，叫'天点'，用经纬仪于'地点'向'天点'取直，然后反过来测量'人点'，使天、地、人三点连成一条直线，再将经纬仪移到'人点'测试天、地两点是否和人点准确地连接为一条直线。如此反复测量了几次，最后找到了精准定位，在各个点上竖立标杆，以此为标准，以定洞内的中橛。"

"嗯。"听着陈西林的介绍，邝荣光点了点头："看来眷诚兄之前太谦虚了，他的这个办法非常好。”

陈西林也深有同感：“詹大人临走的时候，特别交代他不在的这段时间，工程上大小事宜都要经过邝先生把关才能施行。而且，他还给路工进行了培训，教大家如何开凿炮眼。”

听到这儿，邝荣光对自己这位老同学越发敬佩了：“真是未雨绸缪啊，你们的前期工作做得很到位，眷诚兄不在这些天，我带领大家一同施工，重点是教大家如何使用炸药。”

说到炸药，陈西林一直有个疑问：“邝先生，用炸药爆破技术打通隧道，这在中国还是首创，不知成功率到底有多大？”

邝荣光想了想：“以我的经验来看，遇到石质坚硬这种事，必须要用炸药开山炸石。之前眷诚兄说过，他准备使用一种名为拉克洛的矿山炸药。这种炸药爆炸力强，性能较稳定，安全系数高，我在鸡鸣山建矿的时候就用过，威力很大，应该可以炸开这里的山石。”

说着，邝荣光用手拍了拍身边的大石头：“对了，不知道眷诚之前订购的炸药是否到位？”

一问这个，陈西林面露难色：“邝先生，詹大人在去年就已经在洋行订了这款炸药，考虑到安全问题，筑路大军即将进驻居庸关的时候，詹大人就派人去押运炸药，已经十多天了，不知道为什么迟迟未到。刚才士远说，请您的路上又遇见了劫匪，要强行做炸药的生意，我猜想，这里面会不会有人暗中使坏？”

话刚说到这儿，一名差人手持拜帖前来报信：“启禀陈工，山下有客来访。”

# 第九十三回
# 布莱斯笑里暗藏刀
# 詹天佑一语破迷局

居庸关上来访客，陈西林接过拜帖一看，上写：汇丰银行总经理布莱斯。

嗯？这个名字有些耳熟啊！陈西林跟银行的人素无往来，可这个名字他好像听谁提起过，一时没想起来，吩咐："行军帐待客。"

少顷，差人领进一名外国人，金发碧眼八字胡，穿着长袍马褂，脚下一双尖头大皮鞋，前扳尖后高跟，看着别提多别扭了。这位自己不觉得，进来之后春风满面："陈工程师，我的朋友，你好啊！"

陈西林赶忙还礼："布莱斯先生，您好，我们在哪儿见过吗？"

布莱斯笑了："我们虽然没有见过，但是我的两位好朋友都向我介绍过你。"

"哦，但不知是哪两位？"

"哈哈哈，就是陈昭常和詹天佑。"

啊？陈西林一听，难道是这二位大人推荐此人来的？不应该呀，如果和银行有什么新增业务，二位大人应该派人来送个信呀。

敢情布莱斯之前揽业务、扣款项的事，陈西林不知道。布莱斯这个名字，他还是听詹天佑和陈昭常聊天时提到的，所以，他不知道此人的底细。

"布莱斯先生，不知您此来有什么事吗？"

布莱斯一听，从身上取出一份文件："陈工程师，我今天来，是想和您谈一笔业务。本来，我是想找詹大人，无奈他在北京有重要的会议要参加，实在无法脱身，所以，才找到阁下，请看——"

说着，把文件往前一递，陈西林接到手里一看，嗯？是份合同，翻开仔细一看，"呱嗒"一下，陈西林的脸就沉下来了。

敢情这是一份买卖炸药的合同，陈西林没有全看完，立刻让人把徐士远找来，"士远，你看看这个。"

徐士远接过来一看，乙方是京张铁路总局，甲方叫班德烈公司，"陈工，就是他们劫持了李队长。"

"什么？"陈西林用手一拍桌子，吩咐一声，"把布莱斯拿下。"

穆顺带着人冲进来，把布莱斯给按倒在地。

布莱斯感到很奇怪："你们这是干什么？我是来谈合作的！"

"哼哼哼，布莱斯，你勾结江洋大盗，劫持了我们的路工队长李子亭，如今，又来此强买强卖，我问你，李队长在哪儿？"

布莱斯一脸的无辜："哎呀，你们能不能先给我放开，我有话讲。"

"放开他。"

穆顺把手松开，布莱斯站起来了，拽了拽衣服："你们的行为太粗鲁了，我是好心好意来给你们送信，你们却这样对待我，用你们的话说，这叫恩将仇报。"

陈西林一摆手："你刚才说送信，信在何处？"

"你刚才不是看见了吗？那份合同就是，我就是来通知你们，你们的货和人被扣下了。"

陈西林看了看徐士远，两个人明白了，颜德庆押送的那批拉克洛炸药以及李子亭，全部被一伙人劫持了。可是，眼前这个布莱斯，又是个什么角色呢？陈西林知道，这里一定错综复杂，自己身兼重任，必须要稳扎稳打，看看布莱斯到底能耍出什么鬼蜮伎俩。

想到这儿问了一句："布莱斯，你能不能告诉我，我们的人和货到底在哪儿？"

"陈工程师，这个事你还得容我慢慢讲。我这个人，非常热爱中国，总想为中国做点事情，之前，我找过陈大人和詹大人，打算包揽一些业务，为京张铁路出点力，可是，都没有成功。这一次，我听说你们在居庸关打通隧道要使用炸药，我非常想帮忙，就和我的一个朋友商量，让他把一批炸药送到居庸关工地上来，先解决你们的燃眉之急。这批炸药是我一个美国亲戚生产的，质量保证没问题。可没想到，到底还是出了问题。我的这个朋友，他是个中国人，名叫刘四虎，我原来以为他是个商人，可谁知道，他是强盗出身。在给你们送货的路上，遇见了你们一个叫颜德庆的工程师，他正押运一批炸药前来。刘四虎心生诡计，劫持了颜工程师和押车的人，扣了你们的货。又在松林里劫持了你们的路工队长李子亭。这些事情，他都告诉我了，他对我说，这么做的目的，就是让京张铁路必须买我的货，这是给我帮忙。我一听，当时就急了，我用英国话骂了他十分钟，当然，他也是没听懂。可是，我告诉他，让他立刻放人，马上把货物送到工地上来，不要耽误工期。可是，这个人太坏了，他说他要从这笔生意里挣钱，不让我管。我问他，怎么能解决问题？他说，签合同，买我的炸药，就可以放人交货。我实在没办法了，为了你们的工程能够顺利进行，为了你们的人能够早日回来，我这才亲自登门，给你们通风报信，这都是我交友不慎导致的，可是，为了京张铁路能够不耽误时间，我劝你们早点把合同签了吧。毕竟，再次在洋行订购炸药，需要等上一年哪！”

听罢番话说完，陈西林半晌无言。他知道，眼前这个布莱斯必是和刘四虎串通一气，要从京张铁路上捞一笔，虽然行为可耻，但是，如果现在去告知官府缉拿凶犯，肯定要耽误时日，颜德庆、李子亭身陷虎穴处境十分危险。如果把贼人惹急了，他们把炸药引爆，那就功亏一篑了，若想重新订购炸药，前前后后的手续加在一起，要等上近一年的时间，这个代价太大了。考虑到工程进展，不如，先买他的炸药，趁着邝荣光在这儿，正好可以进行指导。

想到这儿，陈西林准备和布莱斯往下谈，徐士远看出了陈西林的想法，他凑到近前，低声提醒：“陈工，他们的价格太贵了，咱们的预算有限啊。”



陈西林笑了：“士远，我已经想到这点了，你放心。”说到这儿，看了看布莱斯：“布莱斯先生，对于你的盛情，我十分感谢。对于你的货物，我也可以购买。不过，你要重新起草一份合同，改价格。”

布莱斯一听，两道眉毛当时就耷拉下来了：“这恐怕不行，班德烈公司做买卖从来不讲价，一分钱一分货嘛，另外，重新起草合同，势必要耽误时间，你们的工期也要耽误。”

陈西林笑了：“一分钱一分货，我怎么能知道你的货好呢？”

“这个简单，我已经带来一些样本，不过，在山外，可以让你们的人取来。”

“好。”陈西林吩咐穆顺带人到山外，把一个小木箱子提了回来。请来邝荣光仔细验看，邝荣光告诉陈西林：“这个炸药的质量很好。”

陈西林点点头：“既然质量很好，布莱斯先生，你刚才也说了，和我们是老朋友了，咱们是不是商量一下，把价格降低一些？”

布莱斯眉头紧皱：“哎呀，这可让我为难了，如果把价格降下来，我的利润可就打折了，不好办呀。”

陈西林明白，布莱斯唯利是图，他们扣住颜德庆、李子亭，还有那批货物，目的就是强买强卖，我不如用个权宜之计，如此这般。

“布莱斯，如果我们在这份合同上签字，你就能马上把我们的人和货，包括你的货一并送来吗？”

布莱斯一听：“那当然，只要合同签了，钱到位了，刘四虎就达到目的了，他扣着你们的人和货也没有用了。”

陈西林心说，是你达到目的了吧？

“那么，大概要多长时间呢？”

“我觉得最慢只要两天，不过，陈工程师，我得提醒您，接到人和货之后，一定要马上报告官府，让官府抓住这个刘四虎，到时候，我去公堂上做个证人。”

“好！”

陈西林明白，现在只能先把合同签了，只要人回来了，货到了，马上派人进京禀报陈总办，缉拿凶犯。别看布莱斯说得好听，他和刘四虎是一丘之貉，哪个也难逃法网。

当下吩咐徐士远，准备文房四宝，拿出印章，准备签合同。徐士远也看出来了陈西林的用意，情况紧急，也只能先这样了。

公案摆好，准备签合同，这时候，布莱斯显得特别兴奋，他在陈西林周围转来转去，贪婪之态显露无遗。

可就在这时候，帐外走进一名差人报信：“启禀陈工，詹大人回来了！”

嘿！陈西林大喜，主心骨回来了，本以为詹天佑得去个一两个月，没想到，不到十天就回来了，急忙出帐迎接。

布莱斯可傻了，他看陈西林没理他，这家伙撤步抽身，想从大帐边上溜出去，刚到帐口，身后伸过一只手，“嘭”一下，把他的胳膊给抓住了，布莱斯一看，正是刚才把他按倒在地的穆顺。

穆顺微微一笑：“布莱斯先生，您的老朋友詹大人回来了，你们正好叙叙旧。”

“啊？我……”

布莱斯傻了，他来之前已经打听过了，邮传部的会最少得开一个多月，詹天佑怎么这个时候回来了？难道是有人泄露了机密？

他正胡思乱想呢，詹天佑进大帐了。

只听詹天佑大喊一声：“把布莱斯绑起来！”

“是！”

穆顺答应一声，过去就把布莱斯给绑上了，绑了个结结实实。

这时候，陈西林、邝荣光、徐士远也走进来了，在最后还跟着一位，布莱斯一看，吓得差点坐地上，谁呀？颜德庆。

詹天佑仰天大笑：“布莱斯，你个无恶不作的奸商，你到处招摇撞骗，唯利是图，如今，打起了京张铁路的主意，真是痴心妄想！”

"詹大人，你误会了。"

"住口！你们根本没有劫持颜德庆和他押运的货物，是因为洋行手续出现了问题，颜工为了解决这个问题，耽误了一些时日。你想趁着我不在工地的机会，借题发挥，以达到你不可告人的目的！"

这话一说，陈西林有些不解："大人，布莱斯的目的就是不择手段在京张铁路上赚钱，他还有别的目的吗？"

"哼哼哼！"詹天佑一阵冷笑，他三两步走到桌案前，把那份合同打开，用手点指："西林，答案就在这份合同里。"

陈西林不解其意，这时候，徐士远走过来了："老师，这份合同我看过，没看出什么不对的地方呀。"





詹天佑手指合同的第五条："你们看，这里第五项写的是'乙方聘请甲方工程师做用药指导'，这是什么意思？"

徐士远一听："这个我问过，他们说，这甲方工程师常年做这种生意，为了安全起见，使用炸药时，必须他在。"

"哈哈哈！"詹天佑笑了，"士远哪，你哪里知道，这正是布莱斯等人的阴谋，他们的货不过是香饵！合同的甲方叫班德烈公司，所谓的这个甲方工程师必是个洋人，一旦签下这份合同，他们马上就会扬长而去，跟着就会在报纸上登出'京张铁路聘请洋工程师'的新闻，再附上合同的照片。那样一来，京张铁路'自主设计'这一条就不复存在了，任凭我詹天佑长一百张嘴也难以解释清楚，当初，他们觊觎京张铁路的路权，为了达到目的，不择手段。如今，他们又出诡计，居然把手伸到了工地上，看似想赚钱，实际是想给京张铁路设下圈套，布莱斯，我说得对吗？"

詹天佑的这番话说完，再看布莱斯，瘟鸡——耷拉头了。

有人问了：詹天佑不是去邮传部开会了吗？怎么这么快就回来了？这里面的事，他是怎么知道的？

原来，詹天佑奉命回京来到邮传部参会，本来会议的时间是一个月，可不到十天，尚书张百熙病了，会议只能中止。詹天佑一想，正好去洋行看看炸药的事。结果到那儿一看，颜德庆正和洋行的人协调手续问题呢。詹天佑感到奇怪，这手续都是事先办好的，怎么会出现岔子呢？他帮着颜德庆一起梳理，最后发现，有一张货物出库单没有签字，少自己的签字。詹天佑感到奇怪，他拿着这张出库单仔细回忆，自己肯定是签了字的，怎么这上面没有字呢？叫来洋行的负责人询问，他们也不知道。詹天佑一看，这字不能签，必须搞清楚。就这样，耽误了三天的时间才弄明白，原来是洋行的人把那张带有詹天佑签字的出库单弄丢了，所以只能再签一份。

詹天佑让洋行写出一份说明之后，这才重新签字，提货出库。由官兵沿途保护，詹天佑和颜德庆一同押送货物回转居庸关。

走在路上，詹天佑不停地思索，他在想，洋行怎么可能出现“遗失出库单”这种纰漏呢？想来想去，原因只有一个，他们想拖延时间，至于拖延时间的目的是什么，自己还没有想清楚。等到了居庸关下，陈西林和徐士远出来迎接，一见颜德庆，两个人都傻了。詹天佑就明白，出事了。就在去行军帐的路上，徐士远就把这些天发生的事情全说了，再联想起洋行的事，综合分析一番，詹天佑已经猜出了十之八九。

詹天佑用手点指：“布莱斯，你赶快说出幕后指使者是谁？李子亭在哪儿？”

布莱斯摇了摇头：“詹大人，对不起，我不能说。”

“为什么？”

“因为我和我的合作者有过约定，一定要严守秘密，一旦说了，我要赔偿违约金的。”

陈西林看了一眼徐士远，心说，这个人，满脑子里全是钱哪！

布莱斯也看出来了，他和詹天佑说：“詹大人，你们不必嘲笑我，你们中国人有句话我非常赞成，叫‘人为财死鸟为食亡’，我认为我没有什么错。而且我觉得，你们签了这份合同也没什么损失，毕竟货真价实。你刚才说什么自主路权，我认为并不重要，到现在为止，你们中国的这些条铁路，哪一条不是外国人修的？还在乎这一条京张铁路吗？”

“住口！”

詹天佑声音叱咤：“布莱斯，像你这种人怎么能够理解‘民族大义’这四个字，自强不息是中国人的傲骨，不似你这等无耻小人，为了贪财可以做出卑鄙下流的勾当！”

“詹天佑！”布莱斯也急了，“你说得没错，我是贪财，因为我是个买卖人，我做买卖只能赚不能赔！我之所以能和别人联手来算计你们，完全是你们咎由自取，是你们的人把我害了！”

“什么？”詹天佑没听明白，“我们的人把你害了？是谁？”

布莱斯气哼哼地说出三个字：“陈昭常！”

“啊？”詹天佑彻底糊涂了。

# 第九十四回

## 出全力同门助同窗
## 运设备把总遇千总

布莱斯说出了陈昭常的名字，这让詹天佑大为不解，陈昭常是京张铁路的总办，这件事跟他有什么关系呢？

“布莱斯，陈总办怎么能害你呢？”

一问这句话，就看布莱斯急得直跺脚：“詹大人，我被陈昭常骗了，骗得不轻啊！”

他就把之前汇丰银行扣款的事说了一遍，“詹大人，陈昭常答应我要存入一笔巨款，我信以为真，准备拿这个钱去谈一笔大生意，没想到，陈昭常只存了五十两银子，他告诉我，这就算是巨款了。简直把我气死了！之前扣下你们的款子，我是准备去放高利贷，结果，两笔钱我都没挣到，失去了两次大好时机，还得罪了合作伙伴，造成了不可弥补的巨大损失！”

詹天佑一听，差点乐出声，他这次知道，首段通车大典还有这么一番波折，陈昭常真是好样的，有力地惩治了这个唯利是图的小人。

“布莱斯，这叫一报还一报！是你不讲信用扣款在先，陈总办才不得已出此下策。你这是搬起石头砸自己的脚，自食恶果，怨不得他人！”

“不对！”布莱斯有点声嘶力竭了，“我只是想赚钱，凭什么让我自食恶果？要说，这也是上帝的眷顾，我的一位朋友来找我，他也想在京张铁路上赚钱，我们两个不谋而合，才想出这么个两全其美的办法。詹大人，你虽然看明白了这里的事，但是你别忘了，李子亭还在刘四虎的手里。对于刘四虎，他和我也是合作关系，这个人只认钱不认人，只要你们签了合同，他拿到钱以后，自会把人放了。”

“哈哈哈哈！”詹天佑笑了，“布莱斯，你太小看我们了，李子亭是路工队长，我不会因为他一个人而违背修建京张铁路的初衷，至于你，我要把你送到衙门，来人！”

“在！”

李子亭的几个徒弟全都冲进来了，一个个眼睛都红了，看样子，要把布莱斯给撕巴了。詹天佑告诉这些人：“你们不要着急，先把布莱斯送到顺天府衙门，同时，通知陈总办，士远，你跟着去一趟吧。”

“老师放心！”

一行人押送布莱斯进京，咱们按下不表，接着说居庸关工地。

颜德庆把炸药送到工地库房，精心安排了单独存放的区域，要避免受潮，这东西不能见明火，他指派了山海关铁路学堂的学员胡兆榕、周凤侣、赵杰、刘德源带领路工每天定期检查。

这时候，邝荣光已经带领路工们开始仔细核对炮眼的大小、深浅、方位和装药的分量，并亲自示范做了试验。

别看詹天佑已经给路工们进行过培训了，可是，当时中国人很少用炸药，对这东西都有点害怕，为了打消这个顾虑，邝荣光悉心地给路工们讲炸药开山的原理，介绍中国古代主要依靠热胀冷缩法，比如都江堰工程，先用火将岩石烧热，再浇冷水，使岩石破裂。如今，用炸药，效率就高多了，邝荣光亲手制作了一份操作说明，逐步标注了注意事项。他命人把这份操作说明抄写了几十份，分发给路工们，让大家随时学习。





可即便这样，路工们第一次安装炸药的时候，还是有点害怕，总担心这玩意突然响了，没人敢往前。

就在这时，听远处有人朗声大笑，詹天佑来了。老同学见面格外亲切，他们两个人都是第一批的留美学童，邝荣光比詹天佑大一岁，两个人感情非常好。

詹天佑看出了众路工的心思，他和邝荣光商量了一下，两个人亲自给大家做示范，告诉大家，炸药的威力无比，如果操作不当可能会炸伤自己，如果操作得当就不会有问题。

就看詹天佑和邝荣光仔细核对过炮眼位置和大小之后，按照标准分量装填了炸药，然后让工人们都退到安全的地方，并再三向大家强调："你们记住，只要在引爆前，确定好距离，待所有人都退到安全区再点燃引线，就不会有问题。"

这话说完，大家都退到了指定的安全区，詹天佑亲手点燃了第一眼炸药引线。

就听"轰"的一声巨响，一时间，尘土满天，山石乱滚，居庸关山谷里响起了极有震撼力的爆炸声音。待尘埃落定，众人探头一看，果然在预定位置上，出现了一个大洞，大家都欢呼起来，惊喜这炸药威力果然大，这下可省了不少事，很多人开始对这新事物产生了兴趣。

路工们如此兴奋，詹天佑和邝荣光相视一笑，他们仔细嘱咐了一遍操作要点，再三强调注意安全，这才把现场交给了陈西林和颜德庆。

詹天佑带着邝荣光回到了行军帐，坐下以后，詹天佑非常感激："荣光兄，你这次来可是帮了我的大忙了。”

邝荣光笑了：“你别抬举我了，当初在学堂的时候，你还经常帮助我呢，咱们这叫互学互助。”

“哈哈哈！”

“哎？”邝荣光突然想起那个事，“眷诚，我来了之后就一直在工地上忙，刚才听说，你们抓住了一名洋人，这是怎么回事？”

“嗨！”詹天佑叹了口气，把事情的始末缘由说了一遍，“荣光兄，这种事我已经见怪不怪了，从打京张铁路被朝廷提上日程那天起，前来捣乱的人就没断过，至于那个洋人，我已经派人押送到顺天府了，请陈总办协同处理。”

邝荣光点了点头：“眷诚，这个洋人的背后，我想，一定还是个洋人。那些国家管得不严，从海关偷运一箱两箱，不算什么事。照现在的情形来看，徐士远在树林里看到那一箱火药，一定是从国外运来的。”

说到这儿，邝荣光用手一拍桌子站起来了：“这些洋人为了在中国获利，费尽了心机，不光是你这儿，鸡鸣山煤矿上也来过洋人，他们像苍蝇一样飞来飞去，总想往里插一腿，光我就遇见过四五回了，我和吴仰曾也说过，任凭他们花言巧语，咱们是稳坐钓鱼台，绝不让洋人得手！”

“好！”詹天佑站起来拍了拍邝荣光的肩头，“鸡鸣山那边你们就多费心吧，我看这儿也没什么问题了，你这就……”

话刚说一半，“呼”帐帘起处，陈西林跑进来了，就看他跑得气喘吁吁，两个裤腿全都湿透。

“西林，你这是怎么了？”

“二位大人，出事了，你们快随我来。”

三个人快速来到工地现场，到这儿一看，洞口围了一圈工人，大家向里面探头探脑、议论纷纷，却没人敢上前一步，这时不知道是谁喊了一声：“詹大人来啦。”

“呼啦”一下，大伙儿就把詹天佑给围上了：“詹大人，您快去看看吧。”

詹天佑安抚大家：“别着急，我去看看。”

说完，带着邝荣光往里走，陈西林提着气灯在旁边引路，走进洞里一看，只见洞壁上黑乎乎精湿一片，脚底下白亮亮泉水滔滔，坏了，这是炸药炸山震动了水脉，山顶的泉水顺着山石流进来的。

詹天佑从陈西林手里接过气灯，他细细观察岩石开挖的情况，见山体并无滑塌迹象，眼下的情况和他们设计方案中的预期是相符的，他又逐一检查了事先布置的安全设施，一切防范措施全都有效。

詹天佑明白了，陈西林怕流水太多导致山洞塌方，所以让工人都撤出去了。

邝荣光一摆手，三个人撤步抽身出来。来到众工人面前，邝荣光高了嗓门："大家别慌，开挖山体隧道，有时候会出现一些正常的渗水情况，这是山顶的泉水因隧道的开挖而渗入了山洞导致，大家不要怕，我们马上去研究解决的办法。"

詹天佑对大家说："邝大人说得对，我们在设计山体挖洞工程时，已经充分考虑了安全问题，并相应设置了安全设施。现在渗水的情况虽然比预想的严重，但是我们仔细检查过了，不存在山洞坍塌或者山泉突然涌出倒灌山洞的风险，大家不必担心。今天的做法是对的，以后但凡是遇到危险情况，大家要在第一时间退到安全地带，相比于山洞隧道，大家的生命更为宝贵！"



颜德庆在旁边问了一句："大人，那眼下咱们怎么办？"

"这样，西林留在这儿，德庆你来，咱们研究一下。"

三个人回到行军帐，落座之后詹天佑说："刚才我看了一圈，山洞目前是安全的，现在说说水的事，当初，我们在勘测的路上巧遇金达，那个时候，他就提醒过我这个问题，而且建议我用日本包工，因为他们有抽水设备，当时我考虑不用外国包工，一口回绝了。如今，问题真的来了，荣光，说说你的意见是什么？"

邝荣光想了想："眷诚兄，积水必须马上排出，否则越积越多，最后还是会出现危险。"

颜德庆一听："邝大人，现在就算是把水排出去了，可管得了一时管不了一世啊，随着往里挖，水还是会下来，即便将来把隧道打通，只要天上一下雨，隧道还是会进水，不但淹了铁轨，也没法通车呀。"

"哎！"詹天佑突发奇想，"德庆，咱们挖一条引水沟吧！"

颜德庆眼睛一亮："引水沟？"

"对呀，咱们将洞里渗入的泉水导出洞外，德庆，你不是曾经提过绿化种树的建议吗？咱们把水引到外面，正好做树木灌溉之用。"

颜德庆是兴奋不已："詹大人，您的办法也太妙了！"

詹天佑笑着摇了摇头："这不是我想的办法，这是沿用祖先的妙策，当初，大禹治水的时候，就是疏通河道，排渠引水，因势利导，十三年终克水患。我不过是化用了古人的办法而已。我想，积水引出之后，咱们再用水泥砌墙，挡住一些强渗水，尽量减少泉水的渗入。”

“好主意啊，咱们就这么办！”站起来就往外走。

“等会儿。”

让邝荣光给拦住了：“颜工，办法是好，当务之急，是把现在的积水排出，就算挖沟，也不能在水里挖呀。”

“呃，也是。现在的积水怎么办？”

问到这儿，邝荣光笑了：“二位有所不知，在刚来居庸关的时候，我勘查山体之后，就想到了这一点，按照现在隧道挖出的长度，要想排干净里面的积水，必须使用抽水机，我有个朋友在卢汉铁路上当工程师，他那里有抽水机，而且是他的私人物品，不牵扯外国包工。所以，我已经烦请同来的吴把总，让他带上了我的书信，率领他的五十名兵丁，去借抽水机了。”

颜德庆一听：“那可太好了，他现在在哪儿？”

“保定。”

颜德庆估算了一下，大概有四百里，估计有七八天就能回来了。

还别说，这位吴把总办事效率还真高，到保定之后，见到了邝荣光的朋友，当时就把抽水机给借来了，用大车拉着，回转居庸关。

一路之上，吴把总别提多高兴了，他听邝荣光跟他讲了，中国现在根本没有这种先进的抽水机，在设备方面，始终落后于各个列强国。可是，一条国人完全自主的京张铁路，将打开中国通往世界的大门，今后，不单是抽水机，所有的先进设备都要普及，那个时候就是中国真正自强之时！

吴把总也是一位爱国之士，心里越想越高兴，这队伍也是越走越快。

没想到，正往前走，就听远处里有人大喊一声：“停下，检查！”

“吁。”吴把总带住马匹，一摆手，五十名官兵也停下了，车把式一拽缰绳，“嘎”一声，大车也停住了。

就看从不远处山环那个地方，走过来一队官兵，为首之人看穿戴是一名千总。

吴把总赶忙下马，走到近前深施一礼：“标下见过大人。”

在那时候，千总是正六品，把总是正七品，千总比把总大着一级，自然要行礼。

“敢问大人，您要检查什么？”

这千总一听，把嘴一撇，往对面瞧了瞧：“检查什么？就检查你们这大车。”

“回大人，这是从卢汉铁路上借来的抽水机。”

“什么，抽水机？那是干什么用的？”

“回大人，抽水机，自然是抽水用的。京张铁路修到了居庸关，打隧道的时候水流进来了，没办法，得借用这个东西往外抽。”

“哦，这东西是从外国带来的，咱们大清国可没这玩意，我看看。”

说着，这千总从打马上跳下来，走到大车前。这抽水机由八根粗绳绑在车上，上面还盖着苫布。

千总走到近前用手一掀苫布往里看了一眼：“哦，就是这么个东西，这里面藏没藏什么机关呀？”

吴把总一听差点乐了：“大人，这不是前朝留下的血滴子，怎么会有机关呢？”

“少废话，没工夫跟你打哈哈。告诉你吧，我要把这东西带到树林里头检查。”



“啊？”



吴把总可不干了：“千总大人，这是邝荣光工程师的一个朋友的私人物品，这个东西非常重要，一旦碰坏了，没地方去修，所以请您不要检查了。”

“哦？”这千总把眼睛一瞪，“不要检查？告诉你，我这是上命所差，实不相瞒，太后此刻正在附近巡幸，为保护安全，所有进京车辆必须检查，太后不让声张，所以，我们也没在城门口守着，您明白了吧，行个方便，查一下就放行。”

这番话一说，吴把总也不敢再拦了，万一真是太后老佛爷在此，还就得让人家查。

“那就请便吧。”

“呵呵，刚才说过，得拉进树林里查。我们单有负责查验的官员，在他那里面呢，你们等着。”

看了一眼身边的亲兵：“赶着车，跟我进树林。”

# 第九十五回
# 破壁攻坚人力胜天
# 行路观景匠心筑梦

吴把总押着大车往回走，遇见一位千总在这儿设卡检查。

大车被赶进了树林，吴把总仔细看了看这伙兵丁的号坎，应该是从山字营来的，当即把手一摆，一行人席地而坐，给马也松松套，在路边啃啃青草。

这一等就是半个时辰，说现在时间，一个小时。

吴把总也没着急，因为影影绰绰能看见大车和牲口，也能看见人影晃动，估计是手续复杂，连看带记录。





这时候，一名兵丁问他："总爷，您说他们到里面检查，会不会把这机器给鼓捣坏了？"

吴把总笑了："我刚才就那么一说，这东西都是铁制的，就是拿锤子敲，也敲不坏呀，不过就是电线别弄坏就行，估计不会，都是例行公事，我看这位千总，他——"

吴把总的话还没说完，可了不得了，众人耳边好像打了个炸雷，惊天动地一声响，"咣！"

吴把总的马"稀溜溜"一声长嘶，得亏有官兵给拉住，要不就跑了。哪来的声音？大家伙往树林里一看，林子里起了一股浓烟，"嗖"一下飞出一条骡子腿。

"不好！"

吴把总大喊一声，站起来就往树林里跑，进林子里一看，完了，那大车已经成了碎片，两匹骡子全都死了，车上的抽水机变成了废铜烂铁，那位千总和那伙官兵已经无影无踪了。

"哎呀！"吴把总一跺脚，"终日打雁倒让雁啄了眼！"

兵丁们都傻了："总爷，这是怎么回事啊？"

"炸药。"

"炸药！那刚才那群人？"

"假的。他们就是为了毁这台抽水机来的，弟兄们，给我追！"

"呼啦"一下，兵丁们顺着树林就冲出去了，结果，找了一圈下来，只捡回来几套官兵的衣服，其余的一无所获。

就这样，吴把总含羞带愧回转居庸关上，见到邝荣光说明原委，跟着“扑通”一声，跪倒请罪。

邝荣光伸手将吴把总搀起来：“总爷不必自责，看来这是贼人事先设下的圈套，咱们防不胜防，您先下去休息吧。”

吴把总出了行军帐，邝荣光回过头来，再看詹天佑，这位大工程师早已气得须眉倒竖、二目圆睁，牙齿咬得“咔咔”作响：“真是欺人太甚！我明白了，这和上次拦路的是一伙人，看来，他们既受洋人的唆使，又有某些衙门给他们撑腰，如若不然，那几套军兵的衣服他们绝找不来，只是……”

邝荣光明白，詹天佑担心眼前的工程，没有了抽水机，隧道里的积水怎么办呀？想到这儿，邝荣光也是一筹莫展。

就看詹天佑在地上来回走了三圈，突然，停住了，抬起胳膊握住铁拳狠狠往桌子上一捶：“洋人想看咱们的笑话，我偏让他们看不成！荣光兄，古来愚公移山那是一锹一锹把山搬走，今天我就一碗一碗把水淘净，我让他们看看，中国人越挫越勇，压不垮、打不烂，不建成这条京张铁路我詹天佑誓不为人！”

出离大帐来到工地现场，把所有路工集合一处，詹天佑振臂高呼，把事情经过说了一遍，路工队伍里一片哗然！一个个撸胳膊挽袖子、两太阳穴冒火、七窍要生烟，他们大骂：“洋鬼子不是人！榨干中国人的血汗，还要把中国人踩在脚下，让中国永远落后不得翻身，真是瞎了他们的狗眼！詹大人，您说怎么办吧，我们都听您的！”

“好！”

詹天佑把陈西林和颜德庆叫过来：“你们把人分好班次，找一些锅碗瓢盆，再去找十几个木桶，咱们把水挑出去。”

说完话，詹天佑头一个就进洞了，他是身先士卒，带着头干。

陈西林和颜德庆一看不敢怠慢，快速分好班次，找来工具，第一队扑入洞中，和詹天佑一起往桶里舀水。

一眨眼，两个小时过去了，木桶一桶一桶往外挑，可往洞里一看，水好像一点儿都没少。

詹天佑把第一队的人带出来，陈西林带着第二队进去了。

出来了之后，詹天佑告诉邝荣光：“荣光兄，这次把你请来也让你担惊受怕了，鸡鸣山那边工程紧张，你速速回去吧。”

邝荣光拉住詹天佑的手：“眷诚，下面的事你可要多加小心，遇见麻烦我随时再来。”

“好，一路保重！”

就这样，詹天佑送邝荣光、吴把总还有五十名官兵下山，双方拱手作别。

大家伙儿都以为詹大人送走了客人就回大帐休息了，没想到，詹天佑又回来了，跟着大家继续一块儿干！

一连三天，洞里的水才见底，詹天佑把人员重新做了调整，人员分成了两组，一组由颜德庆带领，规划一条合适的排水路线挖沟引水；另一组由陈西林带领，在洞中合适的位置砌水泥。

路工们见他们的总工程师如此平易近人，而且好主意是一个接一个，大家伙是精神大振，干劲十足。

从这天起，詹天佑每天到工地上查看现场的时候，都和工人们一起干活。





尽管工人们和詹天佑共事的时间不短了，也知道他们的总工程师没什么官架子，还经常给他们打下手，但是见到詹天佑光着膀子挑着扁担，不少工人还是大吃一惊。

在大部分人的印象里，詹大人是大清的四品官，又是文质彬彬的官学生出身，这种官老爷不是应该每天都一身齐齐整整的官服，雪白的官靴底仿佛从来都不走路，不论去到哪里都是坐着轿子、前面有仪仗开道、铜锣净街，看他们这些小老百姓时都是用鼻子眼看人，至于跟他们说话，想都不敢想，哪有大老爷跟他们这些平头百姓聊天说话的？

可是这位詹大人，完全打破了他们心中架子十足的官老爷形象，他与路工同吃同住、风餐露宿，一起抡大锤、推小车，如今还一起挑水砌墙。

有个胆子大的路工，见詹天佑一贯对他们都是和颜悦色的，便凑上去好奇地问他：“大人，您怎么还会挑水啊！我听说京城里那些官大人家里都是仆妇成群，做什么都有人服侍，我真的没想到像您这样的一位大人还会挑水这种体力活。”

詹天佑哈哈笑了起来：“我曾经是水师学员啊，对水可是很亲切的。而且，我在家里时也干过这些，那年，我回婺源祭祖，有一天晚上，邻居家起了火，我和乡亲们也是这样挑水救火的。挑水对我来说可不是什么生疏的活计。再说了，大人也好，工人也好，我们都是大清国的一员，分工不同而已。”

这位路工一听，用手一拍大腿：“嘿！这才是咱们大清真正的好官哪！”

詹天佑的行为，带动了居庸关上所有的人。当时这个施工现场，可热闹了，要知道，那个时候的居庸关不像现在，现在是旅游胜地，人来人往，川流不息。当时可不是，这地方除了山中的百姓，基本上没人来，以往安静的山谷里突然响起了震耳的敲击声，引来了不少附近的百姓围观。

此刻，身在北京的陈昭常已经见到了徐士远，布莱斯被押进顺天府，总理衙门派专人协同审理。同时，邮传部和兵部协商之后，给居庸关工地派来了重兵保护。这些军兵到这儿以后也深受感动，有的换岗之后跟着一块干活，最后，连包工头都跟着一块儿挑水。

看见这些人帮着干活，詹天佑从心里高兴、感激，可是，看到颜德庆和陈西林也在其中，詹天佑眉头微微一皱。

他把这两个人单独叫到一边，问他们："你们在这儿干什么？"

颜德庆和陈西林被问得有些不知所措，按照以往跟着别的大人做事的经历，上司在哪里，他们就应该在哪里。上司去哪里视察，他们就要从头陪到尾。

詹天佑一看俩人的神情，当时就明白了："德庆，西林，你们能来挑水，我很感激，但是，你们要分清工作的主次，你们现在最要紧的是处理好手头的技术问题，而不是跟着我在这里忙。在这个工地上，我们每个人都有自己的职责所在。我是总工程师，我要给大家以安全感、荣誉感，要稳定'军心'，所以，我才会参与挑水的工作，我是要给路工们传递一个信号，那就是我们已经充分考虑了安全因素，只要排水得法，我们的隧道推进不会受到山体渗水的影响。而你们作为驻段工程师，你们的当务之急，是尽快确认采取排水防水措施后，路轨工程是否会受到影响、是否需要调整、调整的方向和具体方案。我需要你们围着工程转，而不是围着我转，明白了吗？"

听了这番话，颜德庆和陈西林心悦诚服。

居庸关隧道全长三百六十五米，以现代发达手段来看，挖掘这样一条不到五百米的隧道或许不算是很为难的事，但在二十世纪头几年的中国，这的确非常不容易。而居庸关隧道之后，就是八达岭隧道，这条隧道是京张铁路上最长的一条，之前那些眼红心黑的外国工程师能将黄桂祥、张成海、刘道林等老监工们鼓动走，也不是没有道理的，这上千米长的隧道，要人工开挖，难度堪比上青天。这段工程可谓是京张铁路的重中之重，詹天佑十分重视，提早就开始规划工程安排。

詹天佑知道，工程到了这个时节，就要同时进行了。居庸关隧道的排水作业步入正轨后，詹天佑带了几名勘测人员，来到了八达岭，再次对八达岭隧道进行了一遍勘测研究。

八达岭隧道情形之复杂非是前三条隧道可比，光长度就令人惊讶，多长？一千零九十一米。这在当时不仅是国内铁路建筑中所罕见，即便是在世界铁路事业中也属少有。詹天佑估计，如果按照打通居庸关隧道那样，安排两队工人从山体两边相对挖掘，还是难以有效推进作业，而且两边推进这么长的隧道，说不定中间就会错位。一处细微的偏差，就可能导致计划的一条隧道变成两条毫不相交的隧道，那可就麻烦了，白白浪费时间和经费。为解决这个问题，詹天佑又想到了一个好办法，叫竖井法施工。

在隧道中部的山岭上方开挖一座直径三米的大井和另一座直径略小些的小井，将井深挖至与隧道底部的深度平齐，这样一来整条隧道就被分为了三部分。然后两个竖井都同时向两边分别往前推进，同时整个隧道的两头也同时向隧道里边凿进，这样就可以在原来的两个工作面上再增加四个工作面，整条隧道六处作业面同时工作，极大加快了工程进度，也尽量降低了隧道挖偏了的风险。



这个办法确定下来后，居庸关隧道最关键的挖掘部分也差不多完成了，后期工作的难度不大，按照计划推进就可以。詹天佑和颜德庆、陈西林分析了现场情况后，决定拨出一批工人开挖八达岭隧道，同时他们三个人都转到八达岭隧道现场跟进，居庸关隧道这边安排颜德庆和陈西林手下的工程师盯现场施工，并每天安排人员将进展情况送到八达岭现场，两边互为援应。

大队人马浩浩荡荡奔赴八达岭，之前，詹天佑和工程人员在这段路上几次往返关注的都是地形、地势、树木、土质。如今带着路工们一走，这才发现，原来铁路两旁有如此秀美的景色！

他们登上一座山峰，放眼一望，如今已到冬季，远远看见居庸关前头片片积雪犹如琼台玉沼，如果到了夏秋两季，冰雪融化，那便是居庸叠翠。沿着道路往前走，路边一草一木一石一景俱生动有趣，有个能说会道的路工向詹天佑介绍："詹大人，您看了吗，那棵树叫大神树。旁边是杨六郎的拴马桩，那块大石头，那就是穆桂英的点将台！"

詹天佑一听笑了："你说这些都有根据吗？"

这路工也乐了："我从小就在这儿长大，都是听老辈儿人讲的，说这关沟里有一百零八美景，光咱们这条铁路边上，我看就不下七十景。"

"是吗？都有什么呀？"

"我给您数数啊，有白马寺、审虎台、叠翠山、御碑亭、魁星阁、白凤冢、仙人桥、金牛洞、白果树、六郎影、弥勒院、寿星山，青龙戏水桥，五郎卸甲洞、威镇雄关碑……那什么，我也就记这么多了。"

詹天佑一听："这就不少啦！你的记性好，咱大清国这片土地上尽是大好的河山哪！"

此刻，在詹天佑的心里有一个美好的设想，从南口火车站开始，京张铁路将进入最陡的爬坡地段，一直到青龙桥之前，最大的坡道达到千分之三十三。这种坡道在公路上不算什么，但在铁路上就是艰难的大坡道了，因为火车是爬行在光滑的钢轨上，牵引起来十分困难，而且当时机车的动力尚不能满足牵引车辆爬如此大的坡道，因为这个，詹天佑从女儿顺蓉的一个小游戏里悟出了"人字形线路"，在这个区段将采用两台机车前拉后推的办法运行。不仅上山，下山时也得两台机车，因为整个列车必须保持始终制动的状态，以防止车辆滑坡。詹天佑也想过，这段火车在下山时，一定要在五桂头附近停一段时间，因为火车长时间制动，车轴和制动闸瓦必定发热，需要停下来，让车轴和制动闸瓦降温。那么这段时间，旅客干什么呢？坐在车上干等着？那岂不是索然无味！听刚才路工所讲，此处美景如画，而且还有典故传闻，倒不如，将这段路上的景色加以装饰，今后，便能成为京张铁路的一大特色！

这可叫不刮春风，不下秋雨。正是詹天佑的一番奇思妙想，才有了后来的"关沟七十二景"。

此时，詹天佑心花怒放，他不禁脱口而出，念了一首乾隆皇帝的《居庸叠翠》：

居庸天险列峰连，
万里金汤固九边。
雄峻莫夸三峡险，
崎岖疑是五丁穿。
岚拖千岭浮佳气，
日上群峰吐紫烟。
盛世祗今无战伐，
投戈戍卒艺山田。

# 第九十六回

## 开凿深井六面作业
## 治理毒气两处行风

詹天佑率筑路大军来到八达岭，到这儿一看，又是一片壮观景色。

八达岭是居庸关的北口，与居庸关以南的南口遥相对应。八达岭关城筑于两山之间。远远可见关城北面的城门上题着“北门锁钥”四字，那指的是八达岭的险峻与重要。古书上曾有记载：“居庸之险，不在关城，而在此岭。”

八达岭是京张铁路第二段工程里崇山峻岭中的最高峰，峰巅常年积雪，地层几乎都由花岗岩构成。由于数千年岩石风化，铁铝渗透到山岩表面，大片岩壁呈红色，因而八达岭又被称作“赤岭”。

从打居庸关往北走就是八达岭，八达岭往北再走就是岔道城，那就是第二段工程的终点。

八达岭是关沟段最后的也是最大的一道天险，詹天佑在去年勘测线路的时候，曾有两个选择，第一个选择是将岭上的长城截去一段，让铁路从中间通过；第二是在岭下开挖一条隧道，让火车在洞中穿行。

经过考虑，詹天佑认为，长城是中华民族的伟大建筑，若是截去一段，自己将成为千古罪人。考虑过后，才确定岭下开挖八达岭隧道的方案。

为保障这条一千多米长的隧道顺利凿通，詹天佑采用了竖井法作业，就是在计划开通隧道位置的上方，竖着凿出两个大大的井，直通到隧道水平位置上，再从两口井的两端和整条隧道的两端分六个作业面，同时开工挖凿隧道。

路工们席地而坐，听颜德庆和陈西林分别讲解，等把方法学会之后，就开始施工。

还别说，有了前边几条隧道的经验，大伙儿也都习以为常了，无论是凿石埋线，还是填充炸药，都能够驾轻就熟。再加上打井这个活儿在当时属于司空见惯。

那个年代没有自来水，吃水就得靠挖井，据说当时北京城私人凿井的大有人在，井凿得浅，水苦涩；井凿得深，水甘甜。当时靠私自凿井卖甜水大发横财的人有很多，有小伙计推个独轮车，车上有大木桶，谁家要就往谁家送，倒在水缸里拿钱走人。

即便如此，当时北京城也是人口众多，甜水井也是供不应求，就连皇宫里用水，也得每天派车出西直门，到京西玉泉山取水。

皇家可以，广大贫苦老百姓没这种待遇，有的几家凑点钱，找工人在胡同口挖一口浅一点的井，能够洗洗涮涮就行了。这些路工们有很多人之前干过这些活儿，所以对这类凿井工程并不陌生，只是现在这个竖井比寻常水井要大得多、深得多，不过，这里人多，工具也多，往下打就是了。

眼看着两口井一天比一天深，詹天佑嘱咐陈西林，抓紧时间把工具和材料备齐，一旦能下井，这可就是大工程了。

单说这天，詹天佑在工地上巡视，无意间听到几个工人在议论，就听一个说："我这两天总是觉得累。"

另一个说："我也是，可能是最近的工程比较重。"

旁边一位说："你们拉倒吧，咱们每天上工和下工的时间也差不多啊，别找借口了。我估计啊，可能是八达岭石头比较硬，更费劲儿。不过马上就到饭点儿了，我听说詹大人昨天刚吩咐了工地上，今天伙食好，炖肉烙饼酸辣汤，犒劳大家辛苦。"

这几位说得挺热闹，旁边那些人听了直摇头："不行，吃不下，我们这几天总是恶心、想吐。"

有人一听笑了："你个大老爷们，怎么跟个小媳妇儿似的，还恶心、想吐，你不会是有了吧？"

一句话说得大家哈哈大笑。

笑声没落，就听身后有人说话："哪儿不舒服，我叫随队的大夫来给你看看，别硬撑着。"

大伙儿吓了一跳，回头一看："哎哟，是詹大人。"

詹天佑常在工地上巡视，和工人们一齐动手，从来不摆架子，所以路工们见了他也并不拘谨。詹天佑找了块平整石头，坐下了："你们谁不舒服？可以请假，休息一天，可别硬撑着。"

这几位知道詹大人听见了他们的对话，全都不好意思了，一个个红头涨脸："大人，那个我们瞎说呢，没那么娇弱，这两天是有点肚子不舒服，可能就是哪天下工太累，一时吃多了，所以这两天才总是犯恶心。"

"真没事？"

"真没事！"

詹天佑见他们如此坚持，告诉他们："有病要如实汇报，人的生命最珍贵。千万不要硬撑着，如果不舒服就及时看大夫、请假休息，施工现场安全第一，带病上工实在危险，都记住了。”

说完话，他走了。这件小事很快也被詹天佑忘在了脑后，可是没有几天，颜德庆来找他：“大人，出事了。”

“怎么了？”

“您听我说——”

颜德庆告诉詹天佑，说连着两三天，工人们当中好几个都出现了恶心、呕吐的现象，有几个已经下不了床了。开始时以为工地上的食水不干净，一番检查下来，发现似乎不是，负责伙食的人和大家吃喝都是一样的，同锅吃饭，他们就没事。路工们也有猜测是不是累着了，毕竟那些连着上了几天工的人症状就重一些，如果赶上有一天休息，就能好一点。

詹天佑听了，马上想起前两天跟工人们聊天的情景，他当即抓起桌上的安全帽往头上一扣：“走，咱们下井去看看。”

两个人来到井口这儿一看，这儿已经架上了大号的辘轳，上工的人都是靠这个进出竖井的。

其实，早在1880年，德国人西门子就发明了电力升降机，但这种升降机的价格非常昂贵，京张铁路预算经费紧张，只能选用辘轳这种古老的垂直升降设施。工人上下井，运送工具，搬运土石，全靠它了。

詹天佑和颜德庆被辘轳送下了井。按说在施工现场，工程师来了，工人们应该马上围上来，听工程师训话。可在京张铁路，詹天佑早有规定，只要是大家手里干着活，总工程师不招呼，大家各忙各的。所以大家看见詹天佑来了，也只是打了个招呼，仍然忙碌着手头上的工作。

詹天佑将这一小组的小组长叫了过来，向他仔细询问了当天请假的路工情况，又仔细看了看竖井里的情况，这里倒不像居庸关隧道那样容易渗水，但是这儿可比居庸关隧道深多了。

看上去并没有什么异常，詹天佑没急着上去，他又问了问当天上工的几名路工：“你们的头晕不晕？”

连问几个人，都说有点晕，只是轻重不同。

突然间，就看詹天佑用手一捂胸口，身形一晃，颜德庆赶忙上前扶住：“大人，您怎么了？”

“德庆，快让所有工人立即撤出！”

颜德庆指挥众人出井，他和詹天佑最后出来。

到了井外，呼吸几口新鲜空气，詹天佑的神情好多了，他告诉颜德庆，自己刚才出现了胸闷恶心和头晕，再从工人们的反应来看，应该是山体中毒气导致。

颜德庆明白了："大人，我知道山体之中，有甲烷、一氧化碳、二氧化碳、硫化氢、氮气和数量不等的重烃等有害气体，这些气体密度很大，应该是工人把山体凿开，这些气体开始逐渐四处蔓延，由于是在井下，气体排不出去，所以，待在下面就会难受，出来就会好一些。"

詹天佑点点头："你说得很对，幸好咱们发现得早。万一有人体质弱，因此搭上了性命，那可就糟了。德庆，你现在赶紧通知所有人停下手里的事，全都回到地面上去。等我把这些毒气解决了再下井。"



"是！"颜德庆立即下去通知。



这要是放在今天就好办了，工程人员带着便携式气体检测仪下去，什么可燃气体检测仪、光离子化检测仪、复合式气体检测仪，甭管哪个，带下去一测就知道是具体什么毒气了。可惜，那个年代还没有这种设备，只能在初步辨别之后采取简单的物理办法。

詹天佑命人在两个竖井井口各设置了四个大号的扇风机，安上大铁管，从上往竖井内输送新鲜空气，很明显，井下的空气质量一下就上来了。

但实验了几次还是不行，人站在里面不动还可以，只要是一干活，还是头晕，也就是说，这里面的空气流通速度还不够，毒气难以及时排散到外面。

詹天佑一看，既然这样，还是不能开工，再想想别的办法。

他在工地上一边走一边想，无意间来到伙食房，看大师傅们炖肉熬白菜，蒸雪白大馒头，低头一看，有个小徒弟正在蹲在灶膛前拉风箱。嘿！这一下，就让詹天佑来了灵感，他马上命工人做了两个大号的风箱，安在井口，一边是扇风机，一边是大风箱。扇风机往里吹新鲜空气，风箱往外抽毒气，这回再一试，行了！竖井内的空气渐渐新鲜起来，工人们下去干活头不晕了，这回，可以照常入井施工了。

即便这样，詹天佑仍然不放心，他严格安排了入井作业时间，并反复强调，如有工人下井后发生不适，要立即上报，不能隐瞒硬撑。他还嘱咐颜德庆和陈西林："现在只是向下挖井，等挖到了井底的预计位置，开始向两端开凿的时候，洞里的空气状况可能更差，一定要把人员调配开，每名路工一次下井不得超过两个小时，大家轮班下井，要确保扇风机和风箱昼夜不停。"

颜德庆、陈西林点头称是，这时候，颜德庆突然想到了一件让人担心的事情："大人，现在我们可以这样在竖井口和隧道两端入口以及出口安排排风的措施，可是，等到隧道挖好、竖井复原、钢轨枕木全部铺好，真正通车的时候，单凭隧道两端出入口的通风，恐怕很难保证隧道内的空气清新。"

颜德庆说得非常有道理，那个时候的蒸汽机车，没有什么密封措施，尤其是机车里，司机要经常把头探出去瞭望，所以，窗户从来不关。这条隧道有一千多米长，火车从此通行，一旦司机中毒，后面的旅客可就危险了。

詹天佑一听点点头："德庆说得对，但是，这个问题很好解决。"

"好解决？"

"对呀，刚才你说把竖井复原，那竖井何必复原呢？通车后我们仍可以留着竖井做通风口。随着隧道打通，洞内外空气可自由在水平面上流动，加上火车运行自然会加大气流流速，炭气的问题就不会有太大影响了。同时，这些抽风灌气设施也仍然保留着，待等隧道凿通后，每个井口上修建一座通风楼，还能起到遮蔽雨水的作用，我想这样就没有问题了。"

哎哟，这可真是妙言就在三五句，不得真传枉徒劳啊。颜德庆不住称赞："大人高见！"

詹天佑一听连连摆手："德庆，话可不是这样说啊，你能由此及彼想到通车运营后的问题，这很好。这也提醒了我，等到试运行时一定要注意检测毒气。当初，我费了九牛二虎之力把你们几位优秀人才调到京张铁路，如今看来，真是明智之举啊！"

说完话，詹天佑拿出笔记本，把刚才说的问题记了下来。

隧道施工，如火如荼，不知不觉间，1907 年的春节，就在这"叮叮当当"的声音中，过去了。

转过年来，春暖花开，居庸关、八达岭两条隧道都有了很大的进展，就在此时，京中总局传来了一条消息。总办陈昭常差人送来了一份来自邮传部的公文，这是新任邮传部尚书岑春煊发下的公文，他要约见詹天佑。

邮传部是 1906 年 11 月里朝廷颁行官制改革时，新设立的机构，当日颁下裁定官制的上谕时，任命的邮传部尚书是张百熙。而张百熙上任不到半年，就病逝了，被朝廷追赠太子少保，谥号文达。

张百熙去世不久，朝廷指派了林绍年为尚书暂行署理邮传部，林绍年的身体也不太好，明眼人都看得出来，朝廷派他来，不过是临时主持工作，尚书一职，肯定另有人选。

果然，一个月后，朝廷下达了正式任命，任命岑春煊担任邮传部尚书。

岑春煊和詹天佑是同龄人，均为咸丰十一年生人，两个人同庚不同乡。詹天佑是广东人，岑春煊是广西人，他的父亲岑毓英曾任云贵总督，参加过中法战争。

岑春煊二十四岁的时候中了举人，可他却没有继续考进士，而是以恩荫入仕。恩荫是古代世袭制的一种变相叫法，岑春煊在父亲光环的照耀下，受到了特殊照顾，正式步入了晚清政坛，很早就得到了朝廷的重用。

本来今年三月里，朝廷已经下旨调岑春煊任四川总督，不知为什么，岑春煊迟迟没有到四川赴任，很多人不解其中之意。如今朝廷的任命书下来了，大家这才明白，朝廷对岑春煊是另有委派。

当时的邮传部自成立之日起就备受关注。岑尚书到任后改弦易辙，鼎新革故，最关注的就是京张铁路的工程进展，第一个约见的人，就是詹天佑。所以，一道公文下至京张铁路总局。

陈昭常见公文，他深知这其中的分量，自己不敢怠慢，立即差专人将公文送到了八达岭隧道工地上，交到了詹天佑手中。

詹天佑接了公文，心里觉得很奇怪，京张铁路总办是陈昭常，自己虽然是总工程师却只是会办。邮传部作为管理全国铁路交通事务的机构，新尚书到任要见一见自己所管辖的铁路负责人，这很正常，只是，以常理推论，应该先见总办，怎么会先见会办呢？看公文的内容，也不像是有什么工程技术上的具体问题要面谈，难道这里面另有文章？

# 第九十七回

## 八达岭总办替会办
## 邮传部尚书见议员

詹天佑接到邮传部的调令，让他进京面见新上任的尚书岑春煊。这让詹天佑很为难，从八达岭隧道挖掘工程开始那天起，他就下定决心，八达岭隧道一日不打通，自己一日不离开现场。因为，打通这条隧道的难度系数非常大！由南口至八达岭山高路陡。当初那些洋人们说，中国自办京张铁路纯属自不量力，建造这条铁路的中国工程师恐怕还未出世……这些讽刺的奚落之语让詹天佑耿耿于怀，直到今日他也引以为耻。为了打灭洋人的嚣张气焰，为了让世界看一看中国的真正实力，詹天佑把这条隧道看成了重中之重。他知道，在这条隧道发生意外的概率很大，一旦出了什么事，他必须马上到场，亲自分析问题原因、找到解决办法，这项工作交给谁，他都不放心。

可如今，邮传部调自己回京，这是上命所差，自己虽然供职于京张铁路总局，可同时也是路务议员，怎能抗命不遵呢？

思前想后，詹天佑决定了，不能回去，他提起笔来，给邮传部写了一份请示，把自己的想法说明，紧急关头，总工程师不能擅离职守，请求岑尚书原谅。

这请示刚写到一半，又来了一封公文，打开一看，是陈昭常给他的密信。一看这信，詹天佑笑了。

唐代诗杰王勃有一首名作，叫《送杜少府之任蜀州》，其中有两句千古传诵，“海内存知己，天涯若比邻”，说王勃和他的好友两个人即使天各一方，也能心心相印。

这是艺术对生活的加工与升华，真正能够做到的，少之又少。可如今，陈昭常与詹天佑却做到了，两个人相隔百里，却也能心意相通。

陈昭常命人把邮传部的公文送到八达岭，公文刚送走，陈昭常就开始犹豫了，他知道詹天佑这个人把工程看得比天大，如今八达岭隧道进入了攻坚阶段，在这个时候，以詹天佑的性格，他怎么可能轻易离开施工现场呢？可是，陈昭常也明白，新官上任三把火，岑春煊这个人可了不得。

他文采平凡，可精通武事。说起他的祖上，可谓无人不知无人不晓，光武帝刘秀恢复大汉基业时，身旁有云台二十八将，最著名的就是岑彭、马武、铫期、杜茂，这其中的岑彭就是岑春煊的祖上。

岑春煊青年时以恩荫入仕，中日甲午战争，他曾经亲率人马前赴战场，几经厮杀，立下了战功。

戊戌变法期间，岑春煊积极投身维新变法，得到了光绪皇帝的青睐，先后担任广东、甘肃布政使。后来变法失败了，六君子在菜市口血染钢锋，岑春煊由于受祖上的庇护，没有被牵连，可即便如此，慈禧太后对他也是嗤之以鼻，说他是“康梁一派”。别看慈禧太后这么不喜欢他，不到两年，就转变了观点。

八国联军进逼北京城，慈禧太后身穿蓝布衫，像一个农村老妇一样，由太监们搀扶着跑出紫禁城，鞋磨破了，脚出血了，饭没吃的，水没喝的，仪容不整，狼狈不堪，敌军时时追杀，路有劫匪生患。慈禧太后叫天天不语，叫地地不灵，就在生死存亡之际，岑春煊从天而降。

岑春煊在甘肃听说京城有变，他立即率领两千兵马千里迢迢星夜兼程赶来“勤王”救驾。

慈禧一看是岑春煊来了，当时呼天抢地，感激涕零，拉着岑春煊的手说：“若得复国，必无敢忘德。”而且，许诺岑春煊，“有朝一日回转京师，与你赏穿黄马褂，帽插宫花在紫禁城跨马三日，以示天恩。”

打那儿起，岑春煊一步登天，成了慈禧太后跟前的大红人。随着位高权重，岑春煊为官也越来越谨慎，在各地任职期间第一要务就是整顿吏治、严肃纲纪，所以伴随着他的调任或者升迁，往往都是一大批的贪官落马。

有慈禧太后的撑腰，岑春煊行事毫无畏惧，根本不怕得罪权贵，他弹劾处罚了一大批捐官，就是靠家里花钱步入仕途的人，这些人不都是无名之辈，有一大部分人是靠着庆亲王奕劻上来的，就因为这个，岑春煊和奕劻结下了冤仇。

袁世凯属于庆亲王奕劻一派，自然与岑春煊成了政敌。当时有“南岑北袁”之说，这里有两层含义，一方面是因为两个人分居南北两地，并且都有很大的影响力；另一方面则是因为两人南北不和，已经形成了对峙的局势。

这些事情，陈昭常都了如指掌，他深知其中厉害，目下，京张铁路仍旧是由袁世凯督办，如今，岑春煊又成了京张铁路的主管上司，这个时候召见詹天佑，如果要是召不来，詹天佑来一个“将在外君命有所不受”，那后果不堪设想。

想到这儿，陈昭常马上给詹天佑写了一封密信，信里告诉他，无论工程有多忙，也得回京去一趟邮传部，这不仅是谒见长官，更关乎京张铁路的命运。

把信装在公文袋子里让官差火速送往八达岭，最好比之前邮传部的公文早到才好。

詹天佑见信大笑，说了一句话："知我者，简持也!"

自己这份请示，只能撕了作废。詹天佑想，陈昭常说得有理，按他的意思，自己就应该立刻进京，可是，我一走，八达岭这儿交与何人？颜德庆、陈西林各负责一口竖井，两个人都脱不开身，找谁呢？

这件事让詹天佑坐卧不宁，他想了一天一宿也没想出个合适人选，自己不能再等了，耽误一天情有可原，耽误两天就不像话了。为今之计，只能把颜德庆和陈西林找来，让他们负起责任。刚要派人去找，哎，就在这时候，有侍从来报："启禀詹大人，陈总办到。"



"什么？"詹天佑一下就站起来了，"再说一遍，谁来了？"



"陈昭常，陈总办。"

"啊，人在哪儿？"

没等侍从回答，帐帘一挑，陈昭常进来了。

"眷诚兄，一向可好啊!"

"哎呀，简持，你怎么来了？"

陈昭常笑了："我要是不来，你就得急成热锅上的蚂蚁。八达岭隧道，这么艰苦的任务，怎么能没有主事之人呢？我是特来替你的。"

詹天佑过去一把抓住陈昭常的手，这心里说不出是什么滋味。

"行啦，眷诚兄，这也是我分内之事，只不过，工程上的事我不懂，还得仰仗德庆和西林，我只能在这儿坐镇几日。你一个人去邮传部，责任可更为重大呀。"

陈昭常就把自己所知道的全都告诉詹天佑了："眷诚兄，这一次岑尚书召见你，可能有多层用意，所以，你在言辞之中一定要谨慎再三，明白吗？"

詹天佑点了点头："放心吧，不管他们各自出于什么目的，我的信念只有一个，把京张铁路建好，除此以外，我心无杂念。"

"嗯，你的想法固然是好，我也得提醒你，既然沉浮于宦海，就得多少懂一些这里面的手段，比如这次去邮传部，不管他是什么意思，你必须得争取一些回来。"

"争取一些？"詹天佑一时没闹明白，"简持，这是什么意思？"

"嗨，简单点说吧，咱们之前打的预算报告，钱是批下来了，可现在看来，预算不够啊，另外，关内外铁路的利润额得经过英国人之手，现在也是久久没有到账，明白了吗?”

说到这儿，詹天佑笑了:“简持，之前汇丰银行的事，你可瞒了我好久啊，多亏你技高一筹，要不咱们的庆典就办不成了。哎，对了，李子亭有下落了吗?”

陈昭常叹了口气:“唉，洋人在京张铁路上处处设障，我那么做也是不得已而为之。现在顺天府正在严加审讯。之前，布莱斯已经交代了刘四虎的住处，结果我们前去搜捕，扑空了。现在，顺天府已经撒下去大批人马，一旦发现行迹，立刻追捕。”

詹天佑点点头:“好，李子亭是忠义之人，为京张铁路付出了很多，万万不可有什么闪失。”

“嗯,李队长武功高强,吉人自有天相。不过,话说回来,眷诚兄,你这次见到岑尚书,一定要给京张铁路争取一些费用，以投到后期的建设之中。”

“放心吧，我一定做到。”

“切记，岑春煊这个人，性格古怪，说话的时候一定多加注意。”

“好。”

两个人把手头的工作进行了交接，一应事务准备完毕，詹天佑由官兵保护，辞别陈昭常，返回北京城。

到北京后来到邮传部，一见岑春煊，嚯！这位，长得有特点，中等身材，体态巍峨，肚大腰圆，宽背拢肩。一张方方正正的国字脸，大脑门油光锃亮下衬一字眉，铜铃眼射出两道寒光，高鼻梁方海口八字胡。头戴花翎红珠罩顶，身穿绛紫色官服，海水江崖宽片云锦上绣五爪盘金蟒，大红中衣，脚下粉底官靴。

岑春煊是武将出身，说出话来瓮声瓮气:“眷诚，许久不见，甚是想念哪，哈哈哈!”

詹天佑急忙上前施礼:“卑职见过大人!”

“免礼，快坐。”

感觉这位新尚书还是挺热情的,可詹天佑刚坐下,“唰”一下,岑春煊的脸沉下来了:“眷诚，前不久调你去粤汉铁路，是我的提议。没想到，你居然没去，啊，哈哈哈!”

刹那间，詹天佑想到了陈昭常提醒自己，说岑春煊性格古怪，如今看来，果然不假。那么，面对这个问题，自己又该怎么回答呢?

眼看岑春煊两只眼睛眨也不眨，好像是在说“你给我解释清楚!”

这要搁在一般人身上，早就吓得不知所措了，詹天佑可没有。要知道，当年修成新易铁路以后，慈禧太后召见詹天佑要当场封官，詹天佑愣是一口回绝了。连太后的面子都敢驳，就别说尚书了。

可詹天佑没这么想，他还是很客观地解释了一番，说京张铁路工程紧张，自己实在离不开，“还望大人谅解。”

岑春煊听罢仰天大笑：“哈哈哈，眷诚，我刚才不过是一句戏言，你还当真啦？”

詹天佑心说，这位的性格确实古怪，嘴上没说什么，岑春煊却自言自语了一句：“你是为了京张铁路，可袁大人不让你去，就是和我唱对台戏喽。好啦，眷诚，咱们说正事，如今邮传部总管全国铁路交通事务，本官上任后，要优先考虑京张铁路，把你请来，主要是想问问你，现在京张一线上还有哪些困难。”

詹天佑心中暗想，不管你和袁世凯怎么明争暗斗，你既然问我，我就实话实说，说，就得拣有用的说。

“回大人，京张铁路首段通车后，已经进入了最困难的八达岭等处隧道工程，技术上的困难我们逐一克服，但经费的拨付方面还有一些环节不顺。”



岑春煊一听：“经费，朝廷不是拨了五百万两了吗？哎呀，朝廷拨款确实有难度，这几年朝廷力推改革，各方面都要钱，国库紧张也是实情，这一点我想你肯定明白也能体谅。”

詹天佑心说，不管你怎么说，我是非把钱要下来不可。

“大人说的极是，不过眼下工程已然到了最艰难、最关键的环节，经费如果跟不上，工程完成日期恐怕就会滞后。”

这话一说，似乎触动了岑春煊的某根神经，他沉吟了一下：“嗯，眷诚，你觉得京张铁路是不是越快修成越好？”

“当然是越快越好。您听我给您分析——”

不等岑春煊问，詹天佑主动阐述，他说：“尽快筑成这条铁路其利有三：第一，因京张铁路是由中国工程师修筑的第一条铁路干线，外国人都目不转睛地注视着我们，倘若工程进展缓慢，他们将宣称中国人还不能从事铁路修筑；第二，既然花费了大量资金，则最大利益在于使偿还收入越快越好；第三，现在全中国都要求修筑铁路，而我们的主张是中国之事应办自国人，故非常需要中国工程师……因此，最上策是此路越快筑成越好，以便腾出工程师帮助其余各省修筑铁路。”

一番话分析得井井有条，岑春煊听着不住点头：“你说得很有道理。”

詹天佑补充道：“自然，若是要尽可能快地修好京张铁路，除了现场工程师和工人们要齐心协力外，经费必须充足。工欲善其事，必先利其器。如果经费充足，我们就可以及时购置工程所需要的机器和设备，一些工作不必完全靠人力完成，也能大大提高效率。所以经费的保障对工程进度有很大影响。”

岑春煊想了想道：“既然这样，我会及时将后续的一些款项想办法拨付给你们。关内外铁路的利润提取需要与英国人协商，要是等这笔款子拨给你们，肯定是要等上一段时间。而且，近期汇丰银行出了点情况，听说一个经理被顺天府给关起来了，正在接受审讯，所以拨款就更慢了。这样吧，我想出一个办法，有一部分属于我们邮传部支配的款项可以先拨给你们，到时关内外铁路款到位后我们再从中抵扣。”

詹天佑一听大喜过望：“若真能如此，京张铁路上下都要感大人的恩情。”

说罢，起身要拜，岑春煊一手搀住詹天佑：“不必如此，眷诚一片赤诚，忠心可鉴。京张铁路受中外瞩目，本官必须大力支持！哈哈哈！”

得到了岑春煊的许诺，詹天佑感觉自己不虚此行，他连夜回到了八达岭工地，要把这件事情告诉陈昭常。詹天佑不知道，此时的陈昭常也正有一个重要的消息准备告诉他！

# 第九十八回
# 攀陡壁石匠显身手
# 送麻绳百姓存厚谊

詹天佑到邮传部拜见岑春煊，不但为京张铁路争取了资金费用，而且给岑春煊留下了非常好的印象。辞别了岑尚书，詹天佑连夜赶回八达岭，一见陈昭常是喜形于色，这叫入门休问荣枯事，且看容颜便得知。陈昭常就明白，这次邮传部，没白去。

“怎么样眷诚兄，见过岑尚书了？可是有什么喜事？”

詹天佑笑了：“行啊简持，一别数月，你倒能掐会算了。真有个好消息，告诉你吧，咱们不必苦等关内外铁路的款子了，岑大人答应先从邮传部调剂一笔经费过来，待关内外铁路今年的盈利收到后，再填补给邮传部。”

“哦，这倒是好事。”

陈昭常感叹了一句，嘴上是这样说，脸上却没什么高兴的神色，反而多了一丝惆怅。

詹天佑看了一愣：“简持，出什么事了吗？”

陈昭常摆了摆手：“那倒没有，岑尚书能为京张铁路这样出力自然是件好事，只是……你知道，他刚一上任就召见你，为什么没召见我吗？”

詹天佑一听：“我太想知道了，你是总办我是会办，他理应召见你才是。”

陈昭常一听：“现在你从他那儿回来，我才能告诉你，我和他有误会。”

“误会！什么误会？”

“当年，两宫西巡之时，我陪同太后和皇上到西安，当时岑尚书在西北任职，他带兵勤王，我们在那个时候似乎产生了些误会，险些大打出手，直到今天也没有解除误会。”

詹天佑愣了愣，他没想到这两个人还有这样的过往：“简持，有误会，说清楚不就行了吗？邮传部管着全国的交通事务，自然也有权过问咱们京张铁路，我觉得你们如果有误会，还是找机会说清楚吧，不然以后还要一起共事，岂不别扭？”

陈昭常苦笑一声心中暗想，看来詹天佑对官场中事真是一窍不通啊：“眷诚兄，你能这样想我就放心了。只是我跟他之间的问题不是三言两语能说清的，而且也没有合适的机缘，这个事咱们就不说了，我现在要告诉你一个信息，一个你回来之前我刚刚接到的信息，一个非常重要的信息！”

嚯，詹天佑一听，“到底是个什么信息啊？值得你这么隆重介绍？”

“你听着啊，是——”

刚要往下说，从帐篷外走进来一个人，是山海关学员俞妙元，进来之后一拱手：“二位大人，山顶处出现了点问题，颜工带人试了几次都不成功。”

“哦？”詹天佑一听，“是什么问题？”

“回大人，我们准备在前方打竖井埋炸药，可这边的山体比之前高出许多，而且十分陡峭，很多人都不敢往上爬。”

“去看看。”

詹天佑、陈昭常跟着俞妙元出离大帐，来到山脚下。到这儿一看，果然，这个地方明显比其他山势要高得多。他们从南口到八达岭一路走来，山势蹉跎巍峨，地势高低悬殊，眼前这个地方正是隧道必经之处。詹天佑抬头看了看，这座山，壁陡如削，直插云霄，又直又高，最重要的是，山头往前探着长，山尖上几乎站不了几个人。

詹天佑也为难了，这地方确实险要，可是，不上还不行，竖井从这儿打是最合适的，这可怎么办呢？

正在犹豫之际，有差人来报：“小石匠来送怀来河大桥的工程图，正在行军帐里等候。”

嘿！詹天佑高兴：真是想谁来谁！吩咐一声：“把小石匠请到这儿来。”

不大会儿的工夫，小石匠来了，詹天佑把情况说明，小石匠想了想：“詹大人，这可真是来得早不如来得巧，让我试试吧。”

“小石匠，有把握吗？这座山又奇又险，可称绝壁，上去可不容易呀。”

小石匠点了点头：“詹大人，您放心，绝对没问题。”

哎哟，旁边那些路工，有认识小石匠的，也有好多人第一次见他，这些人心说：就这么个弱不禁风的年轻人，他能爬这座山？我们都试过几次了，要想爬这座山，非得倒爬不可，除非蝎子、蜈蚣，人根本上不去。

这些人胡乱猜测，小石匠已经走到山脚下了，抬手把上衣给脱了，两只鞋甩了，袜子扒了。好多人都乐了，这位要洗澡啊！

小石匠光着脚在地上走来走去，不时抬头往上看，他让人找来一把挠钩和一条绳索，又从路工手里把钢钎和锤子接过来，跟着，冲詹天佑微微一笑：“大人，我现在就上山。”

“你现在上？怎么上？”

“我把绳子缠在腰里，用挠钩吊着爬。”

“什么？吊着爬？不行。”詹天佑一把抓住了小石匠，“单凭一条绳索和一把挠钩，怎么可能上山呢？不能拿你的生命冒险，咱们再想办法。”

说完拉起小石匠就走，可小石匠没动，他对詹天佑说：“大人，我是石匠，经常爬山越岭，而且，从小跟着爷爷学本领，再险峻的峭壁也不在话下。”

詹天佑一听：“那也不行，今非昔比呀，你上山之后还要凿炮眼，埋炸药，你一个人根本不行，咱们再想办法。”

“大人，您听我说完，这样吧，我给您说个实事，说完，您就明白了。”

“好，那咱们坐下说。”

大家伙席地而坐，听小石匠述说往事。小石匠说：“我从小跟着爷爷，最佩服的也是爷爷，他老人家不单是个出色的匠人，而且，还非常有正义感。记得我五岁那年，村里出现了一群土匪，这群土匪杀人越货，无恶不作，好在官府及时派兵围剿，把这伙土匪都给抓走了。可尽管如此，乡亲们还很是害怕，就怕哪天还有土匪来，都商量着怎么躲避，可一时又想不出个办法来。有一天，天刚蒙蒙亮，爷爷就出门了，临出门，把榔头、凿子和一把挠钩别在身上。我出于好奇，在后面偷偷地跟着，一直跟到了山下。当时那座山比咱们眼前这座山矮不了多少，也是壁陡难攀。就看爷爷从身上取下挠钩，还拽出一根绳子。就凭一把挠钩和一条绳子，我爷爷居然爬到了山顶，跟着，就听‘叮叮叮、当当当’，爷爷开始凿山。跟你们说吧，爷爷用了一年的时间，居然在山顶峭壁上凿出了一个大山洞。洞建好了，爷爷开始教村里的人用挠钩和绳子爬山，大家每天日夜轮流在村外站岗，一旦发现土匪，就敲锣，锣响后，爷爷带大家攀山进洞。”

说到这儿，小石匠用手指了指挠钩和绳子：“各位，我从小就学这一手，今天保证万无一失。”

听了这段往事，再看小石匠那自信的眼神里，大家感觉到，他可以胜任，但是，詹天佑还是嘱咐了一番，而且让下面的路工做好保护措施。

这个时候，天近正午，小石匠二次来到山脚下，浑身上下紧沉利落，伸胳膊抬腿没有半点绷挂之处，按了按腰里的锤子和钢钎，跟着，把缠腰的绳子紧了几紧，绳子头系在挠钩上，系好之后一抖手，“嗖”挠钩就飞起来了，“咔”一下勾到山石上，勾住之后就可以往上攀了吗？当然不是，要用力往下拽一拽，让钩子把山石咬住，这才能往上攀。可万没想到，用力往下拽，拽到第三下的时候，就听“咔嚓”一声，绳子断了。

我的天哪，虽然不是人在半空，可周围的人全都瞪大两眼在这全神贯注，绳子一断，所有人同时发出一声惊呼，就连这位经验丰富的小石匠也吓了一跳。

这一下，现场的气氛马上紧张起来了，小石匠的办法到底能不能行啊？

詹天佑过来了，拿起断了的绳子头看了看，这虽然是一条旧绳，但是用的时间不算长，怎么会断呢？

小石匠凑到近前对詹天佑说：“詹大人，怪我疏忽了，这种麻绳不适合攀山。”

“那要怎么办呢？”

“得用一种用竹篾与藤麻织成的粗绳才行。”

“哦。”詹天佑想了想，工地上去哪儿找竹篾与藤麻呢？看了看陈西林，陈西林也没办法。有道是巧妇难为无米之炊，这原材料没处去找啊。

工地上你看看我、我看看你，所有人都束手无策，陈昭常本来有事要对詹天佑说，现在也没法说了，跟着一块儿想办法。

到了当天傍晚，大家正在行军帐里商量办法呢，徐士远兴冲冲地跑进来：“大家快去看看，绳子来啦。”

“啊？”詹天佑头一个问道：“士远，怎么回事？”

“老师，您快来看看吧，一捆一捆的，多了去了。”

“去看看。”

有差人打着灯球火把引路，大家伙出离大帐来到山脚下一看，好家伙，真像徐士远说的，一捆一捆的绳子在地上盘着。

詹天佑喊了一声：“小石匠，看看这种绳子对不对？”

不用喊了，小石匠早就开始检查上了，他也兴奋了，“詹大人，这和我要的绳子虽然不太一样，但结实程度足以攀爬此山了。”

“哦？奇怪，绳子从哪儿来的呢？”

这时候，穆顺走过来了，身后跟着几个人，天黑看不清，等走近一看，是几个农民。

“詹大人，绳子是这些人送来的。”

詹天佑仔细看了看这些人：“老乡，你们怎么知道我们需要这种绳子呀？”

这一问，几位老乡没一个说话的，怎么回事？敢情全都紧张，山里人没见过大官，说不出话来。

詹天佑吩咐一声:“多拿几个火把来。”

火把多了，把这地方照得亮堂堂，徐士远搬过几把椅子，实际就是长条凳，让这些人坐下,詹天佑也坐下了,跟他们唠唠家常,这下,几位老乡的紧张情绪没那么强了,有个领头的可就说话了:“这位官爷，我们几个是附近的老百姓，今天早上在对面的山头上打柴，发现你们往山上扔绳子，就知道你们修铁路打隧道需要绳子攀山，我们也看见了，你们那个绳子攀不了山，这不，我们回家之后，让家里女人把活计放下，找来青麻和藤丝，赶制绳子。下午，村里其他人也知道了，就都跟着一块儿干，这不，做出这么多，您看够吗?”

徐士远问了一句:“老乡，你知道我们修的是哪条铁路吗?”

“太知道了，不是京张铁路吗？我们平常上山砍柴的时候，见过你们那杆‘奉旨修路’的大旗，之前也见过官府张贴的告示，说是修一条从北京到张家口的铁路。官爷，真是谢谢你们，我们村里，有多一半的人没出过大山，一辈子不知道城里是啥模样，你们这是给我们老百姓造福来了，搓几条绳子不算啥。”

詹天佑听罢大为感动，几乎是热泪盈眶，他吩咐徐士远:“速备银两!”

老乡们连连摆手:“不必啦大人，我们知道，这是咱们中国人自己修的铁路，自家人办自家事不用客气。”

这句话说的在场所有的人心里热乎乎的，金杯银杯不如老百姓的口碑，这才是修好京张铁路真正的动力!

一夜光景不必细表，第二天天刚亮，大家就来到山脚下准备。

小石匠试过了绳子之后，正要往上攀，远处里詹天佑喊了一声:“等一等。”

随着喊声，詹天佑来到近前:“小石匠，我想了一夜，你一个人上去我还是不放心啊。”

小石匠一听:“大人，没关系，我肯定不会有危险。”

“不是这个意思，你纵然有绝技在身，可一个人的能力毕竟有限，这样，你带着绳子上去，上去之后，在崖顶找两根结实的树桩，绳子的一端系在树桩上，另一端系下来，我们准备箩筐，你把它升上去。我已经想了，既然你有攀岩走壁的能力，你就辛苦一下，像当年你爷爷教村民一样，教咱们的路工攀山，咱们可以把绳子拴在腰里做保障。等大家都上去了，咱们这套设备也完善了，咱们可以每次让一名路工各自站在箩筐中，由几个人从上到下，同时缓缓将两个箩筐向下放至作业点，一人扶钢钎，一人挥舞铁锤，两人相互配合开凿炮眼。”

"嘿!"小石匠一听:"大人真是高见，咱们说干就干!"

就这样，由小石匠带领路工攀山，绳索在空中摇摆，人站在箩筐里就像荡秋千一样，伴着山谷里阴冷的山风不时传来"叮叮当当"的锤击之声。

总办陈昭常站在山下往上看，心中顿生敬意！悬崖峭壁、地势险峻，在这种环境下工作，需要何等的勇气和胆量！陈昭常感叹于京张铁路的群策群力，更感叹于京张铁路的切合民心。

"简持。"

一声招呼打断了陈昭常的思绪，回头一看，詹天佑走过来了。詹天佑边走边用手指着手中的工程图:"简持，翟兆麟真是好样的，按照他们的进度，怀来河大桥明年四月就能竣工!"



陈昭常点了点头:"强将手下无弱兵，有你这样的领头人，我看，京张铁路上上下下都是好样的，真为你们感到高兴啊!"

"是啊……"哎？詹天佑觉得这话说得有点不对，"简持，怎么感觉你和我们不是一体呢？你才是我们真正的领头人啊!"

说到这儿，陈昭常长答"哎"声，"眷诚兄，那天我的话说了一半，今天我得接着往下说。"

詹天佑突然感觉事态有点严重:"简持，到底怎么了?"

"我要离任了。"

"什么？!"

# 第九十九回
# 陈昭常离任增伤感
# 胡燏棻辞世起悲情

在八达岭工地上，陈昭常告诉詹天佑，自己要离任了。

这句话说完，詹天佑的表情当时就定格了，足有一分钟，两个人谁也没说话，一前一后回到了行军大帐。大帐里声息皆无，安静得连掉根针都能听得清清楚楚。

难怪詹天佑会如此不舍，他们自京张铁路总局筹备时就开始共事，到现在也有将近两年的光景了，经过这么长时间的磨合，两人在工作上配合得非常默契，他们一个在前方冲锋陷阵，一个在后方运筹帷幄；一个在艰难工程上呕心沥血、奋发进取，一个在复杂官场中左右逢源、有力保障。陈昭常、詹天佑这两个人，称得起理想黄金组合。



如今，这对组合即将被拆散，詹天佑怎能不伤心？

作为陈昭常，他又何尝舍得离开呢，在詹天佑身上，他看到了男人的责任与担当，看到了一个爱国工程师的敬业与情怀。两个人因为京张铁路殊途同归，在这两年里，他们一起熬过夜、喝过酒、红过脸、吵过架。因为工作曾经闹得天翻地覆，也曾因为取得小小的成绩而不醉不归。有时候，陈昭常看着詹天佑的直率与单纯，两相比较，他自愧不如。

“眷诚兄，上命所差，我是身不由己啊。”

詹天佑点了点头：“前者，邝孙谋去粤汉铁路赴任如折我一臂，如今，你又要走，新来的总办未必能像你一样支持我呀，但不知将你调任何处？”

“眷诚兄，太后已然下旨，调我去吉林上任，现在，只等朝廷颁下明文了。”

“哦？”詹天佑一听，眼睛一亮，“那可是好地方，龙起之地呀，看来你将有更远大的前途了，这可是好消息，究竟升任何职呢？”

“督办延吉边务兼吉林省各军翼长、署珲春副都统。”

“哎呀，恭喜恭喜。”

詹天佑抱拳恭贺，当下也就明白了，为什么岑春煊这次点名约见自己，而没有要见总办陈昭常，除了他们有些误会以外，重要的是陈昭常要升迁了。

“简持，你这一走，总办一职就出缺了，不知道朝廷会指派谁来接手，你可有消息？”

陈昭常一听："我现在就要与你谈这个事。如今，朝堂上你争我斗，形成了各派势力。军机大臣瞿鸿禨和尚书岑春煊都想扳倒袁大人，而我近年来一直得袁大人重视，又和岑尚书有误会在先，这里实在是笔乱账。我这次调任，起因也是袁大人和他们打擂台。朝堂上的事情一天一个样，我真的不知道事态会发展成什么样。眼下，我要去东北赴任，京张铁路总办一职出缺，岑尚书有权力任命新的总办过来，据我分析，岑尚书多半会派他的人来接我的差，到时候这新来的人若是个好的，也就罢了，若是个不好的，你的工作可能会处处受到掣肘，眷诚兄，你可得做好准备呀！"

詹天佑被这番话说得喜忧参半，喜的是陈昭常能够荣升，忧的是新来这位总办到底是谁？过去陈昭常根本不过问工程上的事，任凭自己做主。万一新来这位总办是个外行，外行非要领导内行，再加上朝廷里这种激烈的争斗，很可能导致京张铁路举步维艰哪。

"哎？"詹天佑突然想起来了，"咱们不如去问问胡大人，胡大人在邮传部里也有职务，他老人家见多识广，交际广泛，而且对咱们多有提携与帮助，说不定能跟岑尚书说上话，对了，胡大人近来身体状况如何？"

一提胡大人，陈昭常表情凝重，伸出手来一把抓住詹天佑："眷诚兄，看来这件事不能再瞒你了。胡大人在去年春节前因病去世了，当时居庸关工程正忙，我就没敢告诉你。"

哎呀，詹天佑听到这个消息，失魂落魄，悲痛欲绝。

这位晚清的洋务先锋，走的是悄无声息。他少年中进士，后投靠李鸿章，管理北洋军粮。光绪二十年，胡燏棻进京朝见光绪皇帝，仿照西法改革军制，开创首练新军之先河，他追求科技强国，曾劝朝廷开铁路、制机器、整海军、设学堂、创邮政、办实业，更是多次对京张铁路伸出援助之手，胡燏棻一生在变法图强、改革军事、兴办实业上苦苦奋斗、孜孜追求，为民族复兴作出了巨大贡献。

詹天佑出离大帐，双膝跪倒，闭上眼睛，追忆前情。当初，自己和胡燏棻在关内外铁路上相识，是他向袁世凯推荐了自己，京张铁路建设之初，老人家多次谆谆教导，耳提面命。他也曾剑断桌角豪情万丈，他也曾不顾病体往返津京，他也曾协助规划悉心提醒，他也曾视察沙河老泪纵横，首段通车重提往事，胡燏棻勤劳国事、忠心耿耿、惜才爱才、令人可敬！可以说，胡燏棻在工作上给了詹天佑莫大的支持。如今，斯人已去，生者岂能不悲？

詹天佑朝京城方向大拜了八拜，回到帐里，心情久久难以平复。陈昭常劝他："眷诚兄，人固有一死，或重于泰山，或轻于鸿毛。胡大人一生为国操劳，死后定能名垂青史，你也不必难过了。”

詹天佑沾了沾腮边泪：“你说的是啊，如今，咱们在京城里再无依靠，只能奋发自强了。”

陈昭常点点头：“说得好，不过，我现在考虑的还是新总办的人选问题，万一……”

詹天佑一摆手：“简持，不必说了，兵来将挡水来土掩，多少洋人给我使坏下绊我都不怕，真说来一个外行，我也能对付，放心吧。”

陈昭常还有好多话想说，听詹天佑这么一说，他把话又咽回去了。

“好吧，眷诚兄，等到交接之日，你我还有见面之时，总局衙门里还有很多事等着我回去处理，我让鸿诰在总局继续帮我处理一些事务，你我相逢有日，北京见！”





“等等！”

詹天佑把他给拦住了：“简持，你回京后除了把衙门的事办好，李子亭的事，你一定放在心上。”

“放心吧，我一定尽力。”

“拜托！”

“保重！”

两个人各自拱手，陈昭常上马回京。

送走了陈昭常，詹天佑的心情一落千丈。可偏在此时，八达岭山脚下发生了一件突如其来的意外。

八达岭脚下正在修建青龙桥火车站，距离站房约两百米的站台上，是一座水塔，由工程师俞人凤督建。

在那个没有自来水的年代，车站的供水设备主要靠的就是水塔。按照前期的设计，这里将矗立起一座灰砖码砌得像塔一样的梯形建筑，两侧为坡顶，建筑中央升高，水柜就在平顶上，水柜下是水鹤。两侧装有瘦长的木门，面向铁轨一侧开两扇木窗。水塔中有水泵，铁路工人将地下水抽至水柜形成水压，再通过水鹤探出的水管为蒸汽机车加水。在水塔内部还有一个炉子，冬天烧火防止水柜结冰。

按说，这个工程不算难，只要工、料齐备，就可以按期完成。

可没想到，其他还好，水塔建设是一拖再拖，主要问题在料上，就是砖。

砌水塔的砖，砖块呈暗红色，尺寸基本一致。相比于普通砖块，外表更为细腻平滑、密度更高。最为鲜明的特点是，砖块上印有“开滦”字样的戳记，这就是唐山的开滦砖。开滦砖是以唐山出产的优质火泥为原料，用最新式的制砖机及砖窑生产烧制出来的，在当时来讲，这种砖耐高温，耐磨，耐侵蚀，质量极佳。

可不知道是怎么了，整摞的砖码放在那儿，看着整整齐齐，只要拿起来抹上水泥，十块有三块，立时断为两截。

等下一批砖运到之后，还是如此，出现了很多有问题的砖。俞人凤着急了，查过几次之后，都没查出原因，这才向詹天佑报告。

没办法，詹天佑只能一扫低落的情绪，立刻带人下山。

来到一摞摞红砖前，詹天佑拿了几块检查了一下，没有一块砖是断的。左手拿一块，右手拿一块，往中间一拍，也没变化。表面上根本看不出来，看着砖上的戳记，詹天佑猛然想起了什么，吩咐一声：“把唐胥请来。”

为什么要请唐胥呢？詹天佑想起来了，唐山机制砖的生产，源于开滦煤矿的兴建。开滦煤矿的前身，就是开平矿务局，

当年，唐廷枢创建官督商办开平矿务局，建矿时，需要大量耐火砖和高强度建筑砖，当时，由唐山第一家陶瓷作坊陶成局包制。开平矿务局在建矿的同时，引进国外先进的制砖机器设备，建设砖窑烧制各种砖品，可以说，开中国机制砖生产之先河。詹天佑知道，唐胥跟随唐廷枢多年，对开滦砖肯定熟悉。

詹天佑考虑的是，这批砖会不会有假。可等唐胥到了，一块一块拿起来检查之后，他对詹天佑说：“大人，这确实是唐山产的砖。”

“哦？”詹天佑感到奇怪，“唐胥，那你说，为什么有很多断裂的呢？而且在表面上还看不出来？”

“这……”唐胥想了想，“大人，当年我跟着唐老爷多次去往唐山，砖厂去了不下二十次，像今天这种情况，我从来没见过。我刚才想，这会不会和此地的气候有关？”

詹天佑摇摇头，应该不会，不过，咱们得研究一下。

“大人，您看用不用去一趟唐山，找专家询问一下？”

詹天佑想了想：“不用，我觉得这件事肯定另有文章。”看了一眼俞人凤：“所有的砖都别用了，等我搞清楚原因再往下进行，把地下管道再检查一下。”

“是。”

唐胥低头从地上捡起了两块砖，一块好的，一块断的：“大人，我带回去琢磨一下。”

“好。”

就这样，一行人回转八达岭工地。别人都是各司其职，唯有唐胥，找了个角落，把两块砖摆在地上仔细看。

唐胥心想，难道是开滦砖的质量下降了？不应该呀，记得唐老爷活着的时候，严把质量关，从工长到工人，不敢有半点疏忽。那眼前的情况怎么解释呢？

他一个人在这儿想，这时候，其他路工都开始吃晚饭了，好几个人招呼他，他都没听见。有个人走过来在他肩膀上拍了一下："唐胥，吃饭啦！"

唐胥回头一看，是穆顺。由于李子亭一直下落不明，所以，穆顺暂时担任路工队长一职。

"穆队长。"

穆顺没说话，低头看见了这两块砖，重点看了看那块断砖，嗯？穆顺伸手把断砖捡起来，凑到鼻子前闻了闻。




唐胥笑了："穆队长，这不是馒头，是砖头，您怎么……"

他还要往下说，穆顺一摆手："唐胥，这砖是怎么断的？"

"啊，怎么断的？"

这句话一下提醒了唐胥，他一直在想砖为什么会断，可从来没想过砖是怎么断的。对呀，怎么断的呢？

"穆队长，您听我说——"

唐胥把山下的事一五一十学说了一遍，穆顺听罢后，他又仔细看了看断砖："唐胥，那些砖还在吗？"

"在呀。"

"好，一会儿我去找詹大人。"

正说着，詹天佑走过来了："哎，你们两个人怎么不去吃饭？"

"大人——"

穆顺把詹天佑请到一遍，小声说了几句话，就看詹天佑用惊讶的目光看着他，跟着不住地点头，最后说："好，明天让唐胥陪你去。"

第二天一早，唐胥带着穆顺下山，奔往青龙桥车站。一路上，唐胥就问穆顺："您到底要干什么呀？"穆顺就是不说，弄得唐胥一头雾水。

一直来到青龙桥车站，穆顺找到俞人凤，悄悄说了几句话，俞人凤大喜："哎呀，那就辛苦穆队长了。"跟着吩咐一声："集合！"

所有路工聚到一处，俞人凤当众训话："詹大人有令，水塔工程不能停止，大家按照之前的分工继续进行，遇见断砖拣出来，新砖过几天就到，现在开工。”

一声令下，路工们各司其职，有推土的，有抬水的，还有搬砖的。穆顺和俞人凤站在一边闲谈，可眼睛却盯着那几个搬砖的路工。

这是四名路工分成了两组，一个负责推车，一个负责搬砖。搬砖的时候是五块为一摞，搬下来整齐码放在车斗里。

四名路工穿着都一样，有三名年纪大的，一名稍显年轻的，这年轻的个子不高，细长脸，八字眉，鹰钩鼻，短嘴唇。干活儿的时候就属他卖力气。另一组的两个人是相互配合，一个取砖，另一个接砖、码放。他不用，他让推车的在一边歇着，取砖、搬砖、码砖全是他一人，等车装满了，再把推车的叫来，俩人一起推走。他们走了，下一辆车又来了，等于流水作业一样。

穆顺和俞人凤说话，眼睛不停地观察这个年轻的路工，低声问了一句：“俞大人，那个人是从哪儿招来的？”

“哪个？”

穆顺用手一指。

“哦，他是新来的，也就不到半个月。小伙子干活不惜力，抢着去搬砖，顶数他这组搬的次数多，可惜咱们的砖净是坏的。”

“你看他的动作！”

“动作？”

就看这个人搬下来五块砖，五块是一摞，临放进车斗的时候，他把砖横过来，好像是在空中整理一下，那动作就像拉手风琴似的，特别娴熟，之后，再放进车斗。

俞人凤不明白：“穆队长，他有什么不对吗？”

“哼哼！”穆顺冷笑一声，“问题就出在他的身上。”

# 第一百回
# 众望归会办升总办
# 蜀道难总督聘英才

穆顺发现一个可疑之人，还没等俞人凤弄明白，穆顺吩咐一声："将那人拿下!"

他手下的人就是之前跟着他的巡城兵，"呼啦"一下冲过去，就把那名路工给按到地上了。

这个人开始一惊，马上就显出无辜的表情："哎，你们这是干什么？我是干活的，为什么要抓我?"

"哼哼哼"，穆顺笑了，"你瞒得了别人，可瞒不过我，把你的手伸出来。"

这人一听，当时脸上有点变颜变色，他本不想伸手，身后的人用力一掰，把他的手给掰到前边来了。

俞人凤走到近前一看，只见这个人的手比平常人的手大两号，上面一层厚厚的老茧。

俞人凤不明白，他看着穆顺："穆队长，这有什么不对吗?"

"当然不对了，俞工，一般干活的人手上长茧子很正常，可他手上的茧子比一般人的要厚很多。"

俞人凤笑了："可能是他干活干得多吧?"

穆顺摇摇头："不是干得多，是练得多!"

一说这话，这个人把头低下了。

穆顺告诉俞人凤："凭此人的本事，三五个壮劳力恐怕到不了他的身边，他这双手，一定是练过鹰爪力!"

"鹰爪力?"

"对，当初我做巡街御史的时候，跟很多卖艺人打过交道，我本身也喜欢研究武术。鹰爪力在训练之初，先用手捣米，没几天手就捣肿了，裹上布接着练，半年之后，手变得又厚又硬，开始撕牛皮条，冬练三九，夏练三伏，牛皮条撕上一年，即可练成鹰爪力。用时，聚力于指，十指如铁爪钢钩，指力惊人。"

说到这儿，穆顺用手点了点这个人："他将砖码放在车斗之前，好像在空中整理一下，实际上，就是用了鹰爪力。说，你为什么要这么做?"

这个人听了穆顺的一番话，他好像有点恼羞成怒，一晃两肩准备要跑，穆顺早就看出来了，“仓啷”一声，把刀就拔出来了，刀压脖项：“别动！”

这时候，有人拿来了绳索，将这个人捆了个结结实实。

一番严加审问，贼人自知难逃，这才如实招供。

他姓孙，叫孙金梁，就是这青龙桥附近的百姓。自幼习武，拜过名师。按说武艺不错，可这个人很不安分，总想当官发财，渐渐地结交了很多社会败类，其中有一个人叫刘四虎，联合他投靠洋人要大挣一笔。刘四虎让他以路工身份混入青龙桥车站，在工程用料上做手脚，给京张铁路设障，事成后，洋人有重赏。

听到这儿，穆顺过去一把抓住孙金梁的脖领子：“我问你，李子亭在哪儿？”

孙金梁一听：“我只听命于刘四虎，您说的这个人我不认识。”



“我宰了你！”



穆顺说着把刀举起来了，俞人凤伸手拦住：“穆队长息怒，我想此事还应交与顺天府审理。”

穆顺强压怒火，这才让手下把孙金梁押送北京。

俞人凤马上向詹天佑做了汇报，詹天佑明白了，孙金梁、刘四虎、布莱斯是一丘之貉，现在必须撬开他们的嘴，才能知道李子亭的下落。俞人凤提议，为了保证工程质量，青龙桥车站里所有的砖全部另作他用。因为不知道孙金梁做没做过手脚，如果用了，会留下隐患，所以要重新订购一批新砖。詹天佑全部照准。

处理完了这件事，詹天佑越发觉得前路坎坷，崎岖难行。他独坐行军帐，心情复杂，想了很多。想陈昭常，想胡燏棻，想那些形形色色的魑魅魍魉，想那些争来斗去的朝堂重臣。

想着想着，詹天佑乐了，心里叫着自己的名字，詹天佑，想这些都没用，还是把眼前的八达岭隧道尽快打通吧！

转过天来，詹天佑带着路工又开始了如火如荼的工程建设。

单说这天，詹天佑站在隧道边上和颜德庆争论一个问题，两个人说话的声音挺大，看表情，都有点红头涨脸的，可能是吵起来了。陈西林站在远处不敢过去，就在这时候，有人拽了他衣角一下，陈西林回头一看，是张鸿诰，“哎，鸿诰，好几天没看见你了，听说你回京里总局衙门帮着陈总办做交接工作，怎么到这儿来了。”

就看张鸿诰的脸跟大红布一样，比那二位还红，陈西林奇怪：“你这脸是怎么了？发烧了？”

张鸿诰嘎巴嘎巴嘴，干嘎巴不出声，手往身后指。陈西林糊涂了，“你这是怎么了？有人追你呀？”

“哎呀！”可算说出来了，“陈工，我是激动的，告诉你，我打京里来，不是我一个人来的，朝廷的传旨官来了，快告诉詹大人，准备接旨！”

哎哟，一说接旨，陈西林也慌了神了，那年头的圣旨就代表皇上，八达岭的工程再忙，也得停下来，设摆香案，恭请传旨官。

所有人以詹天佑、颜德庆、陈西林为首，“呼啦”跪倒一片，连山头上的人都跪下了。

传旨官来到香案前打开圣旨当众宣读：“奉天承运，皇帝诏曰，今任命詹天佑为京张铁路总办兼总工程师，望其尽心竭力，早日功成，钦此！”

山谷之中，回音四起，山上山下，山前山后，声音久久不去，众人听得清清楚楚。

圣旨读完了，再看詹天佑，傻了！他跪在地上怎么也不敢相信自己的耳朵，回过头来他小声问陈西林：“任命谁当总办？”

陈西林早已经矜持不住了：“您，大人您是总办！”

“我？”

这时候，传旨官不高兴了：“怎么着？连规矩都没有了吗？旨意读罢，望诏谢恩哪！”

这时候，就听山谷里响起了雷鸣般的高呼，“万岁、万岁、万万岁！”

几千人同时呐喊，声震长空！

传旨官笑了：“这就对了，这才能体现皇恩浩荡嘛！”

他哪知道，这几声喊的，是发自所有人的内心，这叫众望所归呀！

詹天佑把圣旨接过来供奉在香案之上，送走了传旨官。这工地上又是一片欢呼之声。

詹天佑始终不明白，这个总办的职位怎么会落到自己的身上呢？

旁边张鸿诰过来了，他把这里面的情由全都说出来了。敢情当日陈昭常离开八达岭，没有回北京，而是绕道去了天津。

陈昭常已经想好了，只有让詹天佑接替自己的职位，才能万无一失，其余，换谁他都不放心。他这招叫先下手为强，到天津求见袁世凯，请袁世凯先岑春煊一步向朝廷保举詹天佑为京张铁路总办。本来袁世凯不想再参与这里面的事，陈昭常向他陈说利害，说您如果不管，岑春煊也许就会派他的人接管京张，那样一来，詹天佑很可能处于极为被动的局面，京张铁路也难如期完成。

袁世凯一听，觉得有理。这才连夜进京，求见慈禧太后。

结果，光绪皇帝也在场，袁世凯向两宫如实请奏，慈禧想了想："詹天佑？这个名字耳熟啊。"

"回太后，当初建造新易铁路的就是此人，您还召见过他呢。"

"哦，想起来了，是个人才，那总办一职就交给他吧。"

"谢老佛爷。"

光绪皇帝对詹天佑的印象也非常好，当即赐了詹天佑进士的头衔。

这个事虽然没写在圣旨里，可邮传部会下发一份特别文件说明此事。

所有事情办完了，袁世凯回转了天津，临行时，让手下人通知了陈昭常。陈昭常大喜，他告诉张鸿诰："我这儿的事不用你管了，你快陪着传旨官去八达岭，把这个好消息告诉眷诚。"





这就是以往的经过。詹天佑从心里感激陈昭常。

要知道，詹天佑虽然从耶鲁大学毕业，学成归国，但是因为派官学生留美的计划中途夭折，所以他们这批归国的留学生不论在国外取得了什么等级的学历，在大清都没有被朝廷认可。归国后，以最初的官学生身份重新开始起步，后来，由胡燏棻和袁世凯保举，詹天佑逐渐步入仕途。可与其他通过科举考试入仕途的人相比，总是慢半拍。尽管朝廷现在推行新式学堂，废止了科举考试，但那是针对后来的新学生的办法，所谓新人新办法、老人老办法，对詹天佑这些长在科举年代的人，仍然会看重是否为进士出身。现在皇上亲授进士衔，这是对他个人能力学历的肯定，也意味着朝廷对他的学识出身的接纳。

1907 年 6 月 11 日，也就是光绪三十三年五月初一，詹天佑回到京张铁路总局，从陈昭常手中接过大印，邮传部另下一道公文，任命原京张铁路总管关冕钧出任会办一职，协助詹天佑处理日常事务。

当天，总局衙门上上下下纷纷向几位大人道贺，又摆下了一场小型庆祝晚宴，一为欢送陈大人，二为恭贺詹大人和关大人，杯来盏去，无不欢颜。

第二日一早，詹天佑送陈昭常到火车站，并且带来了陈昭常最喜欢的天津小吃。临别时，陈昭常和詹天佑全都落泪了，都说男儿有泪不轻弹，只是未到伤心处。最后还是詹天佑说了一句："送君千里，终须一别。那边局势并不简单，这一点你看得比我明白得多，你可一定多保重。"

陈昭常拉住詹天佑的手："眷诚兄，希望京张铁路早日建成，达成你我心愿。"

在火车的汽笛声中，陈昭常带着不舍奔赴吉林。

送走他之后，詹天佑准备回八达岭工地，这时候，关冕钧来了，带来一份电报，是袁世凯来的，让詹天佑去一趟天津总督衙门，有要事相商。

詹天佑不敢怠慢，他让关冕钧立即去八达岭工地坐镇，自己准备坐火车赶奔天津。

他也正想去见一见袁世凯，向袁大人的提携道谢，感谢他奏请朝廷授予自己进士出身和升任总办。

没想到，刚准备去车站，又一份电报拍来，是总督衙门的秘书来的，告诉詹天佑不必动身了，袁大人另有公干已经离开了天津。

真是计划赶不上变化，那就别去了，回八达岭吧。正准备回八达岭，又来了一封书信。

詹天佑打开一看，原来是四川总督给他的信。

詹天佑做事喜欢事半功倍，当即吩咐张鸿诰立刻启程回转八达岭。怎么回？骑马？当然不用了！现在，京张铁路的第一段已经投入运营了，正好借着这个机会检查一下，打阜成门动身，赶奔丰台火车站，詹天佑在路上看完了这封信。

信的主要内容是邀请詹天佑出任川汉铁路总工程师。一见“川汉铁路”四个字，立时引起詹天佑的兴趣。他知道，川蜀之地物产丰富，然而交通非常不便，古有“蜀道难，难于上青天”之说。四川总督因四川物阜民丰而运输不能畅通，要修筑入川铁路。1904 年 1 月，按照新的铁路章程，川汉铁路公司设立，集股开办。

当时，川汉铁路的动议兴建，引起了帝国主义列强的垂涎。英、法、美等国抢筑路之权。为不使路权外溢，四川总督遂设川汉铁路公司。在民间建议之下，最后决定商办川汉铁路，不招外股、不借外债，全靠自筹。

现经过多方人士的共同努力，款项基本已经筹齐，万事俱备只欠东风，这“东风”就是总工程师。

除了不招外股，不借外债，四川总督连国外的工程人员也不想用，所以，他将目光落在了詹天佑身上。

这个时候的詹天佑，已经因京张铁路而全国闻名了，除了专业技能，更重要的是詹天佑的民族气节，令这位总督刮目相看。他经过再三考虑，提起笔来，给詹天佑写了这封信。

看完这封信后詹天佑心里颇为踌躇，对于兴办川汉铁路，他从心里支持，也非常想挑战一下在“难于上青天的巍巍蜀道”间修筑铁路，这是工程师的职业特点。川汉铁路也确实需要有丰富经验的工程师去坐镇现场。可是，京张铁路已经到了攻坚阶段，自己刚刚荣升总办，除了工程上的事，行政、采购、管理、后勤，这些事都得负责，自己不能兼顾两头。考虑再三，詹天佑在路上给四川总督回了一封信，首先感谢总督的信任，同时表明自己身负朝廷重托，当前正全身心以京张为首务。待等京张铁路修筑完毕，运营成功后，自己当立即奔赴蜀地，应大人之邀，为国效力。

信写好了，找人封好发出去。詹天佑这封信可不是为了应付锡良，他这个人是言必行、行必果，为国家修筑铁路，扬我国威，詹天佑身系重任，责无旁贷。

# 第一百零一回

## 重安全建洞避风险
## 掀波浪诬言造舆论

詹天佑荣升总办，他把京城里的事交给了会办关冕钧，自己带着人准备回转八达岭隧道工地。

从阜成门出发，来到丰台火车站，早有关冕钧在这儿给詹天佑安排了一辆“专列”，也叫轨检车，供总工程师亲自检查丰台至南口这段线路。

一声汽笛响过，火车缓缓而行。詹天佑坐在机车里仔细观察，每到一处，他都认真记录。





这列车上，除了詹天佑以外，还有几位知名人士，这些人听说大清国第一条自主铁路的首期工程已经竣工且正式投入运营，他们都想来亲身体验一下。

除此以外，几名铁路学堂的学员也在车上，他们从报纸上了解到了京张铁路的方方面面，尤其对詹天佑充满了好奇，所以，他们想借助这次机会见一见这位令国人引以为豪的铁路骄子。

再有，就是几名国内的青年工程师，他们或是刚刚回国，或是在别的铁路上实习，詹天佑的精神感染了这些人，他们也非常关注京张铁路的工程进展，更有诸多的问题要向詹天佑请教。

面对这些情况，詹天佑一一解答，态度和蔼，他也真诚地邀请大家去正在施工的居庸关隧道和八达岭隧道参观，了解京张铁路正在攻克的道道难关与层层壁垒。

没想到，他的这番邀请真起作用了。詹天佑回到八达岭工程现场后，真的陆续有人前来参观学习，对此，詹天佑非常高兴，在他看来，京张铁路属于每一个中国人，大家都来参观，一同见证这条铁路的成长，岂不是一桩好事！

您还别说，有一就有二，打这儿开始，居庸关下、八达岭前是游人不断。

单说这天，陈西林在工地现场遇见了詹天佑：“大人，我这几天一直在考虑一个问题，八达岭隧道过长，建成通车以后，检修工人入隧道检修，如果遇到火车通过，无处藏身怎么办？”

詹天佑点点头：“西林提得好，这个问题我还没来得及细想，既然你提出来了，想必已经有了解决办法。”

陈西林一听，当时脸红了:“大人果然料事如神，卑职确实有个拙见，供大人参考。”

“说说看。”

“大人，我建议，在隧道建成以后，可令工人在隧道内每隔几百米建一个避险洞，一旦遇到火车来了，工人可以躲进洞里存身。”

“好主意!”詹天佑拍拍陈西林的肩膀，“不单八达岭，前三条隧道也建立避险洞，铁路安全无小事，什么时候也要把人摆在首位。你把这件事可以交给苏以昭和张俊波，这两个小伙子能力很强。”

“是，我这就去安排。”

转过身子要走，哎？就发现远处站着两个人。

现在京张铁路在施工外围都有军兵驻守，这两个人正在和官兵交涉，看样子官兵不让他们进来，这俩人挺着急，都快急哭了，离着远听不见声音。陈西林就走过去了，来到切近问他们:“你们二位有事吗?”

这俩人年纪都不大，全都是二十岁左右，个头一边高，身量一个样，仔细一看，模样都差不多，陈西林明白了，这俩是孪生兄弟。

真让他给猜对了，这哥哥可就说了:“这位大人，我们是亲哥儿俩，这是我兄弟，我们都从广东来，老家是直隶的。我们来就是为了在这儿学习学习，而且，我们还有一封书信。”

陈西林一听:“给谁的书信?”

“给总办詹大人的，是我表哥写的。”

“你表哥，他是谁呀?”

“邝孙谋。”

“啊，快让他们进来!”

敢情这几个军兵不认识邝孙谋，人家这哥儿俩解释半天了，军兵就是不让进，以为他们是来看热闹的。

陈西林把这哥儿俩带到詹天佑面前，说明了情况，把信呈上。

詹天佑接过来一看，真是邝孙谋的信，信上说他已经在粤汉铁路上开始工作了，一切顺利。这两个年轻人是他的表弟，哥哥叫程勇，弟弟叫程暇。邝孙谋打算让他们在粤汉铁路上做监工，赶上这哥儿俩要回老家办点事，正好，让他们来京张铁路上学习学习。

詹天佑一看，这是好事啊，问这哥儿俩:“你们打算怎么学呀?”

程勇一听："詹大人，我们打算做监工，那您就让我们跟着您这儿的监工学吧，打个下手就行。"

"不。"詹天佑摇了摇头，"既然是邝孙谋的亲属，他又有书信到此，我就要格外照顾，你们要学，就从基础学起。想做监工，就先当路工。"

哥儿俩一听就咧嘴了："大人，我们干吗当路工哪？路工太累了，监工多轻省啊，我们还是跟着监工吧。"

"哈哈哈！"詹天佑笑了，"年轻人，你错了，万丈高楼平地起，水从源头树从根。你以为监工就很清闲吗？错了。这工地上，没有一个清闲的。做监工的如果不懂得路工的作息与守责，他怎么去管理，怎么去监督？一旦路工反问你一句，你连答都答不上来，到底是谁监督谁？所以说，要想当好一名监工，必须先做一名合格的路工，明白吗？"



哥儿俩一听有点傻眼，他们觉得詹大人的话有点道理，哥哥看了一眼兄弟："那好，那我们就听您的，反正来之前我表哥说了，说听詹大人的话准没错。"

"哈哈哈，那既然听我的，西林，你就去安排他们吧。"

陈西林一听："好，你们跟我来吧。"

把这哥儿俩带下去了，这时候，天近正午，该吃饭了，有监工在隧道口冲里喊："大伙儿都出来吧，准备开饭啦！"

路工们陆续往外走，突然，听隧道里有人喊："哎哟，老李，怎么了这是？快来人哪！"

本来已经走到隧道口的人听见了，转身又都回去了，监工们也赶紧往里走，这隧道里的人是越聚越多。

詹天佑想进去，根本进不去了，把他气坏了，大喊一声："都给我出来！"

这一嗓子，真把里面人吓坏了，詹总办平时说话总是和颜悦色，今天突然大发雷霆，大伙儿都害怕了，一个个都退出来了，里头还有三个人。詹天佑提着气灯进去了，到里面一看，原来是一名姓李的路工，被坍落的石头把脑袋砸伤了，流了满脸的血。旁边两个工友一直呼唤他。

詹天佑告诉他们："快把人抬出来！"

"哦，对！"这俩人一听，可不是吗，光在这里头喊有什么用啊，先抬出去。

抬到外面，这时候陈西林也跑过来了，他看送饭的搭来一屉白馒头，上面盖着白屉布，陈西林过去扯下一块直接盖到老李的脑袋上了，头上有伤最怕见风。

这时候随行的医生也来了，到跟前一看："没事，皮外伤而已，不过，人受了惊吓，得静养。”

詹天佑吩咐：“先扶他下去休息。”告诉监工：“按工伤处理。”

好多路工一看，长出一口气。这时候，程氏兄弟也过来了，俩人都换上了工服。詹天佑笑了：“下午再干活儿吧，先尝尝我们这儿的伙食。”

“好嘞！”

小哥儿俩跟着大伙儿排队领饭，工地上人很多，队伍一排能排出一里地。詹天佑巡视了一上午，一个人回帐篷里休息去了。

这个时候，外围的官兵也开始用饭了，整个这工地上一下就安静了许多。

程勇、程暇这哥儿俩初来乍到，看哪儿都新鲜，他们谁也不认识，就认识拦他们那几个官兵，哥儿俩端着饭就溜达过来了。官兵们一看：“哟嗬，你们不是说来当监工的吗？怎么改路工了？刚来就降级啦，哈哈哈！”





程勇一看：“别闹啊，我们这叫体验，懂不懂？哪天我们想当个千总，也许就先跟你们一块儿站岗。”

“嘿，这俩小子，要饭的打官司，没的吃他可有的说啊！”

“行了，行了，开玩笑，咱们有缘分，到这儿就认识了，以后还请几位多多照顾。”

“行，会说话，等二位当上了监工，还得多照顾我们呀！”

“你瞧，这当兵的更能说。”

“来吧，一块儿吃吧。”

几个人席地而坐，边吃边聊。

这哥儿俩里头，程勇的话多，他一边吃一边说，程暇的话少，可这程暇最好动，他吃着吃着，眼睛不停往四周看，哪儿有点什么动静都能吸引他。

时当正午，又是七月天，大太阳一照，周围哪儿都挺安静，突然，从打草丛里，“噌——”，蹿出一只灰兔，这小兔子跑得不快，走两步，看几眼。一下就让程暇看见了，他也没跟哥哥说，手里拿着馒头，就朝着小兔走过来了。

官兵们仨一群俩一伙儿地吃饭，谁也没注意，他又穿着工服，有人认为他找厕所呢，也就没理会。程暇想把这小兔子给抓住，可这小兔子还挺机灵，一步一步，居然把程暇带出老远，前面是个山环，小兔儿看准了机会，俩后腿用力一蹬，噌噌噌，跑山环后头去了。

嘿！把程暇气的，这小兔崽子，看着不灵，挺鬼呀你！哪儿跑！

他也犯开小孩儿脾气了，撒腿就跟过去了，这一绕过山环，远处的官兵就看不见他了。等程暇转过来这么一看，嘿呦，把他乐坏了，敢情这儿是一片树林，比外头凉快多了，干脆，我在这儿玩会儿吧，顺便把那小兔子给逮着，哪儿去了？哎，在那儿呢！他追着兔子就跑过去了。

跑着跑着，程暇突然意识到，该回去了！午饭就半个小时，我这出来都快一个小时了，这要让詹大人知道了多不好啊，快点回去吧。

想到这儿，他也不追兔子了，调头就往回跑，东一头西一头，这是哪儿啊？林子里方向莫辨，程暇迷路了。

这可坏了，从哪儿进来的？他叉着腰转了一圈看哪儿都一个模样，哎哟，这可怎么办？这不越跑越远吗？

正着急呢，就听有脚步声响，程暇顺着声音一看，前边走过三个人，头戴斗笠，手持钢叉，腰里还围着兽皮。





太好了，可算看见人了。程暇一个高儿就蹦过去了："三位大哥！"

把这仨人吓一跳，有一位一抖手中的钢叉："干什么？"

"别误会，我迷路了，我想问问您，工地怎么走？"

这人上下打量打量他，仔细看了看他这身衣服，"哦，找工地呀。"用手往身后一指，"顺着这个方向一直走就到了。"

"哎哟，谢谢您！"

施了一个礼，程暇撒腿就跑。等他回来的时候，人家都干上活了。

程勇看见他回来了，过去就是一脚："上哪儿了你？"

"哥，我上树林子里玩，转向了，得亏三个打猎的给我指路，我这才回来。"

"下次注意点儿啊，刚才陈大人还来问，说你头一天来，不让我说你，咱自己得自觉，懂吗？咱是来学本事的，不是来玩的！"

"行嘞哥您别喊了，本来没人知道，您这一嚷嚷全知道了，我干活。"

这事儿就这么过去了。

到晚上下工的时候，陈西林来回巡视走到程勇跟前："哎，你弟弟什么时候回来的？"

程勇一听脸一红："嗨，也就一个小时就回来了，他说他去树林子玩迷路了，幸好碰见几个打猎的给他指路，这才回来。您放心，我把他给骂了，他再也不敢了。"

"嗯？"陈西林一听，"碰见打猎的？"

"对呀。"

"好吧，你们刚来，你弟弟岁数小，情有可原，别骂他了。"

“嗨，您不知道，我们俩一边大，他就是好动不好静，都是爹娘惯的。”

“哈哈哈，回去歇着吧。”

两天后，陈西林在工地上来回巡视，他这眼睛除了往工地上看，时不时地还望一望附近的山头。

他这儿正走着呢，远处有人喊他：“陈大人，陈大人。”

陈西林一看，是护卫队的一位师傅，姓赵，“赵师傅，有什么事吗？”

“我们捡到一张报纸。”

说着递给了陈西林，陈西林接到手里一看，上写“通天时报”四个字，这是哪儿的报纸？没听说过呀。头版里有一则新闻，标题上赫然写着：京张铁路修到八达岭，一百余名工人洞内丧生。

“这是在哪儿捡的？”

“就在那边工棚，我们几个来回巡逻的时候发现的，您说，这深山老林里，也没有行人，这报纸会不会是风吹来的？”

陈西林微微一笑：“赵师傅，这报纸您看了吗？”

赵师傅一听：“陈大人，这您就难为我了，我老赵舞枪弄棒可以，就是大字儿不识一个。”

“哈哈哈，跟您开个玩笑。”

脸上虽然笑，陈西林这心里可是“咯噔”一下，心说，果然不出我的所料，八达岭来了贼了，这是以打猎为名，前来刺探消息，昨天隧道里刚刚有人受伤，今天就出了这样的新闻，之前出现过这种情况，可现在京张铁路到了要紧的时候，这会儿出这么一条新闻，用心也太狠毒了！不用问，一定是那些假猎人干的。

敢情昨天程勇告诉他，程暇在树林里遇见了猎人，陈西林就已经生疑了。

陈西林这个人，遇事爱思考，总是三思而后行，看的书也多，他知道，这山里搞这么大的工程，几千人驻守每天又是锤打，又是爆破，那飞禽走兽早已经跑光了，慢说是挖隧道，过去冷兵器时代，大队人马进山，一群一群的鸟往山上撞，都能撞死，为什么？惊的。

作为猎户，这点常识都没有？可以肯定，那三个人绝不是猎户。因为四周都有官兵把守，他们怕被发现，穿一身猎人的衣服就当是护身符了。

所以今天一到工地，陈西林就总朝山头上看，现在果然，报纸来了。那么对于这个虚假新闻，陈西林倒不是很惊讶，他现在就想把这几个假猎人给抓住，抓住以后问问幕后主事人。想到这儿他告诉赵师傅："您跟其他人说，白天巡视的时候多留神，如果遇见有猎人模样的，立即拿下。"

"放心吧。"

赵师傅走了，他刚走，徐士远跑来了："陈工您快去看看吧。"

"怎么了士远?"

"詹大人病了。"

# 第一百零二回

## 合众力张网擒贼盗
## 斗群凶把总助英雄

八达岭工地上发现了假猎人，陈西林正要派人搜捕，偏在此时，詹天佑病了。

这是继上一次在天津吐血之后，再一次犯病，行军医生已经给詹天佑用了止血药，陈西林慌张张跑到行军帐里，就看詹天佑已经昏睡过去了。

“大夫，这是什么病?”

医生说:“陈工，詹大人这个病就是积劳而至，他每天寝食不规律，过度耗费心血，加上最近几天早晚温差太大，内火外寒导致，我已经把药留下了，按时给他吃就可以了，千万别让他再累着。”



“好。”

陈西林听了大夫的话，这时候，詹天佑低低叫了一声:“西林。”

“大人。”

陈西林赶快凑到床前:“您要说什么?”

“我要告诉你，我没事，吃几副药就好，我怎么听说，有人在工地上捡到报纸了?”

“哦，是捡到了，就是一份普通的报纸，是来参观那些人落下的。”

“哦，那就好，我病了的事要隐瞒，明白吗?”

“大人放心。”

陈西林就没敢说实话，生怕让大人病情加重。嘱咐徐士远，让他照顾好大人，陈西林退出来了。

没过几天，又有人在工地上捡到报纸，这回新闻的题目变成“詹天佑奄奄一息，中国自主铁路终将依靠外援”。

陈西林把拳头攥得“嘎嘣嘣”直响，“洋鬼子，你们欺人太甚啦!”

这时，颜德庆来了，他领着工人在隧道的另一头也捡到了同样的报纸，两个人一合计，一定还是那些假猎人干的，要想根治，还得抓住他们。

找来护卫队的人询问，护卫队的人都说，连找了几天，也没看见什么猎人出没。

陈西林看了一眼颜德庆，颜德庆这个人，看事物的角度比较高，这和他的家庭因素有很大关系。颜德庆想了想，告诉这些护卫队员:“大家记住，千万别让咱们的工人知道这件事，容易造成恐慌，另外，如果有人问起大人的情况，咱们就说快好了，明白吗？”

大伙儿一听，纷纷点头，“我们都知道了。”

颜德庆的做法是对的，这个时候送来这样的报纸，就是想瓦解内部，让路工们六神无主，詹天佑是众人的核心，好比军中之胆，只要他不倒下，一切谎言都站不住脚。现在就得两手准备，一边查清坏人的行迹，一边让大人尽快好起来。

这样一来，八达岭工地上的气氛，就变得异常紧张。

还别说，路工们还真都不知道，每天按时上工，各司其职。

这天，程暇来找陈西林：“陈大人。”

“程暇，这几天干得怎么样？对路工的工作流程都掌握了吗？”

“陈大人，实不相瞒，不干不知道，一干吓一跳。我这才明白詹大人的用心良苦，敢情这里头说道太多了，我们真得谢谢大人。哎，大人这几天怎么没露面啊？”

“啊，哦，大人在画图纸，为下一步工程做打算。”

“哦，我说呢。对了，有个事我想跟您说。”

“说吧。”

这哥儿俩来这几天，工地上上下下对他们印象挺好，看得出来这小哥儿俩都是富家公子出身，可干起活来都不惜力，而且对谁都挺客气。

陈西林也挺喜欢他们，“什么事啊？”

程暇告诉陈西林：“陈大人，我这个人平常就是好动不好静，您看我每天这么干活儿吧，我一点儿不觉得累，怎么呢？因为人多，热闹。我跟我哥还不一样，他爱睡懒觉，我不行，我每天天不亮就起。小时候在直隶这一带我就经常玩草虫，逮个油葫芦，斗个蛐蛐呀。到广东这些年，没怎么玩，那边也不兴这个。这回来八达岭可把我乐坏了，这几天，我天天早上出去逮蛐蛐。这不是今天早上嘛，我又去了，就是我那天迷路那个林子，我进去之后，就趴在草窠里找蛐蛐，可无意间，我听到了几个人的对话。”

“嘘！”

陈西林把他制止了，“跟我来。”

把他带到自己的行军帐里，帐帘放下，“那是几个什么人？”

“跟您说吧，虽然天蒙蒙亮看不太清楚，但是从体态上我能看得出来，就是那天给我指路那三个人。”

“三个猎人？”

“对。”

“他们说什么了？”

“跟您说吧，一句我也没听清楚。”

陈西林这气，起哄啊？“没听清楚你跟我说什么！”

“您怎么了？就是因为听不清楚我才觉得这里头有事！告诉您吧，这几个人说的就不是中国话。”

“什么？不是中国话？”

“对，我听那个尾音，看他们那个脖子一梗一梗的，应该是日本人。要说我跟我哥，我们俩英语、法语都不错，就是不会日语。”

“哦，他们没发现你吧？”





“没有，我一直趴着，等他们走老远我才站起来。不过，就在他们走的时候，我听见他们说了个中国名字，说的是袁世凯。”

陈西林倒抽口凉气，他告诉程暇：“这件事对谁也别讲，说不定哪天我得请你帮个忙。”

“行，有事您随时吩咐，那我先下去了。”

程暇走了，陈西林开始筹划一个秘密的捉贼计划。

两天以后的凌晨三点钟，月朗风清，繁星点点，一所工棚的帐篷掀起了一个角儿，从里头溜出一道黑影，他快速钻进了树林子，东瞧西看之后，咳嗽一声，然后，看了看左右还是没人，他把腰里的包袱紧了紧，然后掏出个灯笼，点着以后，慢慢朝前走，走着走着，就听有人喊了一声：“站住！”

呀！这人停住没敢动，就看从一棵大树后转过来三个人，全都是猎人打扮，这仨人也有灯，上下这么一照，主要照了照来人的衣服，他们笑了，有个家伙过来就要抓，没想到，来的这个人突然从怀里掏出一把沙子，“哗”，往眼前一扬，哎哟，把对面三个猎人的眼睛都给迷住了，天黑又看不清楚，就听他们大喊一声：“八嘎！”

来的这个人一听：“八嘎呀？你八嘎！”说完转头就跑。

三个猎人揉了揉眼睛，撒腿就追，正往前追着，突然身后有人说话：“嘿，你们去哪儿？”

三个人回头一看，刚才那人又跑身后头去了，追！刚把身子转过来，旁边有人说话：“你们不是找我吗？”

呀？三个人糊涂了，怎么两个人长得一样啊？是不是遇见鬼了？

正在犹豫之际，远处里“哗”一下，亮起了无数的火把，而且听有人高喊：“抓贼！”

三个猎人慌了，他们顾不上眼前这俩一模一样的人了，提起钢叉，朝南就跑。

眼前这哥儿俩正是程勇、程暇，今天是奉陈西林大人之命来捉拿日本贼寇的。现在看他们要跑，哥儿俩急了，过去就追。

没想到，这三个日本人手底下都挺利索，有个家伙抬起腿来“嘭嘭”两脚，就把程氏兄弟给踢躺下了。

等陈西林带人赶到，人已经没影了。

一直到天光大亮，也没找到这三个日本人，虽然没找到人，可寻到了一个皮包，打开一看，里面全是报纸。陈西林点点头，看来就是他们干的，吩咐下去，“今天就算了吧，从明天开始，加强防守，绝对不能再让外人进入工地。”

官兵们答应一声，刚要撤，忽然，远处来了一辆独轮车，车走山间路“吱吱扭扭”声音传出多远，车上堆着三个大麻袋，推车这个人，上中等身材，细腰奓膊，穿着一身武服短打，背背单刀，脖子上有一条袢绳，这是为了固定车子的。这位推着车由远及近，将然要到跟前的时候，护卫队的几位师傅一看：“哎呀，是李队长！”

啊？陈西林定睛一看，果然，来人正是李子亭。

陈西林三两步就跑过去了，一把抱住李子亭：“我的李队长啊，您去哪儿了？可把我们急坏了！”

这个时候，天已经大亮了，工地上很多工人开始上工，徐士远从这儿路过，他听陈西林喊了一声“李队长”，他也凑过来了，仔细一看，正是李子亭。

徐士远分开人群就进来了，来到李子亭面前“扑通”就跪下了，“队长啊，您这是从哪儿回来呀？”

也难怪徐士远这么激动，当日里若没有李子亭相救，恐怕自己早就落入土匪之手了，当时李子亭一个人与群贼周旋，到底结局如何，是生是死，一直没有个下落。北京顺天府审问布莱斯和孙金梁，也没问出结果，他们俩也不知道刘四虎的下落。敢情这些家伙都是各自为战，出了事谁也不管谁。今天这大活人从天而降，到底是怎么回事啊？

李子亭先搀扶起徐士远，然后告诉陈西林：“陈大人，先把车上的包袱卸下来吧，这是我给大家带来的礼物。”

“快，卸下来。”

几名官兵走过去，用手一碰这麻袋，忽地这麻袋动了。官兵乐了：“不用问，队长这是给咱们带野味了，晚上可以烧烤啦！”

挨个儿卸下来码成一排，李子亭告诉他们：“把口袋嘴打开。”

口袋嘴打开麻袋往下一拉，哎呀！陈西林大吃一惊！这里面居然是三个大活人，每个人的嘴里都堵着抹布。这时候程暇过来了，他一眼就认出来了：“陈大人，这就是那三个日本人。”

陈西林彻底糊涂了，他望着李子亭：“队长啊，我陈西林自认为看到书不少，可今天这桩事，我就是翻遍书本也找不出谜底，还是请您给我等道破天机！”

“哈哈哈！”李子亭笑了，“各位，那你们就听我道来！”

敢情那一天，放走了徐士远之后，李子亭手里的刀一直压在刘四虎的脖子上，他估算着徐士远走出有五六里远了，这才把刀拿开。随着刀离开，自己一抬腿，“噔”一下，把刘四虎横着踹出一丈多远，自己一拨马，准备跑。





太难了，人家这儿好几十号人呢，有几个过去把刘四虎扶起来，大部分人就把李子亭的马给围上了。

“姓李的，你以为你还能跑吗？搅了我们的买卖，你得赔！”

刘四虎坐在地上喊：“把他给我废喽！”

“呼啦”一下，众匪徒冲上近前！这些家伙都是亡命徒，打架都是家常便饭，他们不先打李子亭，先用刀把李子亭胯下这匹马的马腿给削断了，“扑通”，这马往下一趴，李子亭也就坐不住了，他早有准备，两脚一摘镫，马往下倒，他用脚一踩马背，“噌”人就蹦到树上了。

把这几个家伙吓一跳，他们没想到李子亭的轻功这么好，有几个人想“叠罗汉”上树，刚叠两截，李子亭又蹦到另一棵树上了。

上次在丰台，用这手戏耍过洋记者，这回，照方抓药，带着这伙土匪们可就跑上了。

但是，土匪毕竟是土匪，他们人多势众，而且，有些人还带着匕首飞刀，不时地往树上扔，就算李子亭身子再轻，也躲不开这么多人的围攻，随着跑，身上中了两刀。

他把牙关一咬，心说，今天绝对不能让这帮家伙抓住，抓住我就没命了。他往哪儿跑？往人多地方跑。随着跑，李子亭可就喊上了：“救人哪！救人哪！”

喊了两声，李子亭心说，没用，这大山里，怎么会有人呢？

谁说没用？山重水复疑无路，柳暗花明又一村。可巧正前方来了一支马队，马上之人俱是便服打扮，为首一人身材魁梧，紫红脸膛。他一眼就看见了，对面树上有人，树下也有人，看树上之人腿上有血，这位可就喊了一句：“前边是怎么回事？”

此时此刻，李子亭也顾不了那么多了，他冲下面喊道：“我是京张铁路的路工队长李子亭，下面是一伙土匪。”

什么？京张铁路？难道是詹大人的手下？这位问了一句：“你可认识詹天佑？”

李子亭一听：“那是我们的总工程师！”

哎哟！这位一听可就急了，吩咐身边的人：“把这群土匪拿下！”

敢情他身边的人全是衙门里的兵丁，听见一声令下，全都冲过去了，一场激战，就把这群土匪给拿下了，个个绳捆索绑，一查，十六个。

李子亭从树上跳下来，冲这些人一拱手：“多谢了，不过，贼人不止这些，那边还有，有个领头的叫刘四虎，他们还有一箱炸药。”

“炸药？”领头的一听，“快去寻找。”这边赶快把李子亭扶到一块大石头上，让他坐好，随行带的有金疮药，给李子亭上了。

两下一攀谈，李子亭才知道，为首之人叫刘吉荣，是延庆州的一位把总。前者，詹天佑带人勘测路线的时候，认识了他，当时李子亭有事不在。

“原来是刘把总，失敬。”

“李队长少礼，您这是干什么去？怎么遇见土匪了？”

李子亭把经过一说，哦！刘吉荣这才明白。

正在这时候，找人的回来了，禀报刘把总，说剩下那些人全跑了。

刘吉荣把眼睛一瞪：“跑了初一跑不了十五。李队长，您看这伙人怎么处理？”

还没等李子亭说话，远处又来了一队人马，队伍前还打着一面旗子，上写“直隶”二字。

刘吉荣一看，赶忙迎过去。李子亭问旁边的兵丁：“来的是什么人？”

兵丁告诉他：“这是直隶总督袁大人的人马，奉命下来巡视，前两天到过我们的衙门。”

“哦。”

又等了一会儿，就看刘吉荣领过来一个人，三十多岁的年纪，中等身材，五官端正。来到李子亭面前引见：“李队长，这位是总督衙门的主簿先生方治平。”

方治平？李子亭想了想，这个名字好像在哪儿听过。

# 第一百零三回

## 散迷雾群凶供真相
## 解愁烦父女游站房

正说到路遇方治平。刘把总相互一介绍，李子亭想起来了，詹大人曾经跟自己提起过此人，他是袁世凯身边的幕僚。

想到这儿，李子亭急忙起身见礼。方先生伸手相搀："李队长少礼，在下方治平，詹大人在天津的时候，我们见过几次。刚才听刘把总说，你遇见了劫匪，他们手里还有一份合同？"

"是啊，方先生，合同的内容我没看到，但可以肯定，这伙人绝对是以做买卖为由，另有别图。"

方治平想了想："这样吧，袁大人的行辕就在附近，咱们押着这伙土匪，去见袁大人。"

就这样，方治平带着李子亭，由刘吉荣押着这伙匪人，来到了袁世凯的行辕。

安置过后，开始审问。开始这些贼人紧咬牙关，到后来用了刑，这些人受不了了，有道是人心似铁非似铁，官法如炉果如炉啊！有个贼人可就招出来了，说刘四虎跟他们提起过一个日本商人，名叫雨宫敬次郎，说他是这伙人的顶头上司。

方治平一听这个名字，当时就明白了，他立马去向袁世凯汇报，然后来找李子亭："李队长，现在可以初步认定，这件事是雨宫敬次郎一手策划。"

李子亭一听："雨宫敬次郎是谁呀？"

"您听我说。"

方治平告诉李子亭，京张铁路刚开工时，日本一家工程承包商雨宫敬次郎来找过袁世凯，他说中国以前铁路建筑中开挖隧道者极少，工人水平也不行，中国工程技术人员中懂得开挖隧道的也极少，又没有相应的机器设备，京张铁路需开挖四条隧道，若仅靠人工，跟愚公移山差不多。所以，他建议袁世凯，仿用日本东京至甲府铁路修筑之法，用机器开凿隧道，并聘请日本技师和钻工来京张铁路工地指导开凿的技术。

袁世凯非常清楚雨宫敬次郎的目的是承揽工程以图利益，但同时也是对中国工程技术人员与建筑工人的蔑视。赶上那个时候袁世凯因为官制改革的事脾气不太好，直接回绝了雨宫敬次郎，还说了几句冷言冷语。

这一下可结了仇了，有人提醒袁世凯，雨宫敬次郎碰壁而去，一定不会善罢甘休。当时袁世凯也没放在心上，如今看来，果真是得罪小人酿成大祸。

方治平告诉李子亭："日本人肯定还要使出更多的鬼伎俩。"

李子亭一听："哎呀，那我现在赶快回去吧。"

"别忙，刚刚有个匪人交代了他们的活动地点，袁大人命你暗中查访，先别打草惊蛇，最好能找准机会，抓住匪首刘四虎。我们好去和雨宫敬次郎当场对质，我们会给你派人手策应。"

"好！"就这样，李子亭按照地址暗中查访，经过一番周折，最终抓住了刘四虎和一干余党，全部送至顺天府。

公堂上审问刘四虎、孙金梁和布莱斯，这些人见大势已去，才逐一交代了实情。



雨宫敬次郎是日本一位知名的铁路专家，参与了大量铁路的建设。来到中国以后，他觉得自己会大有作为。尤其在京张铁路建设之初，雨宫敬次郎将这看成是一块肥肉，英、俄两国争夺路权的时候，雨宫敬次郎静观事态，他认为螳螂捕蝉黄雀在后，机会一定会属于自己。结果，詹天佑接下来重担，在雨宫看来，詹天佑是螳臂当车，自不量力。敢情在他眼里，中国就不会出现高精专的铁路技术人才，至于京张铁路修成与否，他并不关心，他想的是自己能在这个工程里挣多少钱。

敢情雨宫敬次郎在中国的年头可不少了，对中国的地理非常熟悉。他偷偷地勘测了京张铁路的线路，认为居庸关和八达岭是最大的难点，只用中国的技术和工人断难完成，所以，他去找袁世凯，以热心相助为由，要包揽工程。当遭到袁世凯的拒绝后，雨宫敬次郎大为恼火，不过，也没说什么。

他有个学生看不下去了，这个学生也是技术人员，据说参与过日本铁道的建设，他对铁路建设的具体流程了如指掌。这个家伙为了讨好老师，开始实施一套全方位的破坏计划！原来，这个学生在中国也很多年了，结交了各色人等，包括一些江湖败类、社会毒瘤。首先，他找到了汇丰银行的经理布莱斯，许以重金，让他在划拨关内外铁路利润上设障。布莱斯这个人是凭着家里的关系才当上了银行经理，他的父亲是英国王室后裔，布莱斯因此有恃无恐。但是，这个家伙的眼睛里只认钱不认人，所以，当陈昭常骗他的时候，他才会信以为真。后来，刘四虎败阵归来，还走脱了人质李子亭，布莱斯也知道。他去居庸关工地，也是奉命前往。被詹天佑戳穿真相以后，布莱斯的脑子想的全是日本人许诺给他的重金，所以，他没说出幕后指使者。直到孙金梁被捕，布莱斯有点含糊了，可这家伙还是抱有一丝希望，以为雨宫敬次郎能把他救出去。最后，刘四虎也被捕了，布莱斯绝望了。三个计划执行者全齐了，布莱斯心说，就算我不说，这俩也得说，干脆，我争取一个宽大处理，先招供吧。

所以，三个人里，他是第一个招出实情的。那两个人一看，再瞒也瞒不住了，也就都招了。刘四虎招认了自己假扮千总炸毁抽水机，他们那些衣服是贿赂昌平县一个书吏得来的。而且，还交代了计划中将有几个日本武士扮成中国猎人，准备潜入八达岭工地获取一手消息。

顺天府把情况汇总之后上报总理衙门，命李子亭暗中跟踪三名日本武士。

李子亭发现，这三名武士到北京后先去了顺天时报，这是日本人一手办起来的报社，他们准备前后联手，前面搜集材料打探消息，后面出不实新闻给京张铁路抹黑，也不管事件的真实性，有一个他们敢说俩，豆儿大的事他们说得跟磨盘一样。

为了拿到真凭实据，李子亭一直在暗中躲藏，也没和工地上取得联系。一直到三名武士扮成猎人潜入八达岭，陈西林设计擒拿，三个人跑下山准备逃之夭夭，李子亭这才现身。这三个人跑的时候把兵器给丢了，李子亭仗着浑身武艺还有这口刀，把这仨小子全给打趴下了，从山脚下老乡家借来麻袋，把三个人捆好了塞进去，又借来一辆小车，亲自送回八达岭。这就是以往的经过。

眼前这些人都听傻了，这也太离奇了。如今真相大白，先把三个日本人关起来，徐士远拉着李子亭来见詹天佑。

您说怪不怪，本来詹天佑病得挺难受，一见李子亭回来了，当时病好了。再一听这番往事，把詹天佑气坏了，吩咐把三个日本人押到行军帐，从前到后这么一审问，三个人供认不讳。詹天佑派苏以昭下山去往邮传部，请求邮传部问责大使馆，责令日本驻华大使来八达岭提人。

还没等苏以昭动身呢，方治平来了，他是来送信的。敢情袁世凯已经找到了雨宫敬次郎，让他把这件事解释清楚。可没想到，雨宫敬次郎对这件事竟然全然不知，他的那个学生已经逃回了日本，下落不明。这件案子就这样不了了之了。

雨宫敬次郎声言，要重办三名日本武士，请求袁世凯把这三个人带到自己的住处。袁世凯明白，这就是表面文章。但是，为了大局考虑，也只能附和，派方治平到八达岭上带人。

当时，清政府最怕的就是洋人，也别管是英俄日美，还是法德意奥，只要涉及和洋人有矛盾，朝廷总会大事化小小事化了。所有人都知道，像布莱斯之流，用不了三天，就会被无罪释放。

可话说回来，这些洋人虽然被暂时保护起来，也都吓坏了。他们这才知道，这个看似羸弱不堪的中国，居然还有这么多的能人。可以说，一番角逐之后，给了虎视眈眈的列强有力的打击。

事后，詹天佑专程拜见了袁世凯，把这一段的工程进展做了汇报，同时，也表达了对洋人狂妄骄横的气愤，下定了“京张铁路完全由中国人自己建、为中国争气争光”的决心。詹天佑说，铁路建设已有三十多年，不仅积累了一些技术经验，而且有着一支决心发愤图强、有着光荣传统与聪明才智的工程建设队伍。中国工程技术人员和建筑工人一定能建成京张铁路，一定能打通隧道。感谢袁大人拒绝了日本人所谓的“好意”，没有设备靠人力，没有经验靠学习，京张铁路有进无退，中国技术人员与中国路工将用双手为隧道开路。




云开日出，英雄归来，詹天佑心情大好，八达岭隧道工程也加快了速度。

而邮传部那边，在尚书岑春煊的授意下，邮传部上上下下对京张铁路的支持力度越来越大，大家都希望这条由中国人自己主持修筑的铁路尽快完工。

邮传部除了经费及时甚至提前拨付外，还不断地给詹天佑个人以肯定，继袁世凯奏请朝廷任命詹天佑为总办和请皇上赐予进士出身后，邮传部又奏请朝廷任命詹天佑为邮传部路务议员，加二品职衔，札调邮传部参议厅行走，参与全国铁路规划事务。

这个任命，就意味着詹天佑不仅是京张铁路总局总办，而且还升任了邮传部的官员，可以说，给詹天佑进一步推进工作提供了很有利的条件，因为邮传部作为当时新建立的朝中机构，对全国的邮、电、路、航拥有管理权，这些项目都是新兴项目，是全国各地新派官员们争办之事。

此刻，京张铁路的顺利推进也鼓舞了各省对中国人自己修建铁路的信心，许多省纷纷聘请詹天佑担任顾问，继邝孙谋代替詹天佑担任粤汉铁路总工程师之后，先有四川总督写信邀请，继而，沪宁铁路公司也向詹天佑发出了邀请函，詹天佑知道，这是全国各地对自己的信任，只要力所能及，他都应承下来。

就在八达岭隧道进入最后的攻坚阶段时，詹天佑却接到邮传部传来的一个惊雷般的消息，邮传部尚书岑春煊，被朝廷开缺了。

开缺就是革职，邮传部又要更换尚书。詹天佑不明白，这一直好好的，怎么会突然把岑尚书革职，这朝廷里的风云变幻，也太快了！

那么，岑春煊为什么被革职了呢？这要说起来，就和当年的一件重大历史事件有关，也是晚清政局的一次重大重组。

以瞿鸿禨、岑春煊为首的清流派早已对北洋派十分不满，在瞿鸿禨的策划下，岑春煊向慈禧太后控诉北洋派，并联合御史言官上书造势，意欲铲除北洋派。而以庆亲王奕劻和袁世凯为首的北洋派领袖，则是玩弄手段，化险为夷，导致慈禧太后贬斥瞿鸿禨、岑春煊等一干清流派官僚，最终，北洋派取得了胜利，瞿鸿禨、岑春煊被相继革职。

从表面上看，这次争斗是北洋派获胜，实际上，慈禧太后是想借此扶植亲贵势力，以牵制北洋派，螳螂捕蝉黄雀在后。朝廷上朝令夕改，宰辅重臣频繁更换。这一年是1907年，按干支纪年为丁未年，因而得名“丁未政潮”。

这件事情对詹天佑的触动特别大，你看他在多少困难前总能稳如泰山，沉着应对。即便是洋人给他设下阴谋诡计，他也能谈笑风生，化险为夷。可是，朝廷局势的不稳定，让詹天佑感到前途的渺茫。连着半个月，詹天佑都是打不起精神，很多人来劝，表面上，他好像若无其事，只要一个人独处的时候，就会陷入沉思。

这天中午，饭菜摆在桌子上，詹天佑看了一眼，难以下咽，忽然，帐外人影一闪，嗯？怎么这么熟悉，詹天佑走出来一看，当时就乐了，敢情是大女儿顺蓉来了。

顺蓉已经十八岁了，出落得亭亭玉立、落落大方。

“你怎么来了？”

顺蓉咯咯一笑：“父亲，我是跟着鸿诰哥哥来的。”

“你母亲和你弟弟妹妹们都好吗？”

“好，他们都想您，想让您回家待两天。”

“等这条隧道打通，父亲就回家，正好，山下一座站房快要建好了，我带你去转转。”

还别说，詹天佑已经好几天没这么高兴了，今天见到女儿，他脸上又泛起笑纹了。顺蓉刚要往前跑，“哎，等一会儿。”

“干什么？”

“你还没戴安全帽呢。”

给顺蓉找了个安全帽戴上了。这是工地的规矩，只要进去施工现场，所有人必须佩戴安全帽。沿着八达岭长城脚下走，走着走着，在群峰环绕的小山坳中，穿过浓荫蔽日的树林，眼前出现了一座小站，古朴清新，幽雅宁静，这就是后来闻名全国的青龙桥车站。

# 第一百零四回
# 青龙桥父女享天伦
# 八达岭老友话前景

詹天佑带着女儿来到青龙桥车站，在层林尽染之间，这里犹如世外桃源。但见一座灰打底白沿边的建筑，衬着铁红色油漆的木质窗扇，站房为五开间单层砖木结构，悬山屋顶，顶上一圈雉堞式女儿墙，形状有点像长城的垛口。

整体建筑近似正方形，正面当中是三个大大的拱券门洞，中间悬挂一块横匾，上边有关冕钧题写的五个字：青龙桥车站。两边对称，左右各有一个开间那是窗户，侧面有小门。站房的前一部分是候车区，中间是售票房、站长室，后面是厨房和小天井。窗户的上方加了拱券装饰，窗台由整块的花岗岩做成。

詹天佑拉着顺蓉来到站台上，抬起头来用手一指："顺蓉你看。"

顺蓉仔细一看，头顶之上有一条蜿蜒曲折的长龙。"父亲，那是什么？"

"那就是长城。"

在顺蓉的印象里，只是听说过长城，这还是第一次见到，而且，在车站里就能看见长城，这太有意思了！

看着女儿这么高兴，詹天佑的心情也好了很多："顺蓉，你再往这边看！"

此时，山坡以上已经开始铺轨，一个"人"字赫然出现在眼前。

"哎？这个铁轨怎么不是直的？"

"哈哈哈！"詹天佑笑了："孩子，这都是你的功劳啊！"

"我的功劳？"

"对呀，前年，你和母亲第一次到北京来找我，有一天晚上，你坐在床上剪纸，非要给我剪个京张铁路，当时剪子掉在地上，记得吗？"

"记得，当时我要低头捡，您帮我捡起来了。"

"对，就是那把剪子，给了我灵感，你看，这条铁道就是从那把剪子的形状演变而来，这叫'人'字形，北上的列车到了南口就用两个火车头，一个在前边拉，一个在后边推。过青龙桥，列车向东北前进，过了'人'字形线路的岔道口就倒过来，原先推的火车头拉，原先拉的火车头推，使列车折向西北前进。这样一来，火车上山就容易得多了，一把剪子，巧妙地攻克了火车翻越崇山峻岭的难题，这都是你的功劳呀!”

说起工程技术，詹天佑嘴里滔滔不绝，一会儿用手比画，一会儿眼望前方。为了哄女儿开心，他讲了很多工地上有趣的故事。看着父亲在站台上手舞足蹈，顺蓉简直乐不可支。就这样，父女二人度过了一个多小时的欢乐时光。眼看红日西坠，詹天佑好像又想起了工程上的什么问题，突然间不说话了，一个人伫立沉思。

顺蓉没敢打搅，静静地在一旁坐着。父亲的背影在夕阳中显得格外宽厚雄伟。本来詹天佑的个子不算高，但是，人们提起他，总有一种伟岸高大的感觉。这是因为，一个人的伟大取决于他的创造和贡献，他能够运用自己的品德、才智和劳动，创造出比自己有限生命更长久、更不平凡的社会价值。小顺蓉怎么也想不到，百年之后，父亲的铜像便立于此处，供后人瞻仰。





全身铜像，原貌铸造，长后摆西服整洁笔挺，右手斜插裤兜，左手自然下垂，手里还攥着一副手套；整齐的头发向后梳拢，浓重的眉毛，有型的胡须，还有那深邃的眼神……他在守护着乌黑发亮的钢轨和自己一生的心血，守护着满山静谧的绿意和伸向远方的繁华。

落日余晖，残阳夕照。詹天佑拉着顺蓉走出站房，围着外墙转了一圈，青龙桥站背靠大山，山高围合，站小精巧，站房简单却不简陋，朴实却不呆板，不大也不单薄，有一种说不出的独特风格。

詹天佑告诉女儿，再过两个月，枫叶红时，这座小站就能置身于花海之中。

看着父亲脸上的高兴劲儿，顺蓉的心结终于打开了，她拉住父亲的手说:“父亲，跟您说实话吧，鸿诰哥哥回北京办事，到家里来看我们，他说您最近几天心情特别不好，母亲要照顾弟弟妹妹来不了，我就跟着鸿诰哥哥来了，看着您现在挺高兴，我就放心了。”

哎哟，詹天佑听了这番话，心里头火辣辣的，他叫着自己的名字:“詹天佑，你四十多岁的人居然让女儿为你牵肠挂肚，实在是不应该呀。”

“孩子，你放心吧，我的心情好了，现在就回去吃饭。”

“好!”

“对了，你母亲最近的身体好吗?”

一问这个，顺蓉的眉头一皱，“父亲，母亲最近身体不好，胃总难受，每次吃饭的时候，她都是照顾我们吃完她再吃，饭菜都凉了，我说去热她又不让，所以，每天到晚上，她都捂着胃睡觉。”

哎呀，詹天佑心里不是滋味，他觉得对不住妻子，“顺蓉，跟我来。”

詹天佑带着女儿回到工地，找了一块钢材废料，又找了张纸，在纸上画了个图，然后，请一位工人做了一个长方形的盒子，经过打磨后交给顺蓉，告诉她：“把这个给你母亲带回去，以后你们吃饭的时候，把你母亲吃的先放在这里保温，等大家吃完了，她再吃的时候，饭菜就不会凉了。”

顺蓉把饭盒收好，在工地上又住了两天，张鸿诰回北京，把她带回去了。

还别说，女儿这次不白来，詹天佑的心情真的好了，恰在此时，颜德庆和他商量购买机车的事。

别看邮传部新任尚书未定，购买机车的预算倒是批下来了。詹天佑反复考虑八达岭这一带的地形特点，即便是有了人字形铁路，对于机车，也必须选择马力大的。

要知道，关沟段坡度达到近千分之三十三，普通机车难以胜任，为此，詹天佑多方寻找资料，最终选定由英国北英机车公司购入四台“复胀式”蒸汽机车，也就是后来命名的马莱 1 型蒸汽机车。

这种机车轮式排列 0–6–6–0。所谓“复胀式”蒸汽机车和普通的蒸汽机车的区别就在于：机车的每一侧都设置两个气缸，两侧共有四个气缸，锅炉产生的蒸汽先进入高压气缸做功，之后，再进入低压气缸二次做功，经过乏汽喷口由烟筒排出。

这样的设计可以充分利用蒸汽的能量。“复胀式”蒸汽机车每个气缸都连接一组动轮，两组动轮之间采用非固定连接，减小了机车的固定轮距。因此，虽然这种机车的走行部比较长，但是也能够在较小曲线半径的山区线路上行驶。颜德庆、陈西林等人也认为，这种机车非常适合京张铁路。

机车的事办完了，隧道也打通多一半了，秋去冬来，詹天佑眼望京城的方向，想起了妻儿，已经连着好几年没和家人一起过年了。今年春节，无论如何也得回一趟家，哪怕在家里待一天呢。

他的这个想法挺好，应了那句话了，人有悲欢离合，月有阴晴圆缺，这一年的春节，詹天佑还真就没法在家过了。

这个时候，全国上下都在议论“丁未政潮”，这件事对朝廷的影响暂且不必细说，只说它对京张铁路的影响。岑春煊被开缺，过了一段时间，朝廷颁下谕旨，任命陈璧为新一任邮传部尚书。这位老大人可是詹天佑的旧相识了，早在京张铁路刚刚完成路线勘测时，詹天佑和陈昭常就为广宅阻路一事找过陈璧，当时铁路归商部负责，陈璧是商部侍郎。因为有这段前缘，陈璧上任后对京张铁路的进度也很重视，在预算拨款方面也延续了岑春煊在任时的作风，尽可能紧着京张铁路支用，及时拨款以保障按时完工。

单说这一天，工地上突然来了十几个背着新式步枪的官兵，外围守卫一问，这些人是从昌平县来的，专为保护詹大人的安全。守卫不敢怠慢，把他们给放进去了。

领兵的小头目见到詹天佑单腿打千儿，说明来意，说是奉命前来弹压地面，说完，就带着十几个人，背着枪在詹天佑身后一站。

开始，詹天佑没说什么，可半天过后，他就受不了了，把这头目给请过来了，告诉他："我这儿没什么乱子，你们如果要保护，就站在外围，跟那些兄弟们一起就行了。"

头目一听："那哪行啊，这是我们上司的命令，一定要保护好詹大人的安全。离得远了，万一有什么不测，我们出枪都来不及。"





詹天佑用手一指："你看，工地上大家都在忙着干活，你们几个人背着枪到处一走，反而会弄得人心惶惶，不如站在远处，或者放下枪和大家一起干活。"

头目一听，什么？干活？他转过头来和手下人一商量，当即就向詹天佑告辞了。

看着这些人的背影，詹天佑苦笑一声，他明白，这是地方官为了巴结自己，专门配备的私人保镖，这种行为无异于一种表面工程，华而不实，只能给路工们带来负面影响，起不到真正的推动作用。

这些人刚走，有人来报："启禀大人，英国工程师金达先生求见。"

"哦？快请！"

金达，那是老朋友了，也是自己曾经老上司，他对京张铁路一直是非常关注。自从上一次在南口通车典礼上一别，也有一年多没见面了，两位老友重逢，自是一番寒暄。

詹天佑亲自陪同金达到隧道内参观。一边听着詹天佑的介绍，金达仔细查看每一处的安排和设计。

这次来八达岭，金达的心情很复杂。他非常希望詹天佑能够成功，可是，在他的内心里，中国人就不可能打通八达岭隧道。

结果到这儿一看，整个工程的设计与施工安排得既精密又周到，简直称得上是无懈可击。作为一个有丰富经验的老工程师，金达不得不从心底佩服。

您看，人与人之间的关系，是随着事物发展而变化的。当初詹天佑在金达手下做一名驻段工程师时，是金达力排众议把滦河大桥如此艰难的工程交给了詹天佑，詹天佑完成得十分漂亮。如今，詹天佑成长为一名杰出的总工程师，负责京张铁路这样庞大复杂的工程，各处设计与施工细节让人挑不出一点毛病。明珠埋于土内终将大放异彩，大鹏隐于俗鸟总有一天能飞上九天！在金达的内心，有说不尽的感慨与欣慰。

参观结束后，詹天佑请金达到行军帐篷里休息，金达对詹天佑赞不绝口，面对亦师亦友的老朋友，詹天佑表现得也是诚心诚意："金达先生，其实在铁路方面您是我的老师，我真心感谢在与您共事时，得到您的许多指教。"

"不，指教不敢说。搞工程技术的人，在合作中总是要互相切磋、相互启发的，每一位工程师也都是在不断实践与切磋中成长起来的。如今，京张铁路如此复杂的工程，你能独立完成，这意味着你已经能解决当前国际铁路工程技术领域里最难的问题了。当初，有人说修这条铁路的中国工程师将在五十年后出生，这句话，如今已经不攻自破啦！"

"哈哈哈！"

詹天佑朗声大笑，笑得无比自豪！

金达还有个请求："眷诚，我想等这条铁路修成的时候，我把我们的机车和车辆开过来进行运行试验，你觉得怎么样？"

詹天佑一听："好啊，这是双赢的好事！虽然这条铁路是中国的自主铁路，但是，并不影响我们之间的合作。您如果能来这里试验，我也能看一看这种线路设计的实际效果，这对我们将来采购相应的机车和铁路运营都是有好处的。"

见詹天佑一口答应了下来，金达非常高兴："眷诚，要是都能像你一样，既坚持自强自立，又不排斥与国际友人合作，可就太好了。幸好有眷诚你这样的人才。"

詹天佑笑了笑没有接话，他知道金达对中国很多事情的认识都是很到位的，但是，他毕竟是英国人，难免戴着一种殖民帝国特有的有色眼镜。没有必要非得跟金达掰扯孰是孰非。

詹天佑很自然地把话题转换过来："快中午了，就请金达先生在工地用饭吧。"

金达点头应允。饭后，两个人又在技术上讨论了一会儿，金达告辞，由官兵护送下山。

从这次会面可以看出，金达此时已经改变了最初的怀疑态度，对詹天佑和京张铁路报以了赞叹与钦佩。

送走了金达，詹天佑翻开了自己的工作日程，按照计划，他要去检查怀来河大桥的工程进展。

此时，正是 1907 年的 11 月，怀来河大桥工程进入攻坚阶段，时值隆冬，天寒地冻，泥里和着水，水里和着冰，詹天佑到了以后，不顾一切，每天和路工们在一起摸爬滚打，大家看在眼里，心生敬意。

一晃就过去了五天，这天下午，詹天佑正在桥前研究工作，翟兆麟从远处跑过来："大人，有贵客到访!"

"哦？在哪儿?"

"您看——"

顺着翟兆麟手指的方向，詹天佑看见了，河对岸站着两个人，他当时就笑了："哎呀，你们怎么来了?"

谁呀？来的正是詹天佑的同窗好友，外务部右侍郎、会办大臣梁敦彦，还有关内外铁路总办梁如浩。

# 第一百零五回

## 逢故友举杯抒豪情
## 领新差负重下河南

怀来河边故友重逢，梁敦彦和梁如浩来了，詹天佑欣喜非常。

到了河对岸，三位老同学见面这个热闹就别提了，跟当初在美国读书时候的情景一模一样。詹天佑命人备好马匹，三人从怀来出发，顺着刚修好的隧道和路轨，一路行走，詹天佑指着每一处工程向他们细心讲解，天到下午的时候，也走累了，“来吧二位，咱们休息一下。”





三个人来到工棚，坐下以后，梁敦彦看了一眼梁如浩，两个人同时冲詹天佑一拱手：“恭喜眷诚，即将大功告成啦！”

“哈哈哈，这还不是两位老友当初的举荐，才有天佑今日之功啊。哎，别看我天天忙工程，多少也有点耳闻，听说二位最近都有升迁哪！”

俩人一听：“我们再升迁也不如你呀，你现在是二品职衔，札调邮传部参议厅行走，参与全国铁路规划事务，这还了得呀！”

“哎，不说我，说说你们吧。”

梁如浩一听：“那我说吧。”用手一指梁敦彦，“他现在即将要办一件大事，听说了吗，朝廷要出使美国。”

“哦？好事啊，什么任务？”

“眷诚，你知道吗，如今日俄两国虽然不打仗了，却整天为了争在东北的修路权搞得乱糟糟的，仿佛那里不是大清国的领土，而是他们的一亩三分地一般。为此，咱们那位小学弟唐绍仪向朝廷提议，引入别国的资本和技术人员在东北修建铁路，国际上有更多的国家关注，俄国和日本也就不会争了。最后决定，动员美国人到东北来修铁路，而且美国现在在国际上的影响也越来越大。”

詹天佑听了沉思片刻：“这确实是个不错的主意，但是，朝廷有把握说服美国与我们合作吗？”

梁如浩想了想：“这要说起来，可不是剃头挑子一头热的事喽。当年咱们这四批官派学生留美计划中途夭折，这几年他们一直在致力于和朝廷沟通，力争再启动留学生计划。所以，既然他们有心在留学问题上抛出了橄榄枝，朝廷就想借机争取修筑铁路。”

詹天佑一听：“我明白了，这次出使，不仅是谈判铁路的事情，还要和美方商谈派遣留学生的事，这么说，朝廷又要派遣留学生赴美啦？”说到这儿，詹天佑有些激动，他是过来人，太清楚这里面的分量了。

梁如浩点了点头：“被你猜中了，这次出使的确还有一桩事。当初的庚子赔款，美国已承诺部分退还，四年前，咱们的老同学梁诚任驻美大使时已经就此事开始谈判，但就当时的形势来看，让美国返还现银的可能性不大。梁诚当时曾提出能否以资助中国学生到美国留学的形式实现，朝廷也觉得这是个好办法。所以此次出使的另一项任务，就是将这些事进一步具体化。”

詹天佑一听，一拍大腿：“这可太好了，以压制日俄，再兴留美学业，这可是一举两得呀！孟亭，我明白了，唐绍仪是具体提议人，真正领队挂帅的是咱们这位新上任的外务部右侍郎、会办大臣梁敦彦！”说着，拉住了梁敦彦的手：“老同学，千斤重担可就落在你的身上啦！”

梁敦彦笑了：“眷诚，你看见了吗，千斤重担落在我身上，我感觉，孟亭已经替我担了多一半了。这点儿介绍的事全让他说了，一句也没给我留啊。”

“哈哈哈！”三个人仰天大笑。

梁敦彦告诉詹天佑：“这次出使团的成员里，有很多都是咱们的同学，除了唐绍仪以外，还有两位，一位是当年极力促成并具体组织实施选派幼童留美的容闳大人的族弟容揆，还有一位，就是眷诚兄的连襟，我们菊珍嫂子的二姐夫钟文耀。”

詹天佑一听：“好啊，这两个人也是博学多才，别看文耀和我是亲戚又是同学，这么多年也是少有来往，崧生，此次出访，你可要多指点指点他呀。”

“哎，哎！”梁如浩一听，“别光照顾你家亲戚，我的亲戚也得照顾呀！”

“哎哟，敢问您的贵戚是？”

梁如浩乐了：“还不知道吧？我已经和唐绍仪成了儿女亲家了。”

“嘿！这好事怎么不早说，回头我备一份厚礼。”

梁敦彦一听：“说起来，这都是好上加好，亲上加亲，唐绍仪是咱们的学弟，感情非同一般。至于文耀就更不用说了，谭家出了两个好女婿，都是我的好同学，这也是咱炫耀的资本哪！”

说到钟文耀，咱们多介绍两句，当年在美国留学时，钟文耀自哈特福德中学毕业，考取了耶鲁大学。后来朝廷突然提前召回留美幼童，钟文耀当时还没能从耶鲁大学学成毕业，成了一名肄业生。这不得不说是一种遗憾，但是钟文耀家族自他之后，四代人都有耶鲁大学的毕业生。

三位老友在行军帐里阔论高谈，畅想未来，这也不禁让他们想起，三年前在天津的那次聚会，情同此心、心同此景，工棚里没有酒，只好以茶代之，斟满以后三个人擎杯在手："眷诚、孟亭、崧生，昔日的留美幼童如今已经成了国家栋梁，为了中国之前途，咱们用尽平生所学，鞠躬尽瘁，死而后已，干！"

眼前虽无佳肴盛馔，三位故友是无不欢颜。在工地上住了一宿，梁敦彦、梁如浩告辞离去。看着他们的背影越走越远，猛然间，东南方向走来一个人，越走越近，詹天佑仔细一看，是李子亭："李队长，从哪儿来呀？"

李子亭上前一步："大人，我从京城来，顺天府把之前的案子结了，让我去写了几份证明。回八达岭工地后，听说您在这儿了，我把工作交给了穆顺，就过来了。"

"哦，哎？"詹天佑发现，李子亭手里还拿着一份报纸，"李队长，这是什么报纸？"

"啊？嗨，这是唐胥让我带来的，他说路工们得学文化，不上工的时候得多看报，这不，让我带来的。"

"哈哈哈"，詹天佑一边笑一边把报纸接过来，随便打开一看，嗯？他发现报纸的第三版登着一条消息，说的是京汉铁路河南黄河大桥出了问题，有一处桥墩出现倾斜。

这下，可引起了詹天佑的注意，"李队长，报纸我先看，看完了还你。"

没等李子亭说话，詹天佑夹着报纸回工棚了，坐下之后，仔仔细细地看这则新闻，脑子里也开始回忆一段前情往事。

这也是咱们之前说过的一段书，叫"张李两争锋"。想当年，张之洞和李鸿章在朝廷上明争暗斗，李鸿章请修"津通铁路"，张之洞请修"卢汉铁路"，慈禧太后权衡利弊后，下旨停修"津通路"准建"卢汉路"，李鸿章为此怀恨在心，张之洞却想借此大展才华，他主持修筑，当时是向比利时借款修建，工程技术也由比利时的公司负责。经过数年的奋斗，这条铁路已经于去年，也就是 1906 年 4 月全线竣工通车，由卢汉铁路更名为京汉铁路。然而此时，中国还未还清贷款，所以，这条铁路仍由比国公司经营。

说起来，这条铁路工程中最为重要的，当属郑州黄河大桥。

万里黄河，天险难渡，世代相传一句谚语，叫“天下黄河不设桥”。可是，京汉铁路修建时必须跨越天堑黄河。黄河下游河段，泥沙淤积深厚而成“地上悬河”，河势游荡不定，汛期洪水暴涨，建桥难度极大。修建黄河大桥成为卢汉铁路最困难、最关键的工程。大清国力衰微、技术落后，只能将希望都寄托在比利时人身上。

经过多方论证，反复勘测，最后确定大桥建在河南郑州广武山东头断崖处，1903年9月，黄河铁路大桥动工兴建。千百年来，九曲黄河曾为天堑，阻断南北交通。如今，一座黄河桥飞架南北。

这本是举国振奋的大好事，没想到，卢汉铁路通车黄河大桥正式投入使用，却出现了捉襟见肘的问题。

刚才说了，京汉铁路此时由比利时公司代为经营管理。比利时公司在承修铁路时，因急于求利，清政府又无力进行严格的技术监督，所以，在建设过程中，有些路段的路基过低，又未夯实，洪水泛滥时，经常被淹没与冲断。一般桥梁载重有限，列车速度与载重都受到限制。其中黄河大铁桥为全线关键工程。但是，由于比利时公司粗疏，设计时未考虑列车行驶的震动作用力，施工时又紧缩建筑费用，缺了许多必要的工序与设施，再加上黄河水流险急，这座桥梁的保固期限仅十五年，载重受限，列车过桥时速也被限制在十至十五公里，而且质量很差。就在前不久，大桥的第71号桥墩出现了倾斜。为保护桥墩，不得不在桥墩周围及桩与桩之间投入大石头起到防护作用，而这些石头还必须要高出水面，桥墩倒是被保护了，可由于大石头投入得太多，阻塞了黄河畅通，损害与危及黄河河堤，这下，引起了河南地方官员的忧虑。

詹天佑看罢这则新闻，气得他大叫一声：“岂有此理！拿着工程当儿戏，真是欺我华夏无人!”

他这一声喊，惊动了工棚外的一个人，这位赶紧走进来：“詹大人，怎么了?”

詹天佑一看，是翟兆麟，“兆麟，你看看这个。”说着把报纸递过去，翟兆麟接过来一看，也气坏了，可猛然间，翟兆麟又笑了，这位总是一副笑模样，“詹大人，我猜，您要暂时离开京张铁路一段时间。”

“嗯?”詹天佑一愣，“这是从何说起?”

“大人请想，这种事要放在以前，朝廷一定是请外国工程师前来勘测，重新修复。现在不一样了，咱们的京张铁路即将横空出世，大人名震寰宇，这已经成了中国铁路中一个固有的符号，请谁也不如请咱们自己人。所以我猜，朝廷一定会派大人去河南勘验黄河大桥。”

詹天佑一听笑了：“兆麟哪，你这话说得不对，如今的中国，新一代铁路工程师逐渐在崛起，人才比比皆是，朝廷何必非要詹某前去呢？”

在这件事上，詹天佑可没翟兆麟看得准，有道是当局者迷旁观者清，詹天佑一心为工程，对于自己在中国铁路领域里的地位，他根本就没考虑过。

结果，不到两天，邮传部的电令就下来了，命詹天佑赶赴河南，勘验郑州黄河大桥，具体任务是调查此桥是否稳固，如有危险，即将此桥移到上游，另在孟津建新桥，并编制一份孟津桥的铁路预算表。

这一下，詹天佑不去不行了。自己现在任邮传部路务议员，上命所差，不得不尊。他把京张铁路工程上的事宜交给了颜德庆和陈西林，对他们俩说：“我既然接下了这个任务，就一定会全力以赴。真正从技术实质问题入手，让那些外国投资商和外国工程师对我国官员的警告再不敢敷衍了事、阳奉阴违！至于京张铁路上的事，就辛苦二位了，一定要把住质量和安全这两道关口！”

颜德庆、陈西林同时保证：“大人放心，我们一定严格按照您的要求推进工程！”

“好！”

当下交接工作、打点行囊，临行时，让张鸿诰给家里捎去口信，今年春节回不去了。就这样，詹天佑于 1907 年 11 月 9 日南下，视察京汉铁路黄河大桥工程。

就在詹天佑到达河南的前一天晚上，他突然接到了一个意外的消息，朝廷颁下一道谕旨，命两广总督张之洞和直隶总督袁世凯，卸去地方总督一职，进京入值军机处。

这道圣旨来得突兀，对两位手握一方军、政、财权和对外交涉权力的督抚大员来说，其实是明升暗降。再加上张、袁二人在很多问题上见解微有不同，袁世凯主张急进，张之洞主张缓进，因而报纸上有人预言“政见不同”的张、袁二人同被调入军机处，恐怕将势如水火，再起争斗。

之前有传言，说袁世凯将不再督办京张铁路，可直到现在，京张铁路的总负责人还是袁世凯。而张之洞的背景和能力也是有目共睹。张、袁同入军机处的这件事，让即将到达河南勘验黄河大桥的詹天佑多了一分担忧。他知道，朝堂风波看似平静下来，其实平静的表面下却是暗潮汹涌。詹天佑在冥冥中祷告，但愿京张铁路能不受这些外力的影响，一帆风顺，早日完工。

# 第一百零六回

# 通隧道责任贯始终
# 架长桥后浪逐前浪

詹天佑奉命去往河南勘验黄河大桥。这一去，就是五个多月。在这段时间里，詹天佑从新乡、清化、怀庆，经干沟桥过黄河，到达铁谢、孟津之间，再经郑州到开封，听取了河南地方官员对铁桥与河防的意见。在比利时养护维修总工程师雅克等人的陪同下，詹天佑仔细察看黄河南岸铁桥的桥墩、桥身与堤岸，了解了此桥的建造经过与各种数据以及投石护墩的情况。经过数据分析，詹天佑对此桥有了充分的认识，对此桥的质量颇为担心。因此，他以丰富的铁路知识与严谨踏实的工作作风对黄河大桥做出了新的修建计划。

可惜，由于当时京汉铁路由比利时公司代为经营管理，他们不同意詹天佑的计划，只是同意在使用中不断维修加固。为此，詹天佑扼腕叹息，同时，也更加坚定了他修好国有铁路的决心与信心。

完成了黄河大桥的勘验，赶回了八达岭隧道工程现场，此时，已经是 1908 年 5 月，春去夏转，草长莺飞。

一到工地上，陈西林立刻向詹天佑报喜：居庸关隧道和八达岭隧道工程已经相继完工，一条担任运煤任务的京门支线也即将竣工。

詹天佑的心情十分愉快，他带着颜德庆和陈西林将两处工地做了最后一遍巡行，把工程的各项内容都细细检查了一遍，没有漏掉一个细微之处。

就在检查工作完成之后的第二天下午，陈西林来到行军帐篷里找詹天佑：“大人，有点事想跟您汇报。”

“西林，坐下说。”

落座以后，陈西林告诉詹天佑：“大人，您离开这段时间，咱们工程上基本是稳步推进。不过，仍然有一些不速之客时常来访。”

“哦？”詹天佑不但没生气，反而笑了，“西林，若是以往听到这样的消息，我可能会动怒，可现在我不会了。”

陈西林不明白：“为什么呢？”

“西林你想，咱们每每遇见这些不速之客的时候，布莱斯也罢，刘四虎也罢，他们的行为都会对咱们起到激励的作用，你说是不是?”

陈西林也笑了，他暗自佩服詹天佑的心胸，真如沧海一般宽广。不过，话虽如此，陈西林还是如实地把情况进行了汇报。

就在两个月以前，工地上突然来了二三十号生人，一个个身穿袈裟，手持法器，看着好像是出家人。他们到这儿之后，不容分说，坐在地上就开始念经，又像唱又像说，还都戴着面具。有的路工胆小，吓得躲在工棚里不敢出来。

陈西林想上前制止，这伙人里站起个领头的，说他们是从京西来的，奉佛祖之命，来此祭奠神灵，听得陈西林一头雾水。

说起这伙人，还得说一说京张铁路的一条支线，就是刚才提的京门支线。

这条铁路修建的最初目的是将门头沟的煤炭运抵西直门，供京张铁路蒸汽机车的燃料之用。

在当初勘测线路的时候，詹天佑就已经了解到，北京门头沟附近的京西群山中，遍藏煤炭资源，又是出产石材、烧制琉璃的宝地。京西门头沟的煤炭资源，在没有铁路之前只能用牲畜运输走京西古道。为了让这些“黑色黄金”更便捷地运到西直门，更为了给京张铁路机车提供燃料。所以，在 1906 年 10 月，詹天佑主持修建京张铁路的辅助线路——京门铁路，由帮工程师柴俊畴率人勘测并担任主要工务。

当时，詹天佑在田村、三家店分建工程处。路基土方填筑，材料运送均采用招标发包；桥涵利用沙石，就地取材，并在麻峪村及门头沟附近设采石场。1907 年 3 月，西直门至三家店间土石方及桥涵等工程开工，当年 7 月完工。铺轨工程 1907 年 9 月开工，同年 11 月 6 日完工，11 月 15 日通车运营。当时，正是詹天佑准备去河南勘测黄河大桥的时候。

然而，就在詹天佑走后，京门支线上开始出现怪事。在铺轨工程结束后，要进行试运行，当火车进山的时候，很多山里百姓前来围观，他们从来没见过如此庞然大物，当火车从眼前一掠而过的时候，突然间，车头处一声巨响，惊天动地，把几个年老的百姓立时吓昏了。

这下，惊动了十里八村的乡亲们，有人找来巫师驱邪，还有的找来洋神父。结果神父到山里转了一圈，对老百姓说，火车进山，给你们带来了灾难，如想活命，应该立即把铁轨拆除。

这下可难了，老百姓是看着铁轨一天一天铺就的，路工们汗珠子摔八瓣完成了这么艰难的工程，多不容易呀，说拆就给拆了？而且，这是奉旨修建的国有铁路，老百姓说了也不算呀。

洋神父给他们出了个主意，说西山的深山里有位得道高僧，可以前去问询。为此，百姓们准备下厚礼，来到了大山深处的一所小庙内。见到高僧后，把情况述说一番。这位高僧听罢，闭目沉默许久，然后慢慢睁开眼睛跟众人说："这条京门铁路虽然不长，但是，进山以后穿过了几座王坟，诸如惠王坟、景王坟、孔王坟、瑞王坟等。据老衲看，火车就是黑龙下凡，大有不祥之兆！"

众乡邻一听，全都傻了："大师，求您给个破解的方儿吧。"

高僧想了想："这样吧，找我的弟子们前去铁路旁做些法事，再去请几位洋神父，毕竟这铁路和火车是从西洋引进来的，他们的法事会更灵一些。"

众人会意，留下香资，前去请和尚做法，请神父超度。他们不单在京门支线上做法，还跑去居庸关、八达岭工地上念经。





路工们不堪其扰，陈西林对于宗教信仰一向很尊敬，但是，他从来没见过这种法事。这些和尚们口里念的好像不是经文，净是些：天灵灵地灵灵，男女妖精快显形，天兵天将我来请，王母娘娘急急如律令。和尚有事摇铜铃，满天满地捉妖精，九天玄女把我请，六丁六甲领天兵……

这些人嘴里一会儿一套词，念得挺热闹，陈西林也不敢打断，想等念完了好好跟他们谈谈。可就在这时候，李子亭走过来了，他听了几句，大喊一声："停！"

这下，把和尚们都吓了一跳，领头的走过来，用手点指李子亭："你是什么人？敢打断法事！惊动神佛，你担待得起吗？"

"哈哈哈！"李子亭笑了，"惊动神佛我不敢，但惊动你们倒是无关紧要，因为你们在此招摇撞骗，这套词儿我早就听过，都是哄骗山里人的，识趣的快点滚，稍有延迟，钢刀说话！"

说着，"仓啷"一声把刀给拔出一半。

和尚们吓得差点坐地上："你、你、你，你不识好人心，我们不惧路险前来给你们做法事，你们不说好茶好饭款待，反倒恶语伤人，难道就不怕神灵不佑？！"

"呵呵呵，修铁路本是为国为民的好事，你们在此胡言乱语，神若有灵，先惩治你们这些骗子！"

陈西林走过来拦阻："李队长，让他们走就是了，毕竟是出家人，还是给他们留些面子吧。"

李子亭看着陈西林："陈工认为他们是出家人？"

"是啊。"

"好，那我就让您看清楚。"

说着，李子亭走到和尚当中去，随便叫起一个人，"唰啦"一下，把袈裟脱掉，把外衣脱掉，里面居然是俗家的装束。

"陈工，这都是些假和尚，我过去走镖的时候，常见这些假和尚四处行骗，败坏佛门，真是罪不可赦！"

见李子亭戳穿了真相，这些人赶紧灰溜溜地跑了。

事后，李子亭派人跟踪，掌握了这些人的行迹，得知他们都是从京西来的，背后居然是来自各国的洋工程师。这些不怀好意的人一直注视着京张铁路的每一步建设过程，他们为京张铁路遇到的每一个困难与挫折而幸灾乐祸。他们企盼着、等待着京张铁路上的失败，以便有朝一日大清朝廷不得不低下头用卑辞厚礼，重新请这些洋工程师出来主持修建这条举世瞩目的铁路，永远将中国人民踩在脚下。在这些人的内心深处，始终不相信詹天佑能独立建成这条空前艰巨的铁路。

陈西林把这些事情禀报给了詹天佑，詹天佑淡淡一笑，对陈西林说："西林，对这些恶意的攻击与谣传，咱们不必花费精力去驳斥与辟谣。咱们要做的，就是以京张铁路建设不断创造的奇迹与铁的事实来回敬他们。同时，咱们可以再邀请一些中外人士到京张铁路工地参观以了解真相，让那些谣言与无稽之谈不攻自破。"

"好，大人说得极是，我看您是不是先休息几天?"

"不。"詹天佑一摆手，"我得去一趟门头沟，会一会那位'得道高僧'。"

第二天，詹天佑带着李子亭、唐胥等人，离开八达岭，去往门头沟。

到山里之后，詹天佑走到百姓中间，和他们聊天，和他们讲铁路。老百姓为詹天佑的人格魅力所折服，更明白了修铁路的良苦用心。事后，詹天佑请百姓们带路，他要去拜访那位老和尚，哪知道，有消息传来，那位"得道高僧"已经于三天前踪迹不见了。

这时候，工程师柴俊畴上前一步："詹大人，目下永定河大桥正在修建之中，请大人前往视察。"

詹天佑笑了："我早有此意。"

就这样，大家来到了永定河大桥。这里位于永定河的出山口，地处京西门头沟三家店村附近，葱翠的群山，宽阔的河道，一座大桥即将横跨两岸。

这就是由詹天佑设计建造的北京历史上最悠久的铁路桥。大桥全长二百一十六米，八个桥洞，铁架钢梁，混凝土桥墩。

詹天佑仔细检查了工程质量，十分满意。听柴俊畴的汇报，再有四个月，大桥工程就能竣工。

就在这时，走过来一队路工，每人肩头上扛着个灰布袋子，袋子上有七个字：唐山启新水泥厂。

看到这儿，詹天佑身边的唐胥眼圈一红，眼泪差点掉下来。

原来，京门铁路永定河大桥使用的水泥，来自唐山启新水泥厂。这是中国自营的第一家水泥厂，距今已有一百多年的历史。而这家企业的建立，要归功于一个人，就是唐廷枢。

当年，唐廷枢在唐山开矿山、建铁路，由于政治，军事，经济的需要，水泥需求日益增长，而国内没有一家水泥生产企业，水泥全部依赖进口，价格十分昂贵，被人称作“洋灰”。在这一市场条件下，身为开平矿务局总办的唐廷枢报请直隶总督李鸿章批准，利用唐山石灰石为原料，在唐山大城山南麓，占地四十亩，于 1889 年建成唐山细棉土厂，细棉土，就是“水泥”的译音。由此，建立起我国第一家立窑生产水泥的工厂。

但是，初建时的细棉土厂，因产品成本过高，连年亏损，不得不在 1893 年停产。中日甲午战争以后，民族危机日益严重，在“设厂自救”的呼声中，1900 年，开平矿务局着手恢复细棉土厂。同年，由于开平矿务局被英国资本家骗占，细棉土厂也落入英国资本家之手。

一直到京张铁路开始修建的时候，国内还是找不到一家自建的水泥厂，所以，对于水泥的供应，詹天佑采取的还是招标的方式。“花盆藏金”那回书，说的就是包工头借助竞标，贿赂詹天佑而遭到拒绝的故事。其实，詹天佑对于国内的水泥市场，一直十分关注，他很期盼中国能有一家自己的水泥工厂。

求仁得仁，天从人愿。1906 年，在多方人士的努力下，开平矿务局将细棉土厂收回自办。1907 年，唐山细棉土厂更名为“唐山启新洋灰股份有限公司”。购置丹麦史密斯公司先进的回转窑、球磨机等设备代替立窑等落后设备，开创了我国利用回转窑生产水泥的历史。

詹天佑得知这个喜讯后，立刻订购了唐山启新水泥。

应该说，唐山启新水泥厂的成立，源自当初唐廷枢的高瞻远瞩，前人栽树后人乘凉，看着一袋一袋的唐山水泥投入到京张铁路的建设中，唐胥感慨万千，所以，落下泪来。

检查完永定河大桥后，詹天佑一行人回到了八达岭工地。按照计划，在完成第二段工程后，詹天佑应该回转京师总局，休整一段时间。但是，詹天佑并没有选择休息，他直接北上，开启了京张铁路第三段工程，由康庄向西，过怀来河，经宣化府，一路抵达张家口车站。

这天上午，詹天佑带领一众路工正往下花园方向行走，队伍中挑着“奉旨修路”的大旗。路过一片树林，就见道路边上站着一伙人，年纪都不大，一个个头戴礼帽，脚穿皮鞋。身上大袖宽袍，外罩马褂，上有团花丰字纹，

从穿戴上看，詹天佑可以断定，这是一伙商人，而且还是山西商人。要知道，山西商人曾在中国近代经济史上留下了辉煌的印记，他们创造了前无古人的商业繁荣场景，使晋商文化驰骋百年。单从服饰上讲，晋商的穿戴就与众不同，他们在传统中式服装的基础上广泛学习，从归国留学生带回的西式服装造型之中吸收精髓，使服装变得更加标新立异。

在这些商人身后，还有骆驼队，骆驼背上全是一包一包的货物，整整齐齐，五光十色。

这时，就见从商人队伍中走出一个人，冲着路工队伍里喊了一声：“借问一句，詹天佑大人可在其中？”

# 第一百零七回

## 中途路促膝谈畅想
## 下花园合力克难关

詹天佑率领路工队伍奔往下花园，前方依山傍水地段，将是施工难度仅次于关沟段的一次全新挑战。

队伍走在半路上，遇见一伙商人。其中走出一位，要求见詹天佑。詹天佑赶忙走到近前，他上下打量这个人，嗯，怎么这么眼熟啊！这个人一个劲儿地冲詹天佑微笑：“大人，难道把我忘记了吗？我曾经到过您的府上，受过您的教诲，不才刘敬陶。”

哦！詹天佑一下想起来了，老相识啦！“刘先生，您不是一直做承包工程吗？怎么如今换了这身装束？”

刘敬陶点点头：“大人说的是，余下之前一直承揽铁路工程，上次和京张铁路合作过之后，我就回家了。大人可还记得，我是山西人？”

“记得，不过刘先生常年游走于全国各处，乡音已经听不太清了。”

“是啊，我的家族世代经商，当初我离家时，父亲一直执掌家业，而且，他老人家精力旺盛，常年行走北方，往来贸易数十年。可惜，去年夏天，老人家得了一场病，医治不及时，去世了。留下许多买卖无人打理。家母来信，让我回家料理父丧，我这才把工程上的事交与助手，回转山西老家，接手父亲的买卖，带领驼队走东口。”

“哦。”詹天佑越发觉得，刘敬陶是个至孝之人，这种人走到哪儿都受人尊敬，回想起当初两个人的一番过往，不禁多了几分感慨，就想多聊几句。大队人马原地休息，两个人在道边找了块大石头坐下了。

“刘先生，你们的生意做得怎么样？”

刘敬陶一听：“好啊，詹大人，山西人自古最会做买卖，想赚大钱就必须走出去，如今，无论是经杀虎口的走西口，还是经张家口的走东口，大批的山西人出关进入塞外。在我们商人的驼队后面，还有大批跟随的老百姓，买卖做得可大了。”

詹天佑对刘敬陶说：“恭喜刘先生，祝您财源茂盛，日进斗金哪！”

“哈哈哈，詹大人，借您的吉言。我也得给您道喜，听说京张铁路工程顺利，一日千里，也祝您早成伟业，造福万民。不过，话说到这儿，我也想和您说个事，这也是我今天拦住您的原因。”

“刘先生请讲。”

“大人，晋人走东口，这一路上，全凭驼队、马车运输大量物品，耗时费力，说不尽奔波之苦。詹大人，您修建的京张铁路打通了张家口与北京之间的通道，但是，从张家口通往西北的交通运输仍处于落后状态。您要知道，如果能将京张铁路延伸向北，将为西北地区生活生产带来极大方便，大批的杂粮、皮毛、牲畜、药材、盐、碱等地方特产和内地的食糖、茶叶、布匹、绸缎、日用杂货可以批量转运，是一件利民、利商的大好事啊！实不相瞒，我们的商会会长已经去求见了邮传部尚书陈璧大人，表达了我们的意思，陈大人也答应我们会找时机向朝廷请奏。”

“哦!”詹天佑听完这番话，立时精神大振，他看着下花园工地的方向，想着刘敬陶勾勒的蓝图。一条铁路为社会发展起到的作用真是不可估量。詹天佑知道，早在九年前，列强就曾提出修筑这条铁路，当时朝廷没有准许。而且，就在去年，大臣延祉已经奏请朝廷展筑京张铁路，以便繁荣经济，振兴商务。今天听了刘敬陶的话，詹天佑认为，这是大势所趋，民心所向啊。





两个人又闲谈了几句，詹天佑与刘敬陶拱手作别，临别时，刘敬陶对詹天佑说了一句话:“真若有那样一天，我希望还是由詹大人担任总工程师。”

大队人马继续前行，快到下花园时，眼前出现一座高山，但见：

山势高耸，崖峻壁陡。

飞瀑流泻，鸟唱枝头。

獐狍隐现，兔鹿奔走。

形似屏障，孤峰独秀。

这就是素有“塞外飞来峰”之美誉的鸡鸣山。

徐士远来到詹天佑身边:“老师，还记得前年我到这儿来请邝先生，那个时候，居庸关隧道工程才刚刚开始，如今，我们已经开启了第三段工程，也不知道鸡鸣山矿区建设怎么样了。”

说到鸡鸣山矿区，这又是詹天佑的一大功绩。当初在做计划的时候，詹天佑就考虑到了京张铁路的经济社会效益。他建议对京张铁路沿线的宣化鸡鸣山和怀来宝安山这两座煤矿进行查勘开采，为铁路及沿线地区带来更大的社会经济效益。据詹天佑的分析，开采这两座煤矿，铁路运营可以就近采购所需之煤，而煤矿产煤越多，必然通过铁路运销各地，铁路可以增加营运收入。随着煤矿的开采，矿区周围的居民也可以到矿区工作谋生。

詹天佑告诉徐士远："开挖矿井、建设矿区是个庞大的工程，眼下，邝荣光和吴仰曾两位工程师正带着人夜以继日忙碌。咱们要做的，是按照当初的计划，修一条连接鸡鸣山煤矿的支线。士远，这可又是一场硬仗啊！"

之所以说是硬仗，是因为下花园到鸡鸣山矿区这条支线虽然不长，只有不到三公里，但工程极难。此处左傍石山，佛爷岭、蛇腰湾、老龙背等地，丘陵山峦，石径狭窄；右临洋河，平时水浅，一到夏天，河流奔涌。修建铁路需依山沿河，凿石垫土。

当初，詹天佑带着徐士远、张鸿诰回测路线的时候，徐士远从一位老农口中得知，老龙背后有一条路，可以不沿河岸走，当时詹天佑也去看过。可惜，后来再次勘测发现，这条路不合适。所以，修这条支线，困难极大。一边是险峻的山崖，一边是滔滔的洋河，既要开凿石壁，又要垫高河床。

开凿石壁虽然繁重，但是，有了之前居庸关、八达岭两条隧道的经验，也可以做到轻车熟路。垫高河床的难度就大了，它的目的是使深水变浅，需要大量的石材。

为此，詹天佑专门了解了下花园的地形，这里有"山、丘、川、滩"四大地貌共存的现象，鸡鸣山、玉带山、燕洞山三山鼎立；洋河、东河、清水河三河并流。京张铁路支线需要沿洋河水道从燕洞山脚下穿过！

詹天佑考虑再三，决定在下花园建立一座采石场。

此时，怀来河大桥工程即将竣工，詹天佑派苏以昭接替翟兆麟，调翟兆麟来下花园，任这条支线建设的总工程师。请小石匠协助工程师建立采石场。小石匠再次一展身手，居然带领路工把燕洞山的山头给切下去半个，采石场的石头就取自燕洞山！

就这样，京张铁路上又开启了"移山填海"般的神话工程，经过众人的齐心协力，终于在山上开了通道，在山下垫高了河床。詹天佑命小石匠带领路工用混凝土预制成大型的砖块，于河边筑起高大的护坡，以防洪水。

考虑到这条支线沿鸡鸣山而上，海拔高度比下花园车站要高出不少。詹天佑将支线分为两段，因地制宜，不同的车型和轨道交错变换，解决了山高路陡的困难。

随着居庸关、八达岭两条隧道工程的竣工和下花园工程的不断完善，詹天佑战胜了一道又一道的天险，京张铁路犹如一条腾飞的巨龙，蜿蜒于崇山峻岭之中，势不可挡。那些潜伏于密林深处的探秘者们，见到眼前的情景后，也不禁瞠目结舌，惊掉了下巴。

所有诽谤、诋毁京张铁路的人，看京张铁路马上就要成功了，他们见风使舵，立马转变了态度，开始大力宣扬京张铁路的成绩，什么"一往无前""鬼斧神工""卓有成效""气势恢宏"……赞扬之词，铺天盖地。

如此一来，京张铁路的工程进度被更多的外人所知，许多本国和外国的工程师纷纷前来参观。还有一些外省的地方官员也相继慕名而来。

他们见识过居庸关和八达岭隧道工程后，全都瞠目结舌，再次看到詹天佑，更是惊为天人。

一时间，全国上下对詹天佑顺利推进京张铁路建设都给予了高度肯定。

这天中午，詹天佑刚刚吃完午饭，准备带人去下花园车站看看，有人来报："沈云沛大人到。"

哎哟！詹天佑感到很意外，沈云沛是今年三月转任邮传部右侍郎，直接主管全国铁路修筑，此刻应该忙于政务，怎么来到工地了？吩咐一声："迎接。"

把沈云沛接到了工棚，差人奉上一杯茶，詹天佑毕恭毕敬向沈云沛做了汇报。沈云沛听了非常满意："眷诚啊，外界对你是一片赞誉之声。还记得当初在京张铁路插标动工仪式上我对你说过，完全相信你一定能修好这条铁路。如今看来，我确有先见之明啊！哈哈哈。"



詹天佑急忙躬身施礼："大人，卑职一直忙于工程，不曾拜访大人，还望大人见谅。"

沈云沛一摆手："眷诚不必拘礼，我这个人最喜欢实打实，那些走过场的虚礼，不要也罢。还是多干几件实事，比什么都强！"

这句话，着实打动了詹天佑。詹天佑知道，这位大人最推崇的就是图志兴邦、实业救国。虽然晚清的中国有千疮百孔，但身染沉疴的沈云沛在无奈和失望之中，仍以开办实业振兴国家之心，谋划全局，整合社会资源，成为当时全国最前列的实业巨子。

从这层意义上看，沈云沛和詹天佑有很多相像之处。而今天沈云沛的来意，詹天佑还没有猜透。他这个人，不喜欢揣度上司的心思，有事直接问："不知大人亲临工地有何训谕？"

沈云沛笑了："训谕就免了吧，和你谈谈心。我自从到邮传部主管铁路事务以来，越来越觉得，专业技术人才对开展'邮、电、路、船'四政及修筑铁路有重要的意义，所以，我准备着手开办几所技术学校，广揽人才，逐步建立起一支中国铁路交通技术人才队伍。今天来，就是想听听你的意见。"

哎哟，詹天佑一听，兴奋不已，这也正是他日思夜想的期盼，他冲沈云沛深施一礼："此议如能行，则国家幸甚，百姓幸甚。"

"嘿！"沈云沛一拍大腿，"英雄所见略同！眷诚啊，我真是没看错人哪！实不相瞒，我已经呈文给尚书陈璧大人，准备提拔你为邮传部二等顾问，赏加二品职衔。"

啊？詹天佑一听，诚惶诚恐，“多谢大人美意，唯恐天佑德不配位。”

“你不配？你要不配，大清国就没有人配啦！眷诚啊，你是真真正正为国为民的好官！”

这位沈大人说得半点不虚，就在5月9日，尚书陈璧上奏朝廷：路务参议、候补道詹天佑现在总办京张铁路兼总工程师……劳勋卓著，拟请依充臣部二等顾问，并赏加二品衔，以资策励。光绪皇帝朱批：依议。这就表明同意了。

奏折里，还有沈云沛的夹片。夹片就是臣子向皇帝上疏，遇有不便写于一起的情节，或另有所陈，就再写在一张纸上，夹在奏折的第一幅内，叫夹片。沈云沛在夹片里盛赞詹天佑修筑京张铁路的精神，奏请加任詹天佑为邮传部参议厅行走，兼任津浦铁路参议。光绪皇帝朱批：依议。

自此，詹天佑被提升为朝廷二品大员，兼任津浦铁路参议。也就是说，在主管京张铁路的同时，詹天佑还要兼管津浦铁路。

詹天佑认为，自己的首要任务还是在京张铁路上，毕竟这里倾注了自己的太多的心血。可万没想到，正在京张铁路抓紧推进后期工程时，关冕钧命人给詹天佑带来个口信，说邮传部准备派詹天佑以津浦铁路参议、邮传部顾问的身份前往山东，审定津浦路黄河铁路大桥的选址与工程设计。

这下，詹天佑为难了，如果这个命令真正下达了，自己必须得去山东，可京张铁路工程交给谁呢？

这个思路还没厘清，又有新问题来了。朝廷对延祉请修铁路的折子进行了廷议，经过讨论，有人提出，此路线过于漫长，所过之处城镇寥寥、人烟稀少，所需资金数额过大，运营收入甚微，极有可能出现收不抵支的情况。不如展筑京张铁路，从张家口修到归绥。归绥是最重要的城镇，更是北京的西北屏障。一番争论后，朝廷决定先修建张绥铁路。

于是，邮传部下令，命京张铁路副工程师俞人凤前往勘测张绥铁路。事关重大，詹天佑只能忍痛割爱，把俞人凤的工作移交给颜德庆。为了不耽误京张铁路的进程，詹天佑兼顾了很多项工作。

本以为这样就可以两全其美，哪知道，朝廷突然下了一道旨意，京张铁路被迫停工了。

# 第一百零八回

## 变风云睡狮待觉醒
## 展宏图神州腾巨龙

究竟是什么事，能令京张铁路停工呢？说起来这件事，在当时来讲，可谓天地同悲、国之大丧。

就在 1908 年 11 月 15 日清晨，天尚未亮，紫禁城内一乘鹅黄色的吉祥轿被抬到了乾清宫。吉祥轿也称灵舆、灵驾、黄舆，是专门抬皇帝、皇后和皇太后等遗体的轿子。

原来，是大清国德宗光绪皇帝晏驾了。皇帝去世叫“龙驭上宾”。文武百官强抑住悲恸之情，准备发丧。哪知道，天到下午，慈禧太后也走到了人生的尽头。两宫宾天，亘古未有。群臣内心的恐慌与迷茫情绪再也无法按捺，顿时间，天昏地暗、阴风凄惨，宫里宫外，方寸大乱。

噩耗笼罩在京城各个角落，气氛瞬时异常紧张。按照清制来说，国有大丧，应禁止一切娱乐活动，包括嫁娶在内。三个月内不能动响器，连剃头都是禁止的。京张铁路是建筑工程，不是娱乐活动。可工地上“叮叮当当”的声音，多少有点“响器”之嫌，而且，工地离北京比较近，所以，说是停工，也就局部地段象征性地停了两天。

可尽管如此，身在宣化主持工程的詹天佑，听闻这个消息后，内心很复杂。毕竟自己从幼年出洋，到归国后几次升职，都是经朝廷同意才有的结果。食君禄、报皇恩这种传统思想，在詹天佑内心深处还是有的。然而，身为工程人员，詹天佑最怕国家内部动荡，因为这会打乱工程计划。在此之前，有外国报纸说：中国在三年内将会发生革命。

慈禧统治中国近半个世纪，如今慈禧太后的离世，必将引起朝廷内部的一场权力斗争，也势必让外部势力的态度和行为产生分歧。

在慈禧太后去世前，她选择年仅三岁的溥仪为皇位继承人。如今，新帝年幼，按照世祖顺治皇帝的成例，由摄政王辅政。

摄政王是谁呢？载沣。第一代醇亲王奕譞共有七个儿子，其中，次子载湉便是光绪皇帝，第五子即是载沣，承袭醇亲王爵位。溥仪是载沣的儿子，所以，权柄直接落到了醇亲王载沣的手中。

1908年12月初，三岁的溥仪皇帝登基，年号宣统。朝堂上再次掀起了轩然大波，曾经万众瞩目、受太后器重的袁世凯被剥夺一切职务，遣回河南原籍。

朝堂上一时风起云涌，而一心扑在铁路事业上的詹天佑虽为朝廷二品要员，却无心理会这些政治风浪，他现在就是想一心一意地把京张铁路修成，因为这条铁路要惠及的是黎民百姓，一丝一毫也马虎不得。这种敬业坚守、追求卓越的"工匠精神"再次在行业内部树起了新风。

各大地方都督借着到京朝拜皇帝，参观了京张铁路的沿线工程。他们更直观真切地认识到了詹天佑的实力，那些有在当地修筑铁路计划的人，纷纷动起了请詹天佑来把关的心思。之前，四川总督锡良已经给詹天佑写过信，这次他再次诚意邀请。

詹天佑很明白四川官商对他的诚恳请求和期待，也明白川汉铁路对四川的发展至关重要。为此，权衡利弊，思索良久，最后决定，派工程师颜德庆先期前往宜昌，任川汉铁路副总工程师坐镇现场。

当初，颜德庆被詹天佑从沪宁铁路借调到京张铁路，经过几年的合作，他从詹天佑身上看到了很多闪光点，这些闪光点无时无刻不在照耀着自己。颜德庆敬詹天佑为老师，詹天佑视颜德庆为挚友。两个人无话不谈，心意相通。如今，自己虽然不能继续奋斗在京张铁路工程上，但是，川汉铁路是詹天佑给自己提供的又一座全新舞台，在这座舞台上，颜德庆将重磅登场，开启铁路建设的新篇章。

詹天佑给颜德庆摆酒践行，二人洒泪分别。

如此一来，詹天佑身边又少了一员干将。而这条京张铁路也正如詹天佑在初期勘测规划时设想的那样，成为大清铁路工程师的孵化器。从京张铁路上培养出的本国优秀工程师正在迅速成长，并得以支撑起国内其他铁路的修筑。

邝孙谋、俞人凤、颜德庆先后调任别处，詹天佑的工作量无疑增加了很多，加上他是总办，很多事务性工作需要他出面，为此他不得不夜以继日地在工地度过，以加紧处理手头的各项事务。谁料想，没过多久，詹天佑也接到了临时调令。

上回说了，关冕钧派人给詹天佑送信，邮传部准备派詹天佑以津浦铁路参议、邮传部顾问的身份前往山东，审定津浦路黄河铁路大桥的选址与工程设计。结果，这道命令真的下达了。

津浦铁路是一条清政府正式批准向英、德借款修筑由天津通往南京浦口的铁路干线，全线于1908年开工建设，以山东峄县为界，分南北两段进行，分设南北两个总局。山东省官员受到卢汉铁路河南郑州黄河大桥问题的启发，他们不希望重蹈覆辙，所以，在津浦路黄河铁路大桥开工前，就向朝廷陈情，希望邮传部派詹天佑前来把关。

说起来，詹天佑一生与桥有不解之缘，当年的滦河大桥使他崭露头角，刚刚勘验的郑州黄河大桥又使他在工程界声名远扬，如今，山东的黄河大桥也诚邀他前往。

詹天佑身兼要职，不得不往。他将手头的工作暂交给陈西林，来到济南实地勘察，掌握铁桥修建情况和历年水文变化情况后，詹天佑向地方官和英、德两国工程师提出了“减少桥墩、扩大桥孔、加固堤身”的方案，双方欣然接受。

经过多方测定，最后，詹天佑在泺口选址，一份黄河铁路大桥图纸，根据詹天佑的意见，先后修改完善五次，最终成型。

山东省各级官员，各级工程师，全都对詹天佑佩服得五体投地，尤其那些洋人，再也不敢轻视中国人了。一时间，詹天佑声名大噪，再度成为国人心目中的铁路建设权威。

处理完津浦路黄河铁路大桥的问题后，詹天佑又受命南下，对沪杭线的沪嘉铁路进行了全线勘验，为这条铁路的建成画上了圆满的句号。

当他再次回到京张铁路工地上的时候，已经是 1909 年的初春。

陈西林向詹天佑做了汇报之后，从工棚外领进一个人，詹天佑一看，是个年轻人，中等身材，挎着个包袱，十六七的年纪，两眼放光，太阳穴鼓着，精神饱满。

进来后“扑通”，给詹天佑跪下了：“见过大人。”

“起来。”

年轻人往起一站，嗯？詹天佑猛然觉得，怎么这么眼熟啊！“你是？”

“詹大人，您把我忘了吗？您先看看我给您带的礼物。”

说着，这位从包袱里取出一根糖葫芦，往前一递。詹天佑立时就笑了，他想起来了，这不是小锁子吗？“都长这么大啦！”

虽然小孩儿变化大，可容貌还是基本定型了。詹天佑拉着小锁子让他坐下：“你爷爷好吗？”

“好，前两天又走了一趟口外，身体可硬实了。这是他让我给您带的吃食。”

说着，又从包袱里拿出好几样小吃，什么艾窝窝、驴打滚。

詹天佑别提多高兴了，和赵天林老人虽然交往时间不长，但是老人家肝胆相照，对自己多次给予帮助，尤其小锁子，为了救自己，还给官兵带过路。詹天佑这个人最重情义，对家人，对朋友都是如此。

“锁子，你这次来还有别的事吗？”

小锁子笑了："大人，我是来投靠您的。"

"投靠我？"

"是啊，我爷爷走口外的时候都看见了，京张铁路工地上热火朝天，他老人家说，詹大人给咱老百姓造福，老百姓也得对得起詹大人。所以，他让我来找您，给您牵马坠镫。"

詹天佑听了，心里热乎乎的，他知道，一个赵天林老人，代表了多少百姓的心声，他们盼着京张铁路早日通车，盼着能早日有一条中国人自己的铁路。想到这儿拍了拍小锁子的肩膀："好啊，既然是赵老相托，我就不推辞了，这样吧，你留下先当一名路工。"

"行，只要跟着您，干什么都行。"

"好，那你先见见穆队长吧。"





吩咐人把穆顺请来，小锁子抬头一看："哎哟，这不是御史老爷吗？您怎么到这儿了？"

穆顺也乐了："几年没见，你这小子都长这么大了！这是上我们工地上卖糖葫芦来了？"

一句话，所有人都乐了。

京张铁路上慕名而来的人与日俱增，詹天佑每天应接不暇。除此以外，粤汉铁路的邝孙谋、川汉铁路的颜德庆时常写信或发电报给詹天佑，向他咨询问题，全国各地的铁路工程人员也是争相向他请教。詹天佑每天要处理各方事务，只恨自己分身乏术。

幸好有陈西林还可以为他分担一些。这天早上，陈西林向詹天佑做工作汇报：沿线的水塔均已建设完毕。

"好！"詹天佑大喜，"西林，咱们的机车贮水一次只可用几个小时，路途遥远就需要分段贮水，沿线上合理地布置水塔，是保证车辆正常运转的关键。如今，水塔均已建好，你辛苦一趟，把这个东西分发到各个水塔负责人的手里。"说毕，詹天佑用手指了指门口的一个大箱子。

陈西林不解其意，来到门口打开箱子一看，里面是一个一个的纸袋子，上面写着：软水剂。

"大人，这是做什么用的？"

詹天佑来到近前，取出一个袋子对陈西林说："京张铁路各地段的水质不同，司机可以根据各地段水质往水柜中按量投放软水剂，这样可以使机车的锅炉内不结水垢。丰台、西直门的水就需要多投软水剂，否则水垢会越来越厚。而沙河、南口的水质就很好，根据实际情况，可以不投或者少量投入软水剂。”

陈西林感到奇怪：“大人怎么对这一带的水质如此了解，也没见您去勘测过水质呀？”

“哈哈哈，”詹天佑笑了，“你怎么忘了，我有一位专门负责水利的朋友，把总刘吉荣。我向他了解过各地段的水质，这些知识都是从他那里学来的。”

陈西林听罢，对詹天佑佩服得五体投地：“大人，我在京张铁路工作这几年，真是增长了不少的见识，以前，我只想着修铁路就是修铁路，规划好路线、铺好路轨、备好机车，保证全线贯通顺利通车即可，现在才知道，铁路是一个庞大的系统，天文、地理、科技、文化，无所不有，真是一门大学问。”

詹天佑拍了拍他的肩：“你说得没错，铁路本身就是一本‘大百科’，作为铁路工程师，不仅要做专才，还要做通才，要不断学习和思考。铁路上很多事情都是环环相扣的。当初，咱们在南口建立的装修机、客、货车的工厂，不过是用刺线围了一个圈儿，用木板、铁皮盖了几间大棚。随着这几年工程的不断推进，这几间大棚已经形成了铸工厂、锤工厂、锅炉厂、模型厂、打磨厂、修理机车厂、油车厂等八个车间，这些都是将来京张铁路维护所必备的设施。咱们作为工程师，在设计和修路之初就考虑到，后来的人运营维护时就会事半功倍，也能节省未来运营期间的开支。”

陈西林点头称是：“大人说得极是，记得咱们设计‘人字线’铁路后，您为了确保火车在坡道上运行安全，专门在南口至康庄之间设置了多处‘保险道岔’，以防溜车事故。一旦列车刹车失灵，保险道岔可将列车引入岔路，岔路有上升的坡度和适宜的长度，能够给列车降速。大人真是虑无不周，高瞻远瞩，我能在您身边多年，耳濡目染，受益良多。实在是京张铁路给了我天大的福分哪！”

两个亦师亦友的合作伙伴相视一笑，此刻，天空中清风阵阵、云涛滚滚、红日东升、万道金霞。

京张铁路建设工程一日千里，捷报频传。3 月 3 日，下花园车站通车；5 月 27 日，宣化府车站通车；7 月 4 日，路轨铺到了终点站张家口；9 月 24 日，京张铁路全路竣工！

詹天佑、陈西林带领工程人员做了最后的巡查和完善工作，门头沟煤矿、鸡鸣驿煤矿以及两条支线也都宣告完成。詹天佑向邮传部报告了全路告竣的好消息。朝廷上下一派欢欣，邮传部当即答复，将于 9 月 19 日进行铁路验收，在 10 月里，举办全路通车大典。

# 第一百零九回
# 扬国威通车成伟业
# 忆峥嵘把酒慰先贤

1909年10月2日，清宣统元年八月十九日，这是中国铁路史上一个光辉的日子，也是中国近代史上一个值得后人永远纪念与欢呼的日子。

这一天，京张铁路胜利建成通车，并在南口举行盛大的通车典礼。消息传开，万众欢腾，全国人心振奋，世界各地也为之瞩目。

新建成的京张铁路，自北京城西南郊的丰台柳村开始，经西直门、清河、沙河，到南口进入崇山峻岭的关沟地区，穿越居庸关、五桂头、石佛寺隧道，到青龙桥车站，经"人"字形折返线，穿过八达岭隧道，越长城，出关沟，到康庄，进入塞北的丘陵地带，过土木堡、怀来，再从桑干河支流的洋河河谷，前走鸡鸣山驿和宣化盆地，抵达终点张家口。单线铁路，采用标准轨距，铺汉阳铁厂所产钢轨。全路最大桥梁为怀来河大桥。火车的机车，因铁路所经关沟段山高路险、坡度大，采用马莱复胀式爬山机车。列车车厢则由唐山制造。全路由中国铁路员工管理。

再有，就是两条运煤支线：一是从北京西直门，经五路居、石景山至门头沟的京门支线；二是从下花园到鸡鸣驿煤矿的支线。

这是以詹天佑为首的中国工程技术人员与中国工人，完全用自己的技术与力量，由中国筹款，独立自主建成的第一条铁路干线，而且是一条工程难度为当时中国空前未有、世界罕见的铁路。这是中国人民的胜利与光荣，是中国工程技术人员与中国广大工人的胜利与光荣，更是詹天佑的胜利与光荣。

10月2日这天上午8:30，一列专列从西直门站徐徐驶出，机车上悬挂着由松树枝和彩花制成的龙形装饰品，车上坐的是参加京张铁路通车大典的宾客，有邮传部的所有官员，直隶省的要员，京张铁路沿线的各地方官商、守军将领，各省的地方要员，还有在京的许多外国使节。

专列于9:45到达南口站。众人下车后抬头一看，南口上空秋高气爽，晴空万里，大家缓步走进庆典会场。只见迎面闪出两面龙旗，掐金边、走金线、红飞火焰、上锈金龙，随着阵阵清风，龙旗迎风飘扬。

宾客们从龙旗下走过，进入了一个临时搭建的大型彩棚，进来一看，里面的人不下一万之众。

詹天佑的老搭档、前任京张铁路总办陈昭常，因事务繁重不能脱身，他从吉林省派代表赶来。

梁如浩、梁敦彦、唐绍仪、邝荣光、金达等人也来了。

谭锦棠站在远处，用相机记录下精彩的一幕一幕。

李子亭带领护卫队员精神抖擞地站在外围，镖行的没落让他们丢了差事。而铁路的兴起，让他们又重获新生。

穆顺、唐胥、小石匠、小锁子、程氏兄弟这些人，站在路工队伍的最前列，

小锁子专程回北京德胜门水车胡同把爷爷赵天林给接来了，老人家是坐着火车来的，激动得他热泪盈眶。



张鸿诰陪着詹天佑的夫人谭菊珍和孩子们也来了，顺蓉带着弟弟妹妹到处参观，而谭夫人则独自一个人蓦然回首，丈夫这些年的点滴经历就像过电影一样在她的脑海里一幕幕掠过，看着眼前的震撼场面，看着丈夫在旧时同学的包围里容光焕发，谭夫人脸上露出了由衷的笑容。

此刻，还有一位远在大洋彼岸的女性也在为中国的铁路骄子取得如此伟大的成绩而感到欣慰。那就是詹天佑的老师诺索布夫人。这位夫人如今已近垂暮之年，尽管和学生远隔万里，但相互间的感情却始终没有衰减，从京张铁路开始修建到圆满竣工，詹天佑先后给她寄去了几十封信件。诺索布夫人对于詹天佑来说，如同母亲一般，是詹天佑生命里一个极其重要的存在，是他的恩师，是他的亲人，更是他人生中最重要的引路人。

吉时已到，庆典开始！

敢情会办关冕钧早就预备好了鞭炮，十万响挂鞭回响在山谷之中，这是向世界宣示由中国人自己承建的被称为当时世界最艰难工程的京张铁路终于建成了，中国人有能力有信心做好自己国土上艰难的事情。

这个时候，众星捧月一样，大伙儿把邮传部新任尚书徐世昌陪到了主席台。

徐世昌曾是袁世凯的下属，也是他的好友，袁世凯虽然被摄政王载沣以迅雷之势开缺回转原籍，但是徐世昌却并没受到牵连，载沣为了稳定人心，并没有罢黜徐世昌，还将他任命为邮传部尚书。

徐世昌对袁世凯多次举荐詹天佑这层关系是非常清楚的，对袁世凯奏建京张铁路的缘由也知之甚深。此时此刻，看到京张铁路终于结下了丰硕成果，不由倍感欣慰。

徐世昌当众发表了长篇讲话，他说：

今日为京张铁路全路告竣通车之日，得邀诸位莅会于此，一堂快叙，甚盛事也。吾国自修筑铁路以来，工程告竣者数矣，京奉、京汉、萍醴、正太、道清、沪宁、汴洛先后行车，长者至二千余里，短者或三四百里，皆先京张而告成，但唯京张独异。

盖斯路奏明由中国筹款自造，而工程亦全用华员经理，绝不借材他邦，此为本路特异之点。溯自光绪三十一年九月开工，迄于今年八月，阅时四载，幸能观成。方路工经始以来，外人议者，咸以为吾国工程师不若欧美，因预料全工之不克竟成，几若众口一词，据为定论。乃曾几何时，全路险且巨之大工，人所闻而惊惧者，卒能履险如夷，克期告蒇，以有今日之盛会。然则此路一成，非徒增长吾华工程师莫大之名誉，而后此之从事工程者，亦得以益坚其自信力，而勇于图成，则夫吾国将来自办之铁路，枝干纵横，所继兴而未有艾者，必皆以京张为之嚆矣，此甚非细事也。

本部堂自京师北来，于所经各站，悉心考察，详细咨询，因知路线皆滨羊河，沿水路六千六百余尺，大小桥梁凡百二十余座，而南口至岔道城一段，斜度骤高，山势陡峻，石质坚硬，弯曲尤多，路险工艰，怵人心目，为路虽仅三十三里，而居庸关、八达岭一带，开山凿洞诸工，实为全路三百余里工程之最，施工之难，微论中国，即欧美亦所罕见，今乃卒幸成功，此皆朝廷维持于上，而前督办大臣，艰难创始，总会办总工程师及工程各员辛苦经营于下，有以致之。今总办詹道邃于工程之学，阅历多年，精思独运，力耆艰巨，会办关道任事以来，栉风沐雨，不避劳苦，用能和衷共济，措置咸宜，至为可喜。至路线经昌平州以北，历延庆、怀来、保安、宣化、万全各州县属所至僻左，风气初开，购地兴筑以来，赖地方文武官僚，相为协助，得以始终安谧，尤堪慰然。鄙意尤有进者，张家口夙称商务荟萃之区，每年运销出口货物，价额甚巨，向时专恃驼骡运载，费重时缓，商力维艰，从此南北道通，朝发夕至，商业之兴，可为预券。况现已奏明，由张家口西展，路通愈遥，则货物之吸收愈广，十年以后，此地将为北方最大之大都会无疑，此可预祝者也。

世界进化之通例，大抵以交通之便否为比例差，故各国之文明愈发达者，其国中铁路线之延长愈远。北陲风俗文化未开，民情尚朴，此无他故，大抵交通不便。有以致之。今京张路通，则内地之文明积渐灌输，不啻满载日行之车而远至，吾知数年以后，此地之政治教育工艺以至文学美术，必有焕然一新之气象可知也。此又可为预祝者也。万里长城为北边第一著名之古迹，亦为中国第一伟大之工程，今铁路大通，后之来游斯地者，日益众多，他日中外游客历数此邦之巨工，不将以京张铁路与万里长城并称，为吾国大建筑之一事乎？

夫铁路工程之事既终，则行车之事方始，自今以后，所冀全路车务人员，黾勉一心，矢勤矢慎，务期和洽记旅，利便往来，而地方官吏士绅商民，亦皆体国家整饬交通之心，共保公安，日形辑睦，无负本堂谆谆劝勉之至意，有厚望焉。

徐世昌一席讲话，把京张铁路修建始末及其意义全然说出。“全用华员经理，绝不借材他邦”说的是中国制造；“斜度、山势、石质、弯曲”说的是工程之险；“艰难创始、精思独运”说的是人员精良；“阅时四载，幸能观成”说的是从插标动工到全线贯通，仅用了四年时间。其实，还有更为可贵的徐世昌没提，那就是京张铁路的造价低廉。





京张铁路远比之前建筑的京汉、沪宁、津浦等铁路工程艰苦得多，可它的建筑费用却远低于这些铁路。当初京张铁路原预算总额是 7 286 660 两；清政府实际拨付银 7 223 984 两。工程实际支出银 6 935 086 两，较预算节省银 351 574 两，实际结余银 288 898 两。这是中国铁路建筑史上前所未有的奇迹。

徐世昌又对未来运营寄予了殷殷厚望。他的话音刚落，全场便响起了热烈的掌声。

接下来是地方官绅代表和外国工程师代表纷纷发表了讲话，他们也对京张铁路的开通给予了高度评价。

最后，轮到京张铁路总办兼总工程师詹天佑讲话了，他上台后先是向诸位参加典礼的宾朋鞠了一躬，又转过身来，向工程师和路工们坐的地方也鞠了一躬，这才开始了他的讲话：

“各位，八月十九日为京张铁路全工告竣举行通车之礼，蒙中外诸君莅会，何快如之。鄙人自愧不才，又拙言论，今不揣固陋，聊贡数言，敬为诸君陈之。夫本路当建筑之初，工程浩大，同事各员，昼夜辛勤，经营缔造，常患难齐欧美，鄙人默坐而思，亦复战战兢兢，深虑有志未能，莫敢自信，今幸全路告竣，倘非邮部宪加意筹画，督率提挈，同事各员于工程互相考镜，力求进步，曷克臻此。溯铁路创始，起自英人史蒂芬森，其时在一千八百二十五年九月二十七日，举行路工告成通车之日。我国虽进步稍迟，而造成此路，幸得奏功于此日，预决将来必无退化也，不亦与史蒂芬森先后辉映哉！窃思曩日路工经始，预算册表限在四年，目前不至逾期，兼幸诸凡妥洽，事半功倍，款不虚糜，则前此之视兴筑此路不敢自信者，今可告无罪于国人。兹幸各国来宾惠临，抱负非凡者谅不乏人，万望于路政一门指教一二，匡其不逮，俾愈得增长学识。幸甚！幸甚！”

台下对这番谦逊的发言报以更加热烈的掌声。

通车大典圆满落幕，全路上下，包括总工程师詹天佑，会办关冕钧，正工程师颜德庆、陈西林，副工程师俞人凤、翟兆麟，帮工程师柴俊畴、张鸿诰、苏以昭、张俊波等人都得到了邮传部的嘉奖。

祝酒会上，众人高谈阔论，詹天佑独擎酒杯，心中好似波涛大海。

他想起了自己从幼年留美，远渡重洋，怀着满腔报国之志一心想在木土工程领域大显身手，然而，回国后见到的依旧是“闭关锁国”“拒洋不纳”。是李鸿章等洋务派大臣，力劝朝廷摒除旧制，开拓创新，以修马路为名修铁路，明修栈道暗度陈仓，悄无声息地打开了中国铁路的大门。接着，是以唐廷枢为首的实业家们，立志通过“仿西技、用西人”，创办实业“自强”“求富”，在中国工业舞台上抒写了一笔浓墨重彩。而后，袁世凯、胡燏棻等力排众议，大胆起用新人，把自己安排到铁路建设的位置上，冲破层层壁垒，摆脱处处阻挠，像一只破茧而出的彩蝶，振翅高飞，翱翔于蓝天之下。

端着这杯酒，詹天佑潸然泪下，他默默地在心中念着那些先驱者的名字，手腕一抖，杯中酒抛洒在了半空。

通车大典过后，美国土木工程师学会、英国皇家工商技艺学会、英国北方科学与文艺学会也纷纷向詹天佑抛出橄榄枝，吸纳他为会员，詹天佑成了国际知名的科学家和工程师，而他顾不上高兴与庆祝，因为他的身上还压着好几副担子，朝廷计划沿张家口向北继续深入草原腹地，修筑张绥铁路，毫无疑问，詹天佑是最合适的总工程师人选。除了规划张绥铁路路线外，他还是川汉铁路的总工程师，这也需要他走一趟现场，去和颜德庆并肩作战处理新的问题。

这时，徐士远和张鸿诰来找詹天佑：“老师，时局不稳，我们修铁路到底是为谁修啊？”

詹天佑听了微微一笑：“你们记住，血从来不会白流，汗从来不会白出。长城是我们抵御外侮的标志，京张铁路就是我们自强不息的记载。无论朝廷风云变幻，我们始终是中华民族的子孙。中华民族自古以来不甘落后，不管今天怎样，我们终将兴盛起来，我们的子孙会把祖国锦绣河山中的铁路修得密如蛛网，美若彩虹！”

# 第一百一十回

## 励青年精神传万代
## 续华章光辉耀百年

京张铁路建成之后，清廷计划沿张家口向北继续深入草原腹地至呼和浩特，呼和浩特在当时叫作“归绥”。

这条路从1910年开始修建，因为时局的不同，造成了京张铁路和张绥铁路建设历程的不同。

从工程技术角度讲，修建张绥铁路比修建京张铁路时的技术更为成熟，工程难度也低于京张铁路，可是，最终工程进度和工程质量却要远逊于京张铁路。

怎么回事呢？

别看京张铁路整个建设过程在晚清，但是，为筹路款，上下齐心，左右挪措，加之詹天佑带领的众工程师殚精竭虑，科学管理、统筹安排，使得京张铁路成为不朽之工程。反观张绥铁路，虽然工程难度较小，但进度缓慢，质量堪忧。

辛亥革命推翻了清朝的统治，结束了两千多年的封建帝制，使中国重新寻找前进的方向。

从1909年京张铁路通车到1917年张绥铁路通车，共用了八年的时间，八年过后，詹天佑已经五十六岁了。

这八年里，詹天佑没有因为动荡而放弃修筑铁路，因为他知道，国家终有一天会安定的，现在所修的每一条铁路，都是为了将来的幸福与和平。

在这个问题上，詹天佑可谓高屋建瓴，这和他的经验阅历有很大的关系。但是，在他身边工作的那些青年工程师们，想法就不是很统一了。

像陈西林、颜德庆、翟兆麟、徐士远、张鸿诰这些人，经常受詹天佑的教诲，耳提面命，他们的认识层面很高。可新成长起来的工程师，他们对在中国修筑铁路却抱有一丝迷茫，不少人跑到詹天佑跟前抱怨，说自己找不到前进的方向。

为此，詹天佑专门写了一篇文章，叫《敬告青年工学家》，这篇文章全文仅有1700余字，但字里行间却饱含了以振兴中华为己任的强烈社会责任感和爱国主义情怀，更是寄予了对青年工程技术人员健康成长的无限期望，体现出了詹天佑先生的信念、思想、品格与修养。

全文语重心长、字字珠玑，不仅在当时，就是在今天，乃至将来，都将对广大青年学子具有深刻的教育意义。

这篇文章是詹天佑先生自留美归国从事铁路建设已达三十年后，结合当时的社会环境和时代背景，针对正在成长的我国青年学生和青年科学技术队伍的实际，向青年工程技术人员提出的忠告。

詹天佑在开头写道："莽莽神州，岂长贫弱？曰富、曰强，首赖工学。"他说的"工学"，完全可以理解为现在我们所说的"科学技术"。当然在他所处的时代，完全靠科学技术而使国家富强起来是不现实的。而在今天，科学技术是第一生产力，关键是科学技术现代化，这已成为全体国人的共识。

"纵观世界之潮流，物质进步，一泻千里"，今天我们常说的"科学技术飞速发展"，詹天佑在一百年前就已看到了这一潮流，认识到了这个真理。





他指出："交通不便，何以利运输？机械不良，何以精制作？若夫矿产之辟兴，市场之建筑，孰非工学之范围，皆系经营之要着。呜呼，我工学家之责任，不亦綦重耶！……工学之前途，发达可期，实业之振兴，翘足以俟，将不让欧美以前驱，岂仅偕扶桑而并骑。"

在那个饱受帝国主义列强欺凌蹂躏的年代，詹天佑就已认识到要使中华民族变富强，最重要的就是发展自己的科学技术。要发展科学技术，必须重视人才，而最重要的是培养自己的人才队伍。同时他对祖国未来科学技术的发展充满了信心，他坚定地预言，我中华民族一定会赶上欧美，超过日本。"将不让欧美以前驱，岂仅偕扶桑而并骑。"这是多少中国人的梦想！这也充分体现了中国人民爱国强国的坚定气节和屹立于世界民族之林的理想信念。

为使青年学子能担起历史重任，詹天佑在文中提出了"修业、进德、守规、处事"四大立身要则。

在今天看来，这四大立身要则为青年学子加强思想道德教育和综合素质教育，拓展综合素质和能力提供了重要启示。

我们所说的"综合素质"，主要包括思想道德素质、科学文化素质、创新能力素质和健康身心素质四个方面，而詹先生文中所提出的四大立身要则基本涵盖了综合素质教育的主要内容。

在修业上，詹天佑说："精研学术以资发明。镜以淬而日明，钢以炼而益坚。凡诸学术，进境无穷，驾轻就熟，乃有发明。"

在修德上，他指出："崇尚道德而高人格。道德者，人之基础也。学术虽精，道德不足，犹诸筑高屋于流沙之上，稍有震摇，无不倾倒。"

在守规上，詹先生首先提出了"循序以进，毋越范围"的总要求，他说："行远自迩，登高自卑，一蹴而几，非可永久。工程事业，必学术经验相辅而行，徒恃空谈，断难行事。"

在处事上，詹先生首先提出："筹划须详，临事以慎"的总要求。"凡工学青年，一旦身亲实事，无论其职位高下，恒负一部分之责任，指挥多数之工人。苟筹谋稍涉疏忽，则群下因之误事矣。惟事必豫谋，通盘筹算，临时方免张皇失措之弊。"

詹天佑的这些话，既是加强健康身心素质教育、培养良好心态的至理名言，更是成就事业之道。詹天佑先生留下忠诚的爱国思想、严谨的科学精神、清廉的工作作风、勇于创新的实干劲头、务实进取的人生态度。

如果后人能恒久效仿，继续弘扬和不断发展，则中华民族之伟大复兴，翘足可待，"将不让欧美以前驱，岂仅偕扶桑而并骑"！

詹公的精神影响了一代又一代的中国人，而经他打造的京张铁路也在时代的浪潮中栉风沐雨、滚滚向前，历经了蒸汽时代、内燃时代、电力时代。在高铁动车时代，京张铁路将在新世纪进行一次震惊中外的华丽转身。

2015 年 9 月，国家发改委正式批复《新建北京至张家口铁路可行性研究报告》，同意新建京张高速铁路。

如果说，一百年前修筑京张铁路的时候，建设团队遇到的是技术和人为两方面的困难。今天，修建京张高铁遇到的困难，比起当年有过之而无不及。

为此，建设团队重走京张路，触碰沉睡的历史，开阔了视野，激发了灵感。他们反复勘测路线，可行性研究报告获批之后，有喜讯传来，北京携手张家口成功获得了 2022 年冬奥会的举办权，举国欢腾，人心振奋。万世瞩目的京张高铁于 2016 年 4 月 29 日正式开工建设。

与当年的京张铁路相比，"高科技、智能化"是京张高铁的最大优势，强大的活力使京张高铁犹如破茧而出的彩蝶，在蓝天下自由飞翔。

2017 年 11 月 11 日，全长 9077 米的京张高铁官厅水库特大桥主体工程完工，这标志着京张高铁建设取得新的重大突破。

2018 年 11 月 1 日，随着全线第一对长轨准确铺设就位，京张高铁全线铺轨工作正式拉开序幕。

2018 年 12 月 13 日，京张高铁正线最长且施工难度最大的隧道——八达岭隧道安全顺利贯通，标志着京张高铁建设取得突破性进展。

2019 年 8 月 25 日，京张高铁接触网工程实现全线正线路贯通。

一百多年前，修筑京张铁路的时候，谁能知道“接触网”是干什么用的？到了一百多年后的今天，接触网已经如同枕木、铁轨一样，成了高速铁路的重要组成部分。凡是电力机车车顶上，都有一架两米长的受电弓，那形状就像弓箭的弓，升起来，“啪”搭到输电线上，列车里就有电了，驱动列车的电力，空调、烧水、手机充电等，能源全都来自于此。也就是说，接触网就是沿铁路线上空架设的输电线路。

2019 年 9 月 4 日，中铁电气化局施工人员在京张高铁新保安牵引变电所监控设备上，第一次进行接触网合闸送电。





“成功了！”

随着工程人员一声呐喊，众人欢呼雀跃，这次送电成功，标志着京张高铁实现了全线通电。

2019 年 10 月 5 日，京张高铁开始联调联试 。10 月 20 日这天早上，一列高速综合检测列车“黄医生”从北京北站出发，途经清河站、沙河站、昌平站、八达岭长城站，驶向张家口，对京张高铁进行逐级提速综合测试。随着“黄医生”的身影在线路上一闪而过，京张高铁试验最高时速首次达到 385 公里。这是继 10 月 5 日联调联试工作启动以来，列车逐级提速后运行的最高时速。经现场专业设备检测确认，所有数据均显示正常。

与此同时，备受关注的崇礼支线工程也在有序开展。京张高铁建设如火如荼，万事俱备只欠东风了。

2019 年 12 月 3 日，京张高铁转入运行试验阶段。12 月 20 日，京张高铁开始满图试运行。12 月 28 日，京张高铁动车组列车车票开始发售。到了 12 月 30 日这一天，京张高铁全线开通运营，这一天，将载入中国乃至世界铁路史册，万众瞩目，意义非凡。

早上 7 点，北京北站大厅内灯火通明，人头攒动。站台上已经拉起了“庆祝京张高铁开通运营”的横幅。各大媒体的记者和来自四面八方的旅客提前到场，翘首以盼。复兴号 CR400BF-C 型智能动车组 G8811 次列车停在整备线上光彩夺目，整装待发。

司机坐在驾驶室里手握闸把，准备开车。车厢里的列车员利用发车前最后几分钟来到镜子前理妆，她们要以最美的微笑和靓丽气质迎接旅客。

这时，和他们在一起的是京张高铁的建设者们。

上午 8 点 30 分，列车准时从北京北站出发了。

隔窗远望，光影倒流，旅客们兴奋不已，喜形于色。他们品评着列车里的点滴设计，赞美着世界首条时速 350 公里的智能高铁“比风还要快”。就在众人相互交谈之际，有一位女士，坐在车窗前，她凝视远方，眼睛里闪现着泪花。

有位记者一眼就认出来了：“您好，是詹女士吗？”

这位，就是詹天佑先生的曾孙女，詹欣。

记者万万没想到，列车上居然来了詹公后人，他抑制不住激动的心情，对詹女士进行了采访。

詹欣女士告诉记者：“今天能登上这列首发车，我的内心感慨万千。京张高铁跑出了 350 公里的时速，也是我国首次采用北斗卫星导航系统的智能化高速铁路，集中国高铁技术之大成，引领世界高铁发展之先。”

车到南口的时候，她用手指着窗外：“一百一十年前，就在这儿，隆重举行了中国第一条自行设计、建设并投入营运的铁路通车仪式，那是由我的曾祖父詹天佑先生主持修筑的京张铁路。曾祖一生，为中国铁路呕心沥血，1919 年，他抱病接受了北洋政府的委派，协商远东铁路的归属。其间，他义正词严地要求归还东北沿线的铁路。在归来途中，曾祖登上了万里长城倾诉衷肠。他说：‘生命有长短，命运有浮沉，初建路网的梦想破灭令我抱恨终天。所幸，我的生命将会化成匍匐在华夏大地上的一根铁轨！’曾祖回到武汉不久，因病情恶化，心力衰竭，在武汉逝世，终年五十八岁。”

说到这儿，詹欣女士的眼泪夺眶而出，她说：“从曾祖开始，詹家三代人都在铁路上工作。由于修筑铁路需要跟随工程不断地漂泊，詹家后代的枝叶也随着中国铁路网的延伸，分散在祖国大江南北。如今，看到祖国铁路事业兴旺发达，尤其是京张高铁的开通，他老人家在天有灵，一定会倍感欣慰。”

记者听了频频点头：“詹女士，您之前一直在关注京张高铁的建设进程吗？”

“是啊，今年 5 月，我还去了新八达岭隧道的施工现场，目睹地下长龙的诞生。”

话音未落，列车已经从八达岭长城脚下飞驰而过，就在这一瞬间，京张高铁与京张铁路并肩前行，百年跨越，新老京张，见证了中国人从自己设计建设第一条“争气路”，到成为开启智能高铁“先行者”的宏伟历程。从京张铁路到京张高铁，一字之差，两个“首条”，展现了中国铁路乃至中国综合国力的百年巨变。一百一十年前，京张铁路成为风雨飘摇旧中国里的微弱“星光”；一百一十年后，京张高铁展示了新中国成立七十载的巨大成就。

当天，习近平总书记作出重要指示：“1909 年，京张铁路建成；2019 年，京张高铁通车。从自主设计修建零的突破到世界最先进水平，从时速 35 公里到 350 公里，京张线见证了中国铁路的发展，也见证了中国综合国力的飞跃。回望百年历史，更觉京张高铁意义重大。”

一条线，两条路；一种接力，两个奇迹。相隔一个世纪，它们血脉相连、息息相通。血是中华民族的血，息是自强不息的息。一个证明中国人能行，一个建出了“智能、精品”。

时隔两年之后，2022 年 2 月 4 日，第二十四届冬季奥林匹克运动会在北京隆重开幕，当天，G9984 次北京冬奥列车身披“瑞雪迎春”的盛装，从太子城站驶出，奔向北京。百年京张遇到奥运圣火，交织出跨越时空的奥运情结；冬奥速度遇到高铁速度，碰撞出科技冬奥新动能；绿色奥运遇到低碳交通，构筑出和谐美丽的绿色家园。





咱们这部书从中国铁路的孕育期开始说起，一直说到一百多年后的今天，京张高铁横空出世。从蒸汽机车到内燃机车，从内燃机车到电力机车，从电力机车到“和谐号”和“复兴号”，中国铁路实现了从追赶者到领跑者的巨大跨越。

一条京张路，百年铁路史。

詹天佑的时代，由于技术、预算所限，火车还不可避免地要在山上来回绕行爬坡。新的京张高铁直接打通燕山山脉，全程走隧道，路程大大缩短。高铁修成以后，北京到张家口的火车最快的运行时间，将由过去的三个多小时，缩短为五十分钟。

冬奥会以后，京张高铁依旧以高标准服务每一名旅客。旅客们在列车上感受北京铁路局集团公司北京客运段京张高铁车队“雪之梦”乘务组全体乘务人员的热情服务。中国铁路人在坚持以人民为中心的发展思想指引下，担负起了交通强国铁路先行的历史使命。京张高铁在未来的日子里，将继续弘扬詹天佑的精神，为强国建设贡献智慧和力量。

动静之间，穿越百年。奔驰的复兴号、新老京张铁路立体交会点纪念碑，与青龙桥站矗立的詹公铜像，一同见证着一百多年来国人筚路蓝缕接力赓续的精神家园和梦想起点。

《评书百年京张》说至此处，全部结束。

# 评书
# 百年京张

（上）

武宗亮 著

中国铁道出版社有限公司
CHINA RAILWAY PUBLISHING HOUSE CO., LTD.

**图书在版编目（CIP）数据**

评书百年京张．上、下册 / 武宗亮著．—北京：中国铁道出版社有限公司，2024.4（2024.8 重印）

ISBN 978-7-113-30912-1

Ⅰ．①评…　Ⅱ．①武…　Ⅲ．①评话 - 中国 - 当代　Ⅳ．① I239.8

中国国家版本馆 CIP 数据核字（2024）第 009927 号

**书　　名**：**评书百年京张**（上、下册）
PINGSHU BAINIAN JING-ZHANG (SHANG XIA CE)

**作　　者**：武宗亮

---

**艺术顾问**：刘　颖
**文学顾问**：周雅麟
**责任编辑**：王晓罡　奚　源　　　　**电话**：（010）51873005
**封面设计**：仙　境
**责任校对**：安海燕
**责任印制**：赵星辰

---

**出版发行**：中国铁道出版社有限公司（100054，北京市西城区右安门西街 8 号）
**网　　址**：http://www.tdpress.com
**印　　刷**：北京联兴盛业印刷股份有限公司
**版　　次**：2024 年 4 月第 1 版　2024 年 8 月第 2 次印刷
**开　　本**：710 mm × 1 000 mm　1/16　**印张**：47.75　**字数**：845 千
**书　　号**：ISBN 978-7-113-30912-1
**定　　价**：138.00 元（上、下册）

---

# 序言

欣闻中国铁路文工团出品一部《评书百年京张》，感到由衷高兴。

小时候读过詹天佑与京张铁路的课文，后来也看过有关的电影、戏剧，我还知道，有很多写京张铁路的图书，但是，通过曲艺的形式来讲京张铁路，特别是用长篇评书来讲述京张铁路百年风雨历程，还从来没有过。

铁路是国民经济大动脉、大众化的交通工具、人民出行的必需品。我们每个人都离不开铁路，我早年坐火车，是绿皮车厢、蒸汽机车，从北京到张家口要大半天的时间。现在中国铁路大发展，亮丽的“复兴号”高铁动车奔驰在全国各地，从北京到张家口只要一个小时，这种铁路建设的发展、飞跃，值得称颂，值得大书特书。

如今，中国人建设的铁路数不胜数，但人们是不是知道，是不是记得，在特殊的时代、特殊的历史背景下，中国人自主设计、修建的第一条铁路，是多么不容易，又是多么有意义。100 多年前，京张铁路打破了国外对中国人不能自建铁路的断言，被誉为“中国人的光荣”，是一条自力更生的“争气路”。是詹天佑担起重任，是中国工程师和铁路工人团结奋战，终成伟业，给正经历磨难的中华民族带来希望，给中国人长了信心和志气，给中国铁路建设开启了光辉的篇章。

评书是曲艺的一种，主要通过讲述情节、描写景物、刻画人物、加以评论等，叙述历史和故事。它有明显的自身特点，为了引人注意，为了精彩、动听，往往有适度的二次创作。《评书百年京张》用非常宽广的视角，拓展延伸，辅以评论，讲述了京张铁路的来龙去脉，介绍了早期铁路建设的艰难坎坷，同时，在尊重历史的前提下，用说书人特有的方式，用灵活自如的穿插表达，着重行动和心理刻画，有血有肉地塑造了詹天佑这一光辉形象，以及他麾下的群体人物，努力向世人呈现朴实、厚重、史诗般的历史画卷。应该说，中国铁路文工团能够策划并组织出品这样一部评书，将古老的传统艺术与近代、现代的事件、人物相结合，这是十分有意义的、难得的探索和实践。

时代有新要求，人民有新期待。当代中国的曲艺工作者和广大的文化、文艺工作者一样，需增强文化自觉，坚定文化自信，赓续中华优秀传统，重视发展民族化的艺术内容和形式，以新创作、新业绩，推动曲艺事业高质量发展。我相信，《评书百年京张》的问世，不仅可以让更多的人重温历史，体会家国情怀，增强科技强国、自主创新的意识，还将为我们枝繁叶茂、欣欣向荣的曲艺百花园增添生机和活力。

想想长篇评书这门艺术形式，与铁路的特点似乎有着异曲同工之妙。故事主线就如那长长的纵向铁轨，书中枝节就如那段段的横向枕木。枕木要铺平垫稳、节节递进，铁轨要首尾呼应、贯通始终。听众就如那坐在火车上的乘客，沿着铁路一路前行，观赏那变换多姿的景色。相信这部长篇评书也会为我们带来一道美妙亮丽的风景。

冯巩

2023.12.26.

# 目录

（上　册）

# 第一回
# 兴洋务清廷选幼童
# 行义举南海劝挚友

在中国大地上，有这样一条路，一头连着历史，一头连着未来，它曾见证一段屈辱与伤痛，如今正在见证实现中华民族伟大复兴梦想的光荣与辉煌。

2019年，世界最先进的京张高铁通车。而在一百一十年前的1909年，中国人建成了自主勘测、设计、施工的第一条铁路——京张铁路。

百年沧桑，风华巨变，在这条路上，有着数不尽的风流人物，更有说不完的动人故事。就让我们回到梦开始的地方，讲述一段京张铁路的闪亮传奇。

1872年，也就是清同治十一年。这一年的8月11日，在上海港口，一艘蒸汽驱动的新式轮船，就要起锚了。

旅客们鱼贯而行，通过检票口，验票登船。

就在这时，只听码头上一阵铜锣声响，"咣、咣、咣"，老百姓吓得赶紧往两边闪，知道这是来官轿了。

就看那蓝呢大轿从前往后数一共来了三十顶！我的天哪，这是多少大官呀！

就看轿子列成了两排，轿夫们用手一掀轿帘，从轿子里齐刷刷走出来三十位——小孩儿！

小孩儿？啊！大的不过十五岁，小的也就十岁，一个个眉清目秀、古灵精怪，全都头戴"瓜皮帽"，穿着小号的长袍马褂，腰里系着带钩，每人手里提着一只四方形的行李箱，有模有样的！

奇怪，这都是谁家的少爷呀？

就看这些孩子下轿之后，站成队列，这时候过来一人，这位年纪三十上下，穿着官服，看了看道："各位学子，咱们马上登船，都跟我来。"

旁边看热闹的老百姓一听：明白了，敢情这些孩子都是学生。

书中暗表，这些学生就是日后载入史册的中国第一批留美学童！而他们自己都不知道，他们现在登上轮船，便成就了中国近代史上一次有意义的重大事件，那就是晚清留学运动的开端。说到这儿，咱们必须得提一个人，那就是著名的近代改良主义者——容闳。

容闳，是中国第一个毕业于美国大学的留学生，1828年出生于广东香山县南屏镇。南屏镇（今属珠海）与澳门相距只有几公里，仅一水之隔。

由于特殊的地理因素，在近代史中，香山可谓开风气之先。众所周知，香山是孙中山先生的故乡。这里也是中国近代留学文化的发祥地。

当时，西方传教士的很多活动是以澳门为基地进行的。在容闳七岁那年，家庭贫困，为了缓解家境，父母把容闳送到澳门一所由德国传教士郭士立的夫人办的学校念书。

有人可能不明白，家里穷困怎么还能到外国人的学校里读书呢？

原来，是容闳的父亲托的朋友，让孩子到学校一边干杂活、一边学习，用现在的话说，就叫勤工俭学。

当时容闳父母的目的很简单，希望容闳通过学外语，将来能当一名和外国人打交道的翻译，多赚钱，改变家里贫穷的命运。

这一学就是四年，四年里，容闳开始接触算术、图画、英文，学得很有兴趣。

可没想到，到了1839年，在英国发动罪恶的鸦片战争前夕，学校停办了。十一岁的容闳只能回家，提篮叫卖，每天走街串巷，养家糊口。

您想，毕竟是念了四年的书，而且接触的是当时所谓的“西学”，十一岁的孩子看上去要比同龄人成熟。慢慢，街头巷尾的人都认识了容闳，有人就推荐他到天主教印刷所当一名小工，专门负责装订书籍，每个月挣些钱，贴补家用。

到了1842年，学校再次恢复，校址迁到了香港，而且对当初的学生分别发出了返校通知。十四岁的容闳再一次返回学校，这一次，学校实行的是中英文双语教学。中文教学，讲《四书》，作八股文；英文教学，有地理、声乐、几何、历史，加上英文写作，容闳学业大有长进。

可没想到，又过了四年，学校的校长布朗因为身体原因要回美国。临行之前，他问所有学生：“你们谁愿意和我去美国读书？”

一言既出，所有学生面面相觑，无人答言。正当布朗准备起身离开时，容闳高高举起了右手：“校长，我去！”

就这样，转年，即1847年，容闳随布朗校长远渡重洋来到了美国。

到美国之后，容闳照旧勤工俭学，经过努力，他考上了著名的耶鲁大学。

1854年，容闳顺利毕业。作为第一个毕业于美国著名大学的中国人，他的画像被悬挂在耶鲁校园。这是一种荣耀！

带着这份荣耀，容闳回到了祖国。回国后，容闳曾在几处任职，此时的他急于把自己学到的知识广泛传播，以求国富民强。

但是，单凭自己一个人的力量很难做到，这个时候，容闳结识了一位大人物，就是当时的两江总督曾国藩。曾国藩是“洋务运动”的主要领导者，奉行儒学，讲求变通，倡导向西方学习先进的技术，学军备、学工业。当时，这位晚清大臣已经年过五旬，他心心念念只有一件事，就是想通过引进和学习西方近代科学技术，特别是军事技术，开启富国强兵之路。

这种“自强”的思想虽然可贵，但是在当时，也遭到朝廷中顽固派的指责和非难，他们认为“天朝上国向外邦蛮夷学习”万不可取。

在这一点上，有人高瞻远瞩，有人形同井蛙，有人不屑一顾，也有人雾里看花。

可不管别人怎么样，容闳和曾国藩不谋而合，容闳先后几次向曾国藩建议，要在中国的土地上建一座西式的机器厂。曾国藩也早有此意，于是尝试性地上奏朝廷。没想到，朝廷很快就批准了。

1865 年，在上海，由曾国藩规划，后由李鸿章具体负责，创办了当时规模最大的综合性近代军用企业——江南制造总局，这也是当时东亚最先进、世界最大的工厂之一。

曾国藩和容闳非常高兴，尤其是容闳，终于可以一展自己多年来的爱国抱负了。接下来，他们有个重大的举措——准备选派国内优秀青年出洋留学。容闳还特别强调选派幼童出国留学为国家储备建设人才。这可是破天荒的大事!

但这件事的实施就没那么痛快了。不仅曾国藩上奏，他还联合了其他洋务派大臣一起上奏。虽然朝廷同意了奏请，准备派遣中国聪颖子弟到海外留学，而且所有的开销均由朝廷负责，但是真正到民间选取这些聪颖子弟的时候，却没人报名。

如果说报名人少，这都是容闳意料之中的，因为当时的传播手段就是官府告示等有限几种，这个效果可想而知。人少不奇怪，一个都没有，这是怎么回事?

看看这个报名的要求，也不算苛刻。

第一，要求学生身家清白、品貌端正、身体健康。

第二，年龄须在十岁到十五岁之间。

第三，姓名粗鄙者，要尽快更改。这孩子要是叫“狗子”，不行，有碍视听，有损大清威仪。

按说，这几条挺简单，可是被选上的孩子要赴美留学，期限可是十五年！这一条，就让人望而却步，犯犹豫了。

十五年？十几岁的孩子回来都要三十了！那年头人的寿命都短，不像现在，六七十岁健步如飞，八十多还能黄昏恋，今天的人生活质量高。那年头，人一到五十，就成老头了，活过六十就算长寿了。孩子一去十五年，太久了，而且，耽误婚事！

最重要的是，去的这个地方，美国。当时的人们管美国叫“花旗国”。为什么叫这名字呢？因为美国国旗上有星星和横条，红白蓝三种颜色，所以，管它叫花旗国。这花旗国到底是什么样？吃什么、喝什么，洗澡用凉水还是热水，睡觉在床上还是炕上，这都一无所知啊！更可怕的是，当时流传一种说法：洋人喜欢抓落单的小孩，然后把狗皮贴到孩子身上，拿去展览赚钱！因此谁也不愿让自己的孩子去冒险。

那些稍有见识的读书人，不少也不愿意送孩子留学。我“天朝上邦”，物华天宝，学的是四书五经、子曰诗云，那外国学的又是什么玩意儿？！能比得了圣人之言？要拜洋人为师，那简直是辱没我们读书人的门楣！

对于这些，容闳很理解，他是亲身经历过留学的。为了能让招生顺利开展，容闳亲自带人到广东沿海一带，拿自己当例子，现身说法，苦口婆心进行动员，告诉大家所去之国并非“蛮荒之地”，很多传说是凭空捏造，人家有先进的科学技术，让咱们的孩子学习后带回来为大清效力，而且，朝廷给留学的孩子在出国之前直接赐秀才的身份，修满回国之后赏顶戴官阶。也就是说，回国后，直接分配工作！学费也由朝廷全额承担。

听他这么一说，有些人开始动心了。其实，也有一些家庭早就想把孩子送出国门了，这些多半是书香门第，或是家中有亲眷曾出洋闯荡过。这些家长的目光比较长远，只是处于那个时代，谁也不敢轻易做第一个吃螃蟹的人。

现在，容大人到家里做动员，增强了他们的信心，最终下决心送子出国，远渡重洋。眼看着，就有十多个家庭前来报名。

单说这一天，容闳正在屋里发愁呢。怎么？来了十五个报名的，之后，又没动静了！容闳打算再一次出马，刚要动身，从人来报：“容大人，您的一位同乡来访。”

容闳一听，这都什么时候了，哪有工夫会老乡啊，于是吩咐“不见”。

从人没敢动：“回大人，他说是为了幼童出洋之事来的。”

容闳一听：“快请。”

请进来一看，容闳笑了，还真是同乡，而且见过好几次。这位来到容宏跟前，深施一礼："香山谭伯邨，见过大人。"

谭伯邨，是一位常年在外做生意的商人，三十多岁。

"谭先生少礼，您有什么事吗？"

"大人，在下想问问，出洋幼童的名额还有没有？"

容闳也不隐瞒："谭先生，我计划招收三十人，现在才来了一半。"

谭伯邨一听高兴了："那可太好了，我想为大人推荐一人。"

"哦，是哪位少年才俊？"

谭伯邨答道："是我一位朋友的孩子，此子天生聪颖，如果能出洋留学，日后必成大器！"

容闳一听："好啊，那快领来吧。"





"不行。"

"为什么？"

"我还没和他父亲说呢。"

容闳这气，起哄啊！"你没说，人家能来吗？"

"哎，大人，您别看我没说，但这事儿准成，我现在就去安排。"

念在同乡之谊，容宏给了谭伯邨三天的期限。

谭伯邨是雷厉风行啊，他马不停蹄赶到南海县，找到了自己的好友，詹兴洪。

詹兴洪是一位茶商，论实力，远不如谭伯邨，但是哥儿俩交情深，有通家之好。

一见面，谭伯邨就把幼童出洋的消息说了："我的哥哥，让大侄子去吧，这可是开天辟地的大好时机呀！"

别看詹兴洪也是个买卖人，他可没有谭伯邨开通，且对西方各国并无多少了解。他膝下，除了早夭的，现在赴美留学，要去就只有大儿子去。让孩子长离家乡，远涉重洋、奔赴异国，詹兴洪有点舍不得。

谭伯邨一看："哥哥，我看此宝押得，这孩子我是从小看着长起来的，聪明伶俐，而且有志向，这次朝廷有优遇，回国后直接授予官职。"

听到这儿，詹兴洪有点动心了，谭伯邨又添了一把火："哥哥，只要你让他出国学习，待回国后我就把我的四女儿许配给他为妻，咱哥儿俩做个儿女亲家，你看如何？"

詹兴洪一听，这倒是个大好事，"不过，贤弟，我得问问你嫂子，另外我也得问问孩子呀。"

"行，你问吧，我嫂子听你的，主要是看孩子的态度。"

这一问，夫人陈氏多少有顾虑，没想到，孩子却是满口应承："父亲，这可太好了，我早就想去国外看看！"

"哦？"

听到这儿，詹兴洪瞪大眼睛从上到下仔仔细细打量自己的长子。这孩子十岁了，别看个子不高，浑身上下透着精气神儿，宽脑门、丰下颏，细眉毛、大眼睛。听说父亲想让自己出洋留学，他显得很激动。

"孩子，你不怕？"

"那有什么可怕的，只要能学本事就行！"

哎呀，詹兴洪心说，我这个孩子，真是与众不同啊。说了半天，这小孩叫什么名字呢？他呀，就是咱们这部评书的书胆，詹天佑。

谭伯邨非常高兴："太好了，我说天佑，既然你同意，这样，明天我就领你报名去，大哥，你也去吧。"

詹兴洪一听："我得去呀，孩子没出过远门。另外，如何报名，还有要带的文书，这些……"

"这些您都不用管，交给我就行了。"

"那就有劳贤弟了，咱们走吧。"

"嗨，不是现在走，还得考试哪！"

就这样，谭伯邨领着詹氏父子来见容闳。

一见面，容闳眼前一亮，看詹天佑两只眼睛烁烁放光，说出话来彬彬有礼。不知道是从哪个角度感觉，容闳觉得詹天佑和自己幼年之时很有几分相像，这可真是天生带来的缘分。

这就算收下了，一共三十名学童。

在出国之前，得进行培训，三十名留美学童到上海，进入一所学校。这是留美预备学堂，由曾国藩曾经的幕僚刘翰清出任校长。

显然，这是一所临时性质的速成学校，让学生接受最基本的中文与英文补习教育和强化训练。三个月学完了，经过考试，全部合格了，这才准许赴美留学。

消息传到南海县，詹兴洪一听，心里别提多难过了，孩子就要出国了，这得走多长时间哪！多带点衣服，再带点吃的，哎哟，夫妻两个这通忙活，知道孩子不能回来，干脆，咱们去送送吧。

夫妻二人坐船来到了上海，在学生宿舍里见到詹天佑，拉着孩子的手，夫妻二人是说不完的话，三餐茶饭、四季衣衫，晨起暮归、山长水远……

詹天佑不住点头，反复安慰父母："二老放心吧，孩儿一定铭记在心。"

正说着话，谭伯邨来了，他告诉詹兴洪："大哥，出洋的手续基本办齐了，有一份具结书，您得签个字。按说早就应该签，之前您忙，所以拖到现在。"说着，把具结书递了过来。

詹兴洪接到手里："贤弟，这具结书是什么意思啊？"

谭伯邨一听："这个，就是一份'生死文书'。"

"什么？生死文书！"

詹兴洪大惊失色。

# 第二回

## 展双翅学子渡重洋
## 演故技英商修铁路

一份具结书，吓坏詹兴洪。

原来，这是幼童出洋肄业局要和每名学生的家长签的合同，也可以叫“生死文书”。

主要内容是：

具甘结人詹兴洪，今与具甘结事。兹有子天佑，情愿送赴宪局，带往花旗国肄业，学习机艺。回来之日，听从中国差遣，不得在外国逗留生理。倘有疾病生死，各安天命，此结是实。下面署名，× 年 × 月 × 日。





签了这份合同，就等于将自己的孩子交了出去，生死有命富贵在天。在今天看来，应该为这三十个孩子的家长“敢为天下先”的精神，鼓掌点赞。可在当时，谁敢随便签哪！

詹兴洪手里捧着具结书直哆嗦，这里面写得清楚，疾病生死，各安天命。这就是用孩子的命运当赌注啊！

“贤弟，你看这……”

谭伯邨看出来了，詹兴洪要打退堂鼓，“大哥，这个事儿啊……”

话说一半，詹天佑走过来了，冲着詹兴洪、谭伯邨深施一礼：“父亲、叔父不必担心，想孩儿自幼身体康健，到国外后再加锻炼，不会有什么疾病，纵然有病，听说西医也很管用，料无大碍。至于这份具结书，不过是公事行文，二老不必放在心上。”

老哥儿俩一听这话，全都掉泪了，好个懂事的孩子：“好吧，事到如今，咱们就得迎难而上了！”

詹兴洪擦干眼泪，提起笔来，刷刷点点，把字签了。

两天后，詹天佑拜别了父母和谭伯邨，和其他同学一起乘坐大轿来到码头登船。在二等舱安顿好行李，他们又都出来了，站在甲板上跟亲人告别。

就在这时候，有人高喊：“校长来啦。”

大家闪目一看，从检票口走来一人，上中等身材，年纪在五十上下，浓眉阔目、花白胡须，穿着古铜色的绸衫，脚下一双薄底靴。

这位，就是幼童出洋肄业局总理上海这里选送事宜的校长刘翰清。

站在甲板之上，刘翰清满含深情当众训话：“诸位学子，此次出洋肄业是皇太后、皇上体察我大清国势维艰、急需熟悉西洋技艺之人才而恩准的一项事关国家未来的宏图大业，开我中华亘古未有之先河。你们不惧重洋万里，长别至亲骨肉，精神志气深可嘉也。”

说到这儿，好多孩子眼圈红了，刘翰清一摆手：“不要悲伤，要振奋！你们出洋肄业，务必用心向学，回来报效朝廷，以我中华之礼仪，合外国进步之技艺，用于国家，必致国强民富。”

刘翰清掏出怀表看了看：“时间差不多了，动身吧。到了那边就全凭容闳大人做主，老夫等你们早日归来！”

学生们过来，挨个儿给校长施礼、告别。

又过了一会儿，随着一声汽笛长鸣，轮船徐徐离开了黄浦江码头。

从这一刻起，詹天佑开始了他的留学之旅。今日里雏鹰过海异国翱翔，多年后学业有成一身荣耀回归祖国，才要大展宏图！这是后话，咱们暂且不提。

此时，站在远处的詹兴洪夫妇，还有谭伯邨，眼含热泪不停挥手。最为感慨的是校长刘翰清，眼望轮船渐行渐远，他这才一摆手，带着从人回转肄业局。回去之后，准备第二批招生，并且把第一批学童出洋的情况形成文字，上报给了北京总理各国事务衙门。

总理各国事务衙门，是清政府主管外交事务、派出驻外国使节的机构，同时，也兼管通商、海防、关税、路矿、邮电、军工、同文馆，包括派遣留学生这些事务。

这个衙门是在咸丰十年成立的，最初设有英国股、法国股、俄国股、美国股、海防股及司务厅等。

这也是19世纪后期，清朝为适应当时的内外形势而特别设立的对外机构。在中国早期现代化的进程中，总理衙门作为中国第一个正式的外交常设机构，标志着中国近代外交机构的萌生，开启了中国近代化外交的历程。

一封书信从上海送到北京，在当时，邮差骑着马，得半个月才能送到，这还得是快马！要有紧急事务，换马不换人，人跟膏药一样贴在马背上，那也得七八天。

刘翰清这封信不是什么紧急事务，半个月后送到北京东堂子胡同总理各国事务衙门。

总理衙门接到这封来信，应该立即报与中堂李鸿章，可是，李鸿章不在，去哪儿了？天津。

敢情就在三天前，李鸿章接到了一份请帖，是几位英国商人联名相请，请李鸿章到天津租界去观赏“奇景”。李鸿章应邀来到天津，刚一进城，就发现大街上散发了很多宣传单，上边写着什么“游玩铁路”，不少老百姓在议论：“哎，这火轮车到底是吗东西？”

等来到“紫竹林”码头一带，李鸿章放眼一望，只见沿海河岸边的土路上居然铺设了一条一公里半的环行小铁路。

英国领事陪同李鸿章上车后坐在客车的上等座位，其他官员坐下等座位。小火车环绕着运行了三趟。

李鸿章坐在车上，看着窗外的景色，心中暗想，这是为了说服朝廷同意修铁路，英商在天津租界进行的铁路“摆演”。



说起铁路，在当时来讲，可是个新鲜事物。1814年，英国人乔治·史蒂芬森发明了用蒸汽机作动力的机车（俗称火车），又于1825年主持建成了世界上第一条铁路，这改变了交通的格局。西方资本主义列强纷纷崛起，而大清朝廷上下对于铁路却报以拒绝的态度，认为“泱泱大国用不着这洋玩意”。

但是，李鸿章作为外交重臣，眼界比起那些故步自封的老顽固自是开阔得多。为挽救国之危亡，他主张“和戎外交，师夷自强”，就是学习外国人的先进技术，用这样的先进技术来抵抗外患。

李鸿章知道大洋彼岸的工业革命，人家有一系列的工业化应用，国家在迅速发展。中国却依旧处在传统的农耕时代，形势上面临着“数千年未有之变局”。要想实现中兴、要想强大起来，必须有一场大变革，最行之有效的办法就是“师夷制夷、中体西用”。

一场轰轰烈烈的洋务运动就此拉开帷幕，李鸿章作为洋务运动的领军人物，在他管辖范围内，设立大沽到天津，以及从天津兵工厂到李鸿章衙门的电报线路，那是中国第一条自主建设的军用电报线路！随后，李鸿章跟随老师曾国藩创办江南制造总局，带领洋务派造船造炮。放眼望世界，李鸿章又把目光落到铁路上。

多年来，李鸿章借助自己办理洋务的便利条件，多次向洋人询问铁路的事情。一来二去，对铁路的认识也逐渐加深，他深知铁路对一个国家的国计民生有多重要！他明白，有了铁路，交通便利；有了铁路，运输快捷；有了铁路，可以快速在全国各地调兵遣将，还怕什么洋人犯边？

因此，早在好几年前，李鸿章就动过心思，要上奏折劝服太后同意修铁路。可是当时条件不允许，那时是同治二年，也就是 1863 年，大清因第二次鸦片战争，又一次签下了不平等条约，遭到进一步劫夺，实在是国库空虚，再无财力修铁路了。同时，朝中的顽固派坚称铁路不过“奇技淫巧”，洋人的玩意儿不靠谱！

就在洋务派和顽固派争得不可开交时，英国外交官威妥玛向李鸿章递了个“枕头”，他提议由英国帮大清修铁路。由英商做个实验，在北京宣武门外修条小铁路作为展览，请太后、皇帝、文武百官和市井百姓，都亲眼看看铁路和火车是什么样的。

作为外交官，李鸿章的眼睛不揉沙子，他一眼就看出了英国人的意图，他们主动提出帮大清修铁路，不过是想借机将他们的势力向内地渗透扩张，以攫取更大的利益。大清当然要建铁路，不过是现在时机不成熟，得借助洋人！将来一旦时机成熟，一定要自己建，铁路必须抓在我们自己的手里！

展览铁路这个主意倒是不错，大臣反对、百姓不安，多半是因为没见识过，叫他们开开眼，看看火车的速度与便利，也许事情就有转机了。

于是，在 1865 年，英国商人杜兰德在北京的宣武门外，沿着护城河铺了条 0.5 公里长的小铁路。

没想到，小火车一开动，头顶冒烟、底下喘气，跟着一声刺耳的响笛，把周围看热闹的老百姓吓得“妈呀”一声全跑了，都以为来怪物了。

当天，有人进宫禀报，慈禧太后一听，这可严重了，忙召群臣商议。

那些食古不化的顽固派大臣们一个个皱着眉头、瞪着眼睛、咬牙切齿、捶胸顿足：“太后啊，这分明是一个妖孽，它能上天入地，搅得百姓不安，弄不好还会破坏大清朝的龙脉。龙脉要是毁了，那大清不就完了？这太可怕了！”

慈禧也害怕了，立马吩咐：“洋人修建这东西是要亡我大清，快把它给我拆了！”

一道旨下，九门提督、醇亲王奕谖以“观者骇怪”为由，饬令杜兰德立即拆除小铁路，在民众间蔓延的恐慌情绪才得以平息。

这一段在中国历史上首次亮相的小铁路，就这么无疾而终了。李鸿章后被慈禧叫进宫，挨了一顿训斥。

别看挨了训斥，李鸿章心里很坦然，他明白，大清这么多年，突然要接受新鲜事物，绝对没那么容易。

没想到，时隔七年，英国人故技重演，又来这么一出。这次他们长记性了，改在租界内修筑铁路，朝廷自然无法干预。别看这条小铁路不是营运铁路，看似为了游览娱乐，实际上，这就是英国人无视中国主权，擅自修建铁路的开端。

表面上，李鸿章什么也没说，在他看来，道高一尺，魔高一丈，不如借助这件事，再次请示皇帝修筑铁路。

怀着这个打算，李鸿章回到了北京总理衙门，刚进门，差役便把刘翰清的书信呈上，李鸿章打开一看，“嗯，事情办得不错！不刮春风不下秋雨，但愿这三十名幼童能够学有所成，回来之日，报效朝廷。”

可以说，这三十名留美学童，是李鸿章的一只潜力股。

不过，毕竟是潜力股，需要时日啊。眼下怎么办？李鸿章闭着眼睛仔细盘算，约有一盏茶的工夫，猛然间，他把眼睛睁开了，说了两个字：“送礼！”

原来，就在李鸿章闭目沉思时，一名差役进来奉茶，刚把茶碗放桌上，李鸿章说“送礼”，差役一愣，“中堂，送什么礼？”





李鸿章顺口搭音：“新婚贺礼。”

啊？差役觉得奇怪，是谁有这么大的面子呀，能让李中堂给他送贺礼！

难怪这名差役纳闷，要知道，李鸿章，那是一等肃毅伯、文华殿大学士、直隶总督兼北洋通商大臣。朝野上下谁不知道这位可是两宫太后眼前的红人，不用说别的，单说“直隶总督”这个头衔，在当时被称为“疆臣领袖”。新人结婚，还别说送礼，就是李鸿章能露个面，都是天大的人情啊！这位是谁呀？

谁？这位正是当今皇帝爱新觉罗·载淳，清穆宗同治。

同治，被称为清朝的“顽童皇帝”，登基时才六岁，那时候，咸丰帝驾崩，由载垣、端华、肃顺等八位顾命大臣辅政。这一年，载淳的生母慈禧太后不满八位大臣专权，联合东宫慈安皇太后和恭亲王奕䜣，合谋发动辛酉政变，在护送咸丰帝梓宫回京之际，慈安、慈禧和小皇帝先行到达，用恭亲王之计，将肃顺处死，余者或自尽或革职，跟着，实行两宫太后“垂帘听政”。

这是太后和皇帝共同治理天下，所以这皇帝的年号就叫了“同治”。东宫太后慈安，这个人秉性温厚，不喜弄权，大清的政权就落入了西宫太后慈禧的手里。

这位慈禧太后，当初不过是咸丰皇帝的嫔妃，地位不高。一直到生了儿子，母以子贵，才到了今天的位置。可以说，慈禧这个人，有强烈的权力欲，她要控制皇帝，更要控制天下。

如今，同治皇帝登基超过十年，已经快要满十八岁了。这个岁数搁现代，不过是高中刚毕业，可是在古代，十七八岁还没结婚已经是晚婚了。

当初，顺治皇帝、康熙皇帝，为了早点亲政，都是十四岁就大婚了，一旦大婚就可以亲政了。但是，慈禧太后不愿归政，将皇帝的婚事一拖再拖，眼看再拖就要把皇帝拖成大龄单身男青年了，实在没办法了，她这才松口，要在这年秋天为皇帝举行大婚典礼。

皇帝大婚，设大婚礼仪处，由恭亲王奕䜣和户部尚书宝鋆主理。李鸿章，作为总理衙门的实际负责人，对于各方进献的贺礼，他要审查把关。而且，李鸿章本人，也要送一份厚礼。

这份厚礼可谓独出心裁，是什么呢？正是李鸿章冥思苦想的铁路。

李鸿章曾经几次上书奏请修筑铁路皆无回应。如今，皇帝大婚亲政、太后卷帘归政，朝堂必有一番新气象！同治皇帝一直想模仿西方各国，总想通过革新来强大清朝。如今亲政，就说明皇帝能真正掌权了，自己应该借着这阵东风，献上一份别出心裁的贺礼，让皇帝亲自看看铁路的好处！

主意打定，李鸿章提起笔来刷刷点点写下了一道奏折，奏折刚写好，圣旨来了，同治皇帝召李鸿章到养心殿见驾。

李鸿章大喜，机会来了！

# 第三回

## 拒铁路天子陈旧事
## 开新局容闳献良谋

李鸿章思忖良久，打算修一条铁路作为大婚贺礼献给同治皇帝，偏在此时，一道旨意传来，让他到养心殿见驾。

李鸿章大喜，这正是个好机会，急忙穿戴整齐，进宫见驾。

养心殿是皇帝的寝宫，同时，也是皇帝读书学习、接见大臣、商讨国家大事的所在。之所以叫养心殿，是因为亚圣孟子曾说：存其心，养其性。名字由此而来。

养心殿有东、西两个暖阁，东暖阁里设有两个宝座，挂着黄纱帘子，那是两宫太后“垂帘听政”的所在。西暖阁是同治皇帝处理政务的地方。侍从引路，李鸿章来到西暖阁，行了君臣礼法，一道折本呈上御案，皇上打开观看。

李鸿章站在下边，心里忽上忽下。

同治皇帝名叫载淳，是清朝入关后第八位皇帝，如今已经到了大婚之年，按说应该是春风满面，可也不知道是怎么了，同治的两道眉毛，总是搅在一起，仿佛心事重重，面颊消瘦，眼窝深陷。

看得出来，皇帝是仔仔细细地观看这道本章。但是，从头看到尾看了三遍，皇帝脸上没有半点喜悦之色，相反眉毛之间更紧了。

李鸿章这心里就打了个沉儿，感觉情况有点不妙。

同治皇帝不紧不慢地把折本轻轻往御案上一放：“中堂，你要修铁路的心，朕明白，朕前次朝会也听大臣说过，说你要‘改土车为铁路’？”

李鸿章一听皇帝问起修铁路，太好了，立即打起十二分的精神！他也不用皇帝追问，竹筒倒豆子——哗啦啦，把自己修铁路的初衷一口气全说了出来：“万岁，铁路乃是国家自强之根本，如今，西洋各国都凭借铁路快速发展，只有我大清还没有动静。沙俄人心不足蛇吞象，妄图继续侵占。不过，看眼前形势，若是开战，我军长途跋涉，实在艰难。更有英吉利对我西南也是虎视眈眈。不修铁路，西北一带运兵周转实在困难，无论是攻还是守，都面临着交通的阻碍。故此，臣要修铁路。”

同治皇帝听李鸿章的一番禀报，他点了点头，半晌没有说话。西暖阁里的气氛一下就变得凝固了。

李鸿章偷眼一看，心说不好，恐怕这次皇上还是不会答应。铁路若是修不成，大清在调兵用兵上必将面临更紧迫的局面，对于这样一个完全符合实际的妙策，朝中那些食古不化的老顽固却反对声一浪高过一浪，皇上曾经压下过自己请修铁路的折子，难道，这次的提议又要失败?

此时，就看这位青年天子目光直视前方，两道眉毛又拧了一扣，伸出右手的食指，“啪、啪”，不停地敲打御案。

李鸿章明白了，皇上这是想答应，但他迫于朝中顽固派的势力，心里犹豫不决，故而难以决策。

如此君臣一坐一立，默然相对了有一炷香的工夫。这时，走进一位内侍，手捧托盘，托盘里有一只团龙盖碗，碗里盛的是御膳房刚刚熬好的莲子羹。同治皇帝接过来喝了一口，这才开始说话:“中堂，你的想法很好，朕从心里也想支持。不过，当初英吉利人在宣武门外修过铁路，这件事情朕记得很清楚，那时朝野上下掀起了轩然大波，官员议论纷纷，百姓惶惶不安。更何况，你这铁路修起来，开销不小，如今国库紧张，户部那边恐怕也拨不出银子来。”

李鸿章张口要说话，同治一摆手:“朕的话还没说完。朕自登基以来，全靠两宫皇太后扶持。如今朕要大婚，两宫要卷帘归政，又逢圣母皇太后寿辰。”

同治皇帝口中的圣母皇太后指的就是慈禧。她是皇帝生母，但不是咸丰帝的正宫皇后，同治帝登基后，按照规矩，尊她为圣母皇太后，尊慈安为母后皇太后。

同治说:“朕为表孝心，也为重振国威，要给太后送一份寿礼。”

李鸿章一听:“不知皇上要送的寿礼是?”

“重修圆明园!”

“哦!”

李鸿章知道，这是同治皇帝的一块心病。

当年，第二次鸦片战争爆发，英法联军攻入北京，闯进圆明园烧杀抢掠，把能搬走的全部搬走，搬不走的就全部毁掉，昔日风景秀丽的园林，成了一片火海。咸丰皇帝也因为英法联军的侵略，落荒逃走。

同治皇帝想通过重修圆明园来告诉天下百姓，大清仍然强大。唉，李鸿章心说，我的皇上，那不过是表面文章，真想强国，得从根本做起呀！可是……这得怎么劝呢？劝皇帝打消这个念头，这不是教唆皇帝“忤逆不孝”吗?

李鸿章一时想不起更合适的言辞，同治皇帝也明白他的好心:“中堂，重修圆明园的耗资，你是知道的。土木工程是头等重要，乃是当务之急，朕也没有办法。另外，大臣们纷纷上呈弹劾修铁路的折子，其中最重要的一条，就是修铁路要开山凿洞、遇水架桥。想我大清有数不尽的山川河流，都是福光宝地。如此一来，不仅破了风水、坏了龙脉，也会惊动生灵。一旦建成通车后，那骇人的鸣笛声，更会惊扰四方。”

同治帝这话已经说得很明白了，不修铁路原因有二：一是修铁路扰天和，朝野内外都不会同意。这一条其实是虚的，重要的是另外一条，就是重建圆明园耗费巨资，朝廷现在挪不出钱来。

一说到钱，李鸿章也叹了口气。他知道，入关之初，天下未定，朝廷倾全力入主中原，连年征战，基本上有多少钱花多少钱，没有太多储蓄。顺治时期，国库最少时只二十万两存银。康熙时期，随着统治的稳定，国库充实起来，到康熙五十八年时，国库银子已达四千四百万两。但为彻底平定准噶尔，大清在青海、西藏、漠北等地连续用兵，路途遥远，耗费巨大。雍正即位后，大力整顿财政，又通过“摊丁入亩”等政策鼓励生产，使国库迅速充实起来。乾隆三十九年时，大清达到鼎盛，国库存银达到七千三百九十万两，即便后期连连大举用兵，其库银也保持在六千万两以上。总体上，大清在鸦片战争以前，财政是稳定发展的。

可是，鸦片战争前后，大量白银流出。白银越发稀缺，出现了“银贵钱贱”的情况。各省拖欠税收的情况日益严重。“税金不能入库”，国库空虚。

朝廷收不齐钱，自然要催促地方，地方只好加紧盘剥，导致“官逼民反”，朝廷就需要更多的钱，如此一来，导致恶性循环。

一直到道光去世时，户部存银只剩下九百万两。1860年，英法联军攻入北京，《北京条约》的签订，让大清雪上加霜。从咸丰八年到同治三年，国库空虚！如今，朝廷的财政收入只能靠增捐增税了。

看着眼前的同治皇帝，年纪轻轻一脸的愁容，李鸿章的心里实在有些不忍，可是，他还是想再争取一下：“皇上，眼前边关事急，那铁路……”

“好了！”同治打断了他，“朕意已决，你下去吧。”

“喳！”

李鸿章无奈，只得躬身退出。

此刻，在李鸿章的内心里，充满了无助。但是，他不愿就此放弃！大清日趋落后，阶级矛盾日益加剧，生产力水平不断下降，社会风气每况愈下。如今，俄、英、法等国，个个都想从大清分走一杯羹，就连日本，也是蠢蠢欲动、颇不安分，修铁路迫在眉睫！无论如何也要想办法，让皇帝同意！

离开紫禁城，李鸿章回到了总理衙门，愁眉紧锁，看着桌案上一摞公文，脑袋更疼了，先休息会儿再办公吧。

刚想坐下，从门外走进个差役："回中堂，容闳大人求见。"

"哦?"李鸿章一听"容闳"的名字，当时眉开眼笑，"有请。"

要知道，李鸿章和容闳有很多共同见解。容闳留洋多年，可谓见多识广，李鸿章对他青睐有加。留美学童已经出洋快半年了，正好问问近况。

随着一阵脚步声响，容闳进来了。只见他中等身材，四十多岁的年纪，宽宽的浓眉下一双大眼，显得机智深沉，通关鼻梁，四字阔口，留着八字胡。

"见过中堂。"



"纯甫（容闳的号）少礼，坐。"



落座已毕，先谈了几句家常，容闳主动汇报了留美学童的近况。

"中堂，三十名学子离开上海后，第一站到达日本横滨，稍作休整后换乘美国轮船横渡太平洋，前往美国西海岸的旧金山，到达以后，乘坐火车横穿美国大陆。"

刚说到这儿，就听李鸿章叹了口气："唉!"

嗯？容闳没明白，这是怎么了？他哪知道是"火车"二字勾起了李鸿章的愁烦。

"中堂，您这是?"

"哦，没事，接着说。"

"是。学子们经过东海岸的纽约，转往马萨诸塞州的春田城，与卑职相会。"

李鸿章点了点头，又摇了摇头："那么小的孩子，饱尝颠簸之苦，他们吃得消吗?"

容闳笑了："长途旅行虽然令孩子们十分疲劳，但是，见到卑职后，他们却很兴奋。"

"哦，为什么呢?"

"这些孩子们第一次饱览了美国这个神秘异邦各地的风土人情，开阔了眼界，增长了见识。他们不仅看到了异国神奇而美丽的自然风光与多种不同习俗，更重要的是，他们第一次看到了正在迅速发展的工业文明。其中包括他们第一次看到，也是第一次乘坐的火车。有个叫詹天佑的孩子说：'乌黑发亮的铁路漫无尽头好像伸向天际，喷着浓烟的蒸汽机车拖着长长的列车行走，真如神话一般……'"

这几句话，再次触动了李鸿章，"纯甫，真希望有更多的中国人能像这个姓詹的娃娃一样认识铁路。他们住在哪儿了?"

“卑职与康涅狄格州教育署长达成了协议，三十名学童被分成十多个小组，每组二或四人。分配给来自各地的美国老师，这些老师担负起教养监护的责任，学童们就住在老师的家里。”

“嗯，这样很好，不过，别忘了学咱大清的文化。”

“这一点请中堂放心，中文教习陈兰彬是翰林出身，他牢记‘中学为体，西学为用’。每天授课，他都会在学堂里挂起孔子画像与‘天地君亲师’的牌位，让学童随时参拜，并责令学童认真读写华夏典籍。”

“嗯！”李鸿章点点头，“这便好……哎，纯甫，你今天来有别的事吗？”

容闳一听笑了：“中堂，卑职此来，是向您献一治国良策。”

“哦，是何良策？”

“中堂可还记得，几年前，卑职曾向朝廷建议，大清应该学习西方公司章程，筹组新式轮船企业，以图自强。当时，由美国旗昌洋行出面，在上海创办了旗昌轮船公司。旗昌轮船公司赚足了白花花的银子。短短四年间，旗昌轮船公司船只和吨位迅速增加。与此同时，英商太古洋行和怡和洋行也在上海站稳了脚跟。如此下去，恐将霸占大清航运。卑职几次向朝廷建议，朝廷均未准奏。如今，若再无举措，大清沿江沿海之利或尽为外国商轮所侵占啊。”

容闳之言，发自肺腑，李鸿章更是百感交集，大清的江河湖海无数，这水上的生意全让洋人做了，确实可恨。

猛然间，李鸿章睁大了眼睛，“纯甫，你刚才说的‘良策’是什么？”

容闳微微一笑：“中堂，这‘良策’无非还是老生常谈，由中国商人自建轮船企业，不过，比起先前的建议，多了四个字。”

“哪四个字？”

“官督商办。”

“此话怎讲？”

“国人自筹轮船企业，官总其大纲，察其利病，而听候商董等自立条议，悦服众商。”

容闳的意思是：新办的轮船企业由民间商人出资，合股的资本为商人所有，公司按照自己的规范章程制度管理。企业在官府监督之下，每年结算，给朝廷分红作为回报，如果亏损，与朝廷无干，这就叫“官督商办”。

李鸿章听了这些话，先是大惊，然后是大喜。惊的是容闳竟然有这等奇谋妙计，喜的是国家有如此大才。

“容大人，老夫这就修下奏折。”

当即，李鸿章写下一份《试办招商轮船折》。在这份奏折里，他向朝廷建议筹建轮船招商局，重点说明成立招商局的目的是承运漕粮和与洋商分利。

奏折是递上去了，李鸿章却没抱太大希望。在养心殿看到同治皇帝对修铁路的态度，李鸿章觉得，筹办轮船招商局肯定也是一波三折。

# 第四回

## 唐廷枢报国弃洋行
## 李中堂探风入王府

正说到容闳献策，准备筹办轮船招商局。李鸿章怀着忐忑的心情向朝廷递交了奏折，他总觉得这事没那么简单。哎！这回可让李鸿章猜错了，万没想到，三天后，朝廷批准了这份奏折！

李鸿章大喜，容闳更是带着这份喜悦回转上海奔走相告。所有筹备工作基本就绪之后，1873 年 1 月，在锣鼓喧天、鞭炮齐鸣的欢腾中，轮船招商局在上海洋泾浜南永安街正式“开局”。中国最早的民用轮船航运企业正式宣告诞生。





可以说，这是洋务派人士共同努力的结果，由此，打破了外国航运业对中国江海航运的垄断。

接下来，李鸿章要为轮船招商局组建“四梁八柱”，人员配备齐全，轮船招商局开始正常运转。

这件事情的成功，李鸿章非常高兴，然而，最高兴的还是容闳。

容闳在促成“江南机器制造总局”与“学童留美”之后，又促成了“轮船招商局”，这位匡时济世的爱国人士倍感欣慰。他时刻关注着轮船招商局的动态，令容闳没有想到的是，轮船招商局并没有开始理想中的景象，开办没多久，便陷入了资金周转的困难的境地之中。容闳焦急万分，为了尽快解决燃眉之急，他找到了盛宣怀。

盛宣怀是谁呀？此位江苏武进人，少读诗书，同治九年，开始协助李鸿章办洋务，深受李鸿章的赏识，如今，他正在轮船招商局主事。

二人约定在上海的湖心亭茶楼见面。

两盏清茶散发出淡淡的香气，容闳的语气却是略显急躁：“杏荪（盛宣怀的字），轮船招商局是怎么搞的？刚刚开办不久就捉襟见肘了？”

盛宣怀苦笑一声：“你是一门心思往大清引进先进技术，可你知道吗，咱们这边的情况和国外比，区别太大了。头一样，轮船招商局需要商人投资，可是，国内的商人没人敢冒如此风险，他们怕赔钱，就连胡雪岩都害怕洋商妒忌，他都不肯入股，就更别提其他商人了。再有，人才也是关键，现在几位核心人物，包括我，对轮船行业都不算内行，真正懂得船运业的人才大多在外国那几家垄断的洋行内，咱们缺少精英人物坐镇，所以才陷入了资金周转的困境。”

“哦！”容闳明白了，现在要想转变国内商人的思想，还需要一段时间，关键的问题，得找一位懂行的专家，“你认为，谁能当此重任？”

盛宣怀一听，立时就兴奋了，他知道，容闳绝不是顺口一问，他肯定是有目的，“据我看，怡和洋行的唐廷枢，可称贤才。”

“唐廷枢？”

容闳眼前一亮，“此人真有这样的能力吗？”

盛宣怀一听：“哎呀，他要能来轮船招商局，那可是大清的福气呀！只是，人家身在洋行，未必肯来。”

“这样吧……”容闳从身上掏出茶资放在桌上，“咱们今天就到这儿，我回去想想办法。”

盛宣怀闻言大喜，心说，容闳想干的事，就没有干不成的，“纯甫，我可就等你的好消息啦！”

当下，二人离开茶楼，各自回家。回家以后，容闳吩咐家人：“快备一份礼物，我要去会会故交。”

敌情容闳和唐廷枢是同学。

唐廷枢是广东香山人，他的父亲曾在美籍传教士布朗家中做听差，这个布朗正是容闳的校长。受父亲的影响，唐廷枢没有走上科举之路，而是成为布朗的学生，自然，和容闳成了同学。

容闳在广东招募留美学童时，唐廷枢推荐了自己的侄子唐国安，经过严格的考试，唐国安成为第二批留美学童一员赴美留学。到后来，唐国安成了著名的教育家，担任了清华大学的第一任校长。

可以说，唐廷枢和容闳的关系很近，容闳想，为了民族大义，我必须说动唐廷枢，让他加入轮船招商局！

主意打定，容闳带着礼物去怡和洋行拜访唐廷枢。

容闳原以为自己会费许多的唇舌，没想到，唐廷枢早有此意，他早就想报效国家，两个人一拍即合。

容闳大喜，他把好消息告诉了盛宣怀，盛宣怀一听，这可是天大的好事，“纯甫，我这就进京！”

盛宣怀马不停蹄进了北京，到总理衙门向李鸿章举贤。李鸿章了解过情况以后，当即拍板，聘请唐廷枢。

就这样，唐廷枢辞去怡和洋行买办职务，进入轮船招商局担任总办。

总办是什么官衔？这是清末新设置的官职名称，一些官署或办事机构的主管人员，称为总办或督办。副职称作会办，比会办差一点的称为帮办。

唐廷枢入主轮船招商局后，迅速打开局面，主张商本商办，凭借自己的影响力，扩大规模，增加船只，多辟航线，增强了与洋商抗衡的能力。唐廷枢由此成为洋务运动的一员主将。

李鸿章请求朝廷对唐廷枢等人给予奖赏，唐廷枢很快被提升为候补道员。在这之后，李鸿章和唐廷枢多次书信往来，在字里行间，李鸿章感觉到了唐廷枢一心想发展工业，富国强兵，以创办实业来推动发展。





找了个合适的机会，李鸿章约唐廷枢到京一会，两个人见面一番攀谈，谈来谈去，竟然谈到了修铁路。在这件事上，两个人不谋而合。

原来，唐廷枢早年在教会学堂读书，随着后来涉足商海，他打开了眼界，看到了世界上一系列的先进技术“仿西技、用西人”，唐廷枢想把这些技术都引进中国，而修铁路则是他长久以来的梦想。

李鸿章当即向唐廷枢问计：“景星（唐廷枢的字），你说，如何能在中国修铁路呢？”

唐廷枢想了想：“回中堂，目下国人对铁路有些陌生，我们不妨在宣传上加大力度，以期改良社会习惯，开启民智。”

“哦，有什么办法吗？”

“中堂可知容闳大人在上海集股一万两，创办《汇报》之事？”

“嗯。”李鸿章点了点头，他知道，这是由容闳发起筹办的报纸，而且，唐廷枢也帮了不少忙，“景星，莫非你也要办报？”

唐廷枢摇摇头：“卑职觉得，我们应该借助报纸，多多刊登铁路的益处，让国人更多地了解铁路。”

“好主意，如果皇上和太后能看到，就更好了。”

李鸿章想的是如何获得朝廷的批准，而唐廷枢想的是如何在民间创办实业。

回转上海之后，唐廷枢参与创办了旨在使华人得以博览、翻译西书西报、议论新事的格致书院，出资赞助教授英语的上海英华书馆。

唐廷枢的这番作为，博得了洋务派人士的赞誉。民间百姓也增加了对铁路的认识。

单说这一天，唐廷枢手捧一摞公文再次来到总理衙门求见李鸿章，差役说："中堂大人有事外出，唐大人您稍等一会儿。"

会客厅的门被关上，还挂着厚厚的门帘，可是，唐廷枢清楚地听见院子里有人吵吵嚷嚷，透过玻璃窗一看，只见几位总理衙门的官员正围着一位英国公使，这位公使盛气凌人、趾高气扬。官员们噤若寒蝉、拱肩缩背。大概他们是在争论一件事，没有让这位公使满意，公使越说声音越大，暴跳如雷，吓得这些官员们大气不敢出。

可把唐廷枢气坏了，他"啪"一下打开门，打屋里冲出来，三两步来到英国公使面前怒吼一声："大胆，你怎敢如此蛮横！"

哎哟，就这一句话，把总理衙门这些大臣们吓坏了："唐廷枢，住口！"

这位英国公使也感到很奇怪，他上下打量唐廷枢："你是什么人？"

唐廷枢圆睁二目："我先问问你吧，这是什么地方？这是大清国的总理各国事务衙门，你在这里随意咆哮，有失公使的身份，更是对大清的侮辱！"

这公使一听，立时语塞，气焰也顿时收敛了不少。他仔细一想，也对，我刚才确实有点失礼，可是为什么会这样呢？

他不知道，唐廷枢可明白，总理衙门的诸位官僚，大多昏聩糊涂，又不熟悉与外国人交涉的基本常识，总是一副卑躬屈膝的奴相，才使这些外国人的气焰嚣张，根本就不把大清官员放在眼中。

这时候，那些官员乘势上来相劝，英国公使得了个台阶，也就灰溜溜地走了。

这位刚走，就有人前来指责："唐廷枢，你竟敢得罪英国公使，若把事情闹大了，朝廷怪罪下来，叫我们如何担当得起？"

唐廷枢笑道："诸位不必惊慌，我在欧洲待的时间颇长，早已熟悉了欧洲的情况。在公堂重地任意咆哮，这首先是他不对，怎敢再向我们问罪呢？"

一番话说得众人没词儿了，一个个就都离去了。别看这样，唐廷枢心说，等李大人回来，我得问问他，我的做法到底是对是错。

可没想到，左等右等，一直等到晚上快掌灯了，李鸿章也没回来。又过了半个时辰，一名差役过来："唐大人，要不您先回去吧，中堂恐怕一时回不来。"

"中堂到底去哪儿了？"

差役低声告诉他："去恭亲王府了。"

"哦，难道是朝中出了大事？"

真让唐廷枢猜对了，确实出大事了。1874 年 5 月，日本发动侵台战争。李鸿章再次感到，没有铁路，军队行动缓慢，实在是不方便。他暗下决心，一定要再上折子请修铁路。

为了先探探宫里的口风，上头对修铁路的心思是不是有所松动，李鸿章乘轿往前海西街求见恭亲王。

恭亲王奕䜣是当今皇上的六叔，百官中的核心人物，十二家铁帽子王之一，也是洋务运动期间的首脑人物，此人头脑灵活，精通洋务，人称“鬼子六”！当年，英法联军攻入北京时，咸丰皇帝逃往承德，奕䜣以全权钦差大臣留守北京，负责与英、法、俄谈判，并与之签订《北京条约》。咸丰皇帝驾崩，奕䜣与两宫太后联合发动辛酉政变，成功夺取政权，授职议政王，也确立了两宫垂帘听政、亲王辅政的体制。可以说，他是慈禧太后的心腹，也是洋务运动的重要人物。





本来李鸿章一过晌午就到了，可是，到王府时，正赶上府门里走出几个从人，陪着一位客人。这个人神情紧张、步履慌乱，出府时，差点让门槛给绊着，多亏从人扶了一把。从李鸿章面前一闪而过。嗯？李鸿章恍惚觉得，这个人很面熟，一时又想不起来。

就在这时候，从人问了一句：“这位大人，您有什么事吗？”

“啊？哦！”

李鸿章赶忙把名帖掏出来，又递过两个门包，从人接过，不敢怠慢，慌忙进去禀报，不大会儿的工夫，就把李鸿章给接了进去。

恭亲王在多福轩会见李鸿章。

“卑职参见王爷。”

“起来，起来。”

扶起李鸿章，分宾主落座，从人献上茶来，寒暄几句过后，李鸿章言归正传，把自己的想法全说了。

恭亲王听了之后，表情阴郁：“少荃（李鸿章的号），你的想法不错，其实，我也对修铁路很感兴趣，只是，现在皇上病势沉重，提议修铁路恐怕不是最佳时机。”

“依王爷看，朝中还是反对声音多吗？”李鸿章换了个方向。

“不错。我一贯是支持你的主张的，自你离京后，我也有意探过皇上和诸臣的态度。朝里那些老顽固们只知道满口的祖宗家法，就是不肯睁开眼好好看看现实，不到洋鬼子打到眼前，怕是不会睁眼啦。就是打到了眼前，他们也可以一走了之，留下这烂摊子给咱们，哼！”

恭亲王说的这番话，可是经验之谈。当年英法联军进逼北京城时，咸丰帝以木兰秋狝为名，带着宫眷、阿哥公主、王公大臣跑到承德避暑山庄去了，独留恭亲王奕䜣在京谈判。

后来，咸丰帝驾崩热河，留下年幼的同治帝继位，并任命八名顾命大臣辅政。慈禧太后说服慈安太后，联合了奕䜣发动辛酉政变，这才有了后来的两宫垂帘听政、恭亲王辅政。

多年来，奕䜣一直是太后最倚重的人，更是洋务派的代表人物。今天谈着修铁路的事情，他却突然大发牢骚，言辞中显露出心灰意冷。

李鸿章听了，既吃惊又担忧，往前一探身："王爷，难道是朝里出了什么变故？"

只见恭亲王冲两边摆了摆手，吩咐从人："都下去。"

支走了从人，恭亲王压低声音告诉李鸿章："万岁爷龙体欠安，朝不保夕！"

"啊？"李鸿章听罢，大吃一惊。

# 第五回

## 观江景运筹修铁路
## 签条款收赎叹边陲

李鸿章到恭亲王府问计，得到了一个惊天的消息，原来此时的同治皇帝已经病入膏肓了。

恭亲王脸色阴沉地告诉他："少荃，你不知道，为了重修圆明园和皇上偷偷溜出宫的事，我和皇上起了几次争执。"

"什么？皇上偷偷溜出宫！"

"唉，这是家丑，按说不宜外扬。出我之口，入你之耳，切记，烂在肚子里，知道吗？"

"下官明白。"

"皇上宠爱皇后，可皇后跟西太后不和，弄得皇上心烦意乱，隔三岔五，他就微服出宫。这个事，有违祖制，我知道以后，拦阻过皇上，谁料他一意孤行。这个事我也理解，可话还必须得说，拿祖制教训，皇上大怒，差点摘了我的顶戴。碍于叔侄情面，又有众臣保奏，我才躲过一劫。所以，皇上心里是烦透了我。慈禧太后四十大寿以后，皇上就病了，刚才你进门时碰见那个人，就是宫里的李太医。据他所说，皇上的情形不妙啊。你想，这个时候我跟他说修铁路，他恐怕都起不来床了，估计听不进去。"

"哦！"

李鸿章话到嘴边，他想问皇上到底得的是什么病，可是，多年的为官经验，宦海浮沉，李鸿章把这句话又咽回去了。

"王爷，如果跟太后提呢？"

"不妥，太后此时心烦意乱，她一定去问计群臣，那些老顽固们要是听说了，一定会极力反对，我看此事难成。"

李鸿章沉思了片刻："如果直接说服两宫太后，不去问计群臣呢？"

李鸿章的意思很明白，您是王爷，您能直接到太后身边，有这个便利条件，为何不用呢？

恭亲王摇了摇头："少荃，你别忘了，当年那条展览小铁路可就是西太后下令拆掉的。"

“这个……”李鸿章还想再争取一下。恭亲王长长叹了口气：“唉，如今的情形，是朝里无人敢主持，两宫亦不能定此大计。”

“王爷！”李鸿章着急了，“这件事情可是关乎大清千秋万代的大计啊，总不能就这么作罢吧？咱们还有什么别的办法吗？”

王爷用右手指了指左手的手心：“少荃，孤掌难鸣啊。”

“唉！”李鸿章明白，恭亲王一定有诸多苦衷，自己也不好一再追问，当即起身行礼，辞别恭亲王，回转总理衙门。

这个时候，已经很晚了，刚到衙门，有差役来报：“启禀中堂，唐廷枢大人等候多时了。”

敢情唐廷枢根本就没走，他猜想朝中必有大事，一定得等到李鸿章回来。两个人一见面，李鸿章就把和恭亲王谈话的内容说出来了，尤其说到恭亲王所讲的“孤掌难鸣”四个字，深感洋务派势单力薄。



唐廷枢一边听一边想，自言自语说道：“是啊，孤掌难鸣，如今，只有恭亲王和中堂支持修铁路，以寡敌众，悬殊太大了。可是……”猛然间，唐廷枢右拳击左掌：“中堂，莫非王爷有话外之音？”

“哦！话外之音？是什么？”

“中堂请想，王爷一定是在告诉您：目下百官对于修铁路的反对声大，皇上也好、太后也罢，看到这么多人反对，自然不肯轻易吐口同意。如果能多些人向上面提出修铁路的建议，局面应该就好打开得多了。他是王爷，这些话不能从他的嘴里说出，但是，说‘孤掌难鸣’一定是想‘联起手来’，就如同上次卑职所说在民间加大宣传铁路的力度，道理是一样的。”

“哦。”

李鸿章背着手在地上走了两圈，“这件事，你看……”

话刚说一半，差役风风火火跑进来：“中堂，恭亲王急召！”

什么？自己回来不到一个时辰，难道是……李鸿章有一丝不祥的预感：“景星，你先回上海。备轿！”

“是。”

其实，他今天来的正事还没说呢，没办法，只好日后再说了。

没过多久，也就是1875年1月12日，也就是同治十三年腊月初五，北京城传出噩耗，大清同治皇帝驾崩了，庙号穆宗。

同治皇帝去世时仅有十九岁，乏嗣无后。为延续国祚，两宫太后与恭亲王商议，召醇亲王奕譞四岁的儿子载湉入承大统，这就是光绪皇帝。由于皇帝年幼，两宫太后再度垂帘。

宫门里头，出出进进，人来人往，忙着先帝驾崩、新帝继任的大事。

宫门外头，在上海黄浦江边，一位爱国实业家正在远眺沉思。

唐廷枢双眉紧锁，脑子里浮现的是他前不久在总理衙门见到的一幕。英国公使趾高气扬，任意在中国行走。他们以居高之态俯视大清，自己当年在怡和洋行的时候就感觉英国人有霸占中国航运之心。如今，自己主政轮船招商局，控制住了局面，可是，英国人对中国的贪婪欲望丝毫没有减退，铁路就是他们谋图中国的重要工具。

唐廷枢清楚地记得，1863 年 7 月，以英商为首的二十七家洋行，向官府要求承办上海至苏州铁路。同年 11 月，英、法、美三国领事以照会形式提出同样的要求。1865 年，英国商人杜兰德在北京宣武门外修建窄轨小铁路，以及 1872 年英商在天津租界摆演铁路。可以说，在要求与说服清政府答应修铁路上，英国政府和英国商人极尽所能。

但是，中国要想自强，就必须修筑一条自主勘测、自主设计、自主修建的铁路，这样，才能雄踞东方！

此时，一阵江风吹过，打破了唐廷枢的思绪，就听远处有人喊了一声："景星为何在此独处？"

唐廷枢抬头一看，从远处走来一人，正是容闳。

"纯甫，你怎么来了？"

"给你看看这个。"

说着，容闳递给唐廷枢一张报纸，上面刊登着一则新闻，大致内容是美国驻上海副领事布拉特福发起修建的一条从吴淞口到上海的"马路"，即将竣工。

唐廷枢点点头："这事早就听说过，他们也是为了改善上海至吴淞之间的航运。上海到吴淞之间河道淤塞，疏通困难，给轮船行驶带来了很大的麻烦。如果这条马路能够修成，确实有很大益处。"

容闳听了却摇摇头："可是，我总感觉没这么简单，单为这个就修一条马路？美国人未必有这么好的心肠。"

唐廷枢笑了："纯甫，你可是从美国留学回来的，怎么说出这样的话呢？"

容闳也笑了："我确实在美国多年，可精神没有被殖民呀！美国有先进的技术，但是，为了谋取中国的利益，他们可是一刻也没有停歇呀。”

唐廷枢没能理解容闳的话，直到一个月后，他终于理解了。

这天，唐廷枢在轮船招商局会见一位怡和洋行的买办。两个人私交很好，闲谈之中，这位买办无意中告诉唐廷枢，怡和洋行从英国本土订购了铁轨、机车和车厢，由海轮于半月后运抵上海。

两个人言来语去，谈笑风生，等这位买办走了，唐廷枢大为惊讶，他这才知道，上海到吴淞之间这条新修的“马路”，是英国商人要的花招。

在深入了解后，唐廷枢得知，原来，早在几年前，英国人就想修这条铁路，遭到了朝廷的拒绝。他们一计不成，又生一计。美驻沪副领事出面以建筑“寻常马路”为由，骗取了官府的同意，成立了“吴淞道路公司”，以“道路”二字模糊概念，由于资金短缺，转让给英国商人。紧跟着，一家名为“吴淞铁路有限公司”的机构在英国伦敦成立，就这样明铺暗盖，修路时沿路两边挖深沟，用泥筑成高三尺左右的车路。路基筑好了，“马路”修成了。修成之后呢？人家把铁轨一铺，这可就成了铁路！

而这场“好戏”的导演，正是当年建议在宣武门外修建小铁路的威妥玛。这个英国人熟读中国历史，这一次，他学的是中国古代一位军事家，那位西汉的三齐王韩信，来一个明修栈道、暗度陈仓。

唐廷枢气坏了，他想，如果让英国人这么闹下去，大清危矣！

怎么办？唐廷枢思索良久，提起笔来，写了一封信。

写给谁？福建巡抚丁日昌。

丁日昌是一位很有远见的洋务派大臣，与唐廷枢是故交。唐廷枢在信中建议丁日昌在辖地修筑一条铁路，要自主设计、自主修建，并且筹设一家银行，将来可在其他地方开设分行，为未来的贸易提供金融支持。

丁日昌见信后精神大振，他立刻给朝廷上了一道奏折，请修自主铁路。

奏折大意是，只有修铁路才能血脉畅通，才可以防外安内，不然列强总对海防边疆虎视眈眈。

丁日昌据理力争、言辞恳切，两宫太后见奏折后，与诸王公大臣多番商议，尤其想起几年前日本侵略台湾的战争，最终批复同意丁日昌所奏，可以修铁路。

丁日昌大喜，马上给唐廷枢写信，告诉他，大清马上就有自己的铁路了！

丁日昌踌躇满志，可他万没想到，好景不长，这条铁路居然胎死腹中。究其原因，还得从吴淞铁路说起。

吴淞铁路？就是刚才所说英国人从上海到吴淞间修的那条铁路，于 1876 年 7 月，公开正式营业了。英商擅筑吴淞铁路，从开始修筑直到通车，始终遭到士绅和村民反对。8 月，火车轧死行人，百姓震动。吴淞铁路事属违法，清政府提出强烈抗议。8 月 24 日，吴淞铁路火车停驶。

朝廷下旨，李鸿章在烟台与英国驻华公使威妥玛谈判吴淞铁路。由于是和英国人谈判，李鸿章立刻想到了唐廷枢，让唐廷枢随行，在谈判中担任他的翻译和助手。

唐廷枢怀着极大的愤恨跟随李鸿章来到烟台，他想凭借自己的雄辩之才帮助李鸿章打压英国人的气焰，万没想到，谈判的结果却令唐廷枢意难平。

对吴淞铁路的谈判结果是签订了《收赎吴淞铁路条款》。清政府以银二十八万五千两，买断吴淞铁路所有路段铁路、火车车辆、机器等项，于一年内分三期付清。在款项付清前，火车仍可运行载客。



由此，唐廷枢也想到了自己供职的轮船招商局。尽管现在抵制住了洋人的图谋以及恶性竞争，但是，单凭一个航运企业是无法救国的。看到洋人对中国财富的掠夺，唐廷枢内心受到深深刺痛，他念念不忘要为这个积贫积弱、任人宰割的国家尽自己的绵薄之力。

这一番苦心，李鸿章已经看在眼里，敬在心头。他知道，唐廷枢主张实业救国，应该让他有更大的作为。谈判结束后，李鸿章与唐廷枢进行了一番长谈。

“景星啊，近年来，为了富国强兵，朝廷开设了几家军事工厂，老夫也曾在三年前向朝廷建言：‘船炮、机器之用，非铁不成，非煤不济。’如今，闽、沪各厂，每天需要大量的煤和铁。而这些煤和铁基本都依赖进口，因为国内所产，大多不适用。如果咱们能招商集股购买机器自行开采本国高质量的煤铁，那样一来，洋煤洋铁不阻自绝，也能繁荣国内的工业。老夫曾派人筹办直隶磁州煤矿等煤铁矿，都未见成效，目下……”

说到这儿，李鸿章把话收住了，用手捻着他的白胡须，目不转睛看着唐廷枢。

唐廷枢这个人聪明绝顶，还用再问吗？李鸿章这是有意让自己担起这个担子。他心想，近几年来，自己一直为轮船招商局的用煤问题头疼，此事如果能成，那问题就解决了。

唐廷枢一下站起身形：“卑职愿领重任。”

就这样，在 1876 年秋，李鸿章令唐廷枢去往直隶，负责勘察开平煤矿。

这唐廷枢一去直隶不要紧，中国自建的第一条铁路即将诞生。

# 第六回
# 刘铭传请修铁路网
# 光绪帝下旨会群臣

唐廷枢被李鸿章派往直隶勘察煤矿，他走后时间不长，那条吴淞铁路也走到了尽头。两江总督沈葆桢下了一道令：拆毁铁轨、铲平路基、推倒车站，将吴淞铁路全线拆除。

这事让丁日昌知道了，丁日昌感到惋惜，但是，亡羊补牢，为时不晚。他在奏准后把从吴淞铁路拆下的铁轨等器材运至台湾备用。

可惜，想法很好，未能实现。一切事务准备完毕，可朝廷的经费迟迟不到。丁日昌急得火上房，找人去京里一打听才知道，朝廷现在负债累累、经费短缺，实在拨不出银两支持修建铁路。

丁日昌眼望京城，老泪纵横，加上长时间积劳成疾，他病倒了。

李鸿章知道消息以后，也是急得直跺脚。他清楚地知道，形势逼人，国家危急，急需自强，特别是修筑铁路。

1880 年，也就是光绪六年，沙俄因伊犁交涉问题，又以武力相威胁！这个时候，运兵成为重要问题，军情紧急，朝廷急召淮军将领刘铭传进京商讨防务大计。

提起刘铭传，可是个著名的历史人物。此人是淮军重要将领，洋务派代表人物，台湾省首任巡抚，受人敬仰。

可以说，刘铭传是继承了丁日昌的衣钵。刘铭传有政治眼光，锐意改革，具有实干精神。他主张务实自强的建设策略，也很推崇西学的开放襟怀，这种思想在当时算得上是很先进了。他总说，大清要想强盛，就必须"变西法、罢科举，火六部例案、速开西校、译西书，以厉人才"。

在刘铭传看来，目前的主要工作就是两个：一是整顿海防，二是兴筑铁路。到北京之后，他写了一道奏折，就是《筹造铁路以图自强折》，正式提出修铁路的主张。

折子中提出，应该修筑以北京为中心的铁路网，具体的措施是：从北京分别到清江浦、汉口、盛京、甘肃这四条铁路，是大清自强的关键。考虑到目前经费紧张，不可能四路并举，建议先修从清江浦到北京的路线。

写好之后，把奏折递进了紫禁城。

折子呈上御案，慈禧太后看了看："嗯，有道理。"

近几年，这位西太后的日子不太好过，考虑到局势大变，西方帝国主义列强和日本是蠢蠢欲动。几年前，丁日昌也曾上疏建言修铁路，为的就是便于运兵。慈禧明白这其中的利害，只是，祖宗家法在这儿摆着，从来也没有过学着西洋人修铁路的先例，更何况，修铁路势必会开山凿洞，损毁民田，若是坏了风水、惊扰了祖宗，这可是谁都担待不起的。

慈禧把这道折子放下又拿起，拿起来又放下，她是主意难定，吩咐一声："请六爷。"

六爷？那就是恭亲王奕䜣，百官之首，领班军机大臣，一应大事，都得让恭亲王把关。恭亲王领旨，急忙来到储秀宫。慈禧太后把刘铭传的奏折交给奕䜣："王爷，你看看。"





恭亲王接过来一看，立刻朝上回禀："太后，刘铭传的折子说得很有道理，按说，这修铁路也是总理衙门的差事，为臣正管。不过呢，直接负责的人，是李鸿章和刘坤一，应该问问他们的意见。"

"嗯，王爷说得有理。这二位，一位是北洋大臣，一位是南洋大臣。算是你的左膀右臂，问问他们吧。"

就这样，一道旨意传下，分别让李鸿章和刘坤一上折子，阐述自己的观点。

李鸿章接旨，别提多高兴了，他早就盼着这一天哪！供奉了圣旨，他提起笔来，写了一道长达四千余字的《妥议铁路事宜折》，细数修筑铁路的诸多好处，再三强调修铁路对国计民生的重要性。对那些所谓的"传统""祖宗家法"，逐一批驳。最后，详细提出了修铁路的具体方案。

第一，修筑路线。他完全赞同刘铭传的提议，先修清江浦到北京的线路。

第二，资金问题。由于所需资金庞大，无论是官还是商，都很难齐集，所以只能向洋人借债。但是，为保证主权问题，在借债时必须在合同中写明一切招工、采购材料以及铁路经营等事，都"由我自主，借债之人毋得过问"，而且还规定了不许洋人附股，强调与海关无涉，由日后铁路所收盈利归还贷款。

第三，人手问题。由刘铭传主持修路，用淮军"勇丁帮同修路"。用军队士兵修铁路。

一道《妥议铁路事宜折》写好了，上呈西太后，李鸿章的事儿办完了，接下来就得看刘坤一的。

刘坤一这个人从内心是赞同修铁路的，可是，此人处事圆滑，他深知朝中顽固派势力强大，劝服太后接受也非一朝一夕可成。思来想去，刘坤一来了个有他五八、没他四十，和了个稀泥，写下一道奏折，奏折里，也不说支持，也不说反对，只是客观陈述了铁路修与不修的好处与弊端，觉得应该命刘铭传再仔细推敲一下修清江浦至京城铁路的利弊。

就这样，两道奏折一左一右摆在御案上，慈禧太后看看这个，再看看那个，一个明确支持，一个模棱两可，哎呀，这可如何是好？

有心再请恭亲王，又一想，我自二度垂帘以来，也该看看众臣的态度，不如借这个机会，把众臣召集一处，集体议论一番，就是这个主意！

当即下旨内务府："叫大起！"

"叫大起"其实就是一种特殊的朝会形式，就像我们今天的公司例会，四品以上官员全都得来。

原本按照圣祖康熙定下的规矩，每十天一次大朝会，特殊时期五天一朝，在京四品以上的官员才有资格参与朝会，其余品级的官员和外省在京官员是否参加，则要看皇帝是否传召。

到了同治、光绪年间，两宫垂帘听政时，就形成了这种特殊的朝会形式——大起。如果有重要的政治或外交难题，需要集结重要大臣讨论，开展大规模的"御前会议"，地点一般是养心殿东暖阁。

因为刘铭传是此次修铁路的提议者，李鸿章和刘坤一是慈禧太后点名要求发表意见，这三位是必须要参加的。

随着一道旨下，军机大臣与其他大臣同时被召见，恭亲王奕䜣领头，醇亲王居次，其余按官阶分先后，成单行缓步而进。

养心殿东暖阁里人头攒动，正中御案后端坐着年仅十岁的光绪皇帝，他身后是两块厚厚的帘幕，帘幕遮住两个御座，分别坐着东宫太后慈安和西宫太后慈禧。

御座珠帘，君临天下，母子三人，同掌朝纲。

由于此次召见的大臣人数较多，大家挤挤挨挨地跪在东暖阁里，衬得这屋子仿佛比平时小了不少。

众人请过安，光绪皇帝吩咐一声，让领班太监把刘铭传的《筹造铁路以图自强折》当众宣读一遍，跟着，命众臣对是否修铁路展开讨论。

众文武你看看我、我看看你，谁也不敢说话。确切说，谁也不敢第一个说话。

这时只听有人瘀嗽一声："咳咳。"

恭亲王奕䜣出班："臣有一事不明，此次召刘铭传大人进京，是为了商讨应对沙俄侵占伊犁之事，刘大人为什么先提出修铁路？这远水解不了近渴。"

恭亲王的话，听似雾里看花，实际上是牵出一个头儿，把题目抛出来，让大家就此展开讨论。因为他是众臣之首，他不说话，谁也不好意思先发言。

可就是这几句话，不亚于在平静的水面上扔下一块大石头，瞬间激起了层层浪花。

刘铭传早有准备，他冲恭亲王一拱手："回禀王爷，大清与沙俄接壤数千里，如果早通铁路，现有兵力就可以尽数调遣！如果没有铁路，仅靠在各处屯兵增兵，实属防不胜防，且耗费大量军饷。所以，下官提议修筑铁路。而且，修筑铁路不只是为了眼前应对沙俄，近年来英、日等国也很不安分，我大清边防海防各数万余里，如果处处设兵把守，实在困难，眼下兵力、财力捉襟见肘！如果有了铁路，便可以缩短行路时间，即便是滇、黔、甘、陇，也不过十几日就可到达，防守之旅，皆可为游击之师，一呼可集，声势联络，所有兵勇，皆可以一当十，这就是主张修筑铁路的原因。"





刘铭传身子冲着恭亲王，可这话，是给所有人听的。

恭亲王欣慰地点了点头，看了看群臣，又朝御座望了望。这时候，那位年幼的光绪皇帝，都听入神了，瞪着两只大眼睛，紧握一对小拳头，张嘴要说话，回头看了看，又把嘴闭上了。

这时候，刘铭传稍微顿了顿，接着说："修铁路更是为了自强。自强之道，练兵造器固然要依次进行，但最要紧的是早早修起铁路。修铁路对漕务、赈务、商务、矿务、出行等都有莫大的利处，而对于用兵一道，更是极为有用，宜早不宜迟。以京城为中心修筑铁路网，更是可以拱卫京师，这也是出于防务的考虑。"

一说到防务京师，有几位顽固派大臣要出言拦阻，李鸿章发现了，急忙上前一步："臣附议，刘大人所言，句句为的是大清江山社稷。各位大人可能对修铁路不太了解，之前，臣也曾上过折子，折子中已经写明修铁路有九利。"

这句话一说，所有人都把耳朵支棱起来了，他们看着李鸿章，都想听听这九大好处是什么。

李鸿章伸出手来一条一条地数："一者，便于国计；二者，便于军政；三者，便于京师；四者，便于民生；五者，便于转运；六者，便于邮政；七者，便于矿务；八者，便于招商轮船；九者，便于行旅。”

李鸿章重整衣冠:“除此九利之外，臣还请陛下、太后、诸位同僚细思细量，圣祖时期，英吉利、法兰西等不过西方小国，偏安一隅，如今英吉利雄踞欧洲，法兰西屡屡在我边境生事，英、法两国屡挑起战端，更有沙俄每欲鲸吞。这些国家，从前哪敢与我大清这么明目张胆开战？他们的底气究竟何来？据臣看，不过是近些年来发迹了。他们发迹又是靠的什么？正是靠铁路获利！这些年，各国先后占夺邻疆、垦辟荒地，没有不以铁路为先导的。如今各国都有铁路，我大清断不能没有！”

李鸿章越说越激动，声音越来越大，说得那位九岁的光绪皇帝都要站起来了，看来他对修铁路很感兴趣。刚要说话，珠帘后有人轻咳一声:“咳咳！”

光绪明白了，这是圣母皇太后慈禧老佛爷在提醒自己，要有威仪，得，听着吧，又坐下了。

刘铭传和李鸿章的话，着实打动了群臣，有些顽固派大臣，也开始转变思想，他们这才知道修铁路有这么多好处。

可是，今天这个朝会，与其说是商讨政事，倒不如说是一次辩论会，谁都想在这个场合一展辩才，如能口吐莲花，说倒对方，那一定会得到太后和皇上的欢心。

很多人起的是这个心思。

这时，通政使司参议刘锡鸿出班，冲李鸿章拱了拱手:“中堂，对于铁路，那些外夷可以修，唯我大清修不得。”

他这句话，引起了所有大臣的注意，大伙儿都知道，刘锡鸿是留过洋的，他见识过西方的火车，他为什么不同意修铁路呢？

李鸿章也是一愣，心说，你刘锡鸿是留过洋的，你是知道铁路的好处，你怎么能说这种话呢？

不用说李鸿章，就连慈禧太后都把身子往前探了探，她也想听个究竟。

刘锡鸿一点儿没在乎。清了清嗓子，他慷慨陈词:“外夷与我邦不同，西洋人不知山川之神。而在大清就不一样了，大清国有数不尽的名山大川、江河湖海，如果修造铁路，难免不被山陵阻拦，需要用火药炸开，在半山上凿洞，或遇湖海，掩土填之。那样一来，岂不惊扰山河，一旦上天降罪，岂不是要常发旱涝之灾？”

刘锡鸿的话没说完，李鸿章急了，一摆袍袖:“荒唐！每每提及修铁路，你们便抬出山神河伯这些子虚乌有之词！慢说没有这些存在，即便是有，要知道，圣人既作刳木为舟、剡木为楫。舟楫之利，以济不通。圣人造舟车就是为了便利交通，举国上下无不通之处。当初，秦始皇书同文、车同轨，更可谓盛事。技术精进，自然要在圣人所制舟车之外，别出新意，精进交通方式。如果现在不用火车，就好似已用舟车的时代放弃车马，退回到茹毛饮血的荒蛮时代，势必会落后于人。”

这可是李鸿章早就想好的词儿。他早知道今天一定会有人又拿神仙说事儿吗？不管是谁，只要你一提惊扰神灵，我就抬出圣人来压你。世界上原本没有车船，圣人觉得要方便交通，就造了车船，当时圣人也没考虑山神看见马车、龙王看见船舶会吓着。怎么今天一说修铁路，这些神仙就都不干了？纯属胡说八道，无稽之谈！

# 第七回

# 东暖阁铁路大辩论
# 西太后折中罢干戈

东暖阁内争论不休。

光绪皇帝听了几位大臣的对话，他觉得很受教育。

这位新继位的少年天子，才九岁。别看岁数小，他的想法很多。按照正常情况来说，他是没有资格继承皇位的。但是，他的堂兄，也就是同治皇帝，英年早逝，由于同治死时太过年轻，并没有留下子嗣，所以，慈禧太后不得不从皇室子弟中挑选一个合适的继承人。为什么不挑同治的子侄辈呢？因为慈禧的权力欲太重，如果那样一来，她就是太皇太后了，没有辅政的资格。所以，才挑了一个同治的平辈，也就是醇亲王奕譞之子，爱新觉罗·载湉。

挑选载湉有两重原因：第一，载湉年纪小，好驾驭；第二，醇亲王的福晋是慈禧的亲妹妹，这种关系，慈禧焉能不用？

可是，自打这位小皇帝入宫，他是吃尽了苦头。慈禧为了让光绪和自己亲近，想方设法阻止他和亲生父母见面。同时，慈禧为了巩固自己的地位，对光绪进行严厉的束缚，动不动就借故大发脾气训斥光绪。对于一个不到十岁的孩子来说，见不到亲生父母，每天听的都是祖制古训，还要面对一个十分强势的母亲，有委屈不敢哭，有眼泪不敢流，其境遇可想而知。

不过，艰难的环境也确实能够培养人的志向。光绪皇帝人小志大，眼看大清日益衰败，他也有改天换地的豪情壮志，很想同自己的祖先一样，开辟一番盛世。

无独有偶，百密一疏，慈禧太后千算万算，她疏忽了一件事。在为光绪皇帝选老师这件事上，慈禧煞费苦心，她怕光绪学不好，又怕光绪学得太好。最后挑来挑去，挑中了咸丰年间的状元、军机大臣翁同龢，让他在毓庆宫教授皇帝。

别看翁同龢出身于书香世家，他很支持洋务，在教授光绪皇帝的时候，除了四书五经、九引八股以外，经常给他带一些外国的小玩意。有一次，翁同龢送给光绪一个八音盒，不到两天，就让光绪给拆了，发条螺丝全都出来了。翁同龢问光绪："万岁，您为什么把它给拆了？"

光绪回答："老师，我想看看这个小东西的原理是什么。"

小孩儿童言无忌，说出了自己真实的想法。翁同龢大喜，他看出来了，光绪皇帝是一位目光广远、有意维新的有道明君！

然而，世事总是那么不尽如人意，在光绪成长的道路上，慈禧太后成了挡在他面前的一座大山。光绪皇帝有帝王之名，无帝王之实。他现在想争取的，就是有朝一日大婚掌权。

朝堂上众臣的话让光绪又看到了另一层天。他这才知道，大清四周隐患重重，如果能修上铁路，对经济、军事都有益处，这是好事啊！有心跟着众臣一起讨论，无奈自己现在只能听会，不能发言。

此时，群臣的舌辩还在继续。李鸿章以“圣人”压制住了刘锡鸿的“神灵之说”，说得刘锡鸿无言以对，诺诺后退。

李鸿章志得意满，笑纹儿还没收回去呢，从旁边走过一个人，中等身材，四方脸，黑眉细目，三绺短须。只见他冲李鸿章一拱手：“哈哈，李中堂，余下不才，有一言，不知当讲不当讲？”

李鸿章闪目一看，说话之人正是内阁学士周德润，“周大人请讲。”

“那就恕在下直言了，听中堂刚才所讲，看似是为大清着想，可细想起来，未必是真。”

“什么？”李鸿章眉峰一挑，圆睁二目，“周大人，你这是要陷我于不义吗？”

“李中堂，你我就事论事，对事不对人。刘大人、李中堂口口声声是为了防洋人才修铁路，可是洋人为什么要犯边？还不是因为我天朝富庶。若是真如二位大人所言，修铁路利于国计民生，能让百姓也获利，那我们越繁华、民众越富裕，岂不是更刺激那些野蛮的夷人来抢夺？大人可知，匹夫无罪，怀璧其罪！”

周德润最后这句话，可把李鸿章气坏了。李鸿章熟读经史，他知道，“匹夫无罪，怀璧其罪”是《左传》里的一个典故，是说一个人有才能、有理想反而会招来祸事。

李鸿章为什么生气呢？因为他听出来了，周德润这是在颠倒黑白！一个人有才能会招来祸事，一个国家富强也会招来邻国侵略，这是生搬硬套、偷换概念！用今天的话说，周德润就是典型的受害者有罪论。

李鸿章本来想发怒，偷眼看了看恭亲王，恭亲王抬起左臂，用袖子挡住，右手在下面轻轻一摆，那个意思，是让李鸿章忍耐。

李鸿章明白了，他强压怒火，调整了一下情绪：“周大人此言大谬！洋人之要挟与否，视我国势之强弱！如果我们能自强、百姓富裕，洋人才越发不敢轻视我们，不敢如此放肆地向我们提各种无理要求。如果我们不能自强、百姓贫穷，则国势更弱，那样一来，才更会受洋人轻视、欺凌！强富相因，民富则国强！若依周大人所言，遏制民众富裕，就能阻止洋人侵略我国的野心，那么我大清将永远落于各国之后。自古至今，哪有你这样的谋国庇民之道？为守土固国、庇佑百姓，就让百姓贫穷？简直是荒唐！”

李鸿章一番陈词说得周德润面红耳赤：“你、你、你！”

敢情周德润有个毛病，一着急就结巴，光张嘴说不出话。这时候，有人拽了一下他的衣角，周德润回头一看，是自己的好朋友，江南道御史屠仁守。

屠仁守上前一步：“听中堂刚才的话，似乎有些避重就轻！您只谈修铁路能使百姓富裕，却对您自己欲从铁路中获利一事避而不谈。您提的九利，这里面利于民生的仅有一条，其余八条呢？您这是煽动陛下与民争利！外夷以经商为主，君与民共谋共利。我国以养民为主，君以利利民，而君不言利者也！”

李鸿章一听，这可有点强词夺理了，关键时刻，自己绝不能放松一步：“屠大人，你要知道，欲自强必先理财。时局如此艰难，国库空虚，捉襟见肘，你只知空谈，不通实务，空食君俸，关键时却不能为君分忧！陛下、太后，我朝处数千年未有之奇局，自应建数千年唯有之奇业！如果事事拘泥于古语、成法，只怕我大清将日渐危弱，最终无以自强。”

李鸿章的话有道理啊，说白了，就是没钱怎么办事！我们当前处在大变革时代，就不能墨守成规。光空谈不办实事、光抱着“君不言利”的古训不放，国家就会受穷，受穷就没钱变革，不变革就要落后，落后就要挨打。

一番话说得屠仁守哑口无言，这时候听有人高喊一声：“爱卿言之有理。”

是那位光绪皇帝，他实在忍不住了！这就好像在剧场看演出，演员的表演太精彩了，到关键的地方如果观众不叫一声“好”，实在是太难受了。

光绪皇帝就是这种心情，他觉得李鸿章说得好，必须表扬一下，可刚说了这么一句，背后又传来一声轻咳。光绪立即闭上了嘴巴，不敢再言。

这声轻咳的人是谁呢？慈禧。慈禧本来想再训斥几句，刚把嘴张开，又闭上了。怎么了？那位东太后慈安正看着她呢。这里面的关系，是错综复杂。

别看这个小小的举动，已经表明了立场，皇帝支持，太后不满。

在场这些大臣里，善于察言观色、惯会见风使舵者居多，顺天府丞王家璧就是这么一位。他左瞧瞧又看看，尤其刚才太后那声咳嗽，他立马就明白了。王家璧用手点指李鸿章和刘铭传："二位大人不是在为我大清谋划，而是在为洋人谋划吧？"

这句话可太严重了，李鸿章、刘铭传两个人同时一瞪眼："你这话什么意思？"

"呵呵，二位息怒！根据二位的意思，如果铁路修通，全国上下四通八达，请问，一旦间一处有失，洋人就可用铁路在我国境内来往穿梭四处运兵，那样一来，大清将四面受敌。这难道还不是为洋人谋划吗？再有，人臣从政，怎可轻易变更祖宗家法？历代帝王及本朝列圣定下的法制，怎可弃之不顾！"

"哈哈哈！"李鸿章冷笑一声，"仗还没开打，铁路还没修，王大人就先想着我方失利，铁路被洋人占去，真是好大的志气！至于变更祖宗家法，王大人难道没听过王荆公说的'天变不足畏，祖宗不足法，人言不足恤'吗？"

李鸿章说的王荆公，就是指北宋的王安石，他向宋神宗提出变法时，为了坚定皇帝的决心，说出了这句"天变不足畏，祖宗不足法，人言不足恤"，意思是告诉宋神宗，只要这变革是有意义的、有好处的，就应该去做，天象的改变、祖宗的规矩、人们的非议，都是不必畏惧的，其实也依然是劝皇帝不必墨守成规。"有这些先贤古训你不采纳，却以人臣从政来阻止国家富强，真是迂腐之极！"

"你！"

眼看双方就要吵起来，东暖阁里充满了火药味，一个个如临大敌，吓得光绪皇帝直哆嗦。

别看皇帝害怕，帘子后头的两宫皇太后可一点儿都不害怕。这位慈安太后，出身优越，久经世面，臣子之间争吵，这很正常。那位慈禧太后可不一样，她是巴不得大伙儿吵起来，在她看来，如果臣下都是一条心，她的位置就不保了。可也不能老这么吵啊，总得有一位劝架的呀，找谁呢？恭亲王？不行。慈禧看出来了，今天这个场合里，恭亲王隐藏得最深，这只老狐狸绝不会轻易露出尾巴。他不行，那就……有了！慈禧看了一眼醇亲王。

醇亲王奕譞，是恭亲王的弟弟，而且，是光绪皇帝的亲生父亲，也是慈禧的亲妹夫。自打光绪继位以来，醇亲王变得寡言少语，朝会上，能不说话就不说话，能说俩字绝不说仨字。慈禧明白，醇亲王怕担"皇父"之嫌！

为这个事，慈禧也跟醇亲王聊过，劝他打消这个顾虑。可醇亲王非但没有打消，反而更加谨慎。而且向慈禧表过态，说自己绝不会做越轨之事，大小事宜，全凭两宫做主。

有这话在先，慈禧打算让醇亲王替自己说几句话，一个眼神递过去，醇亲王心领神会，急忙出来打了个圆场，把话题导向了一个相对温和的方向：“李中堂，如果修铁路，可能会因铁路的铺设而阻碍民间车马和往来行人，甚至可能导致拥挤磕碰，不可忽视啊！”

这个问题，刘铭传和李鸿章曾仔细讨论过，此时回答起来也是胸有成竹。刘铭传一拱手：“王爷，此事您尽可放心。第一，可以设旱桥，在桥上铺设轨道，避免铁路与普通道路交叉；第二，如果不能避免交叉，可以在铁路左右两边设栅门，并设置岗哨瞭望，火车将至时，关闭栅门以阻止行人车马通过，待火车通过后，再开启栅门正常通行。”

刘铭传说的第一点，其实就是立交桥，这样的观点在今天来看，并不稀罕，但是在当时，国人真的是闻所未闻、见所未见。





醇亲王听了也觉得稀奇，这时候，珠帘后的慈禧太后问了一句：“刘坤一，你也说说。”

刚才的醇亲王算是暗使，现在叫刘坤一，这算明点。

南洋大臣刘坤一向来圆滑，今天，他本来不打算说话，见被西太后点了名，也就猜透了西太后的意思，立即回禀：“太后，臣的想法都写在折子中了。修铁路兹事体大，修有修的弊端，不修也有不修的好处。只是修铁路耗费不小，需用大量人力、财力，从何处调拨银两？又从何处征用劳役？这些事情还望李、刘二位大人仔细斟酌。”

其实关于修铁路的钱和人的问题，刘铭传的奏本和李鸿章的折子里都给出了明确的解决思路，前文书也已提过。刘坤一不过是看出朝中顽固派势力强大，反对者众多，慈禧太后虽然觉得李、刘二人言之有理，但迟迟下不了决心。因此他决心和个稀泥，不论太后如何决断，他这番说辞都没有错。

可让他这么一说，眼前辩论会的火药味儿一下就没了，从针锋相对变成了轻声探讨，李鸿章还想再争取一下，偷眼看了看恭亲王，就看老王爷紧闭双睛，跟睡着了差不多。李鸿章懂了，王爷这是让自己罢手。

的确，今天这场辩论，双方势如水火，虽然李鸿章和刘铭传能够据理力争，怎奈寡不敌众，恭亲王已经看出慈禧太后的意思，她不想修铁路。之所以让李鸿章罢手，恭亲王是想再去争取一下慈安太后的支持，因为慈安太后也是推崇洋务的。

眼下这场辩论如何收场呢？还是慈禧太后出来主持，既不向灯也不向火，更没有公布决定，只说了一句“皇帝累了”，命众臣退出，这次御前会议就算结束了。

众臣依次出离养心殿，保守派大臣是扬眉吐气，洋务派大臣是垂头丧气。刘铭传快步追上李鸿章："中堂，太后这是什么意思?"

李鸿章摇了摇头，一句话没说，乘大轿回转府邸，刚到大门口，家人来报："中堂，有一封公使馆的信件。"

"拿来。"

家人把信呈上，李鸿章打开一看："什么？京张铁路!"

# 第八回

## 英人觊觎京张获利
## 唐公巧思唐胥通车

李鸿章在府门外接到一封信，看完之后脱口而出四个字：京张铁路。

原来是一位英国商人托英国公使想走李鸿章的门路，投资修筑张家口到北京的铁路，而且先从北京到张家口这一段修起再向北延伸，所以这一段就叫京张铁路。

“唉!”李鸿章叹了口气，他明白这是英国人要从中取利，但也有一定益处，可是，目下朝廷对修铁路的态度……

想到此，李鸿章无限惆怅，这一次朝会，自己面对朝廷的顽固派，提出了诸多反对意见，逐一进行了有力的批驳。但是，要想打通不谙外情、拒绝睁眼看世界诸公的心窍，何其难也!

再加上慈禧太后为了平衡朝局，对众臣既不褒奖，也不训斥，只是随便找了个借口，敷衍了几句话，就草草退朝，一场铁路大辩论，就这样虎头蛇尾地结束了。这个时候如果提出修建京张铁路，那就会石沉大海！得找一个合适的机会提出来。

什么时候合适呢？李鸿章下意识地用手一拢银髯，自己快六十岁了，步入老年了。夕阳无限好，只是近黄昏啊!

由此，李鸿章又想起了当年被送出国门留洋的少年们，真盼着他们能带着先进的理念胜利归来，能为江山社稷注入鲜活的力量!

是啊，孤掌难鸣！恭亲王说得太对了，如果能“呼啦”一下站出十几位大臣异口同声说出修铁路的好处，朝廷绝不会不答应。唉，这股力量何日才能聚集呀？除了那些急于获利的洋人，恐怕没几个中国人想修铁路。

哎，这话还真说错了。李鸿章不知道，就在此时此刻，另有一人正在冥思苦想要在中国大地上筑起一条属于中国人自己的铁路。

这位是谁呀？唐廷枢。

前回书咱们说了，唐廷枢奉李鸿章之命来到直隶唐山勘察开平煤矿。

到任以后，唐廷枢聘请一位英国矿师做技术指导，带领一行人在开平、古冶、凤山、桥屯一带，考察煤窑、铁石情况。深入到小煤井里观察煤层的形态，并带回煤块和铁石样品，请专家进行检验。

经过初步化验，开平煤铁品质优良，且其铁既无磷酸，其煤又无硫黄，甚有开采价值。

唐廷枢大喜，继续带人进山考察，希望得到更为精准的结果，而且，在直隶唐山开平镇正式成立“开平矿务局”，唐廷枢任总办，并亲自拟定官督商办章程，准备招商集股。

有人问了，既然是一心勘测煤矿，那为什么说他想修铁路呢？

这就得说是唐廷枢的高瞻远瞩了。在他看来，这些煤除了矿务局自用及就地销售外，主要是销往天津。唐山向天津运煤，要从陆路先运到芦台，然后再改走水路，由大沽口入海到天津。这样的运输很麻烦，而且运费也高。如果由唐山至芦台修筑铁路，用火车运煤，既可以减少运输上的麻烦，还可以降低成本。所以，唐廷枢认为，真正的困难不在于开采，而在于运输。





他曾经给李鸿章写过信，说出了自己的想法，李鸿章也有此想法，还去请示过恭亲王奕䜣。

恭亲王想了想，李鸿章提出的运煤铁路，是在荒无人烟的山里修，这矿山铁路太后或许不会反对。

结果，去向慈禧太后汇报，慈禧太后还没说什么，那些顽固派人士“扑通、扑通”跪在地上三行鼻涕两行泪，磕头好像鸡啄碎米，恳求太后恪守祖宗家法。慈禧无奈，只好驳回了恭亲王的请示。

其实，这个结果早在唐廷枢的意料之中，可是，作为一位实业家，唐廷枢早就想过，大清要想实现富强，轮船、铁路、电报……这些一样都不能少。

只不过，按照历年来朝廷对修铁路的态度，再加上前不久的铁路大争辩，如果再次请修铁路，朝廷一定再次驳回。但是，眼看着成吨的煤在运输上遇见了困难，唐廷枢心急如焚，在家中冥思苦想。

连着三天，唐廷枢茶饭懒咽，人都瘦了。管家挺着急：“大人，您这么不吃不喝可不行。”

唐廷枢一听：“嗨，我这不是有心事吗？”

“有心事……要不这样，您出去走走，散散心？”

管家的意思是让唐廷枢换换空气，走一走遛一遛，肚子饿了好吃饭。

他自己都没想到，这句话可把唐廷枢给救了。

“好吧，那我就出去转转。”

说完话，唐廷枢换了便服，打家里出来了，几名家人在不远处跟着。

去哪儿啊？他也没有目的，走着走着，听耳边传来了锣鼓声，抬头一看，呦，不远处有个戏园子，门口戳着水牌，就是节目单。

看看这些戏码，有《群英会》《钓金龟》《三岔口》，大戏小戏全都有。嗯？忽然，唐廷枢发现有块牌子上写《跨海征东》，唐廷枢停下脚步，就盯着这四个字，跨海征东？他想起来了，这是唐朝大将薛仁贵的故事。

唐太宗御驾亲征，领三十万大军以宁东土。一日，浩荡大军东进来到大海边上，李世民见眼前白浪排空、汪洋无穷，当时向文武官员问过海之计，这些从长安来的官员，大多数没见过这么大的海。一时间面面相觑，无人答言。无奈之下，太宗命群臣速速商议渡海之策。

就在这个时候，在军中担任前部总管的张士贵见到这汪洋大海、惊涛骇浪，不免担忧此次渡海能否护驾成功。于是急忙召亲信僚属刘君昂前来一同商议，而刘君昂则举荐了他新招募的武士薛仁贵。

薛仁贵信心十足，他对张士贵说："启禀总爷，关于渡海的办法，小人已经想好了。"张士贵大喜，连忙问是什么办法。薛仁贵走上前去，凑到张士贵的耳边，如此这般说了一遍。听罢，张士贵连声称好，令他速去准备，自己也起身去各处安排。

唐太宗正准备召见军中各总管前来商议渡海之事，只见有大臣过来禀报，当地有一个豪民愿意承担这三十万大军的渡海之粮，请求见驾。太宗惊喜，随即宣召进帐。

太宗见到这个所谓的豪民鹤发童颜、气度豪爽，向他询问海情，又能娓娓道来，很是欣喜。豪民恭请太宗以及文武百官到他家饮宴，以表敬意，太宗皇帝欣然应允。于是太宗以及百官跟着豪民缓缓而行，行走了数里后，远远看见约有百户人家，竟然全部围在一片彩色帷幔之中，该豪民资产之丰厚可见一斑。豪民引太宗及百官进入幔内，只见处处都有彩幕遮围，看起来十分华贵。太宗皇帝刚一坐下，豪民就一声招呼，顿时乐声悠扬，舞影翩翩，美酒佳肴，应有尽有。太宗及百官开怀畅饮，不觉人人皆醉，一连数日，天天如此。

有一天，太宗皇帝正在畅饮，突然发现桌上的杯盏倾侧，人人摇晃不定，风声呼呼，太宗皇帝初以为是自己喝醉的缘故，但稍一镇定之后，又觉得不是。

太宗皇帝连忙问："这是在哪里？"张士贵想趁机冒功，便向皇帝躬身奏道："这就是微臣我所想的渡海之策，三十万大军现正在乘船渡海，已经快到岸边。"太宗皇帝环顾左右，发现果然是在船上，心中十分喜悦。

豪民见到东岸在望，大功将成，急忙伏地请罪。太宗皇帝方知这个豪民其实是新招的壮士薛仁贵所假扮，“瞒天过海”之计就是薛仁贵所献，心中十分欢喜，并大加赞赏。

这就是跨海征东、瞒天过海的故事。唐廷枢虽然没进园子里看戏，但是，他知道这段故事。猛然间，唐廷枢以掌击额：“有了！”

转身大步流星，唐廷枢回家了，而且边走边笑，嘴里自言自语。后面跟着的家人都纳闷，老爷这是怎么了？

他们不知道，唐廷枢这是想到妙策了！他想，薛仁贵能瞒天过海东征，我怎么就不能瞒天过海修筑铁路呢？

朝廷不让我修铁路？那我就说我修的是马路、是硬路！不让我在北京城修，那我去山里修！今天，我何不也来个明修栈道、暗度陈仓呢？！





主意打定，唐廷枢给李鸿章写了一份报告，报告称：天下各矿盛衰，先问煤铁石质之高低，次审出数之多寡，三审工料是否便利，四计转运是否艰辛。

综合考虑，开平煤铁在前三个方面都不成问题，但必修筑一条“快车路”，克服地势陡峻、不便运煤的问题，方可大见利益。

同时，唐廷枢还给李鸿章算了一笔账：如果唐山到芦台这条“快车路”修成，开平矿挖出的煤的交易将大为受益。

李鸿章一看这报告，差点乐出声，什么“快车路”，这分明就是修“铁路”！看来唐廷枢跟自己不谋而合啊，他也想来个瞒天过海。行，既然朝堂上那些老古董们一听“铁路”就反应这么大，那咱们不说修铁路，也不说“快车路”，干脆，就说是修“马路”！

就这样，开平矿务局打着“修马路”的名号开工了。

为这件事，经天津海关税务司推荐，唐廷枢专门请来一位高人，是英国的一位工程师，叫金达。此人年幼时随父学艺，后于俄国圣彼得堡修读铁路工程。1873 年在日本任助理工程师。1877 年，由于爆发了战争，金达被日本铁路部门解雇。当年，金达离开日本前往上海。在上海，他认识了唐廷枢。

唐廷枢花重金礼聘，请金达担任总工程师。

值得一提的是，修筑之初在采用什么轨距问题上发生了争论。唐廷枢出于降低造价考虑，主张建 762 毫米的窄轨铁路。而金达却认为“这条矿山铁路一定要成为日后巨大的铁路系统中的一段”，应该采用 1435 毫米的轨距（与英国的轨距相同）。

唐廷枢一时拿不定主意，问计李鸿章。李鸿章权衡再三，接受了金达的意见，后来的事实证明这确实是十分正确的决定。中国在世界上修铁路比较晚，但中国初建铁路就选用了标准轨距，避免了日后改轨的问题。

就在 1881 年 11 月，这条“快车路”通车了，实际上，就是唐胥铁路。这牵引的火车头，是金达设计、中国工人自己制造的一台简易蒸汽机车，也就是著名的“中国火箭号”，中国工人在机车两侧各刻一条龙，所以，当时也叫“龙号”机车。

通车第一天，就听“呜”一声响，这是“龙号”机车在中国铁路上发出的第一声问候。

唐胥铁路虽然只有十公里，但其示范价值巨大，被后人视为晚清洋务运动以及中国铁路事业的一个风向标。

机车开动，铁路通行！唐廷枢大喜过望，可高兴没几天，出事了。

一道弹劾唐廷枢的折子递到了慈禧太后的面前。

敢情就在当年的 4 月，宫廷出现了巨变。那位东太后慈安，忽得暴病，死在了钟粹宫。

同治、光绪时期，两宫并尊。多年来，东太后慈安秉承祖训，悉心治理后宫，她为人善良，很多人都很钦佩她。

如今，东太后一死，国家大权就落入西太后手里。眼下，慈禧太后独断乾纲，一尊独大，大小事宜都要亲自过问。那道弹劾唐廷枢的折子，正是出自李鸿章的老对头，上回书里说的那位内阁学士周德润之手！

上一次铁路辩论会上，周德润被李鸿章损了几句，当时那么多的同僚，周德润脸上无光，他怀恨在心，每欲思报。如今听说唐山修路的事，周德润大喜，认为自己报仇的机会来了，提起笔来在奏折里重点提出，唐山至胥各庄一段的路根本不是什么马路，那就是条铁路。唐廷枢恣意妄为，李鸿章欺君罔上，用蒸汽机车拉煤，机车直驶，震动东陵，且喷出黑烟，伤了黎民百姓的庄稼。

慈禧在长春宫看罢奏折当即大怒：“好你个唐廷枢，竟敢欺瞒朝廷！”

吩咐李莲英：“传恭亲王。”

“喳。”

“等会儿！”

慈禧想了想：“传醇亲王。”

“喳。”

不大会儿的工夫，醇亲王奕谡诚惶诚恐地来了。

行过君臣大礼，慈禧用手拍着御案：“七弟，你可听说唐山那条马路变铁路的事了?”

醇亲王心里一紧：“回太后，臣听说了，李中堂多次寄信给臣，解释这件事，并托臣替他在太后面前求求情。”

“哦?”慈禧的脸沉了下来，“他这是变的什么戏法?”

就看醇亲王掏出手绢，冷汗都冒出来了，仔细斟酌了一番才谨慎地开口：“这件事情，李中堂和六王都跟臣提起过，开平矿务局那边算了一笔账，这开采出的煤炭运费高昂，要是能有铁路、火车，运费能俭省大半，而且耗费的时间和人力也是有限的。当日，丁巡抚曾上书请修铁路，当时太后也是准了他的。六王与臣都是想着，在深山老林和海岛修铁路区别不大，唐廷枢的铁路既然是在深山里，应该是无碍的。”

慈禧一听，微微一笑：“原来如此啊。”

# 第九回
# 马拉火车举步维艰
# 留美幼童难以为继

醇亲王的话，打动了慈禧太后。作为洋务派的领军人物，恭亲王、醇亲王，包括李鸿章，他们非常明白战略的重要性，用战略的眼光去看待问题，用战略的思想考虑问题，用战略的目的再去指导实践行为。李鸿章身为总理事务衙门的主管大臣，他要随时关注朝里朝外的一切变化，注重考虑整体的战略。想要成就大事，必须要站得高，才能看得远，想要“欲穷千里目”，就得“更上一层楼”，得具备这样的能力，才能一步一步地走向成功。

自同治十三年，李鸿章与恭亲王一番恳谈后，他心里明白，要想实现在中国修铁路，朝中必须有能替自己说话的人，正所谓“朝里有人好办事”。仅恭亲王一人是远远不够的，李鸿章发现，醇亲王这个人，城府很深，而且，近年来，慈禧太后好像在逐步启用此人，很多大事都交给他办。李鸿章看准机会，多次接近醇亲王，向他介绍修铁路的种种好处。

如今，面对唐胥铁路，醇亲王嘴上没有明确支持，暗地里已经默许。

李鸿章得了恭亲王的首肯和醇亲王的默许这双重保险，才敢真的偷梁换柱，打着马路的名号修铁路。其实，李鸿章心里明白，这事纸包不住火，只要那火车汽笛一响，紫禁城里的太后早晚会知道，所以，必须请醇亲王在太后面前周旋一二。

不刮春风，不下秋雨。如今，慈禧听了醇亲王的解释，心里多少明白点了，可依旧还是怒气难平：“这个鬼子六，他跟洋人学得一肚子鬼心肠！老七，你是个实诚人，可不能什么都听他的。那矿山是深山老林、荒无人烟，可也得看是什么地方的深山老林。周德润说得不错，这地方离东陵太近了，若是扰了老祖宗可不好。眼下正是多事之秋，时局乱得很，正是求祖宗保佑的时候，一丝都错不得。宁可多费些工夫、多雇些人手运煤，也不能出一点纰漏。这话你记住了，以后再有这么大的事，切不可私自拿主意，更不能依着老六胡来。”

“是，是，太后说的是，臣谨记。”

奕譞转过身子掏出手绢擦了一把额头的汗，见太后没有对自己发脾气，已经是千恩万谢了，哪里还敢再为铁路的事情劝说一二。

可这毕竟是王爷，这么唯唯诺诺，成何体统。慈禧看了一眼李莲英，李莲英赶紧给醇亲王搬了把椅子："王爷，您别老站着。"

"喳。"

慈禧安慰了他几句，唠了几句家常，这气氛也就缓和了不少。就在这时候，进来一名太监，手里捧着一道折子，递给李莲英，李莲英赶忙呈给慈禧："老佛爷，这是监察御史李士彬的折子。"

明清以来，朝廷废除御史台，设立都察院，设有都御史、副都御史、监察御史，他们的工作就是弹劾与建言，他们上的奏折，多半都是检举信。

慈禧太后非常注意这方面的奏折："风闻言事，我得好好看看。"

接过折子打开一看，她这刚刚阴转晴的脸，"刷"一下又晴转阴了！

"啪！"把折子往桌子上一摔，"真是岂有此理！"

这一摔，吓得醇亲王屁股还没坐稳一下又站起来了："太后息怒。"

李莲英也慌了："老佛爷，您这是怎么了？"

"怎么了？气死我了！一群白眼狼，我花那么多的钱全都打了水漂了！"

她这一句话说得醇亲王丈二和尚摸不着头脑："老佛爷息怒，这折子上到底写的是什么？"

"老七，你自己看。"

把奏折递过去，醇亲王打开一看，明白了。

敢情这是监察御史李士彬检举总理衙门的奏折，其内容，就是九年前，也就是咱们开书说的朝廷派出去的留美幼童，说这些孩子到了美国以后，从内到外全部被洋化了！

奏折上说，这些学生在美国生活的时间长了，逐渐开始融入美国社会，按照美国人的方式来生活。美国社会无论衣食住行都与中国不同，学生们跟着当地人做礼拜，并且开始对中国的"四书五经"产生抵触心理，作风和思想发生潜移默化的改变，他们脱下长袍，改穿西装，每天打球、游泳、唱歌、跳舞，居然，还把辫子给剪了。简直是数典忘祖、大逆不道！

李士彬这份奏折，写得慷慨激昂。其实，这已经是李士彬第四次上奏折了。之前，朝廷里事务重重，慈禧太后没工夫搭理这件事，现在她这么一看，可是气坏了。醇亲王看完奏折，他也觉得这事办得不好，别的不说，怎么能把辫子剪了呢！

当初，朝廷之所以送这些孩子到美国留学，是打算在维持旧有政治文化体制不变的情况下，学习西方先进科学技术。如果这些孩子“西洋化”，那就等于背离了初衷。特别是剪掉辫子，更是触犯到了朝廷的底线。

这些是清朝皇室站在统治视角得出的结论，然而事实上，并非如此。

当年，这批幼童经过了一个多月的轮船路程，抵达了大洋彼岸——美国。当轮船靠岸，容闳已经在渡口等候，他对着这群少年说：“同学们，脚下，就是你们新的起点。”

这群孩子第一次踏上异国土地，一切都那么新鲜，尤其是冒着浓烟、轰隆而过的火车。他们第一次意识到，故土和异国，除了距离上的差别，还有一些更关键也更深邃的差距。

他们抵达的第二天，《纽约时报》上发表了这样一则报道：昨天到达这里的三十名中国学生，他们都是很勤奋和优秀的“淑女和绅士”，容貌俊秀，要比任何在之前到美国的中国人都好看许多，由三名中国官员陪同他们，中国朝廷拨款一百万美元用于这些学生的教育。



过了几天，又登出了勘误信息：这三十名中国学生，都是清一色的“绅士”。或是因为头上留着辫子，身穿宽大长袍，被那些想当然的洋人认作“淑女”了。

很快，留美幼童适应了美国的生活方式，他们以惊人的速度克服了语言障碍，在学业上更是取得了优异的成绩。按照当初曾国藩和李鸿章的计划，四年里，先后有一百二十名幼童先后赴美。在这一百二十人中，有超过五十人进入美国的大学。其中，有一人进入哈佛大学，三人进入哥伦比亚大学，八人进入麻省理工学院，二十二人进入耶鲁大学。

至于生活西式化，这是很正常的现象。试想，如果不从衣食住行上统一，怎么去学习西方的文化呢？

但是，朝廷上的统治者不会考虑这些因素。醇亲王手托奏折，不由自主地想到了李鸿章，当初李鸿章就是留美幼童的提倡者之一，事情就怕联想，看来太后又得大加申斥了。

果不其然，慈禧缓了一会儿就开始大骂李鸿章：“这边瞒着我偷偷修铁路，那边给美国培养人才，他到底是哪国的官？！”

醇亲王一看，赶忙劝解：“太后息怒，太后息怒，此事交与奴才，一定办好！”

“不用了，这事我就定了，你去传我的懿旨，告诉唐廷枢：不得以火车运煤炭。同时，全部裁撤留美学生，让他们分批回国。老七你着手速办，跪安吧。”

"喳！"

醇亲王一看，这事是没得商量了。

两道懿旨分别发出，一道送往上海的幼童出洋肄业局，令其将留美学童分批召回，并且严加训教。

另一道懿旨发往开平矿务局，唐廷枢叩头谢恩，站起身来一跺脚：唉，自己的一番苦心就算白费了！吩咐一声："备马！"他要亲自去向李鸿章陈说利害。

李鸿章现在是欲哭无泪，他已经听说召回留美幼童的事了，这可是老师曾国藩和容闳先生创立的兴国大计。现在召回，那就功亏一篑了！为挽狂澜于既倒，李鸿章急忙上书恭亲王，恳请不要将留美幼童全部召回，留下一部分学习电报，以供国内之需。

这事刚处理完，唐廷枢来了，进门就哭了："中堂，咱们怎么办？朝廷已经下旨了，辛辛苦苦修成的铁路就要被拆掉啦！"

李鸿章用手拉着唐廷枢："景星，事到如今，你、你可有良策？"

唐廷枢一听："中堂，我若说出良策，您肯照计而行吗？"

这句话，让李鸿章似乎看到了希望，他知道，唐廷枢这个人，说话从来都是一板一眼，他既这么说，想必早有打算。

"景星，只要你说出来，我就同意。"

"好！"唐廷枢微微一笑，"中堂，太后只是不让用火车运煤炭，她可没提拆铁路。既然她不明说，咱们就不拆，来个装傻！你要知道，留得青山在，不怕没柴烧。留着这铁路，咱们总能想到办法让太后同意，若是拆了……"他没再往下说。

唐廷枢压低了声音："中堂，当初既说这是马路，那就让它当回马路吧。"

"马路？"

"对，马路！"

"唉！"两个人同时长叹一口气，"这也是没办法的办法。"

第二天，唐胥铁路上，没有了汽笛声，也没有了冒着黑烟的火车头，取而代之的是骡马，用骡马牵引着几车皮的煤炭，在铁轨上晃晃悠悠地前进，这条"铁路"硬生生成了名副其实的"马路"。

今天，有人看到用骡马拉火车的照片，也许会嘲笑当初的做法，认为这很滑稽。可谁能想到，这是新旧时代交替时，举步维艰的无奈之举。

很快，检举开平矿务局的奏折就递进了紫禁城。

那些顽固派大臣全都翘首期盼，盼着慈禧太后大发雷霆。可惜，令这些人大失所望，奏折被压在了最下层。因为这个时候，无论是慈禧太后，还是光绪皇帝，包括恭亲王奕䜣、醇亲王奕譞，他们都没有心思再关注修铁路的事了。

眼下，大清朝发生了更为重要的大事，那就是中法战争即将拉开序幕！

在中越边境，法兰西军兵屡屡生事，不断进行烧杀抢掠，并派遣外交官来天津与李鸿章会谈。担任法国外交官的人叫宝海。

李鸿章不得不反复斟酌、辨明情况，至于修铁路的事，也只能暂时搁浅。

眼前的这场会谈，将引出日后中法开战。紧接着的是：甲申易枢、恭亲王倒台；慈禧谕令众臣论方案，第二次铁路大争辩，即将拉开序幕！

# 第十回

## 中法交战天昏地暗
## 宫廷内变再寻靠山

自法国外交官宝海来到天津与李鸿章会谈后，两方对越南问题争执不下，中法关系越发紧张而微妙。想当初,第二次鸦片战争的时候,法国就开始以武力侵占越南南部,使越南南部六省沦为法国殖民地。之后，战争不断。1882 年 3 月，法国政府命令海军司令李维业指挥侵略军第二次侵犯越南北部。越南朝廷一再请求清政府派兵支援。

法国对越南的大肆侵略，已经让清朝西南地区的封疆大吏忧心不已，这些大臣已经预测到了，法国侵占越南后必会更进一步犯我边境，无论如何，大清都应该出兵助越南抗法。因此，大臣们不断上折子禀报越南的局势，折子没少上，可并没有引起朝廷的重视，从太后到皇上再到军机处，始终犹豫不定。

经过好长一段时间，朝廷才下旨，派军队进驻要地援助越南，可是同时，号令三军不准主动向法军出击。

这是什么意思呢？原来，清政府企图通过谈判或第三国的调停达成妥协。

常言说，一将无谋，累死千军。朝廷这种自相矛盾的举措，大大便利了法国的侵略部署，最后导致错失良机，在交涉和对抗中一直处于被动地位。

清政府与法国谈判的过程中，始终像拉锯战一样，没有什么进展。反而自当年 8 月开始，法国兵分两路扩大侵略，直逼顺化。随后，法军向中国军队防地发动攻击。12 月，中法战争爆发。连着四个月，清军节节败退，丢掉数座城池。

一队法舰气势汹汹驶抵吴淞，检查商船后，扬言进攻江南制造总局，沪上人心惶惶，商铺停业，钱庄倒闭。由此，上海出现了金融危机，轮船招商局资金周转出现问题，朝廷忙于军事，“官督商办”变成了官不督、商难办，经营陷入举步维艰的困境。加之唐廷枢身在开平矿务局，分身乏术，导致轮船招商局每况愈下。无奈之下，朝廷命盛宣怀主持大事。

唐廷枢呢？此刻，他正在西方多个国家考察商务、矿务。这次海外之行，使唐廷枢接受了许多新思想、新观念，加强了与欧美各国的联系和交往，更开阔了自己的眼界。

一心为国的唐廷枢万万想不到，自己被罢免轮船招商局总办职务之后，居然有官员参奏招商局经营混乱、营私舞弊，诬陷唐廷枢营私肥囊。

唉，唐廷枢心说：我使足了全身的力气要拯救这个危亡的大清，结果，换来的是恶语中伤、无中生有。

唐廷枢怎么能知道，有一些朝廷大员，他们为了争权夺势，结党营私、安插党羽，假借为公之名谋一己私利，不达目的便公权私用，肆意诋毁之情形无以复加。

光绪皇帝见到这些奏折后，下旨责令严查，声明“若唐廷枢真的营私肥囊，即行从严参办”。

幸好，在一众洋务派大臣的保护和申辩下，唐廷枢度过了最艰难的时期。

可不管怎样，上海出现了金融危机，加上与法战争始终没有占据上风，慈禧太后可真急了，气得她两道柳眉竖起，用手一拍御座的迎手，站起身准备大发雷霆。可突然间，她又坐下了，用手轻轻揉了一下朝珠，咬了咬牙，气往下沉，眉毛平展，低低说了一句话：“传恭亲王。”

不多时，恭亲王奕䜣来到长春宫，刚要行礼，就听慈禧太后大喊一声：“奕䜣，你知罪吗?”

恭亲王一愣，没等他张口，慈禧是尽数其过，中心意思就是责怪恭亲王主和，导致朝廷惨败。最后，不等恭亲王解释，慈禧下了一道懿旨，大致意思是中法战争中，军机处贻误战机，“萎靡因循”，导致大败，将以恭亲王为首的军机处大臣全班罢黜。罢黜？就是免职，一撸到底。

军机处这些大臣一个个抖衣而颤，面如死灰，感觉自己大难临头，万劫不复。可是，唯有恭亲王，他是面带微笑，泰然处之，摘了顶戴花翎，褪去官服，王爷就像遛早弯儿一样，离开了紫禁城。原来，他已经料到了，这一天早晚得来，只是没想到，来得这么快、这么急。

要知道，恭亲王，无论从身份，还是能力，从各方面来看，都是大清国第一权臣。但是，随着时间的推移、事态的发展，恭亲王的势力，一天不如一天，他自己也有所察觉，慈禧太后对他逐步疏远。

在外人看来，很不理解，当初要是没有恭亲王，慈禧太后恐怕已被肃顺所害。这叔嫂联手治国，本应该是一条心，为什么慈禧要疏远他呢？其实，恭亲王非常明白，就是自己主政的时候，遇见看不惯的事情，经常犯颜直谏，这一点，惹得慈禧大为不满。

当初，慈禧太后多次表示要重修圆明园，打算将来卷帘归政以后，能够有个享受之所。文武百官都是一味逢迎，只有恭亲王，他不同意，一直拖着不办。后来，同治皇帝也提出了重修圆明园的想法。恭亲王眼看拖不下去了，便带着九名朝廷重臣，当面劝谏同治皇帝不要重修圆明园，搞得同治皇帝龙颜大怒，对恭亲王有很大意见。

不管慈禧太后和同治皇帝用什么样的手段，始终没有在恭亲王当政时启动圆明园的重建工程。

同治皇帝亲政后，慈禧太后想在乾清宫召见群臣，以抬高自己的身份，恭亲王听说了，是极力反对。他告诉慈禧，乾清宫是皇帝批阅奏章、处理政务的地方，从来没有皇太后来这里召见群臣的，所以，您不能开这个先河。

诸如此类的事情，还有很多，最后聚集一处，就导致了慈禧太后对恭亲王不满，当时，迫于多方势力，慈禧也没敢轻举妄动。





如今，战场惨败，慈禧太后借机发难，一举两得，既剪除了恭亲王的势力，也去掉了自己心头大患。

这国家发号施令的机构叫作枢，宋朝不是有枢密院嘛。这个机构全员大换血，就叫易枢。因这一年是农历甲申年，所以，这件事也称“甲申易枢”。这算是慈禧太后发动的又一次政变。慈禧一生，共发动三次政变。

第一次，是辛酉政变，慈禧联合恭亲王，击败肃顺。

第二次，是甲申易枢，罢免恭亲王。

第三次，是戊戌政变，囚禁光绪。这是后话，暂且不提。

眼下，军机大臣全部罢黜，停了恭亲王的双俸，用现在的话说，两倍工资没了，命他“家居养疾”！其余大臣，除了降级，就是革职。

恭亲王回到府中，闭门谢客，终日闷闷不乐。

这天上午，王爷一个人在后花园喂鱼，手里托着馒头渣，漫不经心地往湖里扔，听身后脚步响，走来个家人：“王爷，李鸿章求见。”

恭亲王一摆手：“不见。”

“是。”

家人刚要走。“等等，”王爷又给叫住了，“请他进来吧。”

家人带着李鸿章来到后花园，“参见王爷。”

“免了吧，哈哈哈，少荃哪，如今恐怕除了你，没人来看我了。”

李鸿章一听：“王爷说的是哪里话，眼前只不过是暂时的难关，王爷雄才大略，日后必能东山再起。”

说着话，李鸿章紧紧盯着恭亲王的表情。

中法战争于外，甲申易枢于内。恭亲王退出军机处和总理衙门，李鸿章失去了朝中的重要支持者，自己的很多政治诉求都无法上传，自己和慈禧太后没有了连接点，洋务运动可能进入停滞阶段，自己精心勾勒的“铁路梦”也无法实现了。

想到这些，李鸿章扼腕叹息。但是，在李鸿章的内心，也存有一丝渺茫的希望，那就是恭亲王本人的能力。他觉得，深谋远虑的“鬼子六”绝对不会就此认命，所以，以探望为名前来向恭亲王问计，重点是问一问修建铁路的建议，同时，再看看恭亲王有没有复出的意向。这是李鸿章此来的本意。

常言说，看其外知其内、观其面知其心，从恭亲王平静如水的表情上，李鸿章看不出半点希望。

那么，恭亲王当然知道李鸿章此来的目的，其实，他也有很多话要说，有很多建议要嘱咐，只是话到舌尖，又咽回去了。

“呵呵呵，少荃，还谈什么东山再起啊，老夫常年体弱不堪，难当重任，太后免了我的官职，其实是让我在家好好养身体，至于朝中之事，我半句也不想谈。”

“王爷，您……”

“少荃，你今天能来看我，我很高兴，你我共事多年，情谊匪浅，我也不能让你空手而回，为你指条明路吧。”

“王爷请讲。”

“据我所知，朝廷马上要颁发上谕，改组军机处，命庆郡王奕劻主持总理衙门。”

李鸿章一听：“王爷，这件事下官也听说了。”

“哼哼，你听说的不过是第一条，还有一条你恐怕就不知道了。”

“哦？还有什么？”

“太后命奕劻，遇有重大事件，先与老七商办。”

“醇亲王？”

“不错。”

哦！李鸿章明白了，恭亲王是在告诉自己，醇亲王即将成为总理衙门真正的幕后掌权人。

其实，选用醇亲王代替恭亲王，主要原因就是醇亲王是光绪皇帝爱新觉罗·载湉的亲生父亲，而载湉的亲生母亲、奕譞的夫人，是慈禧太后的妹妹。也就是说奕譞既是慈禧的小叔子，又是她的妹夫。奕譞本人又是和硕亲王，世袭罔替的铁帽子王，位高爵显、身份尊贵，是慈禧太后最可信赖的人之一。

恭亲王告诉李鸿章："老七这个人为人宽厚善良，和我不一样，他做事谨慎低调，关于洋务上的事，尤其是修铁路，你要主动和他商量，但是，不可操之过急，明白吗?"

李鸿章点点头："多谢王爷!"

离开恭王府，李鸿章心里盘算，论能力，醇亲王远不及恭亲王，但是，退而求其次，现在能担当重任的，也只有他了。猛然间，李鸿章想起来了，当年负责拆除杜兰德的展览小铁路的，正是醇亲王，那时候，他任九门提督。自接触过铁路后，醇亲王不仅没有像顽固派一样斥责这是奇技淫巧、会惊扰祖宗之灵，反而对铁路产生了浓厚的兴趣。这也是为什么第一次铁路大争辩时，其他人站在祖宗家法的角度上驳斥李鸿章，而醇亲王却提出了"如果铁路阻碍了车马行人，该怎么办?"这一实用性问题。由此看来，醇亲王应该是支持修铁路的，而且对铁路很感兴趣。得把这其中的好处一点一点渗透给他，恭亲王说得对，不可操之过急，得慢慢来。

从这天起，李鸿章开始频繁和醇亲王联系，想让他成为自己的靠山。李鸿章并不是墙头草，哪边风硬冲哪边，他也并非忘恩负义之人。在李鸿章看来，皇室之间的内斗，自己根本插不上手。再有，修建铁路的事，必须得以大局为重，接近醇亲王并非为己，实在是为了国家。出于这些原因，李鸿章经常写信给醇亲王，这些信的主旨就一个：修铁路利国利民!

再说慈禧太后，她在京城借机发动政变，而且，撤换了大批封疆大吏和朝廷要臣，让他们做了替罪羊。新组建的军机处，也如她所愿，最大的特点就是听话。这些事都办完了，慈禧打算下一道旨，命李鸿章继续与法国代表和谈。

而法国已经将战火烧到了中国东南沿海。

1884 年 8 月，法舰轰击基隆，强行登陆。

基隆，那就是台湾的东南角啊。当时，台湾的防务，总共有四十营官兵，两万余人，可要守卫漫长的海疆，仍有些力不从心。形势紧迫，朝廷诏令刘铭传以巡抚衔赴台督办军务。刘铭传接旨意后，立即带领守军巡视要塞炮台，检查了军事设施，准备展开激战。

时间紧，任务急，刘铭传没有时间调整兵力部署，立即应战。他大胆采用"诱敌深入，陆上作战"的战术。留下少数军兵凭险固守海岸小山制高点，其余的部队都撤到后山隐蔽。

还别说，这招儿真好使，法军真的以为清军已经溃败，他们无所顾忌地涌上海岸，准备大肆抢掠。

可万没想到，人马刚刚上岸，刘铭传就带着人杀回来了，人欢马叫，鼓炮震天，迂回包抄，夹击敌人。

这一场出乎意料的围攻，使得法军不知所措，纷纷溃逃，退回海上。一场大战下来，法军损失惨重，他们的计划失败。

哪知道，侵略者一计不成，又生一计。法国舰队司令孤拔率八艘战舰艇来到了福州马尾军港，气势汹汹，肆意猖狂。咱们这部评书的主角即将登场。

# 第十一回

## 贼孤拔肆虐马尾港
## 詹天佑奋勇赴前敌

正说到法国舰队司令孤拔，率领战舰驶进福建马尾港。

马尾港又称马江，在当时赫赫有名。之所以有名，是因为中国第一支近代海军——福建水师，就在这儿驻防。

论地理位置，马尾港位于福州东南、闽江两分流——台江、乌龙江汇合处，是福州的门户。古代从海上至福州均由此溯江而上直抵城下，历来为兵家必争之地。

法军战败，孤拔并不甘心。因为此时此刻，清政府代表和法国公使正在天津谈判，清政府意在和谈，孤拔想利用这个机会，以“游历”为名，偷袭马尾港。

法国舰队徐徐向前行驶，这时候，马尾江两岸有不少渔民，这些人望着江里一艘艘高大的战船有点发傻，不知道这是要干什么。就在人群中，有个十几岁的小孩儿，粗布衣衫，胳膊上挎着竹篮，里面装着各式样的青菜。这小孩儿踮着脚也往江里看，尤其看到战船上那些红头发蓝眼睛的法国兵，先是一愣，跟着，问旁边的一个渔民：“大叔，这些船是干什么的？”

“不知道，来了好几天了，天天在这江里走来走去，你没见过？”

小孩儿一听，撒腿就跑。把这渔民闹得一愣：“这孩子跑什么呀？菜都掉啦！”

小孩儿根本没听见，他一口气跑进一所大院落。

这可不是一般的院落，这是中国最早，也是规模最大的近代化海军学院——马尾水师学堂。这个小孩就是这所学堂里的一名杂役，叫小四。他进了院子之后，把菜筐一扔，直接跑到后学堂。

敢情这儿分前后两学堂：前学堂教授舰船制造和法文；后学堂教授航海驾驶和英文。小孩儿刚跑到后学堂门口，迎面走来一个人，伸手拦住他：“小四，你跑什么？”

小四抬头一看：“哎呀，詹先生，我正要找您呢，出事了！”

对面这个人，就是咱们第一回书里说的赴美留学的詹天佑。詹天佑怎么会在马尾水师学堂呢？

这话，咱们还得从头说起。上回书讲了，监察御史李士彬给慈禧太后上了一道奏折，参奏留美幼童数典忘祖，慈禧太后一怒之下，把这些学生都给召回了。当时，李鸿章知道这件事后，立刻上书恭亲王，恳请不要将留美幼童全部召回，留下一部分学习电报，以供国内之需。恭亲王也确实向慈禧太后请示了，结果，被驳回了，留美幼童一个不剩全部被召回。

消息传到美国时，正值暑假。学生们三个一群五个一伙，正准备去野外宿营，容闳大人来了，把朝廷的旨意进行了传达。一时间，学生们感觉在头顶之上响了一声炸雷，一个个垂头丧气地各自回到寄宿的地方，收拾行李准备回国。

这些留美学生们的心情既悲痛又愤怒。要知道，他们当年出洋时，朝廷规定留美期限为十五年。朝廷一共派去了四批幼童，每批三十人。接到召回旨意时，即使是第一批赴美的幼童，在美国实际也只有九年时间，后三批留美幼童在美国的时间更短，最后一批留美幼童在美国实际只有六年时间。幼童抵美后是从小学读起，到被召回这一年，也就是 1881 年，在全部幼童中，只有两个人从大学毕业，而且取得了学士学位，一个是欧阳赓，一个就是詹天佑。



当初，容闳根据各幼童的不同情况，让他们分别进入不同的学校，詹天佑学英语比较快，被安排到康涅狄格州西海汶海滨男生学校学习。这是一所私人办的预备性质的住宿学校，主要课程是学习英语和了解美国的社会知识、风俗习惯等，同时也注重职业教育、数学与心智、身体等诸方面均衡发展。课余时间注重音乐教育，丰富生活，陶冶性情。

容闳为了安置好几个中国学生，就让他们住在校长家里，其中就有詹天佑。校长名叫诺索布，和容闳一样，也是耶鲁大学的毕业生。他的夫人玛莎·诺索布是海滨男生学校的教师。这位夫人为人慈爱，知识丰富、擅长数学，喜爱并关心外国来美求学的学生，对詹天佑影响很大。诺索布夫妇有一双儿女，儿子威利，女儿苏姗，年龄与詹天佑相近，他们一起度过了欢乐的童年。詹天佑与诺索布夫妇家结下了深厚的友谊，在詹天佑幼小的心灵里，诺索布夫妇的住处就是他“愉快的家”。

在校学习期间，诺索布夫人发现詹天佑的数学成绩很好，有超人的数学天赋，就建议他今后投身科学技术事业，鼓励他报考耶鲁大学的理工科专业。詹天佑听取了诺索布夫人的建议，中学毕业后，真的报考了耶鲁大学的谢菲尔德理工学院土木工程系的铁路工程专业。

之所以学习铁路专业，原因有两点：一是詹天佑一直热爱自然科学，尤其是物理、数学、测绘等成绩特别优异，又有诺索布夫人的鼓励；二是詹天佑在美国亲眼看到了铁路的迅速发展与巨大作用。詹天佑从这些理论与现实中感悟到，自己的祖国是一个国土辽阔、人口众多、物产丰富却又闭塞贫穷的国家。祖国要走上繁荣富强的近代化之路，首先要建造起数千、数万甚至数十万公里的铁路，建成四通八达、遍布全国并连接外国的铁路网。自己学习铁路专业，将来学成以后能科学报国。

带着强烈的报国之志，詹天佑开始了在耶鲁大学的学习。三年里，他学到了系统而严密的近代工程科技知识，并受到严格的科学训练。他把最主要的精力投入学习中，刻苦钻研、好学善思，成绩也像以往一样优异。特别是他的数学成绩更加突出，在一、二年级他两次获得数学课的奖学金与奖章，在毕业考试中获得全校第一名。

当时，容闳已经担任中国驻美副公使，他在全体留学生参加的会议上公开表扬了詹天佑。1881 年 6 月，二十岁的詹天佑从耶鲁大学谢菲尔德理工学院土木工程系铁路工程专业毕业。正当他准备再进行深造的时候，朝廷一纸召回令打破了他的梦想。一百多名留学生，带着无限的惆怅回到了祖国。

少小离家老大回，留学生们认为朝廷会派来一支欢迎队伍，至少也得是吹吹打打呀！万没想到，等待他们的是一队官兵，像对待犯人一样，把这些学生带到了海关道台衙门，全给关起来了。

一天行，两天行，时间一长，这些学生忍不住了。虽然是率土之滨莫非王臣，朝廷的旨意不可违抗。可这些学生毕竟接受了多年西方教育，他们不能忍受失去人身自由的痛苦，终于，这些留学生开始勇敢反抗了。

先是和守兵理论，再后来，就集体大声喊叫。

“我们是朝廷派出去的学生，为什么如此对待?”

道台衙门的官员把情况如实上奏，在拖延了很长一段时间后，朝廷终于给留学生们分配工作了。虽说是分配工作，但腐败昏庸的官员们根本不考虑什么专业、特长与研究兴趣，把这些学生当作无科举功名、有一技之长的“工匠”，随心所欲地按照官场的需要，一通“乱点鸳鸯谱”，结果，驴唇不对马嘴。所有学生的工作分配，基本是按当时国内已开办的各洋务企事业与新建海陆军的需要，分别派往各制造局、电报局、各海陆军学堂从事技术工作或重新学习有关技术业务。至于留学生原来在美国的所学专业与个人兴趣，朝廷一概不管。

詹天佑与十几位同学被分配到福州船政学堂，也就是马尾水师学堂，学习驾驶。这位在美国学习铁路工程多年，并获得耶鲁大学学士学位的优秀留学生被迫“下海”。

改行下海，学习航海，由陆而海，而且要从头学习，詹天佑心中郁郁不乐，这和自己当初的梦想简直是大差离格。

虽然心里不高兴，但是，异国学习多年，见多识广，刚刚二十岁出头的詹天佑已形成了沉稳坚毅的性格。他没有表露出不满，也没有灰心与浮躁，更没有弃学另谋出路，而是立即投入新课程的学习中。

是金子总会发光的，詹天佑与他的同学大多数在美国已进入大学各专业学习，詹天佑更是已经毕业，所以，他们对马尾水师学堂的课程并不感到困难。对于他们来讲，这相当于中等专业的水平。尤其是詹天佑，本来就已经具有扎实的近代数理学科知识基础，加上土木机械与航海机械在基础知识上又是相通的，所以，仅经过了半年的时间，他就完成了水师学堂航海驾驶的专业课程，在 1882 年，也就是光绪八年，以第一名的成绩毕业。其他十几位同学也同时从水师学堂毕业。

1882 年 11 月，詹天佑奉命登上福建水师的旗舰“扬武”号学习航海与机械知识。1884 年 2 月，詹天佑接到调令，被福建船政大臣何如璋调回马尾水师学堂，在后学堂担任教习。这在当时引起了不小的轰动，因为在此之前，一直是由西方人任教。对此，詹天佑却不以为然，他默默地开始了自己的教学生涯。





由于教学水平高，教出了不少高才生，朝廷还专门对詹天佑进行了嘉奖。对于朝廷的嘉奖，詹天佑并没有感到欣喜，相反的，他觉得自己今生今世所学所会、青春热血只能抛洒在三尺讲台上，也许，这就是命运。本以为自己会一直待在马尾港水师学堂，没想到，中途生变。小四把在江边见到的情景跟他一说，詹天佑听了大吃一惊：“什么？法国兵船！你看清了吗？”

“先生，肯定没错，您给我看过法国的画报，我认识法国人的模样，错不了！”

哎呀，詹天佑感到了情况不妙。海上之战刚过没多久，朝廷力主求和，这个时候，法国军舰来到马尾港？不好！詹天佑一把拉开小四，慌忙跑到了教导处，跟主管校长说：“校长，法国军舰来到马尾港，一定是来偷袭的，得告诉何大人，提防留神哪！”

主管校长听完，上下打量打量詹天佑：“先生，你别忘了，咱们这儿是学堂，打仗的事不归咱们管。”

詹天佑一听：“什么？不归咱们管！学堂与马尾港相隔不足四里，一旦交兵，这儿也是一片火海呀！”

主管校长急了：“詹天佑！你敢危言耸听！我把你——”

他还要往下说呢，可了不得了，就听耳边“轰隆”一声巨响，房子乱晃，主管校长“扑通”就坐地上了。

敢情，敌人已经开火了。孤拔率领军舰来到港口，以游历为名，说要考察考察。

守卫军兵不敢放行，急忙请示何如璋。何如璋不敢做主，立刻请示张佩纶。当时张佩纶负责总办福建海防事宜。此人现在远在三十里以外。听到消息后，张佩纶感觉苗头不对，他立马请示朝廷。

这个时候，朝廷正在和法国谈判，双方并没有宣战。总理衙门接到请示后不敢决定，由醇亲王请示慈禧太后，慈禧太后想了想，既然人家说是游历，咱们也不能失礼，来就来吧。

告诉醇亲王："嘱咐张佩纶，不许和法国军舰产生矛盾，而且不许有任何防御措施，因为和谈还在继续。"

"喳！"

一道旨意传下，张佩纶愣住了，上命不可违，但是，也不能干等着挨打呀！思来想去，他也照葫芦画瓢，下令："无旨不得先行开炮，必待敌船开火，始准还击，违者虽胜尤斩。"

何如璋接令，唯命是从。没办法，守卫军兵只能放行。

等这些军舰进来，那就是引狼入室了！

孤拔已经接到消息了，前方中法谈判彻底破裂，双方代表各自撤离。而且，有人密报孤拔，张佩纶电告总理衙门，要先下手为强，然而这封电报石沉大海，音讯皆无。

孤拔仰天大笑："张佩纶，你不动手，我可动手了。"

当即下令："进攻！"

随着一声令下，法军舰队按照预定部署突然发起猛烈攻击！

太快了！福建水师有几艘舰艇还没来得及起锚，就被击沉了。

何如璋临阵脱逃，张佩纶接到禀报的时候，已经听见远处密集的炮声，张佩纶仰天长叹一声，也弃船而逃了。

就这样，不到四十分钟，九艘军舰、十几艘兵船全部被法军击沉击毁。

孤拔在船头一阵狂笑："哈哈哈，没想到啊，这就是大名鼎鼎的福建水师，如此不堪一击，真是徒有虚名。看来，大清江山，咱们是唾手可得啦！"

在孤拔看来，这是一场没有悬念的"宰杀"，或者说是"虐杀"，力量对比自然没有什么好说，法军战舰驰骋海面，不可一世。

孤拔把手一挥："收兵！"

法国军舰全体调头，准备撤离。刚要走，从远处"刷——"，来了一艘二等铁木壳轻巡洋舰，船头上站立一人，英姿雄风、挺立如松，双手攥拳、二目喷火，正是詹天佑！

原来，詹天佑听见炮声，也明白大势已去了。他立刻和其他教师分散疏导所有的学生离开学校。等人都撤离了，詹天佑和几名教师一起登上巡洋舰，这是给学生实习用的，现在管不了那么多了，登上巡洋舰，直奔战场。

詹天佑知道，此时此刻，仗已经打完了，但是，船上的管带和水军肯定有没死的，这里还有自己好几位同学，得救人哪！

有人提醒孤拔："将军，这艘船炸不炸？"

孤拔摇摇头，他认为这是巡逻船前来打探消息的，正好，让他们把这儿的消息告诉他们那个皇太后和皇上，看大清能奈我何！



"撤！"



法国战舰走了，巡洋舰来到江心，詹天佑放眼一看，真是惨不忍睹，他的心中翻腾着悲愤之火，他也看见了，有很多落水官兵还在水中挣扎。詹天佑一抬手，"唰唰唰"，把辫子盘在头顶，外衣甩去，纵身跳入江中。

# 第十二回

# 献金言续修唐胥路
# 凑机缘考察张家口

上回说到马尾港大战，福建水师仓促应战，全军覆没。詹天佑从水师学堂驾驶着巡洋舰前来救援。他奋不顾身，第一个跳入江中，其他几位教员也跟着先后下水，救起多名官兵。

这个时候，天已经快黑了，有人提醒詹天佑："詹先生快看，怎么来了这么多船？"

詹天佑大吃一惊，难道是法军去而复返？他手扒船帮儿仔细一看，原来是附近的民船。





白天一场大战，炮火震天，把附近的百姓都给吓坏了，一直等炮声不响了，他们才从家出来。往马尾港口一看，好家伙，简直就是一片火海，老百姓明白了，准是打仗了。这些渔民们自发组织起来，摇着盐船、渔船这样的民用船只，前来救援。

有一位被救活的水兵，醒来之后，紧咬牙关，奋力爬上一艘被炸毁的船，把一面大清龙旗，高高悬挂在桅杆之上，龙旗在漫天飞舞的炮火中飘扬。

看到此情此景，詹天佑不禁心中感叹，古往今来，无论有多腐败的朝廷，多怕死的官员，中国人从来没有被真正打败过，中国人也从来没有屈服过。

这就是历史上著名的马尾海战！

随后数日，法舰又轰击了福建船政局和闽江下游两岸炮台，东南沿海地带遭受了严重的破坏。

有人把这次战役的全部过程报给了两广总督张之洞，张之洞气得须发皆张！

可当他听到水师学堂以詹天佑为首的教习们在生死存亡的关头，镇定如常，从水中救出很多人，张之洞点了点头："好啊，这才是我天朝大国的勇士！"

仔细询问才知道，这些人都是当初的留美学童，被朝廷召回分配到了福州船政局。其实，张之洞对詹天佑早有耳闻，知道此人曾打破了"水师学堂唯有洋人才能任教"的传统，被朝廷提拔为教习，赏五品顶戴。"不曾想，一介书生，还有如此勇略，老夫倒要见上一见。"

这时有人提醒他："大人，詹天佑的事，属下去办。法兰西的军队，当如何抵御呢？"

张之洞想了想，吩咐：“笔墨伺候。”

提起笔来，张之洞给朝廷上了一道奏折，实际就是向朝廷提出建议，建议朝廷派军队急攻越南，有道是扬汤止沸不如釜底抽薪，用这样的办法调走法军。

朝廷接报之后，采纳了张之洞的建议，命令刘永福带人马驱逐法军。

这刘永福可了不得，临危受命，为保一方抗击侵略者，他率领黑旗军与法军一场大战，打了足有一年的光景，最后，愣是把越南战略要地宣光城里的法军给围起来了。

被困的法军弹尽粮绝，多次求援。刘永福料到法军肯定会前来救援被困之敌，于是设计袭击法军，在离宣光不远的地方，埋下了炸药。

不出刘永福所料，河内法军果然派出了大批援军增援宣光城，走在半路上，被引入雷区。随着一声震天巨响，二十多个法军军官和四百多个法军士兵“轰”一下，全都上了天。刘永福乘胜追击，法军残部被打得焦头烂额，匆匆逃回。

朝廷接到信息，马上颁发上谕，对法国进行了有力的谴责，同时，下令陆地各军迅速进兵支援，命沿海各地严防法军侵入。

令是下了，军队也都开始出动，无奈陆军调集的速度根本跟不上战势的变化。更令人遗憾的是，刘永福围攻数月未能拿下宣光，而法军也开始对越南连续增兵。这个时候，人们才认识到铁路的重要性。

寡不敌众，法军乘势侵入广西门户镇南关。

在这种情形之下，张之洞再次向朝廷保荐一人，就是那位年近七十的老将军冯子材。冯子材率军杀奔前线，与黑旗军合兵一处，大败法军，收复十多处要地。老将冯子材指挥若定，在镇南关和谅山一线取得了抗法作战的巨大胜利。

清军终于在中法战争中反败为胜，占了上风。可正当抗法斗争节节胜利时，清政府却下令中国军队停止作战。

有人不明白，大清在军事和外交上都占据了有利地位，为什么不打了呢？

敢情是慈禧太后担心“兵连祸结”会激起“民变”和“兵变”。

所谓兵连祸结，就是说战争不断。那样一来，不单是外患，还会引起内乱。在清朝统治者来看，“起义甚于洋人侵略”。

所以，在中法战争的整个过程中，清政府一直是报以主和的态度。1885 年镇南关大捷后，朝廷“乘胜即收”，遭到了很多人的唾骂。明明打了胜仗，倒像是吃了败仗，一心求和，哪有尊严可言？

但事实既成。最终，李鸿章和法方代表于 1885 年 6 月 9 日在天津签订了《中法新约》。法国达到了它最初也是最主要的目标，法国不胜而胜，中国不败而败。中国与越南间传统的宗藩关系彻底断绝，中国西南地区的“后门”向法国开放。

同时，暴露出了清朝的问题，从海军、陆军调度协调来看，特别是陆军集结的速度，远远跟不上法军。这一点，也就更加坚定洋务派人士力主修建铁路的决心！

中法战争虽然结束了，暴露出的问题亟待解决，洋务派与顽固派的战争越发激烈。

李鸿章上折，奏请设立总理海军事务衙门。同时，汇报轮船招商局的运转情况。恰在此时，唐廷枢已经结束了外洋考察，回到了中国。

一个为了国家富强毫不惜力的实业家，回来之后迎接他的居然是诬告与弹劾。在唐廷枢看来，来自洋商的竞争压力很大，但是，凭借自己多年积累的经验，尚能应对，但是，来自朝廷的压力和地方官员的谋私行为，自己却难以招架。



明知遭到陷谤和排挤，但是，唐廷枢仍以大局为重，以股东利益为重。他处理完中法战争前后遗留下的局务纷争，向盛宣怀做了交接之后，忍痛离开自己一手创办、苦心经营的轮船招商局。

有人可能想，此时的唐廷枢一定是万分沮丧、心灰意冷。实际上并不是，唐廷枢是什么人？他自幼立志通过“仿西技、用西人”，创办实业“自强”“求富”，改变国家忍受屈辱、任人宰割的局面。

“上以裕国，下以利民”是唐廷枢一生价值追求。他怎么会因眼前这点挫折就生消极态度呢？此时，唐廷枢脑子里想的是如何利用开平矿务局再打开一扇实业大门。

带着这份憧憬，唐廷枢再次来到了北京，见到李鸿章，说出了自己的想法。

原来，开平煤矿由于煤河春秋两季水源不足，冬季又要上冻，利用率极低，而且每年清淤，耗资费力，唐廷枢禀请李鸿章批准，成立开平铁路公司，集股二十五万两，续修由胥各庄至芦台长三十多公里的铁路。

“中堂，如果续修这条铁路，不单对矿务局有利，对今后开展洋务也是大有益处。”

“嗯。”李鸿章听罢点点头，他明白唐廷枢的意思，在修铁路这个问题上，两个人早就达成了共识。光绪皇帝曾在1884年下旨，铁路可以在煤铁矿和金银铜矿试办。此时唐廷枢的提议，朝廷应该不会驳回。只是，自己刚刚奏请成立海军衙门，这个时候提修铁路，恐怕会形成掣肘。

一时间，李鸿章不知道如何答复了。唐廷枢不明白：“中堂，难道此事难办？”

“呃……景星啊，凡事欲速则不达。”

“中堂，国家面临重重困扰，再不从速，就怕来不及啦！如果朝廷能够同意，这条铁路在明年 5 月就可以完工。”

李鸿章看着唐廷枢满怀期待的表情，真是感慨良多：“景星，你难道就不想说一说之前别人告你营私肥囊的事吗？”

唐廷枢当时一愣：“怎么，这件事不是已经过去了吗？为什么还要再提？”

哎呀，李鸿章心生敬佩！唐廷枢一心为国，不存私念，事极繁难，百折不回，忠信正直，真是中国商务难得之才。

“景星啊，你的意思我明白，不过，眼下还要分出个轻重缓急。这样吧，我明天要去一趟张家口，等我回来，咱们再议。”

“那，就依中堂。”

第二天，李鸿章由家人陪同，赶奔张家口。他去张家口干什么呢？两个目的：第一，当年有英国人向他提议要修一条由北京至张家口的铁路，李鸿章始终没有忘了这件事，他准备去考察一下；第二，李鸿章打算去会一位朋友。

家人们听说要陪同中堂去张家口，都乐坏了。老爷太会挑地儿了，要说北京，那是天子脚下，皇城帝都，可真要说热闹，还得说张家口。

张家口，那是当时名播四海的旱码头，位于直隶省西北部，东临北京，西连大同，南接华北腹地，北抵草原，是当时贸易的中转中心。那儿有一条连接北方的大道，这条大道把张家口发展成为中国北方著名的陆路商埠，被称作“塞外明珠”，老百姓管这儿叫“东口”，来这儿做买卖，就叫“走东口”。

由于四通八达的交通，张家口的军事地位也很重要，历来为兵家必争之地。清朝在此驻有重兵。

除此之外，有那犯罪的官员，大多来此服役。敢情，就在这些官员之中，有一位李鸿章的朋友。谁呀？就是前文书说到的总办福建海防事宜的船政大臣张佩纶。

马尾港战役，南洋水师全军覆没，闽浙总督何璟、船政大臣何如璋被降级，张佩纶临阵脱逃，被人弹劾，充军发配张家口，他得经过四年的服役期，才能回家。至于官复原职，那得由朝廷重新议定。

此刻，正是张佩纶最不得志的时候，没想到，李鸿章来了，到营里探望，这让张佩纶大为感动。

李鸿章知道，张佩纶是治世之才。此人少年得志，平步青云，二十六岁入翰林。有人说他“天资聪颖过人，读书目十行并下”。张佩纶慷慨好论天下事，评议朝政，煊赫一时，是清流之一。在中法战争刚起时，张佩纶曾多次上奏发表主战言论。而李鸿章当时的态度是“遇险而自退”，力保“和好大局”。

李鸿章明白，为了大清江山，必须得重新启用此人，这次来，就是安慰一番，并且告诉张佩纶，如果朝廷不用你，将来，你可以做我的一名书吏。

张佩纶感激涕零啊，他自己也没想到，后来四年服役期满回到北京，真就来到李鸿章的身边，并且，娶了李鸿章的女儿李菊藕。

夫妻感情很好，生下一子名叫张志沂，张志沂长大结婚，生下一个女儿，就是中国著名的女作家张爱玲，当然，这是题外话，咱们不必细表。

眼下，李鸿章向张佩纶伸出援手，安慰几句，就打军营里出来了。

等走到大街上，李鸿章发现，眼前是成群结队的骆驼。

那时候长途运输主要靠的就是骆驼。长长的驼队沿着大道，往来北方。这么长距离的运输，也只有吃苦耐劳的骆驼可以承担。

就看骆驼背上，有布匹、茶叶，还有很多铁器。

这队骆驼刚过去，又来一队，看得出来，这是从草原回来的，骆驼背上是各种毛皮，还有食盐。

街市之上，来往不绝，李鸿章高兴，真希望大清能够商业兴旺，百姓才能安居乐业。

无形之中，李鸿章又想到了修铁路，从张家口到北京，来往运输都用骆驼，如果修了铁路，那得多快呀！

在张家口盘桓了一天，李鸿章就回北京了。

没想到，刚回北京，喜讯传来，慈禧太后颁下懿旨，同意成立总理海军事务衙门，简称海军衙门，由醇亲王奕譞为总理，奕劻、李鸿章为会办，曾纪泽、善庆为帮办。

这海军衙门成立了，李鸿章再度活动起了修铁路的心思，中法战争中暴露的不只是海军的问题，也有陆军的问题，调兵遣将行动迟缓，押粮运草供不应求，运输问题不解决，打仗永远得吃亏。

头一个想起的，就是唐廷枢跟他提的续修唐胥铁路。他把唐廷枢召进北京，告诉他，朝廷已经同意自己的建议，成立了海军衙门，“接下来，老夫准备把你的提议奏请当今。”

没想到，唐廷枢听完这句话，是连连摆手：“中堂不可。”

“啊？！”李鸿章当时就是一愣。

# 第十三回

# 唐廷枢巧说飞龙鸟
# 李中堂奏请阅海军

李鸿章告诉唐廷枢，自己准备奏请朝廷续修唐胥铁路，得到的却是唐廷枢的反对。

李鸿章不明白：“景星，不是你一再要求修这条铁路吗，怎么，你又改主意了？”

唐廷枢一听，笑了：“中堂，修这条铁路是卑职的夙愿，怎么能改主意呢？”

“那你怎么不同意呢？”

“中堂请想，虽然朝廷同意您的请求，成立了海军衙门，可是朝堂中对修铁路持反对意见的依然大有人在。您要想促成此事……”

说到这儿，唐廷枢欲言又止。

李鸿章知道，唐廷枢一定又有好主意了：“景星，但讲无妨。”

“好吧，那卑职就直言不讳了。中堂上次说的‘轻重缓急’卑职已经明白了，如今朝廷已经设立了海军衙门，洋务运动又向前迈进了一步。这可以被看作是一阵东风，我们要续修唐胥铁路，就要借助这阵东风。但是，怎样能让修铁路和海军事务联系上，这是当务之急。如今，总理海军衙门事务的是醇亲王，对与海防有关的事宜完全可以自己拍板，不必事事请示太后。如果醇亲王能够同意把铁路事宜划归到海军衙门下管理，那样一来，就可以绕过太后和朝廷上的顽固派了。”

“嗯，好主意！景星，你在北京等我两天，明日太后召我进宫，我先探一探虚实。”

“好！”

就这样，李鸿章次日穿戴齐整，进宫见驾。

原来，慈禧太后是跟他询问之前谈判的事，不过是走走过场。都说完了，李鸿章冲上叩禀：

“太后，如今北洋水师驻守天津大沽口，随时保卫京师，舰船运转所需煤炭全靠唐胥铁路运输，还请太后放心。”

“嗯。”慈禧点了点头，“中堂，这件事你办得好，洋鬼子再敢来犯，对他们别客气！”

“喳。”

出宫以后，李鸿章心中暗想，看来太后对铁路的态度有所转变了，刚才那番话叫投石问路，真要促成大事，还得去找醇亲王。

李鸿章没回总理衙门，直接到军机处去见醇亲王。

“参见王爷！”

“起来，少荃哪，听说你前两天去了趟张家口？”

“回王爷，正是。”

“哎，下次去，跟我说一声，我也想去看看。”

“您也想去？”

“是啊，那地方有不少的稀奇玩意，别看离得不远，北京还就没有。”

“王爷取笑了，下次去，一定向您请示。”

“得，你今天找我有事吗？”

一问正事，李鸿章精神大振：“王爷，北洋水师舰船日益增加，唐胥铁路已经无法满足需求，现请示续修唐胥铁路。如能将铁路事宜划归海军衙门管理，王爷一人便可裁决。”

醇亲王侧着耳朵听着，开始，他也很兴奋，眼睛瞪得挺大，可是，听着听着，他是紧锁双眉，不住摇头：“行啦，别说了。少荃哪，修铁路这个事，朝廷已经否过多次了，咱们是不是别再提了？”

“嗯？”李鸿章不明白，王爷变得也太快了，从字面上理解，好像是跟自己商量，可从语气上理解，就是否定。

醇亲王这还是第一次对李鸿章有这样的态度。

“那、那就依王爷。”

又说了几句话，李鸿章从军机处出来了。

回到总理衙门，天已经擦黑儿了，有人来报：“唐廷枢求见。”

“请。”

两个人一见面，李鸿章就把今天发生的事情告诉唐廷枢：“景星，你说王爷为什么不同意呢？”

唐廷枢想了想，往前一探身：“中堂，据卑职看，王爷不是不同意，是不敢。”

“不敢？笑话，他可是堂堂亲王，又是当今天子的……”

话说一半，李鸿章停住了，怎么了？李鸿章突然就想起来了，对呀，这位王爷最注重的就是“谨慎”二字。

当初，同治皇帝驾崩，慈禧太后为了继续掌权，她搞了个“兄终弟及”，选了醇亲王的儿子载湉继位，这样，她还是太后，可以继续垂帘听政。

可是，这里头就出现了一个问题，醇亲王算什么？当今天子进宫为帝，那就是慈禧太后的儿子，醇亲王是慈禧太后的小叔子，皇帝怎么称呼他呢？皇叔？反正不能是阿玛。为了这件事，醇亲王煞费了一番苦心，最后决定，无论如何，也不能当“皇父”，所以，他处处小心、事事留意，就怕违了慈禧太后的意愿。李鸿章说的修铁路，曾经遭到慈禧的反驳，所以醇亲王认为不能再提了，即便他从心里同意，他也不敢再提。

“景星说得有理，既是如此，这件事就作罢不成？”

“当然不是。”

说到这里，唐廷枢给李鸿章深施一礼。



“哎，景星这是何意？”



“回中堂，卑职愿凭三寸不烂之舌去说服王爷，还请中堂成全。”

“什么，你要去见醇亲王？”

“正是。”

李鸿章心说，这个唐廷枢的胆子真是不小，敢给亲王当说客！转念一想，凭着唐廷枢的才学，这招险棋倒也走得。

恰巧此时，从人送来一封请柬，是醇亲王请李鸿章过府饮宴。

敢情是醇亲王为白天的事觉得有点不合适，因为自己怕事，驳了李鸿章的建议，可这话又不能明说，所以，王爷打算把李鸿章叫到家里来好好聊聊。

李鸿章眼珠一转：“好吧，老夫就带你去见王爷。”

一夜无书。第二天，李鸿章自备一份厚礼，带着唐廷枢奔往后海北沿醇亲王府，这是醇亲王的新府，旧府在太平湖东里，就是现在的中央音乐学院。为什么要搬家呢？因光绪皇帝生于旧府，那儿成了潜龙邸，载湉四岁入宫，继承大统，他一出府，醇亲王举家迁出，旧府改称南府，后海北沿的新王府称北府。

二人来到王府外，抬头一看，雕梁画栋，高大宏伟，四周甲士环列，戒备森严。

“景星啊，你在门口等候，我先进去和王爷回一声。”

唐廷枢明白，自己属于不请自到，本身就失礼，应该进去打个招呼。

“有劳中堂。”

就这样，李鸿章递进名帖，由从人带领，进入外院，过二门，进正门，绕过银安殿，经过后罩楼、宝翰堂，一直来到待客厅。

见醇亲王要施大礼，王爷给拦住了："这是家里，俗套都免了吧。今天请你来，是想跟你说说心里话。"

哎哟，李鸿章心里热乎乎的，他知道，醇亲王这个人，轻易不会向外人表露自己的心意，他秉持的是喜怒不形于色，今天，看王爷说话的态度，非常诚恳。

"王爷，下官当洗耳恭听。不过，先请王爷降罪。"

"啊?"醇亲王没听明白："少荃，这是何意?"

"回王爷，臣未经您的允许，给您带来一位客人。"

"这个……"

醇亲王多少有点不高兴，客不带客这点道理不懂吗？可是，碍于面子，今天，自己又是主动请李鸿章过府饮宴，"呃，那倒也无妨，不知是何人?"

"唐廷枢。"

"哦!"醇亲王笑了，"这是大人物啊，济世之才，应该见一见，有请。"

李鸿章暗自佩服："好一位贤王。"

不多一会儿，从人把唐廷枢领到待客厅。行礼之后，醇亲王上下打量，见唐廷枢眸子放光，精明老练。

"唐大人，久闻你的盛名啊。"

"不敢，还望王爷提拔。"

"别客气，你今天跟着少荃来家里，咱们就不是外人，说吧，什么事?"

像醇亲王这种人物，说话不会啰里啰唆，一般都会直奔主题。

唐廷枢一看王爷如此豁达，自己也就不用说什么开场白了。

"王爷，我想续修唐胥铁路，还望王爷批准。"

"嗯?"

醇亲王脸色一变，看了一眼李鸿章，心说，好啊，这是找来个帮手啊!

本欲动怒，可转念一想，这也是他们一心为国，自己今天请李鸿章，就是想说说心里话，道一道苦衷。

"好吧，唐大人不必说了。少荃，你们的意思我明白了，正好，我今天找你来也是为这件事。还是那句话，都不是外人，你们听我说几句。"

醇亲王，就把自己积压在内心深处的苦楚，一吐为快。中心意思，就是避"皇父"之嫌。

李鸿章听完，不住点头，刚要说话，唐廷枢一拱手："王爷怕旁人指指点点，所以在国家大事上，极力回避，您考虑的是当今万岁是您的亲生儿子。可是，您还忘了另一层关系！”

“哦，哪层关系？”

“您忘了，您是宣宗皇帝的儿子！”

哎哟，这句话说完，可把李鸿章吓坏了，心说，唐廷枢，你怎敢如此讲话？

唐廷枢根本没顾及这些，他接着说：“在王爷身上，担负着大清社稷，您总怕旁人指指点点，难道，您就不怕宣宗皇帝对您有所埋怨吗？”

“这个……”

醇亲王乍听这番话，有点生气，心说，唐廷枢，你好大的胆子！可转念一想，他为了谁呀？他不是为国家着想嘛！另外，是我今天跟人家敞开心扉，人家为什么不能跟我坦诚相见呢？





转脸一看李鸿章：“少荃，他说得有理，这个客人你带得好啊！实不相瞒，自打皇帝继位以来，我这是头一次说实话，也头一次听实话，今天高兴，咱们得痛饮几杯！”

王爷高兴了！

您看，人与人之间，无论身份高低，无论出身贵贱，相互之间能说实话，这是多么可贵呀！

醇亲王吩咐，在花厅摆酒，款待李鸿章和唐廷枢。

“二位，我今天得让你们尝个鲜！”

李鸿章一听：“王爷，是什么美味？”

“随我来。”

三人来到花厅，站在桌前放眼一看，嚯，这桌子上已经都摆满了，山中走兽云中燕，陆地牛羊海底鲜。在最当中，是个大圆盘，盘子里是一只“鸡”，不大，已经蒸熟了，看着像鸡，也似鸽子，仔细看，这“鸡”的爪子与众不同。一般鸡的爪子是三根指头，或者四根指头，而这只“鸡”的爪子，有五根指头。

李鸿章用手一指：“王爷，这就是您说的‘鲜’吗？”

“不错，认识吗？”

“呃，这是野鸡？”

“哈哈哈，不对，这叫飞龙鸟！”

哦！李鸿章想起来了，这是皇家的贡品，一般大臣和老百姓，根本吃不着。

“王爷，这可是稀罕之物啊！”

“是啊，你知道吗，这是从黑龙江进贡来的，黑龙江到了冬天，冰天雪地，此鸟耐寒，常年在山林之中，或十只或五只，聚在一处，把整个身子埋在雪堆中间御寒取暖，肉质相当肥厚，来，坐下。”

两个人分宾主落座，出于对下级的关心，醇亲王给李鸿章夹了一筷子飞龙肉：“尝尝，味道如何？”

李鸿章把这块肉放在嘴里，太香了！

这要搁在现在就不行了，这是国家二级保护动物，禁止捕杀。清朝那会儿可以，不过，在北京，也只有醇亲王这样的人才能吃得上。

李鸿章嘴里品着美味，看了一眼唐廷枢，那意思，你也尝一口。

唐廷枢拿起筷子夹了一口放在嘴里，确实美味，可是，忽然之间，眼珠一转，计上心头，我何不如此这般？

他把筷子放下了。

醇亲王问他：“怎么样唐大人，味道如何？”

“回王爷，做得很好，只是肉质不鲜了。”

“啊？”醇亲王一听，差点气乐了，“我说唐大人，你要知道，这可是从东北六百里加急送来的，东北离这儿几千里地，不到半个月就送到了，这还不鲜？”

唐廷枢马上接了一句：“王爷，如有铁路那就更快了！”

“哦！”

李鸿章在旁边会心一笑，醇亲王瞪大眼睛看着唐廷枢：“唐大人，你为我大清，可谓是殚精竭虑呀！你容我想一想，肯定给你答复。少荃，你也是煞费苦心哪，来来来，咱们干上一杯。”

李鸿章心里高兴，他很感激醇亲王，以醇亲王的性格能说出这句话，太不容易了。他更感激唐廷枢，真是技高一筹。

简短截说，当天宴会过后，李鸿章带着唐廷枢拜别了醇亲王。

他们走后，醇亲王又仔细想了想，最后终于决定，支持修建铁路！

其实，在私下里，醇亲王也一直关注着各国的发展趋势。他知道，当初英国修建世界上第一条铁路——达灵顿至斯托克顿铁路，可以说开启了一个崭新的时代。然而这条铁路的修建也不是那么容易的，因为在此以前世界上并没有铁路，所以虽然早就拟定了关于铁路的修建计划，然而这一计划遭到了英国皇室的强烈反对，数次申请都没有得到国会的批准。英国皇室认为，铁路的修建违背了《圣经》的教义，而且他们还觉得火车会冒出黑烟，这种黑烟不仅会损害土地使五谷不生，还会毒化草地，让乳牛连奶都产不出来。然而经过数次波折，最终提案还是通过了，资本家们雇佣专家督修这条铁路，又制造了蒸汽机车。三年后，达灵顿至斯托克顿铁路正式修建完成，这条铁路给英国带来了巨大变化！醇亲王清楚地知道，铁路对于一个国家发展的重要性，如今，有李鸿章、唐廷枢这样的人极力推进，对大清是有益无害的。

而此时的李鸿章已经派唐廷枢回开平矿务局等候佳音，为了进一步说动醇亲王，李鸿章经过冥思苦想，决定再加一把火！

于是，李鸿章请奏朝廷，巡阅北洋水师，以促成铁路大事。

# 第十四回
# 醇亲王阅军议大事
# 邝孙谋举贤荐同窗

慈禧太后下旨醇亲王，让他代表朝廷检阅水军。

醇亲王的车驾到了天津，下榻海光寺，先查阅了武备学堂，跟着，乘海晏轮赴大沽；出海到了旅顺口，又到庙岛、烟台，最后回大沽巡阅南北炮台。

这一圈下来，让醇亲王大开眼界，他没想到，军舰这么厉害，大炮打得准，水师操练有度，炮台等防御工事的修筑和维护也井井有条，他挺高兴。就在这时，“哗啦啦”，一阵海风吹过，吹得人神清气爽，低头看了看，海浪翻滚，人站在船上稳如泰山，醇亲王赞不绝口：“少荃哪，咱大清的军舰太威风了！”

李鸿章一听，机会来啦，忙上前一步：“王爷，您说，咱这军舰为什么能这么稳？为什么能在海上跑这么快？”

“哦？你说说看！”

“就因为它要靠锅炉的动力来推进，而锅炉的动力来自煤。”

“那是自然。”

“不过……王爷可知，您这一次检阅，我们所用的煤全是靠骡车拉来的，拉了多少个月才拉满，您这一次检阅，我们就全用完了。请王爷设想，如果真要打起仗来，还能用骡车拉煤吗？真要那样的话，这些军舰可就成了摆设，海军在港口就只能等着挨打呀！”

“咝——”

醇亲王倒吸一口凉气，他已经知道李鸿章要说什么了，是啊，铁路对于军事作战有着重大的作用！

“少荃，你不必再说了，回京后，我就请奏朝廷修铁路！”

“谢王爷！”

李鸿章陪着醇亲王下了炮台，二人来到海神庙拈香拜神，偏巧此时，风平浪静。

醇亲王笑了：“少荃，我这刚一进庙，风就停了，可见是神灵庇佑，这是个吉兆啊。”

李鸿章也笑了：“王爷，这的确是个好兆头，看您今日兴致颇高，何不留下墨宝？”

醇亲王心情激荡，不由起了诗兴，吩咐“笔墨伺候”。

下人备好了文房四宝，醇亲王提笔在手，略加思索，当场写下一首拈香诗，诗的最后两句是“四朝宸翰在，永佑大清民”。

李鸿章站在边上看着，心里很激动，他冲着醇亲王一拱手：“王爷，您这最后一句写得好啊，永佑大清民！不过，要想佑民，不能光靠神灵庇佑。俗话说，尽人事，听天命。”

“对！少荃，我该怎么跟太后奏请？”

李鸿章只说了一句话：“将铁路一应事宜划归海军衙门。”

“嗯……”醇亲王手捻胡须想了想，跟着，他是朗声大笑。

就这样，经醇亲王和李鸿章的一番精心运作，于1886年，也就是光绪十二年，清政府终于决定，将铁路事宜划归海军衙门管理。

唐廷枢在唐山得知消息以后，立刻正式禀请李鸿章批准，续修由胥各庄至芦台的铁路，并要求成立开平铁路公司，独立于开平矿务局。

李鸿章坐在总理衙门手托公文一个劲儿地摇头：“这个唐景星啊，他是这山望着那山高，吃着碗里的看着锅里的，续修唐胥铁路还没批准呢，他又要成立铁路公司，醇亲王能答应吗？”

李鸿章的担心不是没有根据，尽管清廷将铁路事宜划归了海军衙门，而且批准“试办”铁路，但在实施过程中仍遭遇了重重困难，反对修铁路的声音仍不绝于耳。1884年，礼部侍郎徐致祥就曾两次上书皇帝，论“铁路之害”，请罢修铁路。

如今唐廷枢请求成立铁路公司，这“公司”……

公司这个词儿，李鸿章当然不陌生，可在当时，中国老百姓大多不知“公司”为何物。清朝启蒙思想家魏源写了一本书叫《海国图志》，书中讲到了“公司”一词：西洋互市广东者十余国，皆散商无公司，惟英吉利有之。公司者，数十商辏资营运，出则通力合作，归则计本均分，其局大而联。

其实，开平矿务局就是公司性质的经营模式，可当时还没有叫公司。如今，要成立开平铁路公司，这可真是史无前例呀！

李鸿章眉头紧锁，“这……嗯？”猛然间，李鸿章发现在公文袋里，还有一封书信，抽出来一看，是唐廷枢写给自己的私人信件，“搞得什么名堂？”

李鸿章打开信从上往下看完之后，“哈哈哈”，他是笑逐颜开，愁云顿逝。

原来，唐廷枢已经猜到李鸿章会有顾虑，所以，他把成立开平铁路公司的初衷详细地进行了解释和分析。

唐廷枢在信中说，铁路事宜已经划归海军衙门管理，修建胥各庄到芦台铁路之事一旦获准，以目前国库的现状，应该无法给予经济上的支持。

由于这条铁路修建之后，首先获利的肯定是开平矿务局，所以当由开平矿务局出资用于铁路建设，资金来源一定是招商募股，一旦筹集了如此巨额的资金，开平铁路公司就可以顺势成立。

李鸿章眼望开平方向不住地赞叹："唐景星真大才也！"

就这样，李鸿章将唐廷枢的请求上报醇亲王。醇亲王权衡利弊之后，全部准许。

开平运煤铁路公司的成立，是唐廷枢的又一个伟大创举，它开启了中国铁路建设的新局面。因铁路关系到国防大事，朝廷必要加以控制，因此，海军衙门派李鸿章的幕僚伍廷芳任开平铁路公司总办。





伍廷芳这个人可了不起，那是清末一位杰出的政治家、外交家、法学家。

和容闳一样，伍廷芳也是早期受到西方近代知识教育的中国知识分子之一。

唐廷枢呢？他被任命为经理，负责具体业务。这就是之前说过的官督商办模式。

跟着，李鸿章授意开平矿务局，以"方便商业道路"为理由，续修唐胥铁路。

就这样，在1886年里，唐胥铁路延长到了芦台，总长从约十公里延长到超四十公里，这段铁路也改名为唐芦铁路。

又过了一段时间，开平运煤铁路公司聘请了一名总工程师，就是前文书提到的金达。

这名英国铁路工程师在中国铁路任职三十余年，对中国早期的铁路建设作出了一定的贡献。

后人总结出，中国第一条标准轨距铁路、第一台蒸汽机车、第一所铁道学堂、第一条复线重轨铁路，均与金达密不可分。当然，金达作为一名英国工程师在中国工作，他积极收集中国企业的基本情况，在中国推销英国铁路产品，也是努力地为英国在华利益服务。

而且，此人在工作中说一不二，他定了的事，绝不允许更改。不过，他也有个优点，就是惜才爱才。他发现，在修建铁路时，清政府的官员一味地迷信洋人，即使是从美国留学归国的大学生也不使用，这让金达很不理解。有一次，唐廷枢向他推荐了一个人，广东南海人，也是当年清廷选派的留美学童，姓邝，叫邝孙谋。经过面试和考试，金达发现，这个邝孙谋非常聪明，而且对铁路知识掌握得很全面，当时就录用了。

早在五年前，邝孙谋就参与了唐胥铁路的兴建。在施工过程中，唐廷枢暗自叮嘱邝孙谋，让他从金达身上多学本事。

为了报答知遇之恩，邝孙谋几次向唐廷枢提出请求，要登门致谢，都被唐廷枢谢绝了。

邝孙谋明白，像唐廷枢这种人，心怀国之大者，自然有“大格局”“大气派”，他绝不是要什么名贵礼物，也不图什么答谢之语。其实，邝孙谋也是这种人。

这一天，邝孙谋找到唐廷枢，见面说了几句客气话，唐廷枢笑了：“哎，这就行啦，星池（邝孙谋的字），今后努力表现，就是对我最好的答谢，快去忙吧！”

说完话转身要走，被邝孙谋给拦住了：“大人留步，卑职还有件事。”

“说吧。”

“卑职想向大人推荐一人。”

哦？唐廷枢笑了，“星池乃是大才，你推荐的人一定也是人才，说吧。”

邝孙谋未曾说话，先打了个“唉”声，“大人若说我是人才，卑职实不敢当。不过，我要推荐的这个人，绝对是人才，只不过，他大才难舒，才不得施！”

“哦，他是谁？”

“此人姓詹，名叫詹天佑，与卑职乃是同乡，当年，我们一同去美国留学……”

邝孙谋就把詹天佑的情况做了简单的介绍，“中法战争后，詹天佑奉两广总督张之洞之命，到广州博学馆任教，负责教授英文。大人可知，詹天佑在美国耶鲁大学学的是铁路工程专业，可干的却是英文教师的工作，这不就是才不得施吗？如果大人肯赏识，能否把詹天佑调到开平铁路公司？”

听着邝孙谋的介绍，唐廷枢在想：如果詹天佑真是铁路上的人才，不妨调来一用。

“星池，你放心，我这就去和总经理说。”

唐廷枢来找伍廷芳，说了这番意思。伍廷芳听了也很感兴趣，“只是，景星啊，目下铁路公司的人员基本已经配置齐了，这样吧，日后若有机会，我一定会考虑这个詹天佑。”

等于这个事被按下了。尽管如此，开平运煤铁路公司也称得上是人才济济，自然成为万人瞩目的焦点，唐廷枢也成了当时的公众人物。

真是不负众望，唐芦铁路通车一年就获得了明显的收益。唐廷枢趁热打铁，他立刻请示海军衙门，续修唐芦铁路。先由芦台修到大沽北岸，再由大沽修到天津，作为军、商两用。

没想到，这次请示，迟迟没有得到批复。唐廷枢不明白，这铁路事宜已经由海军衙门管理了，续修唐芦线也是顺理成章的事，难道醇亲王另有打算，还是……

唐廷枢百思不得其解，无奈之下，只能再次进京，求李鸿章帮助。

结果，来到海军衙门见到李鸿章这么一问才知道，原来是又有人在慈禧太后面前进言，说铁路修得太多会破坏风水，惊扰神灵。

在顽固派人士口中，这属于老生常谈了，可是，慈禧太后近来常做噩梦，总能梦见咸丰皇帝、慈安太后和顾命八大臣，动不动就在半夜里惊醒。现在一听“惊扰神灵”，她也害怕了，立刻宣召醇亲王，告诉他，修铁路的事先缓一缓。

所以，醇亲王迟迟没有批复。李鸿章更是一筹莫展：“景星啊，这事太难了。当日，我陪醇亲王在海神庙上香时，还想着把铁路修到北京呢，如今看来，恐成泡影啦。”





李鸿章说的是败兴话，可唐廷枢听后，反倒激发了灵感：“中堂，您说什么，把铁路修到北京？”

“嗨，那根本不可能。”

“不，可能。”

啊？李鸿章上下打量唐廷枢：“景星，你怎么了，没听懂我的话？”

唐廷枢一摆手，他低下头盘算了一下，突然眼睛一亮：“中堂，太后一直不热心修铁路的事情，可能是因为她没坐过火车，设想一下，如果让太后坐一趟火车，感受一下火车的速度、铁路的便利，也许她就能同意！”

李鸿章一听：“你这个主意是不错，可是，以太后之尊贵，怎么可能跑到矿山里去坐火车呢？何况，这个提议一出，肯定会有人拦阻。唉，当初杜兰德修的那段展览小铁路要是没拆就好了，让太后在宣武门外坐火车可比让她来胥各庄好办得多了。”

“小铁路……对，中堂，就是小铁路！”

“景星，你在说什么，什么小铁路？”

唐廷枢越发激动了：“中堂，我听说最近在修缮西苑三海，那是皇家禁地，如果能借这个机会，在西苑里为太后修一小段铁路，供太后游玩时乘坐，请太后感受火车的便利，也许她就同意大规模修铁路了，您觉得怎么样？”

嘿！李鸿章心说，这个唐廷枢真是足智多谋啊，“景星，我这就给王爷写请示。”

李鸿章提起笔来给醇亲王写了一份请示，醇亲王见到请示之后，明白了李鸿章的用意，只是，直接和太后说在宫里修铁路，恐怕太后不能答应，即便是游玩小铁路，太后也会顾及其他大臣的态度，怎么办呢？

醇亲王很想促成此事，但此时缺少一个合适的契机。他在屋里走来走去，无意间，看到了书架上放着一本皇历，下意识取下来，随便翻了两页。嗯？王爷仔细一看上面的日子，哎，有了！

醇亲王想起来了，过两天，为给大清祈福，皇上要陪着太后前往东陵祭祖。

清朝，太祖努尔哈赤的福陵和太宗皇太极的昭陵都在关外，除此以外，清朝帝陵分别在河北易县的西陵和河北遵化的东陵。

清东陵埋葬的是世祖顺治帝、圣祖康熙帝、高宗乾隆帝、文宗咸丰帝，还有慈禧太后的爱子穆宗同治帝。

清世宗雍正帝在位时，曾将直隶易县永宁山视为风水宝地。雍正便将自己的寿宫选址在了易县，为了便于区分，将遵化的陵园称作东陵，易县陵园称作西陵。当时，西陵葬有世宗雍正帝、仁宗嘉庆帝和宣宗道光帝。

清朝统治者一贯主张“敬天、法祖、勤政、爱民”为治国平天下的家传心法，特别宣称“圣天子孝先天下，首重山陵”。他们将皇陵祭祀，置诸国家“五礼”中吉礼的范畴，与祭祀天地、太庙、社稷等量齐观，称大祀，并载在典籍，用法律的形式加以确认，使之制度化，赋予了最为神圣的尊严与内涵。

所以，慈禧太后每年都要带着光绪去东陵祭祀。

醇亲王心想，东陵在遵化，属于直隶境内，李鸿章作为直隶总督，必须要进京陪同的。自己作为亲王，肯定也是护驾前往。如此一来，可令李鸿章提前做好准备，除了常规层面的出行保障和后勤工作，还要准备好说辞，找准时机，把西苑修铁路的事，在太后驾前奏请。

醇亲王福至心灵，想出了这条妙计。

# 第十五回
# 真中假伴驾掩心机
# 假中真游幸修铁路

光绪皇帝陪同慈禧太后前往东陵祭扫，銮驾从北京动身。

金瓜斧钺朝天镫，缨舞缨幡缨罩缨，日扇掌扇龙凤扇，两把九曲歪把黄罗伞盖下分别罩定两乘御辇。光绪皇帝衮冕加身，慈禧太后凤冠霞帔。太监、宫女、随从、武士不离左右。

按照惯例，吏部官员必须扈从，直隶总督李鸿章已经先到京师请驾，然后，沿途随行，沿站迎接。





常言说，皇帝出朝，地动山摇。銮驾行经之路，都要修成御道。为此，从北京至东陵，这一路上，沿途老百姓的田地要被铲平，遇到有水的地方，还要设桥，得让这御道平整如镜。

御道之外，还得打通便道，架设便桥，主要是供随行人员来往方便之用。

銮驾出行，每日的安排也是井井有条。每天走多少路程，经多少站点，都是精心安排、有计划进行的。从京城出发，每天行走两个尖站。所谓尖站，就是旅途中可以暂时休息或饮食之处，就算临时休息之所吧。外加一个宿站，即可供宿夜的驿站。一路上，所到之处，都有以往旧存的行宫。这些行宫，规模不小，起居日用之物一应俱全，可供太后、皇帝及随行人员歇住。

銮舆行进过程中，随行人员必须先行，以备站班接驾。

按说，北京离着东陵不太远，可慈禧太后这支队伍，足足走了半个月才到。

銮驾到达东陵之后，守官下吏跪伏道旁，山呼万岁。慈禧由辇车上下来，看了看远近的风景，当即下旨：先在山上行宫里休息两天。

怎么回事？敢情慈禧太后累了，这一走半个月，有点吃不消。

李鸿章听说了，他想立刻见驾，跟太后提修铁路的事，让醇亲王给拦下了："少荃，别着急，太后一路劳乏，先让她歇歇。坐住了劲儿，欲速则不达。"

李鸿章明白王爷的用意，点头称是。

两天过后，慈禧太后带领光绪皇帝来到东陵，按照礼制，拜谒先祖。

站在康熙的墓前，慈禧太后拈了一股香，陷入了沉思。

那还是道光十五年，京城吏部文选司二等笔帖式惠征的家里，降生了一个女婴。惠征年过三十，好不容易才有了子嗣，没想到老婆肚子不争气生了个女孩，不仅不能给他传宗接代，还会让他困窘的经济状况雪上加霜，本就郁郁不得志的惠征更加郁闷。

可惠征做梦也没料到，这个女孩长大之后，却成了大清的无冕之王，这个女孩在一个无名小吏之家长大，在平凡中度过了少年时代。成年之后，她出落得聪慧俊秀。咸丰二年二月，年方十七的她在内务府的一次宫廷选秀中时来运转，被选入后宫，成为咸丰帝的一名妃嫔，封号"兰贵人"。

在激烈的后宫争宠中，兰贵人的前途显得非常渺茫。由于出身微贱，她未能成为咸丰帝的正宫皇后，各方面都比她优秀的慈安捷足先登，牢牢占据了皇后之位，而且深得咸丰欢心。如果不出意外，她就将在卑微中度过自己的平淡一生。



谁知吉人自有天相，慈安虽然得到咸丰宠爱，却没有生出一男半女。这给了兰贵人一个绝佳的翻身机会。咸丰六年三月，兰贵人给咸丰生下了唯一的皇子，就是后来的同治帝。此事成为她一生的转折点。从此之后，兰贵人变成了懿贵妃，地位日渐走高，平步青云，一步步掌管清朝皇权中枢。

但是，慈禧一生也是命运多舛。丈夫咸丰帝死得太早，当时慈禧才二十六岁。咸丰皇帝知道年仅六岁的儿子很难去统治大清，因而在临死之前，让后来的"顾命八大臣"辅佐同治皇帝治理国家。

八大臣里以肃顺为首，肃顺与慈禧素来不和。当初，英法联军攻进北京，咸丰皇帝逃到热河之后就开始咳血，肃顺害怕皇帝驾崩，懿贵妃会立刻夺权变成皇太后，他始终感觉这个女人心计太深，恐日后对政权不利，也对自己不利。于是，在病榻前向皇帝进言，用汉武帝除掉钩弋夫人的故事点醒咸丰，示意杀掉慈禧。

咸丰心软，没有同意。当时，把懿贵妃吓得浑身发抖，也就是从那一刻起，她觉得自己孤立无援，而恐惧到了一定程度，懿贵妃变得坚强，经过一番精心策划，她终于杀了肃顺，掌握了政权，成了慈禧太后。

回想起当初那段刀光剑影，慈禧太后不觉潸然泪下。

身旁的光绪以为太后太过劳累，他低声相劝："您不必难过，等儿臣亲政之日，一定让大清恢复昔日的康乾盛世。"

慈禧一听，当时止住了悲声，看着光绪好半天，把光绪看愣了："亲爸爸，您怎么了？"

"哦，没什么，咱们走吧。"

光绪上前一步搀扶慈禧，就在慈禧转身时，她紧紧地握了握右拳，这个小小的细节，被站在一旁的李鸿章看见了，李鸿章在瞬间感觉到一股冷气袭人。

礼仪完毕，銮驾回京。

在回銮的路上，御道两旁景色优美，桃红李白，百鸟声喧，可以说，一派欣欣向荣。

旁人观景都是赞不绝口，唯有慈禧太后，看到这样的景色，感觉心烦意乱，心里盘算着下一步的打算。猛然间，眼皮一撩，正看见凤辇边马上的醇亲王，慈禧眼珠一转，故意提高嗓门："唉，真是岁月不饶人，一转眼，皇帝都快十七岁了，先帝像他这般大的时候，都要着手大婚了。"

醇亲王离得最近，听见了，心中暗想，太后这是什么意思？感慨自己年老吗？她说先帝，自然是指同治皇帝，慈禧一生唯有这一个孩子，青年时就撒手人寰，这是慈禧心里的一大痛处。难道是刚在东陵扫过墓，心情有些悲伤，不过……这个时候提到大婚的事……哦，明白了，这是在试探我呀！

您要知道，皇帝大婚就意味着亲政，皇帝亲政，就意味着太后卷帘归政。当年同治皇帝就是先议了大婚的一应仪程、礼节，却迟迟不订婚期，直拖到了十八岁才大婚，就是因为慈禧太后不想归政。

如今光绪皇帝快到十七岁了，慈禧表面上是在感慨孩子转眼就大了，该筹备婚事了，可是心里未见得真是这么打算的。

这难上加难的话题，换了一般人怕是要冷场，即便不冷场，只怕也难以回答得让慈禧满意，说现在的话，尬场！

这时候，过来一位解围的，谁？李鸿章。

李鸿章护驾回京，一直跟着，他离醇亲王的马最近。刚才慈禧的话，他也听见了，往前一带马："太后如今春秋鼎盛，朝上这么多的大事，还要等您拿主意，毕竟皇帝还年幼，您可万要保重凤体，切不可伤怀过度。"

慈禧漫不经心地叹了口气："唉，他长大了，早晚要学会自己打理政事的，他的婚事你们也要上上心。"

说完话，眼睛盯着醇亲王。

慈禧说这话，其实就是给醇亲王听的，言下之意，你的亲儿子就要继位了，你的好日子要来了。

醇亲王没有立时应下太后的话，看了一眼李鸿章。李鸿章使了个眼色，醇亲王明白了：“太后，皇帝的婚事理应由太后做主，哪里有臣说话的道理。更何况臣早就奏请过太后，皇帝年纪尚小，怎担得起这千钧重担，还得太后主持大局。即便将来皇帝可以亲理庶政了，也必须永远按照现在的规章制度，一切事情，首先请示懿旨，然后再向皇帝奏准。”

“嗯！”

话说到这个份儿上，慈禧脸上露出笑纹了，简直再满意不过了，她当即表态：“老七呀，你说的是，这些日子我反复考虑，回想皇帝从幼年入宫即位，我抚养、教育的苦心，十几年如一日。即使他亲政之后，我也必须随时帮助，遇到事情协助处理，这个责任我不容推卸，这个想法也不容我放弃。”



“太后所言极是。”

醇亲王脸不改色，心里却是暗暗松了一大口气，这关眼看着是过了。

其实，在醇亲王的内心，他是替光绪皇帝着想的。父母之爱子，必为之计深远。他难道不知道他儿子满脑子宏图伟业，一心只等着亲政后大展身手吗？可是太后独掌朝政多年，绝不会轻易放手，她又是个手段老辣的，单看她在咸丰帝驾崩后抓住时机发动辛酉政变，扳倒八位顾命大臣；又在几年前，借中法战争之机，发动甲申易枢，扳倒恭亲王奕訢，一夕之间将军机处上下从头换到尾，就可知道这手段绝不是小皇帝眼下能应对得了的。奕譞知道，自己的儿子空有满腔抱负，却没有圣祖康熙那般过人的才干，而且朝堂上也没有多少强有力的支撑。要是跟慈禧太后争权，那就是拿着鸡蛋碰石头。对于醇亲王，他宁愿儿子一辈子当个傀儡皇帝，也不愿意看到儿子夺权失败，下场惨淡。自古以来，皇室夺权，没有不流血的。

想到这儿，醇亲王的心情也很复杂，他又是个不善表露的人，一时之间，场面有点尴尬。好在是在行走的路上，车轮滚动、马蹄声响，多少能缓解一点。

按说，这么个严肃而沉重的话题，还是赶紧翻篇儿比较安全，李鸿章用手碰一下醇亲王的袖子，那意思是，赶快转移话题。

哦！醇亲王明白了，他见慈禧面露满意之色，赶紧往前一带马：“太后，李中堂听闻您近期在修缮西苑，他有个新鲜点子，您可要听一听？”

“哦？”慈禧太后果然大感兴趣，“什么点子呀？”

“少荃，快跟太后说说吧。”

“喳！”

就在马上，李鸿章说出了自己的想法：“太后，臣是想着在西苑里为您修一条游玩铁路。”

“游玩铁路？听着倒是有点意思，你细说说。”

“喳。无论当日宣武门外的展览小铁路，还是吴淞铁路修通后，都有百姓乘坐过，可是太后与皇上却都不曾体验过坐火车。臣想，不如就在西苑里修上一条，供太后和皇上游幸西苑时乘坐。这是太后家事，与国事无干，朝臣们应不会反对。”

嗯，慈禧听完，心里挺舒服。她听说过，当初大周女皇武则天曾经在番邦坐过龙舟，我叶赫那拉氏一国太后怎么就不能坐一回火车呢？

对于慈禧来说，在西苑里修条游玩用的小铁路，就好比在自家花园里修条赛车道，没事儿时玩玩赛车一样。只要自家花园子够大，怎么玩都成，外人也不好说什么。

慈禧太后一生要强，最忌讳别人说她没见过世面，一听说很多百姓都坐过火车，她这好胜心起来了，加上又是为了方便自己游玩才修的，自然是点头同意了：“也好，这事就交给你亲自去办。究竟我和皇帝也没见过这火车，只是你可仔细着点，我不想听见什么奇怪的动静。”

这是指火车的汽笛声了，之前顽固派们上书时曾说火车的汽笛声十分骇人，会惊扰祖宗神灵。太后倒是把这事牢牢记在心里了。

“臣遵旨。”

旁边的醇亲王赶忙帮腔：“太后，以后要是方便，咱们再修一条从北京到东陵的铁路，那样一来，您就不用受这颠簸之苦了。”

“嗯，这事儿以后再说，先把园子里的铁路修起来让我瞧瞧。”

“喳！还有一事要请奏太后，开平铁路公司收购了唐胥铁路，如今，已经延展成了唐芦铁路，他们想再延长到天津，以备调兵运军火之用，不知圣意如何？”

慈禧一听：“嗨，我说王爷，您是海军衙门的当家人，这铁路的事已经归到海军衙门了，您就定了吧。”

“喳！”

醇亲王看了一眼李鸿章，两个人心里别提多高兴了，这次伴驾祭扫事小，让太后接受铁路事大！兴许她现在一高兴，把之前说的话给忘了，那咱们就顺口搭音。至于太后说的汽笛声音，以后再考虑怎么办，先把铁路修起来再说。

回京以后，开始行动。表面上，醇亲王开始亲自督办皇家小铁路的修建工程，实际上，唐芦铁路已经开始向大沽、天津方向延展了。

花开两朵，各表一枝。

醇亲王下令李鸿章，调来直隶按察使周馥和候补道潘骏德，从法国新盛公司订购超过三公里长的铁轨，机车一辆以及六辆坐车。六辆里面包括上等极好车一辆、上等车二辆、中等车二辆、行李车一辆，都是材质光洁、精工细作。

法国人为了占领中国这个有利市场，他们只收成本价，一分钱也不赚。眼看法国的小火车和铁轨即将在中国的皇宫内苑行驶，这就等于在当朝掌权者面前上演铁路的活广告啊！

当然，这些心思，醇亲王和李鸿章早就看出来了，慈禧太后也明白，她收下这份礼物后，赏给法商诸人不少珠宝，这也算是投桃报李了。

硬件设施已到，万事俱备，皇家小铁路开始正式修建。

# 第十六回
# 破天荒太后跑通勤
# 筑津沽青年亮高风

为了获得慈禧太后的支持，醇亲王主持修建西苑内的皇家小铁路。

“西苑”是皇宫禁苑，位于故宫西侧，所以这条铁路的准确名称应该是“西苑铁路”。

首先动工的，是紫光阁前的一段，这条小铁路起点在中海北部的紫光阁、时应宫一带，路段向北延伸，穿福华门，入北海的阳泽门。

同时，还修了车库。车库就在紫光阁北的时应宫旁，用于检修和存放小火车。为此还专门设计了一条岔道，直通车库。

铁路修好了，醇亲王请慈禧太后到现场验看。慈禧太后一看，这条小铁路好是好，就是太短了，这也跑不起来呀，当即下旨：“继续开展二期工程。”

西苑铁路的二期工程，是沿北海西岸和北岸延伸，路基工程复杂，加上火车不能拐小弯而必须拐大弯，所以，除了铺垫增宽泊岸、开刨有碍土山、挪修取直道路以外，还要砍去不少树木、添修大小涵洞和石平桥等。为此，还专门调来了驻扎在西山的健锐营、火器营的兵丁。

人多力量大，工程进行的速度也就快了，小铁路沿北海西岸北行至极乐寺转向东，又自龙泽亭以北，经阐福寺、浴兰轩、大西天，最后终点站是镜清斋。

等全线贯通后，在终点镜清斋还修建了黄瓦顶的小型火车站站廊，起点和终点两站台则由灰土砌成。

两期工程的铁路加起来，就是西苑铁路的总长，共计超过两公里。这条西苑铁路，可以说是北京正式修建的第一条铁路。

慈禧太后闻报大喜，她有点迫不及待，要马上乘坐。

醇亲王陪同着太后上了这小火车。车上豪华的设施和沿途美丽的风景，以及火车飞快的行驶速度，让慈禧觉得非常满意。

醇亲王笑着问：“太后，您觉得如何？”

慈禧太后一向是喜怒不形于色，但大约是第一次乘坐这西洋玩意儿的缘故，她这笑容实在是拢不住了，嘴角上扬，苹果肌高耸，两个眼睛都快乐成一条线了：“我说老七，你这火车真是不错，比龙车凤辇还稳当!”

“谢太后夸奖。”

“只是，有个事我得跟您说，哎对了，李鸿章呢?”

李鸿章一直在边上陪着呢，听见召唤，赶忙上前:“臣在。”

“我说中堂，这汽笛声动静太大了，你想个法子让它安静点。”

慈禧太后今天是太高兴了，她也忘了，回京的路上她就提醒过李鸿章，李鸿章和醇亲王的想法一样，想的是先把铁路修起来再说，现在，太后旧事重提，这可难了，蒸汽机车怎么可能没有汽笛声呢?要是“让它安静点”，那就只有不用蒸汽机车牵引，换成人力或者骡马。

“太后，臣想了这么个办法，您看看。”

李鸿章找了几个太监把绳子系在车头，靠人力拉着火车往前走。

这场景简直太滑稽了！以前只听说过隋炀帝乘龙舟时用童男童女充当纤夫攀绳拉船，现在好了，当朝太后坐火车时用太监代替蒸汽机头拉车。

李鸿章是哭笑不得，慈禧太后可不觉得，她是非常满意。西苑铁路修好后，太后也移居到了西苑中海，她以仪銮殿为寝宫，勤政殿作为接见群臣议政之所，北海镜清斋作为临幸别墅。每逢朝会，慈禧都要从仪鸾殿到勤政殿上朝，中午散朝后稍事休息，就偕同光绪皇帝及王公大臣乘小火车到镜清斋用膳。

慈禧和光绪皇帝乘坐的上等豪华客车装饰黄绸窗帷，宗室外戚坐的客车是红绸窗帷，大臣乘坐的客车是蓝绸窗帏。每次行车时，在慈禧和光绪乘坐的黄绸窗帏客车前，都有两队太监手持幡旗仪仗，导车前行。这已经成了当时西苑三海的特殊景观。

当时有人知道这件事，留下了一首诗：宫奴左右引黄幡，轨道平铺瀛秀园。日午御餐传北海，飙轮直过福华门。

慈禧太后不仅在西苑坐上了火车，颐和园昆明湖里配备了火轮船，还在各处装了电灯。当这些西洋玩意儿能方便她享乐时，她还是能很快接受的。

一直到 1891 年 5 月，慈禧大部分时间都住在西苑。就是后来常住颐和园，她也不时进城居住西苑，尤其到冬季，更以居西苑为主。这段时间，她几乎每天都要坐小火车，有点离不开了，那么，西苑铁路也就成了当时太后的“通勤线路”。

然而，就在西苑铁路修成之际，那条唐芦铁路延长线已经修到了天津!

这段时间里，醇亲王一面监督着西苑铁路的工程，一面关注着唐芦铁路的进展。同时，他还在慈禧太后面前奏请，将开平铁路公司改名为中国铁路公司，办公地迁到天津，仍由伍廷芳任总办。

公司改名之后，要做一件重要的事，就是招股。由公司出面，在《申报》上登出了招股章程，向官商绅民公开招股一万股，合银一百万两，用于修建唐津铁路的津沽段。

要知道，修铁路耗资巨大，以当时清政府的财政力量，根本无法承担，所以不得不招商股。

没想到，事与愿违。津沽段招股很不理想，无奈之下，李鸿章于天津海防支应局等拨款银十六万两，又向英商怡和洋行借款银六十三万七千余两、向德商华泰银行借款银四十三万九千余两，年息均为五厘。这是中国第一次为修筑铁路而举借外债。

路款落实后，从唐芦向津沽展筑的铁路工程才开始动工。



此次工程仍旧由金达为全路总工程师，负责主持工程技术工作，另聘一位德籍工程师鲍尔作为金达的副手。



这条铁路自芦台向南偏西，经大沽，过蓟运河，纵贯渤海湾的河口冲积平原到塘沽，再从塘沽沿海河入海的直线方向，向西偏北，经新河、军粮城，到达天津（东站），全长超过八十公里。

没想到，当这条铁路刚刚从芦台向塘沽展筑时，出事了。

金达与新来的这位工程师发生了激烈的争执。

金达是这次工程的总工程师，执掌技术大权，前文书说了，他这个人喜欢独断专权，说一不二。结果，新来的这位德国工程师在筑路工程、机械和材料购置等许多事情上，均与金达意见不统一，两个人发生了矛盾与争执。这位德国工程师是朝中一位大臣推荐来的，实际也是想借助工程插手铁路事务。他和金达的矛盾，实质上是德、英两国在中国争夺铁路的矛盾与斗争。

此时，中国的铁路事业刚刚起步，规模很小，缺乏专业技术人才。这些国外技术人员名义上是工程师，实际上是铁路的主宰。清朝铁路官吏，即便是唐廷枢，也只能对他们言听计从。

为了对抗，金达想调来一个年轻的中国工程技术人员，壮大自己的势力。

这事被邝孙谋知道了，心中暗想，这也许是上天给我那位老同学的一次好机会！

邝孙谋跟金达打过招呼之后就去找唐廷枢，再一次提起詹天佑这个名字，并说出了金达的意愿。

唐廷枢在私下里也做过了解，多少掌握了一些詹天佑的情况，如今，邝孙谋二次举荐，唐廷枢认为，不妨调来一试。和伍廷芳商量一番之后，由中国铁路公司发出一纸调令，从广州博学馆调詹天佑来中国铁路公司任帮工程师。

就这样，二十七岁的詹天佑终于可以在自己的专业领域里一展身手了。

可没想到，来到中国铁路公司之后，詹天佑发现，总工程师金达和德国工程师有很大的矛盾，詹天佑不愿意卷入他们之间的纠纷，他来到办公室找邝孙谋。

"星池，我先谢谢你的举荐之恩。可你得知道，我是学铁路工程的，来这儿是为了修铁路，不是听工程师打口水仗的，你能不能把我调到工地上去?"

邝孙谋一听:"眷诚，这个事我说了不算。"

"谁说了算?"

"唐廷枢，唐大人。"

"你带我去见他!"

邝孙谋知道詹天佑的脾气，"我说老同学，你能不能冷静一下? 你初来乍到，先学一学看一看，别上来就提要求。"

詹天佑急了:"星池，我来这儿不是为了讨上司开心的，我是来干活的，如果说让我在这种环境下工作，我不如辞职不干!"

哎哟，这句话可把邝孙谋吓坏了，他刚要说"小点声"，话没出口，听门外有人喊了一声:"说得好!"

随着门开了，走进一个人，正是唐廷枢。

原来，唐廷枢走到门外，听见屋里两个人争吵，詹天佑的话，打动了他。走进屋上下打量詹天佑，唐廷枢点了点头。就看这个年轻人，个子不是很高，但是，浑身上下透着一股冲劲，浓眉下一双大眼，眼睛里写满了"认真"二字。

他这一进来，把詹天佑吓了一跳，看了一眼邝孙谋，觉得自己"口敞"了，赶忙上前施礼:"唐大人。"

"免礼。"

唐廷枢用手一搀，就在这一瞬间，两个人互相一愣，他们似乎都感觉到了对方身上有一股无形的力量。

詹天佑对唐廷枢可谓是闻名已久。在他的经营管理之下，轮船招商局和开平矿务局创造了多个中国第一，对铁路的开拓性建设更是功不可没。

詹天佑早就听说过，李鸿章修建铁路的计划一次一次在保守派反对中破灭。唐廷枢多次协助李鸿章，提出了很多有价值的建议，经过他的努力，唐胥铁路得以问世，虽然海军衙门委派伍廷芳作为铁路公司的总办，但真正担当重任的是唐廷枢。詹天佑觉得，唐廷枢手上这股无形的力量，深深地感染着自己。

然而，唐廷枢手上的力量，源自他心中的希望。很多人不知道，此时的唐廷枢，已经疾病缠身了。他常年任重事繁，积劳成疾，支撑他的就是心中的希望。看着事业一步步推进，唐廷枢总觉得前途光明，他也特别希望中国有更多像他一样不图名、不图利、以国事为重、真心搞实业的年轻人出现。今天，詹天佑站在他面前，他仿佛看到了这个年轻人身上的无穷潜力。尽管两个人交往不深，但从詹天佑坚定的眼神中可以看出，这是一个踏踏实实做事并且有坚韧不拔意志的人。

“眷诚，刚才的话我都听见了。”

“大人，我……”



“不用解释了，我明白你的意思，换成是我也得这么做。其实，金达最初的想法，就是想壮大他的势力，以此牵制鲍尔。我这就去请示总办，让你去工地上实践，这样便于金达指挥，你也可以积累实战经验。”



詹天佑从心里感激这位前辈，他感觉唐廷枢很理解自己。

就这样，在唐廷枢的协调下，詹天佑迅速离开天津前往铁路建筑工地，主持塘沽到天津间的铺轨工程。

金达多了詹天佑这个助手，不但压制了对头，指挥工程也更加得心应手。

詹天佑一到工地，欣喜非常，他觉得这才是海阔凭鱼跃、天高任鸟飞的用武之地。他深入工区，与建筑工人一起工作，认真负责、踏实细心，要求严格、身体力行，使工程进展迅速，在短短的八十天时间里完成了铺路工程。

在 1888 年 10 月，津沽线全线竣工，与唐芦铁路连接贯通。

全线通车这一天，李鸿章亲自查验，乘火车从天津直抵唐山。看着路边的景色，感受脚下的速度，李鸿章非常满意，对铁路运输的便利、快捷更是赞不绝口。

当天，李鸿章把通车的情况汇总，上奏朝廷，奏折中说：

臣李鸿章即于九月初五日率同官商，乘坐轮车前往查验，自天津至唐山铁路一路平稳坚实，桥梁、机车均属合法，除停车查验工程时刻不计外，计程二百六十里，只走一个半时辰，快利为轮船所不及。以一机车拖带笨重货车三四十辆，往来便捷，运、调轻灵，而且通塞之权，操之自我，断无利器假人之虑。由此逐步经营，愈推愈广，设有征兵运械、飞刍挽粟等事，向之经年累月始克办到者，将见咄嗟可致矣；向之驿站、车马供应繁重者，将见安坐而理矣！至商民贸迁，无远弗届，沿途荒僻之地可变通衢，亦属势所必至。是铁路洵为今日自强之急务。

慈禧太后坐在西苑铁路小火车上看着这份奏折，她是心花怒放，下旨奖赏中国铁路公司。

然而，李鸿章在给唐津铁路工程人员计功评奖时，将成绩与功劳都归之于金达。而詹天佑在津沽线建设中的贡献与成绩完全被忽视与抹杀了。

对此，唐廷枢极为不满，他要去找李鸿章理论，却被詹天佑阻止了。詹天佑对唐廷枢说："多谢大人的厚意，属下看重的是工程的结果，而不是我个人的结果。我才到铁路上来，应当多做事，又何必争功。"

一番话让唐廷枢心生敬佩，万没想到，一个刚刚踏入国家铁路建设事业的年轻人，能作出如此可喜的成绩，同时还表现出了优秀的品质，真是后生可畏、前途无量！

在说书人看来，詹天佑今日功绩被抹杀与当日唐廷枢回国被弹劾的境遇何其相似，然而，两个人为国家、为民族干事创业的胸襟又是何其相似。

此刻的唐廷枢从打心里高兴，因为他是亲眼看着这条铁路一步步发展的，从唐胥到唐芦，从唐芦再到唐津，这条不断延展的铁路已经达到了一百三十公里左右。唐廷枢敏锐地认识到，这条唐津铁路的成功运营，将使清政府真正认识到铁路的便利和巨大的经济价值，那样一来，就可以在巨大争议中把修建铁路视为自强之策。

果如唐廷枢的预测，唐津铁路通车后，不仅让开平运煤大为便利，客运业务也日渐发展。当时，除了运煤和运货，每天可搭客五百人到八百人。

开平铁路公司获得了明显的收益。这是中国第一条真正的经营性铁路，具有里程碑意义，从此开创了中国铁路建设的新纪元。

# 第十七回

## 停津通改建卢汉路
## 怀宿怨张李两争锋

1889年5月5日，清廷发布一道上谕，内称：铁路“为自强要策，必应通筹天下全局……但冀有益于国，无损于民，定一至当不易之策，即可毅然兴办，毋庸筑室道谋”。

这是清政府第一次正式宣布兴办铁路。

海军衙门在唐津铁路建成后，奏请朝廷续修天津至通州的铁路。修筑的理由是津通路将沿海与内陆连接起来，可以“外助海路之需，内备征兵入卫之用”，有利于军事、防务。

很多人认为，有了之前西苑铁路、唐津铁路的建成，朝廷一定会批准“津通路”的修建。

哪知道，看似顺理成章的事，却再一次遇到了阻挠。

本来，慈禧太后已经准奏了，可没想到，一石激起千层浪，有人开始站出来反驳了。

原来，铁路的修建把朝堂上那些顽固派大臣们气得七窍生烟，本来，他们对身份尊贵又得太后信任的醇亲王是有所顾忌的，对李鸿章也是一忍再忍，所以，并未大张旗鼓表示反对。没想到，这些人居然在宫廷禁苑里修了铁路置了火车，还想把铁路修到天子脚下！是可忍，孰不可忍！

这些顽固派大臣凑到一处，议论纷纷，反对声音此起彼伏。

河南道御史余联沅等先后奏陈，重弹铁路有害无利的老调；户部尚书翁同龢等认为，“铁路势必举办，然此法可试行于边地，不可遽行于腹地”。

弹劾奏章像雪片一样飞上龙书案，摞起来得够二尺高，从而，掀起了第二次铁路大争辩。

顽固派们凑到一处，想找一个由头去和太后说，找什么呢?

哎，正在他们冥思苦想时，这由头来了。

有一天夜里，风特别大，守卫太和门的值班护军不当心，听着风声睡着了。一只猫从桌子上往下跳，碰掉了油灯，点着了贞度门门柱，本来小火苗点不着大柱子，无奈，当天晚上的风太大了，风借火势，火助风威，不大会儿的工夫，大火就蔓延起来。

等值班护军醒来想救火，已经来不及了！常言说水火无情，太和门的大火一下就烧到了东侧的昭德门。一阵铜锣响亮，宫里的太监宫女一起出动，跟着护军救火。

去过故宫的人都知道，那里面有很多铜铸的吉祥缸，也叫太平缸，里面盛满了水，那是皇家重要的消防设施，共有三百零八口，数量不少，可是，星罗棋布，一口一口离得都挺远，而且从那里面取水，得登梯子上去，挺麻烦的。相比眼前的熊熊大火，太平缸里的水，不过是杯水车薪，救火压根不够用。

有人提议，去金水河里取水！好多人提着桶去了，到跟前一看就傻了，隆冬时节，金水河上结了厚厚的冰，凿冰一尺才把水取出来，等到用这些水把火扑灭时，已经过去了两天两夜，太和、昭德、贞度三门俱被烧毁。





这一下可出了大事了，按说宫里走水也不是没有过，可是，再过一个多月，就是光绪皇帝大婚的吉日，已经昭告天下了。按照清朝制度，大婚时皇后须经太和门进宫。现在太和门烧得糊巴烂啃的，怎么让皇后从这儿走啊？

把内务府官员急得都快火上房了，找来多少能人、高人商议，全都是摇头叹气。现修、重建都来不及了。怎么办？改大婚的日期？那更不可能了！皇帝大婚是国家的盛典，也是朝廷的脸面所在，非同一般的典礼，哎哟，难道不让皇后走太和门？那样成何体统！祖宗家法里也没这条呀，谁不知道，这位新皇后可是慈禧太后的亲侄女！

内务府实在担不起这份沉重，他们来找慈禧太后问计。

还别说，慈禧太后最近天天坐小火车，心情挺好，听到这件事后，并没有大发雷霆，只是惩罚了贪睡的护军，至于皇上大婚，慈禧太后把醇亲王给宣进宫来，一起商议。最后，想出了一条妙策，由工部派扎彩工匠，精心设计，扎个大彩棚。

工部领旨，找来能工巧匠用了半个月的时间，花了二十万两银子，扎起一座彩棚，上面镶金嵌宝，五光十色，慈禧太后看过点了点头，以假乱真，也只好如此了。

回想当年清世祖入关，江山定鼎，自大清门过午门、太和门抬进宫的皇后虽然屈指可数，可是从彩棚搭的纸门抬进宫的皇后，慈禧太后这位宝贝侄女，绝对是独一份。

本来，这是节外生枝的事，可偏偏，被好事之人拿来掀起风浪，硬成了顽固派抨击修铁路的理由！

这些人手指太和、昭德、贞度三门，高声议论："看见没有，就是因为修铁路惊扰了祖宗！修铁路是不祥的！这场大火就是天象示警！"

顽固派们纷纷上折，他们的理由归纳起来主要是这么几点。

第一，修铁路有利于外敌入侵。外敌一旦犯我大清，便可由铁路直达京师。

第二，修铁路扰民。铁路所经之地，要拆毁民间田庐坟墓，必然导致民怨沸腾。

第三，修铁路会夺民生计。铁路修通后，将导致成千上万的水手、船夫、客店老板贫困失业，断了他们的生计。

当初，第一次铁路大争辩时，国内没有正式运营的铁路，辩论双方只能空谈修路利弊，没有经验、事实来检验。洋务派人士虽然据理力争，但是扛不住顽固派势力强大，当时洋务派的支持者恭亲王奕䜣又渐失上心，在太后面前争取不到强有力的支持，所以当时洋务派失败了。

可这一次不一样了，已经修成的唐津铁路以事实证明了铁路的优越性，慈禧太后重用的醇亲王奕譞也坚定支持李鸿章。最主要的是，慈禧太后本人也认识到了铁路的重要性。所以，第二次铁路大争辩，洋务派人士底气十足，他们与顽固派针锋相对，反复上折辩驳，毫不示弱。

对于“修成铁路方便敌人”这条责难，李鸿章进行了有力的反驳。他说：“敌人前来也必须用机车、车厢运兵，但是，各国的铁轨轨距不同，敌人也未必可直接用他们自己的机车，而我方可先将我们的机车、车厢撤回，使敌人无车可乘；另外，还可以拆毁铁轨或埋下地雷，使敌人不能用铁路长驱直入。相反，铁路将使我们运兵更加快捷。”

针对扰民观点，李鸿章以唐津铁路为例，认为修路应当尽量避免拆毁民间房屋坟墓，这点可以在规划路线时妥善考虑。如果实在无法避免，只要给居民以“重价”，民众就不会反对修路。

有人提出修铁路夺民生计，李鸿章不以为然，他说：“这种说法毫无道理，从国外和国内已经修通的铁路来看，沿线生意发达，修铁路只会增加各种职业。这个道理也很简单，没有便利的交通，大家出行不方便，所以很多人尽量避免出行。而一旦有了铁路和火车，大家出行方便了，那么铁路沿线的住宿、餐饮，甚至是娱乐行业都会兴盛起来，也会催生、带动更多行业和新的职业蓬勃发展。”

眼看顽固派和洋务派斗了个旗鼓相当，双方互相驳斥，都说得头头是道，慈禧太后一时也拿不定主意了，于是她以“廷臣于海防机要，素未究心，语多隔膜，各省将军督抚一向身处各重要地方，亲自办理防务，更了解实务、更能辨清这其中的利害关系”为由，在 1889 年 2 月 14 日下了一道懿旨，要求各省将军、督抚对是否修建津通路发表意见。

懿旨传下，全国各个地方的官员是土地庙着火——慌了神儿了。这些人全都胆战心惊，没一个敢说话的，太后这是怎么了？修铁路这样的国家大事，干吗问我们呀！我们不敢说呀，可不说又不行，眼看朝廷大员争执不休，这些地方官一时也看不准势头，不知道顽固派和洋务派究竟谁占上风，也不知道太后和皇上是哪一头的，得罪皇上还在其次，得罪了太后，自己身家性命难保啊！这些地方官们凑到一处，仔细商量一番，最后定下来：咱们谁也别说真话，既不向灯，也不向火，也不说修，也不说不修，各自写奏折，所有用意都是模棱两可、含糊其词。

就这样，一道道写得像白开水一样的奏折，纷纷送进紫禁城，慈禧太后看看这个，再看看那个，全都是索然无味，太后都快睡着了。

突然，有一份奏折让慈禧眼前一亮，这可真是乱草中的灵芝，顽石中的美玉，鱼鳖虾蟹里一下跳出一条蛟龙，这奏折写得好啊！只见上面言辞确凿，态度鲜明，理由充分，有据有节，而且提出了具体的修筑计划，更提出了个新的方案。看得出来，这个人是明确支持修铁路的，而且精通洋务，一心为大清江山着想！慈禧太后一时大感兴趣，前前后后看了三遍，最后一看署名，写的是：内阁学士、两广总督张之洞。

提起张之洞这个人，如果用一句话来概括，可以说他是“手握经卷的坚定改革家”。此人幼年聪慧，二十六岁高中进士，任翰林院编修，后又任四川学政。

1881 年至 1884 年，张之洞任山西巡抚，在中法战争爆发后，他多次上疏陈奏抗击法军的办法和建议，后被朝廷任命为两广总督。自此，这位封疆大吏在掌实权、务实事的过程中，提出了“中学为体、西学为用”的主张，转而成了洋务派的代表人物，后人将他与曾国藩、李鸿章、左宗棠并称为“晚清中兴四大名臣”。

说了半天，张之洞的奏折到底写了什么，能让慈禧眼前一亮？

张之洞上折明确支持修铁路，但是他提出了另一套修筑方案：停修津通路，改修卢汉路，也就是从北京卢沟桥到武汉汉口的一条铁路。理由是汉口一带是长江要塞，从地理位置上来看，武汉三镇（武昌、汉口、汉阳）是九省通衢之地，是南方重要的军事和商业重镇。要沟通南北，在此处修筑铁路连通京师是非常必要的，可谓“干路之枢纽，枝路之始基，而中国大利之萃也”。

这份奏折，得到了慈禧太后的青睐，她对张之洞的印象很好，更对修卢汉铁路感兴趣，同时，慈禧太后也在想，是不是应该用张之洞来压一压李鸿章的气焰呢……慈禧打定了主意，随即，召见群臣议事。

一番权衡后，慈禧太后收回了批准修建津通路的成命，采纳了张之洞的建议，决定缓建津通路，先建卢汉路，每年拨款两百万两白银做修路预算，任命张之洞负责修路事宜。历时大半年的第二次铁路大争辩结束了。

慈禧太后停修“津通路”准建“卢汉路”的旨意传下，醇亲王立即把消息拍了电报给李鸿章。

李鸿章在总督衙门里收到奕譞的电报，他知道自己应该高兴，可是，他却高兴不起来。为什么？敢情李鸿章和张之洞素来不和。

在这四大名臣里，张之洞年龄最小，他是唯一没有上过战场、领兵打过仗的，他从中进士以后，就一直在文臣方向发展。

李鸿章就不一样了，那是在战场上拼杀出来的。所以，对于张之洞，李鸿章多多少少有一丝不屑。而且，两人性格不合，李鸿章这个人为人老成稳重，资格又老，而张之洞经常发些看似不着边际的议论，李鸿章不喜欢这种“只会说空话”的人，所以两人政见常有矛盾。

当时，张之洞闻知中法战争的结果大发雷霆，他向朝廷上奏：“停战则可，撤兵则不可，撤至边界尤不可。”

但是，朝廷严旨：“立即撤兵，倘有违延，必予严惩。”

张之洞为此痛哭流涕，仰天长叹：“庸臣误国，以至于此！”

这个“庸臣”，说的就是李鸿章。

这个事，李鸿章早就听说了，而且，他还听说，张之洞雄心勃勃，一直想修一条从北京卢沟桥到武汉的铁路。因为当时货物运输主要靠京杭大运河，物流运输慢，修建一条铁路可以加快物流速度，促进经济发展。

这固然也是利国利民的大好事，但是，在李鸿章看来，如果修了这条铁路，那就等于是自己的风头被抢。李鸿章深知张之洞的策略，如果修建这条铁路，就一定需要大量钢材，当时的钢材产量低，不足以支撑，所以他一定会自己办炼钢厂，那样一来，不是越做越大吗？目下朝廷事务繁多，太后一定不会问津此事的。又何况，自己修建津通路的事正在风口浪尖上，张之洞的折子也不会递得上去。

这是李鸿章的主观想法，可他万万没想到，慈禧太后会来个“遍问群臣”，张之洞借题发挥，鸠占鹊巢，顶了自己的差事！

前前后后的恩怨加在一起，让李鸿章心情一落千丈！他抬手抓起茶杯，“啪”一声，摔了个粉碎。

# 第十八回

## 建铁路关东防日俄
## 祭唐公精神耀古今

清政府决定停修津通路，改修卢汉路。为此，李鸿章大为恼火，他认为这是张之洞抢了自己的风头。

其实，这里还有李鸿章没有想明白的事，有道是“当局者迷旁观者清”，李鸿章作为洋务派的领军人物，锋芒外露，早就引起了慈禧太后的猜忌，她停修津通路，改修芦汉路，就是要通过张之洞对李鸿章形成牵制。

李鸿章为此事坐立不安，如鲠在喉，他来找醇亲王诉苦。

结果，来到醇王府才知道，王爷病了，哎哟，李鸿章觉得自己孟浪了，转身要走，有差人传出话来：“王爷请中堂花厅一叙。”

李鸿章不敢怠慢，跟随差人来到花厅，到这儿一看，李鸿章一愣，只见醇亲王斜靠在一张躺椅上，身着素衣，面色萎黄。

“王爷，您这是……”

“哎……”

醇亲王摆了摆手，吩咐差人“看座”，“少荃，坐下讲话。”

“是。”

李鸿章坐下来心中暗想，我说还是不说？王爷病成这样，我不应该给他添堵啊，干脆，说点别的吧。

没想到，还没等他想好话题呢，醇亲王一语道破天机：“少荃，你来是为津通路的事吧？”

“我……”

“哎，你的心思我全明白，你就是不来，我也得请你，目的是要告诉你，少荃，无论是津通路还是卢汉路，都是大清的铁路，不该厚此薄彼。”

李鸿章一听：“王爷教训的是，不过，那张之洞……”

“少荃，你和张之洞的事我也知道，目下，不是你们两个争斗的时候，你们应该各司其职，各尽所长。”

李鸿章咬了咬牙：“请王爷明示。”

"呵呵，张之洞修卢汉路就让他去修，你可以去筹措兴办铁路之策，别忘了，海军衙门可是发号施令之所啊！"

一句话点醒梦中人，李鸿章豁然开朗，拜别醇亲王，回到衙门，开始起草兴办铁路的具体政策。

1889年8月26日，海军衙门上奏清廷，以西洋各国为借鉴，结合本国实际情况，提出了几条政策。

第一，铁路建设当有干线、支线之别；第二，铁路建设应分段接造，造成一节，即收一节运货的利润；第三，筑路筹款当以商股、官帑、洋债三者并行，始能集事，而以洋债为挹注之赀；第四，修筑铁路应"简派公正廉明熟悉洋务之重臣，招集公司，严定章程，妥为经画"。





总之，兴办铁路应"内外一心，官商合力"。其中核心内容是官办铁路、借债筑路。

第二天，清廷发布上谕，均照所请。

由此，结束了长达十数年的关于应否开造铁路的争论，开创了中国铁路建设发展的新阶段，也就是官办铁路阶段。

再说张之洞，他已经开始了对卢汉铁路的规划，并且，打算把李鸿章请来做指导。

张之洞非常清楚李鸿章的实力，更清楚李鸿章的想法，别看俩人不见面，互相都能猜透对方的心理，这也许就叫神交！

张之洞心说，李鸿章绝对不会管我的事，但是，他是个大才，我这次修卢汉铁路只能成功，不能失败，就是绑，也要把李鸿章绑来！

张之洞主意打定，提起笔来，给朝廷上了一份奏折，详细地阐述卢汉铁路的修筑规划：首先，将卢汉路分段修筑，先修南北两段，南段从汉口到信阳，由自己负责，北段从卢沟桥到正定，由直隶总督李鸿章负责；其次，以十年为期，前几年先修建铁厂、钢厂，后几年再用自制的钢铁材料修筑铁路，到时两端并举，一气做成。

奏折递上去，马上，李鸿章就知道了，气得他破口大骂："好你个张之洞，狡诈之徒！居然敢提出这种建议，这不是牛不喝水强按头么！不行，老夫绝不能受你的摆布。"

他立即给张之洞拍了电报，以前辈教导后辈的口吻训斥张之洞大言无实。指出从开采铁矿、炼钢到制成铁轨和机车实非易事。并以日本为例，日本一直在大修铁路，工、料虽然都用土产，但是直到现在钢轨仍然要从西洋进口。在电报末尾，李鸿章大泼冷水，对张之洞说自己“年衰力薄，难当重任”。

李鸿章心中暗想，大江大浪我都闯过来了，还能在你张之洞这条小河沟里翻了船？我过的桥比你走的路都多，你想制服我？真是痴心妄想！

张李斗法，各显其能。一份电报发出去，李鸿章万没想到，就在自己消极怠工的时候，出了个意外，暂时化解了他与张之洞之间的矛盾，这个意外来自沙俄。

自19世纪80年代中期始，帝国主义列强在朝鲜半岛展开激烈争夺。日本侵略中朝，蓄谋已久，正全面向朝鲜渗透其势力。而1886年底，俄国决定修筑西伯利亚铁路，以实现其控制东北亚的目的。如今这铁路即将开工。

慈禧太后在养心殿“叫大起”，百官齐聚，专议此事。不少老臣忧心忡忡，他们说：“当年太祖在关外靠着父辈留下的十三副铁甲起兵，逐步统一建州女真各部，建立大金，起兵横扫辽东。太宗进一步扩大和巩固大金的势力，改国号为清，并收服了蒙古诸部。世祖挥师入关，定鼎中原，开基立业。因此，东北那是故乡，更是龙兴之地。一旦有失，后果不堪设想。”

听了这些话，李鸿章的脸上有点发烧，在这关键时刻，他必须以大局为重，放弃和张之洞的争斗，李鸿章向慈禧太后表态，一天以后拿出方案。

朝会过后，李鸿章立刻会同总理衙门众臣商议，最后，拟出方案，上奏朝廷。

慈禧太后打开一看，奏折上建议朝廷，缓修卢汉路，先修山海关内外的关东铁路。

慈禧太后先后找来几位大臣，征求他们的意见。

由于龙兴之地非常重要，这次修铁路又是出于防务的目的，因此，顽固派里没有一个敢出来阻挠的，全都举双手赞成。

慈禧太后立即批准了修关东铁路，并谕令李鸿章督办一切事宜。

旨意晓谕群臣，张之洞听说了，他是一声叹息，万没想到，才不到一年的工夫，自己费心筹谋修筑的卢汉铁路就被叫停了，可大敌当前，张之洞也只能服从大局。

李鸿章接旨，立刻投到关东铁路的修筑工程中。

首先，他请来了一位工程师。谁呀？金达。李鸿章对此人相当信任，金达对中国的情况也确实很了解。李鸿章让金达秘密前往东北勘测铁路线。

为什么要秘密前往？目的就是“不惊外人之耳目，不启外人之猜忌”，避免“内防未周，外嫌易启”。

在实地勘测的基础上，经过详细商谈，金达拟定了关东铁路的修筑路线：以修好的唐津铁路的唐山以东的古冶为起点，向东北关外延伸修筑，经山海关、锦州至沈阳，然后再达吉林作为东北的铁路干线，并从由沈阳建造支线到牛庄和营口，需耗银两千多万两。

把钱数往上一报，李鸿章为难了，关东铁路的预算不是个小数目，如果不向洋人借款，朝廷实在无力支付。

可是，如果向洋人借款筹资，铁路的所有权又将很难保障。权衡利弊后，李鸿章还是上奏朝廷，将原来每年拨给卢汉路的两百万两白银转拨到关东铁路的项目上，朝廷准奏。

因为关东铁路是完全由朝廷出资修建的，所以，关东铁路被认为是中国第一条官办的国有铁路。

之前，咱们说过的唐胥、唐芦、唐津铁路分别由开平矿务局、开平铁路公司与中国铁路公司承建，属于“官督商办”或“官商合办”铁路。如今，关东铁路成为官办国有铁路，李鸿章奏请朝廷在山海关成立“北洋官铁路局”，任周蓝亭、李树棠为总办，仍聘请英国人金达为该路的总工程师，负责关东铁路大小事宜。



经朝廷批准，“北洋官铁路局”正式成立，为讨头彩，李鸿章召开重要会议，把自己设计的几套方案逐一讲解，正讲着呢，走进一名副官：“中堂，电报。”

李鸿章没接电报，他抬眼看这名副官，见这人面带泪痕，李鸿章就知道情况不妙，接过电报仔细一看，只听李鸿章“哎呀”一声，跟着，“啪”电报就掉地上了。

总办周蓝亭赶紧过去捡起来，拿在手里一看，他也傻了。

怎么了？原来，这是一份从北京发来的电报，上写一条噩耗：大清国海军衙门总理大臣，醇亲王奕譞，病逝了。

李鸿章放声大哭，与会官员无不落泪。本来是要讨个头彩，却迎来了丧事。醇亲王的去世，使众人感到内忧外患会接踵而至，变数难测。

李鸿章心绪大乱，把手一摆，散会了。

回去之后，李鸿章给接任海军衙门总理大臣的庆郡王奕劻写了一道函，奕劻是醇亲王同宗的兄弟，这道函叫《论关东铁路》。

其中特别写道：“追思醇贤亲王临终之恨，未睹斯事之成，殿下及译署诸公皆原议之人，固属责无旁贷。即鸿章智小谋大，力微任重，而敢担此繁剧，招此怨尤者，亦欲报醇贤亲王之知遇而自尽当官之职事也。”

这道函看似是在自白心意，表明自己将尽忠职守、报答醇亲王知遇之恩，不辞劳苦、甘冒舆论风险也要担重任，其实是在提醒奕劻等人，大家都是修关东铁路这一提议的发起人，对这件事都是责无旁贷的。

1891 年 10 月，关东铁路正式开工。

第一段工程是从古冶到山海关。从古冶出发，经卑家店、坨子头，达滦县城，再前越滦河，过燕山余脉——碣石山南麓的石门、昌黎东北经秦皇岛，紧依渤海到达山海关。

由金达提议，把在中国铁路公司任职的詹天佑调到关东铁路工地上任工程师，负责督修从古冶到滦河这段工程。

詹天佑再一次投入国家铁路建设中来。

工程进展到 1892 年 10 月，李鸿章准备到工地上视察现场，人在北京还没动身，他接到了一份天津发来的电报，上写：唐廷枢病逝，享年六十岁。

“啪”一声，又一份电报掉到了地上，李鸿章老泪纵横。

唐廷枢作为一个商人，曾经放弃优厚的条件，投身到“富国强兵”的实业中，不断探索“救国强国”的大计，在他的主持下，中国有了第一座煤矿、第一条铁路、第一台机车、第一家民族保险公司……他的行为不仅让许多中国人钦佩，就连之前与他打过交道的外国人也赞叹不已。

尽管事务繁重，李鸿章还是决定去天津参加唐廷枢的葬礼。

结果，到了天津才知道，唐廷枢的葬礼花销居然是友人资助，这么大的一位民族实业家，后半生为洋务事业奔走，在他去世后竟然没有留下家产。

当时《申报》上有人对唐廷枢撰文追思，称其“惟公负坚忍不拔之志，存至公无我之心，不畏难，不贪利，用能再蹶再振，卒告成功”，应该说，这是唐廷枢后半生的真实写照。

各国驻天津领事馆下半旗志哀，李鸿章主持葬礼，唐山百姓自发建立“唐公祠”。

# 第十九回
# 甲午败洋务付东流
# 辛丑恨强国待新生

不到两年的时间，李鸿章先后失去了两位重要的支持者。关东铁路于 1893 年 4 月修筑到山海关，开始关外段的工程，时间进入 1894 年，这一年是光绪二十年，岁在“甲午”。

俗话说“屋漏偏逢连夜雨，船迟又遇顶头风”，越怕出意外，到底还是出了意外。

先是这一年的 3 月里，京城上游的永定河突发大水，洪水漫延速度如雷霆闪电，山洪奔腾而下，漫过两岸石堤，决口数百丈，京畿顿时似水城一般，白茫茫一眼望不到边际，老百姓扶老携幼，背井离乡。

出了这样的大事，需拨银两赈灾，可谁想到，这一年偏偏是慈禧太后的六十大寿，在当时的朝廷眼里，可谓是头等大事。

光绪皇帝为表孝心，下圣旨成立“庆典处”，庆典规格要比照乾隆年间为太后祝寿的庆典，按照当年整个流程的花销，达到了惊人的三千六百万两白银！乾隆在位的时候可以，可现在，国库经费非常紧张，根本拿不出钱来，而且，近些年战事不停，朝廷早已经陷入了内忧外患的泥沼之中，每年要支付大量的赔款，而且各地的财政税收情况也不乐观。再加上光绪皇帝素有图强革新的打算，每一项改革都是需要大量资金支持的，这让朝廷的财政捉襟见肘，如今是寅吃卯粮，早就没有什么积蓄了。

无奈之下，光绪皇帝要求各部筹措相关款项，而且，从京城做起，从所有建设的款项中拨出一部分，责令京城各个衙门，将筑坛、修路这样的开支，都暂时上缴到庆典处，邻近几省的衙门也要效仿这一规则办事。

真是耗费巨资，劳民伤财。

偏在这个时候，永定河发水灾，守着北京城，这也不能不管呀！把户部尚书急得一夜之间头发白了一大半，快成伍子胥了！

拆东墙、补西墙，借新账、还旧账，实在没办法了，最后只好停拨关东铁路的银子，拿这个钱去解燃眉之急。

这一下，“北洋官铁路局”可乱了阵脚，不给拨钱，铁路就得停修，本来这个钱就是争取来的，现在又要挪用，铁路何时能修成啊？要知道，日本和俄国的行动一刻也没停，咱们这儿赶还赶不上呢，居然叫停了！当务之急得赶快想办法筹钱。

上哪儿筹钱啊？现在全国都在给太后庆典筹钱，两位总办周蓝亭、李树棠四处碰壁，真是没钱难倒英雄汉！

可就在他们四处筹钱的工夫，又出事了，还是大事！

大清修关东铁路的消息传到了日本，大清不是不修铁路吗，怎么又修了？一旦关东铁路修成，对侵略殖民朝鲜可是巨大的阻碍！日本人不断地往中国派去密探，这些人隐藏在经济、政治、民生、军事等各个领域，随时获取第一手消息。现在，日本军方已经接到密报，关东铁路的修筑进程已经开始减慢，整个大清都在准备慈禧太后的祝寿庆典。

卑鄙阴险的日本人急了，他们非要吞并朝鲜不可，准备“立即开始实际行动!”最后冥思苦想，想出了一条毒计:“偷袭!”

1894 年 7 月 25 日，日本不宣而战，在丰岛海域突然袭击中国舰船，同时日本陆军也向驻牙山的中国军队发起进攻，悍然挑起了这场侵略战争。



甲午战争的结果是中国惨败，李鸿章赴日本“和谈”，签订了耻辱的《马关条约》。

李鸿章入京觐见时，慈禧太后对他大加训斥，斥李鸿章失民心、伤国体，罢免了他直隶总督、北洋大臣的位子，让他留在京里入阁办事，实际上就是夺了实权，闲置起来。

关东铁路工程陷入停顿，存放在旅顺的六千吨钢轨也被日本侵略者抢劫一空。此时，关外段仅修至中后所，就是今天的绥中县，连同天津至山海关已经修好的路段，关内外铁路总长三百四十八公里。

关东铁路被迫停修，可是西方帝国主义列强已经把中国视为谋取利益的“风水宝地”，他们不断伸出贪婪的魔爪，加紧争夺中国铁路利权。

在忧心忡忡之下，清廷下谕各直省主要官员，就修铁路、铸钞币、造机器、开矿产、减兵额诸事，展开建议，寻求办法。结果，大多数官员都将修筑铁路视为当务之急、时务要端。

众说纷纭中，广西按察使胡燏棻的观点很中肯，他认为：铁路有利转输，此次中日“军事利钝之故，昭然共见”，强调“今日寓强于富之道，计无有切于此者矣”。

经过反复讨论，最后决定，复办卢汉铁路。因为此时国库空虚，所以，只能暂借洋债。因借债筑路，事关重大，应该设立铁路招商公司，由朝廷专设大员，官督商办。由此，在上海成立了“铁路总公司”，调来盛宣怀出任督办。

借外债修卢汉铁路的消息一经传出，帝国主义就把在中国修筑铁路作为对华资本输出的重要目标和掠夺中国的重要手段。它们趁中国为偿付对日赔款大举借债之际，向清政府施加压力，攫取中国铁路修筑权。

细数起来：1897 年，向比利时借款修建卢汉铁路；1898 年，向美国借款修建粤汉铁路；1898 年，向英国借款续修关东铁路；1898 年，向英国借款修建沪宁铁路；1899 年，向英、德两国借款修建津浦铁路。

西方列强争夺中国铁路利权的目的十分明显，诚如时论所说，列强之“铁路政略，即殖民政略也；殖民政略，即侵略主义也”。列强夺取中国铁路，“其行政之名虽假出于中国政府之手，而财政之实权全落于欧人之手，遂至左右其行政之实权矣”。

甲午战争后，帝国主义再掀瓜分中国的狂潮，同时对华进行经济侵略。瓜分危机使中国社会各阶层从各自的角度发出了“救亡图存”的呼声。义和团运动即是当时的反帝爱国运动，尽管失败了，但义和团所显示的力量打乱了帝国主义列强的侵略计划。而清廷的腐朽则被看清。帝国主义争夺中国铁路利权、投资权即为标志之一。

当八国联军气势汹汹进逼皇城，慈禧太后是“效法先贤”，仿着她丈夫当年的做法，连夜带着光绪皇帝、隆裕皇后等，还有一帮亲信大臣，仓促逃出北京城。慈禧太后和光绪皇帝都换上了百姓的衣服，慈禧把头发挽了个纂儿，穿着蓝色布衫；光绪皇帝穿着黑色长衫，打扮成书生模样。急急如丧家之犬，忙忙似漏网之鱼，他们先是逃到山西太原，后又前往陕西西安。慈禧与光绪的此次出逃，自然也会仿着当年咸丰帝的做法，找个好听的名头掩饰，官方说法叫“西巡”。

现在一些城市的特色小吃，特别是河北、山西、陕西一带，所谓的“当年慈禧老佛爷尝过都夸美味”的小故事，基本上就是从这次“太后西巡”留下的。

在西安的时候，慈禧太后以北院门的陕西巡抚衙门作为行宫，陕西巡抚端方为迎接两宫銮驾，专门设立了支应局，其中“御膳房”设荤局、素局、饭局、菜局、粥局、茶局、酪局、点心局等多种，每局的厨师多者有十多人，不到一个月的时间，就用去白银无数。

即便如此，慈禧还不满意，她说：“自来在京膳费，何止数倍，今可谓省用。”

那意思是花得太少了。

当时的陕西省，水灾、蝗灾并发，受灾区域达六十多个县，饥民如蚁、饿殍遍野，而慈禧太后对此竟然无动于衷，依旧享受着奢靡的生活，讲究着天家气象的排场。

一直到《辛丑条约》正式签订，慈禧这才敢宣布“回銮”。临近北京的最后一段路程，居然是坐着火车回来的！别提多风光了，但这不过是回光返照而已！

乘坐火车，这是继李鸿章之后的新任直隶总督、北洋大臣袁世凯安排的。他的登场，将引出一段詹天佑受命筑新易铁路，大展奇才！

# 第二十回
# 谒先祖思及修铁路
# 筑新易谁人堪重任

八国联军攻陷北京，慈禧、光绪帝逃往西安。一直到《辛丑条约》签订后，各国相继从北京撤离军队，慈禧太后才决定回銮返京。

为了这次回銮，直隶总督袁世凯大动了一番头脑。

袁世凯其人，早年受李鸿章多次提携，跟随淮军起家。有人说，他是李鸿章政治、军事和经济衣钵的继承人，而袁世凯本人也经常以汉朝名相曹参继承萧何开创的局面，来自比是李鸿章事业的接班人，也是用来抬高自己的身价。袁世凯靠着对义和团的残酷镇压，一跃成为中外所瞩目的实力人物。

为了在慈禧太后面前树立自己的形象，在两宫回銮之际，袁世凯派出军队前往西安沿路护送，当銮驾快到直隶境内时，袁世凯率领直隶一班高官到顺德府，也就是今天的河北省邢台市，跪迎。

一直将慈禧、光绪等人迎候到保定，小住三日后，正式欢送两宫继续前往京城回皇宫，对于这段路程，袁世凯安排两宫乘坐卢汉铁路卢保段（卢沟桥—保定）的专车，而且，还举行了一场盛大的仪式。

对于这场盛大的仪式，袁世凯可谓费尽心机。

他把这列火车进行一番装扮，二十二辆车里有上等花车四辆，太后、皇上各用两辆。并且在车站两旁，扎了彩棚十三座。两宫自保定登车，在马家堡火车站下车。

袁世凯准备了非常隆重的西洋化的发车、接车仪式。军队在起始站和终点站分别接送，根据他的安排，军兵一律不按传统礼节下跪，而是采用西洋军礼背包举枪，行举枪礼。在送车和接车的过程中，由一支军乐队用西洋乐器演奏西洋乐曲。在两宫抵达马家堡火车站时，袁世凯甚至让这支军乐队演奏激昂的《马赛曲》迎接。

如果这些“西洋景”出现在十年前，慈禧少不得要勃然大怒。可是今时不同往日，慈禧需要一些形式上的东西来宣示和证明自己依然是至高无上的大清皇太后，也迫切需要做些什么来向朝野上下和洋人宣示自己是开明的、是要进行变革的。又是火车、又是西式礼仪排场，让慈禧太后满意得不得了。她看着袁世凯点了点头，大加赞赏。

就这样，两宫銮驾回到了北京，一切看似都已经安定了，休息两天以后，慈禧准备安排祭祖事宜。

之前，在从西安动身时，慈禧就说过："此次劫难，多亏列祖列宗神佑，回銮后一定要祭祖。子孙不孝，使大清遭此涂炭，自当前往请罪。"

慈禧太后带着光绪帝及诸臣前往直隶遵化县东陵祭祖。

这次祭祖，跟上次可不一样，这次是劫难以后来见列祖列宗，慈禧太后跪倒陵前，以泪洗面，在内心之中不住祷告、赎罪。

东陵祭祀完毕，按计划想过两天去西陵，没想到，回到长春宫，慈禧就病了，让内务府传出一道懿旨，明年春天再祭西陵。

慈禧怎么病了？



她这是在西巡逃难的路上染上病了，加上岁数大了，这一年慈禧太后六十七岁了，在清朝时，已经是高龄老人了。东陵到京城往返得两百多公里，长途颠簸，有点吃不消了。



这个时候，慈禧太后在长春宫里不禁想起当年在宫里"跑通勤"时坐的小火车，只可惜，小火车和那条铁路，庚子年被八国联军拆毁了，慈禧太后双眉紧锁。想起了数月前自保定回京时，袁世凯安排她乘坐火车的情景，她又笑了。

站在一旁的总管太监李莲英，那可是伺候人的祖宗，慈禧太后一静，他那儿就一动。现在一看太后的神情，李莲英立时就明白了，往前上了一步："老佛爷，去东陵的路，委实不好走，明春前往西陵，何不坐那火车去？"

慈禧一听："李莲英啊，你又胡说八道，那火车得在铁路上走，京城到西陵有铁路吗？"

李莲英一看太后没生气，就知道这提议说中了太后的心思："老佛爷，只要您高兴，您说有就能有！"

"怎么有啊？"

"太简单啦，您让袁世凯从京城往西陵方向修上一条铁路不就得了，明年去西陵祭祖就方便了，也可免颠簸之苦。"

一番话说得慈禧兴致高昂，病势全无，立即发布上谕："此次回銮，车马犹觉繁多，供应亦复浩大，其应由如何斟酌变通，破除常格，务使轻而易举之。著御前大臣、军机大臣遵即会同悉心核议。"

简而言之就是：这次从东陵回来，觉得乘坐车马出行非常麻烦，你们讨论个简便的法子来。

慈禧真实的意图是修铁路、坐火车，可是她只字未提。大臣们要是理解不上去怎么办？没关系，李莲英早早地就透露给了袁世凯。

袁世凯当然很高兴，因为他已经担任了督办铁路大臣，太后想修铁路，自己是责无旁贷！他立即和其他人商议了路线规划，议定从现有的卢汉铁路线上的新城高碑店引出一条支线，向西跨南拒马河和易水支流，直达易县离西陵最近的梁格庄，全长四十二公里半。

修建之后，太后仍可从马家堡上火车，在高碑店站转换到这条新修的新易铁路上，乘火车直达西陵。

路线规划好了，可问题又来了！太后从东陵回来就已经过了清明，上谕下达，群臣议论，一直到规划成形，这都过去好几个月了，此时，距明年春天清明祭祖只有半年了。半年内修这么一条铁路，能修成吗？给老佛爷办差，出了差池是要掉脑袋的。这可真是时间紧、任务重了，眼下这情形，袁世凯必须得请一位非常有经验的工程师来主持，那样，才不至于出岔子。思来想去，于是他立即就想到了聘请当年被李鸿章重用的英国工程师金达。

金达接受邀请，立刻前去勘测路线、绘图制表、预算经费。等这一通都忙完了，消息也就传到了驻京外国使馆。

大清国的太后要修新易铁路？法国公使头一个就提出了抗议，他抗议的不是修铁路，抗议的是清朝聘请了英国人担任总工程师，这哪行啊？应该请我们法国工程师才对！

那位问，这法国公使怎么这么横啊？居然大言不惭提出这个要求！这就得再说说当年的卢汉铁路了。

前文说过，卢汉铁路是当年张之洞提议修筑的，并提出由自己负责南段、李鸿章负责北段，当时还引出了张李之争。可是修了一年，就因东北局势紧张，朝廷下令“移卢汉路款先办关东铁路”。

到了1895年底，清廷再次将兴建卢汉铁路提上了日程，不过刚在甲午战争中失败，又签了《马关条约》赔款，国库实在掏不出银子来，朝廷想“官督商办”，找来全国的巨贾大商，让他们为修铁路赞助、集股修建。

想法挺好，告示也贴出去了，贴了一个月，没人理。怎么回事？因为当时朝廷信誉扫地，说了不算的事办得太多了，做买卖的最怕跟朝廷打交道，据说当时北京同仁堂是唯一的御药供奉，每年给宫里精制上乘好药，结果，宫里的御药房扣了同仁堂三年的药钱，今天推明天、明天推后天。同仁堂里外里搭的钱就多了，最后实在没辙了，居然惊官动府。可是，跟宫里打官司，还能有个赢吗？真是哑巴吃黄连有苦说不出。

有这样的例子摆在前边，多少商人都望而却步了，他们只能是一声叹息，拂袖而去。最后，“官督商办”也就无人问津了。

朝廷实在没辙了，只好举借外债，跟外国人借钱。盛宣怀和比利时公司签订了《卢汉铁路比国借款续订详细合同》和《卢汉铁路行车合同》，这一下，钱就来了。

钱是来了，可也带来了麻烦。这麻烦有两方面：第一，新易铁路实际上就是卢汉铁路的支线；第二，给钱的这家比利时公司是由法国注入了五分之四的资金才成立的。

所以，法国公使急了，既然是我们法国借钱给你们修筑卢汉铁路，新易铁路又是卢汉铁路的支线，凭什么要聘请英国人金达当总工程师？这个工程师必须由法国人担当，其他国家不得插手！如果中国不同意，我们就撕毁合同，撤出资金！

这可真是有钱的爷高半截，矛头直接指向了英国。

很快，消息就传到了金达的耳朵里，把金达气坏了，他大骂法国人：“他们简直是无理取闹！新易铁路是祭陵专线，费用全由清廷自理，不需要动用借款，法国不应该干涉。”

好家伙，这两家打起来了！这要搁在几年前，不算个事，找一位能言善辩之士两边一和稀泥就得了。

现在可不行，局面好不容易稳定下来，不论是英国还是法国，一个出钱，一个出人，两边势力朝廷都得罪不起，没办法，为了让两家公使和解，只好暂停新易铁路的修筑。

一转眼，两个月过去了。这两个月里，把袁世凯急坏了，他在关内外铁路总局里是坐不稳、寝不安、茶饭懒咽，脑袋比以前又大了一圈。

这个关内外铁路总局就是之前的北洋官铁路局，办公地由山海关迁至天津。

离清明满打满算只剩四个多月，到现在连总工程师都找不到，也没法开工，这可怎么向老佛爷交代呀？

差役进来给他端了一碗参汤，袁世凯一口没喝，“啪嚓”，给摔地上了。

碗碴子四溅，一下就到门口了，门口这儿站着个人，只见他笑着冲屋里点了点头：“大人且请息怒！”

“哦？”袁世凯抬头一看是这位，当时火气全消。

来的这个人叫梁如浩。为什么袁世凯看见他就高兴呢？敢情，他是袁世凯的救命恩人。

说起这件事，还得提一提去世的那位唐廷枢。当年，容闳提出派遣留学生赴美留学计划之时，唐廷枢鼎力相助，推荐了本村子弟梁如浩、唐绍仪、唐国安、蔡廷干、唐元湛、唐荣俊等人。容闳经过考察之后，全部予以吸纳。其中，梁如浩被安排为第三批出国，到美国后，他与唐绍仪一起，被安置于四北岭非尔书馆，从格阿登学习，后考入新泽西州斯蒂芬理工学院。

没想到，就在梁如浩刚刚读完大学一年级的时候，清廷下旨，将留美学童全部召回，梁如浩的大学梦被打断了。

回国后，梁如浩先被派到天津西局兵工厂任绘图员。1882 年，清廷应朝鲜的请求设立税务署，派德国人穆麟德赴朝鲜出任总税务司，穆麟德挑选了当时在天津税务衙门任翻译的唐绍仪为随员。唐又推荐老友梁如浩一同前往。在朝鲜，梁如浩、唐绍仪结识了袁世凯。袁世凯对这两个人年轻人非常青睐，就将他们纳入了自己的幕府，实际就是收了两名高参。

据说，在朝鲜时，日本人曾公开宣称必置袁世凯于死地。袁世凯电请朝廷调其回国获准，可是在日本人监视之下，一时难以脱身。当时，梁如浩与唐绍仪一起用计，将袁世凯化装成病人，雇轿夫抬出府衙寻诊，中途突然转道，登上兵船返国，逃脱了日本人的追杀。

从此唐绍仪和梁如浩得到袁世凯的重用。到后来，梁如浩成为西南交通大学的创始人。此刻，他正担任关内外铁路总办，兼新易铁路督办。

袁世凯问了一句："孟亭（梁如浩的字）来此作甚？"

梁如浩一拱手："卑职特来举荐贤才。"

"哦，举荐贤才？难道是找到新的总工程师了？哎呀，那可是大好事啊！"袁世凯大步上前，一块碗碴儿扎进鞋底了，他愣没感觉疼，到门口一把抓住梁如浩："孟亭，究竟是何人？"

梁如浩微微一笑，说了三个字："詹天佑。"

# 第二十一回
## 忆往昔修建滦河桥
## 担重任今朝再立功

正说到梁如浩举贤，向袁世凯推荐了自己的同窗好友詹天佑。

袁世凯一听，詹天佑？这个名字听说过。袁世凯是什么人，他手下幕僚众多，注重用人。詹天佑虽然只是个工程人员，他也是有印象的。他知道詹天佑就是当年的留美学童之一，毕业于美国的耶鲁大学。他也听说，两广总督张之洞对这个年轻人非常赏识，曾调他到广州博学馆教授洋文和绘图，兼职测绘海图工作。一年内，詹天佑用西洋测绘方法绘出了中国沿海形势图。特别是他曾听到介绍，说詹天佑在修建关东铁路中多有建树。

袁世凯大喜过望，可高兴之余，他又多了一分顾虑。请詹天佑做总工程师固然是个好主意，但是他太年轻了！按说，用一个中国工程师，英法两国应该不会有意见，只是离明年清明越来越近了，天寒地冻，工期紧张，詹天佑能担起这个重任吗？

“不行，我得去仔细了解一下！”事关重大，袁世凯不敢疏忽，他想找来主管官员，询问一下詹天佑的表现，可巧此时，从门外走进一人，六十多岁的年纪，身材魁梧，虎背熊腰，紫脸膛，白胡须，双瞳似电。

“哟，是前辈到了。”

来的这个人，就是前文书说的为修建铁路上条陈的广西按察使胡燏棻。如今，此人在关内外铁路局任督办。

说起胡燏棻，那可是个了不起的人物，此人祖籍萧山，幼年间受西方先进思想的影响，喜好数学，入朝为官后多次上疏言变法自强之要，主张建铁路、制机器、开矿产、折南漕，创邮政、练陆军、整海军，设学堂，以学西法兴办实业，整训军队。1894 年中日甲午战争爆发，胡燏棻奉命在天津马厂主持新式练兵，次年 9 月移至小站。1895 年底，小站练兵由袁世凯接替。从这层关系上论，袁世凯称他一声“前辈”，另外，两个人也确实相差快二十岁。别看是前辈，胡燏棻的官职要比袁世凯小，他是来汇报工作的。

张嘴刚要说，被袁世凯拦住了：“前辈，我想和您打听一个人。”

“袁督请讲，是哪一位？”

“詹天佑。”

“詹天佑?”一听这个名字，胡燏棻两只眼睛更亮了，“袁督，这可是个大才呀！我对这个人是相当了解。”

“哦，此人有什么成绩吗?”

“哎呀，成绩太多啦，当年，我主持筹办关内外铁路营口支路时，请来金达做总工程师，詹天佑为其助力。谁能想到，这个年轻人居然在金达面前露了大脸，长了咱中国人的威风!”

胡燏棻详细地做了介绍。当年，按照计划，这条铁路先修从古冶通往山海关的这一段，前期工程很顺利，修着修着，有一条大河挡住了去路，这就是河北滦县的那条滦河。



这条大河长近九百公里，宽有五十多米，想从此通过就必须修建一座跨越河流的铁路大桥。



东汉许慎写《说文解字》中曾有注解：桥，水梁也。老祖宗发明了这项设施，开始是独木桥，后来，随着社会和科技的发展，桥也呈现出形态各异，科学家们利用各种材质，使用各种办法，让山谷、江流以上，凌空出现一条路，大大方便了人们的出行。到了铁路时代，桥的作用就更大了。

眼下，要修这条滦河大桥，金达特地请来英国的桥梁专家喀克斯前来承建。

喀克斯把桥址选在了滦州榆山与昌黎武山之间的河道。由于滦河的河床泥沙较厚，又值洪峰季节，打桩遇到极大困难，连着十几次，桥墩是屡筑屡塌。

喀克斯束手无策，无奈之下，他请来自己的一位好友，是一位日本工程师，请他帮忙。这位日本工程师来的时候傲气十足，看了看桥，又看了看河，只说了两个字：“哟西!”

谁也没明白是什么意思，就觉得这位挺狂，估计是能耐太大了，等着看好戏吧。没想到，外甥打灯笼，照旧还是筑不成，打下的木桩照样被激流冲走。

日本工程师傻了，一个劲地给喀克斯鞠躬，并且告诉喀克斯：“别着急，我有一位好友，他一定能行!”

喀克斯有点慌了：“我说朋友，再请朋友要是修不成，我这脸可就没地儿放了。”

“放心，保准哟西!”

他还哟西呢!

几天以后，日本工程师请来一位著名的德国工程专家。这位来的时候没敢端架子，他是小心翼翼，而且特地从山东胶州湾带来一批德国“机匠”，采用空气打桩法修筑桥墩。怎奈，因滦河水势太猛，“机匠”根本无法作业。德国专家有点急了，他想来一个铤而走险，说服了金达，炸掉了滦河西岸的独石山。这座山并不太高，相当于正对滦河主河道的一块巨石，从上游飞泻而下的急流撞在山上立即轰然激返，折向东南，从而使滦河下游的河道一直靠近昌黎县境一侧。把这座山炸毁，急流确实不再东折，但是，急流在紧靠滦州的西岸加大了水势，这一下可惹了祸了，河岸两旁的良田被冲毁了。最要命的是，炸毁独石山之后，德国专家依然无法在水下立桩。

这一下，英国专家、日本专家、德国专家三个人站成一排，双手抱肩，望洋兴叹。

眼看工期逼近，金达急得火上房。就在这个时候，詹天佑来帮他整理文件，在眼前走来走去，金达突然想起，这个中国小伙子在美国学的是铁路工程，他会不会有什么高见呢？

“你先停一停，我们说几句话。”

他让詹天佑坐下，把滦河大桥的事从头到尾说了一遍，“年轻人，以你的才学，你有没有办法？”

詹天佑点了点头：“有。”

“哦？”金达很欣赏詹天佑的说话方式，直截了当，没有拐弯抹角。

“我如果让你去主持施工，你敢吗？”

詹天佑不假思索，也并没有什么兴奋的表现，只说了四个字：愿意一试。

金达握了握拳头：“好吧，我陪你去。”

就这样，金达陪着詹天佑来到现场，詹天佑勘察了地形，仔细研究了那几位工程师用过的各种施工方法，分析失败原因，对河床的地质条件做了缜密考察，最后决定改变原有的设计桥位，把桥墩架在西岸的横山与东岸的武山山脚的岩床上，筑墩施工采用“压气沉箱法”。简单说，就是设置一个密不透水的巨型箱子，陈放于河床上，把压缩空气灌入箱中，至箱内气压与河底水压相同时，箱内便无水，露出河床岩石，顶盖装有井桶和气闸，供人员和材料进出，工人将混凝土浇筑灌入箱内，嵌入岩盘，形成坚实的大桥桥墩基础，两岸桥台均为沉井基础。

就用这个办法，最终顺利地奠定了桩基，使铁路大桥工程如期完成。

就在建桥过程中，詹天佑还总结出了一种“万年牢”的秘方，在水下垒石、和泥，使巨型桥墩所用条石黏在一处、铸为一体，水冲不散，冰冻不碎。

修建滦河铁路大桥用了两年多时间，于1894年2月如期竣工。这是第一座由中国人安装架设的钢梁桥，也是当时国内最长的一座铁路桥，具有里程碑的意义！到后来，1976年唐山大地震的时候，下游公路塌毁，这座建成八十二年的铁路大桥却安然无恙，稍加修复，又成了抢险救灾的主要通道！詹天佑的胆识和才华彰显了中国工程师的智慧，大长了中国人的志气！詹天佑也被英国工程研究会选举为会员。从此，脱颖而出，崭露头角。

甲午战争后，詹天佑全身心投入关内外铁路工程。1901年，詹天佑接到盛宣怀的调令，让他到正在兴建的萍醴铁路任工程师，直到1902年8月，才被召回天津，参加关外铁路的接收以及修复工作。

胡燏棻向袁世凯介绍了这些往事，再加上梁如浩的举荐，袁世凯非常高兴，可是，一想到让他担任类似金达的职务，独立主持修建新易铁路，这能行吗？



袁世凯还是心里没底，毕竟这是新人。那些外国工程师，无论是英国人金达，还是美国人李治，跟这些人比，詹天佑的能力很强，但是，经验太少了，唱个头二场还可以，大轴？恐怕压不住台呀！

思来想去，袁世凯还是难下决断，胡燏棻看了一眼梁如浩，梁如浩明白了，上前一步："大人，据我所知，詹天佑虽然长期在金达手下做事，但他常常是独立开展工作，金达总是把他派到一般西洋工程师不敢去或不愿去的艰苦路段开展工作，诸如滦河大桥这样的艰难工程，外国工程师完成不了他都完成了。我认为技术方面他不成问题。至于他的人品，我们都是当年的留美学童，虽然批次不同，但都是在同一个城镇求学，互相之间是打过交道的，多少还是了解一些的。虽然在公开场合他不善言语，但做事是非常有原则的，凡是他经手的事情，都能独当一面去完成。所以说，詹天佑是可以的，还请大人详查！"

"哦！"听完梁如浩的话，袁世凯的信心大增，他又算计了一下时日，不能再犹豫啦，"干脆，为了早日功成，我就走上一着险棋！"

梁如浩笑了："袁督您是诸葛向来不弄险，险中有险显奇能！"

"嘿，你小子会说，得，一锤定音，就是他！"

袁世凯当即下令：调回詹天佑，令其担任新易铁路的总工程师！

就这样，一纸调令到了关外，詹天佑不敢怠慢，立刻交接了大小事宜，骑快马来到北京，拜见袁世凯。

袁世凯一见詹天佑，嗬！这小伙子，中等身材，两道黑眉斜飞入鬓，一双大眼炯炯有神！高鼻梁，元宝口，一条大辫子垂于脑后。整个人往这儿一站，透着英气勃勃！

“见过袁督。”

“免礼，赐座。”

从人搬过一把椅子，詹天佑坐下，听袁世凯的吩咐。

袁世凯把自己的意思跟詹天佑说了一遍，本以为詹天佑能跟自己表一表忠心，立几句誓言，没想到，这些一概没有，詹天佑的话很简单，总结起来，跟当初和金达说的一样，“愿意一试。”

袁世凯明白，像这种专业型人才，一般都不善言辞，我也别难为他，就让他放手去干吧。

就这样，詹天佑离开总督府。

他走了，袁世凯挺兴奋！对于当年的留美学童，袁世凯一直抱有极大的兴趣，他觉得这些学成归来的年轻人，是早已故去的李鸿章留给自己这个继任者最宝贵的财富。他有心让詹天佑仔细聊一聊他修建的那引起中外瞩目的滦河大桥、聊一聊他的留洋经历、聊一聊他回国后的际遇、聊一聊他在马尾海战时的英勇表现。还有梁如浩，他也想和詹天佑叙叙同窗之谊。

但是，他们没有这个时间了，距离慈禧太后给的时间只剩四个月，朝廷拨了六十万两银子做修路经费，詹天佑二话不说，撸起袖子，动手干活！

时间紧、任务重，气候冷、经费短，从高碑店到梁格庄一路前进，北方冬天施工难度很大。河流冻结，运输困难，材料稀缺。

詹天佑知道，这些问题，他都只能自己想办法解决。他这个人，不善言辞，短于表功，不争实利，重视名声。他有一个特点，喜欢迎难而上，喜欢挑战极限。越是面对困难，他的态度越是坚定，越是有信心。

之前，英国和法国为了新易铁路闹得很不愉快，眼下袁世凯点了自己人任总工程师，这两国没能从中捞到利益，各自都有些不忿。他们也不相信袁世凯找的这个年轻人能有自己修铁路的实力。在他们看来，詹天佑胎毛未退、乳臭未干，能有多大的本事？真是螳臂当车，自不量力！所以，这两国工程师都是冷眼旁观，想看新易铁路的笑话。

朝登紫雾，夜宿风尘，詹天佑带着路工们夜以继日地忙碌，连春节都是在工地上过的。

为了克服种种困难，詹天佑利用自己在美国学习的铁路工程知识，结合天时，因地制宜，想了一系列的好办法。

第一是钢轨。詹天佑决定用旧钢轨，这不仅省钱，而且，近处取材，直接从京奉路借来，这样运输方便省时。

第二是枕木，新易铁路为皇室谒陵专线，所行专车载重量小，可以把枕木适当铺得稀疏一些，这样既不影响线路稳定又节约开支，加快了铺设速度。

第三是架桥。新易铁路跨过南拒马河、易水支流，架设铁桥工期长，为此詹天佑变通了办法，先建成可以通车的木桥，以后再改建铁桥。

詹天佑夙夜不懈、宵衣旰食，夜以继日，现场督导。经过与全体筑路人员的努力，终于功夫不负有心人，自 1902 年 12 月动工兴建，仅用了四个月就把新易铁路修成了！试车成功之后进行了一次核算，居然没有超支。

袁世凯乐得嘴都合不上了，他立刻表奏朝廷，说现在万事俱备，只等太后老佛爷驾临了。

慈禧太后闻报大喜，当下决定，于光绪二十九年三月初八，也就是公元 1903 年 4 月 5 日，两宫凭借着铁路起驾，前往西陵祭祖。

# 第二十二回
# 寒潮落西陵通铁路
# 冷风吹南海传噩耗

一道懿旨传下，两宫要在这一天在铁路上起驾，前往西陵祭祖。文武臣工接旨不敢怠慢，各司其职，准备接驾事宜。

要说起这些事宜，那可就太多了。

第一，这个日子必须是一个黄道吉日，七不出门，八不归家，十三日忌出远门，每月初五、十五、二十五都不能在外住宿，而且，气候温度要适宜。



第二，要严防刺客。銮驾行进过程中，沿途行人等尽皆回避，是凡站着的，只要靠近銮驾，全被视为“刺客”，当场拿下，格杀勿论。顺天府要事先清路，除了防刺客，更要防拦路喊冤者。

第三，慈禧太后出行，后面得跟着御膳房精选出来的一百名厨师，这些人要跟着上火车，以保证慈禧一日两餐的需要。敢情西太后为了养生，一天就吃两顿饭，别看两顿饭，每顿饭都得一百零八道菜，更麻烦。

第四，内务府的差人要给沿途的车工和路工做培训。车上的工役，从司机到打扫工，都要打扮成太监的样子，教导他们伺候太后和皇上的相关礼仪及当日的注意事项，尤其司机，要特别培训。因为老佛爷如果兴致高，很可能召见司机，司机就必须学会见驾的规矩。

除此之外，那旗牌、伞盖、盥盆、拂尘、唾壶、马杌、交椅等所需之物俱要备齐，不说别的，光伞盖就有四十六件，靠近慈禧御辇的四把黄罗伞，由四名身高体壮的侍卫在执掌，这四把黄罗伞大如锅盖，伞顶上面是普通的绫罗，绫罗下面是四五层厚厚的牛皮，如遇刺客，这四把黄罗伞瞬间就能变成四面大盾牌，足以遮枪挡箭，保证太后的安全。

仪仗提到宫门伺候，这时候，总管大太监李莲英站在宫门前宣读圣旨，他是高声喝喊：“圣旨下，五府六部，三公九卿，亲王、郡王、贝勒、贝子、公爵、将军、都统、副都统、参领和佐领，大小臣工、各衙门官员听着，今有两宫赴西陵祭扫，叩谢祖宗护佑万民，满朝文武护驾前往，不得有误！”

旨意读罢，慈禧太后和光绪皇帝由宫人陪伴各自上了御辇，队伍没走之前，有九门提督派官员手持“黑红蟒”净街。黑红蟒就是两丈多长的皮鞭，上面绑着黑红布，持鞭人“啪啪”抽打，口中喊道：“车马停蹄！行人止步！工商店旅，落幌关铺！男女老少，闪开大路！家家关门，户户闭户，错过时辰，重打八十，不得有误！”

净街过后，銮驾浩浩荡荡出离紫禁城！

其实，到了火车站，这些仪仗也就都用不上了，但是，这是慈禧太后西逃之后第一次正式出行，她得显足了威风！

一直到了新城县高碑店火车站才把仪仗撤去。

慈禧太后下了御辇，抬头一看，嗬！真漂亮啊，火车站前临时搭了一座彩棚，五光十色，高大威仪！尤其里面的陈设，都是由古玩铺承包，名人字画、挑山对联、古董玉器、金石文玩，还都是真品！就摆这么半天的工夫，就得花几万两银子。

慈禧太后很满意，她再看眼前这列火车，真可谓是独出心裁。

这可是袁世凯的精心设计，早在十天以前，他就命人把列车进行了装饰。首先，车子全部漆成黄色，以彰显这是皇家御用专车。这次出行祭祖，除了太后、皇上，还有一班大臣，以及随行的太监、宫女，总共要用上十六辆车，所以，袁世凯命工匠把这些车全漆成黄色。

上车以后，太后与皇上的专用车厢全部使用黄绸布做帘子，迎门是一架玻璃屏风，座椅仿照宫里的宝座设计，两面靠窗设长桌，黄缎绣龙的桌围，上边摆着各式样小玩意儿供太后沿途把玩解闷儿，地上铺的是一拃厚五色洋地毯。壁幔黄绒，用手一摸是暄乎的，因为里面还垫着一层俄国毛毯，再加上车上的餐品饮品，处处精心，概无纰漏。

把太后和皇上安排好了，袁世凯把手一举，这就准备开车了。就在这时，李莲英过来了：“袁大人，咱家奉命，给您传一道口旨。”

“哎哟！”袁世凯撩衣要跪，让李莲英给拦住了，“不用不用，口旨，就三句话，您听着啊：机车不准鸣汽笛，车站不准打钟，司机不准坐着。”

啊？袁世凯一听就傻了，眼睛睁得溜圆，顺着大脑袋“滴滴答答”直流汗。

他用手拉住李莲英：“我说总管，这头两样我能答应，这第三条可不行，司机站着，他开不了车呀。”

李莲英把眼睛一瞪：“袁大人，您这是什么话？这车上所有的人里，只有太后和皇上能坐着，其他人都得站着，这个道理您不懂吗？”

“他，他这个……”

有人问了，慈禧之前不是坐过火车吗？对呀，她在北京修的西苑铁路，那是用骡马拉车，没有司机，自然也就没有鸣笛。后来，她从西安回北京时，在保定坐火车到马家堡，那是司机开车，机车也冒烟鸣笛，那个时候慈禧太后怎么不提这样的要求呢？您想，此一时彼一时啊，当时是逃难归来，千层浪里得活命，一心扑奔紫禁城，哪还管得了这些？如今不一样了，缓过神来了，皇家的礼法、祖宗的规矩、太后的威严绝不允许有丝毫亵渎！这就叫运去黄金失色，时来废铁生光。

袁世凯挠头了，这可怎么办？哪有站着开车的？可是，太后懿旨，不能不遵啊！没办法，只能去说服司机。

这列火车的司机是山海关北洋铁路官学堂的学员，名叫张美，小伙子长得精神，手底下麻利，而且经验丰富。





此时，坐在司机台上已经准备就绪了，就等着一声令下了，抬头一看，袁世凯来了，张美急忙起身见礼："参见大人。"

"免礼。"

袁世凯拉住张美，把太后的口谕一说，没等张美回话，袁世凯跟了一句："事关紧急，万万不可因小失大前功尽弃，现在你必须遵旨照办，如能让太后满意，我有重赏。"

说完话，转身走了。

张美也呆呆站在那儿，有点不知所措。就在这时候，有人在他肩膀拍了一下，张美回头一看，是詹天佑，"眷诚。"

敢情他们二位是好朋友，詹天佑告诉张美："什么都别想，大胆开车，我站在你身边，给你当副司机。"

"好！"

就这样，随着袁世凯一声令下，龙旗一摆，火车缓缓开动。

平平稳稳，匀速行驶，看着铁路两旁，青山倒影，慈禧脸上露出了满意的微笑，站在一旁的袁世凯，心落下一半。

就这样，火车一路平安，于傍晚前抵达河北易县梁格庄。

第二天带着光绪皇帝和文武臣工祭拜了雍正、嘉庆、道光三位老祖宗。

结束祭陵回到北京后，慈禧太后心情大好，专门把袁世凯宣进长春宫问话。

"袁世凯，你说这条铁路没有用西洋工程师，用的是咱们自己人？"

袁世凯恭恭敬敬回禀道："太后容禀，此工程师原是当年曾国藩大人和李鸿章大人奏派赴美出洋学习的官学生，在美国耶鲁大书院学铁路专业后返国，曾在福州、广东水师学堂当过教习，之后一直在英国总工程师金达手下做事，这次臣委派他为新易铁路的总工程师。”

“嗯，真长脸哪，这回可算是给英国人跟法国人一边一个大馒头，堵了他们的嘴。对了，这个工程师，他叫什么名字？”

“回太后，他叫詹天佑。”

慈禧点了点头：“我大清疆域辽阔，要修的铁路太多了，确实需要自己的工程师，你把他叫来，我见见。对了，还有那个司机，他这一路开车很是用心，我也想见见他。”

“喳！”

袁世凯遵旨办事，召来了詹天佑和张美，陪同他们来见太后。

拜见太后的礼仪，之前内务府都是教过的，詹天佑丝毫没有第一次见到这个国家最高统治者的慌张。可张美就不同了，他从没想过有一天能见到太后或者皇上，吓得两腿直抖。

慈禧太后先是问了詹天佑之前的经历，又问了他的祖籍，笑了：“徽州婺源，这地方可不错，那是朱熹朱老夫子的故乡。”

要是一般人，听见太后如此褒奖，必定会喜形于色，讨太后欢心。詹天佑这个人，是技术型人才，不太懂得迎来送往这一套，他脸上毫无表情，只回了一个字：“是。”

就这一个字，差点没把袁世凯吓趴下，脸都白了，心说：“詹天佑，你好大的胆子，太后夸奖你，你得匍匐在地叩谢圣恩才是，你倒好，干艮倔藏，谁不知道西太后翻脸无情，这要是降下罪来，不用说你，连我的性命都难保啦！”

袁世凯提着一百二十分的小心看着慈禧，万没想到，慈禧太后不但没生气，反而很高兴。

要知道，这满朝文武，哪一个见了慈禧太后不是毕恭毕敬，趋炎附势，张嘴闭嘴都是“太后吉祥”，不笑不说话，这奴才相，慈禧太后早就看腻了。

今天，她一看眼前的詹天佑，不用说别的，就这份沉稳，让慈禧很惊讶，她更加满意，在慈禧看来，这才是真正的人才！

她是反复叫着詹天佑的名字：“詹天佑，詹天佑，天佑，天佑，这名字好啊！天降英才，佑我大清。朝廷经庚子之乱，江山社稷并无破坏，这不正是上天保佑吗？詹天佑，想必你父母一定也是善良之人，名字取得这么平实有趣。我大清的江山确实需要上天保佑啊。你这名字我喜欢，詹天佑，你愿入朝为官吗？”

袁世凯一听，这可是个好机会，赶紧冲詹天佑使眼色，眉毛都快跑眼睛下头了，心中暗想，这可是一般人几辈子求都求不来的美事，太后当面赐官，天大的恩情啊！

就看詹天佑，连头都没抬，他这个人，不喜欢官场上的弯弯绕绕，知事故而不事故，当场给回绝了：“太后美意，本不应辞。但天佑一直在北洋铁路为朝廷效力，所学与专长也在铁路，对于朝中之事并不熟悉，恐负太后圣恩。”

在场的人都吓坏了，居然敢拒绝太后的恩典，这詹天佑好大的胆子！往大里说是抗旨不遵，往小里说也是扰了太后兴致。

可今天这事儿也奇怪了，慈禧太后一点没生气：“好啊，詹天佑，既然你这么肯钻研技艺，好吧，我就成全你。如今，想当官的人太多了，肯从事技艺的人太少了，难得你有这份忠心哪。”

嘿！袁世凯想不明白了，这位西太后今天是怎么了，一反常态呀！既然是这样，袁世凯的心也就放下来了。

慈禧太后又照样问了问张美，张美本来就害怕，现在听詹天佑的回答，他全记下了，太后问话，他照猫画虎，也是这么回答的。

可以说，这次召见，太后对詹天佑十分满意，将车厢里各地进贡来的珍贵用品全部赏赐给了詹天佑和一众工役。

詹天佑、张美叩头谢恩，把礼物带给了全路段的路工、车工。

大伙儿一看，这些宝贝真是世间罕见，有金珠和珍玩光华灿烂，红珊瑚碧翡翠样样俱全。

詹天佑准备根据每个人的职务，分领太后的赏赐。

可是，大家伙儿却异口同声，让詹天佑先挑。詹天佑笑了：“各位，这一次工程能如此顺利，全赖大家共同努力。我虽然是总工程师，如果大家不真诚合作，也不会在这么短的时间完成，这是咱们群策群力的结果。所以，这些赏赐之物，都应该分给大家。”

张美一听：“不可，大人您是总工程师，是我们的领头人，您总要拿一样。”

大伙儿也都这么说，眼见盛情难却，詹天佑对大家拱了拱手：“多谢各位！”他思索了一下，从这些物品里取了一只景泰蓝的小座钟，“我就选这个吧。”

张美问他：“詹大人，您为何选这一件呢？”

“啊？呵呵，”詹天佑微微一笑，“我觉得，在铁路上干活的人，一定要有安全正点的时间观念，选它，算是对自己的一种勉励吧。”

詹天佑的话说得好啊，到今天，您到八达岭隧道上方詹天佑纪念馆，还能够看到这只精美漂亮的景泰蓝小座钟。

通过这件事也能看出来，一个人的品性总是通过细节得到体现，詹天佑在关键时刻勇担重任，在成绩面前却后退一步，与众人共同分享荣耀，这种豁达的胸襟在当时的封建官僚中是非常少见的。

两宫谒陵后，詹天佑在新易铁路线上继续工作了两个月。他带领工人，把木桥改建成铁桥，往复垫压路基，使新易铁路成了一条永久性线路，提高了行车的速度。跟着，他又回到了修筑关内外铁路的岗位。

袁世凯专门向慈禧太后与光绪皇帝上了折子，奖励各方员工。太后批准了这份折子，将总办梁如浩由选用知府升为选用道台，詹天佑则由选用同知升为选用知府。

当初远渡重洋的留美学童，如今已经成了朝廷的五品官员。

当了五品官员，詹天佑并没有沾沾自喜，他想的是，自己肩头上的责任更重了！

虽然说詹天佑无意仕途，但这毕竟是身家的荣耀，应该写信给家里报喜。

詹天佑提起笔来要写这封家信，想一想，怎么跟家里说呢？对，就从修新易铁路说起，提起笔来刚要写，忽然门外脚步声响，“啪”门帘一挑，走进个差人，单腿打千儿：“大人，有您一封家信。”

“嗯？”詹天佑奇怪，我的家信还没写，家里的信倒先来了。

一封家信呈上来，詹天佑接到手里，仔细一看信皮，是弟弟詹天佐寄来的。也不知道是怎么了，詹天佑这心里“咯噔”一下，双手微微有点颤抖。他哆里哆嗦地就把这封信给打开了，开头写着：天佑吾兄……往下再仔细这么一看，哎呀，詹天佑的眼睛直了，原来是自己的老父亲詹兴洪，因病去世了！

真是福兮祸所伏，祸兮福所倚。詹天佑双手颤抖，涕泪交流，眼望故里，大放悲声。

# 第二十三回
# 詹天佑回乡奔父丧
# 盛宣怀求贤聘英才

詹天佑在北京接到噩耗，父亲詹兴洪去世了，悲痛万分。过去总说，天地君亲师是人之五伦，父亲，就是儿子的一片天。

詹天佑能取得今天的成绩，得益于当初父亲的抉择。时隔十多年，詹兴洪因为身染重病，加上年老体弱，终于撒手人寰。詹天佑的弟弟詹天佐写信到北京，让兄长立即回家服丧。

按照朝廷礼制，在任官员父母去世时应告假三年在家守孝，这叫丁忧，詹天佑把手里的事务做了交接，向总办梁如浩请假。

梁如浩到车站送行，他拉着詹天佑的手语重心长地说了一句话："眷诚，当此时节，大清正在紧锣密鼓修铁路，处处都需要人。伯父仙逝，固然伤痛，不过，作为朋友，我也要劝你，不必拘泥于三年的守孝成规，尽早回到铁路上吧。"

"嗯！"詹天佑点了点头，提皮箱上火车，回转南海，为父守孝。

火车从关外驶往关内，到北京后，转卢汉线继续南行。

一路上，想起老父的去世，詹天佑忧伤不已，但是，他看到从南到北兴起的铁路建设高潮已初露端倪，加上刚刚完成的新易线受到各方肯定，自己又受到朝廷的褒奖，心情多少平顺一些。

由于当时铁路线没有完全通车，所以，詹天佑是坐一段火车乘一段船，有的地方只能骑马或坐轿走官道驿站，之后再转乘火车。就这样，换来换去，铁路带来的便利与没有铁路的不便，使詹天佑更加认识到在大清各地修筑铁路的紧迫性！回想留学美国，看着纵横数千里的新大陆，铁路从西到东纵贯美国全境，现在世界各国铁路火车都提高了行速，或者在美国的行车速度更快了，可是自己从关外赶往广州，居然花了半个多月的时间，想到这儿，詹天佑觉得自己肩头的担子又重了。

简短截说，历经一路风霜，詹天佑回到了故乡广东南海。轿子在十二甫的巷口停下，这时候，詹家已有人闻讯在此迎接。

詹天佑特地换了一身黑衫，随众人回转家中。进家门，看到父亲已经入殓，他知道自己已无法见父亲最后一面了，悲从中来，扶棺恸哭。

这时候，詹天佑的夫人带着孩子们走出来了。

詹天佑的夫人？那就是当初詹兴洪的好友谭伯邨的女儿，谭菊珍。

当初，是谭伯邨力劝詹兴洪送子出国留学，而且许下诺言，如果詹天佑学成归来，就把女儿嫁给他。

后来，谭伯邨履行承诺，在詹天佑回国以后，真的把女儿嫁到了詹家。

夫妻见面，互道离别之苦。这时候，有家人把老夫人陈氏给搀了出来。

詹天佑见母亲出来，“扑通”跪倒在地，抱住母亲的腿放声大哭。

老太太安慰儿子：“儿啊，回来就好，回来就好。”

“母亲，我父去世之前可曾留下过什么话吗？”

老太太拉起儿子告诉他：“你父亲弥留之际，特别说了，希望不要把他去世的事告诉你，因为他知道你在为国家效力，今年还见到了皇太后与皇上，受了皇封，这都是祖上积德！况且当初你以官学生身份出洋，也是受了朝廷的恩典，希望你安心为国家效力，为百姓办事。说完话，你父亲就与世长辞了。”



听到这儿，詹天佑再一次冲父亲的棺椁叩头：“父亲希望儿子报效国家，对上光宗耀祖，对下遗荫子孙，从来没想过要我们兄弟如何孝敬他，想到的都是要我们为家族争光，父亲放心，孩儿一定不忘教诲，铭记在心。”

就这样，詹天佑主持操办了父亲的丧事，接下来，他准备好好陪一陪母亲，和妻儿一起享受阖家团圆的时光。

可没想到，刚过了一天，调令来了！

当时，有华侨实业家带头集资，以商办的形式要修一条铁路，南起汕头，北迄潮州，共四十二公里。当时，汕头是通商口岸，这一带物产丰富，地界海疆，近通省会，远达南洋，为通衢路口。在这儿修铁路有很大的益处，路线确定后，得到了朝廷的正式批准，有人推荐，要特请工程师詹天佑前来实地勘测。

为什么说是特请呢？因为官员在丁忧期间不应打扰，还有，詹天佑目前的本职工作在关内外铁路，所以说是特请。但是，修铁路，那是利国利民的头等大事，詹天佑是著名的工程师，责无旁贷，禀明母亲之后，急赴工区。

母亲陈氏十分理解儿子，自古忠孝不能两全，好在修潮汕铁路的工区离家不是很远，儿子随时还可以回来，告诉家人，等上一个月，就准备一桌团圆饭，天佑肯定回来。

可没想到，还没到一个月，詹天佑就回来了，老太太一看，儿子脸色不好：“天佑，你这是怎么了？”

詹天佑用拳头敲了敲桌子，叹了口气：“唉！母亲，没什么，是施工现场遇见了困难，一时没有解决，所以孩儿有点心烦。”

“哦！”

老太太笑了：“遇见困难不要紧，想办法就是了，千万别拿自己撒气，菊珍哪。”

门帘起处，谭菊珍出来了：“母亲。”

“快去给天佑熬一碗莲子汤，给他去去心火。”

“好。”

谭菊珍把汤熬好端到丈夫面前，仔细一打量，看詹天佑的神情带着一丝恍惚，就什么也没说，把汤放下就去看孩子了。

到了晚上，夫妻对坐，谭菊珍问丈夫：“潮汕铁路到底出什么事了？”

“我不是说了吗，遇见一点儿困难。”

“不对，你从来不说谎话，今天，你是为了安母亲的心，所以没说实话。”

哎呀，这可真是亲不过父子，近不过夫妻呀，谭菊珍这句话让詹天佑眼前一亮，自己的夫人如此精明，真是自己的贤内助。

“夫人哪，我……”

话到嘴边，詹天佑还是没有说。

“好吧，不想说就别说了，外头的事你拿主意，家里的事你放心，全有我，天不早了，快点休息吧。”

“好！”

詹天佑有苦难言，人是躺下了，可这心里放不下，翻来覆去一直到天亮。

他这人，心里搁不住事，不说出来难受，用手推了推：“菊珍，你起来，我跟你说说。”

谭菊珍一下就坐起来了，笑着说：“我猜你是一宿没睡，快点说吧，要不非把你憋坏了不可。”

“行，我说。”

张嘴刚要说，就听院子里有人喊：“大少爷，有客人来访。”

得，这话还是说不了了。

詹天佑急忙起来，洗漱穿戴，走到客厅一看，哎哟，“怎么是您？卑职给大人见礼。”

来人是谁？“铁路总公司”督办盛宣怀。

詹天佑怎么也想不到，盛宣怀能登自己的家门。

“眷诚啊，这是在你的家中，何必行此大礼？我今天来得鲁莽，还望你能海涵！”

“大人哪里话来，您亲自登门，必有要事，来呀，上茶。”

家人把茶点端上来，二人分宾主落座，盛宣怀开门见山：“眷诚，我今天来，是有大事相请，可是，我又难以启齿。”

“哦，大人，这是何故？”

“唉，只因为令尊仙逝，你回家丁忧，按说，不应该打搅你。可是，修潮汕铁路已经麻烦你了，我去汕头找你，那边说你告假回家了，家里出什么事了吗？”

“这个……大人，小人感到身体不适，所以请假回家休养。”





“哦，现在好些了吗？”

“已经好了，请大人明言，究竟是什么事？”

“好，既然你身体好了，我就直说了，我今天来，也是张总督的意思。”

“哦？”

詹天佑知道，盛宣怀说的是张之洞，那可是自己的贵人，当初，大战马尾港之后，是张之洞提携的自己，算起来，也有数载未见了，“大人，张总督到底有什么事？”

“唉，这事说起来，我的心里也别扭。张总督自从修了卢汉铁路以后，就开始要修沪宁铁路，就是从上海到南京的这一段，张总督上奏朝廷，朝廷呢，也准了折子。张总督挺高兴，聘请了德国工程师，先从南京至苏州，再从吴淞至苏州，分两头对沪宁铁路进行勘测。可就在这时候，出事了，有两名德国传教士在巨野县教堂被杀死。如此一来，德国以这个案子为借口，欲将山东变成其势力范围。朝廷派人和他们谈判，还没谈出结果。英国人又要插一脚，坚持要参与沪宁铁路修筑。朝廷实在没有办法，给我下令，由我在上海和英国怡和洋行签订了《沪宁铁路借款合同》。”

“什么？向英国人借钱！”

“是啊，这个合同里一共二十五条，借款总额是三百二十五万英镑，按九折实付，二十五年后开始还本，年息五厘。此外，筑路购买外国器料由英方工程师认可，并按货值百分之五付给英方酬劳。”

“岂有此理！”

“啪”，气得詹天佑用手一拍桌子。这一下，惊动了夫人，谭菊珍赶快从里屋出来，向盛宣怀赔礼：“惊扰大人，请大人勿怪。”

盛宣怀一摆手：“本官不怪，这件事确实让人生气，可是，张总督为了长久打算，还是让我来请天佑，为了大清江山，为了黎民百姓，咱们现在只能委曲求全了。”转过头来看了看詹天佑：“眷诚啊，我已经想好了，潮汕铁路那边，你先不用去了，你跟着我，去修沪宁铁路，如何？”

“这个？”

詹天佑一下就愣住了，他看着盛宣怀：“大人，您可知道，家父去世，天佑尚在丁忧期间，去修潮汕铁路，是因为离家不远，可是，这沪宁铁路，我若前去，最少也要两年之久，我这丁忧期，只有三年啊！请大人……”

詹天佑想说，请大人恕卑职不能从命。

这话刚说一半，就听屋外有人说了句话：“我儿不可！”

随着说话门开了，陈氏老夫人走进来了，盛宣怀赶忙站起身形，给老夫人见礼。

“大人请坐，方才，您与小儿的谈话，老身都听见了。”

转过头来看了看詹天佑：“儿啊，你的想法娘都明白，自古忠孝不能两全，你不要忘了你父亲的临终遗训，听娘的，立刻随同盛大人动身，前去报国吧。”

詹天佑有心不答应，可是，听了母亲的话，再加上盛大人亲自登门并以恳求的口吻和自己商量，这里又有张总督的面子，“这……唉，好吧，孩儿领命。大人，卑职这就随您前去！”

哎呀，盛宣怀站起身形，给老夫人深施一礼：“多谢老伯母深明大义，您真有昔日岳母之风，您与眷诚，母贤子孝，可称万世师表。”

“大人夸奖了。”

当天下午，詹天佑跟随盛宣怀离开南海，奔往上海。可以说，詹天佑是带气来的，这个气，一半是冲英国，还有一半，是之前修潮汕铁路的气，到底那边是因为什么，谁也不知道。

来到上海之后，不管怎么说，真正投入工作，詹天佑就不能有半点抵触情绪了，他是恪尽职守，坚守一线，不到两年，终于完成了任务。

一完事，詹天佑就马不停蹄地赶回了关内外铁路。这段铁路再往前修就到沈阳啦。就在此时，日本和俄国进行了一场以争夺中国东北和邻邦朝鲜为目标的帝国主义战争。詹天佑气得顿足捶胸。日俄战争，战场却在中国，中国百姓生命财产遭到空前浩劫，太屈辱了！

时逢年关，詹天佑只能在这儿和工友们共度春节了。您看这丁忧，跟上班没什么区别，这也让詹天佑更感觉很对不起母亲。本来父亲去世，自己就应该好好地陪伴在母亲身边，可是，由于繁忙的筑路工作，丁忧期间，只在家待了一个月。父亲的离世也给了他启发，“子欲养而亲不待”的滋味太痛苦了。

所以，为了照顾年迈的母亲，詹天佑把家人接到关内外铁路沿线上的沿海城市昌黎，这地方四季分明、日照充足，风景秀丽、景色宜人，而且，自己当初因为修建滦河大桥而一战成名，昌黎百姓对詹天佑非常爱戴。更主要的是，昌黎位于关内外铁路线上，交通方便，这样，自己可以随时抽出时间陪伴家人。

家中大小事宜交给了自己的妻子菊珍和弟弟天佐，都安顿好了，按说应该高兴，可詹天佑的心情还是很沉闷。

夫人问过几次，他就是不说，全家上下为这件事议论纷纷，就连老夫人陈氏都感到莫名其妙，儿子这是怎么了？





哎，突然有一天，詹天佑接到了一份电报，打开之后仔细一看，他是勃然大怒：“太欺负人了！”

把家里人给闹糊涂了，欺负谁了？哪儿来的电报？谁也不敢问。

可没过一会儿，就看詹天佑捧着电报哈哈大笑，笑得嘴都合不上了。

把谭夫人给吓坏了：“眷诚，你怎么了，用不用去医馆啊？”

这一问，詹天佑更受不了了，他是鼓掌大笑。

全家人都傻了，从没见他这样过。这场景太别致了，一个人仰天大笑，全家人瞪着眼睛看，谁也不敢说话。

等了有二十多分钟，夫人才问了一句：“现在好点了吧？能不能说说，什么事让你那么生气？又是什么事让你这么高兴？”

詹天佑过去拉住夫人的手：“夫人哪，咱们一个一个地说，我告诉你，出大事了！”

夫人这气：“出事你还这么高兴啊！”

# 第二十四回

## 你来我往鹬蚌相争
## 左思右想乾纲独断

詹天佑告诉谭菊珍，出大事了。究竟出什么事了？敢情，是英、俄两国在张家口，因为一条铁路，打起来了。

说起这条路，就是咱们这部书要重点讲的京张铁路。在说京张铁路之前，还得说说关内外铁路。

之前讲过，这条铁路最初由唐胥铁路延展，叫关东铁路。甲午战争后，叫作关内外铁路，也是在关东铁路的基础上进一步延展。再后来，关内外铁路两头延伸，改名为京奉铁路，京奉铁路的北方终点站大家都很熟悉，叫皇姑屯，就是后来的“东北王”军阀张作霖被日本人炸死的地方。

虽然眼下关内外铁路没有全线贯通，但是部分路段已经投入运营了，当时，关里关外的贸易往来非常频繁，所以，盈利效果很好，只一年，就轻轻松松挣了两百多万两利润，而且逐年上涨。

朝廷看到了利润，自然想着继续拓宽铁路领域，慈禧太后为此事召见了直隶总督、督办关内外铁路大臣袁世凯和关内外铁路会办胡燏棻，商议之后决定，要拿出关内外铁路的利润修一条从北京去往张家口的铁路。

前文书咱们说过，有人曾向李鸿章提议，要修筑张家口到北京的铁路，迫于当时的形势，这件事没有被重视。

四年前，广东商人李明和、李春奏请朝廷希望修建京张铁路，开始，朝廷真是活动了心思，就在要答应时，有人前来密报，李明和、李春两人背后的大股东是英国人。朝廷大怒，这是勾结外人谋自家，本来想将二人治罪，想到和英国的紧张关系，加上朝廷刚刚经过一场浩劫，正处在抚外安内的风口浪尖，对于修建京张线，以“铁路应当由国家自行筹款兴筑，不得由商人率意请办”为由，搁置了。

如今，这件事被再次提起。之所以要修京张铁路，是因为张家口地势独特，又是京师北大门，自古以来就是军事重镇。从经济上来讲，更是南北贸易的交通要道。

但是，一座雄伟的太行余脉军都山，横在了北京和张家口中间，被人称作居庸天险，地形极为险要，因此这条交通要道一直是险阻难通。

如今铁路为朝廷赚了利润，用这笔钱打开这条重要通道，以加强内地与边疆的联系，在军事、经济、政治上都有着非凡的意义！

袁世凯、胡燏棻领命出宫，准备着手测量工作，京张铁路立项的风声一下就传出去了，不到三天，英国公使找上门来了。

干吗来了？谈合作。英国公使说，关内外铁路是清政府借英国人的钱修的，当时的还款计划是，所有关内外铁路的收入，都存入了天津汇丰银行，用于偿还二百三十万磅的修路贷款，想动这笔钱，必须要经过英国人的同意。形象点儿说，就是工资卡与还贷卡合并成一个账户，工资前脚打进去，月供后脚就划走了。

说这话的目的，就是想把京张铁路的工程完全包给英国人，由英国人担任总工程师，主持勘测、设计和施工，这叫一事不烦二主。

袁世凯和胡燏棻清楚地知道，英国人利欲熏心，这是妄图借此开拓在华势力。有心拒绝，但是，考虑两国关系，他们没直接答复，而是告诉英国公使："容我等奏请两宫，再做道理，请公使回馆驿等候。"

没想到，英国公使刚走，俄国公使又来了，他们干吗来了？也是谈合作来了。

敢情，俄国人和英国人在中国北方的竞争一直就没停过。当初为争抢关内外铁路的借款权，两国差点兵戎相见，最后还是英国人技高一筹，占了上风。这一次，俄国人听说请朝廷要修京张铁路，这可是一块肥肉啊，若是再让英国人抢了先，俄国在华势力将受到极大遏制。

俄国公使来见袁世凯，一句话没说，先甩过来一纸"条约"：原来 1899 年清政府曾经被迫应诺，中国向北京以北地区修建铁路，要么是中国自己筹办，而俄国则拥有贷款优先权。

俄国公使看着袁世凯："袁大人，这京张铁路，应该在这个限定范围内吧？"

这个？袁世凯一时语塞，不知道怎么答复，没办法，照方抓药，还是奏请两宫再做道理，请公使稍等几日。

送走了俄国公使，袁世凯急得坐卧不宁：一头是英国，一头是俄国；一头是先来的，一头有合约。我若进宫问太后，恐怕太后也得让我拿主意，怎么办呢？

想了一天，也没想出办法。就在这时候，英国公使又来了。袁世凯都快哭了，这还让不让人活了？没完没了啊！

英国公使把大长脸往下一拉，一点儿不在乎，直接递给袁世凯一份章程："袁大人，请你看仔细了。"

袁世凯一看，1902年的《关内外铁路交还以后章程》里面有条款，在离现时路段八十英里的范围，新修铁路均由中国北方铁路督办大臣承修，不得入他人之手。

这份章程看着好像很合理，其实英国人早就算好了：中国绝对没有实力修建，这个所谓的“承修”，只能委托外国来实现。诸国当中最强的，唯有大英帝国！

袁世凯看着这份章程，感觉自己心跳加速，大脑袋“忽”一下，大了三圈，两腿一软，起不来了。

差人借机会把袁世凯搀进后堂，英国公使冷笑一声，拂袖而去。

这下可难办了，有道是弱国无外交，现在两边都是强者，谁也得罪不起，没办法，袁世凯只能找各种理由，一拖再拖。

他在这儿拖，俄国人和英国人可等不了，面对这块肥肉，谁也不想撒嘴。就这么你争我夺，足足半年多，也没闹出个结果。



当时胡燏棻另有公干，关内外铁路总局里就剩下袁世凯主事。把袁世凯给逼急了，抱来一摞兵法，什么《孙子兵法》《孙膑兵法》《吴子》《六韬》《三十六计》，他这通儿看哪，别说，真不白看，袁世凯想出个好主意。

找了个合适的日子，袁世凯把俄国公使请到总督衙门，设宴款待。

酒席前，袁世凯提了个问题：“不知贵国想要的是京张筑路权还是让英国人败阵？”

这句话，真把俄国公使给问住了，他想了想：“袁大人，这不一样吗？”

“是一样，如果非选一个呢？”

“那我们就选京张筑路权，那样，不就等于英国人败阵吗？”

袁世凯连连摇头：“不然不然，公使你想，甭管谁拿到京张筑路权，只要不是英国人，英国人就算败阵了，对吧？”

俄国公使翻起眼睛想了想：“对！”

“好，那我就力争不让英国人得手。”

“太好了。”

“欧凯哈乐少，多特斯！”

什么意思？太好了，干杯！

送走俄国公使，转过天来，袁世凯又把英国公使给请来了，酒席宴前，还是那番话，最后英国公使也是这个意思，甭管谁拿到京张筑路权，只要不是俄国人，俄国人就算败阵了。

让袁世凯这么一折腾，成功地让英俄双方意识到，他们的目的是不让对方得逞，至于京张筑路权归谁，反倒是次要了。

袁世凯什么意思？他打算大清朝自造自办，你们谁我也不用，不就完了吗？因为，无论是中英还是中俄的条约里，都有允许中国自行筹办的字眼。之所以有这一条，是他们觉得中国没这能力，这条写跟没写一样。

能达到这个目的，起码英俄两国不会在中国打起来，要知道，俄国已经和日本在东北开战，关内外铁路的关外段早就被迫停工了，京张铁路万万别摊上这样的事。至于下一步，只能走一步看一步了。

走一步看一步？说得容易，真走起来，寸步难行！

袁世凯为了能早日开工，他秘密地以私人关系找到了英国工程师金达，求金达率领团队勘测京张路线。

金达是中国的老朋友了，跟袁世凯也相识多年，他并没有推脱。袁世凯告诉金达，如果你能出山，以咱们的私交主持修筑京张铁路，成功之后，我在太后面前为你请赏。

金达自然很高兴，他在中国赚的钱已经很多了，但是，如果能再主持修建一条中国铁路，对自己的事业发展是有推动的。北京到张家口距离不太远，应该没什么困难。

他想得挺好，结果带人测量，来到最为险峻的关沟地段，也就是从南口至八达岭之间的地段，放眼一望，金达傻了。

这段路线，是从石佛寺隧道向西北直行，想打通，就得在八达岭开挖一条长达三千多米的隧道，三千多米，按照当时的技术，这根本就不可能。

金达想打退堂鼓。就在这时候，俄国公使来找袁世凯，他当面指责，说袁世凯不守规矩，说好了不用英国人，为什么派金达去测量？

敢情金达带人勘测路线时，被俄国人发现了。

袁世凯百般解释，俄国公使就是不听，非要一个答复不可，如果实在答复不出来，那就把京张筑路权交给俄国。

嘿！袁世凯心说，道高一尺，魔高一丈。还有在这儿落井下石的？行，拼出死命不休，我也不能丢这个面子，正好，金达也不想干，我呀，顺水推舟，他告诉俄国公使："请您放心，我绝不再用金达！"

俄国公使一听："其他英国人也不行！"

"好，我不用英国人！"

袁世凯觉得这事就算过去了，哪知道，英国人又不干了，他们指责俄国人，说俄国人诽谤大英帝国不守信用，是可忍孰不可忍！两下立时剑拔弩张！

可把袁世凯吓坏了，他赶忙备两份厚礼，东家跑完奔西家，两头说好话，为了让俄国人放心，他立下了两条约定：第一，中国建这条铁路绝不用外国投资；第二，铁路建成以后，也绝不拿出去抵押。

转头又跟英国人说："我们建铁路如果需要贷款，一定从贵国发起成立的汇丰银行出，请贵国放心。"

就这么左哄右劝，俄国人悻悻而退。英国人也心满意足，通知天津汇丰银行，等着清廷来提交贷款方案，准备放贷。

英俄两家是不打了，袁世凯可犯难了，情急之下，他把梁如浩调进了天津。梁如浩是经营方面的绝顶高手，当初袁世凯把他派去接管关内外铁路，他妙手一拨，几个月下来，扭亏为盈，一年下来竟然结余一百八十万两，袁世凯对他是大加赞赏。



光一个梁如浩也不行啊，袁世凯大忙了两个晚上，把各地方的铁路技术人才和铁路专业学员列了个名单，会同军机处上奏朝廷，要把这些人全调到天津，助力京张铁路。这个时候，慈禧太后对京张铁路充满了期待，她是全部准奏。

这里，有几名山海关铁路学堂毕业生，张鸿诰、徐士远、苏以昭和张俊波。

除此之外，袁世凯还下令在全国征工，征专门修铁路的工人，待遇优厚，但是，条件也高。

当时，穷苦百姓太多了，家家户户的男劳力听说这件事，纷纷来报名，都想多挣点钱，养家糊口。

对于挑选一些重要的铁路工程师，袁世凯没有插手，他打算把这个任务交给未来的京张铁路总工程师。

现在是万事俱备，只欠东风！东风指的是谁？指的就是总工程师啊，选修筑京张铁路的总工程师，非得是个帅才不可！选谁呢？袁世凯思来想去，难下决断。

要知道，这名总工程师，不单身系京张铁路的命脉，更兼维护大清国体的重任，要有坚定的国家立场，要有扎实的业务能力，要有丰富的筑路经验，还要有灵活的应变能力，如果用人不当，不单在英俄两国面前颜面扫地，自己也将成为永世抬不起头的千古罪人，千万不能功亏一篑呀！

就在这时候，有差人来报："金达求见。"

"嗯，他怎么来了？"

袁世凯有心不见，又一想，金达是铁路上的精英人士，他说十句话，有一句能用，对我们都是巨大的帮助，想到这儿吩咐一声：“有请。”

把金达请到客厅，金达单刀直入：“袁大人，国家之间的争斗不影响我们的个人感情，对于京张铁路，我劝你还是不要修了。”

袁世凯把眼睛一瞪：“为什么？”

“太难了，就算是我，也要费上五六年的时间才有可能修成，现在我不能参与其中，俄国方面不用说，更没有什么人才。所以，我劝你还是及早收手吧。”

袁世凯明白，金达这是好意，并非前来讥讽，当下心存感激，也说了几句心里话：“老朋友，我谢谢你，我知道难修，但是，开弓没有回头箭，我在太后跟前已经打了包票，无异于立下军令状，若说不修，除非我死。”

“你为什么这样固执？”

“好了，既然你我是朋友，你就跟我说一句朋友间的话，如果用我们中国人任总工程师，谁堪当此任？”

“这……”

出乎金达的意料，他没想到袁世凯提出这样的问题。金达背着手在屋里走了几圈，转过身形：“袁大人，如果真要选中国人做总工程师，只有一个最合适。”

“谁？”

“詹天佑。”

“咝！”袁世凯停顿了一下，詹天佑？这倒是个人才，“可是，若跟足下比起，他差太多了。”

金达一听笑了：“袁大人，我也是从那个年纪过来的，没有中间的努力，也不会有今天的成绩，詹天佑曾在我手下做事，修滦河大桥的时候，我已经看到了他的能力，听我的，没错。”

“好吧，容我再想想。”

送走金达，袁世凯还是不敢决断，就在这时候，又有人写信前来举荐，举荐詹天佑做京张铁路的总工程师。

袁世凯看完了信，又想了想金达的话，攥了攥拳，咬了咬牙，当即拍下电报，调詹天佑火速来津，商议大事。

# 第二十五回
# 胡燏棻敬贤悉叮嘱
# 詹天佑临危领重任

1905年，英俄为争夺京张铁路筑路权相持不下，袁世凯为罢战火，提出自力筑路，这才有一封电报下到昌黎，调詹天佑速来天津，商议建设自主铁路。

詹天佑丁忧三年未展笑颜，突然接到一封电报，他是先怒后喜。

夫人谭菊珍不解其意，到底是怎么了？

詹天佑告诉夫人，自己怒的是英俄两国横行霸道，喜的是，咱大清要建造一条自主铁路，“夫人，你知道什么是自主铁路吗？”

“不知道。”

“就是说，修这条铁路不用外国一分钱，不用一个外国人，全是咱们中国人自己勘测、自己设计、自己出资、自己建造，自己说了算。当初，唐公在世时，主持修建了中国第一条自己出资、自己修建的铁路，不过，那是由英国人设计的。如今，这条铁路若是建成，那就是咱们真正的自主铁路！我怎能不喜呀！快快快，随我到父亲灵前报喜，再去告知母亲。”

詹天佑是真高兴！让他高兴的主要原因，就是“自主”这两个字，当初，不管是潮汕铁路还是沪宁铁路，詹天佑在修筑过程中，都感觉到了中国人是在为他人作嫁衣，因为这个，他才好几次闷闷不乐。现在要建自主铁路，这让詹天佑兴奋不已，官升一级自然是举家欢庆，这是个人的利益；能修一条自主铁路，那是国之大计，百姓的利益，功在当代，利在千秋！

詹天佑把家里安顿好了，辞别了母亲，又嘱咐了夫人和弟弟天佐，立即收拾行装，到天津领差。

此时的詹天佑，完全不会想到，这一趟差事将给他提供一个耀眼的舞台，让他得以尽情地发挥个人才智，在中国铁路史上书写浓墨重彩一笔。

一路上，披星戴月，冒雪凌霜，非止一日，来到天津关内外铁路总局。

本来应该是袁世凯接见，但是，袁世凯事务繁重，又赶上最近慈禧太后宣他进京，所以，袁世凯就把京张铁路的工作交给胡燏棻负责。

其实，胡燏棻和詹天佑早就认识，自打胡燏棻督办关内外铁路时，就经常和詹天佑见面，今天再见，格外亲切。

“眷诚啊，一别多日甚是想念啊！令堂身体可好？妻儿可还安宁？我听孟亭说你把他们都接到昌黎了，那边饮食起居和广东大有不同，都还习惯吗？”

“劳大人惦念，”詹天佑微微笑了笑，“家里一切都好。昌黎四季分明，适合母亲养老，我就把家里人都接来了。而且昌黎又在关内外铁路线上，交通很是方便，我回家探望也近便些。”

胡燏棻叹了口气：“这些年你尽心尽力为朝廷办差，也实在是辛苦。自古忠孝难两全，铁路技艺源自西洋，当年洋务派人士为了把铁路引进我大清，可是颇费了一番功夫。如今，我和袁总督深沐皇恩，为大清修起贯通南北的铁路网，这是我们义不容辞的责任，更何况大清要自强，修铁路是刻不容缓的。”





胡燏棻的一番话，听得詹天佑是频频点头，眼睛里闪着激动的光芒。

“可是，眷诚，大清如今虽然有多条铁路在修筑中，可是这些铁路没有全部掌握在咱们自己手中。咱们资金短缺、技术短缺，不得不受制于洋人。资金短缺固然是一个很重要的原因，但更关键的是咱们还缺乏铁路方面的人才。”

说到这儿，詹天佑脸上浮现了惭愧的神色，他赶紧站了起来：“大人，我……”

这一声惭愧还没出口，就被胡燏棻挥着手打断了：“眷诚啊，坐下，大清要是多几个像你这样懂技术、有才干，又不计较个人利益得失，凡事把国家和百姓的利益放在心头的人，那就好喽。”

听到胡燏棻这番夸奖，詹天佑越发觉得不好意思：“大人过誉，在下实不敢当，一切都是在下应该做的。忝为铁路工程师，只是惭愧自己不能为国家铁路再多做一些事情。”

“诶，”胡燏棻摆了摆手，“你也不用有愧心，其实大清应有愧心的人太多了，但不是你。那些身居高位的人根本不考虑各国之间的竞争环境，对老百姓的利益也根本不关心，他们只考虑个人私利，不管做什么想什么，都以自己的升官发财为出发点。我听袁总督说，当初皇太后西陵祭祖后，对新易铁路大加赞赏，在一次朝会上，太后说：有些人身在官位，就是为当官而当官，根本不知道国家和百姓的利益在何处。别人看起来，皇太后高高在上，可是，太后整天对那些跑官求官的人，早就烦透了。”

这话说完，詹天佑愣住了，他不知如何应答，眼望着胡燏棻，一言不发。

胡燏棻点了点头：“眷诚啊，你不说话，我明白。其实，要是官场上的人都像你一样就好了，都把本事用在专业技术上，不要整天为了升官发财削尖脑袋投机钻营。

当初太后提出让你入朝为官，你却表明自己只懂修铁路。其实，在太后看来，朝廷真正需要的，就是你这样能干实事的人哪！”

这话一说，詹天佑更不会回答了，对于当官为宦这一套，詹天佑始终是不得要领，因为他知道，官场凶险，如果一个人知道太多，并不一定安全，所以很多人都推崇郑板桥“难得糊涂”的格言。

胡燏棻今天是格外高兴，现在，他觉得自己有点失言了：“眷诚啊，大清国其实不缺当官的人，只缺干实事讲真话的人啊。我虽蒙朝廷恩典担着这督办铁路大臣的职务，可论起真刀真枪地修铁路，你才是技术专家。我就是那楚霸王，离了你这条臂膀，也举不起千斤鼎啊。”

詹天佑一听，顺口搭音：“大人这样说更是折煞我了，但不知，这千斤鼎指的是？”

“哈哈哈，当官的事你不懂，这听话听音，你可真是行家啊！既然如此，咱们也不唠虚的，案板上砍骨头干干脆脆，弯弓搭箭照直了绷。实话告诉你吧，到现在为止，除了你独立主持过修筑新易铁路外，咱大清还没有一个工程师在自己的土地上修过一条完整的铁路。当然，这不能怪你，因为以往并没有这么个机会给你。你这几年一直在铁路上忙，自然也是清楚的，咱们的铁路大多都是借债修起来的，借了洋人的债，自然就会受制于洋人，受借款合同条款的限定，只能聘用洋人做工程师。现在不一样了，咱们要修一条自己的铁路！”说到这儿，他紧紧地盯着詹天佑的眼睛。

詹天佑心下一喜，这可是自己多年来梦寐以求却难以实现的机会，他早就想修一条中国人自己的铁路，只是难以实现，现在听到这样的话，似乎很简单：“大人，不知道这一次要修哪条铁路呢？”敢情，之前的电报里，没写具体修哪条路。

“眷诚，这一次的工程，可谓是前无古人，艰难至极，咱们要修的，是从北京到张家口的这条京张铁路。”

提到张家口，詹天佑的眼睛一亮：“大人，我听说，当年有俄国商人找过李中堂，要修京张线，因为种种原因，未能实现。而且，朝廷也是不同意修建京张线的，为什么现在又同意了？”

“哈哈，这还得归功于你呀！”

“我？”

“是啊，当初你修建新易铁路，让朝廷，特别是太后老佛爷看到了修铁路的好处，如今，关内外铁路也修好了，运营良好，盈利颇丰。是袁总督在太后驾前请旨，提取关内外铁路的营业收入来修筑京张铁路。太后满口应允，也是袁总督推荐，一定要让你詹天佑参与其中，眷诚，这可是好机会呀！哈哈哈……”

这番话，说得詹天佑欣喜若狂，他喜的不是太后对自己的嘉奖，他喜的是准修京张铁路会如此顺利，听说当初李鸿章修铁路的时候，那是步履维艰，没一件事是痛快的，看来，铁路的时代要来啦。想到这儿，冲胡燏棻深施一礼：“这都是太后的天恩，袁总督的赏识，胡大人的举荐，天佑的造化，百姓的福气。”

“哈哈哈，你小子会说话，太后任命袁总督和我为总督办，你放心，有我们在后边给你撑腰，你就放开手干吧。”

詹天佑一听，脸红了：“大人，卑职此来，不过是协助从事，但不知这总工程师是谁？”

“你！”



“什么？我！”

“是啊。”

胡燏棻把之前英、俄两国争筑路权的事详细说了一遍：“眷诚，当时的情形你没看见，比修新易铁路时英、法两国争吵得还厉害，最后的结果是，英、俄两国都不修了，袁总督奏请朝廷，将京张铁路作为中国筹款自造之路，不用洋工程师，大小事宜自与他国不相干涉，朝廷准奏了。”

詹天佑一听：“太好了。”

“可是，眷诚，你知道吗，就在你来天津之前的几天里，英、俄两国放出大话，说中国人肯定修不了这条铁路，到头来，还得去央求外国工程师！”

“什么？”

詹天佑双眉高挑，二目圆睁，无名火起三千丈！

“眷诚，你也别生气，凡事有一利也有一弊，说起来，要没有英俄两国的利欲熏心，各不相让，这次修路的领衔也落不到你的身上。哎，你可别吃心，我说的都是实话，这对于你来说，可是个天大的机会，你要抓住啊！”

说着话，胡燏棻紧盯着詹天佑。

詹天佑已经听明白了：“大人的意思是，这一次修京张铁路，总工程师是我？”

詹天佑说出这句话，脸上的表情很平静，可就是这份平静，让胡燏棻心里更是认定了詹天佑，若是他喜形于色、眉飞色舞的，反而会担心所托非人。

“不错，就是你！”

“好！”

哟，这倒出乎胡燏棻的意料，他认为詹天佑怎么也得推脱一番，说几句“自己年轻，难当重任”的话，没想到，人家实受了！真是初生牛犊不怕虎啊！

他不知道，詹天佑心里想的，没有半点个人得失，他想的完全是国家的利益，自己在西方学习了先进技术，就是要报效祖国的。詹天佑不狭隘，他从来不排斥西方技术和真正善意的帮助，但他坚信，唯有依靠国人自主建设，才能摆脱列强的要挟和控制，国家、民族的振兴才能真正实现。在这支救国救民的队伍里，人人都应该争当先锋官！

詹天佑豪情万丈，胡燏棻欣慰之至：“眷诚，你一路之上，饱受风霜，今天咱们就谈到这儿，你先去休息吧，我已经在丰台给你安排了住所，有差人带你前去。”

“多谢大人！”

跟随差官来到天津火车站，坐火车用了两天的时间到达北京。

有人一听，什么？两天！这也太慢了，现在二十多分钟就能到。哎，这就是社会的进步，这就是铁路的发展！在当时，从天津到北京一百多公里的路用两天到达，人们已经觉得很快了。要是没有当初洋务派人士力主修建铁路，从天津到北京骑马坐车更费时。

詹天佑下车时已经是第三天的下午了，从丰台马家堡车站走到勘测驻地，是一个小时的路程，这个地方叫柳村。

因为丰台是京张铁路的起点，胡燏棻为了让詹天佑有一个好的工作环境，所以单给他安排了一所院落。

进院一看，不是很大，布置得十分讲究，四时不谢之花，八节常青之草，桃红李白芬芳，绿柳青萝摇曳。三间房子一明两暗，单有两名下役负责詹天佑的起居。

吃完晚饭，看了会儿书，詹天佑夜不能寐，他坐在灯下，思绪万千，想这次担当京张铁路的总工程师，肩头责任何其重也！

想到这儿，提起笔来，写了两封信，一封是寄到昌黎的平安家信，另一封，是写给自己的一位老师，这个人，可以说是詹天佑一生中重要的亲人，更是他人生的引路人。这是一名女性，是詹天佑留美时的房东诺索布夫人。

前文说过，詹天佑十二岁到了美国，容闳为了让留美幼童尽快融入当地的语言与生活环境，把詹天佑分到海滨男生学校校长诺索布的家，诺索布的夫人是这所学校的数学老师。在这个美国传统家庭里，詹天佑不仅体会到了来自家庭的温暖，也受到了极好的教育。尤其是诺索布夫人，她不仅时刻关心詹天佑的学习，就连每天的吃饭、睡觉、外出、体育锻炼等，也都会叮嘱，无微不至。到后来，詹天佑能考取耶鲁大学土木工程系，学习铁路专业，也是诺索布夫人的良好建议。

如今，距离学成回国已经二十多年了，天降大任，詹天佑要主持修筑京张铁路，这么大的事，应该报个喜。

他怀着强烈的使命感给诺索布夫人写了一封信，在信最后有这么几句话：如果我失败了，那就不仅是我个人的不幸，更是所有中国工程师和中国人的不幸。

詹天佑期望鹏程万里，他已经将自己的拼搏和国家的命运紧紧连在了一起。

# 第二十六回

## 兴铁路镖行遇重创
## 言大义点醒梦中人

詹天佑天津领命，胡燏棻大事相托。本来让他休息几天再谈公事，詹天佑是直脾气，他现在已经把心思全用到京张铁路上了，让他最担心的一件事，就是经费。

只在北京待了一天，詹天佑乘火车又回到天津，两天后到关内外铁路总局求见胡燏棻，一见面直奔主题："大人，修筑京张铁路的经费从何而来？单凭关内外铁路的盈利，远远不够啊。"




"哈哈哈！"胡燏棻笑了，"眷诚，你可真行，刚过两天，又见面了。看来，你真是个技术人才呀！好，既然你公而忘私，本督也就国而忘家了。咱们言归正传，说到修京张铁路的经费，咱们不会向洋人借一分钱，至于其中奥妙，我是早有打算。"

要想富，先修路。这句谚语无论放在哪个时代，都是一句永远不会过时的话。但是，修路搭桥这都是耗费巨资的工程，公路如此，铁路更是如此。大清内忧外患，国库短缺，修铁路用钱无非是两条路，一是举借外债，二是商人集资。

自《辛丑条约》签订，清朝廷被迫向帝国主义列强赔款仅账面就为四亿五千万两白银，要知道，而当时全国只有四亿多人民，分三十九年还清，年息四厘。本息合计九亿八千万两白银。

1901 年 1 月 29 日，清廷下了一道变法上谕，太后与皇帝想在军事、科举、财政、民生、朝章、国政、吏治等各方面进行改革，至此掀开了清末新政的帷幕。

光绪皇帝颁发诏书，提出力行实政，把修铁路放在具体施政的第一位。

修铁路的举措在当时得到了地方督抚大员们的支持，津卢（天津到卢沟桥）路、卢汉（卢沟桥到汉口）路、津镇（天津到镇江）路、粤汉（广州到武汉）路、川汉（成都到武汉）路等多条线路的修筑计划纷纷被提上日程。

计划是好的，可是朝廷没钱，连年打仗赔款，又赶上水旱蝗灾，国库空虚，各地官员绞尽脑汁，为筹钱寻找良策。两广总督张之洞为了修铁路想了个办法，在当地两广放开"闱姓"赌捐，实际就是赌博，让有钱人赌当年乡试入闱考中的举人里有哪些不常见的姓氏，以此来支持地方实业发展。

虽然筹来一些钱，但是，入不敷出，不单铁路上需要钱，训练新军、开办新学堂……新政处处要钱，地方上腐败风气却日盛，不得已，朝廷只能再向英、法、德、美等国借款。

向洋人借了钱，洋人就会提出派自己国家的工程师来修路，同时，还要派兵驻守在铁路沿线。跟着，对于铁路沿线城市的商贸、矿山开采，洋人都要借机插上一手。

这样一来，朝廷不得不把修铁路一系列权利拱手让人，像什么管理权、用人权、稽核权、购料权，等等。说白了，洋人就是要打着借款的名号，借机扩张自己在华的势力。

如今，朝廷要把京张铁路修成自己的铁路，不用洋人一分钱，想法挺好，钱从哪儿来呢？那可不是千百两银子的事啊，当时国库空虚，可胡燏棻却告诉詹天佑，修京张铁路的钱不向洋人借贷，他自有办法，到底是什么办法呢？

詹天佑忽然灵光一闪："卑职明白了，您是要官督商办修铁路，动用民资？"

这个官督商办，咱们不用再解释了，之前提过多次。简单说，就是鼓励民间的巨贾富商出资，朝廷委派官员来管理。

"大人，可是这个方法？"

胡燏棻摇了摇头。

"哦？"

詹天佑不明白了："既不向洋人借款，又不是官督商办，那还有什么办法？"

"哈哈哈，眷诚，我说了，修铁路你是内行，可这筹钱方面，你就不懂喽。要说这官督商办，在当初还真是收获不小。可是，这些年，官府派去的那些总办、会办、帮办、提调，大多数都是不懂技术业务、只知贪污挥霍的人，这些人为了一己私利，把企业办成了官僚衙门，而那些真正的投资商根本无权过问企业经营情况，虽经入股，不啻路人。京张铁路是头等大事，绝对不能用这个办法。"

詹天佑一听："大人明鉴，既然不用此法，您的高见是？"

"哈哈哈！"

胡燏棻仰天大笑，刚笑了一半，从门外走进一个差人："回禀胡大人，李子亭求见。"

"哦？"

胡燏棻脸上的笑纹瞬间就没了，他站起来朝门口望了望，低下头又想了想，半天没说话。

詹天佑一看赶忙站起身形："大人，既然有客人来访，卑职先行告退。"说着就往外走。

“且慢。”

胡燏棻伸手拦住了詹天佑，又望了望门外，然后转过头来：“眷诚，你先别走，咱们的话没谈完，一会儿还有朋友要来。现在来的这个也是朋友，这样，我介绍你们认识认识，随我来。”

拉起詹天佑往外走，随口告诉差人：“花厅待茶。”

敢情，铁路总局的花厅也是胡燏棻的待客之所。

茶点预备好了，差人把李子亭给请来了。

詹天佑抬眼一看，嚯！看来人，四十多岁的年纪，宽肩窄腰扇子面的身材，长得剑眉虎目，鼻直口方，穿一身古铜色长衫，脚下薄底靴子。





来到近前一拱手：“芸楣兄，一向可好？”

詹天佑一听“芸楣”二字，知道这是胡燏棻的表字，能这么称呼，说明来人和胡大人的关系不一般。

果然，胡燏棻过去拉住李子亭，给詹天佑做了引见：“眷诚啊，这是我的好友李子亭，北京龙顺镖局的镖头。”

詹天佑急忙行礼：“见过李镖头，在下詹天佑。”

李子亭顶礼相还，胡燏棻哈哈大笑：“都是朋友，快坐！”

落座已毕，胡燏棻就问了：“子亭，一别多年，你的生意可好啊？”

没想到这一问，李子亭不高兴了：“我说芸楣，你净想着救国救民修铁路，你可把我们这镖行给坑苦了。”

“哎哟，老朋友，这话从何说起呀？”

李子亭圆睁二目：“从何说起，你是不是要修京张铁路？”

“是啊！”

“修了京张铁路，我们这一行就得饿死！”

说起来，镖局这个行业，大约产生于明朝晚期，那个时候商业发达，南来北往的商人和货物很多，各地区之间的交易非常频繁，为了保护商人的出行安全，将钱财或其他货物安全送达目的地，镖局就此应运而生。

起初，镖局仅是走镖，就是武装押送货物，或者保护人。后来，随着发展的需要，镖局的业务不断拓展，看家护院、保护商号、夜间巡逻、汇款等业务也逐步增加，不过，还是以走镖为主。

北京的镖行，主要是分为东西南北四路，四路镖里，就数北路镖买卖最好，所谓北路镖，就是指口外，热河、三字塔、喇嘛庙、张家口、古北口、山海关、马兰关一带，因为途经张家口，那地方是各样买卖集中地，被称为“旱码头”，商业的繁荣也带来了一系列的副作用，其中之一就是越来越多的流寇、土匪在大道附近作乱抢劫商队。这也就催生了镖局的生意红红火火，只要财货稍微够点儿规模的主儿，一定会请镖局押送。

李子亭的镖局，就是专走北路镖的，镖师、伙计、趟子手加起来四五十号，全指这个吃饭。本来生意不错，就在前几天，李子亭押镖回来，走在半路上，看见好多人拿着道尺在路边测量，其中还有外国人，李子亭上前一问才知道，朝廷要修京张铁路。这本来是国家大事，他一个镖师无权过问，可往后再一打听，张罗这个工程的就是胡燏棻，李子亭火了！他们两个是幼年间的朋友，孩童起首，总角之交。胡燏棻当了大官，也没忘记故交，有时候有些细软想运送，就找李子亭。

如今，要修京张铁路，那就意味着今后从北京往张家口的货物都走铁路了，谁还找镖局啊？没人找镖局，镖师吃谁去啊？

带着一股怒气，李子亭来找胡燏棻，见了面，他是竹筒倒豆子“哗啦啦”，一口气全说了，说到最后一拍桌子：“芸楣，这事儿，你得负责！”

他这一番话说完，胡燏棻不但不生气，反而好言相抚：“老朋友息怒，先喝口茶。”

嘴里说着话，用眼睛盯着詹天佑，詹天佑明白了，胡大人这是让自己出来解围。

其实，刚才听李子亭说话时，詹天佑就已经考虑这个问题了，修筑京张铁路一定会遇到各种阻碍，如果一味躲闪，大事难成，只有迎难而上，才能步步稳健。自己和镖行的人素无往来，但是，从内心里，詹天佑很佩服这些人。因为他听说过，北京镖行里曾经出了一位了不起的人物，就是大刀王五王子斌，他武艺高强，而且倡导洋务，是谭嗣同的老师。据说戊戌变法失败后，六君子在菜市口问斩，没人敢去收尸，只有王五前去，把谭嗣同的遗体送回了老家。

1900 年，八国联军在北京烧杀抢掠，大刀王五救下不少老百姓，也杀了不少敌军，最终因寡不敌众，被枪杀于前门。在老百姓的心目中，那是一位大英雄。

因为有这样的人在其列，詹天佑才有的敬畏之心。今天，见李子亭也是堂堂仪表，当下肃然起敬，抱腕当胸：“李镖头，在下有一言，不知当讲不当讲？”

别看李子亭对胡燏棻有意见，跟人家詹天佑是头次见面，还得客气点：“詹先生请讲。”

“李镖头，如果说修铁路让镖行丢了买卖，这确实令人惋惜。可是，咱们反过来想，如果为了保住镖行不修铁路，咱们大清何日才能出头呢？你们平日保镖，如果遇见匪盗，一定会奋力一击！请问镖头，那些匪盗用的都是什么兵器？”

李子亭一听：“那太多了，单刀、长枪，双手带、二人夺，什么都有。”

“是啊，什么都有，可这些，不过就是铁器而已，说句难听的，早就过时了。咱们大清国现在面对的，是军舰火炮！请问李师傅，靠着您的拳脚功夫和舞枪弄棒，能打得了敌人的洋枪吗？要知道，英、法、日、俄等国都已经建设了铁路。铁路的兴起，让他们每天都在飞速发展，如果我们不修，就会落后，国家落后，百姓受苦。皮之不存，毛将焉附？那时候，连国家都没有了，还哪有什么买卖生意，更别说您的镖行了！观今宜鉴古，无古不成今。战国时的赵武灵王发明了胡服骑射，将军能在马上作战，逐渐代替了笨重的战车，而战车的消亡，却带来了军事上的先进技术！李镖头，我很敬重镖行人士，我听说，就在张家口，有一位著名的女镖师，她叫邓剑娥，您可认识此人？”

“呃，听说过。”

“当初，邓剑娥的父亲邓魁在护镖时被盗匪所杀，当时邓剑娥才十四岁，她矢志不嫁，继承父业承担起了家族的镖行。听说她武艺精湛，甚至能立在马上击空中飞鸟，枪无虚发，因此盗贼们对于她护送的镖，一般都会给个面子。但邓剑娥最终放弃镖行业务，您知道为什么吗？”

“哦，邓剑娥关门了？她去哪儿了？”

“她在奉天西关外购置田产，闭门授徒，传习武艺。她对弟子们说，如今火器盛行，武技渐绌矣。李镖头，关于邓剑娥的事，我也是刚刚在报纸上看到的，我是深表敬佩。咱们再说眼前的事，铁路的崛起，已经成为毁灭镖行的重要一击。但是，铁路的崛起，一定是大清护佑万民、抗击列强的根本！李镖头深明大义，断不会全小义而失大义，做民族的罪人吧？”

“这……”

一番话说得李子亭面红耳赤，他抬起手来照着自己大腿狠狠捶了一拳，跟着，站起来冲着詹天佑一拱手：“先生教诲，令人茅塞顿开，什么也别说了，今后但有使用之处，李某刀山火海，在所不辞！”

说完话冲着胡燏棻一抱拳：“芸楣兄，我今天不该来，差点让人小瞧了我们保镖的，刚才詹先生的话说得好，我们不能当民族的罪人，练武的行走天下保家卫民，这是老前辈传下来的，有这一身能耐，到哪儿都能吃口饭，不打搅二位，告辞了。”

说完话转身走了。

把詹天佑闹得一愣，心说这位怎么不容别人说话呀，我这里还有话没说完呢，看了看胡燏棻，胡燏棻笑了：“哈哈哈，没事儿，我们之间的交情非比寻常，他走就让他走吧。不过，眷诚，你的话说得太好了，也只有这番话，才能让他心服口服。我们是幼年间的朋友，关系太近了，好多话，我说了，他真不一定听。”

话刚说到这儿，又走过一个差人：“回禀大人，梁道台求见。”

胡燏棻正在兴头上：“快请他进来。”

随着一声答应，走进一人，二十多岁的年纪，面白如玉，眉清目秀。

进来先向胡燏棻行礼，跟着，转过身来：“眷诚，别来无恙！”

哎哟！詹天佑一看，这不是自己的同窗好友吗？

这位可了不得，他就是近代史上那位力主创办清华大学的外务大臣梁敦彦！

# 第二十七回

## 讲官办费解言中意
## 断桌角参透弦外音

铁路总局会同窗，梁敦彦来了。

梁敦彦何许人也？他是詹天佑的老同学，第一期的留美学童。当年同赴异国，三十名留美学童里，詹、梁二人的关系很好，同窗情深。1881 年，也就是光绪七年，清廷下令召回全部的留美学童。当时，学童中先后有二十二人考上了耶鲁大学，但截至召回的旨意传到美国时，只有詹天佑和欧阳赓二人顺利完成学业，取得了耶鲁大学的文凭。詹天佑学的是铁路工程专业，只需三年。梁敦彦在耶鲁大学攻法律，学业优异，而法学毕业需四年，只差一年毕业，无奈只得返国。

詹天佑和梁敦彦、梁如浩是同一批回来的，回国后，天各一方。

梁敦彦被分配到天津北洋电报学堂教英文。说是教英文，其实就是教 ABC，因为学生大多没有英文底子。

没过两年，梁敦彦的老家出了点事，他带着钱回去把事情处理完毕，钱都用光了，连回天津的盘缠都凑不齐。最后，梁敦彦以逾期未回被北洋电报学堂辞退。丢了工作，梁敦彦只能到广州街头寻觅工作。可巧有一天，梁敦彦听见街上有人喊他“梁老师”，回头一看，原来是在天津北洋电报学堂教过的一位学生。这位学生随两广总督张之洞来到广州，并负责总督府的电报工作。当得知梁老师正在寻觅工作时，这位学生感慨万千，当即推荐梁敦彦到总督府当一名电报翻译员。

由此，梁敦彦结识了张之洞，张之洞听说他是詹天佑的同学，就把他调到身边做府经略。梁敦彦从此得到重用，张之洞调任湖广总督时，将梁敦彦也带去了武汉，让他做了江汉海关道台。

四年前，詹天佑曾和梁敦彦有过短暂的重逢。当时，詹天佑奉调从关内外铁路工地来到江西萍乡，主持修筑萍醴铁路，在那儿，他见到了分别多年的同窗好友时任江汉海关道台的梁敦彦。

今天，两位老同学居然在天津又见面了，詹天佑可真是又惊又喜：“崧生（梁敦彦的字），你不是在武汉吗？怎么突然来了天津？”

梁敦彦笑了：“是受胡大人召见。”

胡燏棻笑了:“他呀，现在可不是江汉海关道台啦。”

“哦，那是?”

“他现在是天津海关道台。”

詹天佑抱腕当胸:“恭喜呀!”

“好啦，咱们言归正传。”胡燏棻挥了挥手，把话题拉了回来，“崧生，你来之前，我正好和眷诚说到京张铁路的资金来源问题，今天叫你来一是告诉你眷诚到津了，二是之前我也和你讨论过这个问题，如今朝廷给了批复。我和袁总督联合上奏，向朝廷提议铁路要修就必须要官办。”

一提官办，梁敦彦、詹天佑全都瞪大了眼睛，他们知道，国库非常紧张，哪来的钱呢?





胡燏棻明白这两个人的意思:“你们不必惊慌，说是官办，和你们理解的略有不同。听我说，如今，京张铁路动工在即，洋人觊觎、民间诸商争办，不管是官督商办也好、民办也好，终归不是长远之计，这一点，我已经和眷诚讲过。我的意思是，关内外铁路现在已经完工，通车的路段运营良好，盈利颇丰，干脆，就用它的收入来修京张铁路，太后和皇上都同意了。”

詹天佑一听:“大人，您不是说，英国方面得知咱们要动用关内外铁路的盈利，要插手吗?”

“嗨，他们不是修不了吗?既然修不了，咱们用这个钱，他们也就不管了，说白了，就是想看咱们的笑话。”

“哦，原来如此。”

“接着听我说，我的设想是，修京张铁路大约得用上五百万两银子，咱们就从关内外铁路收入中每年支出一百万两，拨付五年，就差不多了。”

五百万两?詹天佑心中一动，这个数字是怎么来的?凭什么说五百万两?张嘴要说话，可这时候，胡燏棻正说到兴头上，不好打搅，有道是君子敏于事而慎于言!詹天佑虽受西方教育，但是中国的优良传统他一点儿也没忘。

詹天佑把想要问的话咽了回去，继续听着胡燏棻说他的想法，没想到，胡燏棻不说了。为什么?该吃药了。有差人端过来三个大碗，里面是三种药。

詹天佑这才知道，胡燏棻近年来身体每况愈下，加上年纪也大了，一天到晚离不开药。

一直等他把药喝完了，詹天佑和梁敦彦都站起来了:“既然大人身体不适，我二人先行告退，改日再听大人召唤。”

胡燏棻一听急了：“哎，别走啊，我的话还没说完呢，这点儿病不算什么，中药西药吃上几副就能好。京张铁路是大事，咱们可耽误不得，坐下，听我说。”

两个人没办法，又坐下了。其实，詹天佑不想走，他有话要问，借着这个机会刚要张嘴。没想到，胡燏棻是不留盖口，抢在詹天佑前边了：“眷诚，你知道吗，商人再有钱，修铁路对他们来说也不是个小数目。如果筹集商股，这大笔大笔的银子他们又是从哪里赚出来的？还不是明修栈道暗度陈仓，表面上是商人出面，暗地里找外国人借债，换汤不换药，最终还是要受制于洋人。潮汕铁路不就是个现成的例子吗？”

梁敦彦接过了话头：“大人所虑极是，更何况在商言商，无利可图的事情，商人们是不会干的。修铁路动辄便需百万两甚至千万两银子，前期投资大、修建工期长、投资回收期更长，资金长时间不能回笼，只怕日久生变。”

“就是这个道理。”胡燏棻看了看詹天佑道，“所以眷诚啊，当务之急，你得仔细勘测好路线，测算一下预计开支，拿出一个详细的方案来，那些洋人……”

说到这儿，胡燏棻站起身，来到花厅墙壁前一抬手，把青龙宝剑摘下来了，左手按剑把右手顶绷簧“嘎嘣、仓啷啷”，宝剑出匣，寒光一闪！

把詹天佑和梁敦彦闹得一愣：“大人您这是？”

“哼！”

胡燏棻手提宝剑目视西方：“那些洋工程师大言不惭，说中国人修不了中国铁路。这些番邦蛮夷看不清我华夏人才济济，真是目空四海，夜郎自大，他们想看咱们四处碰壁，我偏要来一个出奇制胜，用自己的钱、自己的人，把这最难的铁路修起来，打他们一个心服口服！”

说完话，手起剑落，“咔嚓”一声，把桌子角给砍下来了。

詹、梁二人大惊失色！

詹天佑想的是，胡燏棻为国为民，忠心可鉴。

梁敦彦想的是，眼前这个举动等于把詹天佑直接推到了风口浪尖！剑砍桌角，就等于指天明誓，看来这次修筑京张铁路是成也得成，不成也得成。想到这儿，就看了一眼詹天佑，梁敦彦从心里替这位老同学捏一把汗。

詹天佑可想不到这些，他想的还是刚才那个问题：五百万两的数额是从哪儿来的？

张嘴又要问，梁敦彦在旁边紧着劲儿使眼色。这回，詹天佑明白了，梁敦彦是在提醒自己，不能让胡大人的话掉地上，得接几句。

想到这儿，詹天佑也站起来了，来到胡燏棻跟前一拱手："天佑自幼受朝廷恩典，以官生身份出洋学习，这才得以修习铁路技艺。当此用人之际，本就该尽心尽力、一展所长。胡大人与袁总督多年来对天佑厚爱有加，多有赏识，此次承蒙不弃，以重任相托，于公于私天佑都应尽心竭力，办好京张铁路的修筑事宜，扬我大清国威，以报朝廷栽培、大人知遇之恩。"

"好!"

胡燏棻高挑大指："说得好!""嚓楞"一声，把宝剑还于匣内，"要的就是你这个态度。京张铁路我就全权交给你了，至于一应费用、人员，你尽管提，不必有任何顾忌。人也好、钱也好，都由我来协调，你只管放手去做。不为别的，就为咱们大清争口气!"



"多谢大人!"

"别忙，这口宝剑，就送给你吧。"



"再谢大人。"

胡燏棻满意地点了点头："你从上海回来没有几天就去了关外，这次勘测京张线路，少不得又要一番奔波劳顿。这样吧，我放你五天假，把家里的事情料理料理。"

没等詹天佑说话，梁敦彦赶步上前："大人放心，眷诚的才学绝对首屈一指，定能不辱使命!"

"嗯，说的是。另外，你二人分别多年，难得一聚，借这个机会也好好叙叙旧。"

詹天佑和梁敦彦一听，全都笑了，同时拱手："多谢大人体恤。"

嘿！这两个年轻人并肩往这儿一站，太漂亮了，一个踌躇满志，一个意气风发，带着那么一种蓬勃向上的朝气!

胡燏棻大为欣慰，这些留美学童果然个顶个儿是好样的!

胡燏棻惜才爱才，他希望中国多一些这样的年轻人，猛然间，他又想到了梁如浩，赶忙嘱咐了一句："你们别忘了叫上孟亭，他这两天正好在天津。"

梁如浩是关内外铁路总办，京张铁路的修建经费全部来自关内外铁路的盈利，而且起点恰好是关内外铁路的连接处，开修之后少不得要请关内外铁路在运输材料等方面行些方便。

虽然梁如浩和詹天佑是同窗旧友，在新易铁路和关内外铁路又共事了几年，人与人之间的关系总是越走越近，胡燏棻想，京张铁路是块硬骨头，只有大家拧成一股绳，心往一处使、劲儿往一处用，才能啃得下来。

两个人点头称是，又说了说其他的琐事，按着詹天佑的意思，他还想问问钱的事，梁敦彦是左遮右挡。

走出总督衙门的大门，回头看看没有人了，詹天佑一把抓住梁敦彦的袖子："刚才大人说修京张铁路计划要用五百万两，我是想要问问这数字可是有人估算过？你怎么总是拦着不让我说话呀？"

"哈哈哈！"梁敦彦仰天大笑，"眷诚啊，你这直脾气是一点儿也没改呀，别着急，玄中自有玄中法，你听我仔细道来。"

"快说。"

"你知道英国工程师金达前期勘测过路线吗？"

詹天佑点了点头："知道呀，听胡大人说，是袁总督请来的金达，金达似乎是勘测到了南口至八达岭一段，之后就没有再继续。"

"是啊，金达勘测到那里，觉得工程难度大。不过他向袁大人提交了一个草案，里面提及预算问题，据他的估测，大约需要五百万两银子。"

"哦，原来如此，既是这样，待我勘测完全路段，再仔细算一下金额吧。这个数目只怕不能用。"

梁敦彦摆摆手："不然，五百万两，是个参考的标杆，怎么是不能用呢？"

詹天佑摇了摇头："账不是这样算的，全路段没有勘测完，这个估算没有实据支撑，就不可用了。"

梁敦彦无奈地笑了："眷诚啊，你没明白我的意思。金达已经把这个数目报告给袁总督了，自然，在袁总督、胡大人心里就已经有了个草稿，你之后报给胡大人的数，可不宜跟这个相差太多。从李鸿章大人在世时，就用了金达做总工程师修铁路，最早的唐胥铁路，还有这些年一直在修的关内外铁路，都是他主持。金达，就是国内修铁路的权威，他说的话自然有分量。"

詹天佑听了之后，不以为然："我知道金达的权威性，在技术上，我也很尊敬他，在大家眼里，我的经验没有金达丰富，虽然做过新易铁路的总工程师，但京张铁路是咱们中国人自己修建的铁路，一点一滴都不能马虎，既然选我做总工程师，就不能听金达的，这里面不能有面子的事儿！京张铁路无论是从技术难度还是从路程距离讲，都比新易铁路要难。可是勘测路线、测算开支，凭的是实地考察，实据是最重要的，实据比个人经验更可靠。"

您看，詹天佑这个人，性子直，对待事物也是如此，从他嘴里，从来听不到"估计、大约”这样的词，他讲究的是“一就是一、二就是二”。

梁敦彦点点头：“行啊，我说不过你，我的实据先生。但我还是希望你别把我的话全放到脑后，对于五百万两银子这个事，你得放在心上。”

“我是说……”

“得得得，你也别说了，我现在肚子里已经唱《空城计》了，赶紧去我的住处，听胡大人的意思，孟亭肯定知道你来了，晚上就能见着啦，快走吧！”

就这样，两个人回到梁敦彦住处。当天晚上，梁如浩果然来了，三位老同学把酒言欢，畅叙别情，借酒抒怀，引出来一番高论。

# 第二十八回
# 忆往昔同窗再回首
# 争荣辱保国立誓言

一詹二梁聚一堂。说起这个名称，还是有所根据的，据说，一百二十名留美学童里最杰出的是“一詹二唐三梁”，其中一詹即詹天佑，二唐是唐绍仪和同宗兄弟唐国安，三梁是梁如浩、梁敦彦、梁丕旭。

多年的老同学见面，说不完离别之苦，道不尽同窗情谊。

在席间，谈起大家近年来的际遇，詹天佑感慨不已，他看着梁如浩：“孟亭，当日我回家奔丧时，你曾经对我说过，你说大清正是紧锣密鼓修铁路的时候，处处都需要人。你劝我不要拘泥于三年的守孝成规，尽早回到铁路上。事实证明，你是对的，先父临终遗愿也是希望我不要拘泥于那些形式上的东西，为国尽忠就是为高堂尽孝了。”

“好一个大忠大孝，来来来，为国、为家，咱们干上一杯！”

三个人举起酒杯，一饮而尽。

酒过三巡，梁敦彦好像想起了什么，他用手拍着詹天佑的肩膀：“眷诚，修铁路你是专家，可这里面的复杂事太多了。我听说，你之前参与修筑潮汕铁路，本是华侨出资修筑的，后来怎么又卷进了日本人的钱？还闹出了人命？”

“唉！”一说到潮汕铁路，詹天佑长叹一声，把酒杯往前一推，跟两位朋友聊起这桩往事。

这件事，就是导致詹天佑在丁忧期间三年未展笑颜的原因。

潮汕铁路，应该说是中国历史上的第一条民营铁路，南起汕头、北迄潮州。汕头港因海运商贸日益繁荣，带动了当地的铁路建设需求。

有一对亲兄弟张煜南、张鸿南，都是南洋华侨，祖籍广东梅县，家资丰厚，人称张百万。他们看准了商机，准备投资修建潮汕铁路。

此事由督办闽广农工路矿大臣张弼士向朝廷上奏，经慈禧太后批准，同意张氏兄弟动工兴建并经营。而且，朝廷与他们订下合约，五十年后铁路收归国有。简单来说，就是张氏兄弟出钱出力修筑潮汕铁路，未来五十年里铁路由他们兄弟经营，获利归他们，五十年后铁路收归朝廷，从私人的变成官家的。

张氏兄弟有了朝廷的支持后，又找来了合伙人，就是巨商林丽生等，共同出资成立了潮汕铁路公司，各持一百万元的股份。

资金有了，技术仍缺，他们请求“铁路总公司”帮忙，请来了正在丁忧的詹天佑做顾问。

张煜南早就听说过詹天佑的大名，仰慕不已。因此，当詹天佑前来帮忙时，张煜南是盛情款待。

当时，詹天佑心情不太好，毕竟父亲刚刚去世，打算赶紧完工，回家奉母。他谢过了张煜南的盛情，带着工人开始了勘察。

詹天佑着实动了一番心思，在设计铁路线时，他尽可能地避开了百姓聚居区和坟墓集中的地方，把路线图交给股东，几人大喜，称赞詹天佑技高一筹，这是一个可行性非常高的设计方案，可以立刻开工。

就在潮汕铁路准备施工时，出意外了。由于这个工程是民办，中间牵扯了很多人的利益，当地的官员插不进手就多方面进行扰乱。

更有坏消息传来：股东林丽生将所持的股份转让给了日本人，并把勘测路线和建筑铁路的全部工程设备介绍给日本商人爱久泽直哉承办，并以公司的名义与其订立了草约。随后，爱久泽直哉派来日本工程师来潮汕地区，选定了另一条路线进行勘测。

张煜南闻讯大怒，来找林丽声，让他撤股。可林丽声不干，声称日本工程师已经被官府认可，自己有两座硬后台，警告他们再来捣乱，后果不堪设想！

张氏兄弟无奈之下，只能接受现实，把工程交给日本人爱久泽直哉。

詹天佑一怒之下，跺脚离开，回家以后，堵气窝心，家人也不知道是为什么，詹天佑三年里没笑过一次，他恨潮汕铁路的筑路权被日本人夺去，在他心里更恨的则是民族的屈辱！

可谁想到，詹天佑刚走，潮汕铁路就出事了。

潮汕铁路工程上日本人成了主角，破土动工后，他们利欲熏心，飞扬跋扈。自甲午战争以来，日本人在中国横行霸道、为非作歹，中国老百姓早就对他们恨之入骨了。

再加上日本人设计的路线图和当初詹天佑设计的那一张大相径庭。詹天佑是尽可能地避开了百姓聚居区和坟墓集中的地方，日本人不一样，这条路线完全没有考虑当地的风俗民情。

结果，按照这张图纸动工以后，沿线乡村的许多田园被征用，引起村民的强烈不满。

当铁路修筑到澄海县和海阳县交界的“葫芦市”这个地方时，日本人考虑到要在人口密集、经济较发达的龙溪都设立车站，临时改变原来的筑路计划，决定舍直取弯，使铁路从此穿过。

如此一来，在修筑路基时，就必须毁坏陈、杨两大姓氏所在乡里的大片田园和墓地。这下，民怨沸腾了。

当地有一位七十多岁的乡绅代表，他叫杨元荣。杨老代表乡民前往海阳县请愿上书，要求不得变更路线。

海阳县官看到请愿书有点发傻，他知道民意不可违，但是，事涉日本人，他也不敢作主，连朝廷都惧怕洋人，又何况他觉得自己只是一个小小的县令？最后，权衡利弊，为保乌纱，海阳县来了个置之不理。





官府不管？老百姓可不干了，尤其是月浦乡民，他们提着农具来到了施工现场，与日本人理论。日本人还没说话呢，有个奸商陈顺和站出来了。陈顺和用手点指：“你们这些不懂事的贱民，这些洋大人动你们祖坟是看得起你们，知趣的，赶紧走，惹怒了洋大人，把你们现在的家也给铲平，我们能再改一回路线！”

把月浦乡的老百姓给气的，用手指着陈顺和：“好啊，你姓陈的拿日本人当祖宗，我们可不惯着他们！敢平祖坟，我们和日本人拼命！”

说完话，乡民举起农具可就打上了。有两个日本人被当场打死。

这下，海阳县的通判可慌了神了，人命案啊，死的还有日本人。通判不敢做主，慌忙飞报潮州府，谎称陈、杨二姓百姓造反，请求派兵弹压。

潮州府接报后，马上扣押了杨元荣，跟着派兵南下镇压。

自古道：民不斗财，财不斗势。陈、杨二姓乡民闻知官兵前来镇压，惊慌奔走，四处躲避，所有店铺都关了门。

县官责令乡绅马上解决问题。按清朝的律法，罢市超过三天者，地方官员必须受到处分。

没办法，通判只得亲率兵丁，缉拿抓捕，并挨户叩门，勒令开店复市，同时，官兵也全部撤出，驻扎在葫芦市。

与此同时，日本驻汕头的领事向地方交涉并要挟，提出要尽快破案，否则将派兵舰前来，今后筑路，也必须由日本武装保护。

迫于日本人的压力，当时的广东总督岑春煊先后派两位官员前来查办，潮州府、镇官员和澄海、海阳两县知县等，到出事地点查勘，并设立临时办案行台。

澄海知县这个人能言善辩，他千方百计将责任推给海阳县；而海阳知县是捐班出身，嘴拙舌笨，昏庸无能，三句话顶不上，立时变得唯唯诺诺。结果，打死日本人的责任就落在陈、杨二姓乡民的身上。陈、杨二姓被勒令各交出一名“凶手”。

这样，算把“凶手”抓到了，经与日本人讨价还价，总算在1905年3月结案：判处“凶手”死刑，杨元荣监禁五年；另赔款二万六千元银圆。至此，潮汕铁路案的风波才告平息。

整个事件中，日本人飞扬跋扈、阴险歹毒，朝廷官员昏聩无能、畏惧日本人而不顾百姓死活，当地劣绅花钱买命、压迫穷人，最终受苦受难的是当地老百姓，丧失的是中国人对自己铁路的话语权。

这便是潮汕铁路股权更迭的始末以及由此引发的命案和种种争端，听詹天佑说罢，梁如浩气得一拳砸在了酒桌上：“日本人太可恶了！这些尸位素餐的官员更是可恶！太平无事的年间用着这些庸官也就忍了，可现在早不是康乾盛世了，天下不太平，这帮官员再如此这般，那就是坑害百姓的性命！”

詹天佑喝了一口酒：“这些我都明白，我现在想的是，潮汕铁路的教训我们必须引以为戒，绝对不能在京张铁路建设中发生！”

“没错！”梁敦彦用手一拍桌子，说了句一针见血的评价，“老百姓怕当官的，当官的怕朝廷，朝廷怕洋人，洋人怕老百姓。不过不要紧，我们早晚会打破这个怪圈，实现真正的富强！别看中国现在是一头沉睡的雄狮，一旦觉醒，它就会震惊整个世界。”

“说得太好了！我们就是要让这头雄狮觉醒。”梁如浩和詹天佑几乎异口同声。

梁敦彦忙摆了摆手：“这话可不是我说的，这是已故的曾纪泽曾大人说的。”

“说得太好了！”梁如浩兴奋地反复念了好几遍，“来，我们敬曾大人一杯！”

“敬曾大人！”詹天佑和梁敦彦同声附和，三只酒杯碰在了一起。

一杯酒下肚，詹天佑忍不住吟了一句诗：“遥知兄弟登高处，遍插茱萸少一人。”

梁敦彦愣了下：“现在不年不节的，你怎么想到这首诗了？”这是王维的《九月九日忆山东兄弟》，当年他们在美国读书时，每到中秋节、重阳节，甚至是春节，都会有人因为思念亲人而吟诵起这首诗。

梁如浩笑了起来：“眷诚，你别说，我来猜猜！你说的少一人，指的是唐绍仪，对不对？唐绍仪从留学时就想做外交官，他啊，最崇敬曾大人了！”

詹天佑点了点头：“你猜得一点儿也不错。咱们今天聚会，可不正是少他一人吗？

也不知道他在外是否顺利。”

唐绍仪和这三个人也是同窗好友，他和梁如浩一样是第三批的留美学童，前文说过，唐绍仪回国后不久便被派往朝鲜，成为一名外交人员，他和梁如浩就是在那里结识的袁世凯，成了袁世凯的得力助手。1901 年，也就是光绪二十七年，袁世凯升任直隶总督兼北洋大臣后，唐绍仪被委以天津海关道的重任。1904 年，清廷任命唐绍仪为全权议约大臣，赴外国谈判。

也正是因为天津海关道出缺，梁敦彦才由张之洞和袁世凯联合保奏，调任天津。

梁敦彦和詹天佑怀着一样的心情，他也想在这个新岗位上干出一番成绩，提起壶斟满了三杯酒，梁敦彦高高举起：“来吧，咱们一同祝愿唐绍仪谈判顺利！还我大清安宁，江山一统！”

# 第二十九回

# 闻喜讯国人齐振奋
# 论时局好友赠金言

朝廷要修京张铁路，准备任命詹天佑为总工程师。消息一经传出，遍及全国各地，州府郡县城镇乡村，一时之间，上至达官贵人，下至黄童白叟，无不欢欣鼓舞，群情鼎沸。大清这么多年都是跟洋人借钱修的铁路，这回，终于有一条自己的铁路了，真是扬眉吐气，大涨国威！

到了京张铁路插标动工仪式正式举行这一天，总局衙门张灯结彩，议事堂里人头攒动。





堂内肃穆庄严，众人依次而坐。当天来的头头脑脑，都是商部的人，说到这儿，咱们也介绍一下清朝铁路管理机构。

中国铁路最早的主管机构是总理各国事务衙门海防股。1884 年中法马尾海战，福建水师全军覆没，朝廷痛定思痛，成立海军衙门，李鸿章以“巩固海防，在乎多修铁路，运饷调兵，方期灵便”为由，联同醇亲王，奏请朝廷将铁路事宜划归海军衙门。1894 年，甲午海战，北洋海军覆亡，海军衙门被裁撤，铁路又重新归总理衙门管理。1896 年到 1898 年，成立了“铁路总公司”和矿务铁路总局。这两家是各司其职，“铁路总公司”负责筹资修铁路，矿务铁路总局是铁路行业的行政领导机构，负责制定方针政策和规章制度。

1901 年，清政府将总理衙门改称外务部，铁路随之划归外务部领导。

两年以后，也就是 1903 年，朝廷为推动工商业的发展，成立了商部，统掌全国商务政令及铁路、矿务、工艺与农事。

所以，修建京张铁路时，铁路归商部管理。当天出席的大臣有：商部尚书载振；商部典农司右参议沈云沛；直隶总督、关内外铁路督办袁世凯；关内外铁路会办胡燏棻；矿务铁路总局总办梁士贻，还有詹天佑那位老同学，刚刚回国的“铁路总公司”督办唐绍仪。

这些都是官方代表，真正参会的人，以詹天佑为首，往下，就是一些铁路工人代表。

人都到齐了，仪式正式开始，由京张铁路总办陈昭常主持。

关于陈昭常，咱们还得说几句，此人在三十岁时随驻英大使出洋，遍游英、德、法、俄、美、日诸国，精通洋务，曾做过洋务局的总办。朝廷选他做京张铁路总办，一是身份阅历的因素，再有就是陈昭常有统筹兼顾的能力。如果说京张铁路凝聚着詹天佑的心血，这里也离不开陈昭常的领导协调之功。

按照程序一项一项进行，袁世凯是重点发言人，他跟大家说："各位同僚，近三十年里，我们建造了开平、津沽、沪宁、汴洛、津浦等共十六条铁路，真是不少。不过，都是由英、美、日、法、比利时等洋人担任总工程师，就是没有一个中国人。如今，京张铁路开工在即，我们要用自己的钱、自己的人修一条自己的铁路，开此先河，利在千秋！"

这番话，引得众人不住点头。载振大加赞赏一番，告诉袁世凯，接下来，得把修筑期限定下来，太后还等着回话。

陈昭常看了一眼议程，该詹天佑讲话了。

这里，有认识詹天佑的，也有好几位不认识他的，他们都想听听这位首造中国铁路的总工程师慷慨激昂的豪言壮语。

果然，詹天佑非常兴奋，作为一名技术人员，他很少出现这种情形，他是太激动了，声音中微微带有一丝颤抖："各位大人，我国地大物博，而于一路之工，必须借重外人，此引以为耻。京张铁路早成一日，公家即早获一日之利益，商旅亦早享一日之便安，外人亦可早杜一日之觊觎。"说到这儿，他看了看全体技术人员："望诸公各出所学，各尽所知，不受外侮，足以自立于地球之上。工学之前途，发达可期；实业之振兴，翘足以俟。将不让欧美以前驱，岂仅偕扶桑而并骑？"

最后这句话说得太给力了，他说"我们必然不会落后于欧美，也肯定能够超越日本！"

话语未了，唐绍仪早就按捺不住了，他头一个站起来给詹天佑喝彩！议事堂内掌声四起，所有人都投以赞赏的目光。

仪式后，商部典农司右参议沈云沛单独约见陈昭常和詹天佑，敢情他们二位是多年的挚友。

沈云沛告诉陈昭常："贤弟，京张铁路从路款筹措到设计施工以及管理均由中国人自己独立完成，西方各国都在关注。此路成功寄希望于詹天佑，贤弟你作为总办，一定要做好后勤工作，如此，则能大功告成。"陈昭常点头应允。

对于詹天佑，沈云沛只说了一句话："我与商部同仁完全相信眷诚一定能修好这条铁路。”

有了商部的大力支持，詹天佑感到有一股强大的支撑力。可万没想到，仪式刚刚结束的第二天，就传来了坏消息。

修京张铁路，中国人高兴，洋人可不高兴，尤其是英、俄两国，他们对此是嗤之以鼻。在这些人眼里，这简直就是个笑话。从北京到张家口这条铁路，是当时世界上少有的艰巨工程，尤其是南口到八达岭这段山谷，古称“天险之路”，山势险峻、悬崖陡壁，平均每一公里路地势就会升高约三十三米。想让火车头拖着一串车厢，爬上坡度如此大的山坡通过八达岭开往张家口，绝非易事。建筑此条铁路，既需要开凿坚硬的山石，又需要修筑很长的隧道，施工困难极大。

在这些洋人看来，中国人是不自量力，敢拿鸡蛋碰石头，那不阴不阳的冷嘲热讽可就都来了。



有俄国报纸登出这样的消息，说“京张铁路工程艰巨，连国外工程师都束手无策，中国人就更不可能了”。

一位美国作家得知詹天佑曾经在福州船政学堂学习和当过教习，他在报纸上撰文嘲讽，说“现在还没有任何一个中国工程师是从船上毕业的”。

更有甚者，一位英国工程师在一次演讲中大放厥词，声称“能修筑京张铁路的中国工程师还没有出生”。

梁敦彦、梁如浩把这些报纸摔到詹天佑的桌上：“眷诚，你看见了没有？”两个人气得七窍生烟。

可万没想到，詹天佑看完这些报道之后，只是淡淡一笑：“哼哼，这些我早就猜到了。”

梁敦彦一听：“眷诚，你不生气？”

“哈哈哈，我为什么要生气？这是洋人在给我打气，有了这些话，京张铁路一定能够修成！还记得我们一起讨论过的《中国先睡后醒论》，要我看，京张铁路修成之日，就是睡狮觉醒之时！”

梁敦彦暗挑大指，心说：“詹天佑的心胸，非常人可比呀！”

站在一旁的梁如浩叹了口气：“唉，如今日俄两国在东北开战，关内外铁路的关外段已经停工。朝堂上大部分官员都主张中立，不打算参与。说起来，打仗就是烧钱，从新政开始，办新式学堂、编练新军、办报社、鼓励实业发展、修铁路，桩桩件件，哪个不要钱？咱们现在是既没钱又没人，更没精力去阻止日俄的战争。只能眼睁睁看着人家在咱们的地盘上开战。”说到这里他一拳捶在了桌子上。

詹天佑把门关上了，他把两位老同学叫到跟前，压低了声音，告诉他们：“小时候，我听大人们说过，黎明前的一段是最黑暗的，也许我们现在正在这黎明前的黑暗里。只要我们每个人都尽心尽力做好自己的工作，做好每一件对国家、对百姓有益的事，国家自然是越来越强大的，我们早晚会迎来曙光。”

梁敦彦笑了：“眷诚，你听上去有点像个诗人了。不过你说得确实有道理。太后和皇上要施行新政，要研究立宪，这都是好事，老祖宗说‘治大国如烹小鲜’还是有道理的，国家要富强也是需一步一步扎实地走出来。前几年，朝廷下了变法谕令，要学习西方科学技术，发展实业。”

詹天佑摇了摇头：“我们国家现在的铁路多是借洋债修筑，这样会导致我们国家的权益被列强瓜分，需要警惕。”

梁如浩哈哈大笑：“行啊，你可真是三句话不离本行。聊来聊去，还是又回到了修铁路上。既然说到修铁路，你应该好好敬崧生一杯，正是他向袁大人保举你来主持京张铁路的修筑。可谓一语定乾坤。”

“哦?”詹天佑瞪大眼睛看着梁敦彦，“胡大人告诉我，除了金达，还有一个人向袁总督推荐我，就是你啊!”

梁敦彦笑了：“我不过是随口一说，别当回事，也没有什么一语定乾坤。我只是跟大人说这条铁路意义重大，万不能叫外国人插手。至于眷诚，如此大才，何需我走马荐诸葛啊!”

“哈哈哈……”三个人仰天大笑。

梁如浩提醒詹天佑：“眷诚，你也应该好好了解一下张家口，那是草原与华北平原的过渡带，两侧山脉对峙，地势险要，是京都的北大门，自古是兵家必争之地。康熙年的时候，张家口通往北方的商道就已经打通，每年都有大宗商贸在此集散，西北的皮毛、驼绒和牛羊从这里进入内地，而内地的茶叶、丝绸、纸张则从这里走向西北。单只每年京中皇室宗亲、达官显贵消耗上等皮货毛料这一宗，就带来了不菲的交易量。所以，修京张铁路，可是为国聚财的大好途径啊!”

“好，你放心，我马上着手勘测事宜!”

就这样，詹天佑写好了勘测计划，又从山海关北洋铁路官学堂抽调了两个学生徐士远和张鸿诰，协助自己进行勘测工程。

这两个人都曾经受过詹天佑的指点，所以，他们称詹天佑为老师。

勘测起点在北京丰台，张、徐二人把勘测工具都准备齐了，张鸿诰扛着标杆，徐士远背着经纬仪，来到詹天佑面前：“老师，咱们现在就走吧？”

“不忙。”

“不忙？”张鸿诰奇怪，“朝廷等着要经费预算和修筑期限，不马上勘测，这些结果从何而来呀？”

“别着急，暂驻丰台等候，容我一天的时间。刚刚有人来报，胡大人传见。”

“啊？”张鸿诰一听，“您要去天津啊？”

“不，胡大人因刑部、礼部的事情，最近在总理衙门办公，我猜大人找我一定有要事相商。”

两个学生一听：“那好，我二人在此等候。”

# 第三十回

# 胡燏棻苦口诉衷肠
# 詹天佑洗耳闻良训

胡燏棻传见詹天佑。

这次京张铁路的两位领头人，一位是袁世凯，另一位就是胡燏棻。

有差人到总理衙门里禀报："回大人，詹天佑到。"

"请。"胡燏棻吩咐从人上茶，不大会儿的工夫，差人把詹天佑领进来了。

"见过大人。"



"眷诚免礼。"



詹天佑抬头一看，嗯？他觉得奇怪，这才分别没几天，感觉胡燏棻年轻了，别看胡子是白的，脸色可是红的。这叫人逢喜事精神爽，京张铁路开工在即，老头这是高兴的。

"哈哈哈！眷诚来啦，我今天找你来有三件事。头一件事，你的家人用不用接来北京和你同住？"

"回大人，卑职前一段给家里写过信，也和家母商量过，想让举家跟着我到北京这边来，相互间也能照应。可是老人家上了年纪，不大愿意挪动，倒是希望妻儿随我到北京来。我想这既然是母亲的心愿，昌黎又适合老人居住，家里有佣人照顾，也很是妥当，因此家母暂时留在了昌黎，妻子和孩子不日到京。"

"哦，那他们来了，住哪儿啊？"

"呃，就住在阜成门附近吧。"

胡燏棻听了点了点头："这样安排也不错，阜成门一带出入方便，离丰台也不算远。你们若是北上探母，从这里出发也便利。眷诚啊，这些年为了修铁路，你和家人也是聚少离多，真是辛苦你了！"

詹天佑起身拱手："为国效力是应该的。朝廷当年出资送我们这些官学生出洋留学，我们理应尽心效力。大人，您这第二件事？"

"哈哈哈。"胡燏棻笑了，"你这小子，脾气比我还急！要说，你们这批留学生个顶个都是好样的。可惜，曾大人没能看到你们成才，李中堂也只是看到了你们当中部分人崭露头角。不能不说是遗憾啊。"

“大人说的是。当年曾公提出留学计划，确确实实是为朝廷考虑，为国家培养人才，没有掺杂一丝一毫的个人利益在里面。所以，我觉得，做事就该公私分明，修京张铁路，更应如此。”

“好啊！不过，说到修铁路，老夫惭愧之至啊！”

詹天佑感到奇怪：“大人何出此言？”

“唉！”胡燏棻打了个唉声，“眷诚，还记得光绪二十一年时，朝廷批准修建从天津到北京卢沟桥的铁路，那个时候，我正在天津小站主持训练定武军，也是袁总督推荐，朝廷命我为督办大臣。为修津卢路，我向英国汇丰银行借款。”

说到这儿，胡燏棻脸上含羞带愧：“到今天，我都觉得我办了一件天大的错事！因为向洋人借债，所以，我们处处受制于人，这都是老夫之过呀！”

说到这儿，胡燏棻哭了。

詹天佑赶忙解劝：“大人说得哪里话，当时迫于形势，也是不得不为。”

“是啊，如今好了，修一条自己的铁路，不用洋人的钱，咱们的腰板也能挺起来了！上一次插标动工仪式，听了你的那番话，我发自内心高兴，朝廷把修京张铁路的任务交给你，我是一万个放心。”

“多谢大人信任，天佑作为京张铁路的工程师，必当脚踏实地，如临深渊，谨慎从事，尽职尽责。”

胡燏棻高挑大指：“这话说得好，为官也好，做事也好，最怕的就是把上级的信任当资本，自我得意、自我张狂，做官夸夸其谈、做事弄虚作假，自己身败名裂不说，还有负上级的重托。你能有这样的想法，我很高兴，不过，在技术上，我还得嘱咐嘱咐你。你觉得京张铁路最难修的是哪一段？”

詹天佑想了想：“卑职也曾走访过一次，以居庸关到八达岭一带，崇山峻岭，地势复杂，既需要考虑修筑时技术和成本上是否可行，也要考虑后续火车运行时的动力、成本等方面的问题。”

胡燏棻问了一句：“这些技术上的问题，好解决吗？”

詹天佑点了点头：“这次勘测，我会综合考虑技术、成本、人力等多方面的因素，选择最适宜的路线。我可以根据实地勘测的结果设计几个路线方案，列明它们的优缺点，到时候请大人定夺。”

胡燏棻笑了：“你办事一向细致谨慎，我是放心的。论起技术等方面，八达岭一带的确是个大难关，尤其是居庸关，号称天下第一关，易守难攻，实实在在可称一道天险。我相信以你的能力水平，一定可以设计出切实可行的路线修筑方案。我要提醒你的是，技术上的问题终究是可解的，八达岭也好，居庸关也罢，都不算最难的。最难的恰恰就在眼前，就是京城西郊一带，你明白吗?”说到这里，胡燏棻停了下来，盯着詹天佑。

詹天佑一时没闹明白，京城西郊?西郊……哦，他立即反应过来了！西郊一带分布着三山五园，三山即香山、万寿山、玉泉山，五园是颐和园、静宜园、静明园、畅春园、圆明园。除了皇室私人园林外，在这附近，还分布着诸多皇亲国戚的私人庄园、陵寝。

如果路线规划要经过普通百姓的民房，给上一笔迁居安置的费用，再认真跟老百姓讲讲这是朝廷统一规划的路线，请大家配合，多半也就成了。可若是达官贵人的庄园，那可就有些麻烦了。贵人们不缺那点搬迁的安置银子，他们讲究的是身份地位，在乎的是宅子的传承与风水。所以，如果他们不肯配合，要想说服他们是件很有难度的事。至于说皇家园林，那就更不用想了，如果太后不答应，那只有一个办法——换路线。那样一来，就会打乱计划。胡大人提得好，如何规划好西郊一带的路线，委实是个难题。这个难不在技术上，而在如何征得这些贵人们的支持。

胡燏棻看着詹天佑的神色，知道他明白了自己的意思：“眷诚，虽然现在朝堂上大家认可了修铁路的必要性，朝廷的态度也是铁路是必须要修的。但是很多人对铁路是否会坏了风水、惊扰神灵依然抱有疑惑。所以你在规划京郊一带的路线时，一定要慎之又慎，尽量不要引起贵人们的不满。须知道，京中子弟世代互相联姻，这么多年下来，势力盘根错节，不知道哪位看着不起眼的后面就是老佛爷眼前的红人。一个不留神，得罪了咱们开罪不起的大人物，别说你我要吃不了兜着走，就是袁总督也要跟着吃挂落，这就是我要跟你说的第二件事。”

詹天佑急忙表态：“卑职明白。”

“今天既然说到了这里，我就索性再跟你往深一层说说。最近这一年多，朝堂上最重视、最关注的就是立宪的事。袁总督和两江总督周馥周大人、湖广总督张之洞张大人联衔上奏朝廷，奏请十二年后效法洋人施行立宪。为了这件事，袁总督现在大半精力都放在众多具体的事务上，在直隶发展工矿企业、修筑铁路、创办巡警、督练新军、开办新式学堂。这些想来你也都知道了。如果他在直隶成功了，那就证明他的改革观点是对的，大家也会更重视立宪的建议。在京张铁路这件事情上，尽管朝廷也看到了张家口的重要性，但是铁路必须官办，这是袁总督的主张。所以京张铁路如果能顺利修成并且运营良好，这才能证明‘自主铁路观点’是正确的。但是，从另一方面讲，改革一定会触动某些人的利益。从这个角度看，京张铁路绝对不能给袁督扯后腿，京郊一带的路线规划可千万别出了岔子，如果让人揪住辫子、借题发挥，那挑起的争执绝不仅仅是路线从东边过还是从西边过这等小事了，就连袁总督在直隶的改革措施，都可能受到影响。”

詹天佑边听边想，觉得胡燏棻的顾虑还是有道理的，京郊线路规划看似平常，但那是从技术角度看，平地比山川容易，可若是牵扯到达官贵人们的态度甚至是政治上的事，那问题就大了，这也就不是个简单的事了。

詹天佑仔细想了想："大人请放心，我一定仔细勘测，慎之又慎，不负大人今日一番点拨的苦心，也不负袁总督的赏识。"

见詹天佑领会了自己的意思，胡燏棻感觉很欣慰："好啊，如今京张铁路总局已经成立了，陈昭常做总办，这个人很了不起，以后你们一起共事就知道了。记住，一定要相互配合，不可相互拆台。等你勘测好线路后，有什么想法或者问题，多与总办协商。我和袁总督等你们的好消息。铁路正式开工之后，你有什么人员或者经费上的困难，随时都可以找我。"

"多谢大人。"詹天佑恭敬地行了个礼。

胡燏棻对詹天佑的态度很是满意，"既然眷诚不嫌我啰唆，我就再说几句。"

"哎呀，大人何出此言？卑职受益匪浅。"

这可不是詹天佑媚上，他知道，胡燏棻是搞实业的人不是弄权的政客，他的话都是有实践依据的，自己多听一句，都能长不少见识。

胡燏棻挺高兴："好，刚才说的你必须记在心上。还有件事情，也就是我今天要跟你说的第三件事，你可一定要记在心上。"

詹天佑急忙起身："请大人赐教！"

"你要注意一个人。"

"谁？"

"金达。"

"金达？大人，他是英国工程师，咱们修的是自主铁路，与他何干？大人是让我提防他吗？"

胡燏棻摆了摆手："不是这个意思，我是想让你向他请教。"

听到这儿，詹天佑的脸色有点不好看了："胡大人，您难道不相信我吗？"

“哈哈哈，眷诚，刚才我已经说过，把工程交给你，我是一万个放心，这是肯定你的态度。不过，在技术上，你必须虚心，不可狂妄！”

说到这儿，胡燏棻双瞳似电，詹天佑感觉在一刹那不寒而栗。

“请大人示下。”

“嗯，你对金达了解多少？”

“卑职曾在金达手下做事多年，唐廷枢大人曾给我讲过金达的经历。”

“嗯，他的经历你知道，但你肯定不知道，这次，他也在袁总督面前极力地保举你。其实，金达同当时大多数西方人一样，并不相信中国人能够成功。但是，出于多年和中国的友谊，金达一直在关注着京张铁路的建设，眷诚，你得好好向此人请教啊！”



“哦！”



听到这儿，詹天佑也被感动了，如此仗义之人，应当敬佩！“大人，我找个机会，一定前往拜访。”

“不用找机会了，择日不如撞日，实话告诉你，他就在我这儿。”吩咐一声，“有请金达先生。”

啊？这可让詹天佑措手不及，“大人，我一点儿准备没有。”

胡燏棻用手点着桌子：“眷诚，今后突如其来的事情会更多，你必须要适应。”

詹天佑一下就明白了，胡燏棻既是在帮自己，也是在历练自己，不由心生感激。

这时候，听皮鞋的声音由远及近，门帘起处，金达进来了。

金达，大个儿！五十多岁的年纪，一头金发向后背着，高鼻梁、深眼窝，两只蓝眼珠透着机智深沉。别看是外国人，金达也是朝珠补褂，胸前佩戴一块金牌，那叫双龙宝星。

这是朝廷授予金达二品官衔时，慈禧太后赏赐的。当时为了各国之间的友谊，朝廷制作了一批勋章，纯银打造，巴掌大小，双龙图镶珐琅，镌刻满文和汉字“御赐双龙宝星”。

金达以此为荣，所以，经常佩戴在身上。

进门一看詹天佑在这儿，金达满脸堆笑：“哦，老朋友，你好！”

詹天佑起身施礼：“见过大人。”

两个人相识多年，也用不着过多的寒暄，金达这个人性格直率，说话喜欢开门见山，直接就把自己的想法说了，他告诉詹天佑，京张线路关沟段是个难点，困难程度大大超出自己的料想，尤其是隧道工程，由于中国缺少控制地下水的设备，必须采用外国包工，如果外包，建议用出价低的日本包工。

詹天佑明白，这是金达的肺腑之言“不过，金达大人，这一次是中国自己修自己的铁路，从钱到人到设备，都不会涉及外国，我会想尽一切办法，当然，如果遇到困难，还请大人不吝赐教。”

话说绝了，金达也不好再说什么了，他耸了耸肩，还是觉得这个年轻人太过自信了。

尽管詹天佑是这样的态度，金达仍对京张铁路的建设保持关注。他知道，京张铁路修建时，需从关内外铁路及其附属的唐山机车厂购入或租借修路材料和机车车辆，这是自己的职责范围。

两人又谈了一会儿，詹天佑掏出怀表看了看，时间不早了，他向胡燏棻、金达辞行，出离总理衙门，临走的时候，胡燏棻又嘱咐詹天佑，一定要抓紧时间把预算做出来。

应该说，这次总理衙门之行让詹天佑收获不小。尽管自己在胡燏棻面前说了豪言壮语，但是，京张铁路到底能不能修，必须经过自己的勘测，金达的话让他多了一分顾虑，所以，他现在急于完成所有的准备工作，也就是勘测路线。

# 第三十一回

## 出丰台勘测路漫漫
## 入松林明志意拳拳

京张铁路的勘测工作开始了。

勘测是铁路建设的基础工作，具有技术复杂、牵涉面广、系统性强的特点。尽管这一阶段还涉及不到建筑方案，但路线稳定性和设计资料收集等工作都要在这一阶段完成，要考察地质，看看哪些地段容易沉降，哪些地段适合修桥，要选择最经济、施工最便利的方案，重点是确定线路走向。一旦路线选择好了，就可以为后面的所有工作打下基础，比如路基的铺筑、桥梁的搭建、山洞的开凿等。长远一点说，还涉及铁路修筑结束以后的营运，涉及是否方便乘客的搭乘、货物的运输、后续铁路的维修等。

所以说，勘测对铁路建设的工程质量起决定性作用，它的影响贯穿铁路的全生命周期。

作为京张铁路的总工程师，詹天佑的首要任务就是要完成路线的勘测选定。

回到丰台驻地，詹天佑准备带领勘测队员立即开工了。

他把勘测队员分成了两个组：一组是测量组，由自己带着徐士远和张鸿诰两个学员在前面测量；另一组是水平组，是新调来山海关铁路学堂的学生苏以昭和张俊波带着五名队员，负责跟在测量组的后面，根据测量组打好的标桩进行详细数据的测算。由于水平组的工作比测量组要更具体和细致，所以，测量组在前，水平组在后，两个组的行进速度不一致，水平组要落后测量组一些。詹天佑等人的勘测工作，大致分为三步：

第一步是粗测，室内进行。主要依据现在有的地图，确定大致走向，要经过哪些地方，从哪里到哪里，沿途有何山峰河流，要修哪些大桥和隧道。

第二步是实测，在第一步的基础上，要派出勘测队，更准确地确定线路走向，在哪里设拐弯，一座山是绕过去还是穿隧道，一条河在哪里架桥。这一步中很多地段使用目测即可。

第三步是精测，使用仪器，精确地测出所有的地形细节，还要钻孔以得到地质资料，图纸就是依据精测画出来的，比如铁路标高为多少，现有地形是什么样，以此计算填土或者挖土要多少土方石方，最后的工程量就能计算出来，详细造价也就出来了。

第一步粗测已经完成了，现在进行的是实测。

临出来的时候，徐士远拎出一面铜锣，詹天佑一看："士远，这是干什么?"

"铜锣开道，闲人闪开呀。"

詹天佑一皱眉："别搞这表面文章，没用，敲来敲去，影响思考，免了吧。"

"是。"

勘测队以丰台东边的关内外铁路柳村第六十号桥为京张铁路的起点，詹天佑和徐士远、张鸿诰从这里开始，沿着北洋官铁路局原来设计的万寿山铁路支线选定的线路开始勘测。

一春杨柳吹绵后，五月榴花照眼初。今天是 1905 年的 5 月 10 日，京郊一带气朗风清，他们沿着京郊的土路往前行走，看路两旁国槐、侧柏、油松，绿意盎然；月季、玉兰、紫藤，繁花似锦。田地里耕种锄刨，道路上车马纵横。百鸟声喧，欣欣向荣。

看着眼前这条路，詹天佑的心里有些感慨。因为这条路，可以说既熟悉又陌生。

当年，修建卢汉铁路的时候，詹天佑担任津卢段的筑路工程师来过这里。当年，他加班加点，认真勘测，可最后，这条铁路还是没能修到丰台。原因是朝中很多大臣提到了南苑，说如果铁路修到丰台，一定会经过南苑，那可是大清皇家狩猎之所，如果南苑受到破坏，惊扰珍禽异兽，皇家园林风水受损，直接影响大清气运，没办法，光绪皇上只能下了旨意，铁路只修到卢沟桥。

虽然没修成，但是路线图留下了，当年的线路规划中对昆明湖万寿山支线部分路段的勘测设计，正是京张铁路的线路，如今是可以拿来做参考的，在老底子上根据近年来实地的变化进行一些调整。

由于原来的铁路不修了，原先规划的线路上又重新种上了庄稼，还有农户在这里重新盖起了房屋，这些在铁路正式开工之前，都要迁走。

詹天佑带上之前的路线图，同徐士远、张鸿诰奔往彰仪门，就是现在的广安门，重新勘测往万寿山去的线路。

这会儿五月天，正是从春入夏之时，走出不到两个小时，天就热了，人也见汗了，眼前是一片松林，正好遮阳，脚下有块大青石，詹天佑用手一指："来，咱们坐这儿歇会儿吧。"

"好嘞。"

他们把标杆、经纬仪、工具袋往石头边上一放，盘腿，直腰，詹天佑把衣服脱下来，铺在石头上晾着，掏出路线图，把徐士远和张鸿诰叫过来："你们看，从这儿过去，再往前……"

正说着呢，徐士远把耳朵往外伸："老师，您等会儿，我怎么听着谁家办喜事呢?"

"啊?"

张鸿诰乐了："你看看，这什么地方？谁在这地儿办喜事啊!"

刚说到这儿，就听树林里"吱——啪——"，好像是放炮仗，詹天佑也奇怪，他站起来，顺着声音往树林里看，就看从林子里"噌噌噌"跳出一伙人，一字排开站在三个人的跟前。

詹天佑仔细一看，这些人穿的是统一的号坎，红绸子包头，大带刹腰，鱼鳞倒洒千层浪的裹腿，脚下抓地虎的靴子，每人手里一口明晃晃的钢刀。

詹天佑看了半天，以为是搭野台子唱戏的，他是一点儿不懂。可旁边的徐士远懂，他知道，这是劫道的。

这里有个领头的，往前上了一步，用手点指："你们三个听着，我们不为别的，就是要银子，识趣的，把钱掏出来，留你们的性命，如果不识趣，对不起，一刀一个，管杀不管埋!"

詹天佑听明白了，这是土匪呀！他奇怪，这还在北京，怎么就有土匪了？官兵就不管吗？想到这儿他问了一句："你们是哪儿来的?"

土匪差点乐了，这还带查户口的?

"少废话，把钱拿出来!"

唉，这大清国的气数真是一天不如一天了，土匪都能在北京城边上抢劫了。没办法，今天就是这三个人，第二组的人还没到，就算到了也无济于事，对方都是杀人不眨眼的亡命徒，自己这边根本不是对手。得，拿钱吧，三个人拿起衣服把钱都掏出来了。

土匪一看："才这么点，嗯?"

无意中，土匪看见大石头边上有个袋子，有根标杆，还有一个……"这是?"走到近前仔细一看，只见这个东西周身上下是黄铜打造，上边有望远镜、水准器、基座、度盘，下有三脚架，做工相当精细，用手一掂挺沉。

土匪不知道这叫经纬仪，因为那个时候，中国人见过经纬仪的人太少了。当时，中国只能生产尺度、测绳、测斜仪、小平板仪等简单的测量工具。那些精密测量的仪器大多从德国蔡司、瑞士威特等欧洲测绘厂家引进，詹天佑这台经纬仪也是从外国买来的。

当年，为筹划与加强沿海防务，詹天佑奉张之洞之命测量广东沿海地区，历时一年半的时间，绘制出了《广东沿海险要图》，凭的就是这台经纬仪。后来，修滦河大桥时，詹天佑用的还是这台经纬仪，可以说，这台经纬仪就是詹天佑趁手的兵器，现在土匪要抢，他当然不干了。詹天佑大吼一声就冲过来了："我看你们谁敢动？！"

哎哟，还真把这伙人给吓着了，没想到一个文质彬彬的人会有如此大的火性！可是，你火性再大也没用，这东西土匪是非抢不可。有两个人过去抓詹天佑，打算把他拉开。

正这工夫，就听树林外一阵马走銮铃的声音"哗楞楞"，由远及近跑来一匹马，是一匹白龙马，这匹马头至尾足有丈二，蹄至背高有八尺，细七寸儿大蹄碗儿、细脖颈儿、刀囊肚儿、小耳朵、大嘴岔，鞍韂鲜明，项挂威武铃，浑身上下银光雪亮！



马上坐着一个人，年纪四十多岁，面带正气，武夫打扮，扎巾箭袖，大红滚裤，薄底快靴，背后插着单刀。马到近前"吁"，带住丝缰，这位从马上跳下来。来到那伙土匪跟前看了看，转过脸来又瞧了瞧对面这三个人，当他看见詹天佑时，这位愣住了，他仔细辨认："阁下，您莫非是詹天佑？"

嗯？詹天佑奇怪，他怎么认识我？大丈夫行不更名坐不改姓，"不错，正是詹某。"

"哎呀！"听这位大叫一声，回头大骂那些土匪，"瞎了你们的狗眼，这是詹大人，我的好朋友！"说完话来到詹天佑跟前一拱手："先生恕罪，得罪了！"

"这位朋友，咱们见过吗？您怎么认识我？"

"嗨，您真是贵人多忘事啊！您真想不起来啦？咱们在天津见过呀，我是保镖的，李子亭。"

哦！詹天佑一下想起来了，对对对，"李镖头，原来是您呀！那这些位？"

詹天佑用手往对面一指，李子亭脸红了，"詹先生，说出来羞煞人也！实不相瞒，我们镖局的生意越来越不好做了，这些都是我的伙计，他们也都是穷人家的孩子，没办法，想了这么个馊主意，有镖走镖，没镖劫道。不过，我们不劫穷苦百姓，劫的是贪官污吏、恶霸土豪。树林里还有一套平时穿的衣服，我们随时换，遇见官兵也不怕。今天听说有三个穿官衣的朝这边走来，伙计们才把你们给劫下，实在不知道是您，真是得罪了。"

说完话冲后面一招手，伙计们全过来了，纷纷给詹天佑行礼道歉。

詹天佑一看："各位免礼。李镖头，不是我说您，这个办法实不可取，最好还是想想别的生存之道。”

“唉，您说的是，我们也不想干这个。可是，您看看，现在还有没有好人走的道，什么生意都不好做，北京城里的穷人多了去了。”

唉，詹天佑也明白，实在是没法说别的，只能给李子亭道了谢。

李子亭回头告诉伙计们：“都回局子里吧，我晚上回去。”

众人退去，李子亭也准备上马离去，左脚认镫右手扳鞍准备上马，无意间甩脸一看，他看见了戳在石头边上的测量工具，李子亭的脚又从镫里抽出来了：“詹先生，您是在勘测吗？”

“嗯，镖头怎么知道？”

“哈哈，实不相瞒，我走镖时曾经见过，不过，那都是外国人，你们这个……难道是京张铁路？”

“正是。”

“哎呀！”李子亭精神大振，他看了看这片空地，又回头望了望伙计们的背影，猛然间，“扑通”，他给詹天佑跪下了。

啊？把詹天佑闹得一愣，张鸿诰、徐士远也傻了，这俩是学生，没见过这种阵势。

詹天佑赶忙把李子亭给搀起来：“镖头这算何意？”

李子亭百感交集：“詹先生我有个不情之请，不知道当讲不当讲。”

“镖头有话请讲。”

“我想跟着您一块儿修京张铁路，您看可以吗？”

“您？”詹天佑上下打量打量，“李镖头，您为什么会有这个想法？”

“生意不好，我实在是着急，现在是八仙过海各显其能，局子里的人都在想办法。我如果能跟着您，指路、保镖、送信、跑腿，您多少赏下来点，我也能养活我的弟兄们。”

几句话说得詹天佑鼻子发酸：“李镖头，我还真想找一个人，但是让您来，未免有点屈才了。另外，我们这是官办铁路，不是一朝一夕，您能坚持下来吗？”

李子亭一听：“如果先生不嫌弃，十年八年我也跟着，上次在天津，您的一番教诲让我茅塞顿开，对于您的爱国之志，李某深表佩服，能跟着您干，也是我的荣耀。”

“既然话说到这个份儿上，李镖头，我诚邀您加入我们的勘测队，为国家，为百姓，为京张铁路施展您的才华。”

这个时候，徐士远用手一拽詹天佑的衣角："老师，您来。"

叫到一边，徐士远提醒詹天佑："老师，您这么办未免有点唐突吧？他可是个保镖的，刚才那伙人，说是镖客也可以，说是土匪也不为过。这种人，咱们能用吗？"

"哈哈哈，士远，你的意思我明白，跟你说吧，此人是胡大人的朋友，另外，我跟他有过一面之缘，疑人不用，用人不疑，从第一眼见到他，我就觉得他可靠，咱们今天是碰见假土匪了，万一哪天碰见真土匪，身边还真缺这么个人。你放心，绝对没错。"

听老师这么说，徐士远也就打消顾虑了。

转过头来，詹天佑问李子亭："李镖头，你对这一带的地形熟悉吗？"

李子亭一听："太熟悉了，这条路，不客气说，闭着眼睛都走不错。"



"那可太好了，从今天起，咱们就吃住都在一起了。不过，您还得嘱咐好您的兄弟，别再出来生事了。"



"您放心，我今晚回去就告诉他们，让他们到外面找活儿干，绝不再惊扰百姓，也别让人小瞧了我们保镖的。您容我一天的工夫，我把家里安顿安顿，明天就跟着您一块儿勘测。"

"那就多谢李镖头啦！"

"先生哪里话来，您为国为民一片忠心可鉴，我李子亭竭尽全力，唯先生马首是瞻。"

# 第三十二回

# 散镖局义士换新装
# 聚人群百姓提旧事

正说到詹天佑在彰仪门外收下李子亭，这对于勘测队来说，是如虎添翼。看天色渐晚，今天就收工了。

李子亭辞别詹天佑，回往镖局，走在路上，他心里有点打鼓，回去之后，怎么跟弟兄们说呀？不说？丑媳妇总得见公婆，干脆，我如此这般。

主意打定，李子亭回到了镖局。





把门的伙计赶忙上里头报信："当家的回来啦！"

镖师们全都迎出来了，李子亭吩咐伙计："前厅摆酒。"

不大会儿的工夫，酒宴摆下，李子亭居中而坐，众镖师分坐两旁，酒过三巡，菜过五味，这可就言归正传了。

李子亭把一杯酒倒满，没喝。他看了看大伙儿："各位兄弟，我今天有心里话，想跟你们说说。"

本以为大伙儿得说"镖头请讲"，没想到，众位镖师一个个眼皮坠地，不加理睬。

李子亭明白，这在他意料之中："各位，咱们可都是出生入死的弟兄，这么多年来，有福同享、有难同当，我李子亭从来都是公平做人、公平做事，既不向灯也不向火，我没有对不起各位的。但是，今天，我得跟各位说，咱这镖局子，开到头了。"

"啪！"两位镖师把筷子同时往桌子上一拍，站起来就要走。

"二位，能不能听我把话说完了，算我有求二位了。"

听镖头这么一说，两位镖师又坐下了，坐可是坐，全都把身子扭过去了，不给李子亭正脸。

敢情，镖局里的镖师早就知道，李子亭要解散镖局，从今天在树林子外面看见那几个人，让大伙儿回来而自己没回来，这就已经表明了，镖头要投身官府，解散镖局。

李子亭没加任何掩饰，他站起身端着酒杯："各位，咱们是开镖局的，打我师爷那辈儿，尚武、正义、扶弱、怜贫，就是咱保镖人的精神，干这么多年，咱们没给雇主丢过镖，没给镖行丢过脸，就知道四个字：人在镖在！"

大伙儿听着李子亭的话，没一个人敢言声的。

“保镖的不容易，逢山有寇，遇岭藏贼，在强盗的眼里，咱们从来不会屈服，在雇主眼里，镖师就是他们的腰杆子，镖师就是他们的护身符，只要有镖师在，他们的钱财就会安全，他们的买卖就会兴旺。”

说到这儿，李子亭自己干了一杯，倒满之后他接着说：“咱们这一辈子，保的镖不是金子就是银子，全都是贵重之物，说真的，也都挣着钱了，刀头上舔血，这钱挣得不容易。可如今，年头变了，火车、轮船，这些新鲜玩意又快又方便，谁还用咱们保镖？实不相瞒，我曾经找过我一位朋友，他是当官的，我问过他，铁路修好了，没人找保镖，我们都得饿死，谁管？跟各位说，这话打我嘴里说出来，我都臊得慌！咱们不能跟世道较劲，得跟自己较劲，君子无德怨自修，山后练鞭，咱们有一身能耐，还怕找不到营生吗？”

这时，有位镖师说话了：“镖头，您是找到营生了，解散了镖局，我们去哪儿啊？”

“听我说完，告诉你们，我今天看见那位大人，他就是修京张铁路的，这趟铁路线，就是咱们走北路镖的路线，火车一旦通了，咱们就彻底没饭了。我今天跟他说，愿意保着他修铁路，我不是趋炎附势，我这是保一只新镖！”

大伙儿一听：“新镖？什么意思？”

“跟各位说，这条铁路一旦修通了，那南北的买卖就更多了，翻山越岭不费难，老百姓都得了好了，买卖多了，咱们干点什么不行啊！凭各位的本事，开武馆教徒授艺，挣的比保镖多！”

听到这儿，刚才那二位，又把身子给转过来了，他们紧盯着李子亭。

“弟兄们，我这个人最敬重英雄，要我看，能给老百姓办事的都是英雄，咱们会武艺，就得给英雄保镖。所以我说，我保的这只新镖，就是白天见到的那位大人，只要把他保护好了，京张铁路就一定能修成，咱们就等着坐火车，京城口外一天一趟，武馆分号遍地开花吧。”

让李子亭这么一说，镖师们全都明白了，所有人挨着个儿给李子亭道歉，李子亭一看：“这又何必，都是自家兄弟，明天一早我就去詹大人营盘报号。咱们得居安思危，未雨绸缪，别真等铁路修通了彻底没镖了再着急，提前做准备，你们在家料理，找好下家把房子兑出去，有钱有人何愁办不成大事！”

这下，就算给大伙儿吃了定心丸了，大家伙儿全都赞成，而且纷纷表示，绝对不再做劫道的营生，一顿酒宴尽欢而散。

料理完镖局的事，又把家安顿了，第二天一早，李子亭来到丰台驻地报到。

詹天佑抬头一看，呦呵，李子亭已经换了装束了，昨天那身扎巾箭袖没了，改成一身工匠打扮，粗蓝布的对襟下面打着裹腿，脚上一双抓地虎的大洒鞋。真像个干活儿的样儿！

“李镖头，您怎么是这身打扮？”

“哎？詹先生，打今天起，我就是您的伙计，给您逢山开路遇水搭桥，自然要这么穿呀。”

詹天佑连连摆手：“不行不行，您是著名的镖师，到我这儿来算是我请您出山，已经是委屈您了，再让您如此穿戴，詹某于心不忍哪。”

“哈哈哈！”李子亭笑了，“詹先生，我听说您是留过洋的，据说洋人很讲实效，别看我是保镖的，我觉得，只要是干活，就得讲实效，我要是穿成昨天那样，跟您走一块儿，看着也别扭啊，您不用说了，就这身。哎，另外，您也别总是镖头镖头的，最好改个称呼。”

“那叫什么？”

“就叫子亭吧。”

“不行，怎么也得是李师傅。这样，您给我个时间，我慢慢改。”

两个人又说了几句闲话，这时候，勘测队员们都来了。按照之前的安排，大家各司其职，詹天佑带着徐士远、张鸿诰、李子亭，四个人出丰台走彰仪门，上了大道。

一边走，李子亭问詹天佑：“先生，这条京张铁路是从哪儿到哪儿啊？”

“镖头，按照我原来设计的图纸，前期路线是由彰仪门经西直门，到西直门外双旗杆关帝庙，往北向张家口方向进行测量。”

“哦，这条线我走过，放心，一切安全都由我。哎？您怎么还叫我镖头？”

“嗨，慢慢改。”

他们一边说话一边测量，大道上人来人往，不时有马车、骡车经过，再有就是挑着担子、推着推车的农民走过。他们看到一行人席地而坐还带着测量仪器，总是好奇地多看两眼。

詹天佑这个人，天生没架子，说话和蔼，笑容可掬。谁问一句什么，他从来没有过不耐烦。

因为谁看他们都新鲜，所以打听的人也多，从人群里，走过来四个老头。这四个老头是去口外进货的，单有伙计在后面推着车，他们看詹天佑穿着官服，奓着胆子走到跟前，其中一个冲詹天佑微微一笑：“这位大人，敢问您几位这是干什么呢？”

詹天佑起身回答："老丈，我们是在测量路线，准备修铁路。"

四个老头一听，面面相觑，为首一个瞪大了眼睛："大人，这铁路不是早就说不修了吗？"

詹天佑一愣，不修？哦，他们莫不是以为这还是当年那作废的路线规划？赶忙解释："老丈，那是以前的事啦。咱们现在要修一条新的铁路，修到张家口去。"

"张家口？"四个老头异口同声。

好家伙，这真是一石激起千层浪，他们这一嚷嚷，走道的不走了，拉马的不拉了，推车的也不推了，"呼啦"一下，把勘测队给围上了，你一言我一语这话可就停不下来了。

敢情这些老百姓都听说要修京张铁路，可大多数人认为这事未必能成，都以为是朝廷虚晃一枪，现在看，似乎是真要修了。

这个问："大人，到张家口要过山越岭，这个怎么修？"

那个说："大人，有火车了，那以后是不是用不到骆驼了？"

还有一个问："大人哪，这条铁路得修几年？我们这土埋半截的人有没有机会坐上这趟火车？"

还是那四个老头里，有个岁数偏大的，他把手一摆："你们别乱，一人说话众人听，众人说话乱哄哄，咱们一个一个来。"

大伙儿一听，"对，老爷子，您先说。"

老头把手里的烟袋锅子往鞋底子上"啪啪"扣了两下，身后一别，来到詹天佑面前细细打量："大人，我看着您可面生啊，说的不是大话吧？实话说，我年轻的时候去过两次张家口，那张家口离北京可远着呢，在山的那边，要走好远的山路。咱们这边的火车都是在平地上跑，那山上也能跑火车吗？不会弄到最后又不修了吧？"

詹天佑笑着摇了摇头："不会不修的。山里修路确实难，但是朝廷已经下旨，多难都得修，这是官办铁路。"

老头一听笑了，把烟袋拔出来在手上耍了个花儿，又撇了撇嘴："官办铁路？呵呵，大人，您别嫌我不会说话，眼睁着就是这么回事，朝廷的事一天一个变，之前也说在这儿修铁路，结果田也征了，房也拆了，祖坟也迁了，后来还是不了了之。这地可是好地，不修铁路空着也是可惜，后来我们又种上庄稼、盖起了房子。现在又说要修铁路了，这怎么还变来变去，到底是真是假啊？"

听了这番话，詹天佑心里不好受，他觉得朝廷朝令夕改，对不起老百姓！可转念又一想，时逢多事之秋，朝廷上的变化不是三言两语能说清的，挑老人家能理解的说吧："老人家，您放心，这次不会变啦。之前是因为国家有太多的铁路要修，总要有先有后，因此才搁置了。现在，咱们是一定要把铁路往西北边修过去的，铁路修通了，运货才方便，大家出门往来也方便不是？"

老头点了点头："您说得有道理，冲您说话这个态度，对我们老百姓这个和蔼劲儿，这条铁路准能修成！我们一辈子难得出一次远门，不是我们不想，实在是路不方便。以后要是有了铁路，去哪儿都方便了，我们也愿意农闲的时候出去看看。"

旁边走过一个小伙子："行啦，老爷子，你想得还挺远，只怕是铁路修好了，你也走不动道、下不了床了。"

"嘿，这孩子怎么这么不会说话？！我赶不上，还有我儿子、我孙子呢。他们总能赶上的！"



詹天佑赶紧打圆场："两位别吵，朝廷规划路线也是从长远出发，不光为眼前，也是为咱们的后世子孙着想。我修了十几年的铁路，这铁路是修到哪里，哪里就能繁荣热闹，你们就等着过好日子吧。"

这时候，挤进来几个壮丁大汉："这位大人，我们平头老百姓不懂什么大道理，但是有铁路的地方人就富，这点我们还是明白的。但是有一条，以前在这儿修铁路测量的，都是外国人，干苦力活的却是我们中国人，我们看了心里别扭！不过，像今天这样，咱们中国人自己扛工具、自己测量的，我们还是头回见，真让人高兴！"

一直在旁边听得兴致勃勃的张鸿诰忍不住插嘴："各位，不单你们高兴，我们也高兴，不瞒你们，咱们这回修的就是一条大清自己说了算的铁路，洋人沾不上边！"

老百姓一听，群情振奋，这么多年，净打败仗，光赔钱了，这是头一回听这么提气的话！

詹天佑也很激动，他跟大家说："各位父老，以后中国的铁路一定会都由中国人自己修。"

众百姓鼓掌称赞，有人可就问了："敢问这位大人贵姓高名，我们得记住了。"

李子亭抖丹田喊了一声："各位听真，他就是京张铁路的总工程师，詹——"

刚说出一个詹字，让詹天佑给拦住了："各位，在下不过一小吏，不劳众位挂怀，大家各自方便吧。"

大伙儿一听，既然不愿说，也就纷纷离去了。

看着百姓的背影，李子亭莫名其妙："先生，您为何不愿说出姓名呢？"

詹天佑答:“镖头，现在咱们只是勘测阶段，这条路到底什么时候修，到底修不修，朝廷还没正式下旨，这个时候报名，恐怕是为时过早吧。”

“哦，说得有理!”

别看没报名，詹天佑心里很高兴，他看出了百姓们盼望着修铁路，这是民心所向啊。

休息了一会儿，詹天佑带着大家继续测量工作。下午，他们出了西直门，来到御河边上。詹天佑掏出图纸看了看位置，又向河里看了看，河道不是很宽，回头告诉张鸿诰:“打桩。”

“是。”

打什么桩呢？这个桩叫定线桩，也叫线路标桩，线路标桩是为了建立正确的线路中心位置而设立的永久点。设计图纸出来之后，经过直线和曲线标出来就可以确定线路标桩了，在所有的水准点都根据地形设置标桩，比如说每百米设百米标，从而进行打桩。

之前的图纸上已经标注，这地方要修一座横跨御河的大桥，以便铁路顺利通过。

张鸿诰手擎铁锤，徐士远把桩码好，“当”刚打了一下，就听身后有人喊:“喂，詹大人，停一下?”

“嗯?”詹天佑回头一看，从远处跑过来一个人，到近前认出来了，是上午那个端烟袋的老头。老头跑得上气不接下气，大口喘粗气。

李子亭过去把老头给扶住了，“老爷子，您这是怎么了？大白天的跑什么呀?”

“我是来找詹大人有事。”

“哎，你怎么知道大人姓詹?”

“嗨，白天是您说出了一个字，您的声音又亮又打远儿，我听得特别清楚。”

詹天佑过来了:“老丈，您找我有什么事吗?”

老头“呼哧呼哧”把气给喘匀了，用手一指前头:“大人，您这是要修桥吗?”

“是啊。”

“打这条河上修?”

“对啊。”

“哎呀，你们的胆子可真是大，脑袋都不想要了吗?”

詹天佑一听大为不解:“老丈，你这是何意？修桥为什么会掉脑袋呢?”

老头苦笑一声:“看来您不是京官，这里有个缘故，您听我道来。”

# 第三十三回
# 御河边赵老送忠告
# 昌平县恶仆放狂言

詹天佑带着测量组来到御河边，准备在这儿打桩定位，刚打了一下，跑过来一个老头，告诉他们不能在这儿打桩。詹天佑不明白，逢山开路遇水搭桥，这是修铁路的必要程序，“老乡，为什么不能在这儿搭桥呢？”

老头一听摇了摇头：“你们啊，一看就都没在京里当过差，不懂这里面的门道儿。这是哪儿？御河！御河干什么用的？那是太后老佛爷和万岁爷出城用的水道。当年，乾隆皇爷为到万寿寺为母祈福祝寿，把这条河道进行一番整治，改为皇家专用河道，打那儿起，叫御河。如今，咱们慈禧太后老佛爷每年夏天都要去颐和园避暑，我可听说过，太后老佛爷每年去颐和园，那阵势大了去了，什么五府六部、三公九卿、亲王、郡王、贝勒、贝子都得随驾前往，奉宸苑、銮仪卫，冠军使、云麾使所有御前仪仗，前路引驾，老佛爷的銮驾出西华门，经北海走金鳌玉蝀，过御河桥，出西三座门奔西安门，走丁字街，过西四牌楼到新街口出西直门，走瓮圈儿水关高亮桥，一过万寿寺，就得乘船改走水路了！你们见过太后坐的那条船吗？”

几个人同时摇头：“没见过。”

说到这里，老头故意卖了个关子，拧了一锅子烟，“吧嗒吧嗒”抽了几口，他不说了。

张鸿诰脾气急：“老爷子，您怎么不说了，那船什么样啊？”

“嘿嘿嘿，”老头乐了，“那可不是一般人能看得见的，那条御船，大了去了，船上插满了旗子，什么飞龙旗、飞虎旗、飞彪旗、飞凤旗，可威风了。最重要的是，船行在河里的时候，比我们这地上的房子都高，听明白了吗？这御船高，既然高，你们这桥怎么搭？我见过火车，那都是在平地上跑的，你们那桥是不是也得修成跟地面齐平的？要是那样，御船怎么走？”

徐士远一听：“我们把桥修高点不就行了。”

老头把眼睛一瞪：“修高！修多高？就算你们把桥修得再高，御船能过得去，请问，如果老佛爷的御船从河里走，头顶之上‘轰轰隆隆’过火车，太后老佛爷还不得大怒啊？惊了圣驾，太后怪罪下来，几位乌纱帽难保，轻者充军发配，重者，那就人头落地啦！”

张鸿诰和徐士远你看看我、我看看你，一时都蒙住了，李子亭倒没怎么蒙，他走过来上下打量打量：“我说老爷子，您到底是干什么的？怎么对皇上家的事儿这么清楚？”

老头一听也乐了：“官爷，我是个做小买卖的，可我儿子在御营当差，曾经伺候过恭亲王，太后出朝，他总跟着，所以，没少给我讲，我呢，也就记了个大概其，但是，这条御河上不能架桥，这是肯定的，我是看刚才在大道上，这位官长跟老百姓说话和气，才嘱咐你们的。”

詹天佑百感交集啊，他过去握住老头的手：“多谢老丈！您的嘱咐真是给我们提了个醒，让我们少走弯路啊！敢问老丈尊姓大名，家住哪里？”





老头一听：“您要找我太容易了，我就住德胜门里水车胡同大杂院，我姓赵，叫赵天林。”

“太好了！”

詹天佑掏出一把碎银子塞到赵天林手里。老头一看，“哎，詹大人，您这是干什么？”

“老人家，这权当谢礼啦，今后我们少不了要登门请教，届时还望老丈不吝赐教。”

此时的詹天佑暗自窃喜，他知道，在民间修路，必须要问道于民。皇家重要，老百姓更重要，得罪了老百姓，那就是得罪了天，水能载舟亦能覆舟啊。如今，能得这么一个热心百姓如此支持，一传十十传百，京张铁路背后不单有朝廷支持，更有百姓拥戴，必定成功！

当下，辞别了赵天林，詹天佑掏出了一个小本子，把这个情况记录下来。

张鸿诰忍不住问詹天佑：“老师，这老人家说的是真的吗？如果是这样的话，咱们还真得改规划。”

詹天佑点了点头：“田野里也有学问，虽属道听途说，但不可不查。咱们不能单凭想象，闭门造车，那样，修出来的铁路不接地气，也可能无形中闯下大祸。我先把这个情况记下来，咱们想想备选方案，回头我向胡大人汇报时和他商量下，挑一条最合适的路线。”

经过这件事之后，詹天佑更加谨慎起来。

再往北走，过大石桥、城府等地，到达了沙河镇。在勘测南、北沙河时，詹天佑找来了地保，详细了解了沙河在历史上最大洪水期间的水位高度、水流情况等，把这些都记下来，告诉张鸿诰在选好的位置打桩，再估算出设计建造南北两座沙河桥的长度、孔数和跨度，以及相应的路基填土高度，把沙河镇车站也进行了初步的规划。

就这样，按照图纸随走随看，每到一处都设标记，他们走后，后面的水平组，苏以昭和张俊波两个人带着队员随后跟上，在打好标桩的地方进行详细的数据测算。

从沙河再往北走，可就进入昌平了，这就真正到了京郊。

那时候，北京城呈现的是一个“凸”字形。“凸”字的上面部分为内城，下面部分为外城。内城以元大都城改建而成，共设九门，正南为正阳门（也就是前门），左有崇文门，右有宣武门；东边是朝阳门和东直门，西边是阜成门和西直门，北边为安定门和德胜门。

外城是个长方形，其范围涉及东便门、广渠门、左安门、永定门、右安门、广安门和西便门。

也就是说，出了外城，就属于郊区了。

詹天佑一行人来到昌平，按照路线图，昌平有片田地在施工范围内。

他们找到这片田地，放眼一望，“嘿！”徐士远笑了，“老师您看，这片田已经荒废了，正好征用。”

“嗯。”詹天佑也看见了，田地里没种粮食，杂草丛生。

“正好，咱们打桩吧。”

张鸿诰正要抡铁锤，就听田里草丛“哗”一声响，走出来三个人，看穿戴像是大宅门里的下人，他们来到张鸿诰面前一瞪眼：“你要干吗？”

张鸿诰一愣：“干吗？修铁路的。”

“什么？”其中一个人往前上了一步，“修铁路？是要从这片田过去吗？”

“对呀！”

“哼哼，不行。”

没等张鸿诰说话，詹天佑过来了：“告诉你，我们是朝廷派来的，修的可是官办铁路！”

“嚯，你还挺横！官办铁路又怎么了？知道这片田是谁的吗？”

“谁的？”

“当朝千岁爷，庆亲王府大福晋娘家哥哥的封地，你敢征用？实不相瞒，我们就是这府里的下人，奉爵爷之命，每天就专门看着这片田，你们要敢动上一动，我们报知爵爷，上奏庆亲王，要你们四个的性命！”

张鸿诰一听急了：“庆亲王？庆亲王也不能阻挡修铁路！”

“嗬！你好大的胆子！”

其中一个下人来到张鸿诰跟前，抬手要打，手刚抬起来，“嘭”由张鸿诰背后伸出一只手，把这下人的手给托住了。

“哎哟哟！”这家伙疼得直学油葫芦叫唤，他哪知道李子亭的厉害。

“算了！”

詹天佑大喊一声：“镖头，我们走，把这个地方记下来！”

“哼！”李子亭一扬手，那小子“扑通”坐地上了。

詹天佑没有继续勘测，他直接找到了地方官，仔细一调查，敢情京郊地界，几乎被皇亲国戚们占了个遍，不是这个王爷家的庄子，就是那个贝勒家的园林，还有一些世家大族的墓地、老宅。



詹天佑知道，自己在朝中大臣眼里最多是个匠人，懂点技术而已，虽然有品级，可第一不是科举出身，第二不是掌实权的地方要员，第三不是有靠山的京官。可以说，官卑职小，对于这些皇亲国戚，谁也惹不起。这些和赵天林老人说的御河桥一样，都是京张铁路前行的障碍！

敢得罪或者说能得罪世家大族的，要么是位高权重的一方封疆大吏，要么是太后、皇上跟前的红人，可是自己呢，这两样都不沾。虽然得了袁总督和胡大人的青睐，但那也不代表自己就可以得罪权贵了。

没办法，詹天佑测量时，将铁路沿线要经过的世家大族的园林、宅院、墓地等都做了详细的位置记录，尽可能避开权贵们的地盘，如果实在避不开，那只好两害相较取其轻了，并且尽量避开主基地，从边上穿行或者沿着园子的边儿通过。

比如清河镇一带，这里有成片的陵园，包括慈禧太后父亲的陵寝，还有大清第一代郑亲王济尔哈朗的陵寝，这都是绝对不能碰的，权衡利弊，只好从一位锦州道台广家的祖坟边上穿行了。

就这样，他们每量过一个地段，就做一个标记，谨慎小心，一路向前，经过大石桥、城府、沙河镇、哈巴屯，到了第七天，也就是 1905 年 5 月 16 日，光绪三十一年四月十三，詹天佑一行四人到了南口。

张鸿诰长出了一口气：“可算离开那片贵人区了。我每天都提心吊胆的，生怕再蹦出来个人说咱们的路线有问题。”

詹天佑看了看他，又看了看徐士远，徐士远也是松了口气，但是听了张鸿诰的话，他眉宇间反倒多了一丝忧虑，似乎并不赞同张鸿诰的说法。詹天佑问他：“士远，你怎么看？”

徐士远想了想：“老师，我倒是不担心有人说咱们路线有问题，现在发现问题，还可以重新实地勘测、重新规划，一旦正式开工了才发现有问题，那麻烦才是真的大了。我现在最担心的是，眼前测量顺利完成了京郊一带的地方，可是真正破土动工时，会不会还有问题？就比如庆亲王的那位亲戚，万一到动工时，他家不乐意了怎么办？”

“不可能！”张鸿诰赶紧打断，“太不吉利了，咱们不会那么倒霉！”

以詹天佑修铁路勘测和征地的经验，徐士远的想法并非杞人忧天，有时候就是这样，在规划路线时一切顺遂，真到征地迁人，甚至是破土动工时，反倒是会有沿线住户反悔。他想了想：“我觉得士远的担忧是有道理的，等开始征地的时候，可能沿线附近几位官员的家里，还得上门去拜访一下。”他又转而问张鸿诰，“鸿诰，如果真有人不配合，咱们怎么办？”

张鸿诰笑了：“常言道兵来将挡水来土掩。咱们学的是土木工程，就不怕水来。”

詹天佑笑了：“你们两个一个目光长远，一个敢想敢干，真是我的得力助手，更兼镖头勇武过人，我对修好京张铁路更有信心啦。”

詹天佑的态度很积极，他不知道，后边的麻烦可大啦。

几人正说着话，远处传来马蹄之声，四个人注目一看，一骑疾驰而来，马上之人高喊：“詹大人留步！”

随着喊声马到近前，看马上之人的穿戴，是总理衙门的差人，见他风尘仆仆可知赶路之急。差人勒住缰绳，翻身下马，先给詹天佑行了个礼，脸上满是喜色：“詹大人，小的是奉胡大人之命赶来，胡大人告诉您，前方已经给您安排了几处行军帐篷供您沿途休息，另有一封信件呈与大人。”说着从怀里掏出一封信，双手奉上。

詹天佑赶忙接过来，展信一观不由大笑：“士远、鸿诰，是好消息。胡大人说他会同袁总督为调拨关内外铁路运营利润做京张铁路工程用款的事向朝廷奏报，朝廷已经准了。京张铁路经费来源这事算是成啦。”

徐士远和张鸿诰对视了一眼，脸上都是抑制不住的笑容，齐声道：“这是大喜事。”

之前对京张铁路经费的事，只是袁世凯和胡燏棻商量出的方案，虽然想法很好，但并没有得到朝廷的批准，他们坚决支持铁路国有化，但当时常见的做法是铁路民营化或者借洋债修路，现在朝廷圣旨一下，这件事就算板上钉钉了。而且一旦确定了铁路不借洋债、不用私人股本，没有外力介入，全听袁世凯和胡燏棻的调配，那么詹天佑任总工程师这件事也就算是定下来了，只等朝廷批准了。

张鸿诰性子急，他追问一句："老师，胡大人信上还说别的了吗？"

詹天佑仔仔细细看了一遍后说："袁大人让咱们尽快完成路线勘测并提出路线规划报告，同时还要绘制测量的路线平面图。"

张鸿诰一听："那咱们就抓紧时间吧！"

徐士远心细，他问了一句："胡大人这么重视京张铁路的事，您看是不是要回一趟总理衙门，向大人当面说一下工程进度？"

"嗯——"

詹天佑想了想："鸿诰，取纸笔来。"

张鸿诰从包袱里取出纸笔递给詹天佑，詹天佑擎笔在手："我回封信吧。胡大人在信里一再强调抓紧时间，尽快出测绘图和报告，如果我回一趟天津，一来一回路上又要额外耽搁时间，还是写信给大人说明情况吧，信使稍等片刻。"

送信人一拱手："詹大人放心，小的一定快马加鞭把信送到胡大人手上，绝不误事。"

# 第三十四回

# 翻山越岭不避艰险<br>谈古论今心系家国

詹天佑在勘测现场给胡燏棻回了一封信，说明勘测进度和接下去的进度规划安排，表示自己会带着队员们加快进度，尽早按要求完成勘测，同时，把类似庆亲王亲戚的事也做了汇报。

詹天佑心里明白，对于这种事，胡燏棻不可能插手，之所以让自己做总工程师，除了技术上的问题，这种事，也得由自己解决。但是，事关皇室中人，应该让胡大人知道，而且也得让袁总督知道，一旦出事，也好有个心理准备。现在自己默默祈祷，祈祷前路能平坦一些。



信由差人带走，詹天佑一行人继续从南口第五十号测量站向前勘测。

眼前是一座山野，脚下是一条河道，要想过河先要攀这座野山。

那位说，干吗非得爬山，绕过去不就行了？

各位，那个年月，绕不过去，想过去就得爬山，因为，没有路。

要不有那句俗话呢，要想富，先修路。对于一个国家来讲，只要路修到哪儿，哪儿就会繁荣富强，那儿的人民就会幸福安康。路与国家的经济发展息息相关，路的四通八达就像人体的血液循环流淌。总之，如果没有路的发展，国家的经济命脉将面临瘫痪。

也别管是公路，还是铁路，包括空运、水运等，这都是至关重要的，所以，从古至今，开荒修路者，都是备受人们敬仰的，因为，它利国利民，荫及后世。

两个学生看着眼前这座野山，没有路，全都是悬崖峭壁，他们吐了吐舌头，回头看了一眼李子亭，李子亭是若无其事，这种山路对于他来讲，四个字：如履平地。

他行，詹天佑可不行，没这手本事啊！可即便这样，詹天佑也是咬了咬牙，大喊一声：“士远、鸿诰，跟我来！”

说完，头一个就上了山，张、徐二人紧随其后，李子亭在最下面保驾。

开始爬还可以，没有那么陡峭，有些小树可以作为屏障，爬有六七丈高的时候，詹天佑发现，不远处有一块尖石头，这个尖儿是斜着长，不粗不细，好像个大把手一样。

詹天佑高兴，伸手就去够，离着右手就差一寸多远，胳膊伸直了，左脚欠起来，用脚尖儿点着山石。

张鸿诰在下面提醒：“老师，小心哪！”

“哈哈，没事儿，一会儿你们上来也抓这块石头，这就是给咱们预备的。”

说着话，手已经够到尖石头了，单手握紧的一刹那，可了不得了，左脚下流出浮土，打滑了！“刺溜”一下，左脚没地儿放，当时就悬空了。

“老师！”

张鸿诰大喊一声！詹天佑倒笑了：“你别吓唬我，我这儿有把手。”

“哦。”张鸿诰这才吐了一口气，他想赶紧往上爬两步，用肩膀顶一下老师的脚，刚往上爬了一步，坏了！詹天佑自认为右手这块石头可靠，殊不知，这块石头已经裂了，轻轻倚一下还行，扶一下扒一下也没问题，现在整个大活人的重量它可经不住了！就听“嘎巴”一声，不好！这块石头断了，“呼”，詹天佑掉下去了。

这可真是突如其来，张鸿诰的手还没伸出来，詹天佑已经下去了，徐士远被张鸿诰挡着根本没看见，就觉得身边一道黑影，他知道，老师掉下去了，伸手想接，也来不及了，就听脚下“嘭”的一声，俩人同时一闭眼：完了！

等了一会儿，俩人才睁开眼睛往下看，这一看，哎哟，他们长出一口气。

多亏有李子亭，这位镖头在下面一直关注头顶上这三个人，詹天佑往下一落，李子亭用左脚勾住一棵小树，伸双手一个“探海式”，把詹天佑给接住了，接住之后揽入怀中，跟着吐气吸胸用了一招叫“壁虎游墙”，自己的身子整个贴在山石上了。

这就是气功！

詹天佑也着实吓了一跳，他以为自己已经掉下去了，一直闭着眼，现在睁眼一看，自己被李子亭给抱住了，从上到下四个人同时哈哈大笑。

这就叫苦中作乐！四个人蹬石踩土，附葛攀藤，那真是摸着石头往上爬，一步一惊、一步一险啊！

今天我们重温这段故事，想一想，修京张铁路的时候有多难哪！

好不容易到了山顶，顺着崎岖路往前走，这才发现，山顶上更不好走，有的地方，都无法站脚，勘测仪器拿起来就没地方放了。

这真是困难重重啊！可是，他们往下看了看，这么难爬的山都爬上来了，就算前路再崎岖，也得走完。

谁知道，再往前走，困难是越来越大，因为从这儿开始，就完全进入了山区，地面难行，处处峰回路转。那时候的山区不像现在的旅游景点，指示牌一目了然，走哪儿都丢不了。那会儿不行，眼睛稍微一动，这方向就乱了。

北宋苏轼有首诗叫《题西林壁》，“横看成岭侧成峰，远近高低各不同。不识庐山真面目，只缘身在此山中”。其实，不只是庐山，哪座山都是这样，走在山里时眼睛很难看到远方，也很难判断山的全貌，不知道要走多远才能走出大山，看着挺近，走进来费死劲，老话儿说“望山跑死马”，也不知道山路上下一个转弯是峰回路转了，还是走不通了。

就在这种情况下，他们背着测量仪器，还要做出路线规划，在地上打好标记的桩子，实在是很辛苦。

好在有李子亭，练武人记性好、眼力强，有他在，少走了不少冤枉路。





尽管春天的山里，山花烂漫，竞相开放，蝴蝶飞舞，不时有啁啾的鸟儿在树梢间灵巧飞过，但是，这几个人无心观赏流连戏蝶，也没有时间细听那娇莺恰啼。

在这些铁路工程师眼睛里，看见的只有陡壁悬崖，他们脑子里不停在紧张地分析数据。

大伙儿都明白，要在这样一段山路上修筑铁路，是非常艰难的事情，前期的测绘工作必须细之又细，容不得半点差错，必须准确测量、准确计算，若是现在失之毫厘，真正动工开修时可能就是谬之千里了。

就这样，他们一路测量一路走，这一天，就来到了居庸关。

只见山谷间，群峦重叠，树木葱郁，山花烂漫，景色瑰丽，山峰耸峙，下有巨涧，在悬崖峭壁的险要地势中，偏偏又有一丝柔美迤逦，雄奇的山势被清流萦绕，翠峰重叠，花木郁茂，山鸟争鸣，这般绮丽的风景，使得居庸关有“居庸叠翠”之称，壮阔雄伟，古韵悠然。

当时，北京有“燕京八景”：太液秋风、琼岛春阴、金台夕照、蓟门烟树、西山晴雪、玉泉趵突、卢沟晓月，还有一个就是居庸叠翠！

徐士远和张鸿诰都看呆了，其实，他们读书的学堂就在山海关，课余闲暇时，也爬过山，见识过“两京锁钥无双地，万里长城第一关”的山海关，但是，跟居庸关比起来，简直是两种不同的风格，看眼前的气势，居庸关真不愧“天下第一雄关”！

两个人东瞧西看眼睛都不够用了，徐士远诗兴大发，张鸿诰也兴致大起，之前的劳累一扫而光。

詹天佑看了一眼李子亭，俩人都笑了。李子亭常年保镖，见惯了名山大川，所以看这个不新鲜。詹天佑也一样，他少时留学国外，回国后又一直四处奔波，阅历使然，他比这两个年轻的小伙子更沉稳，见这两个人一时半会儿缓不过神来，考虑到山路难行，他们已经工作了半天多了，所谓磨刀不误砍柴工，便也干脆不催促他们赶工，索性让两个小青年看个够，顺便也歇歇脚，用手一拽李子亭，两人都坐在石头上休整。

徐士远最先回过神来，他回头一看，詹天佑坐在一块大石头上，看着他俩微微地笑，顿时有点不好意思了："大人，我、我们、我……"吭哧半天，没说出一句完整的话来。

倒是张鸿诰笑得跟个小孩儿似的："老师，这里真是太美了！我从来没见过这么壮阔的景色！也不知道这里为什么叫居庸关？"

詹天佑微微一笑："这可就说来话长了，这片山脉因为形势险要，东连卢龙、碣石，西属太行山、常山，实为天下之险，自古就是兵家必争之地。据《吕氏春秋》记载，春秋战国时，燕国扼守此口，据此天险固国。它有南北两个关口，南名'南口'，北称'居庸关'。至于居庸关的名字来历嘛，可以追溯到秦代，相传秦始皇修筑长城时，将囚犯、士卒和强征来的民夫徙居于此，取'徙居庸徒'之意，因此这里就叫作居庸关了。汉代沿用秦代的称呼，仍叫居庸关。《淮南子》中称这里是'天下九塞，居庸其一也'。三国时代又改名叫西关，北齐时改称纳款关，到了唐代名字更多了，有居庸关、蓟门关、军都关等名称。到了明代，明太祖朱元璋派遣大将军徐达在此督建了关城。居庸关与紫荆关、倒马关、固关并称明朝京西四大名关，其中居庸关、紫荆关、倒马关又称内三关，从那个时候起，关城就成了拱卫京师西北的门户。咱们继续向前测量，就会到关城。你们向下看，居庸关中间这条溪谷，长达四十里，俗称'关沟'，这也是咱们勘测的难点。"

一席话说得两个学员不住点头，徐士远不禁感慨："老师，咱们京张铁路要从这里经过，确实不能借洋债去修，要是让那些心怀叵测的外国人参与了修建铁路，只怕就要染指居庸关，到时候京师就危险了。"

詹天佑点点头："咱们的京张铁路会通过南口、居庸关、上关、八达岭四个重要关卡，要是被外国势力介入，沿铁路派兵驻守，别说京师，就是直隶一带的平原腹地，就都在外国人的鼻子底下了。卧榻之侧岂容他人鼾睡，真到了那个地步，怕是孙武复生、孔明再世，也难力挽狂澜。"

让詹天佑这么一说，气氛一时沉闷了下来，还是张鸿诰起头转移了话题，打破了这突然凝重的气氛："大人，您自幼就去美国留学了，真没想到，您对咱们国家的历史典故也了如指掌。"

詹天佑笑了："这要得益于我们肄业局的监督和教习啊。虽然我们出洋近十年，但是这期间，肄业局的监督大人和教习们对我们的学习是时刻也没有放松的。尽管我们上的是西式学堂，可是国学也一直没有放下。我自己对国学也很感兴趣，回国后又找了很多古旧书籍去看。咱们出发之前，我查了很多文献，对京张铁路沿线都做了些了解。"

徐士远听了，好奇心一下起来了："老师，我听说您在修滦河大桥的时候特意看了《营造法式》和《天工开物》，以找到办法顺利打桩。可见老祖宗的经验不能全丢开啊。"



詹天佑笑了："你说得很对，咱们古代在工程建筑方面有自己的体系和经验，虽然现在都追求西学，但前人的智慧和经验仍有很大的价值和意义。不过，你看过这本书吗？"



"什么？从美国带回来的？咱大清没有吗？"

徐士远一听："还真没有，不瞒您说，我早就听说过这本书，可是，去过很多书局，都说没货。"

"哈哈哈，士远，你不知道，这本书是禁书啊。"

"什么？"徐士远，包括张鸿诰全都感到惊讶，"这是禁书？"

"是啊，这里有段隐情啊。"

詹天佑告诉徐士远，《天工开物》这本书的作者是明代著名科学家宋应星，书里记载了农业、手工业，诸如机械、砖瓦、陶瓷、硫黄、烛、纸、兵器、火药、纺织、染色、制盐、采煤、榨油等多种生产技术。此书是世界上第一部关于农业和手工业生产的综合性著作，是中国古代一部综合性的科学技术著作，有人称它是一部百科全书式的著作，世界学者称它为"中国17世纪的工艺百科全书"。这么珍贵的一本书，由于既非理学，也非八股文章，不为当时的学术界所重视，非常遗憾在崇祯十年刊印后，基本失传了。

张鸿诰不明白："老师，既然失传了，那您又是在哪儿看到的呢？"

"哈哈哈"，詹天佑仰天大笑，"说来惭愧呀，这本书在中国是看不到了，但是，就在乾隆爷下禁令时，差不多是同时期，日本却在大肆刊刻这部技术名著。一经出版，就风行了世界。我在美国留学时，我的房东太太，也是我的老师诺索布夫人，有一天，她拿给我一本书，我打开一看，顿觉大开眼界，这简直就是一本奇书！诺索布夫人告诉我，这是你们中国人写的书，清政府不许出版发行，所以，你只有在美国才能买到。”

说到这儿，詹天佑心思沉重。

这里插一句，《天工开物》这本书，直到20世纪20年代，才在日本发现流传本，新中国成立后在宁波得到了初刻本。

看着老师心情沉重，两个学生也没敢劝，走着走着，忽然，张鸿诰喊了一声：“老师您看，那是什么？”

他用手指着远处的城墙，詹天佑顺势一看，眼前出现了新奇之物。

# 第三十五回
# 观炮台师生忆国耻
# 闻高论镖头问情由

正说到勘测居庸关，中途休息的时候，两个学员向詹天佑请教起了居庸关的历史，闲聊之际，张鸿诰又有了新的发现。

顺着张鸿诰手指的方向，詹天佑凝神细看，对面就是居庸关南券城的城墙，张鸿诰手指的正是城墙上的炮台。

那位说，张鸿诰没见过炮台吗？他为什么感到新奇呢？不是新奇，因为看到炮台，说明这几个人已经翻过了野山。找了一块平地，四个人全坐下了，大口大口喘粗气。

张鸿诰往前凑了凑："老师，您说，这城上的大炮，管用吗？"

"这个……"

这句话，真把詹天佑给问住了，他抬头又仔细看了看，南券城城墙上，排列着五门大炮。这种大炮，在当时被称为"神威大将军"，据说射程五百多米。詹天佑当年在扬武号战舰上，研究过炮弹。他知道，明代是我国古代大炮制铸和使用的繁荣时期，专门设有兵仗军器局，研制铸造大炮。明成祖朱棣曾经下令在长城沿线安置大炮，还有"佛郎机""神枪""铁铳"等。修复居庸关北关城时，发掘出土石炮弹二十三枚，铁炮弹六枚。如今，学生问自己，这东西到底有没有用，怎么说呢？

"鸿诰，你说它没用吧，当年元顺帝虽然被赶出了大都，仍想卷土重来。而居庸关是他南下的必经之路，所以要重点加强防御设施。洪武初年，朝廷派大将徐达、常遇春修筑居庸关城：跨两山，周一十三里，高四丈二尺。真就挡住了残元。"

张鸿诰一听："这么厉害？"

"唉，你说它厉害，确实，自明太祖之后，好几代皇帝都下令修建过，特别是景泰年间，又将关城扩大加固，设水陆两道门，南北关门外都筑有瓮城。明朝时，居庸关城建筑设施达到了最为完备的程度。关城防御体系自北而南由岔道城、居庸外镇、上关城、中关城、南口五道防线组成，而居庸关则是指挥中心。负责关城守御的是隆庆卫，配有盔、甲、长枪、弓、箭等军械和火器。厉害吧？可是，它没能挡得住八国联军的入侵！"

说到这儿，詹天佑再一次遥遥看着这古炮遗迹，心里一时感慨，往事前情，浮现眼前！想当年，自己留学回来，去到广东水师学堂，曾受张之洞大人之命修筑广东沿海炮台。从炮台，他又联想到了当年马尾海战，福建水师正是在法国军舰的炮轰之下全军覆没的，他的留美同窗邝泳钟、黄季良、杨兆南、薛有福都是在那一战里牺牲的。归国多年，偶尔午夜梦回，仿佛大家还在大洋彼岸的哈特福德市一起读书、一起打棒球，醒过来时才想起和他们已经是天人永隔。

他的眼睛湿润了，当年以为被法国人堵在海港里打的马尾海战已经是一场噩梦了，哪想到那不过是个前奏，十年之后的甲午中日战争，被朝野上下寄予厚望的北洋水师被日本人重创，一败涂地。詹天佑的留美同学吴应科，当日在北洋定远舰上任作战参谋，英勇作战、死里逃生的他，被朝廷授予了“巴图鲁”封号！

“巴图鲁”是满语中“英雄”“勇士”一词的音译，朝廷赐予有战功之人彰显其勇武，大清朝开国大将鳌拜，就曾被朝廷赐予“第一巴图鲁”的称号。




吴应科自觉败军之将何以言勇，加上愤于朝廷的腐败，将得到的勋章和军服上的军阶标志统统抛入了大海。他告诉詹天佑，一同留学的密友中，沈寿昌、黄祖连和陈金揆都牺牲了……紧跟着不到六年，八国联军打进了北京城……

詹天佑从这连年的战争又想到了多灾多难的东三省，俄国和英国疯狂抢占关内外铁路沿线，修到一半的铁路被糟蹋得不成样子，工料损毁或是被挪作他用，铺成的铁路也被拆改得不成样子。后来日本和俄国又在这片黑土地上打起了仗……

詹天佑的脸色越来越难看，张鸿诰低声问了一句：“老师，老师，您怎么了？”

詹天佑这才回过神来，他深吸一口气，揉了揉脸：“我没事，别担心，只是看到那些炮台心里有些感慨。本来火药是咱们中国人的发明，可是从鸦片战争以来，咱们却被列强的大炮打得千疮百孔。”

提起这个，张鸿诰气得攥紧了拳头：“那些洋人狼子野心，对咱们的侵略实在是得其寸、进其尺，贪得无厌。看见这个炮台，我就想到了咱们的大沽炮台。那些外国人居然要我们大清拆毁自己的大沽炮台，简直是欺人太甚！天下哪有这种道理，我们在自己的国土上设置炮台，还要受到他国的干涉？”

徐士远眉头紧锁，怔怔自语：“修炮台是为了抵御外敌入侵，可是你看如今咱们的沿海城镇！我们连自己的国土都保不住，何况小小的炮台？”

詹天佑长叹了一声：“我们只有真正地强大起来，才能守土卫疆，让洋人不敢再欺负咱们。只是咱们大清太大了，俗话说船大难掉头，所以可能短时间里难以见到很好的成效。但是只要我们坚持下去，为了国家强盛尽力而为，经过咱们一代人又一代人的努力，我相信咱们迟早能重新强盛起来。”

徐士远点了点头：“老师说得对，我们就从自己力所能及的事情开始，一点一点努力，先把咱们的京张铁路好好修起来！然后……”

“然后还要在我大清的土地上修成四通八达的铁路网！”

张鸿诰激动地把话头接了过来：“到今天我才明白什么叫大自然鬼斧神工，我中华大地不知道还有多少奇景美景！这些风景我要一一看遍、一一走遍！我还想要列强再也不敢犯我河山！万里江山，寸土不让！所以我们一定要有自己的铁路网，自己的四通八达的铁路网！”

“说得好！”詹天佑为两个学员的理想喝彩，“要让国家强大，交通便利，就离不开铁路，咱们就从京张铁路开始，修好咱们国家的每一条铁路！”

三个人斗志昂扬，越说越激动，旁边的李子亭听了，也是心中振奋，鼓掌称赞！

但是，现在有一个问题一直在李子亭的脑子里解不开，他一直想问没好意思，现在看大家都在休息，他凑到詹天佑身边：“詹先生，在下有一事不明。”

“哦？镖头请讲。”

“听刚才几位所讲，的确使在下大增了见识，不过，就眼下来看，几位在这野山上到处标记，难道说，这条铁路要修到山上吗？”

“哈哈哈。”徐士远、张鸿诰仰天大笑。詹天佑把眼睛一瞪：“休得无礼！”

吓得两个人没敢言声。

“镖头你有所不知，我们从上山以后发现，此处山势高层岩厚，刚才在山上标记，是为了日后把山打通。”

“打通？”

“是啊。”

李子亭摇摇头，他看着眼前这三个人，都是文质彬彬手无缚鸡之力的文人学士，“詹先生，你们这些人能把山打通？”

詹天佑明白，李子亭一直做保镖的营生，对于科技发展根本不懂，其实，一个李子亭也正是一群中国人的代表，他们热衷于国家的建设，但是，从没接受过科技方面的教育，加上大清朝闭锁这么多年，老百姓眼界闭塞，哪里懂得什么开山凿洞啊？估计在他看来，这都是《封神榜》里的仙家法术，得一点一点地告诉他，告诉他一个就等于唤醒一片沉睡的百姓。

詹天佑耐下心来慢条斯理地给李子亭讲，讲这些技术原理。坐在一旁的张鸿诰、徐士远莫名其妙，不知道老师为什么费尽心思给一个外行人讲这么多技术原理。

他们不知道，詹天佑这是在做对铁路有利的宣传工作。

一番话说下来，李子亭听得似是而非，虽然他不知道这开山之法究竟能有多么神奇，但是，眼前这三个人的坚强意志已经让李子亭打内心里折服，有志者，事竟成！

“好啦！”詹天佑头一个站起来，掸掸身上的尘土，“几位，这居庸关无论是自然景物还是人文景观都是非常吸引人的，除了长城和古炮台之外，还有始建于元代的云台、明代的建安寺遗迹，南关瓮城中有福佑关城的关王庙，北瓮城中有供奉北方镇守大神的真武庙……景致虽好，咱们也没有时间去一一欣赏，咱们现在要做的是……”

李子亭接了一句：“出关？”

“不，折返。”

“啊？”不单李子亭，连张徐二位也糊涂了，“老师，咱们费尽千辛万苦来到这儿，应该继续向北奔张家口，为什么要折返呢？”

詹天佑正言厉色：“士远、鸿诰，你们学的是铁路专业，这勘测线路，难道一遍就能定论吗？”

“这个？”张鸿诰反驳了一句，“老师，按说应该是反复测量，可那说的是平地，咱们走的这段可是山地，道路难行，崎岖不平，要是没有李镖头，您都差点掉下去，咱们何必要搭上性命再冒险呢？”

“不然！鸿诰、士远，我们是技术人员，如果说，朝堂上讲究什么穿插迂回，我们技术上绝对不允许，一就是一，二就是二！我们这次勘测线路，目的是做出一份精准预算，胡大人要拿着这份预算跟朝廷要经费，要知道，这个钱可是咱们大清自己的钱，国库紧张，从关内外铁路的盈利里提取，谈何容易！如果说，咱们的预算出现误差，袁总督面前还好交代，太后面前谁来承担？如果因为咱们预算有误，朝廷批下的钱不够，导致工程中断，那样一来，你我师生就成了千古罪人！我詹天佑立志，不管遇到多大困难，一定得把线路勘测明白，你们怕危险，可以待在此处，我和镖头去！”

说着话起身就走。吓得张鸿诰、徐士远什么也不敢说，背上仪器紧随詹天佑身后，李子亭在最后憋不住“咯咯”直乐。

就这样，四个人重走老路，一遍遍地从南口到居庸关、再从居庸关折返南口，只为将数据勘测准确，将路线设计得更加科学合理、便于实施。

这天傍晚，天空上突然下雨了，一点征兆也没有。几个人赶忙找到一个小山洼避雨，这一等，天可就黑了。詹天佑一看：“几位，看来，今天晚上咱们得住山上了。”

两个学生一听：“好啊，老师，我们还没在山里住过呢！不过，会不会有野兽啊？”

李子亭一听："放心吧，野兽不来便罢，要是来呀，咱们就吃顿好的。"

一句话，把大伙儿都逗乐了。

到了晚上，雨停了。几个人生起了火堆，李子亭打来几只野兔，四个人吃了一顿烧烤大餐。好吃吗？您想，油盐酱醋一概没有，干吃烤肉，尤其野生动物的肉，结缔组织发紧，咬一口，跟吃干面没什么区别，实在难以下咽。

张鸿诰一看，"行了，几位，你们吃着，我看了，咱们几个人的水壶都干了，镖头您不用动，我去找点水。"

徐士远一看："这大半夜的，你去哪儿找水？"

"你等着吧，我有办法。"

他把几个人的水壶全都带上，举着一支火把，走了。

詹天佑低声告诉徐士远："鸿诰做事，雷厉风行，这一点，我很赞赏。"

徐士远笑了："老师，您不知道，在学堂的时候，我们给他起了个外号。"

"叫什么？"

"拼命三郎急先锋！"

"哈哈哈。"

李子亭笑了，"两个梁山好汉伺候他一人。"

三个人说说笑笑，就等着张鸿诰回来，可是，左等不来，右等不到，詹天佑有点着急了："这么半天，不会是出事了吧？我去看看。"

李子亭站起来了："我和您一起去，士远就在这儿。"

说着，两个人就找下来了。詹天佑害怕，他怕这山里有狼虫虎豹，万一鸿诰遭遇不测，怎么跟他家里人交代呀，也怨自己，不该让他一个人走。

李子亭安慰："先生别急，有我在，料无差池，纵然有什么山猫野兽，您看！"

说着话，李子亭抬手，把背着的单刀给拔出来了。虽然是夜晚，可刀出鞘的一刹那，"唰"一下，寒光一闪，借月色看得真切，这口刀，背厚一指，刃薄一丝啊，光闪闪明亮亮冷森森逼人之寒。刀头一个大个的鬼脑袋，鬼咧着嘴儿，嘴里叼着银麻花，两边坠赤金环子，"咯楞"一声响，好不瘆人！

李子亭告诉詹天佑："李某凭这口刀，曾经在保镖路上斩过无数的狼虫虎豹，先生不必担心，您随我来。"

带着詹天佑继续往前走，走着走着，忽然，他们听到了水声！顺着水声再往前走，用火把一照，看见张鸿诰了，只见他提着水壶站在岸边，两眼发直，呆呆发愣！

# 第三十六回

## 道捐局帮工算关税
## 居庸关测路逢故人

正说到夜宿居庸关，詹天佑和李子亭去寻找张鸿诰。当他们在一条小溪边相遇的时候，张鸿诰好像是变了个人，他提着水壶望着溪间之水，两眼发直。詹天佑赶紧跑过去，拉住张鸿诰："鸿诰，你怎么了？"

就看张鸿诰用手指着脚下的水，坏了！难道是水里有毒？"你说话呀！"

张鸿诰望着詹天佑："老师，咱们要在这座山打洞，这山顶有水，打洞的时候，一定会渗水，怎么办呀？"

"哦！"詹天佑这才明白，张鸿诰想的是日后的工程。其实，打一上山，詹天佑就想到了这个问题，只是没跟两个学生说。今见张鸿诰如此上心，詹天佑很高兴，也很欣慰。

"鸿诰，放心吧，这个问题我已经考虑了，即便有，也不会耽误工程，只是会多费一些人力，你不用担心了。"

听老师这么一说，张鸿诰高兴了："那就太好了，正好，镖头，你帮我拿两个水壶，这水很甜，咱们走吧。"

就是这样，四个人于南口到居庸关之间，朝登紫雾，夜宿风尘，来往数次，反复计算。

就在这些天里，重点的勘测地带是关沟，这里的地势险要又复杂，当初，英国工程师金达，嘱咐过詹天佑，让他格外关注这个地段。

为了慎重起见，詹天佑带着两个学员在这里反复测量了好几遍，设计出了八条路线规划方案，对于铁路是从山下开挖涵洞或是截去长城的一段让火车线路通过，都有考虑。

这些方案詹天佑每一个都做了详细的说明和标注，打算全线测量完成后，再在统筹考虑全线情况的基础上，比对各个方案的优缺点，选择一个最优的方案向上面汇报。

这一天，他们正往前走，詹天佑问徐士远："士远，你看前面是不是有个院子？"

徐士远定睛一看，果然，山道边上依山而建一个小院子。走到近前一看，这还不是私宅，门口有牌子，上写三个字：道捐局。

詹天佑想起来了，捐局是朝廷专掌捐纳事务的机关，大致上相当于今天的税务局。设在中央的捐局叫京捐局，设在地方的捐局则叫外捐局。此处是向从关上经过的南来北往的货物和客商征收过路关税，以维持官道维修的机构，所以叫道捐局。

经过这里的所有牲口和车马都要交税。詹天佑看了看这儿的位置，也是铁路必经之地，得拆。

突然，詹天佑灵机一动，心中暗想，我何不如此这般。

当天下午，他告诉李子亭："镖头，我们三个人要在道捐局待上一天，您明天可以找地方休息。"

李子亭一想，正好此地有个朋友，"那好，我后天就来。"





送走李子亭，徐士远和张鸿诰过来询问："老师，咱们为什么要在道捐局待一天呢？"

詹天佑话到嘴边没说，"明天到了你们就知道了。"

第二天的早上，詹天佑带着徐士远和张鸿诰拜访道捐局。主管的官员姓刘，刘大人听说是京张铁路的总工程师，急忙出来迎接，一见面，詹天佑开门见山，向刘大人简单介绍了自己一行人的来意，告诉他们，京张铁路将要经过这里。

哎哟，刘大人有点慌了："合着我这儿要拆呀？詹大人，能不能给我们点时间，准备一下善后工作，道捐局里的账目太多，我们得统计好了登记造册，这最少也得两天。"

詹天佑笑了："刘大人，不用着急，我们帮着您一块统计。"

"哎哟，那可太好了。"

旁边的张鸿诰和徐士远不明白，当着外人没好问，等刘大人走远了，徐士远问了一句："詹大人，咱们在这儿统计什么呀？"

詹天佑一听："我不是说了吗，统计道捐局一年可收到的捐税情况，以此测算铁路开通后，火车营运及盈利情况。"

刚说完，来了一名管事，把三个人带到一间库房，管事告诉詹天佑："大人，这里是近三年的捐税收缴档案，我们马上就来统计。"

"好，我们帮你一起统计。"

詹天佑找来纸笔，在桌案上设计出一个纵横相间的表格，纵列是征收对象种类，横行是缴纳金额。

徐士远和张鸿诰撅着大嘴翻着一摞又一摞的档案，逐项查找着数据在詹天佑设计的统计表里进行登记。

数据庞大，浩如烟海，詹天佑安排的这项工作让张鸿诰很是不解："老师，咱们为什么还要统计这个啊？这个对路线设计有帮助吗？"

詹天佑手里翻着一摞资料，眼皮没抬，他告诉张鸿诰："咱们筹划铁路建设，不仅是要考虑前期的开工修筑，还得考虑后期铁路的运营与盈利。如果铁路修好后运营不畅，那也是说明前期路线规划设计有问题。根据咱们的路线规划，等京张铁路修通后，货物客商就可以不走这个关口而是坐火车了，那我们就要大致统计下这个关口每年收取的关税情况，以估算铁路修通后的盈利情况。测算盈利情况有几个用处，一来我们可以根据推算的盈利和成本开销情况，大致估算出京张铁路多久可以收回前期投入成本，这也是胡大人向朝廷汇报我们的路线规划可行与否的一个重要依据。如果根据我们的测算，铁路运营很久都收不回成本，那就证明我们对这段路线的规划有问题，就要在前期设计时进行调整。二来是我有一个想法，如果京张铁路修好一段就先暂时运营一段，用修通路段的盈利投入后面路段的修筑，也就不用一直依赖关内外铁路的盈利，这个想法是否可行也要用数据说话。所以咱们现在将关税情况统计清楚是很有必要的，当然了，铁路的快捷比骡马大车运输更有吸引力，到时候关税应该会比现在再高上一点，测算时这个因素也要考虑进来。"

詹天佑在勘测铁路路线的过程中，不只是注意到地形地貌、水文土质，还有更为广阔长远的眼光。

张鸿诰吐了吐舌头，做了个鬼脸："我以前认为修铁路学好土木工程就可以了，哪想到原来还要懂经济、会算账啊。这回我可真是长见识了。"

徐士远也笑了："纸上得来终觉浅，绝知此事要躬行。"

詹天佑点了点头："就是这个道理，铁路工程是门非常实用的学问，要靠不断实践才能真正融会贯通，光靠在学堂里念上几年书是不够的。虽然我在耶鲁时主攻铁路工程专业，但其实很多实用的修筑技术和运营管理方面的门道，我都是回国后在修铁路的过程中慢慢学到的。"

"好！"张鸿诰狠狠点了点头，干劲十足，"既然如此，咱们就抓紧时间，争取今天把这些资料都翻完，把数据都统计出来！"

看着他耍宝，詹天佑微微一笑："很好，今天统计完这些，明天你再去统计下这里雇用民工的薪资情况。"

“啊？老师！”张鸿诰哀号一声，“怎么还有活儿啊？我不想翻档案了，太累了，我想回到山里去测量。”

詹天佑明白，连日不停工作，让两个年轻人有点吃不消啦。他走到近前，拍了拍张鸿诰的肩膀：“一旦铁路开工，咱们就要马上征集大量民工，用工薪资也是咱们测算成本开支的一个重要组成部分，所以这个当然也要统计。知道你累，累就休息一下，缓过来，再继续，磨刀不误砍柴工。”

没办法，张鸿诰只能硬着头皮去统计，这个工作，比统计道捐局盈利还复杂，用工薪资得统计精确。詹天佑明察秋毫，稍有一点不对，他就会严厉批评，甚至大发雷霆，所以，张鸿诰是瞪大眼睛不敢有一丝差池。

统计清楚关税、薪资等数据后，詹天佑带着两个学员重新回到了山岭中进行勘测。





这时候，李子亭也回来了，不单人回来了，还带来好多吃的。

这次前行的方向，是从关沟到八达岭。

李子亭提醒詹天佑：“先生，再往前走，山路更加陡峭，困难程度远比居庸关一带大得多。”

“哦！”詹天佑听了，有点担心，他担心的不是道路艰难，他担心的是如此艰难的道路会影响两个学员的情绪，进而影响到水平组和后续开工。

怎么办？詹天佑冥思苦想，还是想不出主意。

“镖头，我怕两个孩子吃不消，您有没有什么办法，给他们打打气？”

李子亭一听笑了：“先生，您还真问对人了。我曾经教过好几个徒弟，每教一套新刀法或者新枪法，这帮小子，不是怕难，就是怕累。开始，我是没偏没向，一人一顿热嘴巴，不练也得练。可是，到后来，徒弟们长大了，都娶媳妇生孩子了，再打，我有点下不去手了，可这艺还得传，哎，我就想了个办法。比如我要教他们一套新的枪法，教之前，我就跟他们说，当年，我是凭借这套新枪法，在什么什么地方大战贼人，把贼人杀得落花流水，一条枪好像银龙出海，所向披靡。先生，我把这套枪法说得出神入化，这帮小子听完之后，是蹦着脚地跟我学呀。”

“哎呀！”詹天佑听完是恍然大悟，李子亭这办法好啊，干脆，我照方抓药，如此这般。

第二天，出发之前，詹天佑发现，徐士远和张鸿诰俩人阴沉着脸，明白了，这俩准是看过地图了，知道前面的路不好走。

果真如此，徐士远和张鸿诰已经隐约感觉到，接下来要走的路，一定更难。他们俩一直在学堂里，没有过实地修筑经验，只能仰赖老师詹天佑的经验和技术。

詹天佑是个沉稳的性子，平时喜怒不形于色。今天不知道是怎么了，话格外多，从打自己在美国的经历开始讲起，重点大讲特讲修筑滦河大桥和新易铁路的成绩，说当初这两项工程有多难，自己是如何从容应对、迎刃而解的。詹天佑从来不会自吹自擂，今天也是豁出去了，他来了个“过五关、斩六将，黄河岸、杀秦琪，古城口、斩蔡阳”。

这通经历说完，把张鸿诰、徐士远两个人说得热血澎湃，精神大涨，他们同时看着詹天佑：“老师，您真是太棒了！”

詹天佑明白，现在得趁热打铁！他拉住张、徐二人的手：“你们放心，以我的经验和你们的热情，不管前面的路有多难多险，咱们都能化险为夷、攻克难题！”

两个人异口同声：“您说得对！”

詹天佑和李子亭偷偷对了个眼神，会心一笑。

5 月 20 号这天，四个人翻过一座山梁正在沿途测量时，忽听身后传来一阵悠闲的马蹄声，“嗒嗒嗒”，听马上之人冲这边喊：“喂，老朋友，好久不见！”

“嗯？”詹天佑一听，声音怎么这么熟悉？回头一看，哦，原来是老熟人，英国工程师金达。

看金达身后还跟着三四个外国人，都骑着高头大马，每个人身上斜挎着个工具包，鼓鼓囊囊的。

詹天佑看到这一行人有些意外，又隐约觉得有点在预料之中。毕竟梁敦彦告诉过他，前期袁总督曾经请过金达来初步勘测，只是后来袁总督决意要用自己人来修京张，请金达勘测的事就不了了之了。心里头盘算着，一行人已经来到了近前。“金达先生你好，这是和朋友郊外闲游吗？”

远处的徐士远和张鸿诰都用戒备的眼神看着金达，就连李子亭都握住了身后的鬼头刀：“洋鬼子。”

金达倒没注意，他跟詹天佑说：“我和朋友到张家口游猎，顺便受袁总督之托对京张铁路的部分路段进行测量，没想到半路上碰上了你们，还真是巧。”

徐士远和张鸿诰一听他也要测量路线，更是紧张，脸色也不大好了。

金达环视了一圈耸峙的山岭，反问詹天佑：“眷诚，你觉得这一带的地形怎么样？”

明眼人都能看出来这里地形复杂，詹天佑也没必要跟他打马虎眼，直截了当回答:“这一带地形确实很复杂，我相信您也感觉到了。不过经过我们反复和慎重测量，已经有一些初步的设想了。”

“哦?”金达有点不信。

当时，朝廷放出风声要用自己人修铁路时，很多外国人就曾讥笑过这个做法是异想天开，他们放出狂言，说能修京张铁路的大清工程师还没出生呢。尽管金达是以朋友的眼光来对待这件事，但是，从内心里，他并不很相信詹天佑说的已经有了初步设想，他觉得这是詹天佑为了面子，说的大话。

“眷诚，我发现京张铁路沿线的情况比我原先设想的要艰难得多，特别是南口到岔道城一带，坡度太过陡峭，居庸关一带岩层又厚，不瞒你说，线路困难程度大大出乎我的意料。”





詹天佑回头冲张鸿诰、李子亭、徐士远点了点头，示意他们不必惊慌。转过身来跟金达继续讨论:“金达先生这里复杂的地形确实增加了铁路修筑的难度，但总是可以想办法解决的，对此我很有信心。我倒是有个关于预算的问题想跟金达先生讨论下，您曾经跟袁总督说修建京张铁路需要五百万两银子，这个数据是金达先生初步勘测后提供的。但是，就我们目前勘测的情况来看，五百万两是肯定不够的。现在当着您的面，我想请教下，这五百万两的数目，从何而来?”

# 第三十七回
# 荐外援金达显诚意
# 持准绳詹工立誓言

野外勘探，巧遇金达。

英国工程师金达怎么会来这儿呢？敢情，是那位总督袁世凯，他怕詹天佑难以胜任京张铁路这么重要的工程，请金达沿着路线去追，助詹天佑一臂之力。

金达也很关注这件事，除了国家的利益以外，他本身是工程人员，京张线，尤其是关沟一带的地势，对他来说很有挑战性，也挺有吸引力。所以，他带上几名随从来了，没想到，和詹天佑不期而遇。





自从上次在胡燏棻那里见到金达之后，詹天佑明白了金达的用心，对于金达的技术，詹天佑很佩服，但是，一想到自主铁路，他从内心就很排斥洋人。

而且，有一件事，是詹天佑耿耿于怀终不得解的，就是金达给袁世凯的五百万两预算。自己和梁敦彦谈过这件事，始终，梁敦彦也没跟自己说清楚。詹天佑做事认真，此次勘测地势的目的就是做前期预算，而且是精准预算，詹天佑非常想弄明白这五百万两的依据，所以，他单刀直入奔主题，问金达这五百万两的数字从何而来。

金达听了这个问题，无奈摇了摇头："眷诚，当时我只是凭经验推断，确实没有进行过全线实地测量，我没有想到会有这么多的困难。现在看来，当时向袁总督报告五百万两的预算确实是草率了。"

"哦，原来是这样。"

詹天佑这才明白，当初这五百万两的数字不过是金达的粗算。

"金达先生，那现在，您认为预算金额应该是多少合适？"

詹天佑明白，自己今天和金达在这儿巧遇，估计金达勘测的距离，不会比自己短，至于他勘测完的数据是何用处，詹天佑想都没想，他现在的这句追问，是想要把自己的测算与金达的测算碰一下，看看是否偏差不大。

金达可不这么想，他认为，詹天佑怕自己贪天之功，心说，这个人的心思也太缜密了。可即便如此，金达还是把自己的真实想法说出来了，他仔细回忆了下这一路走来看过的几个路段，不是很有把握地告诉詹天佑："准确的数据不好说，毕竟没有全线测量，不知道在我没去过的地方是不是还有难度远超预计的情况。但是我估计怎么也得要七百万两，这个数是个底线，应该是只会高不会低。怎么样，你测量出来了吗？”

詹天佑点了点头：“以我们目前勘测的情况预估，跟您算的差不多。不过精确的数字还要等我完成到张家口的测量之后才能最终确定。”

说完话，詹天佑把身后的三个人叫过来，与金达做了引荐，低声嘱咐三个人：“这是朋友。”

哦，三个人才把情绪稳定下来，金达根本没注意这些，他跟詹天佑说：“眷诚，我的数字是有依据的，我想，从南口到岔道城之间的线路困难程度大大超出我的料想，线路虽然不长，但自南口起，地势急剧升高，山势陡峻、地形复杂。我想，这里一定耗费巨大，所以，全线工程费用，包括机车车辆在内，大概需七百万银两。”

詹天佑紧跟了一句：“先生今天预算和当初差出了二百万两，袁总督已经拿您的数字做了标准，这可给我的前期工作造成了不小的麻烦。”

“唉，眷诚，虽然当初是粗算，但是，也不能说是一点根据没有。”

说着话，金达若有所思地指了指远处的山岭：“从沿途情况来看，我想你是得要挖一些山洞，开通隧道的。”

“是的，我也有这种想法。”

这种事没有必要刻意隐瞒，一味掩饰反而会欲盖弥彰。而且，技术上的事情总是要多多交流和切磋才能有所进步激发灵感。

詹天佑跟了一句：“不过，具体都在哪里挖，还要等测量完成后才能定下来，现在只是一些初步的设想。”

金达笑着挥了挥手：“这没关系的，在哪里挖没定，但是挖总是一定的，我要跟你讨论的就是这个，在这么艰难的山区开挖山洞，你打算怎么办？”

詹天佑往前一上步：“金达先生，您这么问我，想必是有什么好的办法？”

“是的，我已经观察了，从居庸关过来，一定要开隧道，但是，开隧道首先要控制地下水，必须用空气压缩设备，请问，中国有吗？”

“这个……”

一句话说得詹天佑哑口无言。金达的话说得不无道理，开隧道必须要用空气压缩机，但是，当时的中国没有。压缩空气是工业领域中最为广泛应用的动力源之一，它的发展速度与工业发展速度几乎是同步的。换句话说，有工业才有空气压缩机。

1800 年，第一台单级空气压缩机在英国制成。1897 年，也就是光绪二十三年，唐廷枢主持的唐山矿务局在修筑唐胥铁路时使用了空气压缩机，不过，那是在英国人的主持下修筑的。

如今，中国还是没有这项技术，金达一句话，让詹天佑无言以对。

金达看出来了："眷诚，你也不必难过，这不是你的责任。眼下，你们的工程即将展开，技术不到位，你很难施展。所以，作为朋友，我建议，京张铁路必须要采用外国包工。"

听到这儿，詹天佑双眉一挑："什么？"

"你别急，在总理衙门我已经跟你说过了，我是好意。现在，咱们就说如何控制地下水，你有什么好办法吗？"

这句话问出来，连后边的张鸿诰都把耳朵竖起来了，他是最关注这个问题。





金达语重心长地告诉詹天佑："眷诚，你可千万不要误会，我是完全替你们着想，按照南口这一带的地势，我觉得，你们应该用日本包工。"

"日本包工？为什么用他们？"

"第一，日本包工价比其他国家便宜；第二，他们有你们所需的机械设备。如果你同意，我去找人投标，承揽合同。这算外包工程，应该不违背你们自主铁路的原则。"

说真的，詹天佑对金达充满了感激！上次在山头遇水，自己已经开始动心思了，但是没有想出好办法。现在金达的建议，对自己是莫大的帮助。

不单詹天佑，就连徐士远、张鸿诰、李子亭，他们几个人对金达的态度也有所转变。

詹天佑吩咐张鸿诰："快，拿酒来。"

李子亭从朋友那儿带来了酒葫芦，酒不多，解乏用的。

张鸿诰找了两个杯子，把酒倒满，递给了詹天佑和金达。

詹天佑举起酒杯："金达先生，我发自内心谢谢您，咱们先干一杯。"

"眷诚，多年的友谊，不必客气啦，干！"

两个人一饮而尽。

酒杯交给张鸿诰，詹天佑冲金达一拱手："金达先生，您的好意，我领了。但是，京张铁路从始至终，所有的技术全部由中国人自己承担，绝不涉及外国一丝一毫。"

"眷诚！"

"金达先生，您不必再劝了，这不是我一个人的意思，是朝廷的意思，更是全体中国人的意思！"

詹天佑说得斩钉截铁，毫无退路。他的话锋指向就是日本人。

自甲午海战后，日本的狼子野心暴露无遗，它一改以往伏低做小的做派，向中国亮出了它锋利的爪牙。北洋水师遭到重创后，日本更是认为大清已经腐朽没落，是一口吞掉的好时机，《马关条约》只是个开端，无论是沿海的岛屿、领土还是内地的资源、权益，没有它不想插一手的地方。即使是一个工程，日本人也会削尖了脑袋插进来，他们的狡猾和无孔不入，詹天佑在潮汕铁路一事上就已经领会过了，他绝不允许京张铁路发生这样的事。

但是，此时的金达还想再做一番努力，他提醒詹天佑，“眷诚，你的拳拳爱国之心，我已经看明白了。我想，你是不是担心之前英、俄两国的争论，是不是担心俄国人的要求？告诉你，俄国人向袁总督要求修筑京张铁路时不用外国人，完全是因为他们自己没有争取到修铁路的机会，所以也不想让别的国家有这个机会而已。俄国和我们英吉利之间没有长城以北必须用俄国工程师修铁路的约定。所以，其实你们请日本公司来给挖山洞，这并不是不可以的。如果俄国人反对，我们英吉利会支持你们的。你真的不必担心这一点。”

“这个……”

一直默默听着的张鸿诰忍不住喊了一句：“用谁也不会用日本人！”

李子亭实在是难压心头火，他对詹天佑说：“詹先生，庚子年八国联军进北京，我亲眼所见，日本鬼子烧杀抢掠，祸害了无数的老百姓，我的一个徒弟就死在日本兵手里，是我一怒之下，曾经亲手宰了六个日本兵，别看六个，我没过瘾。詹先生，我知道您对面这位是咱们的朋友，我不怪他，我只想请求您，别用日本人，真说他们来了，您可别怪我闹事！”

这些被金达听到了，他看着张鸿诰和李子亭，和蔼地笑了：“二位朋友，想事情不要太狭隘。对于日本，包括英吉利，曾经给中国百姓带来了苦难，我深表歉意。但是，那都是政治上的事。我们是搞技术的，而且，你们现在修筑京张铁路，这属于商务行为，你们中国人常说，在商言商，修铁路是赚钱的事情，商人无利不图，这是天经地义。更何况，日本商人可不是强盗，他们也只是想正大光明地谈生意赚钱而已。所以你真的没必要过分排斥雇用日本公司这件事本身。”

詹天佑来到金达面前：“金达先生，请您原谅他们的无理，也请您体谅他们的心情。中国人对八国联军充满仇恨，就是我詹天佑也难以释怀。不过，您说得对，在商言商，我会酌情考虑向外国技术人员请教，但是，京张铁路不用外国人，这一点是铁打不动、万难更改的。”

“唉。”金达叹了口气，“眷诚，我是英吉利人，可自我来到大清这些年，你们中国的多条铁路都是经我设计建成的，我没有忘了我的国家，可是，我也是一心为中国好。所以，你不用怀疑我，不用怀疑我偏帮日本人，我是纯粹出于技术上的原因给你的这个建议，我希望你认真考虑下。眷诚，话就说到这儿，我还有事，先走一步了，再会。”

说完话，金达转身上马，头也不回，带着从人走了。

看着金达离去的背影，詹天佑若有所思，他明白，金达伤心了。但是，金达体会不到自己肩头的巨大压力。自主铁路，这四个字的意义包含着诸多因素，詹天佑作为总工程师，承担的不仅是技术，还有民族的尊严。当初，詹天佑修筑关内外铁路时，在锦州确实开挖过山洞，凿进一百多米时，因为甲午战争的影响，工程停止了，所以，对于开挖山洞，詹天佑没有十足的把握。

除此之外，就是关沟这一带的地理条件，正如金达所说，太复杂了。他真想追上去再向金达请教几句，可是，为了尊严，为了大清的尊严，他没追。

到了晚上，詹天佑在行军帐篷里思绪万千，他伏在桌案上写了一封信，是写给胡燏棻的，信中说，京张铁路预算的费用大概是七百万两银子。按照当初自己的想法，要等到勘测工作全部完成之后再报出详细数字。可是，根据自己目前的预测以及金达的预测，七百万两应该差不多。那么这个数字太大，必须提前让胡大人有个准备，否则事到临头再去筹钱恐怕耽误工期，这叫水未来先叠坝。

信写完了，詹天佑也不禁感叹，感叹这项工程实在是太困难了。同时，他也想到，中国的铁路技术人员太少了。一个国家的兴盛，离不开人才的支撑，纵观历朝历代，凡称盛世者莫不是人才济济，即使自己可以担当重任，但是，一个詹天佑和一个大清国比起来，简直是泰山一粒沙，沧海之一粟。如果能再像自己小时候一样，选上一批学童远渡重洋，到国外去学习先进的科学知识，那样，人才倍增，国家一定能够日益强盛。只不过，朝廷在短时间内，不会有这样的举措了，今天修铁路和当初修铁路，目的也不一样。现在，只有抓紧时间，在朝廷还没有改主意的时候，把京张铁路修起来。想到这儿看了看帐外，玉露金风，晨曦乍现。有道是兵贵神速，我们得加紧行程。

# 第三十八回

## 观绝技吃桃生妙想
## 遇博士闻信起疑云

詹天佑在巧遇金达之后，大脑里产生了很多的想法，但是，作为一名工程人员，他清楚地知道，古人说过这样一句话："清谈误国。"要想早日完工，就得马不停蹄。

天不亮，四个人就出发了，眼看就到六月天了，早晨起来，山里的空气清新，让人神清气爽。

可是张鸿诰打一出来，就一直不痛快，昨天晚上他见老师心事重重，没敢打搅，现在实在憋不住了，紧走几步来到詹天佑身边："老师，昨天那个洋鬼子说的话您可千万不能信！他明知道日本人现在还跟俄国人在咱们东北打仗呢，还在这里说什么日本人只是想正大光明地赚钱。我看这就是鬼话，甭管是英国人还是日本人，都不是好东西！"

"鸿诰！"徐士远赶紧打断他，"怎么连基本的礼貌都忘了？金达先生不是一般的英国人，昨天老师不是说了吗？他是朋友。"

别看徐士远这么说，他也觉得金达说的这番话不能听，但是考虑到詹天佑以前在金达手下做过事，又有过嘱咐，那无论如何面子上总要过得去。张嘴闭嘴叫人家"洋鬼子"，只怕詹先生听了心里不舒服。

张鸿诰也反应了过来，当着詹天佑的面儿骂金达确实不太合适，当年他们是上下级，詹天佑对金达也一直很尊敬，自己这样说恐怕会让詹天佑为难，但是，他又觉得金达确实是没安好心，不然怎么明知京张铁路不用外国人了，还要坚持推荐对大清虎视眈眈的日本公司，这能是好心？不知道怎么才能把话说清，又不让詹天佑误会为难，急得张鸿诰直蹦高："老师啊，我不是非得骂金达，我的意思是日本人不能用啊！老师！"

詹天佑拍了拍他的肩膀："我明白你的意思。金达先生这么推荐日本公司，自然有他的理由。但是，自主铁路不用外国一分钱，也不用一个外国人这也是事实，所以开挖山洞的事，我不会听他这个建议的，技术上的问题我们回去再讨论办法，总是能解决的。放心吧，用外国公司这个口子我肯定不能开。"

徐士远想了想："老师，我可听说，日本人不是好打交道的。"

詹天佑摆了摆手："看日本人近些年的做法，他们野心勃勃，京张铁路的具体负责是胡大人，他一定也会坚守原则的。"

张鸿诰愤愤不平："就是就是，这老皇历金达先生也要翻，真不知道他怎么想的。他不是在大清生活了很多年吗？怎么还会有这个提议？对了，还有一点也很奇怪，他怎么还在测量路段？朝廷不是已经把这项工作交给您了吗？他不会还以为自己能当京张铁路的总工程师吧？"

詹天佑摆摆手："据我的猜想，金达一方面是出于朋友之谊；另一方面，可能是想和俄国人打擂台吧，英国人不便出面和俄国人争，就暗中支持正和俄国打仗的日本。至于说他仍然在测量路段，这可能是想帮咱们。金达先生在咱们大清修了二十多年的铁路，最早的唐胥铁路就是他主持修筑的，咱们的第一个蒸汽机火车头也是他设计的。朝中很多人，都对金达有过盛赞，咱们出发前，我去胡大人那儿就已经和金达谈过一次了，胡大人对金达也很信任。因此，袁总督请他来勘测部分路段，我想是因为地形的确太过复杂，想请金达先生来把把关或者协助处理些技术问题吧。"

徐士远顺着这个思路想了想道："老师，也就是说，如果我们不能向朝廷证明我们是可行的话，袁总督可能会暗中启用金达？"

"嘫！"

詹天佑倒抽一口凉气，顺着徐士远说的话往下想，不是没有可能啊！如果真是那样，自己的利益可以忽略不计，这"自主铁路"可就无从谈起了。抬眼看看这两个学生，就看这俩人情绪有点激动，詹天佑想，他们怀有这样的情绪，会直接影响下一步的工作，想到这儿微微一笑："这样，咱们先坐下，商量商量。"

在一棵大树下，几个人席地而坐，詹天佑左右考虑，跟两个学生说："现在的形势，得从两方面分析：一方面，从情感上讲，自己国家的人当然是信任自己人的；但是另一方面，从客观事实上讲，修铁路是一项技术性很强的工作，不是相信谁谁就一定能做好的，这是要真刀真枪拼技术的。特别是京张铁路，相信这些天的测量你们也有所感觉，京张铁路路线之复杂和技术难度之大，是远超出关内外铁路的。这样的铁路，不光是我们，即便是金达先生，也面临着同样的难题，他也会觉得困难重重。所以袁总督有所顾虑，也是可以理解的。"

张鸿诰听了不服气："那万一我们真的遇到难题了，向金达先生请教请教也就罢了，用日本公司是绝对不行的！中国人绝对不能再受日本人的窝囊气！"

詹天佑笑了："所以我们更要争气。只要我们的技术超过这些国家，我们就不会用他们的公司，更不用受他们的窝囊气。我们的技术硬了，国家的实力就会强了，国家的实力强了，别的国家就不敢轻易侵犯咱们了，咱们就不会挨欺负了。隋唐时，日本派了很多遣隋使、遣唐使来中国学习，那个时候他们哪敢跟咱们掰腕子斗心眼？”

徐士远点了点头：“太对了，当你强大时，别人就会吹捧你、抬举你、依附你；而当你贫弱时，别人就会欺负你、贬低你、伤害你。”

“没错！”詹天佑鼓励地看着他，“士远，要想成功做强者，我们就得加把劲，用实力说话！”

“好！”张鸿诰听了这一席话立即又干劲十足了，“老师，您不用说了，我们明白了，咱们接着干吧！”

李子亭一直在边上看风景，看似优哉游哉，其实，这三个人的对话，他全听见了，李子亭打心里佩服詹天佑：不说别的，就为稳定这两个学生，詹先生费了多少心思啊！这样的人不成功？天理不容。



现在听说要走，李子亭用手一指：“几位看见了吗？那里有棵桃树，山桃熟了，我给你们摘几个去。”

说着话，就看李子亭来到山脚下，两脚一点山石，“噌”一下腾空而起，三蹿两纵，犹如狸猫，恰似猿猴，很快就上了那棵树。

下面的师生三人互相一对视，赞不绝口。

眨眼间，李子亭打树上下来了：“来，都尝尝。”

三个人接过来一尝，嘿，又酸又甜，水头儿也足，太好吃了！徐士远叫了一句：“镖头，这……”

“不用说了，我明白。”

就看李子亭二次来到山脚下，垫步拧腰，又上去了。这回，他摘了十多个，用衣服包着下来了。

詹天佑笑了：“镖头，您干吗摘这么多？”

“先生，我刚才在树上的时候，往前面看了看，前面基本都是松树，估计左近就这一棵桃树，所以我多摘点，备着路上吃。”

詹天佑仔细地看了看这片地势。“士远，把图拿来。”

“哎。”徐士远把图纸递过来，詹天佑在图上指指点点，然后抬起头又看了看，好像有什么心事。

张鸿诰问了一句：“老师，怎么了，难道这个地方有什么问题吗？”

“不，我是想，这个地方应该能够派上用场。”

“派上用场？能干什么用？”

“你们想，关沟一带沟壑林立、陡峻难登，堪称‘畏途’，京张铁路开通前，在这里施工，所有的需用物资，都要靠骆驼驮运。我想，离真正开工还有一段时间，不如就在这段时间里，咱们把物资提前运过来，就存放在这儿，找专人看管，你们觉得怎么样？”

嘿！两个学生一听：“好啊，未雨绸缪，老师真有先见之明。”

应该说，詹天佑这个想法为日后的工作打下了基础。到后来，詹天佑在丰台和南口设立“材料厂”和“材料总厂”，负责收存和转运各种筑路材料。

当下做了标记，几个人一边吃着桃，一边往前走，詹天佑不忘嘱咐张鸿诰：“前面的高坡一定记下来，把数字记精准。”

“老师放心，万无一失。”

正在这时候，听远处马走銮铃的声音，跟着听有人喊了一声：“密斯詹，你好啊，没想到我们在这里又见面了！”

嘿！张鸿诰急了：“这姓金的怎么又来了？”

徐士远一捅他：“别露怯了，人家不姓金。”

“哦对，把我气糊涂了，他怎么，他……哎，不是金达。”

就看由远及近跑过来一匹马，马上之人背着个布包，脖子上挂着一台蔡司照相机，虽然穿着中国服饰，但长得金发碧眼，连鬓络腮胡子有一拃长。

猛一看，詹天佑觉得眼熟，可一时想不起来，这位都到自己面前了，还是没想起来。詹天佑这个人性子直，不会拐弯，搁一般人怎么也得先聊两句，随聊随想，他倒好，直接问：“朋友，您是哪位？”

这句话，把马上这外国人都给问乐了：“哈哈哈，密斯詹，你可真是贵人多忘事啊，我是莫里逊啊！”

“莫里逊？哦，想起来了！”

这是英国伦敦《泰晤士报》驻远东地区的一位特派记者，中国问题专家。他是澳大利亚籍，曾就读于墨尔本大学、爱丁堡大学，获得医学博士学位，詹天佑在关内外铁路上见过他几次。

詹天佑有点不好意思了：“莫里逊博士，都怪我脑子不好，把您给忘了。不知道您来这儿是干什么？”

莫里逊翻身下马，把马拴在树上，转过头来到詹天佑身边：“密斯詹，我们大英帝国很关注京张铁路的情况，我们的报社让我跟着金达先生一行做一些深入的采访，我已经去过总理衙门了，听胡燏棻大人说，他很看好你，让你担任这条铁路的总工程师了？”

一提身份，詹天佑立马提高了警惕，回答就很谨慎了：“莫里逊博士，大概胡大人也跟你说了，这条京张铁路全线都要使用大清自己的工程技术人员，当然是包括总工程师的。”

莫里逊笑了：“这就对了，你们大清国早就应该这样做，应该让自己人来主持大型铁路的修建，不能总是依赖英国人或者德国人、俄国人。”

“确实是这样，博士，你刚才说，你是跟着金达先生一起来的，那你怎么成了单人独骑了？”





一问这个，就看莫里逊急忙往四周张望，又大找了一圈，才回到原地。

张鸿诰一捅李子亭：“镖头，您看他这几步走，能练武术吗？”

李子亭冷笑一声，没回答。

这时，莫里逊走到詹天佑跟前，压低了声音：“密斯詹，我现在不是在采访，你也不要当我是记者。咱们不妨按你们说的，打开天窗说亮话。我问你，金达先生已经跟你们碰过面了吧？他是不是向你们推荐了某个日本工程师参与修筑？”

“哦？”这句话让詹天佑感到奇怪，同样都是英国人，怎么感觉莫里逊和金达不是一路人呢？一时之间詹天佑疑云大起。看莫里逊的神态，好像要和自己说点知心话，可是，论起交情，他没有自己和金达的交情深，何来这一副推心置腹的样子？再有，金达向自己推荐的是用日本公司来挖山洞，但是，他并没有说具体是哪家公司、哪位日本工程师，现在照莫里逊所说，金达恐怕真的有私心，而且已经有了合适的推荐人选，难道莫里逊知道什么内情？

想到这儿，詹天佑来到两个学员面前低声嘱咐：“我和莫里逊说话，你们千万不要插嘴。”

说着话看了一眼李子亭，那个意思是您帮我看着点。

嘱咐完了，詹天佑问莫里逊：“我们刚才的确和金达先生见过面了，他也确实向我们提起了日本人。莫里逊博士是不是有什么建议想跟我们说？”

莫里逊点了点头：“事实上是这样的，我也是才得到的消息，日本公使之前向外务部推荐了两个日本工程师，据说这两个人参加过世界上的多条铁路建设，经验丰富，推荐他们参与京张铁路的修筑。密斯詹，我不知道胡大人是否向你提起过这件事，但是现在我想要跟你说的就是，无论如何不要用他们。”

这话一说，两个学员大惊失色，张鸿诰一拽徐士远：“士远，听他这话，难倒日本人已经计划好了，一定要插手京张铁路？真要是这样，加上昨天金达的话，你说，詹先生会不会被说动？朝廷上会不会同意？”

徐士远一听，他也着急了：“你说得对，眼前这个莫里逊到底是什么来头？看先生对他的态度，他们不是很熟悉，他为什么追着咱们报告这个消息？难道说，这里有什么阴谋不成？”

# 第三十九回
# 莫里逊点破五里雾
# 詹天佑勘测八达岭

才遇金达，又见莫里逊。

这位又是怎么回事啊？敢情莫里逊在英国的《泰晤士报》做记者，他是位博士。莫里逊告诉詹天佑，在北京，日本公使推荐了两个日本工程师，打算让他们参与京张铁路修建，另外，他还告诉詹天佑，金达的建议是另有私心，千万不要用日本人。

詹天佑不明白："莫里逊博士，我并没有听胡大人提及过用日本人的事，我只知道朝廷言明，京张铁路不用外国人，所以，不论是日本人还是英国人，我们都不会用，请阁下放心。"

莫里逊摇摇头："我的詹大工程师，至于贵国朝廷的话，我一般不太相信，我想告诉你，你应该看清楚现在世界局势。这条京张铁路可是京城通往西北的重要通道，试想，如果让日本工程师插手的话，不就等于羊入虎口吗？"

难怪这位是中国问题专家，把这点儿事分析得头头是道。詹天佑听了之后只觉得浑身发冷头皮发麻，他觉得莫里逊的话说得太对了。

"多谢博士的提醒，可是，在下有一事不明，还想请教博士。"

"请讲。"

"金达先生似乎对日本人很推崇，你知道这是什么原因吗？是不是你们英国要支持日本？"

莫里逊笑了笑："工程师，你很敏锐。日本与英国签订了结盟条约，现在，英、日两国是盟友，英国工程师支持日本人，这是联盟条约的精神要求。另外还有一个，算是私人的原因吧，金达先生年轻时曾经随父亲在日本生活过很长一段时间，所以他对日本还是较有感情的，加上有盟约要求，所以……"说到这儿，莫里逊耸了耸肩，"你懂了吧。"

詹天佑明白了，他向莫里逊微微欠身致谢："我明白了，多谢博士。"

"不用客气，我只是不喜欢日本人的虚伪和奸诈。你知道的，我是报社的驻远东记者，所以东亚的国家我几乎都待过不短的时间。相比较而言，我还是很喜欢你们的忠诚品格。只是我总觉得你们缺少一点儿自信，从太后、皇上到那些官员大人们再到普通百姓，你们要再自信一些，你们曾经的智慧和勤劳是全世界都有目共睹的，虽然一时陷入了困境，但是我仍然看好你们。”

说着他挥了挥拳头，仿佛是要给詹天佑打气一般，“作为大英帝国的臣民，我应该遵守英国与日本的联盟条约，支持日本人参与修筑京张铁路，只是我实在是不喜欢日本人的品格，所以才跟你说这些。我希望你们要对日本人多一个心眼，要从每一个细节上提防日本人对你们的入侵。日本人非常注重细节，他们善于从合同、条约等文本中寻找漏洞并利用这些漏洞，你们一定要小心不要因为细节的疏忽而吃了亏。”

詹天佑点了点头，再次向莫里逊道谢:“我们有句古话，听君一席话，胜读十年书。多谢博士的点拨。”

“好了，我要去追金达了，记住，我跟你说的话，不许对其他人说。”莫里逊上马挥了挥手，“再见了我的朋友，预祝你们一切顺利，心想事成。”





送走了莫里逊博士，张鸿诰赶紧过来:“老师，这位莫里逊博士也是英国人吗？他看上去很有正义感。”

詹天佑简单地给学生介绍了下莫里逊的身份和职务。

“莫里逊博士对日本人的分析算是一针见血。”

张鸿诰一听:“是啊，看来这个莫里逊博士还是有一定正义感，应该是咱们的朋友吧。”

“哼哼哼，”詹天佑一声冷笑，“朋友？未必。”拿起了测量工具，“对于我们来说，当前就是要拿出最有力的测量报告来。”

“好，走!”

几个人心怀着家国天下，继续前行。

1905 年 5 月 21 日，光绪三十一年四月十八日，詹天佑一行四人经过青龙桥，来到了第 121 测量站，八达岭长城关城顶。

望着青龙桥上的陡坡，詹天佑紧咬牙关，暗自攥了攥拳头。这个时候，一阵冷风吹过，四个人全都打了个寒噤。敢情到这儿，就得加衣服喽。

八达岭是居庸关的北口，是关沟地区崇山峻岭的最高峰，峰巅常年积雪，地层几乎都由花岗岩构成，由于数千年风化，铁铝渗透到山岩表面，大片岩壁显现红色，所以，八达岭又被称为“赤岭”。六月天，竟然寒风刺骨。好在提前做了预案，所需物资早就有人给送过来了。

别看穿上了棉袄，詹天佑还没忘了给两个学生讲八达岭的历史，他博学多才，说得徐士远、张鸿诰兴致勃勃，就连李子亭也都听入了迷。说起来，八达岭长城可是来历不小啊。

明代顾祖禹写了一本书，叫《读史方舆纪要》，上面说："八达岭为往来之冲要，关路狭隘，一夫可以当百，自八达岭下视居庸关，若建瓴，若窥井。昔人谓居庸之险不在关城，而在八达岭也。"

明代延庆州巡抚童恩曾经给八达岭题词，只有两个字："天险"。

提起长城，很多人都会想到秦始皇修长城。事实上，中国的长城并不是全部在秦始皇时代修筑完成遗留至今的，历朝历代都有对长城修缮的记载。据《史记》记载和文物工作者考察，都证明八达岭一带在战国时期就筑有长城，至今仍见残墙、墩台遗存，其走向与后世修筑完成的八达岭长城大体一致。到了明朝，抗倭名将戚继光来到北方，亲自指挥长城防务。

作为古代万里长城的组成部分，八达岭长城位于军都山古道北口，这北口是与南口相对而言的，南口与北口之间就是詹天佑他们之前反复测量过的关沟。八达岭之北四里路就是岔道城，地势逐渐平缓，关沟段到此结束。

八达岭地势险峻，居高临下，是关沟北端的最高处，此处原为隘口，后建关城。八达岭长城、关城、城墙、要塞及关沟中部的居庸关，这些加起来构成了明代北京完整的军事防御体系。按照明代《长安客话》的解释，"路从此分，四通八达"，所以叫八达岭。因为八达岭是居庸关的外口，从这里出发，北往延庆、赤城，西去张家口、怀来、宣化、大同，东到永宁、四海，南可通昌平等地，它是古代一条重要的交通要道和防卫前哨，素有"京北第一屏障"之称。

作为北京的屏障，这里山峦重叠，地势险要，气势极其磅礴的城墙南北盘旋延伸于群山峻岭之中，视野所及，不见尽头。

詹天佑一行人来到关城，看到了此处有东西二门，东门立额上题有四个大字："居庸外镇"；西门立额也有四个大字"北门锁钥"。手扒垛口放眼一望，前后共有墩台不下千座。

城关相连、城墩相望、重城护卫、烽火报警，防御体系十分严密，紧紧扼住关口。这里是居庸关的重要前哨。四个人来到八达岭关城东门外，看到了那块长七米、高两米的巨石，石头壁上刻着三个大字：望京石。

徐士远指着石头问："老师，这三个字从何而来？"

詹天佑叹了口气："哎，据说当年八国联军进逼北京城，打开东华门，直入紫禁城。太后带着皇帝和王公大臣们连夜出走。行到八达岭，一过八达岭就是塞外了，太后留恋北京紫禁城，就命令大家休息。她独自一人登上这块巨石，向南瞭望。大臣们怕太后过于伤心，又怕她站久了着凉，都劝她下来。她就好像没听见一样，仍然凝目南望。尽管层峦叠嶂，迷雾茫茫，什么也看不见，可她还是站在那里凝望了好久。一直到两宫回銮之后，后来人们就把这块石头叫作‘望京石’”。

说完话，詹天佑登上了望京石，远眺京城的方向，告诉两个学员：“之所以叫望京石，还有一层原因，就是因为这里是去往张家口的路程中最后一处可以远望京师的地方了。”

徐士远听见了，张鸿诰没听见，他呀，正向下俯瞰关沟景致呢，他用手招呼：“老师，您快看，我听我爷爷说过，当年圣祖康熙就是从这里离开京城，远征漠北平定了噶尔丹叛乱，这才巩固了我大清基业。”





徐士远叹了口气：“那个时候我大清国正是鼎盛之时，当时的人恐怕想不到后来的鸦片战争、八国联军吧。”

李子亭望着詹天佑：“先生，如果铁路修到这儿，难道是要把长城挖开吗？”

这句话可说到点儿上了，张、徐两个学生都瞪大眼睛看着詹天佑。

詹天佑想了想，又望了望长城：“我们都知道，长城是历史的见证，尤其是这处城关，不知道见证了多少兴衰故事，我想我们应该把它完整留下来，让它将来继续见证子孙后代的故事。”

徐士远听了眉头一展，他心思细，听詹天佑这样说，立即就反应了过来：“老师，您的意思是京张铁路经过此处时，从山下开挖山洞穿过，以维持长城的整体结构不被破坏？”

詹天佑点了点头：“是的，你们觉得呢？”

徐士远鼓掌大笑：“好啊，好啊，您考虑得太对了，长城宏伟壮观，又是我们自古以来重要的防御工事，如果被铁路穿过截去一段，从整体上破坏了长城的观感也损坏了古人留给我们的宝贵遗产，后人会骂我们的。”

张鸿诰也是举双手赞成：“我同意！这长城绵延万里，跨越数不清的崇山峻岭，多壮观啊，连这么险要的地方都可以筑起城墙，以我们的能力，在这里修铁路，肯定能超越古人。”

詹天佑点了点头：“说是说做是做，咱们还得用数字说话，来吧，开始干活。”

詹天佑一行人在崎岖难行的山路上定点制图，测量数据。不仅要测绘地形、测量水平、计算里程，还要了解地质土壤情况，并对未来铁路桥梁、开挖山洞隧道及填挖土方等逐一进行测量计算，最终选择最佳路线。

就在勘测的过程中，由于地势险要，有好几次需要到悬崖峭壁上测线定点，徐士远和张鸿诰不让老师上去，詹天佑执意要去，他认为这几处定点工作如果没有丰富的经验，是做不好的。他让李子亭在旁边保护，自己高一脚、低一脚攀到悬崖上，李子亭紧随其后，两个人学生在下边替老师担心。

就这样，他们完成了八达岭的初步勘测，而且，徐士远和张鸿诰还向老师提了很多好的建议。

詹天佑对他们说："铁路工作就得这样，在不断的实践中要有新的感悟。我们先把这些想法记下来，继续往前，等回测时，我们还要对这一带进行详细的复勘，如果要挖山洞的话，还需要更多的数据支撑。"

"好嘞，咱们这就走！"

四个人继续向张家口方向勘测，经怀来、狼山村山谷、土木堡、沙城小屯村、鸡鸣驿、响水堡、泥河子村，一共用了八天的时间，到第九天头上，正往前走，忽然间狂风大作，沙石满天，詹天佑问徐士远："快看看，这是哪儿，怎么这么大的风？"

徐士远赶忙掏出图纸查看："老师，在您的带领下，咱们的行程真快呀，你们看！"

几个人凑到图纸前仔细一看，他们已经进入了张家口，脚下就是京西第一府——宣化古城。

# 第四十回

## 宣化府风沙锁红日
## 紫禁城雷霆慑权臣

詹天佑带领测量组来到了宣化，这儿就已经是张家口的地界了。

宣化城是明朝时期的军事重镇。宣化的气候与众不同。它属于半干旱大陆性季风气候。春季多雨干燥，夏季日晒炎热，秋季昼夜分明，冬季长寒少雪，而且长年伴有大风。所以，他们刚一来，就被风沙遮迷了双眼。

詹天佑回顾了一下之前走过的路，经过八达岭之后，虽然依然是山路，但是地势没有关沟那么险要，勘测起来也相对顺利一些，但是，宣化又给自己增加了难题。

这一天早上，天空中半黑半黄，说阴不阴说阳不阳，沙子把空气染成了灰色，太阳也在若隐若现间变成了一个黄色的圆球，死气沉沉挂在半空。

四个人顶着风沙，往前走，这回，所有的仪器都由李子亭拿着。因为，其他三个人根本拿不动了。

风把人吹得站立不稳，稍不留神，仪器就得脱手。李子亭有武艺在身，他全力护着标杆、经纬仪等勘测设备，走起来也非常艰难。

就这样一步一步地进行着测量，几个人各撕了块破布，脸全都蒙上了，就露出两只眼睛。

张鸿诰张嘴说了半天，其他人一句没听清。

詹天佑和徐士远都向他打手势，意思是风沙太大，让他先不要张嘴。

由于今天的天气实在太差，詹天佑打算提前收工，他这话还没说出来呢，坏了，半空中“轰”的一声，打了个闷雷，跟着，风小了，“唰”，雨下来了。

这一下，四个人全变泥猴了。

詹天佑大喊一声:“保护仪器!”

说完话，四个人“嘁拉咔嚓”把外衣全都给脱下来了，拿着就往仪器上裹，这些标尺标杆一旦被雨淋了，再经过风化，就可能变形，测量就不准了，所以，仪器万万不能受损。

包好了仪器，四个人一路猛跑，一口气跑回到宣化馆驿，张鸿诰把脸上的破布扯下来，用手一掏，连耳朵里都灌满了，什么呀？沙子!

几个人把辫子解开，就听“哗啦”一声，碎石头块子掉了一地。

馆驿的伙计急忙打来洗脸水，李子亭一看：“别洗脸了，干脆，放水洗澡吧。”

伙计去放热水，张鸿诰和徐士远用干布擦拭仪器。

张鸿诰长出一口气：“哎呀，幸好仪器没有受损，我本来觉得咱们这一路走来天气都很好，怎么突然碰上这么恶劣的天气？”

这时候伙计递给每个人一碗漱口水，几个人漱完一吐，都是黄水。

詹天佑笑了：“我说鸿诰，你这是憋坏了吧，刚才一句话说不出来，现在全得补回来。”

张鸿诰也笑了：“我这人就是爱说，心里搁不住话。”

这时候，伙计进来了：“四位爷，热水放好了。”

“哎，咱们洗洗吧。”

四个人痛痛快快地洗了个热水澡，说真的，要不是今天这场黄泥雨，他们还指不定什么时候能洗一回澡呢。

澡洗完了，确实舒服多了，詹天佑换了身衣服，坐在椅子上。他这个人，虽然并不是个大说大笑的性子，但是并不拘束着手下的工程师或者路工们，他觉得这是个人性格使然，只要不耽误正事，爱说笑不是什么大毛病。所以，等大伙儿都出来，詹天佑说：“咱们勘测数据本身是很枯燥的，有你调节下，我们也开心一些。今天天气不好，难得早收工，大家都早点休息吧，咱们的时间还是挺紧的，明天一早准时出发。”

两个学生应了下来，准备回屋休息，李子亭说在这边有个朋友，收拾一下就出门了。

晚上，等两个学生都睡了，詹天佑来到桌案前，打开纸张，开始写写画画。

到了后半夜，徐士远起夜，见隔壁屋子亮着灯，推开门一看，老师还没休息，徐士远忍不住走进来：“老师，您怎么不早点休息！是不是还有什么着急处理的数据？要不我给您搭把手？”

詹天佑回头一看：“不用，快去睡吧。我在看咱们之前勘测的路线，趁着这会儿有时间，我得好好想想火车怎么才能爬上八达岭。”

这一句话，说得徐士远困意全无，厕所也不去了，拉了把椅子他坐下了：“老师，南口到八达岭的落差太大，就算铁轨铺上去了，怎么保证火车有足够的动力爬上去，这也是个问题啊。”

“嗯。”詹天佑把笔放下，“我现在想，从哪个国家买机车？”

这个问题把徐士远也给难住了：“是啊，老师，我记得前两天咱们就讨论过这个问题，但是大家都没想到什么好主意，由于时间比较紧迫，当务之急是先把路线实地勘测完成。”

“对！咱们得加速了。明天早点动身。”

“对，我们早点起。”

“不是你们，是我自己。”

“您一个人？”

“对，我要去出去办点事，中午之前回来。咱们下午动身，你俩在馆驿休息，镖头回来，让他不要动，等我回来。”

“那好吧，老师，您早点休息吧。”

“好，熄灯睡觉。”

经过一夜，第二天一早，詹天佑换了一身便服，带好了一份地图，溜溜达达，从打馆驿里出来。由于头天刮了一天风，今天的风小多了。

詹天佑顺着山势往高走，走到一处制高点，他辨别了一下方向，又看了看地图，明白了，这个地方从上往下看，是坝上与华北平原过渡地带的一个盆地。想在这儿修铁路，必须先弄清地形，否则寸步难行。

就在这时，听身后有人说话：“先生起得好早啊。”

回头一看，是李子亭。

“镖头，您怎么在这儿？”

“嗨，我这儿有个朋友，我昨天去他那儿，聊得太晚了就住在了他家。今天早上从打这儿过，一眼就看见您了，您这是干什么呢？”

“哦，我看看地形。”

詹天佑眼珠一转：“镖头，您这位朋友是干什么的？”

“他呀，跟我一样，也是保镖的。”

“哪儿的人？”

“本地人氏，土生土长。”

“土生土长？”

詹天佑这个惊喜的表情，让李子亭莫名其妙：“先生，您这是怎么了？”

“哎，实不相瞒，镖头啊，自打昨天到这儿遇见风沙以后，我就一直在想，如何能够在勘测过程中尽量减少风沙对咱们的影响。我想，咱们都是外来人，这宣化府的老百姓，人熟是一宝，他们必有妙策，所以我出来就是为了向百姓请教，正好你在这儿有朋友，那就不妨去问问他吧。”

“嗨！”李子亭一听，“原来是为这事啊！”

“啊！”

“您不用去啦。”

“为什么？”

“我已经替您问出来啦。”

“什么？您替我问出来了？”

“对呀，我昨天说去找朋友，为的就是这个事。”

“哎呀！”詹天佑激动得眼泪差点掉下来，要知道，人家李子亭是帮忙来的，说不好听的，是来打工的，人家没有这份责任，可是，这一路上，李子亭处处为大家考虑，事事都能想到前头，真是一位了不起的人才呀！

“镖头！客气的话我就不说了，我现在急于知道的是，到底有什么好办法？”

“先生莫急，您听我道来。”

李子亭仔仔细细地给詹天佑讲了讲这宣化府的风沙。

宣化这个地方，风沙肆虐，难以阻挡。当地老百姓常说“宣化宣化，四季风沙”“一年一场风，从春刮到冬”。日久天长，西南东北走向的黄羊山脚下形成了一片巨大的黄羊滩，宣化城也不能幸免，百姓深受其害。宣化东面、北面都是山，南面是洋河，西面是朔漠。大风从西面刮来，挟沙而行，风过沙留，日积月累，西城墙下沙丘齐墙，沙患成灾。《宣化县新志》上边记载：“大风从西来，挟沙而行，如奔云……久则风越沙留壁垒也”。

当地一些行商坐贾，为了能够在宣化境内常驻不受风沙之苦，他们出门戴斗笠、披风帽、骑毛驴。别看就这三样，既能省力，又能减少沙打风吹。

李子亭把这番话一说，詹天佑点了点头，真是好办法啊！“谢谢镖头如此尽心，我这就去办。”说完就要走。

“不用您办。”李子亭把詹天佑拦住了，“先生，过一会儿，我这位朋友就把斗笠、风帽加毛驴送到馆驿。”

詹天佑，都不知道说点什么好了，就在这同时，詹天佑也在想一个问题，那就是，自己带着人在前方勘测，按说这些保障工作都应该有人负责，后方为什么不把这些必备物资送过来？路线图早就出来了，胡大人为什么不派人来看看，他们在干什么呢？

干什么呢？敢情这时候，胡燏棻正在帮助袁世凯处理烦琐事务，袁世凯已经是焦头烂额了。

上回咱们说了，詹天佑在关沟遇见金达之后，他给胡燏棻写了一封信，说预算金额是七百万两，最好先做准备，精准数字要等勘测工作全部完成才能出来。胡燏棻见到信里的金额数字，认为很正常。可当他把这个数字告诉袁世凯之后，把袁世凯急坏了。袁世凯此刻正在总理衙门，他为什么着急？原来在此之前，慈禧太后已经询问过此事，袁世凯上报的是五百万两，现在平白多出二百万两，这可怎么解释啊？

正在袁世凯着急之际，一道懿旨下到总督衙门，慈禧老佛爷宣召袁世凯，长春宫见驾。得！袁世凯心中暗想，来得真是时候啊，是福不是祸是祸躲不过，我呀，随机应变吧。穿戴已毕，乘轿进宫。

您说怎么那么巧，慈禧太后见袁世凯问的就是京张铁路的进程情况。袁世凯如实禀报，慈禧太后一边抽着水烟袋，一边听着：“嗯，速度还可以，这个詹天佑还真有点本事，哎，对了，预算的钱数最后定了吗？”

“回太后，精准数字还要等到詹天佑全部勘测完毕才能出来，不过，现在我们预测了一下，是七百万两。”

“什么？”

慈禧太后一拍迎手，水烟袋往榻上一放，圆睁二目。

吓得袁世凯诺诺后退：“太后息怒，太后息怒。”

“好啊，袁世凯，好多人到我这儿告你的状，说你这个人贪心不足，我开始还不信，现在看来是真的了，先前说是五百万两，现在多出了二百万两，不用问，多出这些钱你是想中饱私囊啊？我罢了你的官，你信不信？”

可把袁世凯吓坏了，“扑通”一声匍匐在地，磕头好似鸡啄碎米，口中不住呼喊：“太后恕罪，太后恕罪。”

那位问了，修京张铁路是为了大清国，多出这二百万两也是公事需要，袁世凯为什么不把道理说清楚，干吗这么害怕呢？

敢情这里有隐情。就在不久以前，袁世凯为了讨慈禧太后的欢心，他花了一万多两白银，从国外买了一辆小轿车，当作礼物送给了慈禧。慈禧太后挺高兴，打算坐上去试试，结果，看到司机坐在前面开车，慈禧当即大怒，说司机无礼，应该杀头。

袁世凯赶忙解释，说这和您之前祭祖坐火车不一样，司机必须得坐着。慈禧当时就翻脸了，说上次司机是站着开车，这回也不能例外，站着开，绝不能坏了皇家的礼法。

无奈，司机只能站着开车，结果，由于太紧张了，汽车一下撞到大树上了，虽然开得不快，可也惊了慈禧太后的凤驾。

为这事，袁世凯被罚了半年的俸禄。现在袁世凯提出修铁路要增加二百万两银子，慈禧太后一下就想到之前那件事了，“好啊袁世凯，你这是心里不服，罚了你的俸禄，你上这儿找齐来了？！”

袁世凯冤枉啊，可他也确实亏心，因为他送给慈禧汽车完全是为了一己私利，所以害怕了。

就在这时候，内侍来报：“回太后，庆亲王求见。”

慈禧压了压怒气：“宣。”

不大会儿的工夫，庆亲王奕劻来了，这位现在是首席军机大臣，总理外务部，可以说，是继承了恭亲王、醇亲王的衣钵。

他怎么来了？敢情庆亲王是给袁世凯解围来了，他们两个人私交很好，庆亲王也很支持袁世凯。慈禧太后这边一发火，庆亲王在朝房里就接到信儿了。

当时，宫里有很多太监宫女是庆亲王的眼线。

到这儿来先给太后请安，跟着，他是大骂袁世凯，骂他办事不力，为什么到现在才报预算，修铁路是国家大事，二百万两更不是小数目，太后马上要过生日，需要大笔银子，铁路又不能不修，这不是给太后找麻烦吗？另外，户部也得大费周折来凑这笔钱，真是岂有此理！

这番话看似是骂，实际是帮。慈禧太后为了给庆亲王几分薄面，对袁世凯也就既往不咎了，吩咐下去，赶快筹钱，而且，京张铁路的工期要加紧。

从打宫里出来，袁世凯重谢庆亲王，跟着他是绞尽脑汁筹集银两，而且告诉胡燏棻，让他时刻关注詹天佑的工作进度。胡燏棻怕打搅前方的工作，并没有给詹天佑写信，这些事情詹天佑不知道，他也没有时间来考虑，他现在的主要任务就是勘测线路，要把线路反复勘测不能差一丝一毫。

李子亭的朋友把所需之物送到了馆驿，詹天佑把人员做了调整，四个人兵分两路，徐士远和张鸿诰从宣化往回勘测，自己带着李子亭继续在宣化勘查，另外，通知第二队快马加鞭，七天后在张家口开集体会议，商定大事。

# 第四十一回

## 遇荆棘翘首思良将 回测路把关拒故交

詹天佑兵分两路，对京张铁路线反复勘测，而且每个人都换了装束，戴斗笠披风帽各骑一头小毛驴。虽然改换装束能保护身体，但是，宣化一带的风沙天气，狂风呼啸、漫天黄沙，恶劣的天气依旧对勘测产生巨大的阻挠。有好几次，詹天佑胯下的小毛驴都被吹得前腿跪地，多亏有李子亭在侧，才保住了安全。

除了要和风沙对抗外，由于天色黄蒙蒙昏沉沉，光线并不好，白天的勘测时间也不得不缩短，就这样，在宣化又勘测了两天，返回到了青龙桥。





詹天佑找出南口至青龙桥段的实地数据，开始研究火车爬坡的动力不足问题该如何解决。

针对这个问题，詹天佑始终没想出对策，他打算回到北京后请教下关内外铁路的其他工程师们，同时他也在想，如果能像外国那样有属于自己的技术人员、专家组成的协会就好了，定期印一些刊物，方便大家随时查阅相关资料借鉴别人的经验。专业人员多了，大家也可以组织一些交流，这可比查资料更实用。

到了晚上，詹天佑把想法告诉了两个学生，徐士远听了也颇有感慨：“老师说得对，如果我们真的有这样的机构那就太好了。这几天我一直有这种感受，铁路真是一门实用技术，我们之前在山海关铁路学堂学的那些原理，总是感觉虚无缥缈，这一次实地勘测，才让我们真正摸出门道。不过，我们个人的精力是有限的，如果能有个专业协会把全国的铁路工程师都聚集在一起，大家随时交流自己在实际中遇到的问题，那就可以汇百家之长，群策群力，事半功倍呀！”

说到这儿，徐士远两眼放光，困意全无。詹天佑笑了，他一边整理笔记本一边告诉他：“国外这种协会挺多的，如今咱们国内各方面的技术人才越来越多，很多大型工程方兴未艾，这方面的需求肯定越来越大，我相信组织协会和印发专刊早晚会实现的。”

这天晚上这次简短的谈话，看似平常，它却引出了日后中国大开铁路学校之风，铁路人才纷纷崛起，技术强国。

到了次日，天空放晴，四个人出宣化，经过石壑子，赶在 1905 年 5 月 31 日，也就是光绪三十一年四月二十八日，到达了终点张家口。

詹天佑没有停下来休息，他马不停蹄地用了两天的时间调查了张家口上堡下堡的地形，还有城河水量等情况，最后选定了车站站场的位置。从5月10日到6月2日，詹天佑率队对京张铁路全线进行了初步勘测，历时二十四天。

张家口是古长城的一个要隘，地处交界处，东临京城，西连山西大同，北靠草原，南接河北腹地，是北方和西方通往京城的兵家必争之地，历经各朝，草原文化、农耕文化、长城文化、商旅文化交相辉映。

在清朝二百多年的时间里，张家口在政治上起着极其重要的作用，成为清朝重要的军政支柱。而从经济方面看，由北京至张家口是南北商旅交易的要道，张家口是南北货物的集散地。货物贸易的数量很大，每年运输的货物，有草原输出的土产皮毛驼绒，从南方输入的茶叶、纸张、布匹等。

但是，由于北京与张家口之间相隔两百多公里，中间横亘着几十公里长的太行山余脉军都山，使这条重要的政治、军事与经济交通通道险阻难行。

说起张家口这个名字，还有一些由来。据说明朝的时候，有个叫张文的人在清水河西筑城堡，取名张家堡，后来张家堡扩建，在北城墙外开了个小门，叫小北门，因为这个门开得太小了，方方正正，打远处看，像一个“口”字，又因为是张氏开筑的，所以后人称为“张家口”，再后来，老百姓将整个城市都称作张家口。

大明覆灭，清朝定鼎。一直到光绪年间，张家口不断发展壮大，成为一个人口繁盛、商业发达的北方大集市。京张铁路以此为终点，将会使京城与北方地区的联系更加紧密。

现在，张家口的大小官员听说了，京张铁路总工程师詹天佑率队伍已经到了，当时下令，张家口家家张灯结彩，大街小巷挂满彩旗，迎接工程师！

结果，当他们见到这支队伍的时候，所有人都傻了，詹天佑、张鸿诰、徐士远、李子亭，四个人好像逃荒的难民一样，浑身土满脸泥，辫子全都擀儿毡了。就是那几样勘测仪器完好无损，光闪夺目。

四个人住进了张家口的馆驿，张、徐两个学生以为得在这儿住几天，没想到，詹天佑在吃午饭的时候告诉他们：“士远、鸿诰，咱们明天一早出发，回测线路。”

“啊？！”

两个学生都傻了，连着跑了二十四天，登山涉水，昼夜奔忙，好容易到张家口了，怎么一天也不休息，这就开始回测了？张鸿诰忍不住了，“老师咱们不是铁打的，得缓口气呀!”

徐士远话到嘴边，他没说，看着詹天佑。

詹天佑很体谅两个学生，但是，现实摆在眼前，自己不得不这样做，“你们先看看这个。”

说着，詹天佑从怀里掏出一封信。敢情这是胡燏棻的回信，昨天晚上刚到的，信上告诉詹天佑，要加紧工期，太后为预算的事已经冲袁总督发过一次火了，后边的工作必须提前。

两个学生这才明白，老师是奉命行事。

“我知道你们非常辛苦，其实，就算胡大人的信不到，我也不想在这儿耽误时间。全线初测完成后，我总感觉关沟地区地形过于险峻，我在国内修建了多条铁路，从未遇到过这种情况。即便是在西方铁路工程中，亦属罕见。你们想，咱们现在做的只是初步工作，将来施工时必定是工程浩大，耗费巨资。在这种地势即便把铁路建成，恐怕火车通过能力会很低，运输量将受到限制。所以，我想寻找新的线路，绕开关沟。”

两个学生一听，不住地点头，“老师说得太有道理了，我们一切听从您的安排。”

“好，咱们明早出发。”

就这样，一行人在 6 月 3 日一早，离开张家口返回北京，回测线路。

回测线路和来时的勘测不一样，多了很多有针对性的测量。这回，由地方官安排，他们住在青龙桥的一户百姓家。

白天，詹天佑牵着小毛驴在崎岖的山径上爬上爬下，奔走查勘；夜晚，他伏在油灯下查阅资料，设计绘图。

两个学生帮着老师核算数据，李子亭负责照顾饮食起居。

回测线路的进程就比较慢了，因为要在某一个点上反复勘测，反复推敲。詹天佑作为京张铁路的总工程师，不仅比其他人忙碌辛苦，而且要承担最大的责任。为了寻找与确定一段最好的线路，他不仅多方搜集研究各种资料，而且，还要访问当地农民与官绅，征求意见，反复核实，反复设计、计算与修改线路站场的方案。

两个学生看在眼里，敬在心头。他们深知，勘测选线是铁路建设中最重要的基础与前提，是铁路建设的百年大计。詹先生凭着他丰富的知识与经验，不辞劳苦地奔忙着，目的就是选择一条最佳的线路，不给日后的建设和运营留下遗憾。詹先生经常说，“错误的定线将会增加行车和维修费的开支以及增加修筑费用。”所以，他在这次回测过程中一丝不苟，不厌其烦地反复比较核算。他总说，“科学的工作，多一个人检查，总是好的。”

就是这种严谨的精神，深深打动着徐士远和张鸿诰。

单说这一天，詹天佑从山上勘测完毕，回到院子里准备吃午饭，李子亭走进来："先生，院外有人求见。”

“什么人?”

“是个洋人，但会说中国话，能听懂，他说，他是您的朋友。”

“朋友？他叫什么?”

“嗨，他还真说了，我没记住。”

“哈哈，也难怪，好吧，我出去看看。”

从打院子里出来到大门口，詹天佑抬头一看："哟，是你啊!”

谁呀？说起来，这位跟詹天佑的关系真是不远，他就是诺索布夫人的儿子威利，威利是简称，要说全名，那得十来个字，难怪李子亭记不住。

詹天佑和威利的感情非常好，当初，詹天佑寄居美国的时候，和威利朝夕相处，两个人在一起生活了九年，直至詹天佑被召回国。诺索布夫人一家给予詹天佑这个远离家门的游子以巨大的温暖，詹天佑在诺索布家里获得了极大的快乐和幸福。

詹天佑回国后，多次给诺索布夫人寄去礼物，中国人讲究“受人滴水之恩，当以涌泉相报”。而且，定期写信，也不止一次询问过威利的情况。

没想到，威利来了。

“威利，你怎么来这儿了?”

“密斯詹，我的朋友，听说你现在做了总工程师，正在建设一条铁路，我的母亲经常夸赞你，而且，她告诉我，你这里的进程并不顺利，所以，我从美国赶来，是来帮助你，同时，也想加入京张铁路的建设队伍。”

威利说这番话的时候，就像一个孩子一样，眼睛里充满了期待。

可此时的詹天佑头脑里一下想到了京张铁路兴办原则里最重要的一条，那就是不用一个外国人。但是，威利是朋友，诺索布夫人派他来是真心帮自己的，如果直接拒绝，太不通人情了，可如果同意，那就违背了修建京张铁路的初衷，詹天佑暗自问了一句话：怎么办?

威利还纳闷呢，我这位老朋友这是怎么了，脸色不太好看，“密斯詹，你这是怎么了?”

“这样吧，威利，你刚来，好好休息休息，这个事过会儿咱们再谈。”

“好吧。”

李子亭给威利找了间闲房，让他休息。

留下了威利，可难坏了詹天佑，他在心里反复寻思，到底怎么说，千万不要因为这个事伤了朋友的感情。

他是前思后想左右徘徊，到最后，詹天佑下定决心，京张铁路当以大局为重，自己一人事小，国体事大。

当天下午，他去找威利，一张嘴就直入主题：“威利，我非常高兴你能有这个想法，但是我不得不告诉你，我不能同意。”

威利一听很不理解：“为什么？”

“你听我说，目前，中国正处于不安定的情形下，正在进行代价很高的试验，力求革新。但是将来怎样，无人可以预卜。现在这条铁路，要求我只许用中国人来修筑。如果我有权，就愿意给你介绍一个工作，可惜，我现在奉命不得雇用外国员工。”



威利一听：“我和你不是一般的关系，难道不能通融一下吗？我只是想帮你而已。”

“我明白，你的心意我领了，但是，制度已定万难更改，还请你见谅。”

詹天佑坦诚相见，威利心里不痛快，嘴上也没说什么，只得带着遗憾离开了张家口。

看着威利远去的背影，詹天佑心情沉重。可以想象，当他拒绝儿时玩伴，这玩伴还是自己老师家孩子的时候，心里一定经受了痛苦的煎熬。

他还不知道，威利并没有灰心，到了1906年12月，他再次来找詹天佑，还是这个请求，可惜，再一次被詹天佑拒绝了，这是后话，暂且不提。

回到院里，关好大门，詹天佑让徐士远把在道捐局统计的数据取来，徐士远转身刚走，李子亭进来了：“先生，院外有人求见。”

“啊，又有人求见，不会还是洋人吧？”

李子亭笑了：“您圣明，真是洋人。”

“是我刚送走的那人吗？”

“不是，不是一个模样，我问过了，他说他是您的同学，名字我还是没记住。”

詹天佑急忙出来，到门口一看，嘿！这是怎么了，怎么又来一位啊？

来的真是他的老同学，此人名叫布雷肯里奇，是詹天佑在美国耶鲁大学的同班同学。两个人在耶鲁大学结下了深厚的友谊。詹天佑回国后经常和他联系，曾经委托他给自己购买书籍之类的东西。

今天到这儿干什么来了？詹天佑细问之下，奇了怪了，他和威利的请求是一样的。

詹天佑把心一横，心说，我已经豁出去一回了，就不怕第二回。他直接告诉布雷肯里奇："老同学，我们现在已有足够多的工程师，很抱歉不能增聘了。"

詹天佑再一次忍痛拒绝了好朋友的请求，无奈之下，布雷肯里奇带着遗憾走了。

其实，布雷肯里奇和威利并不认识，两个人能同时来青龙桥找詹天佑，不过是巧合而已。

可令詹天佑万没想到的是，送走布雷肯里奇不到一个小时，李子亭又进来了："先生，有人求见。"

"啊，没完啦！"

# 第四十二回
# 关冕钧报到青龙桥
# 徐士远问津鸡鸣驿

接二连三，访客不断。詹天佑感觉很奇怪，怎么总来朋友呢？这又是谁呀？等到院门口一看，詹天佑笑了，原来是关冕钧到了。

此位家住广西苍梧县，字耀芹，号伯衡，从小天资聪颖，又勤奋好学，甲午年考取恩科进士，走上仕途，后来被提拔为翰林院编修。当年，李鸿章倡导朝廷自力修建铁路的时候，关冕钧就一直助力，他认为“铁路以西北为急”，曾经主张“先筑京张路”。后来，朝廷决定修筑京张铁路，关冕钧被任命为京张铁路总管，铁路议员。

上一次插标动工仪式，关冕钧因故没能出席，他干什么去了？原来，朝廷派关冕钧和几位大臣到日本和几个欧美国家进行考察。到达外洋之后，关冕钧特别考察了铁路技术，国外的先进制度和科技深深地震撼了关冕钧，他在心中立下了实业救国、振兴国家的宏大理想。

如今，考察归来，他马不停蹄地赶到张家口，来找詹天佑。没想到，到了张家口才知道，詹天佑已经在回测的路上了。从地方官的口中得知詹天佑等人的住处，关冕钧找来了。

“眷诚啊，你们的进度可真不慢啊！”

詹天佑笑了：“伯衡兄，就是这样的速度，胡大人还嫌慢啊。快，请坐。”

两个人落座已毕，没等詹天佑问，关冕钧把这次出国考察的经过和收获，竹筒倒豆子一股脑儿全说了。

詹天佑听完，暗自攥了攥拳：“唉，和这些国家相比，大清的步伐太慢了。”

关冕钧很理解詹天佑的心情，一个从美国成长起来的爱国人士，看到自己国家落后，他怎么能够不着急呢？

“眷诚，放心吧，中国早晚有一天能够超越它们，万丈高楼平地起，咱们得一步一步来，眼前的京张铁路就是关键的一步。我这次来是想和你商量一下购地的事。”

一提这个，詹天佑立马想起了庆亲王府的亲戚：“伯衡兄，我这一路走来，要说累那是真累，可身体力行，这个累睡一宿觉能缓过来，真让我感到心累的，是修铁路背后的错综复杂。说真的，开始我认为，征地修路是理所应当，现在我不这么想了，单凭我一个人，绝对不行，还请伯衡兄多多出力呀。”

说着，詹天佑把自己设计的路线图拿出来交给关冕钧，两个人一处一处地分析。

一直到后半夜，才算有个初步打算。关冕钧伸了个懒腰：“哎呀，行啦，先这样吧，之前设计的路线，就按这个来，我已经心里有数了。不过，明天天亮之后，你可不能着急去勘测路线。”

詹天佑一听：“那我干什么去？”

“你得去干一件大事。”

两个人又商议了半天，实在太晚了，谁也顶不住了，各自和衣而卧。

到了第二天，天刚一亮，詹天佑就打屋里出来了，张鸿诰在院子里擦拭工具，抬头一看，哟！老师怎么把官服都换上了。





“老师，从出了京郊，您就再没穿过官服，今天怎么把这一身找出来了？”

詹天佑微微一笑：“今天有公事，我得去拜访本地的几位大人，本地的都统和副都统大人、洋务局的大人、一些知府知州，这都要一一走访。”

张鸿诰不明白：“您说的这些都是地方官，也不是专管我们铁路的，您可是朝廷钦点的勘测京张铁路工程师，又是选用道台，他们有的人品阶还没您高呢，何必要去拜访他们？”

没等詹天佑说话，徐士远由打旁边走过来了，他拍了拍张鸿诰的肩膀：“贤弟，这你就不懂了，想当初，三国的刘备到东吴招亲，刚到东吴，他就马上去拜访乔国老，这才有甘露寺相亲，喜结良缘。咱这也一样，说不好听的，这叫强龙难压地头蛇，老师，我说得对吗？”

“哈哈，”詹天佑将衣服上细微的褶皱抹平，又仔细整理了一下领口和袖口，“就是士远说的这个道理。咱们要在他们这里修铁路，得把路线规划和车站设置跟他们讲清楚，和他们讨论一下，看看他们是不是有什么别的想法。”

张鸿诰有点不服气，一个人在边上嘟囔：“可是他们又不懂修铁路，这路线跟车站的设置，跟他们讨论，他们能有什么有用的想法？”

“诶，”詹天佑摆了摆手，“话不是这么说的，还记得咱们在京郊御河边碰到的老丈赵天林吗？如果不是他提醒咱们御船会从那里通过，咱们就要犯大错误了。张家口这儿也不例外，这里说不定也有什么咱们不知道的需要避讳或严加考虑的问题。另外，后续咱们还要插地标、征地、征用民工，等等，少不了要他们的支持。就是铁路后续运行起来了，也少不了他们的配合。所以，虽然他们跟咱们不是一个体系，我的官阶也比他们当中的部分人要高，但是于情于理还是应该我主动上门拜访。”

张鸿诰泄气了：“真够麻烦啊，修铁路就是修铁路，为什么非要掺杂进那么多非技术因素。”

詹天佑学着他平常的样子也耸了耸肩：“我也觉得麻烦，可是没有办法，修筑铁路方面的难题不可怕，技术上的问题总是有办法去解决的，可是官场是道无解的难题。即使是修铁路，也同样要摸透官场上的一些情报。现在京张铁路有袁总督和胡大人二位督办，我们遇到的麻烦和阻力才能小一点，如果……”

詹天佑没有再说下去，但是两个学员都明白，如果换了个在朝廷上说话没那么硬气的大人督办京张铁路，只怕京张铁路被地方上这些看似不起眼的小官拖了后腿最终泄了底，向太后和皇上交不了差也是有可能的。詹天佑重新起了个话头：“我们要做实事，就不能不去适应这种官场文化，虽然我也不喜欢这样。好了，我先出门了，这里就交给你们了。”



“您放心吧。”两个学员异口同声。徐士远问了一句：“老师，您怎么去?”

“放心吧，关大人已经带来了马匹，我这就走了。”

说完话，詹天佑从院子里出来，骑马赶奔张家口府衙。

一路上，詹天佑心里想的是昨天晚上关冕钧嘱咐自己的话。

来到府衙门前，递上名帖，有师爷出来把詹天佑陪到中堂，不大会儿的工夫，各级官员纷纷到场，詹天佑没有那么多的客气话，他直接说明了来意，而且，对各位同僚的热情接待表示感谢。接下来，就开始探讨京张铁路规划与车站设置。

按照詹天佑的想法，这点儿事有半天就说完了，万没想到，各级官员你一言我一语，说出来各种理由，听上去似乎都很合理，可是与詹天佑最初的设计大差离格。詹天佑在心中暗暗感激关冕钧，得亏今天来了，要不然，后期的工作根本就没法做。

离开了衙门，又去了洋务局，这一趟下来，詹天佑又有了新的打算，他回到馆驿之后，请求关冕钧留在张家口，继续和当地官员商议车站的设置问题，自己带着人往回勘测，现在就等第二队赶来之后，开一个全体会议，马上回测。

关冕钧笑了：“眷诚，你不必说什么请求，我为什么这么着急和你会面呀，我就是为了给你分担来的，今天这个面儿你是必须得露，下边的事就看我的了。”

“哎呀，那就有劳伯衡兄。”

与府衙交涉的事，交给关冕钧。第二天中午，苏以昭和张俊波带着五名水平组的队员赶上来了。

从打丰台出来，这两个队就没碰上过，总是一队在前，二队在后。现在兵合一处，詹天佑首先询问了二组根据一组打好的标桩测算的结果，跟着，召开了会议。

詹天佑告诉大家，我们马上要进行第二次勘测，大家不要惜力，第一，加速；第二，精细。

会开完了，詹天佑让二组人员在大院休息，他和徐士远又收集了附近一带的税收、人力费用，甚至是房价、地价等数据后，詹天佑带着一组成员出发，继续往回勘测。

如此长而复杂的路线规划，只靠一趟从京城过来的勘测是不够的，有些复杂的地方是需要再勘测以确定更合理可行的路线的。

当然，往回勘测的方法和来时的方法有所不同，这一次是测量到哪儿就在附近找馆驿或者民宿过夜，有的时候，李子亭带着张鸿诰和徐士远住馆驿，詹天佑住在百姓家。





这是为什么呢？因为在詹天佑心里，这条京张铁路名义上是给朝廷修的，实际上是给百姓修的，自己要跟老百姓随时联系，随时听取百姓的意见。

詹天佑这个人为人和善、彬彬有礼，从来不摆官架子。常言说，近朱者赤近墨者黑，詹天佑的行事作风，也深深影响了身边这两个学生。

单说这一天，徐士远和李子亭打了个招呼，他一个人从打馆驿里出来，干吗去呀？他打算跟老师学，也到附近百姓家走访，问一问当地的情况。

出来也是一身工匠打扮，所以，到百姓家里，没人知道他的真实身份，就当他是个修铁路的工人。

其实，在第一次勘测完成之后，徐士远就了解了詹天佑的心理，目下已经对路线规划有了初步想法：根据铁路沿途地形地貌和可能遇到的困难，他计划分三段进行修筑：第一段先修丰台到南口约五十七公里铁路，这一段根据詹天佑的估算一年多即可竣工，通车后可售票盈利，也方便后段筑路时运输工料；第二段由南口到岔道城约十八公里，穿越崇山峻岭，坡度大、隧道多，难度最大；第三段由岔道城经怀来、宣化到张家口，这一段距离最长，大约有一百二十三公里。

在整条线路规划中，老师詹天佑认为京张铁路最大的困难是在居庸关和八达岭开凿隧道，但只要选择好合适线路，减少开挖山洞的长度，问题即可迎刃而解。所以往回勘测时的一个重要任务，就是确定好在何处开挖山洞、如何安排作业，以及那个还迟迟没有灵感的青龙桥一带火车如何爬坡的问题。

为了给老师分忧，徐士远行走在山间小路，遇见人就聊两句，别小看这个聊天，有时候，闲聊之中能够渗透出真知灼见，就在一位老乡家里，通过深入了解，徐士远得到了新的收获。

离开宣化来到鸡鸣驿一座大山脚下，这儿叫老龙背，在一户姓常的老农家，徐士远和家主常老爷子聊得别提多高兴了："老人家，您家里几口人哪？"

"四口人。老伴前两年得病死了，儿子、儿媳带着小孙子出去做买卖，三天回来一次，家里还算过得去。"

"哦，那您一家做的什么买卖呀？"

常老头一听笑了："这位先生有所不知，您别看我年纪大了，可我这腿脚灵便，每天上山下山五六趟，一点儿不费力。我呀，没事儿就上去采点儿山货，蘑菇或是木耳，晒干了，让儿子、媳妇儿去卖。"

徐士远一听："都有什么山货呀？"

"哎呀，先生，您还不知道哪，咱这口里口外的山上全是宝啊，不用说别的，光蘑菇就不下几十种啊。"

"哦，老人家，我看这座山的山路可不好走啊，您每天能上下五六趟，这也太神了！"

老头一听笑了："先生，要是您说这条路，我可走不了五六趟。您说这条路，得沿河岸顺着大道走，这个大道在蛇腰湾和老龙背，紧靠着山崖脚，在下花园与响水铺之间，是一条极为难行的山道，这条路又绕远又不好走，还有很多的陡坡，一般来说，比如我吧，赶着三套的马车，登老龙背，一个人不够，必须得俩人。"

"哦？为什么要俩人呢？"

"您不知道，这个坡太陡，必须是一个人在前边驾车，另外一人在车后抱着一块大石头，爬一截就得把石头垫在轱辘后头，要不然，车就得溜下去。也借这工夫，让牲口喘口气。就这样，一截一截地走，才能爬到顶。到顶后，无论人还是牲口，都已经累得上气不接下气。"

徐士远一听心中暗想，自己走这条路的时候也发现了，特别难走："老人家，那下山就好多了吧？"

老头一听："下山？嘿嘿，更难。您没听说过那句话吗，上山容易下山难。我们这儿是上山下山都难！下山的时候，得一人赶着车，一人拽着磨杠缓缓地往下出溜，也是走一段歇一段，费了大劲了。"

"哦，那您每天能走五六趟，是怎么走的呢？"

老头一听笑了：“哈哈哈，先生，我走的不是这条路。”

“哦，难道还有别的路?”

“对呀，山后还有一条路，知道的人少。”

徐士远眼睛一亮：“老人家，您能不能带着我去看看啊?”

“好啊!”

常老头带着徐士远走了山后这条路，这一走，徐士远大开眼界，敢情这条路更为便捷。

当天下午，辞别常老丈，徐士远离开鸡鸣驿回到馆驿见到詹天佑：“老师，我有个新发现!”

如此这般、这般如此，詹天佑一听，“好啊，明天你带着我去看看。”

第二天一早，徐士远带着詹天佑重走老龙背，詹天佑一看，这条路是太好了，“士远，你这趟可不白来，咱们的计划可以再次修改!”

# 第四十三回

## 建水塔定位查河道
## 顺民意苦口诉衷肠

徐士远问津鸡鸣驿，又发现了一条新道路，詹天佑大喜，当下掏出纸笔记录下来，两个人回到驿馆收拾一番，同着张鸿诰、李子亭从西门出发，按照175测站继续前进。

他们走下坡，穿过田地，张鸿诰不停移动标杆。詹天佑测完数据，告诉张鸿诰："记录。"



"哎！"

张鸿诰打开记录本，"路堤填高平均约需十英尺，需四英尺的桥位二处。"



测完一块平坦地方，又来到灌溉沟渠上。詹天佑一看，这里有一片田地需要填高，还需要建两个排水口。

正赶上有几位农民从地里出来，詹天佑过去询问情况，几位老农告诉他："先生，这地方一下雨就遭殃，只要下大雨，附近庙宇所在处，河水上涨到与大道一样平。这个地方有四条灌渠，渠上有座四孔拱桥。"

詹天佑让张鸿诰把这些情况一一记下。

就这样，一路回测，詹天佑随问随看，根据从当地人掌握的信息，对地形重新进行了勘测，并随之对路线设计进行了调整。应该说，京张铁路能够取得最后的成功，多亏这些工程人员问道于民。

单说这一天，他们回测路线来到了土木堡，刚到这儿，迎面来了一匹马，马上是位信使，风尘仆仆，来到近前下马，递给詹天佑一封信，詹天佑打开一看，当时心中大喜。

原来，这是总理衙门送来的公文，是袁世凯和胡燏棻二位联署的，内容是朝廷已经批准京张铁路由陈昭常担任总办，詹天佑担任总工程师兼会办，并将詹天佑由选用知府升为候选道员，着吏部办理公布备案等手续。之前算拟定，现在，可是正式任命啦！

收到这个消息，张鸿诰、徐士远、李子亭三个人同时冲詹天佑拱手："恭喜老师，恭喜先生。"

詹天佑心里也是喜悦的，只是他并不是那种喜形于色的性格，虽然高兴脸上也只是淡淡微笑，他跟信使说："请稍候，在下修一封信笺，烦请带回北京交与胡大人。"

说完话，就在这野外空地，詹天佑找出纸笔，在一块大石头上给胡燏棻写了一封回信，这封信里面仅有简单的一行字：詹某必当尽心竭力，不负重托。

力透纸背，字字千钧，这是詹天佑的信心与决心。

从接到袁世凯调令的那天起，他就在期待着朝廷对京张铁路总工程师的正式任命，这是一项充满挑战的任务，但更是一项洋溢着使命感的任务，是一个向世人证明，证明中国人完全可以自己修大型铁路的机会。

无论是从一个铁路工程师面对艰难挑战的征服，还是从一个中国人对祖国的热爱，詹天佑都希望这项重任能被自己担起，他不怕挑战也不畏艰难，他只想向那些外国同行证明，中国不缺有实力的铁路工程师。

回想这一个多月，自开始勘测路线后，他们从丰台出发，一路风餐露宿，攀过悬崖峭壁，跨过激流险滩，冒着从未见过的大风沙前进，也顶着雨一步一个泥泞脚印地跋涉过。途中遇到金达和莫里逊，从他们口里得知日本人的运作、英日达成联盟的时候，詹天佑的心里曾一度忧虑，他怕朝廷出于种种原因不得以改变初衷，这种担忧不敢在学生面前表露出来。自从出了南口，地形愈加复杂艰险，在困难面前，两个学员心生畏惧，又听了金达笃定大清需借助日本人的机器和技术才能修好铁路的煽动，他们坐卧不安，那个时候，詹天佑不停地给学生增强信心，他明白，一件事情能不能做成，信心起了很重要的作用。有志者事竟成，詹天佑不想让学员们在勘测这一步就掉了链子，所以一直把自己的担忧和不安都压在心底。

如今任命下达，乾坤已定，京张铁路绝不会落入外国人的手中，自己也绝不允许这条重要的铁路干线沦为外国人染指内地、瓜分权益的工具，无论是日本还是英国、俄国，它们的爪子休想伸到京张铁路上来。

峰回路转、柳暗花明，詹天佑心情大好，他的情绪直接影响到了张鸿诰和徐士远，大家比来时的干劲儿更足了，每天起早贪黑、披星戴月地赶进度。白天他们实地测量，细致调查、收集各种数据；晚上，三个人在灯下进行数据分析、线路设计和费用评估。

这一天，他们行至在延庆，詹天佑发现，这个地方的河道很多，心里一盘算，太好了，正当为我所用。

詹天佑让李子亭带着两个学生在馆驿里等着，他专程去拜访了当地一位管水利的官员，他叫刘吉荣。

这延庆州是明朝永乐十二年三月设置的，那一年，明成祖朱棣北巡，来到镇团山，他放眼一望，此处地势平坦，土壤肥沃，朱棣大喜，当下将此地改名叫作隆庆州，管辖永宁、怀来二县，移民屯垦。到了明穆宗朱载坖继位，他的年号是隆庆，为避名讳，此地改为延庆州。

这刘吉荣是一位把总，把总是当时的基层军官，这位是专管水利。看詹天佑来了，他特别高兴："哎呀，詹总办，欢迎欢迎啊！"

詹天佑一看，这刘吉荣，大个儿，前胸宽背膀厚、虎体熊腰，面如晚霞，红中透紫。头上戴一顶红缨凉帽，身穿补子服饰，红中衣，脚下薄底儿靴子。他为尽东道之宜，很是盛情，把詹天佑接到了家里，置酒款待。詹天佑有点不好意思了："刘把总，您这也太客气了，天佑酒量不佳，就不再饮了。另外我得跟您说明，朝廷刚刚下旨，我是京张铁路的会办，不是总办，您别叫错了。"

刘吉荣一听，连连摇头："没叫错，总办、会办虽然有正负之分，可您的大名我早就听说过，在咱老刘这儿，您就是总办，别人怎么叫我不管，您就是总办！"

詹天佑一看，得，总办就总办吧，"刘把总，咱们酒饭已经用过，您是不是把延庆州的水文数据拿给我看一看哪？"

"好啊，我都给您预备好了，您等着。哎，我问您个事。"

"请讲。"

"詹总办，您不是修铁路的吗？您干吗要研究水呀？"

"哈哈哈，刘把总，这您就有所不知了，火车离不开水，车头是蒸汽机车，主要是用煤水当动力，北方缺水，京张铁路所经地区更是如此。我看了咱们这儿的水，打算在这儿兴建水塔，这也是我们的重点工程。"

"哦——"刘吉荣听完想了想，"您稍等啊。"

说着他转身进里屋，有一杯茶的工夫，抱来一摞资料，詹天佑一看，太好了，要的就是这个，他拿出纸笔，一一记下。

都记录完了，詹天佑准备告辞离去，刘把总一看："哎，别介，詹总办，您别走啊，您还没查完呢。"

"啊，没查完？哈哈，刘把总，我已经把资料都记下了。"

"哎，您这话不对，那资料可都是文字，真正要了解情况，您得实地考察啊。"

哎呀！詹天佑一听，一下脸就红了，这话对呀，当时有点汗颜了："那……刘把总，您看，咱们什么时候去？”

“听您的！”

“那咱们现在去怎么样？”

“好，这就走！”

这位做事是雷厉风行、说干就干，当下叫从人备下两匹马，亲自陪着詹天佑实地勘测河道。

这一走才知道，敢情这地方的路是崎岖不平，高高矮矮、弯弯曲曲、磕磕绊绊、坑坑洼洼，深一脚浅一脚的，这才来到河边。詹天佑仔细看脚下这个位置，想了想告诉刘吉荣：“把总大人，这地方得修一座塔，您看——”说着，他立刻在纸上画出了一座水塔，从水塔的形状、尺寸、容量，到建筑材料、抽水机、压水机等全部标注清楚。

刘吉荣看了是不住点头，詹天佑这时候想的是，到了南口与康庄，按照计划，那里将是供应机车运转区段的端点，必须在那两个地方挖井建塔。考虑到南口地质大多是沙砾与粗石，挖掘艰难，所以，打井工程须让当地有凿井经验的乡民承包。想到这儿，詹天佑立马做了记录，这叫好记性不如烂笔头。

这一趟下来，詹天佑的收获太大了，这些情况跟接下来的铁路施工息息相关，回到衙门冲刘吉荣一拱手：“有劳把总相陪，我这厢谢过了。”

“詹总办，您别客气，这都是为国家效力，也是标下分内之事，只是，看您实在辛苦，标下打算请您在河道衙门住上两天，咱们再盘桓盘桓。”

“唑——”詹天佑突然感觉到，这位刘把总好像有什么事要说，三番两次地恭维，让詹天佑很不舒服，“刘把总，我们的工期很紧张，胡大人还等着看报告，我们得抓紧行程，所以，对于您的好意，天佑心领了，等铁路修成了，咱们再一处聚会，您看如何？”

这就等于把天儿聊到头了，一般来说，对方都得同意，可没想到，刘吉荣还是执意相请，“您就住两天吧！”

詹天佑看出不对劲了，他这个人不喜欢和别人打太极，干脆单刀直入：“刘把总，您再三挽留，我本不应辞，实在是差事在身，一刻也耽误不得。您是不是在路线规划上有什么考虑？如果确实有什么想法、建议，您但讲无妨，我们此次勘测的目的本来就是做出科学合理可行性又高的路线规划。”

刘吉荣一听，笑了，这个笑啊，透出来几分不好意思：“诶，詹总办，这是说的哪里话，大清国上下谁人不知、谁人不晓，您在花旗国耶鲁大学专门学的就是修铁路，现在是咱们大清国首屈一指的铁路专家，下官只是个负责河道的小小把总，不过一介武夫，对修铁路是一窍不通，何敢在大人面前谈什么想法、建议呢？”

这高帽一顶接着一顶，跟不要钱似的往詹天佑头上戴，弄得詹天佑老大不自在：“刘大人，您过谦了。修铁路讲究的是实用，如果没有沿途各位大人和热情百姓的配合支持，只靠我从书本上学的理论知识，这铁路是修不好的。这条路要从当地过河，我不是当地人，带来的这些学员也不是当地人，如果不是您帮忙提供了这么多跟河道、人工有关的数据，我们哪里知道在什么地方架桥合适呢？又怎么能合理匡算出成本开支呢？更别提测算出未来收益了。好了，感谢的话不多说了，您执意把我留下，一定是有事，您不妨直说，对我们的路线规划是不是有什么顾虑？或者是您预料到在后续开工时有什么困难？如果在征地、人力、经费等方面有什么问题，您尽可以跟我直说。现在只是路线规划阶段，如果有困难，咱们还可以商量如何解决，要是到了开工的时候再提，那时路线已定，可就晚了。”

刘吉荣一听：“我说总办，其实、其实……”他“其实”了半天，一句话没说出来，看得出来，这练武的人说话就是茶壶煮饺子——倒不出来。费了半天劲，刘吉荣咬了咬牙，“总办，那，下官我就直说了吧！”

嚯，这位挺激动，说完这番话以后，他一抬手，把帽子给摘下来了，跟着“啪、啪”掸了掸袍袖，詹天佑一看，这是要干吗呀？

敢情这位有难言之隐，现在是鼓足勇气，他冲詹天佑深施一礼：“詹总办，我听人说，这个修铁路，凡是修到我们这种地方，必要开山凿洞。我想，这开山凿洞，难免惊扰一方神灵。我是管河道的，我们这地方历来算得上风调雨顺，河道一贯平稳，从没闹过什么灾害，这全赖龙王与山神的保佑。一旦，您在此处开山架桥，神灵不安，到时降罪下来，受苦的可是老百姓啊！”

詹天佑张嘴要打断，刘吉荣一摆手：“您听我说完，标下知道，修铁路是皇上和太后圣旨所定，修是必须修的，下官也不敢请您绕路而行，只有一个请求，求您务必在开工前来这里的龙王庙亲给龙王上炷香，请龙王爷勿要怪罪。您是圣上钦点的铁路总工程师，有您上香祭拜，我这心里才有底。可是又听说您自幼留学西洋，所以我怕大人您不同意。”说着话，就看刘吉荣用手一撩衣服，“扑通”他给詹天佑跪下了，“求大人一定答应啊！”

詹天佑一看，当时，眼泪夺眶而出。眼前这个大老粗，他虽然不懂科学，虽然偏执迷信，但是，他有一颗为民之心，在当时来讲，这太难得了！

詹天佑双手相搀：“把总请起，快快请起！”

扶起来刘吉荣，就在这时，听府门外人声嘈杂，有兵丁来报：“启禀把总，门外有三个人，吵吵嚷嚷要见詹大人。”

啊？刘吉荣和詹天佑赶忙出来，到门口一看，来的是张鸿诰、徐士远还有李子亭。

敢情这三位是要人来了。

詹天佑一出来一天，现在都到夜里了，还不回来，去哪儿了？三个人怒气冲冲就来了，李子亭把刀都带来了。

詹天佑一看，哈哈大笑，赶忙过来引荐，消除了误会。将刘把总的想法告诉两个学生，把这俩年轻人给乐得前仰后合，张鸿诰捂着肚子都蹲下了，这通乐呀。

詹天佑一看，“呱嗒”一下脸就掉下来了，用手点指两个学生：“大胆！”

# 第四十四回

## 论奇闻外洋买长辫
## 遭险情深山遇劫匪

詹天佑这还是第一次冲两个学生发火，把这两个人给闹愣了，“老师，您怎么了？”

张鸿诰心说，这多可笑啊，建个水塔还要拜龙王，哪儿有龙王啊？

看了眼詹天佑，詹天佑正在怒目而视，吓得他没敢说话，徐士远也不敢笑了。

詹天佑来到刘吉荣面前：“请把总不要见怪，这样，今天晚上我先回馆驿，明天一早就和您去祭拜龙王，您看如何？”

“好，詹总办快人快语，标下感激不尽。”

辞别刘吉荣，回到馆驿，詹天佑把两个学生一顿训斥！

“鸿诰、士远，你们两个也太不懂事了！中国现在有太多的人不懂科技，不懂铁路，他们信河神、信龙王。这不是一朝一夕的事，千百年来就是这样传下来的，要想改，得从一点一滴做起。你们学的是新知识，可别忘了，你们也是中国人，你们的父辈也一定有像他这样的人！他为了给百姓祈福，磨了我一天，你们想，如果大清都是他这样的爱民的父母官，国家何愁不兴旺啊！咱们对待这样的人，一定要有耐心，今天这种事绝对不能再发生！”

两个人一听，连连认错。

第二天一早，詹天佑穿戴整齐，来到府衙见到刘吉荣：“刘大人，咱们走吧。”

“总办请！”

一行人来到龙王庙，这里已经准备好了，三牲祭礼、烛台高香、干鲜果品等物一应俱全。庙里的和尚全都披上了袈裟，站立两厢。铙钹法器，声声入耳，有人把黄帘高高挂起，刘吉荣陪同詹天佑跪倒在龙王爷的金身前，刘吉荣是不住地叩头祷告，只听詹天佑在一旁口中念念有词：“开工修路，惊扰神灵，求龙王继续保佑本地风调雨顺、不旱不涝。”

说完，冲上叩了三个头。

出离龙王庙，刘吉荣感激不已，冲着詹天佑一拱手：“多谢总办！”

出离龙王庙，按说这边的事办完了，就应该继续前行回测，可他们没往前走，而是继续留在延庆州馆驿，这是为什么？他们是在等着第二组，也就是水平组的到来，等到晚上，一组和二组要核实数据。

回到馆驿，詹天佑告诉徐士远：“去把之前关沟的测量数据拿来。”

又告诉张鸿诰：“把延庆州的河道图复抄一份。”

两个学生下去准备，詹天佑把李子亭请到跟前：“镖头，有件事烦您去办一下。”

“请先生吩咐。”

“您沿着咱们走过的路再走几遍。”

“几遍？干什么？”

“您哪，走访一下附近的老百姓，看看他们对修京张铁路的态度，支持的、不支持的您都给记下来。”

“好嘞，我这就去办。”



李子亭出去了。

傍晚，吃过晚饭，三个人围坐在桌案边核对数据，桌子上摊了一堆资料。突然，就听张鸿诰“扑哧”一声，他笑了。徐士远捅了他一下：“嘿，乐什么呢？”



“我没别的意思，我还是乐那位刘大人，老师，我真没别的意思，我看他从头到尾殷勤备至，咱们提的需求都是一口答应下来，这么配合，一看就是有事相求。”

徐士远忍不住和他抬杠：“嘿，人家配合还不好吗？非要人家给冷脸才觉得正常吗？”

“倒也不是非要给冷脸。咱们这一路走来，居庸关、宣化、怀来这些地方的官员都挺配合，像刘把总这样的，还真是少见，就算他是为百姓着想，我总觉得，他好像还有什么事情要求咱们。”

詹天佑一听：“其实啊，道理就是我昨天说的那番话，现在，虽然全国各地都在如火如荼地修铁路，可是地方官员中难免仍有一些保持着修铁路会坏风水的老想法，像刘把总这样请求圣上钦点的铁路总工程师来祭拜龙王，以求神灵息怒护佑一方水土，似乎也不是什么奇怪的要求，可以说是意料之外情理之中，后边可能还会出现。”

张鸿诰还是不明白：“老师，照您这么说，他这也不能算是什么不合理的要求，可他为什么那么小心翼翼呢？”

徐士远一听：“嗨，这你还不明白，他是个把总，官阶太低，跟老师差着好几层呢，低太多，可咱老师又是那么平易近人，所以呀，他才如此谦卑，我说得对吧？”

詹天佑微微一笑：“是啊，人敬人高，自尊自大，这点道理你们得记在心里。不过，这里还有个原因，他是听说我留学美国多年，以为我信了洋教，会拒绝他。其实他不知道，当年肄业局在这方面对我们管束是很严格的，不允许我们信洋教，当然更不允许剪辫子，定期要回肄业局学习汉文，包括四书五经、圣谕广训等，定期的祭拜更是少不了的。”

徐士远点了点头：“这恐怕是担心大家留洋时间太长，丢掉了咱们的传统文化和信仰，以至于归国后难以融入吧。”

詹天佑点了点头：“是的，我们是官派留学生，不管在外学习多久，期满是一定要回国的，如果把咱们自己的这些东西都丢掉了，怎么和上级以及同僚相处呢？”

徐士远叹了口气：“哎，出洋肄业局真是用心良苦。”

这一句话，让詹天佑陷入了沉思，想当年，他们还是小小少年，突然间接触到美国的不一样的社会氛围，很多人都被这与大清迥然不同的文化所吸引，他们充满了好奇，加上美国教师和大清教习的教学方式全然两途，肄业局的监督和教习们对孩子们管束颇为严厉，导致当时很多人都产生了抵触心理。当年的小小少年们大多数不理解教习们的良苦用心，他们只是觉得监督和教习们处处与他们针锋相对，束缚他们。而监督和教习们觉得孩子们果然被当地的洋人带坏了，心思都带野了，不服管教，长此以往留学的目的无法实现。于是留洋计划半途而废，不能不说是一个难以弥补的遗憾。

“大人，”张鸿诰没头没脑问了一句，“我听说，您的同学里还有人剪了辫子，是真的吗？谁那么大胆？”

徐士远赶紧在桌子底下踢了他一脚，心说你也太莽撞啦，这是个敏感话题。果然，詹天佑有点不高兴，但他冲的不是张鸿诰。

“唉，剪辫子啊，当时我们确实有几个同学瞒着肄业局偷偷把辫子剪了，把容闳容大人吓得不轻，当时肄业局的规矩是发现偷剪辫子的就立即遣送回国，容大人几番辗转，费了好大劲，才托人从唐人街买来了假辫子帮那几个同学掩饰。”

詹天佑说得不假，当初，这些学生在肄业局状况百出，容闳极力帮他们说情，替他们遮掩，没想到，这件事到最后就成了“召回留美幼童”事件的导火索。

可是，毕竟过去了很多年，詹天佑的低落情绪也被冲淡了许多，不论结局如何，当日求学的经历都是他最珍贵的回忆，那一去不回的少年岁月里，避难山教堂的钟声、挂着肄业局牌子的小洋楼、球场上挥洒汗水的身影、划艇队在水上训练的口号声，还有他的寄宿家庭诺索布一家，他们的邻居大文学家马克·吐温先生，耶鲁大学的校长和诸位老师，以及他们东方棒球队的全体成员，那一个个或调皮或沉稳的身影不断在脑海里浮现，他唇边绽开了温暖的笑窝，和两个年轻的学员回忆起了自己的同窗，“你们知道吗，当初有一个人，他是被朝廷批准剪辫子的。”

“哦？朝廷批准剪辫子，谁呀？”

“唐元湛，他比我晚一年赴美留学，当时他和蔡廷干被分到了同一个寄宿家庭生活，这两个人都很顽皮，尤其是唐元湛，在我们当中是出了名的淘气鬼，后来他被送到洛厄尔机器厂学习，在那里每天都要待在机器旁边，由于机器太多，一不留神辫子就会被绞进机器里，太危险了，为此，监督特意向朝廷打了个请示，请求朝廷特事特办，同意他剪辫子。后来圣上准许了，于是他就成了我们当中唯一奉旨剪辫子的人。”





两个学员听得津津有味，张鸿诰说：“大人，真没想到您和您的同学当年留洋时还有这么有意思的事情。您能再给我们多讲讲吗？”

“好啊……呃，不行！”

怎么了？詹天佑突然感觉到，时间似乎已经很晚了，掏出怀表一看，都快十二点了，这二组的人怎么还没到啊？詹天佑有点坐不住了，他告诉张鸿诰：“鸿诰，你和士远打着灯笼，出去迎一迎，大概以昭和俊波没找着地儿。”

“哎！”

这俩人也有点儿着急了，两个人打着灯笼，从打馆驿出来，到大街上顺着东西南北四个方向找了三遍，没人。张鸿诰、徐士远慌慌张张回到馆驿见詹天佑：“老师，我们没找到。”

“不好！”

一种不祥的预感从詹天佑的脑海里闪过：“快，咱们去找刘吉荣。”

三个人出来迅速奔往衙门求见刘吉荣。

巧了，今天晚上，正赶上刘把总值夜，听差人一报：“什么？詹总办，他不是走了吗？”

差人说：“看样子他们挺着急，他那俩徒弟也来了。”

“快请！”

刘吉荣匆忙忙打里头迎出来：“詹总办，有什么事吗？”

“哎呀，刘把总，我们一起的同事，按说应该晚上就到延庆州，可没想到，现在还没动静，我怕这边天黑路险，河道又多，他们年轻没什么经验，别再是遇见了什么野兽，您能不能派出些人，帮着找找？”

“哦，几个人？”

“有我两个学生，加五个队员，一共七个人。”

“嗯，好吧，您稍等一会儿。”

就看刘吉荣回过身子从桌案上抄起一支大令，当即传令，集合一百名兵丁，沿着延庆州的河道，寻找修路的工程师，特别吩咐：“谁能找到，我有重赏！”

一声令下，兵丁们开始寻找，一支支火把分散开来奔往四面八方。

詹天佑从打心里感动，他越发对这位大老粗刘把总心生感激。

“詹总办，咱们也别闲着，一块儿找吧？”

“呃对，走！”

呼呼啦啦这些人都出来了，这时候，已经是深夜子时了，詹天佑一边走一边喊：“以昭……俊波……”真把他急坏了！

顺着山路往前走，这时候，连着过来三个兵丁禀报：“回大人，东边没有、西边没有、南边也没有。”

詹天佑大惊失色。

刘把总在一边安慰：“詹大人，您别着急，咱们这么多人，肯定能找到。您的学生对此地不熟悉，这地方，据我的经验，没有什么巨大的野兽，顶多就是个獾子狍子的，不碍事，咱们往北去。”

“但愿如此。”

所有人往北走，刘把总和詹天佑在最前面，张鸿诰、徐士远紧随其后。

蹚过一道河，岸边这儿有一片松林，刚到这儿，詹天佑就觉得眼前一股冷风，“嗖——”，刘吉荣一按他的肩膀“趴下”，詹天佑往下一附身，就听“嘭”的一声。

刘吉荣大喊一声：“有刺客！”

“呼啦！”所有人都过来了，把詹天佑围在正中，每个人举着火把脸朝外，等了等，没动静了。刘吉荣用火把照着往前走，就见一棵大松树上，钉着一支狼牙箭，箭杆上还绑着个纸条，取下纸条借着火光打开一看，上面写着一句话：“人在后山土地庙。”

嗞！刘吉荣想了想：“总办，这是让土匪绑了票了。”

詹天佑没懂：“什么叫绑票？”

“就是劫持。”

“啊！劫持？劫持修铁路的人干什么？”

"嗨，现在问这没用，得过去看看，咱们人多不怕，来人，把我的刀拿来。"

"是!"

从远处走过一名兵丁，手里捧着一口刀，这是刘吉荣的兵刃，刀交左手，大喊一声："走!"

所有人就奔了后山，到土地庙这儿一看，果然，地上跪着七个人，每个人身后站着一个拿着刀剑的人，借着火光看清楚了，跪着的正是第二组的人员。

"以昭，俊波。"

两个人听见了，抬头一看是詹天佑："老师，救我。"

詹天佑急了："你们为什么绑人?"

"哈哈哈!"从庙里走出一个黑大汉，嗬，这人长得跟半截塔似的，粗眉怪眼，暴长钢髯。他冲对面喊了一声："谁是詹天佑?"

"我。"

"哦，你就是?"

这人上下打量打量："你就是京张铁路的总办?"

"可以这么说。"

"行，我扣他们，为的就是找你。"

"有什么条件?"

"哈哈哈，够干脆，直接提条件，好，那我就说。简单点吧，想要这七个人，花钱，一人一百两银子，一手交钱，一手交人。"

"哦，还有别的办法吗?"

"有啊，用你詹天佑的命，换他们七个人的命，你死，他们活。"

"这个……"

就在这时候，刘吉荣一拉詹天佑："詹总办，您往后，我跟他说两句。"

詹天佑往后退，刘吉荣把刀给亮了："行，几位，看出来了，你们是黑道上的，常言说井水河水两不犯!我不想难为你们，这样，咱们比试武艺，谁能胜了我，要人要钱，悉听尊便。"

说完话用手一按绷簧"仓啷"一声，钢刀出鞘，寒光一闪。

没想到，对面这人笑了："刘把总，别来这套，我们不是什么黑道的，我们就是为了赚钱，詹天佑的命和七百两银子，我们必须带回去一样，要不然，当场撕票。"

徐士远偷偷趴在詹天佑耳边："老师，撕票就是杀人。"

“啊！”

刘吉荣好像没听见：“呵呵，你这个人挺有意思，你好像拿我们都当孩子了，你没长眼睛吗？你这儿八个人，我这有百十多号，你们还想走吗？”

这人一听，一阵狂笑：“哈哈哈，刘把总，是我没长眼睛还是你没长眼睛？你没看我的兄弟们把刀都架在他们脖子上了吗？你只要一动，他们马上死！”

刘吉荣一听：“那你们就不要命了吗？”

“不要了，已经有人付定金了，我们死，妻儿老小都有人照顾。”

詹天佑上前一步：“好汉，我听出来了，你们是受人之托，告诉你们，我们这些人是为国家修铁路的，是为了造福老百姓的，你们要我们的命就是要大清老百姓的命！”

“少废话，我们不听你这大道理，我们就认识钱，钱！”

“好，那我能不能问问，是谁指使你们这么干的？”

“嘿！”这人一听，“我说詹天佑，你也太不懂规矩了！也难怪，听说你在国外待过，中国的规矩你也不懂，我们拿了人家的钱，得替人家保密，又何况，人家给的钱不少，比中国的银子多出好几倍。”

比中国的银子？詹天佑眼珠一转。黑大汉有点不耐烦了：“行啦！我就问你一句话，给命还是给钱？给钱你们恐怕来不及，要不，干脆的，你就拿命来吧！”

说着话，这个人把手中刀一晃，詹天佑下意识地往前挪了一步。黑大汉笑了，“太好了！”他把刀往起一举，奔着詹天佑就来了。那刘吉荣能让詹天佑过去吗？伸手要抓，就在这时候，听远处里有人高喊一声：“住手！”

若问来人是谁？下回再讲。

# 第四十五回

# 土地庙及时解围困
# 北京城筹谋选方案

正说到深山遇险。詹天佑怎么也想不到，修铁路勘测路线居然能遇见绑匪。来不及分析原因，先得解决燃眉之急，匪首说了，想要换回七个人，除非詹天佑死。这七个人里，有两个是詹天佑的学生，还有五个工人，詹天佑不能看着学生客死他乡，可自己也不能糊里糊涂地死啊！

哎，就在这时候，从远处来了一个人，大喊一声“住手”，待走到近前，詹天佑定睛一看，来的是英国工程师金达。

“金达先生，您怎么来了？”

“眷诚，我一会儿再跟你解释。”

金达来到黑大汉跟前看了看：“是金贝尔让你们来的吧？”

就这一句话，黑大汉立时一愣：“呃，你，你怎么知道？”

“我是他的朋友，也是他的上司，他让我告诉你，行动取消。”

“那……那钱呢？”

“钱照付。”

“好，既然如此——”黑大汉冲身后一挥手，好嘛，从土地庙里又出来四十多号，加上外头这七个，站成一排，“当家的，咱们怎么着？”

“扯呼！”

这是一句江湖暗语，是“撤退”的意思，就看“呼啦”一下，这伙人像刮风一样，眨眼间无影无踪。

刘吉荣的冷汗下来了，他开始认为自己这边人多，现在一看，得亏没打，这要打起来，这伙人都是土匪，杀人如麻，那指不定得死伤多少呢！赶紧过去把跪着的七个人的绑绳挑断，詹天佑过去安慰：“都没受伤吧？怎么回事啊？”

这七个人现在是惊魂未定，那五个工人还好点，苏以昭和张俊波是从山海关学堂调来的，在他们的心里，修铁路是一项工程，今天才知道，修铁路还能遇见刀光剑影、血雨腥风。

俩人缓了老半天，苏以昭的脸色稍微有点血色了，他一边揉着腕子一边说：“老师，真是吓死人了。我们是天没黑就赶过来了，之前的数据也都汇总完了，没想到，刚到山脚下，就遇见土匪了，为首的就是那个黑大汉，他们把仪器全都给抢了，把我们绑上，就给押到了土地庙。”

詹天佑一听：“快去看看仪器在不在？”

张鸿诰赶紧冲到庙里，还好，仪器都在，出来告诉了詹天佑。

徐士远笑了：“看来这伙贼也是没见过世面，就这些仪器，加起来也够上千两银子了。”

张俊波过来了：“老师，幸亏他们不认识，要不，咱们损失可就大了。不过，我们开始被绑架的时候，在他们人群里，有一个外国人，他跟黑大汉说了几句之后，就走了。”





詹天佑一听：“外国人？他是谁？”

金达说话了：“他就是金贝尔。”

“金贝尔是谁？”

“眷诚，这个金贝尔是个地地道道的中国通，他结交官府，网罗绿林，是他要劫持你们的人，要你的命，实际，就是想阻止京张铁路的进展，最后迫使你们的朝廷向英国低头，还是用英国工程师来修中国铁路。”

“什么！”詹天佑无名火起，“他怎么能用如此下作的手段？”

“是啊，他本来想联合我一起参与，我表面答应暗地里记住了他们的阴谋，得知行动的时间地点以后，我就悄悄地来了。眷诚，我已经通知了英国的外交官，让他严惩金贝尔。不过，我也要提醒你，接下来的路可能还会出现险情，你一定要多加小心，必要时，必须要有官兵保护。”

“好，多谢金达先生解围，日后一定答报。”

“不说这个了，我先走了，朋友，再见。”

金达转身离去，詹天佑拱手相送。

这边，所有人回转馆驿，詹天佑谢过了刘吉荣，第二天，带着学员们继续沿途回勘。

这中间，有延庆州的官兵随行保护，保证了勘测的安全进行。

勘测一组经过德胜口、红龙潭、郭庄子，在黄土岭一带，水平组又落后了。苏以昭派人传信过来，说是遇见了测量的难题，让一组在前面等一等。没办法，詹天佑他们只好再度停下来等待。

但是等待并不意味着可以休息，詹天佑带着张、徐二人整理路线规划，现在，京张铁路三段修筑的方案已具雏形，第一段是从丰台到南口，第二段是从南口到岔道城，第三段是岔道城到张家口。其中，岔道城到张家口这一段是三段中最长的一段。出岔道城后有两条通道：一条是经怀来、土木、鸡鸣、宣化至张家口，这是西路；另一条为延庆、永宁和四海一带，这是北路。这两条通道便是岔道城名字的由来。

詹天佑规划的第三段岔道城到张家口线路就是沿西路通道修筑。这段铁路距离虽然最长，但难度相对较小，动工时的一个重点是要在怀来河上搭建大桥以供火车通过，这将是整段京张铁路上最长的桥。有过之前滦河大桥的修筑经验，怀来河的水文条件没有那么恶劣，詹天佑预估打桩建桥墩的困难不会太大，唯一要注意的是他计划将大桥搭建的时间点提前，不等第二段完工，就先动工修桥，以节省时间成本。

在整段路线规划中，南口到青龙桥一带是难度最大的，山势陡峭坡度高，而且若要修通铁路势必要修很长的隧道。

就在这时候，李子亭回来了，詹天佑一看："镖头辛苦啦！"

"先生，我这次可不白走，除了收集民意，我还给您探出来一条道路。"

"哦？"

詹天佑刚要问，张鸿诰过来了："镖头，您等会儿再说吧，您可能还不知道吧，咱们二组的人，遭绑票了。"

"什么？"

李子亭剑眉一挑："是谁这么大胆？"

"您听我说。"

张鸿诰就把延庆州土地庙的事从头到尾说了一遍，李子亭想了想，"黑大汉？我知道是谁了，混账东西，你等着我的！"

詹天佑现在已经不关注这件事了："镖头，快说说你探的新路，在哪儿啊？"

"哦，是这样，我到青龙桥的时候，在山脚下，就看远处一团黑乎乎东西来回乱动，出于好奇，我赶过去一看，把我吓了一跳，敢情是一只下山的熊瞎子正在攻击一个人，当时我也没想别的，拔出刀就冲过去了。跟您说，山中盗寇海路飞贼我斗过无数，斗熊瞎子，这还是头一回。您看我这儿。"

说着，李子亭用手一撩底摆，詹天佑这才看见，李子亭的中衣都扯破了。

"镖头，伤着身子没有？"

"那倒没有，这畜生想伤我它还嫩点，我用刀扎中了它的左眼，这回真成熊瞎子了，这家伙带伤逃窜。我过去把那个受伤的人救起，一打听才知道，这是位打柴的樵夫，就是当地人，从小到大在山间行走，登山越岭如走平地，他说他家住凤凰台，就是老百姓说的小张家口。我说送他回去，他告诉我，有一条山路可以从青龙桥到凤凰台，很近，不用我送。我觉得好奇，因为过去走镖的时候，不知道还有这么一条路。当时我让樵夫带着我走了一圈，我这一看哪，这条路比咱们之前勘测的那条路要好走得多，所以我着急赶回来告诉您，您要不要去看看？”

詹天佑一听当时喜笑颜开：“要啊，现在就去。”

“啊？”徐士远看了看外头，天都黑了，“老师，明天再去吧。”

“不行，万一明天二组赶上来了，如果镖头说的这条路可行，那咱们的计划就得改变，今天晚上先去看看，早点把计划写出来，不会浪费时间。这样吧，你们几个在馆驿整理数据，镖头，您受累，陪我走一趟。”



“没说的，我给您备马。”

两个人各乘快马，奔往青龙桥。到这儿，打着火把，把这条路走了一遍，詹天佑大喜，他觉得这条路实在是太方便了，明天就进行勘测，如果可行，京张铁路将不必经过八达岭和岔道城，可以省去在八达岭开凿山洞隧道这既长又困难的工程。

“镖头，您可是立了功啦！咱们这就回去。”

一夜无书，到了第二天，詹天佑带着张鸿诰、徐士远骑马奔往青龙桥，让李子亭在馆驿等候二组，一旦到了，让他们立刻也去青龙桥，整体勘测完这条新路之后再把中间落下的补测。

就这样，一组、二组于当天下午在凤凰台相遇，重新制订了计划。

如此一来，摆在他们面前的有三个方案：

第一个路线方案是关沟线，从南口至岔道城，经过居庸关、青龙桥、八达岭，这条路线的问题是沿途多悬崖峭壁，坡陡路险，工程量大，而运输量有限。

第二个路线方案是热河线，从青龙桥绕过八达岭，转向东北方，经明十三陵到延庆。这条线路比第一个方案长出了十五公里，开支自然也要加大，优势是坡度较平缓，也无须开凿八达岭那样长的隧道，可是却需要专门修一条运料的路，比起第一个方案其实是费时费力了。

第三个路线方案是丰沙线，从西直门往西，绕过石景山，经三家店，到沙城，再到张家口。这条线路可以避开关沟段近三分之一的大坡道，比较理想，但要修隧道六十五孔，不仅工程量巨大，而且工程费用远超前两条路线。

詹天佑带着两个学员认证测算三个路线方案的长度、预计施工时间、修筑成本开支、通车后的运营成本等，并反复核对，确定方案上的各处重点，详细标注了各路线优缺点，以便于比较。

现在的问题就是，到底选哪一条合适。看着这一叠叠的设计草图和方案草稿，徐士远问张鸿诰："你觉得哪条路线更好？"

张鸿诰耸了耸肩："你问我，我可说不好，各有各的优缺点，很难选啊！不过我猜，老师肯定选第一条。"

徐士远愣了："为什么呢？"

张鸿诰一听："这太简单了，老师不是说过吗，作为铁路工程师，要有很强的观察能力，我把这句话记住了，所以，每次老师整理数据和做分析时，我都格外留心地观察，我发现在张家口的时候，有一天晚上，老师念叨了一回京张铁路分三段修筑，丰台到南口、南口到岔道城、岔道城到张家口……"

"这我也听见了。"徐士远打断了他，"这有什么依据呢？老师不过就是说说而已，你怎么就知道这是要选第一条？"

张鸿诰笑了："老师当时提了一句，说要先修第一段路线，将第一段路线的通车盈利投入后续工程。还有，在关城的时候，老师带着咱们在道捐局翻了一天的资料，统计近年的纳捐数额，测算通车后的盈利。这就证明，咱们的经费很紧张。所以，我猜老师一定会挑第一条线路，因为这条线路的总预算最低。"

"不不不，"徐士远摇了摇头，"我看未必，还得考虑施工难度的问题了。第三个方案虽然比第一个方案预算高了很多，难度可能低一点，也许老师会选这个也说不定。"

他们在这儿分析，詹天佑也在考虑，他在第一个方案和第三个方案间犹豫不定，第二个方案倒是可以排除，如果朝廷能拿出修第二个方案的高经费，且愿意花上那么多时间，那还不如就选第三个方案。如果选第一个方案，成本最低，难度虽然大，但是以自己的估测，还是可以实现的，而且耗时比起第三个方案也更短。

詹天佑冥思苦想，对比利弊，他提起笔来，把各个方案的优缺点一一摆列清楚，形成请示，准备日后向胡大人汇报，还要和总办陈昭常仔细商量，这么大的事，自己不能做主。

把文字整理好，到了第二天，两组人员再把之前落下的路线复测一遍，越过青龙桥，又经南口、万寿山，于 1905 年 6 月 16 日，也就是光绪三十一年五月十四日，勘测队全体成员完成了京张铁路的复勘回测，胜利回到了北京。

从 5 月 10 日出发到现在，整整用了一个月零六天。

回到北京后，詹天佑安排学员们休息，自己则连夜将材料整理了一遍，第二天便马不停蹄地赶去胡燏棻府上汇报情况。

胡燏棻看到詹天佑很是高兴，他仔细打量了詹天佑一番："眷诚，你黑了很多，也瘦了，真是辛苦你了！我听说你这一路上跟学员们同吃同住，亲自背着测量工具徒步翻山越岭，最多租毛驴来骑，一路上都没坐过轿。你可真是个实干派，把工程交给你，我是一百个放心。"

詹天佑恭敬地奉上一叠报告文书："大人过奖了，这都是一个铁路工程师应该做到的。这是路线勘测方案，请您过目。"




胡燏棻接过了报告翻看了起来，他一边翻着，詹天佑一边简单地给他介绍了三个方案的大致路线和优缺点。胡燏棻边听边看，不住点头。他点了点方案一："看起来这个方案的预计开支最小？"

"是的。"詹天佑回道，"预计在七百三十万两，更详细的预算数据还要等方案敲定后再仔细测算核对一下。"

听着这个数字，胡燏棻皱了皱眉头。可看着这份详细的文字说明，胡燏棻想了想，权衡利弊之后，"哐"一声，用拳头重重砸在桌案上，说了一句话："眷诚，京张铁路必定成功！"

# 第四十六回

# 胡熵棻密语授机宜 陈昭常盛宴迎会办

詹天佑面呈报告文书，胡燏棻看后信心十足，不过，当说到七百多万两的预算，他也不禁叹了口气："唉，这可不是个小数目，从难度上看方案三更好一些，但是预算几乎要翻倍了，我恐怕关内外铁路的盈利供应不起。如果是方案一的话，你有把握咱们的技术水平可以实现吗？"

詹天佑明白，胡大人考虑的层面要比自己高，他把官帽摘下来，往前探了探身子："大人，方案一的重点在山岭中开通四孔隧道，分别是五桂头、石佛寺、居庸关和八达岭。这里必须用上机器了，而且根据我们实地勘测的结果，还得用上炸药开山。难度虽大，但是可以实现。"

"嗯——"胡燏棻陷入了沉思，屋子里一时安静下来，只听到他下意识地用手指轻叩桌面的声音，足有半个多小时，胡燏棻才说："我觉得，方案一更可行，容我再考虑考虑，明天你先回天津，收拾收拾，去见一下陈昭常，京张铁路总局已经建好，还没有挂牌，陈昭常已经入驻办公，你把实地勘测情况跟他说一下，你们一个总办一个会办总得一起研究研究。"

"是。"

胡燏棻点了点头："陈总办也是广东人，跟你有同乡之谊。在官职上，他是总办，你是会办，你算是他的副手。但是在技术上，你是总工程师，是京张铁路技术层面的总负责人。陈总办并不是个多事的人，他很务实，我相信你们能合作愉快的。昨天下午，袁总督打来电话，询问了京张铁路的进程，我也和他说了，待你和陈昭常商量好了之后，可以直接去向袁总督汇报。"

说到这里，胡燏棻突然想起来一件事，"对了，铁路经过万寿山和京城这一段的路程，你是怎么设计的？之前我可是提醒过你。"

詹天佑在一叠材料里找出了京郊一段的路线规划图指给胡大人看，胡燏棻仔细看了半晌："西直门一段你是怎么打算的？"

詹天佑详细地介绍了一下他的想法："那里有护城河，我们原计划是在护城河上面设计一座桥梁跨过。但是听当地百姓说，太后和皇上有时会坐船顺着御河出城，而御驾的楼船很高，所以桥就相应要修高，考虑御河的宽度和桥洞预留高度，如果真的修成这么高的桥，火车爬坡可能不便，对铁路修筑有困难，当前还没有完全想好用什么方式跨河。另外，御驾乘船过河时，火车还不能通过，这个因素在后期运营时也要考虑进列车运行安排里。”

胡燏棻思索了一下，压低了声音：“眷诚，你一定记住，跨御河是件大事，弄不好就会让一些朝臣抓住把柄弹劾，惹出一些是非来，得不偿失，你看看设计图能不能改动，沿城墙而行，不跨御河？”

詹天佑看着图纸思索了一下：“大人，我觉得可以，虽然有些绕路，但是可以避免麻烦。”

“好，”胡燏棻一锤定音，“那你就按这个思路改。”

“是。”

当天晚上，詹天佑回到丰台工作驻地，把西直门一带的路线做了调整，又把所有的材料重新整理了一遍，后半夜才睡觉。

第二天一早，詹天佑收拾收拾从打丰台驻地出来，他要去办几件事。第一，他要去李子亭的镖局看看。这一路上，李子亭尽心竭力，还救过自己的命，得去表示一下感谢。

来到镖局，李子亭正和手下的兄弟们搬来运去，出出进进，一看詹天佑来了，呼啦一下全出来了，纷纷见礼，“见过大人、见过大人。”

“各位兄弟少礼，你们这是干什么呢？”

李子亭掸了掸衣服：“先生，我们清库房呢。”

“清库房干什么？”

李子亭还没说话，有个伙计搭茬了：“詹大人，您修了京张铁路，我们都没饭吃了，镖局人吃马喂只出不进承受不了啦。”

李子亭瞪了这伙计一眼，詹天佑感觉很无奈，这是大势所趋，铁路的兴起，导致很多传统的运输行业面临绝路。

李子亭倒不好意思了：“先生，您一路辛苦，不在驻地休息，怎么来这儿了？”

“嗨，镖头，我是想着给兄弟们找点营生，我想问问，诸位除了保镖还会干什么？”

这一问，嚯，这些位纷纷表态：“大人，我们什么都会呀，盖房、种地、打仗，给您牵马坠镫都行啊！”

“好好好，兄弟们别着急，我给你们想了一条出路。”

这些人一听，全都围过来了："大人让我们干什么？"

"路工。"

好多人一听，全都咧了嘴了，路工？那多累呀！

詹天佑看出来了："各位，我明白你们的意思，当路工确实辛苦，但是，当京张铁路的路工，挣的钱比其他铁路线上多得多。"

"啊，那是为什么呀？"有人可就问出来了。

"你们想啊，之前那些条铁路，都是洋人主持修造的，路工的薪酬都是洋人定的，一份薪酬他们要拿走一半。而京张铁路不一样，京张铁路是中国人自己勘测、设计、施工，说白了，这是给咱们自己修铁路，薪酬公开透明。另外，你们还有个先天条件，就是你们对这条线路不陌生，你们过去常走北路镖，对这一带地形了如指掌，真干起活来，也能得心应手。大家看，怎么样？"



听詹天佑这么一说，大伙儿觉得很有道理，好多人当即表态："詹大人，我们干！"

"太好了。"说到这儿，詹天佑从怀里掏出一封银子，"镖头，给兄弟们分一分吧。"

"哎呀，先生，这个钱我们不能要。"

"不，这是我自己的一点心意，拿着吧。"

李子亭推之再三推脱不过，只好接下来。院子里的镖师、伙计一起冲詹天佑拱手："多谢詹大人！"

离开镖局，詹天佑又去了个地方，哪儿啊？就是之前在西直门外遇见那个热心老汉赵天林，地址还记得，德胜门里水车胡同大杂院。

到这儿一打听，赵天林还真在，推屋门一看，屋里一老一少，老头正是赵天林，看来人有点眼熟没认出来，走到跟前仔细辨认："哎哟，是詹大人，您怎么来了？"

"赵老丈，我是来向您道谢的，这是给您带来的。"

敢情詹天佑在半路上买了点干鲜果品，"哎哟，詹大人，您怎么还给我买东西呀！我真是头一回见到您这样的官。"

詹天佑笑了："老丈，当官的都是给老百姓办事的，您帮过我大忙，我就得谢谢您。"

"来，您快屋里请。这是我的小孙子，快叫詹大人。"

陪同詹天佑进屋，詹天佑这么一看，这屋里虽然简陋倒也干净。

"老丈，我想跟您说说我们这次勘测路线的结果，听听您的意见。"

赵天林一听："嗨，我哪懂啊。"

“您懂，您现在就是百姓代表。”

“嘿呦，我成代表了，那成，我就听听。”告诉小孙子，“去，外边玩会儿去。”

小孩儿出去把门关上，詹天佑把路线一步一步地给老头讲，老头是随时打断，他说的每一句话，詹天佑都仔细记在了纸上。

詹天佑明白，老头说的这些话，只要有一句能用，对京张铁路就是最大的帮助，这是真正的民生。

在大杂院一直聊到傍晚，赵天林一看：“詹大人，我也不跟您客气了，打卤面，您凑合在我这儿吃吧。”

“行，我就叨扰您一顿。”

吃完饭回到驻地，詹天佑整理了材料，他想了想，陈总办和袁大人的官衙都在天津，尽管要见袁大人是要提前递名片到衙门排队，不一定当天就能得到袁大人的接见，但是考虑袁大人对京张铁路的重视程度，他会把这件事情尽量往前安排，因此，詹天佑估计，自己去天津，中间就没时间再往返京津了，所有可能用到的材料都必须带齐。

把北京这边的事处理完毕，一早詹天佑就赶往正阳门火车站，搭上了当天第一班开往天津的火车，两天后到达天津，休整过后，在当天晚上，他来到京张铁路总局，拜见陈昭常。

陈昭常，字简持，号平叔，广东新会人，他比詹天佑小了八岁，是正经科举出身，前回咱们说过，他曾经遍游英、法、德、美、俄、日诸国，考察洋务。此人文武全才，曾因剿办广西梧州、郁州、浔州等地土匪有功，朝廷赏戴花翎。

这在当时可是殊荣啊！要知道清朝官员的花翎与顶珠是不同的，顶珠是按官员级别，用不同质地的金银珠宝制成，通常一品官以红宝石为顶珠，二品为红珊瑚，三品为蓝宝石，四品为青金石，五品为水晶，六品为砗磲，七品及以下是黄金。花翎可不一样，那是一种荣誉装饰，得由皇帝赏赐才可以佩戴。换句话说，有品级的官员都有顶珠，但不是所有的官员都有花翎。

陈昭常是因为剿匪有功，被朝廷赏戴花翎。到八国联军攻陷北京，慈禧太后仓皇出逃，陈昭常在 1901 年春天千里迢迢奔赴西安，追随太后銮驾，得到护驾大臣和慈禧太后的赏识，回京后受到朝廷重用。

1903 年，陈昭常入京觐见，被袁世凯奏留赴天津随同办理商约谈判，到了 1905 年，朝廷又任他为京张铁路总办。

其实，陈昭常很早就知道詹天佑的名字，因为他和唐绍仪是朋友，又是广东人，唐绍仪不止一次向他提起，他早就知道詹天佑是铁路方面的专家，虽然自己是总办，但是詹天佑是总工程师，在技术上还是应以詹天佑的意见为主。

两个人一见面，互相都被对方的气质深深吸引，詹天佑生性敦厚，身上带着一股金属般的质感。陈昭常呢，则是热情奔放，能让人有如沐春风的感觉。

“见过总办。”

“哈哈哈，眷诚兄，上次见面未得细谈，快快快，我早就给你准备好啦，快来。”

拉着詹天佑就往客厅走，詹天佑不明白，给自己准备什么了？等到客厅一看，嚯，一张八仙桌子上都摆满了，什么呀？全是天津的小吃，狗不理的包子、十八街的麻花、耳朵眼的炸糕、杨村的糕干，还有一摞煎饼馃子，五颜六色，样式齐全。



詹天佑知道，天津是码头城市，自古就有食都之称，不用说这些小吃，津菜更是有名，像宫廷菜、商埠菜、公馆菜、宅门菜包括家庭菜，都是各有特色。津门物产丰富，盛产鱼虾，所以，天津的厨师对烹制河海水产品极为讲究。各类原料均按季节选取，数十种烹调技法无所不有。敢情陈昭常对美食颇有研究，他要求厨师做出的菜品，不仅色泽协调，而且要荤素搭配，得给客人以美的享受。

“眷诚兄，你先尝尝小吃，我已经让后厨准备酒宴了，咱俩今天好好聊聊。”

詹天佑明白，陈昭常的品级比自己高，他怕自己有压力，故以如此盛情款待以兄弟相称，吃饭是次要的，重在融洽两个人之间的关系，这都是为大局着想，詹天佑也没有推辞，“如此说来，天佑就不恭啦！”

“来吧！”

两个人一边吃一边聊，陈昭常告诉詹天佑：“眷诚，延庆州的事，我已经了解了，那个背后使坏的英国人已经接到了通报，总理衙门下令，禁止此人踏入中国土地，一经发现，严惩不贷。”

“多谢大人。”

“还有，从打动工开始，我给你们配备兵丁，轮番值守，沿途保护。这些洋人看咱们要开始动工了，什么花花肠子都能想得出来，你也必须多多注意，如果发现风吹草动立马告诉我。”

“是。”

“来，别光说话，你尝尝这麻花。”

两个人天文地理无所不谈，从国外的见闻聊到朝廷的举措，从当初各自的留洋经历聊到如今正在兴办的京张铁路。这一聊，两个人都有一种相见恨晚的感觉。

其实，在今人来看，他们两个这种工作关系，堪称黄金搭档，对于詹天佑在技术上的举措，陈昭常始终处于辅助位置，他做的是上行下达、后勤保障。由于已经接到了胡燏棻的电报，陈昭常大概知道了胡大人对路线方案的选择，所以这次见面他听过勘测情况的汇报后，就与詹天佑围绕着第一方案进行了讨论，听着詹天佑胸有成竹的侃侃而谈，很多细节的地方都能把设计思路和顾虑之处剖析得很清楚，陈昭常心里有谱了，詹天佑名不虚传，是有真本事的人，也是个干实事的人。

听詹天佑汇报完，陈昭常非常满意："眷诚兄，看得出来你是花了大心血在勘测和规划上，考虑得很全面周详。在技术上我没有你专业，你觉得可行就行。哎，对，有件东西给你看看。"

说着话，陈昭常进里屋拿出个本子交给詹天佑，詹天佑一看，是一本名册。

"大人，这是?"

"在你勘测路线这段时间，我已经招募了一批铁路工人，这就是工人名册，这些工人都是年富力强有过修路经验的，任你调遣。"

"谢大人。"

说到这儿，詹天佑突然想起点事，他就把李子亭镖局的事儿说了，重点说了李子亭在勘测过程中的表现，而且告诉陈昭常，"他的一众兄弟因为兴建铁路丢了营生，我打算让他们加入铁路工人的行列。"

陈昭常一听："这个恐怕不行吧。"

"啊?"詹天佑当时就是一愣。

# 第四十七回

## 聚贤才蓝图美如画
## 理头绪压力大如山

詹天佑向陈昭常推荐镖局的人做路工，陈昭常却面露难色。

自唐胥铁路创建起，中国就有了第一批路矿工人，1886年开平铁路公司成立，中国铁路工人开始从矿业工人中分离出来，随着铁路建设的发展，中国铁路工人队伍逐步壮大。

陈昭常听了詹天佑的推荐，为什么没有立即答应呢，他有他的顾虑。

“眷诚兄，这些镖行的人确实都有本事，但是，当路工需要勤勤恳恳，他们能行吗？”

詹天佑笑了：“这一点我也考虑过了，如果他们想加入这个行列，必须经过培训，另外，这位李镖头为人正直，又是胡大人的朋友，有道是上行下效，这些人经过培训，一定可以胜任。”

听到这儿，陈昭常打消了顾虑：“好啊，既是如此，我就放心了。对了，咱们这儿过段时间就挂牌，还有京张铁路工程局也快安排好了，我让下边抓紧落实，便于你入驻办公，你现在还有什么困难没有？”

“困难？”

詹天佑思索了一下，告诉陈昭常：“困难肯定是有的，不过就眼下最要紧的一件事来看是缺人。”

这是从勘测路线的时候，詹天佑一直思考的问题，自己身边只有张鸿诰和徐士远，虽然两个学生热情很好，但是经验不足，京张铁路是一节很好的实践课堂，可是，作为国家级的重大项目，单凭几个学生肯定是不行的。自己虽然精通，但浑身是铁，能打几根钉呢？京张铁路穿山越岭、地形复杂，难度之大，远超国内现有的所有铁路，这不是仅靠普通的工程师或者学员就能完成的，必须由具备丰富经验的铁路工程师具体承办。

詹天佑告诉陈昭常：“大人，我的想法是从全国其他铁路上选调一些优秀的工程师来京张工作。这是我们第一条完全独立修建的铁路，我觉得不能也不宜找外国工程师做参谋，自主铁路这根弦，咱们必须绷紧了。所以，缺人是眼下最要紧的问题。”

詹天佑说得很有道理，陈昭常不由频频点头，但他的脸上也露出了为难的神色："眷诚兄，你分析得十分在理，我也认同你的这个想法。但是，现在铁路人才非常难得，特别是懂修铁路的中国工程师太少了，有那么几个都浮在水面上，大家都盯着呢，真的是抢手至极，我恐怕调动不易。这样，你说说你心里的人选，咱们俩先合计合计，看看有没有可能争取尽可能多的人过来。"

"那我可就说了。"

"说。"

"提起此人大大有名，他家住上海浦东，曾在美国留学，如今任沪宁铁路工程师，姓颜，名叫颜德庆。"

好家伙，詹天佑头一个要调的就是个大人物。





要说颜德庆，先得说说他的家庭。

在中国，一个家族能出一个大人物就很了不起，如果人才辈出那就是相当荣耀的事情了。文学史上有"一门三学士"之说，指的是苏洵、苏轼、苏辙父子，个个文章盖世。而在中国近代历史上，也有这么一个家族，其在外交、教育、工程、医学领域都很活跃，可谓是"一门四颜"，说的就是颜氏家族。

颜德庆置身铁路事业，这还得归功于他的父亲，正是这位老先生身先示范，言传身教，才有了颜氏兄弟后来的成就。

颜德庆的父亲叫颜永京，是中国一位了不起的翻译家、教育家，祖籍山东，后移居上海，据说是孔子的弟子颜回的后人。颜永京在教育领域很有建树，是教会教育界公认的领袖，最早进入教会教育高层的中国人。

颜永京生活在晚清时期，当时西方的文化进入中国，给死气沉沉的学术界带来了一丝生气。颜永京毕业于俄亥俄州建阳学院，学成回国，担任上海英国领事馆与公共租界工部局翻译，成了东西方文化交流的使者。

除了翻译工作之外，颜永京还是武昌文华书院和上海圣约翰书院的开创者之一，武昌文华书院就是华中师范大学的前身。颜永京曾安排归国的留美学童来校任教。

颜永京思想开化，会教书育人，子女在他的言传身教之下个个出色，正所谓上行下效，良好家风。

颜永京膝下有四子一女，次子颜惠庆后来做了民国北洋政府的国务总理，幼子颜德庆是著名的铁路工程专家，另有两子早夭，女儿颜庆莲。他还有个侄子叫颜福庆，幼年丧父，颜永京资助他留学，颜福庆日后成为著名的医学教育家、公共卫生学家，为中国医学教育事业作出了卓越贡献。

颜惠庆、颜德庆、颜福庆个个出类拔萃，当时人称“颜氏三杰”。可以说，颜永京和他们创造了当时的一个神话。

颜德庆一生专注于铁路，他是 1878 年生人，他比詹天佑小了差不多十八岁，1895 年，颜德庆自上海同文馆毕业后，随二哥颜惠庆一同前往美国留学，在美国时他就读的是理海大学，主修铁道工程学。

1902 年学成归国后，在粤汉铁路和川汉铁路的修筑项目上工作过，目前正在沪宁铁路项目上工作，是那儿的一根台柱子。

陈昭常脑袋“嗡”一下子，他点了点头：“好啊，你说的这位确实是不可多得的一个专业人才。之前，袁总督就准备把他请到天津，听说当时有个紧急任务，未得脱身。而且，沪宁铁路现在是由盛宣怀大人主持的‘铁路总公司’负责，若要调他怕是有些难度，‘铁路总公司’现在在南方正有多条铁路的兴修工程，盛大人未见得肯放人。”

陈昭常觉得这事有点为难：“眷诚兄，你这可是要挖盛大人的心肝啊。”

詹天佑叹了口气：“唉，没辙啊，实在是人手不够。”

“嗯，我听说袁总督将你从沪宁铁路调回关内外铁路时，盛大人就心疼得不行，没想到啊，不但你被要回来了，反而你还要再要走他的另一个爱将。”

詹天佑被他说得有点不好意思了：“哪里哪里，本来我就是经袁总督同意借调到盛大人麾下的，盛大人知道我早晚是要回到关内外铁路的。”

这就是年初的事情，前回咱们表过，当时詹天佑丁忧在家，实差仍然挂在关内外铁路上，但却因为回老家丁忧的缘故而回了南边，他先后被借去做潮汕铁路和沪宁铁路的顾问，直到 5 月接到袁世凯的调令，命他回津准备修筑京张铁路的事宜。

陈昭常思索了一番：“要调颜德庆虽然有些困难，但也不是没可能。我去跟袁总督汇报一下这件事，请他出面调用，估计盛宣怀大人也会卖这个面子，我多出点力不算什么，不过，你得等。”

“行。”詹天佑挺高兴，“既然如此，我再说一位。”

陈昭常刚放下一半的心又提起来了，心说，他怎么还有人选？“那什么，眷诚兄，下人已经把酒宴摆下了，咱们一同入席吧。”

陈昭常什么意思？他想让詹天佑歇会儿，最好忘了刚才这茬儿，心说，袁总督自己调颜德庆都没调来，我刚才大包大揽，而且找的还是袁总督，能不能成还在两可之间，这事儿还没定呢，他还要说一个，自己这压力太大，最好借着喝酒，说点别的。

可陈昭常不知道，詹天佑是一点儿也没察觉出来，他就认为陈昭常有这个能力。坐这儿吃着喝着脑子可没停，酒过三巡，菜过五味，詹天佑一举酒杯，陈昭常以为他要敬酒，就听詹天佑说："大人，我接着刚才的话说，我再提一位啊。"

嘿！陈昭常心说，他这记性也太好了，行！"眷诚兄，你说吧，谁？"

"我想调的第二个人，也是大大有名，他和我一样也是官派留美学生，如今，任关内外铁路的工程师，他叫邝孙谋。"

嘿！陈昭常心说，你可真会调，都知道，邝孙谋是詹天佑进入铁路行业的领路人。

前文咱们说过，邝孙谋和詹天佑虽然天各一方，但是，书信往来从未间断。

陈昭常明白，如果能把他调来，肯定又是一大助力，不过，关内外铁路现在也是工期紧张，能放他出来吗？

陈昭常对邝孙谋很了解，对调他来京张铁路也很赞成，不过，这涉及关内外铁路，这里有一件事，让陈昭常耿耿于怀。

就在三年前，在一次铁路重要会议上，陈昭常提出了自己的建议，当场被一个人给驳斥了。陈昭常心里很不痛快，当场和此人吵了几句，闹得很不愉快，虽然都是公事，但毕竟红了脸，所以，对于这个人，陈昭常总是避而不谈，这人谁呀？关内外铁路总办梁如浩。

陈昭常想了想："眷诚兄，你这个提议非常好，邝孙谋可是铁路专家，不过，他现在正在关内外铁路挂职，而且身兼要务，如果我以公对公的关系调人，恐怕很困难，这事儿能不能动用一下你的个人关系？"

"个人关系？"

"是啊，现在关内外铁路的总办梁如浩是你的老同学，你出面先和梁大人打个招呼，我再来个以公对公，调出邝孙谋，应该问题不大。"

詹天佑这个人，精于技术，疏于世故，刚才陈昭常这番话，要是换作另一位官员，早就能听出弦外之音，可詹天佑脑子里想的全是修路的事儿，他是一点儿也没听出来。

"找梁如浩？那太简单了，一句话的事，我回去就写信。"

陈昭常擦了擦汗："那就有劳眷诚兄了，咱们这事儿就算踏实了，来来来，别光说话，咱们喝酒。"酒杯往起一端，

"等会儿，大人，我还没说完呢，还有一个人。"

陈昭常心说，你瞧我这"醒儿"提的，招出多少麻烦事来，一个颜德庆，一个邝孙谋，这都不是轻易能借调出来的，自己已经顶了很大压力了，这算勉强答应下来，没想到，后边还有！这哪是詹天佑的困难哪，简直就是我陈昭常的困难！他这儿急得汗都下来了，再看詹天佑，满脸憧憬，仿佛是要组织一场群英大会。

陈昭常把牙一咬，心说，一个也是轰两个也是赶，盐多了不咸，账多了不愁，"我的眷诚兄，您就接着说，这第三位，他是谁?"

詹天佑是一点儿没察觉，他看不出陈昭常有为难之色，想了想："嗯，这第三位嘛，也是大大——"

陈昭常一听："您别大大了，我看出来了，凡是您想调来的，都是名扬四海的主儿，这位肯定大大有名，您直接说吧。"

"好的，他是天津北洋武备学堂铁路工程班的毕业生，曾在关内外铁路上供职，姓陈，名叫陈西林。"

一提陈西林，陈昭常精神为之一振，他知道，这可是一位深藏不露的大才呀。陈西林，字荫东，1867 年生于惠民县大年陈村。二十岁考中秀才，二十二岁考入北洋武备学堂。

这个北洋武备学堂咱们之前提过，那是清末的一所陆军学校，于洋务运动中创立的。

它首开了近代陆军教育的先河，引起了中国武举制度的废除；它所培养的学生大多成了清末时期新军编练的骨干和北洋军阀集团的重要成员，对民国初期政局产生了一定的影响。

当时的洋务派人士鉴于海防日趋重要，而国内没有新式军队以抗衡西洋军队，因此拟效法欧洲陆军最强盛的德国训练新军，以军事人才缺乏为由，奏请朝廷，于 1885 年在天津设立北洋武备学堂一所，挑选军队中士兵数十人入学，教以新的军事技术，为训练新军储备人才。学堂初设步、马、炮、工程四科，1890 年后增设铁路科。后来的段祺瑞、冯国璋、曹锟、吴佩孚等，都是武备学堂学生。

一直到八国联军攻陷天津，天津武备学堂被焚毁。

天津武备学堂首届铁路工程班的很多学员在学成毕业后被分派到了关内外铁路上任职，陈西林就是这些学员中最优秀的一个，学习两年，考核优等，朝廷赏给六品功牌。后进入新设的铁路工程科就读，毕业后被派往北洋铁轨官路总局实习。

詹天佑在关内外铁路任职期间，就听说过陈西林的大名，此时就向陈昭常提出要借调陈西林，同时他又提出：“武备学堂首届铁路工程班还有不少优秀学员，他们也都是很好的借调人选。”

陈昭常手一哆嗦，好嘛，借一个还不行，还要借一批！

开始陈昭常是战战兢兢，现在居然哈哈大笑：“行啊，我的眷诚兄，你可真是狮子大开口，也罢也罢，你也不用一个个说了，列上一个名单来，把想借调的武备学堂毕业生的名字都列上，我来帮你协调，他们都是北洋体系内的人，人事关系基本都在关内外铁路上，怕只怕您的那位老同学梁如浩要头疼。唉，干脆，眷诚兄，你直接把梁如浩给借来吧，这些问题就算解决了！”

一句话把詹天佑也逗乐了：“就请大人多多费心了。梁总办那边，我除了想找他借人之外，还得请他帮忙支援下场地和材料，京张铁路的起点丰台是与关内外铁路的连接点，从这里开修的话，我还想租用关内外铁路的路轨和场地以存放和运输材料。具体的事宜待我将路线规划和预算情况拿出详细的报告后，再向您汇报，如果方案确定了，再和梁总办商谈此事。”

# 第四十八回

# 怡和行选材订枕木<br>总督府进门遇怪事

詹天佑天津借能人，这可给陈昭常出了难题了。当然，陈昭常明白，詹天佑是把全部精力放到了京张铁路上，为国忠心，天日可鉴。

“眷诚兄，你考虑得很周到。这样吧，您先跟梁总办商量借人的事情，其他的事情待方案定了再与他商量，只是到时候恐怕还要袁总督或是胡大人出面，毕竟关内外铁路用了英国人做工程师，涉及租金、营运这些事，只怕梁总办也不能完全做主。”





“嗯，”詹天佑也考虑到了这一层，不过眼下议不到这一步，调人和方案定下来才是当务之急，“我先把借调名单列出来交给大人，您去协调人员调用，我来跟袁大人汇报勘测情况和路线方案的选择。”

陈昭常对此没有任何异议：“好吧，我已经和胡大人商量过了，他也同意了，我已经把你的名片送去袁总督那里挂号了，到时候，你直接向他汇报。”

“什么？”詹天佑一愣，“按照规矩，应该是大人您去汇报才对呀。”

“嗨，我去汇报也得带上你，还不如你直接去呢，咱们俩之间，分工明确，技术上的事全听你的。连日奔波，你太累了，先休息几天，具体事情休息之后再说。”

按照当时的官场惯例，像詹天佑这种级别的官员要拜见袁世凯，是要提前将名片、拜帖之类的东西递到衙门去，相当于提交一个面见上级的申请，衙门上有专人负责收这些申请，然后按照事情轻重缓急、提交申请时间的早晚，以及和这些下官的亲疏远近等关系，给出一个接见排序，到时候要上门拜见的人就按顺序被上官接见。

以詹天佑的级别，他要得到袁世凯的接见怎么也要六七天后。现在陈昭常给自己安排好了，詹天佑感激不尽。

辞别陈昭常，詹天佑到了馆驿之后并没有休息，他有一种预感，袁世凯对京张铁路的事情这么上心，可能会提前见自己，所以自己现在没有时间休息，而是要抓紧把汇报材料整理出来。水未来，先叠坝，这是詹天佑做事的风格。

第二天一早，詹天佑将列好的借调人员名单送到陈昭常的衙门后，就开始忙碌预算编制和铁路线路的细节规划，他把自己关在屋里忙了整整一天，除了一顿早饭，连午饭和晚饭都没顾上吃。要不是馆驿的伙计来敲门，他都没有意识已经到晚上了。

第三天，詹天佑准备去定购枕木料。

说起来，枕木对铁路的作用太大了，在铁路发明的初期，由于当时经济发展和技术水平都处于较低水平，那时候木材资源丰富，所以铁路都使用木枕，以木为枕，富有弹性，可缓和列车的动力冲击。

詹天佑对于枕木料的选择是早有打算，他打算选用松木。松木木材质软，易于加工，富含松脂，有防腐耐久的优点，是优良用材树种，可以作建筑、家具、车船、造纸等用。

那么，纵观世界各地，尤以美国松木最佳。詹天佑在美国留学的时候就知道，在美国南部有四种树种群，那就是长叶松、短叶松、湿地松及火炬松，这四种松树组成了南方松，其地理生长范围广，从得克萨斯州一直到弗吉尼亚州。那个时候，詹天佑就了解了美国松木的出产贸易市场。

下午，詹天佑来到了天津的怡和洋行，到这儿一亮身份，经理马上迎出来了，香茶款待："不知大人到此有何吩咐？"

詹天佑把自己的计划跟经理一说，两个人从品质到价格做这么一商量，订下了一百多万立方英尺的美国松木，每一千立方英尺的价格约合四英镑。签订了合同，合同上限定日期，货物要走水路，所以，必须在封河前到货。

选完了枕木料，又定购了启新洋灰公司及德国出产的洋灰。这些事都办完了，詹天佑准备回转馆驿。走在大街上，忽听远处有人大喊一声："我跟你们拼了！"

詹天佑顺声音一看，只见十几米远的地方有棵大树，树底下有个擦鞋摊子，一个英国人正和这擦鞋的小伙计嚷嚷呢，嚷嚷的声音挺大，小伙计也听不懂，英国人急了，一脚把小伙计给踢倒在地，小伙计也急了，抄起一把剪子，要跟英国人拼命。

旁边也有好多做买卖的人，过来劝阻。没想到，这英国人脾气挺大，不劝还好，越劝越来劲儿，他走到近前抬起手来要给小伙计来个耳光，这手刚抬起来，"嘭"，从他身后伸过来一只手，把他的腕子给抓住了。

"What are you doing ?"

英国人回头一看，是个中国人，居然会说英语，"Who are you ?"

詹天佑微微一笑，没有说出自己的名字，他询问了事情的经过，这一问才知道，是小伙计给英国人擦鞋的时候，不小心擦鞋布里裹进几粒沙子，把皮鞋擦出一道口子，小伙计也觉得不合适，一个劲儿道歉，可这英国人是不依不饶，破口大骂，还动手打人。

把詹天佑气坏了，他知道，这里是英租界，闹出事来也不好，自己掏出钱来交到英国人手里，让他走。这英国人一看有钱，也就不闹了，扬起脸走了。

小伙计一看，“扑通”，给詹天佑跪下了：“先生，太感谢您了，可是，我没钱还您呀。”

詹天佑过去把他扶起来，给他掸了掸身上的土：“算了吧，都是中国人，不用你还了，以后干活小心点。”

说完转身要走，这小伙计喊了一声：“您留步。”



“怎么了？”

“我看您眼熟，您是不是姓詹？”



“是啊。”

“哎呀，詹先生，我又见到您了。”

詹天佑仔细打量这个小伙计，只见他不到二十多岁的年纪，赤红脸，细眉朗目，穿着一身粗布衣服，脚下家做的千层底布鞋。

“我没见过你呀。”

“嗨，您是没见过我，我过去常见您，您认识唐廷枢大人吗？”

詹天佑一听：“当然认识了，你是？”

“我过去是唐老爷身边的一名小厮，就是打杂的，当年在中国铁路公司，我见过您好几次，唐老爷生前也不止一次提到您。”

“哦！”詹天佑很激动，他对唐廷枢一直以师待之，没想到，他身边的人怎么落到这步田地？

“小伙子，你怎么擦上皮鞋了？”

小伙计一听：“嗨，这也怪我，我打七岁就跟着唐老爷，唐老爷经常教育我怎么做人、怎么做事。他老人家离世以后，我本想继续留在公司做事，可是，我发现那些人比起唐老爷，差远啦，好多人说一套做一套，我看着别扭，一赌气，我就出来了，我想凭真本事吃饭。可是，出来以后我才知道，我没什么真本事，实在没辙，我就在这儿给人擦皮鞋了。”

詹天佑听了，心里挺不好受，“小伙子，你叫什么？”

"我叫唐胥。"

"唐胥?"

"是啊，跟您说，我从小没爹没娘，在街上要饭，七岁那年在街上冻僵了，赶上唐老爷带人从街上过，把我给救了，从那时候起，我就给唐老爷效力，我这个名字，还是他给起的。"

詹天佑点点头:"这个名字好啊，唐胥铁路是咱们中国人的骄傲。这样吧，唐胥，你别干这个了。"

"好啊，大人，您让我干什么?"

"当路工你行吗?"

唐胥一听:"行啊，当初我跟着唐老爷，经常去工地，总看那些工人干活。"

"那就好，京张铁路就要开工了，你过去给唐大人效过力，铁路上的事你也懂，这样吧，我这几天有事，你记住，一个月后，去京张铁路总局找我。"

"好嘞!"

唐胥是千恩万谢。

两个人又说了几句话，詹天佑走了。回到馆驿开始撰写租用土地、修建材料储存场的计划。

这一下，又过了两天。

到晚上，詹天佑实在太累了，两个眼睛有点发酸。您别看就这些事，说得简单，真正做起来，那得反复权衡利弊，考虑价格，这是很重要的环节，必须得詹天佑本人做，别人替代不了。可他一个人究竟要承担多少沉重啊！铁打金刚、铜铸罗汉也得稍作休整。

脱了官靴，褪去官服，刚躺下，就听"咚咚"两声敲门，詹天佑心里这个烦，他知道，准是伙计问用不用夜宵，懒洋洋地问了一句:

"谁呀?"

"官爷，我是伙计。"

詹天佑心说，我不问好了，可话都说了，"什么事?"

"有您的电话。"

"哦?"

詹天佑立时困意全无，一下坐了起来，下床打开门问:"谁来的电话?"

伙计一愣，这位刚才有气无力，怎么现在这么精神?

“呵呵，是总督衙门的。”

“总督衙门的？！”

詹天佑扒拉开伙计迅速冲下楼梯，到传达室接起电话这么一听，是总督衙门传事处打来的，告诉詹天佑，明天早上七点半袁总督要见他。

可把詹天佑高兴坏了，也把他给忙坏了，他很庆幸，幸好白天没有休息，不然今天就是熬个通宵也不能保证把所有细节问题都列示清楚，同时他也庆幸，幸好预料到可能袁总督会着急见他，把所有的材料都带在了身边，这要是回北京取肯定不赶趟。

詹天佑连夜在油灯下赶工，准备明天面见袁世凯的汇报材料，包括京张铁路的测量报告、修建办法、铁路平面图和断面图，以及经费预算。他心情激动，不知道袁总督对自己将要提交的方案是否满意，也不知道袁总督又会有什么样的新要求，哎呀，这一宿是彻夜不眠。



直到第二天天光大亮，按照定好的时间，詹天佑冠带整齐，乘马车来到总督府，到门口整理一下衣襟，抬腿登台阶要进去，从大门里走出一名门官，四十多岁，青衣大帽，一脸横肉，伸手一拦：“站住，找谁？”

詹天佑赶忙往后退了一步：“我是奉命来见袁总督的。”

这人一听：“什么？见总督，哼哼，每天要见总督的人多了去了，排队了吗？”

哎？詹天佑有点急了：“不对呀，我是昨天晚上接到的电话，让我今天来的，我是詹天佑！”

这人笑了：“怎么，你就是詹天佑？”

“啊！”

“不认识！”

詹天佑这气，不认识你乐什么呀！

“贵差，还请您通禀一声，我有要事在身。”

“嘿嘿，告诉你吧，来这儿见总督的都是要事，修脚就奔澡堂子了，这个总督府大呀，侯门深似海，从这儿到里头少说也得一里地，大堂不种高粱，二堂不种黑豆，跑碎了鞋袜我得自己买，你又不是我们家亲戚，我凭什么给你通禀？”

说完话这位把右手抬起来，往前一伸。

詹天佑不明白，这是干什么？

俩人互相看了足有一分钟，这门官笑了：“呵呵，看来你还是短练呀，行了，我还有事，回见吧。”

说完话一转身进门，“咣当”一声，把大门给关了。

詹天佑彻底糊涂了，他抬头看了看，这是总督衙门啊！上次见袁世凯是在关内外铁路总局，记得那个门官很客气，怎么到总督衙门这儿就变了？想了半天没想明白，詹天佑上了马车。回馆驿？没有，他去找陈昭常了，心说，我把这事跟陈昭常说完，他非火了不可。

万没想到，詹天佑把这事儿说完之后，陈昭常不但没生气，反而笑了：“眷诚啊，这就是你不对了。”

“什么！”詹天佑一听，“我不对？我是奉命前往，他不让我进反倒是我不对？”

“当然啦，你要去的那个地方是总督衙门，到那儿去，你得给门包啊！”

詹天佑不懂：“什么叫门包？”

“你过来。”

他把詹天佑叫到跟前耳语几句，詹天佑眼睛瞪得跟包子一样：“我的大人，这可是公事！我也是为朝廷办事，难道还……”

“眷诚兄，你怎么不明白，宰相门前七品官呀！”

陈昭常下话没说，也不好说，那就是阎王好见，小鬼难缠。他多年在官场混迹，太明白这里的门道了。

“你不把底下人哄好了，事儿就办不成，可别因小失大呀！如今袁总督在朝中势力很大，他手下的人也是错综复杂，我可告诉你，见到袁总督，你可千万别提这件事，对你一点儿好处也没有。”

“什么？不提？这种恶奴就应力惩！”

“哎哟！”陈昭常急了，“我的眷诚兄，您为了咱们的千秋伟业，万万不能提，花点钱不算什么，一旦得罪小人，那可后患无穷啊！”

“好吧！”詹天佑勉强点头，心说，这可真是主多大奴多大呀！为了京张铁路，我也只能委曲求全了，“多谢大人。”

辞别陈昭常，二次来到总督衙门，詹天佑包了几个小包儿，到了府门前，往前一递，心说，我好好寒碜寒碜你。

没想到，人家一点不好意思都没有，大明大白地往过一接，数了数，往怀里一揣，态度立马就变，真比灵丹妙药都灵，门官当时是笑脸儿相迎：“詹大人，您别这儿站着了，里边请吧。”

请詹天佑门房入座。那时候没有传达室啊，有个小门房。给倒了一杯茶，让他在这儿歇会儿。马上，就给通禀进去了。

詹天佑心说，这可真是钱能通神呐，难怪老百姓总说有钱能使鬼推磨，这玩意儿可太厉害了，小则丧身大则丧国呀。

工夫不大，里边传出话来，大人有请。

# 第四十九回
## 识大体暂忍心头火
## 谋远利长谈局中棋

总督府召见詹天佑。詹天佑急于修成京张铁路，他希望得到袁世凯的大力支持，可没想到，还没见到袁世凯呢，先吃了个闭门羹。要没有陈昭常的点拨，他连门都进不来。

詹天佑怀着怒气，带着一大摞资料，来见袁世凯。他先把气往下压了压，暗暗嘱咐自己：小不忍则乱大谋。由差人带领，来到待客厅，詹天佑进门张嘴刚要说“参见总督大人”。嗯，詹天佑一愣，怎么？就看屋里这个人，不是袁世凯。





看此人三十多岁的年纪，中等身材，面色姜黄，五官端正，留着八字胡，一身长衫，长辫垂于脑后。见詹天佑进来，他主动地自我介绍，原来，这个人是袁世凯的幕僚，绍兴人氏，姓方，叫方治平。

幕僚也叫幕宾、宾客。通俗点说，就是师爷，幕僚的来源很多种，有的是朝廷安排的；有的是官员专门物色的；还有一些是当时社会上的名流、有学识的学者；再有就是丁忧，也就是在服丧期间，没有工作的，或是一些是退休后的公务人员，他们有丰富的工作经验，可以借此赚点外快。这些人大多将幕僚这个职业当作实现自己人生抱负的平台。这个方治平，就是袁世凯两年前发现的人才，此人文采出众，曾经出洋留学，尤其对铁路建设很感兴趣，袁世凯的很多文案，都由他来处理。

就在昨天晚上，袁世凯接到了紧急通知，慈禧太后召他进宫有要事相商。本来已经通知詹天佑来总督衙门了，没办法，袁世凯只能把这个任务交给方治平了，临行时，袁世凯再三叮嘱，这才去往北京。

这是令詹天佑意想不到的，他一时语塞，不知道该怎么说了。方治平一看：“詹大人，您不必拘谨，袁总督临时行时有言，让我同您协商京张铁路事宜。最近，袁总督处理的事情太多了，每天来见他的官员，包括京官、地方官，难以数计。有些事就是走个过场，有些事需要他真的动动心思，比如京张铁路的事，他是掰着手指头数，生怕耽误日期，他一直在期待着您的汇报，之前，总督已经把京张铁路的情况向我介绍了，咱们把方案定下来，最后，还是要由总督大人定夺。”

“哦，那就多谢先生。”

“不用客气。”

说到这儿，方治平看了看表，上午十点半：“詹大人，您怎么来得这么晚呀？”

哟嗬，刚才这位还挺客气呢，突然就把脸给板起来了。詹天佑还一肚子火呢，张嘴可就要说，怎么这么晚？你门口的人不让我进，跟我要门包！话到嘴边，他想起了陈昭常的嘱咐，詹天佑知道，自己是搞技术的，对于官场的事一概不懂，陈昭常说得对，总督府错综复杂，千万别因为这一点儿小事，耽误了京张铁路的大事，那可就得不偿失了。

一个“忍”字浮现在眼前，詹天佑也是急中生智：“先生，今天早上，卑职把准备的材料又扩充了一下，所以耽误了时间，还请见谅。”

“哦，我还以为是路上出了什么事呢，既然是这样，我先看看材料。”

詹天佑把材料往上一递，方治平一篇一篇地翻，一个字一个字地看，他是不住点头：“嗯，很翔实，哎，我听说，你们在路上遇见劫匪了？”

“不错，已经处理了，人员没有伤亡，也做了应对，今后施工会有兵丁保护。”

“那就好，行啦，您具体说说吧。”

“好。”詹天佑开始汇报，从丰台出发一直到张家口回测。

方治平听着汇报，看着材料，很是满意：“詹大人，总督昨天还说，这段时间辛苦您了，两天前胡大人给总督拍了电报，大致说了您的方案，今天听了您的汇报，看了您的勘测结果数据翔实，方案设计考虑得也很周到。现在，您觉得这条铁路最大的困难在哪里？”

“先生，最困难当数关沟和八达岭一带，您看——”

詹天佑用手指着图纸，他现在对京张全线的地形已经烂熟于胸了，这张图，他几乎可以完全复制。詹天佑用手指指点点：“请看这儿，还有这儿，鹞儿梁、老龙背、蛇腰湾，这几处也是山高路险，需要我们慎重对待的地方。”

看着詹天佑不假思索地脱口而出，方治平明白，这次勘测任务詹天佑是全力以赴的。

“很好，詹大人，你认为，如果完全不用外国工程师，我们大清自己的人是否能把这条铁路修成？”

这话一说，詹天佑突然之间背后发凉，浑身上下“唰”一下，冷汗都出来了，当时内心警铃大作，他一下就想到了路遇金达时的事，不用问，袁世凯一定是听了金达对路段困难的汇报而有些犹豫，同时，肯定有日本人找到了他，方治平对这件事肯定了如指掌。现在，不论是哪边刮来的风，我詹天佑一定给它挡回去！

想到这儿，詹天佑站起身形重整衣冠：“先生，这个工程的确有困难，而且困难不小，特别是八达岭一带，山峦起伏，如果在此处修路，就必须开凿山洞，这将是一项很难的工程。但是，据我的判断，咱们完全有能力独立完成。如果没有机器，凭火药炸开山洞，我们中国人能够修筑此项工程。”

这话虽然是对一个幕僚说的，但是，这也是詹天佑第一次对修建京张铁路工程所作的明确、郑重的宣布。这是他经过周密勘测、调查、核算、分析后得出的科学结果，并作出的严肃许诺，也是他对中外一些轻蔑与嘲笑的响亮回答，是他发展中国铁路与振兴中国经济的伟大决心的庄严表白。真是铿锵有力，掷地有声！

“好，”方治平拍了下桌案，站起来在地上走了两圈，转过身来看着詹天佑，“我相信，总督大人等的就是您这句话。”





说着他低下头去翻了翻詹天佑带来的材料：“你这里有沿途运输和人流情况的统计数据吗？有测算过未来运营的收入情况吗？在哪里？”

詹天佑走到桌案边，将自己在沿途几处道捐局收集的数据情况和自己的盈利测算那几页纸挑了出来，指给方治平看。

上写：居庸关设有道捐局，专收车辆牲口捐，查其所收捐册，约计每日用马车骡驮转运货物，经过该局有二万担之谱。由京往来张家口货物，现在每担约需时价银一两二钱，每人约需车价银三两五钱。若将来由火车装运，货物每担车脚以二钱五分核算，全年三百六十天，约可收货票银一百八十万两。客座每里以制钱五文核算，每日以五百客座计之，全年三百六十天，约可收客票银二十五万九千二百两，统计货票、客票两项，每年约有进款银二百零五万九千二百两。

方治平认真看了之后，点了点头：“这个盈余数算是个最低结果吧？”

“先生说的是，铁路是盈利的，这一点毋庸置疑，有世界上其他国家的情况为佐证。我的测算还是偏保守一些，没有考虑运输量增加的情况。”

“嗯，这应该是您的性格所致。那么，如果要是考虑这个因素呢？”

“方先生，我是这样想的，张家口是北京通往北方的重要交通要道，每年货物集散量甚为可观，一旦京张铁路修成，贸易的运输条件会更加便利，那时节，运输量会大幅增加，而且，铁路的兴起，可以带动沿途地区的经济发展，还能衍生出新的行业，我们可以利用这些来增加国家的税收收入。”

方治平忍不住大笑：“好啊、好啊，是您说的这个理儿。就算没有可观的经济收入，这条铁路也是非修不可的。听总督说，俄国人对咱们垂涎三尺，一旦开战，有了这条铁路咱们运兵也方便。”

一说到打仗，詹天佑眼珠一转，脑子也是真快，他立即接了一句：“开路兴兵，自古有之。这也从另一个角度提醒我们，这条铁路不能让外国人插手。”

“詹大人说的是。”

“可是，我倒想问问，我在半路上遇见金达的事，您一定知道吧？”

方治平一听：“詹大人，我得替袁总督跟您解释解释了，直接说吧，总督让金达去找你，可没别的意思。”

话说到这儿，方治平认为詹天佑出于上下级的关系，一定会说“那就好，卑职没有任何误会”。可他想错了，詹天佑目不转睛地看着他，一句话没说，可眼神里已经带出意思了，那意思是：你必须说清楚。

方治平觉得一瞬间有那么一点尴尬，也不知道是怎么了，他总是不敢和詹天佑直视。方治平也觉得奇怪，自己天天跟着袁总督，什么人物没会过！唯独这个詹天佑，明明是个文弱的书生，可他的眼睛里总有一股无形的威力，让自己看了之后有点不寒而栗。他咳嗽一声，其实也是给自己壮了壮胆：“詹大人，袁总督确实同时委派金达去勘测了部分地段，他回来后也来总督府了，说碰到您了。其实，袁总督请他去，就是因为京张铁路的困难太大，是超出国内现有其他路线的，袁总督有顾虑才委派了金达去勘测部分路段，全是为帮您，这点您可以理解吗？”

“哦，方先生，那日本工程师的事又怎么解释呢？”

这句话，有点儿让方治平出乎意料，敢情他知道，袁世凯确实有过请日本人插手京张铁路的想法，现在让詹天佑这么一问，自己也不好意思说了：“呃，那什么，是日本人想从中赚取利益，找过袁总督很多次，都被拒绝了。其实，金达来的那天，我也在场，他反复向总督强调路段难度之大，似乎以他的经验都没有完全的信心，并且他极力推荐日本工程师和日本公司承办开凿山洞、铺轨的工程。他走之后，总督跟我说，即便金达说的全是实话，毫无私心，以他没有信心修成这点，总督就不敢用他。一个总工程师，连他自己都不相信能修成这条铁路，朝廷怎么放心把这个工程交给他？您说是不是。”

詹天佑点了点头，心中暗想，这位方先生是称职啊，做事严丝合缝，说话滴水不漏，堪称是袁世凯的得力助手：“既然如此，卑职就理解了。袁总督的这个安排确实无可厚非，我虽然独立修过新易铁路，但新易铁路比起京张铁路委实是小巫见大巫了。京张铁路乃是国之体面，天佑绝不敢有丝毫懈怠，这层意思，还请先生转达。”

说到这儿，方治平叹了口气："哎，詹先生，您是一位干国的忠良，实业的人才，袁总督就不一样了，他在朝一日，就得上下左右，四处逢源，不敢有一丝差错，朝里朝外的人都睁大眼睛看着他，有希望他成功的，也有希望他失败的，他总说，如果京张铁路修不成，他就是千古罪人了。您可能不知道，眼下，袁总督正有件要紧事情需要朝廷的首肯。"

听了这番话，詹天佑没做回答，因为他对朝里的事不太感兴趣。没想到这方先生兴致很足，想拉着詹天佑聊聊，转身回到里屋，拿出来一份公文，递给了詹天佑："您看看这个，这和京张铁路有直接关系呀！"

詹天佑拿到手中一看，这是一份奏折，开头有这么几句：世有万古不易之常经，无一成不变之治法。法令不更，锢习不破，欲求振作，当议更张。



参酌中西政治，举凡朝章国政，吏治民生，学校科举，军政财政，当因当革，当省当并，如何而国势始兴，如何而人才始出，如何而度支始裕，如何而武备始修，各举所知，各抒己见。



詹天佑猛然想起来了，这是五年前朝廷颁布的《变法诏书》中的一段话。

这《变法诏书》是光绪二十六年十二月时颁布的。当时，八国联军还没有撤离北京，慈禧太后人还在西安就以光绪皇帝的名义发布了这份诏书，意在向国人及全世界宣布清廷要大改革了。

对于开头这段话，詹天佑早已烂熟于胸，如今这份奏折以此作为开头，不用问，袁世凯一定是要向朝廷提供一项改革策略，詹天佑是留美回来的，他对于改革是充满了动力，如同书生见到《诗集》，武士见到《拳谱》一般，头也不抬，詹天佑立即继续向下看。

下面一大段，是对朝廷颁布《变法诏书》后在各个领域推动的改革及成效、进展做的概括，包括奖励实业，改变农业为本、工商为末的传统观念，鼓励民间资本的发展；整顿吏治，淘汰冗官，精简机构，总理各国事务衙门改为外务部，位列传统的吏、户、礼、兵、刑、工六部之前；改革司法，修订刑律；改革军制，裁撤绿营、防勇，编练新军；改革教育，逐年减少科举录取名额，开办新式学堂，鼓励海外留学。

最后，笔锋一转，提出尽管目前在经济、政治、军事、文化教育等领域改革都取得了良好的成效，但是这种程度的改革仍然是不够的，朝廷应该考虑对政体的改革。写到这里，他提出了自己的观点——立宪制！

詹天佑看到这里提出了疑问，这和京张铁路有什么关系呢？

# 第五十回
# 愁上愁师生思良策
# 喜中喜母女探亲人

方治平让詹天佑看一份奏折，上面提出了“立宪制”，其实，这也是袁世凯临行前的安排。

说到这儿，咱们得介绍一下那时的重大事件——清末“新政”，因为它和铁路有直接的关系。

清末新政，也称庚子新政、庚子后新政，是清政府在义和团运动后十年间，推行的一系列政治、经济、文化军事措施，旨在维护其封建统治，应对国内外的形势。



“新政”的主要内容有军事、商业、教育、官制、法律，其中，也包括铁路。

第一，军事改革。编练“新军”是清政府新政的主要内容之一。1901 年，也就是光绪二十七年，清廷下谕全国停止武科科举考试，命令各省仿北洋、两江筹建武备学堂，下谕各省编练新军。

第二，倡导商业。1903 年，也就是光绪二十九年，清廷设立商部，倡导官商创办工商企业。接着，颁布了一系列工商业规章和奖励实业办法。这些章程规定，允许自由发展实业，奖励兴办工商企业，鼓励组织商会团体。这其中也包括铁路。

第三，教育改革。清政府推行新政的另一个重要内容是废科举、办学堂、派留学。清廷在推行新政过程中，要求各省筹集经费选派学生出洋学习，讲求专门学业。对毕业留学生，分别赏给进士、举人等出身。对自备旅费出洋留学的，与派出学生同等对待。

再有，就是改革官制、现代法律等。袁世凯提出的立宪，实际就是预备立宪。在当时，新政、立宪均是清廷为巩固统治而采取的措施。

这份奏折的最后再次重申了他曾提出过的建议，那就是朝廷选派代表出洋考察，实地去到日本、英国、美国、俄国以及其他西欧各国进行考察，尽管国内对立宪呼声甚高，而朝廷又对到底效法哪个国家进行改革迟迟拿不定主意，那不如就派考察团出洋实地考察一圈，拿出考察结果来进行比较，再决定我们大清自己的政体改革方案。

洋洋洒洒一份奏折，詹天佑从头到尾看了一遍，合上以后递给方治平：“卑职受教了，但不知，这和京张铁路有什么关系?”

方治平眼睛睁大看着詹天佑：“这还不明白？袁总督需要太后的支持呀！京张铁路就是最好的契机!”

“哦，何以见得呢?”

“您看，京张铁路是那么大、那么难的工程，可您，一个中国工程师，仅仅用了一个月的时间，就取得了明确的进展，这就证明袁总督当初向朝廷提出不用外国人修铁路、并请朝廷任命你来做总工程师的提议是正确的，这很重要，会加重太后对袁总督的信任。应该说，您的勘测结果来得很及时，帮了袁总督的大忙。您看的这份奏折是草稿，正稿已经被总督带走了。您这一个多月很是辛苦，这样，您先休息几天，之后把详细的路线规划方案和预算测算写成一个书面报告，总督说了，他要我把您的报告和申请立宪、派考察团出洋的折本一起呈递给太后。”



敢情，袁世凯已经把京张铁路纳入了自己宏伟计划中了。作为詹天佑，他从没想过京张铁路还可能影响到朝廷是否采纳袁总督变更政体的提议，此刻，他觉得肩上的担子更重了，但他并不是个遇到困难就打退堂鼓的人，这只会让他修好京张的决心更坚定。

出离总督衙门，詹天佑在天津住了一宿，第二天乘坐火车赶回北京。

之前陈昭常说过，北京要建京张铁路工程局，不过现在还在修建中，所以，现在办公，还是在丰台柳村驻地。

回来后，詹天佑要抓紧时间日夜赶工撰写设计报告和预算情况。

单说这天，詹天佑在屋里算了三遍预算，三遍都不一样，也不知道是在哪儿出了问题，数字这个东西啊，一分一厘也差不得。詹天佑从头到尾又看了两遍，还是没找出缘故来。要说詹天佑还是有工作经验，往往这个时候就不能再算了，越算越乱，怎么办呢？站起来到院子里，转一转，呼吸呼吸新鲜空气，让脑子醒一醒，哎，打屋里詹天佑可出来了，这院子里呢，虽然不大，但是有很多花草，提鼻子一闻，香气袭人。

刚往这儿一站，大门开了，徐士远打外边跑了进来，“老师您看谁来了?”

詹天佑抬头一看，大门外走进两个人，头前走的，是他的妻子谭菊珍，后面跟着的，是他的大女儿詹顺蓉。

“哎哟，你们来啦？！”

前文说过，詹天佑给家里写过信，让妻子和女儿来京，而且在阜成门一带安排了房子。没想到这么快就到了。詹天佑喜出望外啊，过去拉住了妻子。

人们常说，一个成功的男人，离不开在背后默默支持他的女人。詹天佑和谭菊珍的这门娃娃亲，真正走到一处可是着实不易。

前文书咱们讲过，詹天佑等一众留美学童被朝廷召回后，很多人陷入了困境。当时的詹天佑也是万念俱灰，他认为自己的前半生都已经虚度了，事业无望，婚姻就更别想了。他曾经和家里商量，准备取消与谭家的亲事，别让人家沾包儿，毕竟两家老人是多年的好友，别因为自己闹生分了。

詹天佑是仁人君子，没想到，谭菊珍更是女中豪杰。

当时很多人都认为，商家无利不起早，以前詹天佑是香饽饽，现在却是个无业民，谭家一定会退婚的。可是谭家并没有取消婚约，谭伯邨如此，谭菊珍更是如此，她对父母说，做人要从一而终，不论詹天佑飞黄腾达还是一事无成，我此生此世都是詹家的媳妇。





在当时那个社会，一个女子能说出这样的话，太难得了。

是谭菊珍的不离不弃，让詹天佑心灵上有了一丝慰藉，掐指算来，两个人成亲已经十八年，大女儿詹顺蓉也十三岁了。

如今，妻子带着几个孩子来到了北京，住在了阜成门，安置了一所宅院。老太太和弟弟天佐还在昌黎，老人在一个地方待习惯了，就不愿意动，谭菊珍知道丈夫工作太忙，又怕他身边没人照顾，把小儿子、小女儿留在阜成门，由用人照顾，她带着大女儿来了。

詹天佑非常感谢妻子，问了问母亲的身体，又问了问兄弟那几个孩子的情况，按说，这么长时间没见面，应该好好陪陪家人，可是，设计报告的事情更急，他实在抽不出时间。

詹天佑这个人，不善伪装。像这种情况，你满心欢喜地跟妻子女儿说几句话，哪怕带着孩子在门口转一圈也行啊，可他就不会，没说两句话，这脑子就开始走神。

谭菊珍这个女人，十分善解人意，她知道詹天佑的工作性质就是如此，常年要在全国各地跑来跑去，哪里修铁路他就要到哪里，没有多少时间在家，更别提陪伴家人，她理解丈夫的难处，也支持丈夫的工作，所以，没露出一点儿不悦之色。

顺蓉这个姑娘，虽然年纪小，但非常懂事，她知道自己是家中长女，从小就帮着母亲料理家务，照顾祖母，看哄弟弟妹妹。

“爹，我去收拾屋子，晚上，给您做好吃的，士远哥哥也一起吃。”

徐士远一听：“不了，既然师母和妹妹来了，老师，您也休息一下吧，好好团聚团聚，我就回去了。”

“等会儿。”

詹天佑把徐士远给拦住了：“正好，我这儿有笔账算不清楚了，你来帮帮我。”

“好嘞。”

徐士远陪着詹天佑去算账，谭菊珍带着女儿准备在院子里收拾，刚一跨门槛，就看夫人的身子微微一震，跟着，用手一捂前心，人就站不住了。

小顺蓉赶忙把母亲给扶住：“娘，您怎么了？”

詹天佑赶忙过来搀住夫人，定睛一看，夫人的脸色煞白。

父女俩赶忙把夫人给扶到卧室，这时候，徐士远出门请来了大夫，大夫一号脉，说这是胃病，得休息，开了几副汤药，大夫走了。

大夫前脚一走，夫人就坐起来了。詹天佑一看：“哎，不是让你躺着吗！怎么起来了？”

夫人笑了：“别这么大惊小怪的，我不过是在半路上着了点凉，你看，现在就缓过来了，放心吧，没事，快去和士远忙吧。”

“真没事？”

“真没事，快去吧。”

詹天佑看夫人脸色确实好多了，也就没在意，让顺蓉去煎药，自己和徐士远继续做预算。

到了晚上，一家三口同着徐士远一起用饭，夫人的状态很好，詹天佑只当真是着凉，也就没再过问。

饭后，师生二人讨论到了青龙桥附近的铁路铺设问题，这可是个很大的问题。

“士远，你看看，”詹天佑用手指着地图，“京张铁路要穿过八达岭的崇山峻岭，如何设计好路线让火车能顺利爬上山，是咱们最关键的问题。”

徐士远仔细看了看：“嗯，老师，这个问题我已经考虑多次，也翻了不少的资料，按道理，火车是无法顺着陡峭的山坡直着‘爬’上去的，只能采用延长路程的方法以减缓线路的坡度。”

“对。”詹天佑点点头，“以‘距离’换取‘高度’，按照一般设计方法，铁路每升高一米，就要经过较长的一个斜坡，可是，八达岭一带的地形条件不够，现在必须是较短的斜坡。”

“什么？距离缩短自然坡度变陡，以现在的蒸汽机动力条件，火车怕是爬不动啊。”

“你瞧瞧这个。”

詹天佑把斜坡方案递给徐士远，徐士远接过来看了又看，眉头紧锁：“老师，这个办法虽然使路段短了近两千米，也节省了大笔的修筑成本，可是如果火车上不去，事倍功半，再省钱也没用啊。”

詹天佑握着铅笔不停地在草稿纸上写写算算，他的表情也很凝重：“但是用通用的‘螺旋环山法’去‘盘山’，得要地形条件允许，关沟这一带的地形明显不具备修‘盘山’铁路的条件。”

徐士远也是直挠头：“要不我们还是绕开八达岭吧？按咱们原来的备选方案，如果绕开八达岭，不走这一带，坡度可以平缓一些。”

“唉！”詹天佑叹了口气，“绕线不是没想过，咱们不能不考虑钱哪。这个备选方案可是要多花很多钱的，路线长了不说，还得单独修一条路运料，反而更费时间。”





徐士远一听：“可是，不能光考虑钱啊。省钱的办法虽然好，但是技术条件达不到，实现不了，那怎么办？”

师生二人一筹莫展，把图纸又看了几遍，还是没想出好的办法。

“好吧，已经太晚了，你先回去休息吧，你把这事告诉鸿诰，咱们再分头想一想，尽量找到一个合适的办法，以明天中午之前为限。我们其他确定部分的文稿和预算已经差不多了，而这个技术问题也困扰我们不是一天两天了，如果还想不出合适的办法，只有换个路线方案，但是总设计文稿和预算不能为了这个问题再拖下去，不能耽误向朝廷汇报。”

“是。”

徐士远答应一声，辞别老师，走了。

他走了，詹天佑又陷入了沉思，他反复在思考列车爬坡的方法，直到夜深都还未休息。

连着几天，白天里詹天佑和两个学员忙着讨论方案细节、绘制详细的路线图、整理核对预算，到晚上，詹天佑仍然会在房间里点灯熬油写文稿、做预算。

这天晚上，谭夫人和小顺蓉劝了好几次，詹天佑执意不肯休息，没办法，夫人只能就着油灯的光亮缝衣服。

猛然间，詹天佑想起夫人的病：“对了，药吃完了吗？这两天胃怎么样？”

夫人一听：“早就跟你说过，没事，人吃五谷杂粮，哪有不生病的，放心吧。”

“我昨天让士远去买了些菊花种子，明天让人在这院子里种些菊花。”

“种菊花干吗?”

“我听人说，常闻菊香可以祛病，你的名字里又带个菊字，所以，我想让这院子里种满菊花。”

“嗨，真有你的。”

夫人嘴里这么说，心里可是热乎乎的，她万万想不到，这么一个直性子的人居然还会如此贴心。

世人形容夫妻总喜欢用“恩爱”二字，两个人相守一生，除了有爱情以外，更多的是彼此陪伴共患难的恩情。别看詹天佑是个终日以铁为伴的工程师，对待妻子，他选择了一生忠诚。当初，在关内外铁路工作的时候，他就经常告诫部下要尊重爱护妻子。詹天佑认为，男人如果不敬爱妻子，也必定不会忠于事业。他总说，夫妻争吵，过必在其夫!

后人在很多博物馆里见过这样一张照片：在一个简陋的竹棚下，詹天佑躺在吊床上看书，妻子在一旁做针线活，女儿则在一张木桌子旁写字，周围环境很简陋。

有人看到这样的场景心酸，也有人感觉到了幸福。詹天佑一生奔波在铁路线上，妻子始终不离不弃，让人不由得想起一句话:“什么是丈夫? 一丈之内才叫夫。”

詹天佑一生忠于妻子，忠于爱情，坚守职责，从未纳妾。在那个男权化非常严重的时期，实属难得。即便在当今社会，也是有口皆碑。

# 第五十一回

## 字斟句酌面面俱到
## 接书看信一展笑颜

詹天佑在家人的陪伴下夜以继日反复修改，终于在6月24日晚上，完成了京张铁路的报告及预算的最终稿。

他把张鸿诰、徐士远叫来。看着预算费用测算的部分，徐士远有些犹豫：“老师，您真的决定要这样报上去吗？”

詹天佑接过他手里拿的遍布涂改痕迹的终稿从头到尾又看了一遍：“没问题，总数就是这个，怎么了，士远，你觉得哪里还有问题吗？”

徐士远张了张嘴，好像不知道怎么措辞才好。

詹天佑也不着急催他，张鸿诰可是个急性子，他推了推徐士远：“我说你到底怎么了，说啊。我看这个预算很好啊，没有什么遗漏的地方，所有细节的方方面面，料、工、费都考虑了进来。”

徐士远摇了摇头：“按说，这里没有什么遗漏的，老师做得很完美了，只是，我看到工程师的薪水，这个水平和我了解的外国工程师们一样高了，在咱们其他的铁路线上，薪水这一项外国工程师总是比咱们自己的工程师高很多……”

“这不好吗？”张鸿诰急急打断他，“咱们可是在自己的土地上，给咱们国家修铁路，用的还都是咱们本国的工程师，凭什么薪水还要比那些外国人低？士远，你怎么长别人志气，灭自己威风？难道你愿意拿着比外国人还低的薪水修铁路，你能服气？”

徐士远被他这番话反问得满脸通红，急急解释道：“我不是这个意思，我当然也希望咱们的工程师跟外国工程师拿一样的薪水了。可是，我担心朝廷不会批准。要知道，朝廷上那些‘老爷’们都已经习惯了外国工程师薪水高这一点，我担心他们抓着这一点跟老师为难。”

说着，他用恳切的目光看向詹天佑：“老师，您愿意为大家争取更高的薪水，这是好事，可是，我担心这会给您招来非议。金达先生当初给袁大人报的预算是五百万两银子，咱们现在测算出的已经远超这个数了，如果袁总督发现是工程师的薪水高了，他会不会责备大人您？”

这番话一说，张鸿诰也担忧了起来：“哎哟，还真是啊，预算已经超了，老师还要提高本国工程师的薪资水平，尽管这样做很解气，不会再让大家觉得自己比洋人工程师矮一头，可是老师会不会被上司责备、被朝堂上别有用心的同僚扣帽子？”

詹天佑笑了：“你们不用担心这些，我已经想好了，咱们本国也有优秀的工程师，他们的水平并不比那些外国工程师差，薪水当然也要一视同仁，不能厚此薄彼。我在铁路这么多年，见过太多这种不公平的事了，从见习工程师、帮工程师到驻段工程师，薪水总是比同级的外国人低，但在工作安排上我们自己人反而是承担更艰巨或更辛苦的工作，这太挫伤咱们自己人的积极性和个人才智发挥了。我知道很多工程技术人员对这点颇为不满，我自己也受过这种不平等的待遇，所以现在既然我是总工程师了，我总要试着为大家争取一下，至少在京张铁路上保障权益平等，不然在自己的国家工作，却成了低人一等，这也太寒自己人的心了。我相信陈总办也会支持我这么做的，我本来想去找胡大人商量，可惜，他被派往外地公干了，不过没关系，我会去说服袁总督的。至于其他那些想要为难我的人，没有这件事他们就不会为难我了吗？所以你们不用担心，咱们就按这个做。”

徐士远和张鸿诰对视了一眼，点了点头，提起笔来开始誊抄数据，他们被詹天佑的坚定打动，但心里依然有一丝担忧，老师真的能说服袁总督吗？这是心里话，谁也没敢说。

看着两个学生认真地抄写，詹天佑忙叫夫人端来两杯菊花茶，“来吧，你们先把这个喝了，去去火。”

“多谢老师。”

詹天佑长出一口气，他看着两个学生：“你们两个辛苦了，这么翔实的报告，多半出自你二人之手。”

俩人一听连忙摆手：“老师说的哪里话，我们不过是跟着您学习，如果没有您的教导，我们只知道纸上谈兵，哪会有现在的本事。”

“哈哈哈，来吧，咱们先庆祝一下，以茶代酒吧！”

“好啊！”

夫人又端过一杯茶，三个人一饮而尽。

詹天佑很久没这么放松了，回想起一个多月的艰险勘测，又回想起这几天的复杂计划，终于初见眉目了，这就等于是京张铁路迈出了成功的第一步。本来想早点休息，可是，看了一眼写好的线路报告，詹天佑还是不放心，“士远，鸿诰，这样，你们两个听着，我把报告读上一遍，就当是演习，如何?”

两个学生一听:“好啊，我们洗耳恭听。”

“听了!”

詹天佑打开线路报告，他是高声朗读:

“京张路权既完全定为中国自办，所有工程全部概用华员，绝不借才他国，遂于光绪三十一年四月设局开办，以天佑为总工程师，旋即只带熟谙工程之学生徐、张二人，迭次详细测勘。其时外人议论，咸以吾国人才甚难，且有英人在伦敦演说，谓中国能开凿关沟之工程师尚未诞生于世云云。其言中之意何若，固可不必深论，而斯路工程之艰阻，于此实可想见。四月初五日开始勘测，阅月事竣。兹将当时调查所得各情形，条列如下。”

仅仅是一个开头，就让张鸿诰和徐士远高挑大指，老师的话大涨国人士气，恐怕这一百年来，还是第一次有中国人说出如此豪言壮语。

再往下听就是具体内容了，

“一、全路里程按驿站计四百二十里，以测量路程计三百六十里。此路中隔高山峻岭，石工最多，桥梁又有七千余尺。路险工艰为他处所未有，每里约估银二万两。”

这是报告里提出的第一处预算，张鸿诰吐了吐舌头，心中暗想，这修铁路真是耗费巨资，一共四百二十里，一里就得两万两银子，这得多少钱啊！再往下听，詹天佑开始捋着路线说了。

“第一段由丰台修至南口，长一百零四里，从速动工，约年余方可竣工，随即行车卖票，冀得少获余利，且于转运材料亦较为直捷。”

詹天佑的意思是，从丰台到南口这段路，一年多就能修完，修完就通车，马上就能有盈利。

“第二段由南口修至岔道城，长三十三里，拟候第一段开工后，即派精细工程师分驻关沟地方详细勘测，两相比较，视何路为最宜，即由何山开凿，赶紧动工。”

关于这第二段路，詹天佑打算提前动工，只要第一段路开工，马上派人到第二段路勘测，未雨绸缪，提前做好准备。

“第三段由岔道城经怀来、宣化达张家口，长二百二十三里。关沟山洞一时难以竣工，所有该段材料，只可先用骡车由大道转运，陆续兴工，一俟山洞凿通，而第三段工程亦将告成。若两段同时并举，期以三年余约可全路通行。惟铺垫碎石以及零碎工程，尚须一年之久，方可一律完善，约计四年余，若款项应手，则全路可以告成。”

对于第三段路，詹天佑的想法和第二段路基本一致，必须提前把所用材料靠着骡车运过去。其实，在此之前，詹天佑已经开始这项工作了，前文表过，不再赘述。

三段路的情况都说完了，下面该说说京张铁路的税收问题了：

“全路商务：居庸关设有道捐局，专收车辆牲口捐，查其所收捐册，约计每日用马车骡驮转运货物，经过该局有二万担之谱。由京往来张家口货物，现在每担约需时价银一两二钱；每人约需车价银三两五钱。若将来由火车装运，货物每担车脚以二钱五分核算，全年三百六十天，约可收货票银一百八十万两；客座每里以制钱五文核算，每日以五百客座计之，全年三百六十天，约可收客票银二十五万九千二百两，统计货票、客票两项，每年约有进款银二百零五万九千二百两。”

说完了税收，再往下，说一说养路费的事：

“全路养路费：每里每日约需银十两，以全年三百六十天核算，共约需银一百二十九万六千两。此路之外，既无河道又无别路可以转运，且车马骡运脚价亦昂，即车价稍为增加未尝不可，但创办伊始，商旅骤闻车价昂贵，众皆裹足，以故车价愈贱，而招徕愈广，则进款亦愈多。查泰西各国铁路定价最廉，凡遇商贾往来，格外优待，绝无滞留，以故年盛一年。一俟第一段路工告竣，即当严定章程，庶几运务日盛，而利源日溥，即津榆全路进款，亦可藉此日增。”

这养路又是一笔不小的数目，然而，还有一个重要的问题，那就是煤。蒸汽机车的主要动力就是煤和水，对于煤的供应，詹天佑也是早有准备，他说：

“查宣化府属之鸡鸣山煤苗颇旺，已有用土法开采，其煤质亦似甚佳，于机器厂、火车锅炉或可适用。若遣派矿师赴该山查勘，果系可用，再行设法开采，则京张全路借资利用。既省转运工费，取值亦廉，并可运销各处，而全路进款亦日益加增。查怀来县属之新保安山，素产硬煤，为该处居民所日用，如遣矿师查勘鸡鸣山煤矿时，可就便勘验，如煤苗果旺，似宜一并开采，即就地销售亦必流行，若再由火车运销各处，则车价较驮运取值尤廉，于本路进款裨益更多。如能开采以上两矿，先有三利：本路免购开平煤炭，既省运费，又可就近装用，利一；该矿出煤愈多，转运别处销售，必由火车装运，则车脚日多，利二；由火车装运，车价既廉，则民间日用亦多，其煤价亦必照现在减少，而民间更乐为购用，且附近小民，更可借该矿工作以谋生，利三。”

除此之外，詹天佑把勘测过程中镖头李子亭的新发现也写了进来，他说：

“在八达岭附近，看来还有一条通道，这条路发端于南口关沟的青龙桥，转向东北，走过一座叫黄土岭的小山，在小张家口出山，再走向平原。根据实际调查，这条通道将使距离增长约二十里，但修路费用可以节省三十万两银。因为这一带坡度较为平缓，故线路虽增长二十里，其维修费用不会有多大差别。但是，在进行更为详细精确的测量并将不同路线方案加以考察比较之前，现在还不能做出取舍，因为，错误的定线将会增加行车和维修费的开支，以及增加修筑费用。”

张鸿诰伸手打住：“老师，镖头打探出来的这条路，会不会有不可行因素，当初金达几次勘测都没选择这条路，一定是有原因的，您一定要把它写进报告中吗？”

詹天佑想了想：“鸿诰说得有理，但是，我中华山川河流数不胜数，慢说是金达，就是我们也有不认识的道路，镖头探出来的这条路算是意外收获，而且有益处，不必考虑金达，要相信自己，写上也无妨，”

“嗯，”张鸿诰点点头，“老师您接着说。”

“好！”

再往下，就是预算总额了，詹天佑把所有的钱数加到一处，最后京张铁路的预算总额就出来了，一共七百多万两白银。

张鸿诰问了一句：“老师，颐和园的路线，您是怎么设计的？”

“对！提得好！”

詹天佑急忙提笔，又加上了几句。

“关于颐和园铁路线，由三才堂出岔，到达颐和园，仅有约八里距离，工程并无困难。但是在路线的中部，有铺石官道行经于北面的圆明园和南面的六贝子花园之间，路线必须沿着弯弯曲曲的官道而行。除非此线路能够穿过圆明园，则可用直线的路线代替具有许多曲线的路线。此路既是完全由皇亲使用，这样通过应无阻碍。如果可行，车站可设在圆明园内，靠近西围墙，此处距颐和园大门只有二里多地。此支线的修筑费用估计为十万两银子。”

詹天佑看了看他们：“你们觉得，这份报告很详细了吧？”

徐士远刚要说话，张鸿诰喊了一声：“不对，还有一项重要的内容，老师没写。”

“啊？”詹天佑当时就是一愣，“能吗？”他又看了一遍，都在这儿啊，“鸿诰，还差什么？”

“老师，您怎么忘了，您光说线路了，用人的事，难道您还另写一份报告吗？”

“这……对，提得有理！”

应该把用人的事一并写在线路报告中，不宜另起炉灶。詹天佑夸赞了张鸿诰，跟着，提起笔来在后边加上了用人的建议。

上写：京张铁路纯粹由中国人修筑，这就需要从关内外铁路调用部分中国工程师和工程学员。当前，最重要的是调来邝孙谋、陈西林、颜德庆。

师生三人又一次把报告检查了一遍，张鸿诰一看："老师，这回没有纰漏了，应该可以上呈袁总督了吧？"

詹天佑摆了摆手："不行。"

"这还不行？"

"当然了，陈总办还没有看，另外，这仅仅是初稿，还要再斟酌，修筑京张铁路是大事，不可有一丝马虎。"

詹天佑告诉两个学生："你们两个抓紧时间，把线路报告抄写一份，以便提交给陈总办审阅。"



"是。"

两个学生答应一声刚要写，就在这时候，谭夫人进来了，手里拿了一份电报："眷诚，这是给你的。"

"哦？我看看。"

詹天佑接过来一看，嘿！他是大喜过望："士远、鸿诰，好消息啊，好消息！"

# 第五十二回
# 贼小野夺宝遭戏耍
# 颜德庆严词拒礼聘

詹天佑接到一封书信，他是大喜过望。徐士远和张鸿诰还从来没见过老师这么高兴。

“老师，到底是什么消息啊？”

“颜德庆！是颜德庆拍来的电报！”

“哦？难道说，难道说颜工程师能来了！”



“没错！颜德庆说，盛宣怀大人已经同意袁大人的调函，他不日即到！”



嘿，这可真是个好消息！可是，詹天佑万万想不到，这个好消息来得颇费周折。

前几天，詹天佑跟陈昭常提过要调用国内其他铁路上的优秀工程师，其中，关内外铁路上的邝孙谋等人和武备学堂的学员都不成问题，因为这些人的差事都在袁世凯的权限范围内，调动起来并不难，陈昭常只要和关内外铁路总办梁如浩打个招呼，再跟袁世凯这里报备下就可以。

最难的就是颜德庆，他的关系在沪宁铁路，沪宁铁路是盛宣怀负责的，而盛宣怀在南方一带，同样还有多条铁路在规划筹建中，意义同样重大，借调颜德庆太难了。当初詹天佑一提，陈昭常就很挠头：第一，这件事他做不了主；第二，他的级别也不够跟盛大人张嘴，只能请袁世凯出面同盛宣怀协商调人的事。如果按照正常的手续，或者说正常的工作流程，盛宣怀完全有理由拒绝，但是，这里有一段隐情。

当初，盛宣怀曾向袁世凯申请借调在家丁忧的詹天佑，请詹天佑帮忙勘测潮汕铁路和沪宁铁路，盛宣怀登门相请，和詹天佑算是有了过往，虽然两个人的官阶差很多，但是，盛宣怀非常看重詹天佑，双方还是很有些交情的。此次袁世凯向他借人，他一是觉得京张铁路对颜德庆来说是个难得的机会，可以借此机会跟国内高水平的工程师互相交流学习，更不用说京张铁路是现在国内最难的一条铁路，朝廷上下都关注，颜德庆如果能参与修筑，是个积累丰富经验的好机会，他经过这番锻炼能力水平更强，以后回到自己手下修筑其他的铁路，自己也更放心。二是盛宣怀觉得答应下来也可以还袁世凯一个人情，毕竟之前自己要借调詹天佑，袁世凯都是一口就应下来的，毫无推托之举。

基于这两方面的考虑，盛宣怀立即答复袁世凯的要求，同意借调颜德庆，北洋这边可以发正式的商调公文过来，办理借调手续了。当他把消息告诉颜德庆之后，颜德庆非常高兴！要知道，京张铁路是中国第一条自主铁路，承载着多少中国人的梦想，那些有爱国之心的工程师，都想来这儿一展身手，这是莫大的荣耀啊！

作为一个真心热爱铁路事业的工程师，他不怕铁路难修，每一道难关都激起他无穷的斗志，而每攻克一个难关都让他欣喜异常，让他觉得自己得到了锤炼，技术又更加精进。而在沪宁铁路上短暂的那段共事时光，让他意识到，国内最优秀的铁路工程师詹天佑，他们是一路人。他们同样对铁路事业饱含热爱和激情，同样有着在祖国大地建起四通八达铁路网的梦想和雄心壮志。

颜德庆恨不得马上飞到北京，立时投到这条自主勘测、设计、施工的铁路线上。但是，铁路上的人事调动需要走正式的借调流程，需要过函件走正式公文、各级官员逐层审批等程序，这肯定要花费时间。

颜德庆心急似箭，激动难耐，他立刻就给詹天佑拍了电报，告诉他这个好消息，也表达了自己的心情。

这份电报刚发出去，有侍从来报："颜大人，门外有客来访。"

"什么人?"

"他自称叫小野，说有要紧的事和您商量。"

"小野?"

听这名字，应该是个日本人，颜德庆心想，我与日本人素无往来呀，本来想不见，可转念又一想，日本和俄国在中国的国土上打成了一锅粥，现在日本胜了，他们总想打中国人的主意，黄鼠狼给鸡拜年，来者必定没安好心，我如果避而不见，未免有失大度。想到这儿，吩咐一声："有请。"

随着一阵皮鞋响亮的声音，从打门外走进一个人，颜德庆一看，差点乐出声。就看进来这个人，从头到脚多了说，也就一米四，光鞋跟儿就占了一寸，穿着一身黑色的西装，笔挺，这张脸太有特点了，一字眉、三角眼、扇风耳朵、菱角嘴，人中这儿有一小撮"卫生胡儿"，最有特点的是他这鼻子，这位长了个酒糟鼻子，最近可能上点火，都说上火各走一经，有走肝的有走肾的，这位走鼻子，通红通红的，打远处一看，就跟那马戏团里的小丑一样。

进屋来，他两个皮鞋后跟"咔"一碰，脑袋往下一砸："颜桑，空妮七挖！"

颜德庆精通日语，但是，他不喜欢在中国的国土上听见日本话，微微一欠身子："小野先生，我的日语不好，还是讲中国话吧，请坐。”

落座已毕，小野这俩眼睛紧盯着颜德庆的嘴，他很希望颜德庆能问他一句什么，奇怪，颜德庆光是冲自己笑，一句话不问。这可够干的，小野一想，我也别等他了，再耗一会儿天黑了。他清了清嗓子：“颜先生，自我介绍一下，我是日本商人，专门买卖古董的商人。”

颜德庆一听：“小野先生，您走错门了，我是个修铁路的，对古董一窍不通。”

“哈哈，您可能不了解我们这个行业，古董，是需要去民间走访的，在日本，在中国，民间隐藏着多少珍贵的文物啊！不瞒先生，我最近在中国发现了一件宝贝，我想把‘他’带回日本。”

颜德庆一听笑了：“小野先生，您若是喜欢，买走就是，何必与我商量，我刚才说了，我是个修铁路的，对古董生意不感兴趣。”

“不不不，颜先生，这件宝贝我必须征求您的意见才能买走。”

“哦，难道说，这件东西在我的府上？”

“不错。”

“是什么？”

“哈哈哈哈，不瞒颜先生，我说的这件宝贝，就是您。”

“什么？”

颜德庆一听当时就急了：“小野先生，我劝你放尊重一点，这可是大清的国土！”

“颜先生息怒，也许我的表达有误，我是想说，您是个人才，我想把您请到日本去。”

“请到日本去？你不是做古董生意吗，把我请到日本，我能干什么？”

“颜先生你有所不知，我这个人有双重身份，我在日本开了一家铁路公司利润很好，但是人才匮乏，我游遍全世界发现中国的铁路人才最具潜力，所以我把目光放到先生的身上。我认为颜先生是一个有着远大前途的铁路工程师，我想把颜先生请到日本去，咱们精诚合作，将来赚得利润，我和你平分，不知颜先生意下如何？”

颜德庆一听微微一笑：“小野先生，你想把我请到日本去，但不知你要出多少价钱？”

小野一听眼睛一亮，心中暗想有门，他已经谈到价钱这一步了，那就直入主题，我省去了不少的废话呀！“哈哈，颜先生，价钱是最好谈的，我已经打听了，你在中国，具体说吧，我知道你在沪宁铁路上的工钱，这样，你去了日本之后，我三倍给你！听说你现在每月的俸禄是四百两，到了日本，马上就变为一千二百两，怎么样？”

常言说，清酒红人面，财帛动人心，世界上没有一个人是跟钱过不去的。按照小野开的价格，这一年下来可是收入不菲啊！颜德庆吃惊非小！他惊的不是给自己多少钱，他惊的是日本人花如此大的价钱在中国收买人才，他们的目的何在？

“小野先生，是谁让你这么做的？还有，除了我，你还找了谁？”

小野一听，脸上当时露出得意之色：“颜先生，我都找了谁，这不太方便透露，但是，是谁让我这么做的，我可以告诉你。”

“谁？”

“天皇陛下！”

颜德庆心说，这叫胡说八道！

“小野先生，我相信，他不会知道我这个人，我不明白，世界上那么多的国家都有铁路工程师，你为什么偏要来中国找呢？而且，日本的铁路技术远远超过了中国，中国工程师去了，又有什么用呢？”

“哎呀，颜先生要是问起这个问题，我就得好好跟你讲一讲啦！说起我们日本的铁路发展，至少要追溯到几十年前，当时，英国爆发了工业革命，他们率先建造出世界上第一条铁路，后来，这些新潮的科技以武力或条约的形式传到了我们日本，在长崎建成日本第一条铁路。自那之后，我们又经历了明治维新。为了发展工业，铁路是必不可少的。所以在那时，官方决定：要向西方学习。同时，也要造出属于自己的铁路。”

说到这儿，小野站起来，朝东方大海的方向砸了一下脑袋。

颜德庆心说，这位的礼节还真不少。

行过礼之后，小野坐下来接着说：“在我们的国土上，铁路的建设与发展更是日新月异，用你们中国话说，这叫满天星斗，八方雄起。逐渐形成了除官设铁道外的五大私铁企业：北海道炭矿铁道、日本铁道、山阳铁道、九州铁道、关西铁道。而我，小野，就是山阳铁道的一名经理！”

“哦！”颜德庆点点头，看来这小子还真是铁路上的人。

小野接着说：“为了大日本帝国美好的明天，我们奋不顾身，竭尽全力为帝国效命。我为了给公司谋取更多的福利，这才开了一家古董店，专门收购中国的古董，去到世界各地出售，实话说，我赚了不少的钱。”

“哼！”颜德庆心说，大清朝能走到今天这个地步，就是因为有那些只认钱不认人的不法奸商，他们把中国多少文物都倒卖出去了，如今让这小小岛国的倭商来到我面前大言不惭，真是丢尽了祖宗的脸！

"好啊，能挣钱，说明你小野先生手段高明。"

"不不不！"小野把手摇得跟风车一样，"不全是这样的，我的确赚了你们不少的钱，可是，我也被你们中国人骗过多少次，赔了不少钱。"

"哦，还有人骗你？"

"啊，还不止一个人哪！1900年，我随八国联军入京的时候，看见中国的宝物，无论是名人字画，还是古玩玉器，就是一个字，好！我买了不少，当时，你们的衙门对此不闻不问，非常给我面子。那个时候，我就在北京前门外开了个古玩铺。有一次，铺子里来了一个人，他自称叫小诸葛，一见我就说：小野先生，我这有件宝贝，看看卖给您吧。我一听，宝贝！高兴了，问道：什么宝贝？他从柜台底下拿上一长条包袱，外边拿黄绸子裹着，我打开黄绸子一看，里边有根破竹竿。我当时问他，这算什么宝贝？小诸葛跟我说，说这是无价之宝。他给我讲了个故事，说这宝贝已经三千多年了，当初，周朝的时候，有一个周文王，他去渭水河边请一个叫姜子牙的大能人，两个人见面的时候，姜子牙正在河边钓鱼，周文王诚信礼聘，姜子牙答应出山，收鱼竿的时候，周文王发现，鱼线上的钩是直的，他问姜子牙为何直钩钓鱼？姜子牙说：宁在直中取，不在曲中求；不为锦鳞设，只钓王与侯。周文王大喜，请出姜子牙，这根鱼竿当作国宝被留存下来。后来，周幽王昏庸无道，烽火戏诸侯，被犬戎攻破都城，王宫被抢劫一空，那根钓鱼竿就流落到了民间，传来传去，就传到了小诸葛的手中，他问我要不要？我一听，他讲的这段历史完全属实，我是通晓中国历史的，所以，这根鱼竿一定是真的，最后，我花了五千两银子给买了下来！"

说到这儿，小野的眼圈红了，"颜先生，不瞒你说，我买下这根竹竿之后，不到三天，早上起来一开门，门口码了一摞竹竿，上边还有一张纸条，是小诸葛写给我的，上边写着：小野先生，前者姜子牙的钓鱼竿卖你卖贵了，我于心不忍，现在再给你送来五十根，权当赔礼了。"

小野的话说到这儿，颜德庆实在忍不住了，他是仰天大笑，"哈哈哈，小野先生，你这竹竿买得值啊，这叫买一送五十！"

"唉，实不相瞒，从那以后，我就不太敢和你们中国人做生意了。不过，为日本铁路挖取人才成了我的首要任务，颜先生，我知道你马上要去京张铁路赴任，实话说吧，我们日本也想争取京张铁路的筑路权，因为英法两国捣乱，我们没能下手，所以，为了给京张铁路掣肘，也为了争取人才，我诚邀颜先生加入我们的公司！"

说完话，再次站起来，冲着颜德庆砸了一下脑袋。

# 第五十三回

# 讲权益力争同工酬
# 费口舌拨云讲典故

日本商人小野劝颜德庆跳槽，颜德庆真想骂几句难听的话，转念一想，他又笑了：“小野先生，感谢你的抬爱，我也跟你说句实话，你就算是把钱堆成山、财过了北斗，我颜德庆也不会去你们日本效力。还告诉你，不单前门外有小诸葛，我们铁路上也有的是小诸葛、赛张良、智多星，你可要多加小心，千万别再为此赔上几千两银子，我可没那么多的竹竿补偿你！”





好嘛，颜德庆这番话说得小野眼睛瞪得比包子还大，大鼻头都快紫了，他一跺脚，恨恨而去。

颜德庆看着小野的背影骂了一句：“倭贼！”

谁也不知道，颜德庆在去京张铁路之前还有这么一段插曲，当然，这件事情，颜德庆对谁也没有讲，多年之后，才有人往外透露。

如今，詹天佑捧着电报可是激动坏了，他大喊一声：“真是天助我也！”

这时候，徐士远问了一句：“老师，您计划给颜德庆安排什么职位？开多少薪水？”

“这个？”

詹天佑想了想：“颜工程师的技术水平是很不错的，他可以担任驻段工程师。沪宁铁路上英国驻段工程师的月俸是四百元。那么他在京张的薪水不应该低于每月四百元。”

詹天佑说的元并不是银两，而是指银圆。一元的价值比一两银要少一些，如果给颜德庆开四百元的薪水，则折算过来相当于是三百多两银子。这样一来肯定是比颜德庆在沪宁铁路上担任同职要高了，他在沪宁铁路上跟着英国工程师做事，薪水被压得比同级的英国工程师低很多。

徐士远听后点点头，提起笔来在终版预算的草稿上打了个标记，预算报告中对人员薪资部分虽然有描述，但并没有逐个人记录薪资水平，说白了就是只有个最终结果，但没有测算过程。

詹天佑想了想：“这样吧，士远你继续抄写预算报告，我来做一个薪水等级表，到时候一并呈送上去。中外工程师理应同工同酬，这件事要向陈总办和袁大人汇报，应该做一个单独的薪水等级表。”

他边说着边拉过一张空白的纸，把他的想法列了出来：

工程学员月薪为：70、85、100、120、140、170元六档，以学员水平和工作难度区分。

帮工程师：第一年月薪200两、第二年月薪250两、第三年月薪300两。

驻段工程师：第一年月薪350两、第二年月薪400两、第三年月薪450两。

总段工程师：第一年月薪500两、第二年月薪550两。

伙食津贴：工程学员每月10.00元；工程师每月15.00元。

马驹津贴：工程学员如配备马驹，每月21.00元；工程师每日1.50元。

出差费用：工程学员每日1.50元；工程师每日3.00元。

作为一个总工程师，在外人看来，头顶光环，风光无限，可是，有谁能想到其背后的艰辛。

一直到当天夜里十二点，他们做好了《线路报告》《预算报告》《薪水等级表》《薪水登记表》《商调公文》，把这些文件归在一起，装订成册，预备明天一早坐火车去天津向总办陈昭常汇报，等待“铁路总公司”正式发文。

詹天佑满怀信心，单等着批文下来就可以正式施工了，他是过于乐观了，他忘了有那么句话，叫欲将善其终，必先固其始。看似坚实的前期工作实际上暗藏着没有捋清的千头万绪，一场预算风波即将上演。

两天以后，詹天佑带着一摞定稿报告来到天津，在新马路贾家大桥附近的京张铁路总局里面见陈昭常，别看还没挂牌，总局里已经人来人往，后院还在粉刷，办公区域已经可以使用了。

在一间办公室里，詹天佑把这些公文整整齐齐摆放在桌案上，陈昭常傻了，他掰着手指头算了算，这才几天啊，“全都办完了？”

詹天佑笑着点了点头。

“眷诚兄，不是说好给你几天休息的时间吗？”

詹天佑一听：“我是个闲不住的人，方案早一天定下来，我安心，大人也安心。”

陈昭常非常满意，他示意詹天佑先坐下，自己接过文稿逐页翻看。对于路线方案，他看得比较快，因为之前听詹天佑汇报过路线规划，所以这份路线报告他只是大致浏览了一下，重点看了看南口关沟段的规划。

看完这一份，他又拿起下一份文稿，只见抬头写着《京张铁路预算报告》，看样子，陈昭常对这份报告更为上心。

您看，这就叫“谁想谁的事。”詹天佑是总工程师，考虑的自然是路线施工问题。陈昭常是总办，管的头一件大事就是经费，不当家不知柴米贵，他得好好看看，至于明细，他没看，直接翻到了报告的最后，定睛一看，标明总额的地方赫然写着：7 286 660 两白银。

“呱嗒”一下，陈昭常的脸就掉下来了！一句话没说，把报告翻回到第一页，陈昭常逐行逐字地检查。

好嘛，陈昭常也不嫌费事，一边看一边算，前前后后算了三遍，最后总结出来：

(一) 测量经费：需银 15 500 两；

(二) 地亩、土方、开山、凿洞、石工等项：需银 2 343 260 两；

(三) 修桥梁、涵洞等项：需银 1 106 100 两；

(四) 轨道等项：需银 1 900 650 两；

(五) 厂房等项：需银 204 050 两；

(六) 电报等项：需银 61 800 两；

(七) 转运材料等项：需银 98 000 两；以上七项，共计需银 5 729 360 两。

此外，购置机车车辆、员工薪水、杂费等项加起来与前七项合计，总共约需银 7 286 660 两，与总数一分一厘也不差！

“眷诚兄，这么多？！”

“对呀。”

“对？”

陈昭常的脸都白了，他“啪”一下把笔摔在桌子上。

在这之前，袁世凯和他提过，计划用五百万两银子修京张铁路，后来，詹天佑给袁世凯写过信，说过可能要用七百多万两，可那不过是勘测途中的粗算，现在看来，果真如此。

“眷诚兄，照你这个预算，恐怕京张铁路修不成了。”

“什么？”詹天佑急了，“为什么修不成了？”

“这和之前的数额差太多了！”

“陈大人，之前的不是我报的，是金达报的，这个问题我不想再多说了。七百多万两的钱数，我已经和袁总督打过招呼，他应该有心理准备。我这里没有一文是中饱私囊的，您可以再看几遍明细。”

“不必了，我都看三遍了，错不了，账头很清楚。现在的问题是，袁总督根本找不来这么多钱，钱不到位，开不了工，你让我怎么办?”

詹天佑不明白：“陈大人，那您的意思是因为预算过高，京张铁路就真的不修了吗?”

这话可是留着半句说的，下半句是如果不修，我詹天佑就转身回家了。

陈昭常听出来了，他把火气往下压了压：“行，眷诚兄，你别生气，怪我态度不好，这样，凡事都有个商量，来人，把小吃端上来。”

敢情陈昭常又买了不少，詹天佑一摆手：“小吃就算了，陈大人想商量，咱们就商量商量。”

“好。咱们一条一条看，看看从哪儿能把价钱压下来。”

陈昭常从头逐项细细看下来，前面的道路测量、山洞开凿、轨道铺设等费用，那非得是这个行业的老手，才能报出如此详细数据的，陈昭常看着比较陌生，但是据他之前从其他铁路工程上了解到的零星信息拼凑在一起，加上对詹天佑能力的信任，他觉得这个数字问题不大，也很难从这里压降费用。

他继续向后看，在房屋、电报、运输这里，他轻轻用手指点了点，这部分也许可以压降，也许不能，但他觉得有可操作的空间。他询问詹天佑：“眷诚兄，房屋、电报和运输，这部分的预算你是怎么取的单价数？有可能再降一些吗?”

“取的近一到两年铁路工程上同样搭建或购置房屋设施的均价。其中，对房屋的部分，考虑了沿线地段的地价。设备的购置除了考虑近两年其他铁路上购置同等设备的均价外，也向潜在的几家供应商做了询价。考虑到一些设备是要随着工事推进才逐步购入，不会一开始就全部购入，可能到真正购买时会与现在有时间差，我特意询问了供货商近三年价格波动情况，价格基本稳定，近期报价和我查到的近两年其他路段购置价格基本持平，因此这部分我没有做太多调整，直接使用了近期询价结果。”詹天佑认真地给陈昭常分析自己的测算依据。

陈昭常点了点头，已经考虑得这么详细了，可见这部分数据也很可靠。他继续向下看，总务费用部分，看到工程人员的薪资部分时，“嗯?”

陈昭常眼睛一亮：“眷诚兄，我可找到了，这是怎么回事?”

“什么?”

“薪酬啊！薪酬这部分是怎么测算的？京张铁路的工程师比其他铁路线上的工程师薪资水平高出这么多！要知道，咱们京张铁路不用外国工程师，需要这么高的薪资吗?”

詹天佑不慌不忙地从预算报告下面抽出了那份《薪水等级表》:“大人，我做了一份工程人员等级表，里面列出了京张铁路需用的各级工程师和工程学员的薪水等级考虑，请您过目。”

说罢往前一递，陈昭常接过来看了看，只听詹天佑接着说:“我正是参考了目前外国和本国工程师的总体情况做的。”

陈昭常惊讶地抬头看了看他:“为什么？以往的国内工程师薪资并不是这个水平。”

“以往都这样并不代表这样是对的!”

詹天佑的话斩钉截铁，掷地有声，陈昭常圆睁二目，屋里的气氛一下就凝固了。

就在这时候，门帘一挑，从外面走进一个侍从，手里托着个大盘子，盘子里有两个玉碗，碗里盛的是酸梅汤。





可能是两个人的声音太大，惊动了这位侍从，他想进来劝，又觉得身份不符，所以，借着上茶打破一下尴尬局面，把茶换成酸梅汤，也是为让二位大人消消火气。

陈昭常和詹天佑都是为国家办事，两个人都是出于公心，只是在认识程度上出现了分差。头一个，陈昭常觉得不好意思了:“啊？哈哈，眷诚兄，正好咱俩也说累了，说渴了，喝碗酸梅汤，这东西可好了。”

詹天佑明白陈昭常的意思，他也不是那一条道跑到黑的主儿，正好自己也渴了，伸手端起一碗，喝了一口:“味道不错，嗯?”

猛然之间，詹天佑灵光一闪，他想起点儿事，剩下半碗没喝，他把碗放下了。

陈昭常一看:“怎么不喝了？太酸了?”

“不是，我想问问您，这酸梅汤是用什么做的?”

“嗨，眷诚兄，你拿我当三岁小孩儿了，这我还不知道吗？乌梅啊。”

“不错，是乌梅，提到乌梅，我想起了一个人。”

“哪一位?”

“明太祖朱元璋。”

“怎么想起他来了?”

“大人不知道？这乌梅和朱元璋有一段趣闻哪?”

陈昭常这人爱听故事，“那正好，眷诚兄，你给我讲讲。”

“好啊，我记得那是在元朝末年，朝廷无道，刀兵四起。元朝太师脱脱假意大赦天下，引各路反王入京赶考，准备一网打尽。朱元璋结义弟兄常遇春等大闹武科场，领群雄杀出京城。乱军之中，朱元璋逃到了襄阳，落得卖乌梅为生。赶上这一年，湖北襄阳一带瘟疫横行，什么药也不好使，老百姓死伤无数。朱元璋也不幸感染了，他是上吐下泻，行动不便，乌梅也卖不出去，在筐里囤着，花了不少钱，请朋友从外地买了不少好药，全都无济于事。有一天，朱元璋挣扎着起床，往前没有两步，突然一阵恶心，两眼一黑，扑通，坐在乌梅筐上。缓了一会儿，朱元璋突然感觉到一阵舒适，好像是什么香气。他顺着味道一找，原来是身子底下的乌梅，顿觉神清气爽。朱元璋猜想，乌梅会不会能治瘟疫？想着家里的米也没剩多少了，乌梅也卖不出去，朱元璋便索性将乌梅和山楂、甘草加水同煮饮用，以图饱腹。第二天，朱元璋精神振作了不少。难道是昨天那汤的作用？想到这里，朱元璋很高兴，忙又去煮乌梅汤来喝。就这样，他连喝了好几日的乌梅汤，竟真的痊愈了。朱元璋喜不自胜，想到乡邻还在受瘟疫之苦他决定将剩下的乌梅都煮成汤，免费赠予他们。施舍梅汤，广结善缘，朱元璋在布幔上写上这八个大字，沿街行走，发放乌梅汤。不久，瘟疫被控制住了。等瘟疫过后，乌梅在襄阳坐地起价，人们把它当成是救命的良药，大人，朱元璋找遍了各种药品，没想到，他身边的乌梅就是最好的药材，物且如此，何况人乎？”

别看詹天佑自幼在美国留学，可他很喜欢中国传统文化，刚才这个故事，是他当初在福州船政学堂的时候听一位说书先生讲的。可没想到，这一番话把陈昭常说动了，他一想，对呀，中国工程师能修铁路，为什么不能得高薪酬呢？

# 第五十四回

## 舌作枪据理不相让
## 唇化剑恃勇战犹酣

为了说服陈昭常，詹天佑费尽唇舌，还讲了个典故。还别说，真打动了陈昭常。

“眷诚兄说得有理，你的想法是?”

詹天佑微微一笑：“大人容禀，我这样测算是出于以下几点考虑：第一，京张铁路要借调的都是本国优秀的工程师，据我了解他们现在的水平并不比同级别的外国工程师差，甚至他们在自己原来的铁路线上承担了很多更难的工程，实力和技术是过硬的，薪资水平理应向外国工程师看齐；第二，大家都知道京张铁路难度大且非本国工程师不用，这是要给咱们自己人争口气，这种情况下，如果我们还要让自己的工程师干着更难的工作却拿着比外国工程师低的薪酬，岂不是太挫伤自己人的积极性了？我在铁路工作的这些年，很清楚大家对同工不同酬的不满，以往铁路线都是外国人做总工程师，咱们的工程师说不上话，无法为自己争取合理的权益，现在京张铁路是咱们自己人说了算，自然要争取一个公平合理的薪资。”

陈昭常听了这番合情合理的分析后，他突然觉得自己问出“为什么”这个问题有点可笑，是啊，为什么呢？为什么自己国家的工程师就要低外国人一头？为什么他们明明技术和能力水平都不低却要拿低水平的薪资？或者应该问“凭什么?”凭什么我们的工程师明明能干，却要拿低外国人一等的薪水？如果在京张铁路，这条不用一个外国人、不用一文洋钱的铁路上，这条所有人都知道难度最大的铁路上，都不能对本国工程师做到一碗水端平，和其他铁路上的外国工程师同工同酬，天下之大还有公平之处吗?

陈昭常叹了口气，他知道詹天佑说得没错，而且薪酬测算也是有依据的，他这是考虑了其他路段的同级别外国工程师情况，并没有胡乱提高待遇，可是……这个预算数额实在太大了，还能有什么地方可以压降呢？他把预算报告又从头仔细看了一遍，问詹天佑：“你知道袁总督与胡大人给朝廷奏折中提到京张铁路的预算是多少吗?”

“五百万两，”詹天佑毫不迟疑，“袁总督和我提过他上报给太后和皇上的预算是五百万两。不过这个数目是金达先生在没有完成全路段勘测的情况下，大致粗算的，并不很准确。而且我在勘测关沟时遇到了金达先生，他也跟我承认了关沟一带修筑难度远比他原来设想的要大，五百万两的预算做少了，大致不会低于七百万两。”

陈昭常无奈地摇了摇头：“眷诚兄，就算金达先生当初估算得草率了，可是你觉得如果现在袁总督去向太后和皇上汇报京张铁路预算估计得少了，两宫能有时间听他细数金达先生的问题吗？而且即便这是金达先生的失误，袁总督作为负责人他就没有责任了吗？实不相瞒，袁总督也知道预算的数额是七百万两，他和太后提过，当时要不是庆亲王帮忙，袁大人差点丢官罢职。”

这件事，詹天佑听胡燏棻说过，但他怎么也想不明白，因为预算数额能丢官罢职。“大人，数据是实地勘测的结果，一就是一，二就是二。当初上报五百万两时，没有实地全程勘测，预算数不够准确是肯定的。既然那个数不准确，自然是要用准确的数，这有什么问题吗？太后不能不讲道理啊！”



“住口！”

陈昭常当即大怒！

在那个年月，“天地君亲师”是人之五伦，背后议论太后，那就是诽谤君王，有杀头之罪，什么罪？大不敬。还别说骂一句，就是不避君讳都有罪。您看，清朝有个作家叫褚人获，他写了本小说叫《隋唐演义》，那里有个著名的人物叫李玄霸，出版之后立刻遭到封禁。原因只有一个，玄字犯了圣讳，那时候正是康熙在位，康熙皇帝名叫爱新觉罗·玄烨，有相同的字就不行，所以，为了书能够发行，把李玄霸改成了李元霸。当时的规矩太大了！陈昭常喝住詹天佑，急忙出门查看，回来之后，额头已经惊出冷汗。



詹天佑不明白，陈昭常为什么会有这么大的反应。

即便在清廷为官，但是，他与陈昭常的初衷和目标略有不同。陈昭常是要效命皇家，而詹天佑是要造福万民，所以，他们对太后的重视程度也就出现了偏差。

陈昭常坐下以后惊魂难定，把剩下的半碗酸梅汤一口干了，冷静了一会儿，又看了看詹天佑，仿佛眼前站着一只老虎，天不怕地不怕。

“我的眷诚兄，您能不能别吓唬我，刚才那句话我没听见，您也别再说了，我告诉您，我这府里上上下下，不全是我的人，东西南北上下左右各方势力恐怕这里都有，万一哪位把您的话给捅出去了，传到太后耳朵里，人家可不说咱俩讨论预算的事，直接就能告发你辱骂当今！不管太后信与不信，这个小疙瘩就算系上了，将来再犯点什么错，就叫二罪归一，我的眷诚兄，您就算不为自己，也为我考虑考虑。”

詹天佑也感觉自己失言了，他倒不怕什么小疙瘩。大凡这种有真才实学的人，都不怕得罪人，甚至不怕得罪主上。陈昭常是好意，自己也不能过于执拗，想到这儿深施一礼："大人恕罪，我刚才失言了。只是，我刚才说的话，有错吗？"

"你……"

陈昭常想了想，詹天佑刚才的话，似乎说得也没什么毛病！这些预算数据是实地勘测的结果，一就是一，二就是二。当初上报五百万两时，没有实地全程勘测，预算数额不够准确是肯定的。现在得出新的数额，就应该正常上报。自己为官多年，见多了官场上的笑面虎、墙头草、随风倒，什么油瓶倒了也不扶、明是一盆火暗是一把刀……都是极其圆滑之人，从来没见过詹天佑这么直的人了。按说，朝中有这样刚直不阿的大臣，应该是国家之福。当初，唐朝的魏徵、宋朝的包拯、明朝的海瑞都是这样的人，哪一个不是流芳百世？詹天佑见天儿跟钢铁打交道的，性格多少有些"钢铁化"，这也正常。他说得对，工程浩大预算自然高，可是……猛然间，陈昭常用手一碰自己的官帽，他叫着自己的名字：你是干什么的？你身为总办，就得权衡一切事宜！再者说，古代先贤和今世能臣不可同日而语，詹天佑不及那几个人的威望，当今太后也难比前朝的明君。普天之下莫非王土，率土之滨莫非王臣，自己身为皇家重臣，自己就应该负起责来。现在不是自己和詹天佑的个人矛盾，这是公事，公事就得公办！

想到这儿，陈昭常微微一笑："哎哟，眷诚兄，我是真没想到，你的性格如此直率，你考虑的是工程进展，你考虑的是人员利益，可是你忘了，你是一位朝廷命官啊，如果按照官场上的常理来讲，你应该在袁总督最开始上报的五百万两这个范围内做预算。这有两个好处：一是说明你认同袁总督提出的预算，懂得维护长官的权威；二是让袁总督在太后及皇上面前有面子，不至于因为改变预算数字这么大，而授人以口舌。"

"可是……"

"别着急，我没说完呢。一旦袁总督的威信受到影响，连带着很多事情可能都推进不下去。到时候不要说京张铁路，就是你我的官职只怕都不一定保得住啊。"

陈昭常的话，可以说是推心置腹，如果不是詹天佑之前的据理力争，他也不会如此坦诚，人与人之间都是相互感染的。

詹天佑明白陈昭常是一番好意，他这心里也是热乎乎的。但是，詹天佑并不认同这种观点："陈大人，您所言，我在评估时也考虑过。但是，修铁路是一个造福子孙万代的事，工程本身是精密而复杂的、对后世的影响也会很长远，绝对容不得出一丝一毫的差错。如果因为顾虑到袁总督报给朝廷的预算数，而随意更改预算数目的话，后面可怎么动工呢？一种可能是，预算数目虽然在上呈的报告中改了，可是实际操作时仍按原方案去做，那动工之后，早晚会被发现预算超支，到时候朝廷也好、袁总督也好，岂不是被打个措手不及？超预算的部分从哪里支用呢？第二种可能是，咱们把设计方案也改了，把预算切实压下来，可是那样一来很多设备、物料等都不能按标准规划去采购了，如此一来，虽然朝廷在工程审批方面要方便得多，但是到实际操作时还是会遇到很多困难。到时候半途而废不是更麻烦吗？咱们的最终目的是修成京张铁路，只要心底无私，就不怕风吹浪打！”

陈昭常心说：行，詹天佑是条汉子！当官的要都像他一样，那得给老百姓办多少好事啊！可惜，现在的官员想的都是自己，凡事莫不以自身利益为出发点，明知是错，不得不为。不行，我还得继续跟他谈。





陈昭常把报告又翻了一遍：“哎，眷诚兄，那沿途的车站、车场、库房呢？先建一些简易的，等铁路修成了再用利润更新，这总可以吧？当前最重要的是要尽快让袁总督上报朝廷批准这个项目，有些地方能用临时性的办法节省些费用，就先不要考虑将来的设施嘛，那可以由后来的经营者另外奏报朝廷增项。”

詹天佑耐下性子，心平气和地跟陈昭常解释：“陈大人，您说得有道理，但是，如果真能这么做，我在测算时为什么不这样做呢？原因一定是沿途不能用临时简易的设施啊，临时设施不安全，会对铁路运行造成极大的隐患。好比说库房建设平常简陋，确实省钱。可咱们的钢材设备放进去，由于密封不好，进水生锈，那事可就大了，咱们不能给自己设埋伏啊。”

陈昭常想了想，“也对，眷诚兄也不是第一次修路了，从当年的新易铁路，到……哎？”

突然间，陈昭常好像找到了救命稻草，他一把抓住詹天佑的衣袖：“眷诚兄，我记得修新易铁路时，你建了很多临时设施啊，是太后老佛爷祭陵回程后，你再做的永久性加固。怎么那时就行，如今就不行了呢？”

詹天佑很是无奈，他看着眼前的陈昭常，真像个孩子一样，得理不饶人，自己是下属，不能跟上司顶撞，只能掰开揉碎了讲。

“大人，新易铁路有新易铁路的特殊性。首先，新易与京张的地形复杂程度不可同日而语，一些木轨和木桥能在新易铁路上使用，而换到地势更加崎岖、山峦起伏的京张铁路上就不可行了，可能会导致脱轨或其他行车安全隐患；其次，新易铁路的修筑目的就是用于太后祭陵的，太后出行，所带人员和行李等物终究是有限的，而京张铁路是为了方便运输的，可以预见每趟车都会携带大量的货物和旅客，新易铁路上使用的一些简易设施用在京张上，会增大损耗率导致营运成本增加，而且也一样存在安全隐患；第三，新易铁路使用简易设施是时间太紧，迫不得已而为之，如果时间充裕，我也不会这样做。京张铁路目前没有这方面的紧迫性，也是为了长久运营，设计修筑时当然要从长远考虑。总不能为了眼前省下修筑成本，日后增加原本不必要的运营成本吧？那也是对国家经费的浪费。如果为了省预算，而不考虑运营，那是非常严重的事情，既浪费了临时设施所耗费的费用，还给将来的改造带来困难。有时候对一个旧项目的拆建或改建甚至比新建一个项目还要困难得多，现在财政吃紧，更不能浪费国库里的钱了，咱们不能只看眼前，不想将来呀。”

陈昭常苦笑着摇了摇头：“你可真是……你考虑那么久远干什么？这铁路修成后自有朝廷任命他人来负责运营，到时候你我都不知道人在哪里呢。眼下朝廷给我们的任务是把铁路修起来，如果预算过高得不到朝廷批准，这铁路建都建不起来，何谈日后运营！你为什么要把将来别人要做的事在修路时就考虑进来。”

“大人，这账不是这么算的，”詹天佑正颜厉色，“我已经强调过了，修铁路是一门严肃的学问，必须认真按照标准规划，这是每一个铁路从业人员的职业素养所要求的，我不能违背底线做事。现在修也好，将来修也好，这钱总是要花的，自然是要统筹考虑，选择最经济合理的方式，不能图眼前的节省造成日后的浪费。而且，焉知日后朝廷不会把运营的事情交派给您或者我呢？到时候怎么办？避无可避，推无可推。”

其实詹天佑说的就是个职业道德的问题，每个行业都对自己的从业人员有道德底线的要求，放在今天也如此，好比会计不可以做假账，库管不可以监守自盗，证券从业人员不可以利用自己在工作中获取的信息用于内幕交易买卖股票、证券牟利，银行的柜员不可以私自查询、冻结客户的账户或划走账户内的钱，古今一理。

詹天佑作为一个铁路工程师，他的职业道德对自己在京张铁路这件事上的约束就是科学规划路线、合理进行预算测算，不随意接受与工程本身无关的任何主观因素，包括上司的赏识、升官加俸或是丢官罢职，这些都跟修路没关系，还是那句话，詹天佑是一名技术人才。

这些，陈昭常都明白，可是，他也清楚，预算绝对不能超过五百万两，这是底线！今天哪，我就是使尽浑身解数也要说服詹天佑，让他知道什么叫道高一尺，魔高一丈！

# 第五十五回
## 梁敦彦苦口劝故友
## 詹天佑铁心守原则

陈昭常与詹天佑，为了京张铁路的预算问题，吵得不可开交。陈昭常觉得詹天佑不明白官场上的处事规则，预算经费必须要压降；詹天佑则觉得陈昭常忽视了铁路规划的科学性，经费预算不能随便压减。

陈昭常叹了口气，他心里也很纠结。从本心上说，他知道詹天佑的做法没错，而且他能从长远出发，不给后任挖坑埋雷，说明他正直无私，不是短视之人。但是，詹天佑的做法会被那些朝廷大员看作“不识抬举”“不识时务”，他是在给自己的前途挖坑。陈昭常左思右想、举棋不定，他琢磨着自己再也无话可说服詹天佑，只好叹了口气：“眷诚兄啊眷诚兄，你可让我说什么好。你是从长远计、从科学计，你有这样的心胸眼光，是必能成一番大事的，可是你的这种做法却和眼下朝廷官场的常规操作不合，我怕你没有这个机会去做大事。一个人才不得施，能成事却没机会做，你难道不后悔吗？”

詹天佑想了想：“我只能凭一个铁路人的职业素养说话，说实话、说真话，不求乌纱帽常在，只求能做些实事。大清朝逢迎之风盛行，我詹天佑必须做到出淤泥而不染！”

詹天佑这时候也有点激动，他这个人不善于伪装，怎么想的就怎么说，已经把话说到这个份上了，他也就无所顾忌了。

可他忘了，自己和陈昭常毕竟是上下级，说话应该有些分寸，他说自己“说实话、说真话”，陈昭常听了心中不悦，他用手轻轻一拍桌子：“眷诚兄，你这是什么意思？你说实话说真话，难道我说瞎话说假话吗？大清国只有你一个忠臣？老百姓只有你一个父母官？没错，你是一枝白莲花，那我呢？我就是肮脏的淤泥吗？”

哎哟，这话可就没法接了，都是为工作，现在转向人身攻击了，詹天佑想解释，可是他张不开嘴，他这种人是宁折不弯，明明自己没错，凭什么道歉？

一时间，这屋里才缓和没一会儿的和谐气氛一下又没了。两个人僵持不下，谁也不肯开口。

哎，就在这时，那个侍从又进来了，詹天佑一看，干吗？又送酸梅汤？这回就是送十全大补汤，我也不抻茬儿了。

他还犟上了。

没想到，这位侍从进来不是奉茶的，他是来报事的：“回禀大人，海关道梁敦彦大人来访。”

嘿，解围的来了！

自从上次在天津一别，詹天佑已经有快两个月没见到这位老同学了。梁敦彦现在是天津海关道台，兼任关内外铁路总办，两地奔波，事务繁多。别看这么忙，他心里一直惦记着詹天佑勘测京张铁路的事，听说詹天佑到天津了，他早就想来，一直没脱开身，敢情这位梁道台正在处理一件大事。

1904 年底，中国驻美公使梁诚与美国国务卿海约翰会谈，就赔款用黄金还是用白银一事展开争论。就在谈话间，海约翰无意间说出这么一句话，他说：“庚子赔案实属过多。”就这一句话，立刻被梁诚抓住。仔细问询之下才知道，美国政府部门在上报时有“浮报冒报”的现象。梁诚聪明过人，他当即放弃了谈判战略，不再讨论赔款用金还是用银，而是“乘其一隙之明，籍归已失之利”，要求美国退还款项！



梁诚利用自己的便利条件，在美国国会及议员中四处游说。没办法，迫于舆论压力，美国政府才决定将所摊浮溢部分本利退回。

针对这笔钱，到底作何用处，朝廷上下争执不休。

军机大臣徐世昌主张用此款开发东北，直隶总督袁世凯主张用于实业，慈禧太后难下决断，在紫禁城内召见了时任外务部右侍郎的梁敦彦。

梁敦彦曾经去美国留学，留学的益处他自然是知道的，如今太后下问，梁敦彦不假思索脱口而出：开办学堂。

这下，朝廷里出现了三个方案。慈禧太后命梁敦彦去和袁世凯商量，尽早拿出个方案。

所以，梁敦彦最近一直在协调此事，研究了好几天，也没理出个头绪。梁敦彦想，干脆，我也换换脑子，去看看我的老同学吧。

是这样，他来到了京张铁路总局。

他一来，那些下吏们围前围后，梁敦彦跟他们打过招呼，站在院子里看看环境。

这时候，有人告诉他，说詹大人正和陈大人议事呢，俩人都快打起来了。

啊？梁敦彦一愣，怎么还打起来了？我去看看吧。挑帘儿往里一走，屋里的气氛立刻就缓和了。

论官职，梁敦彦比陈昭常高出两级，而且，梁敦彦还是慈禧太后面前的红人。

所以，一见面，陈昭常得毕恭毕敬，离位要施大礼。梁敦彦赶忙伸手相拦："陈总办高见！"

"请坐。"

三个人分宾主落座，侍从献茶，梁敦彦喝了一口，茶杯放下，转头看了一眼詹天佑，跟着又看了一眼陈昭常。别看就这两眼，这里可有说道，什么说道？"陈昭常，你什么意思？仗着自己的官大，欺负我的老同学吗？"

陈昭常久历宦海，自然能明白，心中不免多了一分紧张。

詹天佑是一点儿没看出来，他问梁敦彦："崧生，你怎么来了？"

"先别问我，你们刚才这是？啊，哈哈哈，怎么吵起来了？"

"嗨！"詹天佑一听，"我们没吵啊，只是在讨论问题。"

"什么问题？"

詹天佑把京张铁路的预算文稿递给了梁敦彦，直接翻到最后一篇总额的位置："你看，这是我实地勘测后，匡算出的京张全线预算，七百二十八万两有余。"

梁敦彦点了点头："啊，这怎么了？"

"陈总办觉得这个数字和袁总督上奏的折本中提及的五百万两相差太大，他让我想想办法把预算压下来。"

"压下来，为什么要压下来？难道这里所报不实，掺汤兑水？"

詹天佑一听就急了："你这是什么意思？你难道还不知道我的为人吗？"

说着话，詹天佑盯着梁敦彦看，可是梁敦彦的目光，却落在了陈昭常的身上。

陈昭常心中暗想：这老同学的感情是真了不得，看梁敦彦的眼神，都快把自己给吃了。

陈昭常心底无私，他并没有想把压下来的钱中饱私囊，都是为公，所以，理直气壮："梁大人，这不是我的意思，这是袁总督的意思。"

"袁总督？"

梁敦彦看了看詹天佑："眷诚，袁总督说过这话吗？"

"呃，总督虽然没说，但应该是这个意思。不过，这份预算，可是我在测算时已经尽我所能本着实际所需去做的，这七百二十八万多两的预算里绝对没有掺水，如果非要压降就不符合标准了。"

陈昭常把话给接过来了："梁大人，我刚才跟眷诚兄说过，当年修新易铁路的时候，部分设施先采取的就是临时性的建设措施，这不过是个权宜之计，以此减少预算开支，钱批下来，铁路修成了，大家都高兴！等铁路开通盈利之后，再逐一把这些临时设施改成固定设施，再申请预算，那就是另一回事了，您说呢？”

“嗯！”梁敦彦听了陈昭常的见解，他是不住地点头，“高见！真是高见！”

把詹天佑给气得，心说梁敦彦，亏你当初还是留美的学生，你难道不知道这里哪头轻、哪头重吗？你和陈昭常联起手来，这是要逼着我改预算啊？哼，我詹天佑绝对不改！

想到这儿，詹天佑脸红脖子粗，梁敦彦差点乐出声：“我说眷诚，你这个人最大的毛病，就是太实在，陈总办的话的确在理，眼前最重要的是先让朝廷把修筑京张铁路的方案批下来。如果因为预算被卡住了，很可能这件事就泡汤了，那还谈什么长远规划、标准科学？你就负责预算修铁路，至于修成之后再耗费多少钱，跟你有什么关系？各人自扫门前雪，休管他人瓦上霜！这点儿为官之道，你怎么就不懂呢？”

嘿！陈昭常一听，这是暗含着骂我呀！

其实，梁敦彦这是替詹天佑出一口气，于他来讲，和陈昭常想的是一样的。

“好啦，陈总办，您消消气，我的这位老同学，太过执拗，不懂变通，这样，我把他带到我的道台衙门，好好开导开导他，怎么样？”

陈昭常心说，太好了，您赶紧带走，要不这片儿汤话我可受不了。

“既如此，就依大人。”

“走吧，老同学！”

带着詹天佑回到自己的道台衙门，到这儿，詹天佑就急了，他跟梁敦彦大发脾气，把梁敦彦给乐的：“我说眷诚，你愣是看不出来，我替你说话？”

“什么？你替我说话？”

“对呀，跟你说，今天我要是不去，你们这上下级的关系就得僵。不过，我得跟你说句心里话，陈昭常说的话，对呀。”

“对？”

“当然，你现在不能一条道走到黑，真因为预算惹恼了朝廷，京张铁路不修了，你可就前功尽弃了，中国的这条自主铁路，也就断送在你的手里了。”

“这个？”

您看，陈昭常的话也是这个意思，詹天佑听不进去，现在梁敦彦这么说，他有点动心了：“可是，这些数额真的不能再往下压了。”

“当真一点修改的余地都没有？”

詹天佑苦笑了一声：“我真的是一笔一笔抠出来的，实在没有改动的可能了。我也知道朝廷财政经费紧张，对费用支出看得很重，但是做预算是要科学的，修筑方案也是要讲究科学的。修筑方案不能随意改动，预算是在这个基础上严谨地测算出来的。如果预算都能任意改，那我何必还去实地测量？我就直接报五百万两不就完了？”

梁敦彦由打心里佩服詹天佑，这种讲求原则的精神太可贵了。

“眷诚，你是铁路权威，这一点毋庸置疑，论起技术，陈总办和我都不如你有发言权。但正是因为这个原因，你更要尊重陈总办的意见，毕竟他是总办，工程方面你说了算，但除了工程之外的其他方面都是他说了算，所以你更要给他面子，这是规矩，你懂吗？要知道，陈总办也是个新派官员，考察过英美等国，当初随两宫西行之后，深得太后的重用。你虽然是铁路方面的专家，但如果不跟他合作好，你会很被动的。《空城计》里唱得好，将帅不和失街亭呀！”

詹天佑笑了：“你怎么还跟我说上戏词儿了，现在就算我同意你的说法，来来来，咱们一起看一看这份预算报告，看看能从哪儿省出钱来。”

嘿，梁敦彦心说，还得是我，真把这“一根筋”给说动了。

“来吧，咱们一起看看。”

两个人坐在一张桌子后，打开预算报告，从头往后一项一项看，直看到最后，梁敦彦的汗都下来了，实在是没地儿动了。

“眷诚，看来是我错了。不过，作为朋友，我必须提醒你，非改不可！”

詹天佑笑了：“你说，改哪儿？”

“改哪儿？就、就、就改这儿！”

梁敦彦用手一指，他指的哪儿啊？指的是工程师的薪资标准。

“把这一项降下来吧。”

“不行。”詹天佑一口回绝。

“眷诚！我可是为你好！”

“崧生，我就是铁路工程师，我就是中国的铁路工程师，中外工程师理应同工同酬，这一点天经地义！”

他把之前跟陈昭常说的话又给梁敦彦讲了一遍。

梁敦彦也开始觉得事情有点棘手了：“当真任何地方都没有可以修改的余地了？”

詹天佑斩钉截铁道：“我在呈交给陈总办之前，已经考虑得很周密了，确实没有修改的空间，每个数字都有据可依。”

梁敦彦叹了口气：“唉，如果不改，就怕袁总督这一关不好过呀！”

詹天佑不明白：“我之前和袁总督打过招呼了，他应该有心理准备呀。”

“嗨，心理准备当不了钱用，他很希望你的招呼是白打的。我觉得，这个问题必须在前期把它解决。实在不行，眷诚，你往多了改！”

“啊？”

一句话把詹天佑给说蒙了：“你再说一遍？”

梁敦彦实在没主意了：“你呀，为官经验不足啊。你总得给陈总办一点面子吧？让他有改动的空间吧？”

“啪！”

詹天佑一拍桌子：“我只是在坚持科学的标准，我的预算的确无法改动，哪怕是一个小数点。要照你这么做，简直是拿铁路当儿戏，我干不出来！”

梁敦彦都快哭了：“我的眷诚，这件事你从开始时就没做好应对！这就像你卖东西给人，你报价时可以报得比你预期的高一些，因为买主总是要还价的，这样他往下还价时，你还留有退让的余地，哪怕你没有让到买主预期的价位，但是你摆出了退让的姿态，买主会觉得满意也会觉得你的确是报出了最低价不能再往下压了，这样买卖做成了买主也高兴，皆大欢喜。你这样一点空间都不给上司留，现在上司让你改，你哪里还有退一步的余地？”

这个举例很浅显直白了，可詹天佑根本听不进去：“预算压到了现在的七百二十八万两有余，实在是改无可改了，这样，咱们现在就去见袁总督，他说能批咱就干，他说不能批，詹天佑情愿让贤，我不干了！”